Stanley I. Greenspan · Beryl Lieff Benderly

Die bedrohte Intelligenz

Stanley I. Greenspan · Beryl Lieff Benderly

Die bedrohte Intelligenz

Die Bedeutung der Emotionen für unsere geistige Entwicklung

Aus dem amerikanischen Englisch
von Friedrich Griese

C. Bertelsmann

Die Originalausgabe ist 1997 unter dem Titel
»The Growth of the Mind and the Endangered Origins of Intelligence«
bei Addison Wesley (A Merloyd Lawrence Book), Reading, Massachusetts,
erschienen.

Umwelthinweis:
Dieses Buch und der Schutzumschlag
wurden auf chlorfrei gebleichtem Papier gedruckt.
Die Einschrumpffolie (zum Schutz vor Verschmutzung)
ist aus umweltschonender und recyclingfähiger PE-Folie.

1. Auflage

Umschlaggestaltung: Design Team München
Satz: Uhl + Massopust, Aalen
Druck und Bindung: Wiener Verlag
Printed in Austria
ISBN 3-570-00113-X

Gewidmet meiner Frau Nancy, meinen Kindern Elizabeth, Jake und Sarah, meinen Eltern Jean und Phil und meinem Bruder Kenneth

Inhalt

TEIL II: DER GEFÄHRDETE GEIST

Danksagung

Ganz besonderen Dank möchte ich meiner Frau Nancy aussprechen, denn sie hat die in diesem Buch vorgetragenen Ideen durch wohlüberlegte Einwände sehr gefördert. Mein Dank gilt ferner meinen langjährigen Mitarbeitern, Serena Wider, Steven Porges und dem leider verstorbenen Reginald Lourie, die in der klinischen Arbeit, in Forschung und Theoriebildung Schöpferisches geleistet haben. Jan Tunney danke ich für ihre sehr hilfreiche Mitwirkung am Manuskript und an der Erstellung der Literaturnachweise, Sarah Miller für ihre einfühlsame Unterstützung des Büros und der Familien, mit denen wir gearbeitet haben. Meinen Dank möchte ich schließlich auch Merloyd Lawrence aussprechen, die bei der Organisation und Klärung dieser Arbeit ein ungewöhnliches Maß an Sensibilität und Verständnis bewies.

EINFÜHRUNG

Infragestellung einer historischen Dichotomie

Bei den Forschungen, die wir und andere betrieben haben, ist in den letzten Jahren unerwartet zutage getreten, daß die höchsten Fähigkeiten des Geistes, Intelligenz, Moral und Selbstgefühl, gemeinsame Ursprünge haben. Wir machten entscheidende Stadien in der Entwicklung des Geistes aus, die überwiegend vor dem Zeitpunkt liegen, da unsere ersten Gedanken registriert werden. In jedem Stadium bedarf es bestimmter wichtiger Erfahrungen. Diese Erfahrungen sind jedoch entgegen herkömmlichen Vorstellungen nicht kognitiver Natur, sondern bestehen in subtilen Formen emotionalen Austauschs. Der wichtigste Architekt des Geistes ist daher nicht die kognitive Stimulierung, es sind vielmehr Emotionen.

Bei der Erforschung dieser ersten Stadien in der Entwicklung des Geistes fanden wir immer mehr Anzeichen dafür, daß diese Entwicklung durch moderne Institutionen und gesellschaftliche Verhaltensmuster ernsthaft in Gefahr gerät. Die Bedeutung der emotionalen Erfahrungen, die am Aufbau des Geistes mitwirken, wird zunehmend verkannt, und zwar in fast allen Praxisbereichen, sei es in der Kinderpflege (vor allem der außerhäuslichen Pflege), der Schule, der Ehe, der Psychotherapie, bei der Konfliktlösung oder dem Umgang mit Gewalt und bei der Hilfe für Problemfamilien. Das Schwinden dieser Grundlage läßt sich sogar in der Art und Weise beobachten, wie wir kommunizieren, wie wir regieren und internationale Zusammenarbeit gestalten. Derselbe Geist, der eine komplexe Gesellschaft schuf, wird jetzt – eine ironische Pointe – zum potentiellen Opfer dieser Gesellschaft.

In den folgenden Kapiteln werden wir die emotionale Architektur des Geistes erkunden und seine verborgensten Ebenen beschreiben.

Anschließend wollen wir die Verhaltensweisen, Anschauungen und sozialen Prozesse diskutieren, welche die Zukunft des Geistes bestimmen werden.

Daß der kognitive Aspekt unseres Geistes höher bewertet wird als der emotionale, hat tiefreichende Gründe. Seit den alten Griechen haben Philosophen die rationale Seite des Geistes über die emotionale gestellt und beide als getrennt aufgefaßt. In dieser Sicht bedarf es der Intelligenz, um die niederen Leidenschaften zu beherrschen und zu zügeln. Das westliche Denken wurde von dieser Vorstellung nachhaltig beeinflußt, ja, unsere wichtigsten Institutionen und Überzeugungen wurden davon geprägt. Moderne Psychologen wie Jean Piaget haben viel dazu beigetragen, daß wir die dynamischen Interaktionen und kognitiven Strategien verstehen, welche Kinder benutzen, um von ihrer Umwelt – und über sie – zu lernen; dennoch sahen sie die Intelligenz relativ unabhängig vom Affekt oder der Emotion.[1] Auch Freud, der zur Bedeutung der Emotionen bei der Formung der Persönlichkeit bahnbrechende Beobachtungen machte, sah sie getrennt von der Intelligenz, er verstand sie sogar als deren Gegenspieler. Das Ich, der rationale »Reiter«, lenkt und bändigt nach seiner Auffassung die Libido, das leidenschaftliche »Pferd«.[2] Aufgrund dieser Dichotomie hat unsere Kultur intellektuell und institutionell seit jeher ungeheuer viel in die Vorstellung investiert, daß Vernunft und Emotion voneinander getrennt und unvereinbar sind und daß der Rationalität in einer zivilisierten Gesellschaft der Vorrang gebührt.

Aber treffen diese überkommenen Annahmen denn auch zu? Wie aufsehenerregende Befunde aus verschiedenen Disziplinen – der Erforschung der kindlichen Entwicklung, der Neurowissenschaft und der klinischen Arbeit mit Babys, Kindern und Erwachsenen – zeigen, sind diese hergebrachten Ansichten lückenhaft.

Betrachten wir, was zwischen einem Psychologen und einem Kind von zwölf Monaten passiert, das ich Cara nenne. Das Kind sitzt auf dem Schoß seiner Mutter an einem Tisch und schaut mißtrauisch zu einem Psychologen hinüber, der ihm einen roten Holzpflock hinhält. Während er den Pflock auf ein blaues Brett zubewegt, bittet er die Kleine aufmunternd, ihn in ein Loch in dem Brett zu stecken. Probier's mal, redet die Mutter ihr zu. Cara ergreift den Pflock und schleudert ihn auf den Fußboden, wie sie es schon viele Male getan hat.

Ist sie, wie ihre Mutter befürchtet, kognitiv zurückgeblieben? Leidet eine Einjährige, die mit Essen und Spielsachen um sich wirft, aber nicht wie andere in ihrem Alter plappert, an einem ernsthaften geistigen Defizit? Nachdem es ihm ebenfalls nicht gelungen ist, Cara dazu zu bewegen, nach einer Perle zu suchen, die unter einer Tasse versteckt ist, kommt der Psychologe zu dem Schluß, daß sehr wahrscheinlich ein kognitiver Rückstand vorliegt.

Seit fünfzig Jahren werden Babys wie Cara von Experten gebeten, still auf dem Schoß ihrer Mutter zu sitzen, aufzupassen und bestimmte Aufgaben zu erfüllen, damit Erwachsene feststellen können, wie schlau sie sind. Seit fünfzig Jahren werden Knirpse, die diese rätselhaften Aufforderungen nicht begreifen und befolgen können, von Experten mit diversen Entwicklungsdefiziten belegt, die schwerverständliche wissenschaftliche Bezeichnungen tragen. Lange haben Spezialisten darauf beharrt, daß man nur sorgfältig zu beobachten brauche, wie gut ein Kleinkind Pflöcke in Bretter steckt, Karten nach der Form sortiert oder Perlen unter Tassen sucht, um seine Intelligenz und die Entwicklung seiner Kompetenz genau zu messen.

Nun deuten jedoch neue Erkenntnisse der Forschung und der klinischen Praxis darauf hin, daß diese Vorgehensweise ganz und gar auf falschen Voraussetzungen beruht. Sehen wir uns einmal an, was passierte, als ein zweiter Psychologe ganz anders auf Cara zuging. Er beobachtete zunächst, wie sie sich allein beschäftigte, und entdeckte ein Kind, das aktiv seine Umwelt erkundete. Sie lauschte aufmerksam, wie zwei Spielzeugautos zusammenkrachten, untersuchte die rauhe Oberfläche eines Gummiballs und versuchte, ihre Mutter an der Nase zu ziehen.

Die Mutter ließ sich das, vom Psychologen dazu ermuntert, gefallen und reagierte mit »Tut tut!« Cara lächelte und zog noch einmal an der Nase. Jetzt rief die Mutter »Husch husch!«, und das Kind strahlte. Nun gab Mama der Kleinen zu verstehen, sie solle sich auch einmal an der Nase ziehen lassen. Entzückt streckte ihr das Kind sein strahlendes Gesicht entgegen. Die Mutter drückte sanft die Nase, und erstaunt vernahm sie, wie ihre Tochter freudig »Mo mo« äußerte. Diese Beiträge zum Spiel waren Caras allererste deutliche Lautäußerung. Der Psychologe folgerte aus Caras Beteiligung an diesem komplizierten, wenn auch wortlosen »Gespräch«, daß ihre kognitive Entwicklung völlig im Normbereich lag. Weitere Beobachtungen zeigten ein äußerst energisches, sehr an Körperkontakt interessiertes Kind, das gern seinen Willen durchsetzte und seine Umgebung kontrollierte. Die Mutter änderte den Stil ihres Umgangs, um einen solchen spielerischen Austausch zu fördern. Caras Energie wurde daraufhin rasch zielgerichteter, ihr Geplapper vielfältiger. Wenn durch so einfache, vergnügliche »Diskussionen« mit ihrer Mutter festgestellt werden konnte, daß Cara einer sprachlichen Entwicklung fähig war, dann weist jedes Testsystem, jede Auffassung des Intellekts, die sie als kognitiv zurückgeblieben charakterisierten, schwerwiegende Mängel auf. Wie Caras aufregendes Sprachdebüt beweist, liegt der Schlüssel zu ihrer Intelligenz und ihrer geistigen Entwicklung nicht in isolierten Fertigkeiten wie dem Einpassen von Pflöcken und dem Finden von Perlen, sondern offenkundig in frühen Beziehungen und emotionalen Erfahrungen wie der Freude am Austausch mit ihrer Mutter.

Diese neue Sicht wird auch bestätigt durch Beobachtungen und die klinische Arbeit mit älteren Kindern, denn hier zeigt sich, wie Kinder tatsächlich denken lernen. In Gesprächen mit Schulkindern stellten wir eine einfache Frage: Was haltet ihr von Leuten, die sich wie ein Chef aufführen oder euch herumkommandieren wollen? Als erster antwortete der fünfjährige Carl. »Hm«, sagte er, »mal überlegen. Eltern sind Chefs, und Lehrer sind Chefs, und manchmal sind Babysitter Chefs.« Wie ein lebender Computer rasselte er verschiedene, in formale Gruppen eingeteilte Cheftypen herunter, verknüpfte diese Kategorien aber nicht mit seinem eigenen Leben oder mit der Erfahrung, daß jemand den Chef spielt.

Jimmy, etwa so alt wie Carl, gab eine ganz andere Antwort: »Meistens mag ich es nicht, wenn ich herumkommandiert werde«, sagte er. »Besonders wenn meine Eltern immer alles besser wissen und mir vorschreiben wollen, wann ich fernsehen darf und wann ich ins Bett soll. Ich bin groß genug, um das selbst zu entscheiden.« Er fand seine Antwort in seinen eigenen, offenbar überwiegend ärgerlichen Zusammenstößen mit herrisch auftretenden Menschen. Doch statt bloß Kategorien aufzuzählen, abstrahierte Jimmy aus seiner emotionalen Erfahrung ein Prinzip (»Meistens mag ich es nicht«), das er dann mit einschlägigen Beispielen illustrierte (»Besonders wenn meine

Eltern …«) und mit einem möglicherweise anfechtbaren, aber durchaus vernünftigen Argument untermauerte (»Ich bin groß genug, um das selbst zu entscheiden«).

Eine noch raffiniertere Antwort gab der achtjährige Josh. »Manchmal habe ich was dagegen, besonders wenn ich was machen möchte, und sie lassen mich nicht. Aber manchmal ist es in Ordnung, weil die Erwachsenen am besten Bescheid wissen.« Nachdem er Beispiele von Eltern und Lehrern angeführt hatte, die unverhältnismäßig viel kommandieren, teilte er mit, wie er möglicherweise auf sie reagieren würde. Besonders wenn er schlecht gelaunt ist, möchte er nicht gern herumkommandiert werden, aber bei anderen Gelegenheiten macht er sich nicht viel daraus. Josh sah sogar Stilunterschiede im Kommandieren. Manche sagen es nett, und wenn einer nicht »mit einem bohrenden Blick« oder »in bösem Ton« daherkommt, stört es ihn nicht. Um eine Zusammenfassung gebeten, meinte er: »So in einem Satz kann ich das nicht. Mal habe ich was dagegen, ein andermal ist es in Ordnung. Kommt drauf an, wie sie's sagen und in welcher Stimmung ich bin.«

Obwohl es um einen scheinbar einfachen Sachverhalt ging, stellten Josh und Jimmy die Methode unter Beweis, mit der alle Menschen an ein Problem herangehen, eine Erklärung suchen – kurz: mit der sie kreativ denken, ob es nun um Ferien oder um die Relativitätstheorie geht. Beide Jungen zogen abstrakte Schlußfolgerungen in bezug auf Chefs, aber sie gelangten dazu, indem sie ihre persönlichen Erfahrungen befragten und auf das zurückgriffen, was die eigenen Kontakte zum Verständnis des Sachverhalts beitrugen. Die Gefühle, die diese Erlebnisse ausgelöst hatten, brachten sie zu Einsichten, die allgemeine Folgerungen nahelegten. Die Ideen der Jungen beruhten also auf erlebten emotionalen Erfahrungen. Die ihrem Alter entsprechende Befähigung zu formaler Logik half ihnen, ihre Gedanken zu organisieren und in eine vernünftige Ordnung zu bringen. Abstraktes Denken erfordert diese beiden Komponenten. Carl dagegen zählte beinahe automatisch verschiedene Arten von Chefs auf, so als ginge es um etwas völlig Objektives. Sein Denken blieb gegenständlich wie jegliches Denken, das nicht von erlebter emotionaler Erfahrung ausgeht.

Die an Kindern wie Cara, Josh und Jimmy gewonnenen Erkenntnisse über die Rolle der Emotion beim Denken widersprechen der herkömmlichen Auffassung von der geistigen Entwicklung, die zwischen Emotion und Vernunft trennt und das eine oder andere hervorhebt. Immanuel Kant, der als Vater der modernen Philosophie und Psychologie gilt, formulierte die Fragen, an denen sich die Erforschung von Kognition und Sprache seither orientiert hat. Grundlegend für objektives Wissen ist nach seiner Auffassung der geistige Prozeß, der zur »Erkenntnis« führt, die Art und Weise, wie wir uns den Zusammenhang der Welt erklären, und nicht bestimmte Tatsachen oder Überzeugungen.[3] Piaget und andere moderne Kognitionstheoretiker folgten Kant und beschrieben eingehend, wie Kinder denken lernen. Die Anhänger Kants wie Piagets haben sich jedoch nie richtig klargemacht, welche Stellung der Affekt oder die Emotion in ihren Ansichten über Intelligenz und Kognition einnimmt.

Freud dagegen deckte verschlungene Wege der Emotionen auf, die das Verhalten tiefgreifend beeinflussen. Auf der Arbeit von Philosophen wie Schopenhauer aufbauend, zeigte er, daß unbewußte Begierden nicht die armen, ungebildeten Stiefkinder des Intellekts sind, sondern mächtige Herausforderungen an die Rationalität. Freud zeichnete nicht nur die Umrisse verborgener Wünsche und Konflikte auf, er enthüllte auch, wie wir in Beziehungen treten, aneinander Anteil nehmen und lieben. Aus seinen Entdeckungen sind neue Entwicklungen in der Psychologie hervorgegangen, in deren Mittelpunkt Beziehungen, die positiven und adaptiven Aspekte der Emotion, die Empathie, die Selbstwahrnehmung und Familienkonstellationen stehen (z. B. die Ichpsychologie, interpersonale Ansätze und die Theorie der Objektbeziehungen). Pioniere wie Heinz Hartmann, Sylvan Tomkins, Heinz Kohut und viele andere gingen zwischen den späten dreißiger und den frühen siebziger Jahren verstärkt der positiven und negativen Rolle der Emotionen nach.[4] Diese Erkenntnisse wirkten sich auf die traditionelle Kindererziehung aus, von der Bestrafung bis zur planmäßigen Verabreichung von Mahlzeiten. Eltern folgten nicht mehr der Maxime »Kinder sollte man sehen, aber nicht hören«, sondern begannen mit ihren Kindern über Gefühle zu reden. Starre Fütterzeiten machten dem Füttern auf Verlangen Platz. Die Anerkennung der emotionalen Seite des Verhaltens fand während der sechziger und frühen siebziger Jahre Eingang in die amerikanische Erziehung. An vielen Schulen diskutierte man über Beziehungen, Gefühle, Motivation, Selbstbild und Individualität.

Doch das Interesse der Kliniker wandte sich dann neuen Entdeckungen der Neurowissenschaft und Psychopharmakologie zu, der medikamentösen Behandlung psychischer Krankheiten. Die Forscher waren fasziniert von neuen Medikamenten wie Prozac, denn diese zeigten, daß die chemische Umgebung des Gehirns Gefühle und Verhaltensweisen rascher verändert als Einsicht und Verstehen. Diese biologische Revolution in der Behandlung von psychischen Krankheiten drängte Freuds Ideen dermaßen in den Hintergrund, daß zwei populärwissenschaftliche Werke, in denen beschrieben wird, was Verhaltenswissenschaft und neurologische Forschung über die Bedeutung der Emotionen zu sagen haben, beim amerikanischen Publikum Aufsehen erregten. Die herkömmliche Unterscheidung zwischen Gefühl und Kognition wird in diesen Büchern mehr oder weniger aufrechterhalten. Daniel Goleman, Wissenschaftsjournalist bei der *New York Times*, spricht von »emotionaler Intelligenz«, um die dringend erforderliche Aufmerksamkeit auf die zuvor von Freud, Tomkins und anderen beschriebene positive Bedeutung der Emotionen für die Entwicklung zu lenken, darunter auch die Fähigkeit, Emotionen zu deuten und auf sie einzugehen, sich in andere einzufühlen und in Beziehungen angemessen mit Emotionen umzugehen.[5] Er meint, diese Fähigkeiten seien für den Erfolg im Leben wichtiger als die Intelligenz im herkömmlichen Sinne des IQ. Der Neurologe Antonio Damasio fand heraus, daß Patienten mit Schädigungen in jenem Teil des Gehirns, den man als präfrontalen Kortex bezeichnet, bei relativ normalen IQ-Werten einen gefährlichen Mangel an Urteilsvermögen aufweisen können.[6] Er behauptet, daß Emotionen wie jene, die an der Bewertung der Folgen eines bestimmten Handelns beteiligt sind, für das Urteilsvermögen bedeutsam sind und daß eine Schädigung des präfrontalen Kortex, der die Emotionen reguliert, dieses schwerwiegend beeinträchtigen kann. Interessanterweise ist dieser Teil des Gehirns auch an der motorischen Planung beteiligt, der Sequenzierung des Verhaltens. Kinder und Erwachsene mit Sequenzierungsproblemen haben immer auch Schwierigkeiten mit der Urteilsbildung, weil ihnen die Konstruktion von Mustern schwerfällt; sie sehen den Wald vor lauter Bäumen nicht. Diese neurologischen Befunde bestätigen und unterstreichen, was viele Forscher und Psychotherapeuten über die Bedeutung der Emotionen für so komplexe Fähigkeiten der Persönlichkeit wie die Realitätsprüfung und das Urteilsvermögen herausgefunden haben.[7]

In ihrem Bemühen, wieder ein Interesse an der Rolle der Emotionen in der menschlichen Entwicklung zu wecken, halten beide Autoren jedoch an der überlieferten Dichotomie zwischen Kognition und Affekt fest, wobei der eine beides gegeneinander ausspielt und der emotionalen Anpassung größeres Gewicht beimißt als der Kognition, während der andere zeigt, daß Hirnverletzungen die Emotionen und damit das Urteilsvermögen beeinträchtigen können, entscheidende Aspekte der Kognition aber nicht in Mitleidenschaft ziehen.

Im Laufe der letzten hundert Jahre hat man sich also aufs gründlichste mit der Natur der Kognition beziehungsweise des Intellekts und der Emotionen einschließlich ihrer positiven und negativen Erscheinungen befaßt. Dennoch schlagen sich die meisten Erzieher, Psychiater, Politiker und sogar Eltern auf die eine oder andere Seite dieser Dichotomie. Einerseits unterstützt man die emotionale Entwicklung, zum Beispiel individuell abgestimmte Programme in der schulischen Erziehung, Verständnis und sanfte Entschiedenheit bei der Disziplinierung, Gespräche über Emotionen in der Therapie und verbesserte soziale Hilfen für die Armen. Andererseits findet man Methoden, die auf einer unpersönlichen kognitiven Auffassung beruhen, zum Beispiel einen Unterricht nach der rigiden alten Art, einen Hang zur »harten und liebevollen« Bestrafung, den Einsatz von Medikamenten und eine Beschneidung der Sozialhilfe.

Man hält an der altehrwürdigen Dichotomie zwischen Emotionen und Intelligenz fest, weil die tatsächliche Wechselwirkung zwischen Emotionen und Intelligenz in der frühen Entwicklung bis vor kurzem kaum erforscht war. Sind Emotionen zum Beispiel nur Leitwerte für unsere sozialen Fertigkeiten und Beziehungen und Grundlage von Empathie und Selbstachtung, oder sind sie auf eine bestimmte, maßgebliche Weise an der Entwicklung der Intelligenz beteiligt? Bedarf es der emotionalen Erfahrung, um herkömmliche kognitive Fertigkeiten zu erwerben?

Es gibt eine Reihe überlieferter Deutungen der Emotionen: als

Ventile einer maßlosen Leidenschaft, als physiologische Reaktionen, als subjektive Gefühlszustände oder als interpersonale soziale Hinweise.[8] Nach unseren Beobachtungen zur Entwicklung des Kindes besteht die vielleicht entscheidende Rolle der Emotionen jedoch darin, viele der wichtigsten Funktionen des Geistes hervorzurufen, zu organisieren und aufeinander abzustimmen.[9] Intellekt, schulische Fähigkeiten, Selbstgefühl, Bewußtsein und Moral haben nämlich gemeinsame Ursprünge in unseren frühesten und fortlaufenden emotionalen Erfahrungen. Die Emotionen sind, so unwahrscheinlich es auch klingen mag, die Architekten der vielfältigsten kognitiven Operationen während unserer gesamten Lebenszeit. Sie machen kreatives Denken überhaupt erst möglich.

Für den Zusammenhang zwischen Affekten und Intellekt gibt es etliche Belege, darunter Ergebnisse der neurologischen Forschung, die herausgefunden hat, daß sogar die Struktur des Gehirns von frühen Erfahrungen beeinflußt wird.[10] Interaktionserfahrungen können dazu führen, daß Hirnzellen für bestimmte Zwecke in Anspruch genommen werden, zum Beispiel zusätzliche Zellen fürs Hören statt fürs Sehen.[11] Durch Deprivation oder Abwandlung nötiger Erfahrungen können verschiedene Defizite entstehen. Wird im Frühstadium das Sehen beeinträchtigt, kommt es zu Schwierigkeiten, die von Seelenblindheit bis zu Problemen mit der Tiefenwahrnehmung und dem räumlichen Verständnis reichen.[12] Auch während der Kindheit und des Erwachsenenlebens wirkt die Erfahrung auf die Hirnstruktur ein. Mit bildgebenden Verfahren hat man festgestellt, daß das Spielen eines Musikinstruments im Kortex zusätzliche neurale Verbindungen für die häufig benutzten Finger schafft. Bei Patienten mit zwangsneurotischen Symptomen bewirkt eine erfolgreiche Verhaltenstherapie Veränderungen sowohl im Verhalten als auch in der Hirnstruktur.

Daß emotionale Erfahrung besonders für höhere intellektuelle und soziale Fähigkeiten bedeutsam ist, unterstreichen Studien, aus denen hervorgeht, daß Hirnbereiche, die mit der emotionalen Regulierung, der Interaktion und der Sequenzierung zu tun haben (der präfrontale Kortex), in der zweiten Hälfte des ersten Lebensjahres eine erhöhte Stoffwechselaktivität aufweisen – das ist genau die Zeit, in der Säuglinge verstärkt wechselseitige Interaktionen aufnehmen und größere Intelligenz zeigen, indem sie etwa Entscheidungen treffen und nach versteckten Objekten zu suchen beginnen.[13] Kürzlich entdeckte man, daß Neurone durch Erfahrung aktiviert werden müssen, um über einen neurotropen Faktor Verbindungen untereinander herzustellen.[14] Erfahrung kann hormonelle Änderungen stimulieren; sanfte Berührung scheint zum Beispiel Wachstumshormone freizusetzen, und Hormone wie das Oxytocin scheinen wichtige emotionale Prozesse wie Zugehörigkeit und Nähe zu fördern.[15] Außerdem geht emotionaler Streß mit Veränderungen der Hirnphysiologie einher.[16] Generell besteht in den Entwicklungsjahren ein enges Wechselverhältnis zwischen genetischen Neigungen und Erfahrungen mit der Umwelt. Es scheint, als passe die Erfahrung die Biologie des Kleinkinds an seine Umgebung an.[17] Dabei kommt es freilich auf die Art der Erfahrungen an. Offenbar brauchen Kinder bestimmte emotionale Interaktionen, die auf ihre speziellen Entwicklungsbedürfnisse abgestimmt sind.

Diese Ergebnisse legen die Frage nahe, welche Arten von früher Erfahrung für den wachsenden Intellekt des Kindes am förderlichsten sind. Sollte man dem zunehmenden Erinnerungsvermögen des Kleinkinds mit Illustrationstafeln entgegenkommen, auf denen ihm kurz Bilder und Wörter gezeigt werden, oder besser mit natürlichen Interaktionen, die Wörter und phantasievolle Spiele beinhalten? Sollte man Kinder in Geometrie unterrichten, sobald sie räumliche Beziehungen erfassen können, bevor sie die Fähigkeit zu komplexem logischen Denken besitzen?[18] Solche verfrühten Aktivitäten sind nicht die Grundlage echten Lernens. Neugeborene können ihre Zunge herausstrecken, nachdem sie es bei jemand anderem gesehen haben. Diese perzeptiv-motorischen Fertigkeiten und andere Hilfsmittel des Nervensystems sind bemerkenswert, stellen aber an und für sich noch keinen logischen Denkvorgang dar. Was daraus für das Lernen folgt, werden wir im vierten und achten Kapitel erörtern.

Inzwischen wirkt sich die neue und für viele überraschende Vorstellung, daß die Emotion umfassend und vielleicht sogar entscheidend an der Prägung des Intellekts beteiligt ist, bereits auf unsere Einschätzung von Säuglingen und Kleinkindern aus. In der vom National Center for Infants, Toddlers, and Families herausgegebenen Zeitschrift *Zero to three* schlagen wir in der Ausgabe vom Juni 1994 vor, statt der Fähigkeit, Pflöcke in Löcher zu stecken oder Perlen unter Tassen zu suchen, den emotionalen Austausch mit den Pflegepersonen zum obersten Maßstab der Entwicklung und der intellektuellen Kompetenz zu machen.[19]

Bestärkt wurde ich in dieser Auffassung der geistigen Entwicklung durch Untersuchungen auf drei Gebieten. Dazu zählt die Arbeit meiner Kollegen und meine eigene mit Kindern, die biologisch äußerst gefährdet sind, darunter ganz junge Kinder, die Anzeichen von Autismus erkennen lassen. Die autistischen Symptome sind bei diesen Kindern nicht nur organisch bedingt. Durch ihre Physiologie wird es ihnen erschwert, sich auf die interaktiven emotionalen Erfahrungen einzulassen, die eine Voraussetzung geistigen Wachstums sind. Autistische Symptome entwickeln sich vor allem, weil es an den entscheidenden emotionalen Erfahrungen fehlt. Nach und nach ist es uns gelungen, innerhalb und außerhalb dieser physiologischen Beschränkungen die nötigen emotionalen Erfahrungen zu ermöglichen. Viele dieser Kinder sind seither zu intelligenten und psychisch gesunden Personen herangewachsen.[20] Anhand der von uns beobachteten Auswirkungen verschiedener emotionaler Erfahrungen auf die Intelligenz verstehen wir allmählich, wie die jeweilige Art der Erfahrung zum intellektuellen und sozialen Wachstum beiträgt.

Welche Rolle die frühe emotionale Erfahrung spielt, habe ich auch in der Arbeit mit Säuglingen und Kleinkindern festgestellt, die sich relativ normal entwickeln, indem ich die (in den Kapiteln 2 bis 4 beschriebenen) Stadien beobachtete, die sie während der Herausbildung ihrer kognitiven Fähigkeiten und sozialen Fertigkeiten durchlaufen. Bestimmte Arten von emotionaler Fürsorge – das wird in diesen Beobachtungen deutlich – führen sie zu geistiger und emotionaler Gesundheit, und affektive Erfahrungen helfen ihnen, verschiedene kognitive Aufgaben zu meistern.[21] Stephan Porges von der Universität von Maryland und ich haben durch Experimente geklärt, daß die an der emotionalen Regulierung beteiligten Teile des Gehirns und des Nervensystems für die Kognition von entscheidender Bedeutung sind.[22] Sie reagieren zusammen mit den Teilen des Gehirns, die die entsprechenden Sinneswahrnehmungen registrieren, wenn den Babys visuelle oder akustische Reize dargeboten werden. Bei einem gut funktionierenden Regelungssystem sind die Kinder aufmerksam und begreifen, was sie sehen oder hören. Dieses System ist aber bei einigen Kindern beeinträchtigt. Wenn das Gehirn nicht die Emotionen zu regulieren vermag, fällt es den Babys schwer, aufmerksam zu sein und zwischen den Empfindungen zu unterscheiden. Sie begreifen nicht recht, was sie sehen oder hören. Oft werden sie reizbar, und ihre Reaktionen sind zerfahren. Messungen dieser emotionalen Regelungsfunktion im Alter von acht Monaten – das ergab eine gesonderte Untersuchung – korrelieren mit den IQ-Werten der Kinder im Alter von vier Jahren.

Die Erkenntnis, daß Intellekt und Emotion zusammenhängen, erwuchs zum dritten aus unserer im dreizehnten Kapitel beschriebenen Arbeit mit Familien, in denen sich mehrere Risiken oder Probleme häufen. In diesen Familien, die von fast jedem Problem betroffen sind, das man sich vorstellen kann, von Vernachlässigung der Kinder und Gewalt unter den Ehegatten bis zu Alkoholismus und Drogenabhängigkeit, entspricht der Entwicklungsrückstand der kognitiven und sozialen Fertigkeiten der Kinder dem Grad der Vernachlässigung ihrer emotionalen Bedürfnisse auf der jeweiligen Entwicklungsstufe. In Familien mit mehrfachen Risikofaktoren ist die Wahrscheinlichkeit, daß die Kinder mit vier Jahren bei kognitiven Aufgaben schwach abschneiden, mehr als zwanzigmal höher, und der Trend wirkt bis in die Adoleszenz fort.[23] Was diese Kinder in den einzelnen Entwicklungsstadien brauchen, erkannten wir an ihren Entzugserscheinungen.[24] Daß es sich positiv auswirkt, wenn den gefährdeten Kleinkindern und ihren Familien die benötigten Erfahrungen vermittelt werden, haben andere Studien zur Frühintervention gezeigt. Die so erworbenen adaptiven Fähigkeiten erhalten sich vielfach bis in die Kindheit, die Adoleszenz und das Erwachsenenleben.[25]

Aus diesen verschiedenen Quellen ergab sich ein neues Verständnis für die Entwicklung des Geistes während der ersten Etappen des Lebens, das die Erfahrung emotionaler Interaktionen mit dem Wachstum intellektueller Fähigkeiten, ja sogar mit dem Selbstgefühl in einen Zusammenhang bringt. In den folgenden Kapiteln zeigen wir, was aus dieser Entwicklungsperspektive für die Erziehung unserer Kinder, unsere Rolle als Erwachsene und die Teilhabe an unserer Gesellschaft folgt.

TEIL I

Die Prozesse, aus denen der Geist entsteht

1.
Die emotionale Architektur des Geistes

Erkenntnisse aus dem Autismus

Die Beobachtung autistischer Kinder läßt uns vielleicht am unmittelbarsten verstehen, welche grundlegende Rolle die Emotionen in der kognitiven Entwicklung spielen. Von diesen Kindern, die unter den schwersten Denk- und Sprachproblemen leiden, die man sich nur vorstellen kann, können wir viel lernen, wenn wir sehen, wie sie lernen, zu denken, mit anderen in Beziehung zu treten und zu kommunizieren.[1] Die Kinder, mit denen meine Kollegen und ich arbeiten, haben gravierende, eindeutig auf neurologischen Problemen beruhende Defizite, zum Beispiel eine ungenügende Fähigkeit, Töne zu verarbeiten, Wörter zu begreifen und sequentielle Bewegungen zu planen. Bei der Diagnose zeigen diese Kinder im Alter von achtzehn Monaten bis vier Jahren bizarre und beunruhigende Verhaltensweisen – sie wandern ziellos umher, schlagen zwanghaft mit den Armen, reiben unausgesetzt eine bestimmte Stelle auf einem Teppich, machen immer wieder eine Tür auf und zu oder ordnen kleine Objekte sorgfältig in geraden Reihen an –, sind aber nahezu unfähig, auch nur auf die elementarsten Kommunikationsversuche zu reagieren.

Im Zentrum der Therapieprogramme für solche schwerbehinderten Kinder stand bisher der Versuch, ihnen das Sprechen oder ausgewählte kognitive Fertigkeiten beizubringen wie etwa die Erzeugung bestimmter Laute, das Durchspielen verschiedener sozialer Konventionen oder die Nachahmung bestimmter Handlungen – also isolierte Handlungen ohne Zusammenhang, die wir als »abgesplitterte Fertigkeiten« bezeichnen. Doch auch dann, wenn diese Kinder lernen, Sätze zu bilden, ihre Schuhe zuzubinden oder auf Trommeln zu schlagen, zeigt ihr Tun gewöhnlich nicht die freudige Spontaneität und Begeisterung, das flexible Problemlösen und die emotionale Offenheit, die in ihrem Alter sonst zu erwarten sind. Wir haben zum Beispiel Kinder mit autistischen Symptomen in intensiven Verhaltensprogrammen (zwanzig bis vierzig Stunden pro Woche) beobachtet. Viele neigten, wenn sie dann sprachen, zu einer mechanischen Redeweise und einem stereotypen Denken, obwohl wir den Eindruck hatten, daß sie die Befähigung zu kreativerem, abstraktem Denken, größerer Phantasie und engeren Beziehungen zu Gleichaltrigen besaßen.

Ganz andere Resultate ergaben sich bei einem Programm wie demjenigen, das die wahren Fähigkeiten von Cara offenbarte, dem einjährigen Mädchen, dessen Mutter einen Entwicklungsrückstand bei ihr befürchtete (siehe Einführung). Ein solches Programm der emotionalen Hinweisreize, das an dem Punkt einsetzt, wo das Kind sich vom Lächeln und den Annäherungsversuchen der Eltern abwendet, macht sich die Rolle der Emotion in der normalen geistigen Entwicklung zunutze. Es scheint erfolgreicher als Strategien der direkten kognitiven Stimulierung gesunde intellektuelle und emotionale Muster zu fördern.[2] Wir haben mit diesem Ansatz etlichen Kindern geholfen, ihre jeweiligen Behinderungen anzugehen, indem wir sie zunächst in Beziehungen und dann in einen vielfach wiederholten emotionalen Austausch mit einer Pflegeperson lockten, wobei am Anfang oft nur Mienenspiele oder Gebärden standen.

Ein solches Kind, nennen wir es Tony, kam mit achtzehn Monaten in unser Programm. Seine Eltern hatten gleich nach der Geburt entdeckt, daß ihm etwas fehlte. Einen Monat zu früh geboren, wog er nur vier Pfund. Eine zerebrale Lähmung von mittlerem Schweregrad verzerrte die Bewegungen seiner Beine und – in geringerem Maße – die seiner Arme. In seinem ersten Lebensjahr introvertiert und zurückhaltend, reagierte er kaum auf das Lächeln und Gurren, mit dem man ihn überschüttete. Nur mit großer Mühe gelang es seiner sanften, unermüdlichen Mutter, ihm eine schwache Reaktion auf ihr Streicheln zu entlocken. Strahlen, Juchzen und Ankuscheln, alles, was Babys in seinem Alter sonst so unwiderstehlich macht, fand man bei ihm kaum. Im Grunde versuchte er gar nicht, mit anderen zu kommunizieren. Das erfüllte seine Eltern mit tiefer Sorge.

Als Tony fast achtzehn Monate alt war, hatte er noch nicht zu sprechen begonnen und wirkte auch in seinem Verhalten ein gutes Jahr jünger, als er in Wirklichkeit war. Hin und wieder stieß er einen merkwürdigen Laut aus, und er bewegte sich fast ziellos. Er krabbelte, statt zu gehen, und von Monat zu Monat schien er geistesabwesender und unnahbarer zu werden.

Von der bösen Ahnung des Autismus verfolgt, brachten seine Eltern ihn zur Begutachtung in eine der angesehensten Kliniken der Ostküste. Ein Fachmann für kindliche Entwicklung bemerkte außer seinen physischen Beeinträchtigungen schwerwiegende soziale und kognitive Defizite. Tony würde in seinen geistigen Leistungen nie mehr als einen IQ von 50 erreichen. Dieser Gutachter diagnostizierte zudem »eine schwere allgemeine Entwicklungsstörung«, laienhaft ausgedrückt: Autismus. Tonys akademisch gebildete Eltern waren entsetzt. Ihr geliebter erstgeborener Sohn schien dazu verurteilt, sein Leben in dem schrecklichen Grenzbereich von Unmündigkeit und Isolation zu verbringen.

Drei Jahre später, so die Prognose, würde Tony noch weiter hinter seinen weniger behinderten Altersgenossen zurückgeblieben sein. Er wäre dann aufgrund seiner Beeinträchtigungen eingesperrt in ein einsames, weltfernes Reich stereotyp wiederholter Handlungen und geistiger Zurückgebliebenheit und fast vollkommen ausgeschlossen von menschlichen Beziehungen. Die Welt der Freundschaften, des Lernens und der Hoffnung auf ein befriedigendes Leben würde ihm verschlossen bleiben.

Doch Tonys Eltern suchten weiter nach Hilfe. Eine dreieinhalb Jahre dauernde, auf affektive Interaktionen zentrierte Behandlung bewirkte, daß Tony mit knapp fünf Jahren nicht wiederzuerkennen war. Er spielte fröhlich in einem Kreis von Freunden, verwickelte seine Eltern und Lehrer in angeregte Diskussionen, wehrte sich energisch, wenn er ins Bett sollte, und stellte und beantwortete mit lebhaftem Interesse unzählige Fragen nach den Zusammenhängen der Welt. Er alberte mit seinem kleinen Bruder herum, spielte mit seinen Kumpels Fußball und vertiefte sich in ausgeklügelte Phantasiespiele mit Helden und bösen Kerlen. In einer Diskussion, die wir auf einem Videoband festhalten konnten, das Tonys Entwicklung vom Alter von achtzehn Monaten an dokumentiert, sagte er, er hätte gern »das

Spielzeug, das Steven hat«, wobei hinter seinem Grinsen ein Lächeln zu ahnen war. Auf die Frage, warum, antwortete er: »Weil es Spaß macht, damit zu spielen.« Auf die weitere Frage, was Steven wohl empfinden würde, wenn er ein so geliebtes Spielzeug hergeben solle, erwiderte Tony kichernd und mit zunehmendem schüchternen Lächeln: »Es wird ihm nicht gefallen. Er wird böse sein.« Vor kurzem hat er gezeigt, daß er zu abstraktem Denken fähig ist und Feinheiten im menschlichen Verhalten zu erkennen vermag. Als sein Vater ihn zu überzeugen versuchte, daß ein anderes Kind ihn gern hat, bemerkte er: »Ja, er ist nett zu mir, aber das heißt nicht, daß er gern mit mir zusammen ist.« In gängigen IQ-Tests liegt er mit seinen verbalen und kognitiven Fähigkeiten erheblich über dem Altersdurchschnitt. Seine geistigen und körperlichen Fähigkeiten sind von Jahr zu Jahr – er wird bald zehn – gewachsen. Die körperliche Koordination ist zwar noch etwas beeinträchtigt, doch ansonsten genießt er die Abenteuer eines kleinen Jungen, der sich auf dem Weg zu einer natürlichen Entwicklung befindet.

Von den autistischen Kindern, mit denen wir gearbeitet haben, haben die meisten Fortschritte gemacht. Viele beweisen wie Tony am Ende echte Kreativität und Empathie und durchlaufen schließlich die Entwicklungsstufen, die in den Kapiteln 2 bis 4 beschrieben werden. Mit unserer Hilfe lernen diese Kinder, mit anderen zu interagieren, indem sie zunächst Gebärden und Gefühle und dann Wörter und Gefühle miteinander verknüpfen. Tony zum Beispiel leitete seine allererste Interaktion ein, als sein Vater versuchte, ein Rad, das er gedreht hatte, in die entgegengesetzte Richtung zu drehen. Seine ungeheure Reise begann damit, daß er seinen Vater protestierend anblickte und dem Rad einen entgegengesetzten Schwung gab. Jedes dieser Kinder macht seine eigenen, langsameren Fortschritte und muß schwere Probleme mit der Verarbeitung von Lauten, speziell von Wörtern, und vielfach auch von visuellen und taktilen Eindrücken sowie von Bewegungen überwinden, aber alle, die sehr gute Fortschritte gemacht haben, reisen auf derselben Straße und gelangen zu demselben Ziel wie andere Kinder, indem sie fähig werden, kreativ zu denken und flexibel zu interagieren.

Bei der Arbeit mit diesen Kindern fanden wir, daß die grundlegende Einheit der Intelligenz in der Verknüpfung zwischen einem

Gefühl oder Wunsch und einer Handlung oder einem Symbol besteht. Sobald eine Gebärde oder ein Sprachbrocken auf irgendeine Weise mit den Gefühlen oder Wünschen des Kindes verknüpft ist – und sei es auch etwas so Einfaches wie der Wunsch, nach draußen zu gehen oder einen Ball zu bekommen –, kann es lernen, diese Gebärde angemessen und zweckmäßig zu benutzen. Solange es diese Verknüpfung nicht hergestellt hat, bleiben sein Verhalten und seine Kommunikation gestört; ein wesentliches Element der Störung besteht gerade in der Schwierigkeit, solche Verknüpfungen herzustellen.

In der Therapie benutzen wir deshalb die spontanen Intentionen und Gefühle des Kindes als seine persönliche Lerngrundlage. Ein Junge, der auf den Spielplatz hinaus möchte, trifft zum Beispiel dauernd auf Erwachsene, die in die verkehrte Richtung zeigen. Damit ihm jemand die Tür öffnet, muß er schließlich in die richtige Richtung zeigen oder etwas sagen, das wie »Hinaus!« klingt. Oder ein Mädchen, das gern Spielzeugautos zusammenkrachen sieht, trifft auf einen Erwachsenen, der ein Auto so anschiebt, daß es ein prima Ziel abgibt. Die Hoffnung auf einen krachenden Zusammenstoß wird benutzt, um sie in ein kooperatives Unfallspiel hineinzulocken. Als Tony erstmals Wörter verwendete, ging es ihm oft darum, seine Mutter und seinen Beschäftigungstherapeuten dahin zu bringen, einen Stuhl, den er gern rotieren ließ, »mehr schnell« zu drehen.

In einem anderen Fall benutzten wir die eigentlich beunruhigende repetitive Bewegung eines Mädchens, um erstmals mit ihm zu kommunizieren. Die Zweijährige sprach nicht und reagierte auch in keiner Weise auf andere, sondern starrte stundenlang in die Weite und rieb dabei unaufhörlich ein Stück Teppich. Wir sahen in ihrer abnormen Wiederholung jedoch nicht nur ein Symptom ihres Autismus, sondern auch ein Zeichen des Interesses und der Motivation, zumindest an diesem Stück Velours. Dort konnten wir vielleicht ansetzen, um sie für eine emotionale Verknüpfung und später fürs Lernen zu öffnen.

Wir baten die Mutter, ihre Hand neben die Hand des Mädchens zu legen, direkt auf das bevorzugte Stück Fußboden. Das Kind schob die Hand fort, doch die Mutter legte sie sanft wieder an die alte Stelle. Erneut schob das Kind sie fort, und wieder kehrte die Hand zurück.

Es entspann sich ein Katz-und-Maus-Spiel, und am dritten Tag dieser rudimentären Interaktion lächelte das kleine Mädchen, als es die Hand der Mutter fortschob. Aus diesem unscheinbaren Anfang erwuchs eine emotionale Verbindung, eine Beziehung, und schließlich erwuchsen daraus Gedanken und Worte. Nachdem es anfangs eine hinderliche Hand fortgeschoben, dann diese Hand gesucht und anschließend ein kokettes Lächeln und Kichern angeboten hatte, ging das Mädchen dazu über, Gebärden in einem nonverbalen Dialog zu benutzen. Als sie begann, sich wiederholt auf die Mutter zu werfen, erkannte der Therapeut, daß dieses Verhalten ihr ein sinnliches Vergnügen bereitete. Er bat die Mutter, jedesmal, wenn ihre Tochter sich auf sie stürzte, wie ein Pferd zu wiehern. Bald ahmte sie ihre Mutter nach und wieherte ebenfalls. Es dauerte nicht lange, und sie begann, ihre eigenen Laute und dann ihre eigenen Worte zu bilden. Der Therapeut half somit der Mutter, diese Empfindung zu einer reicheren, komplexeren Interaktion auszubauen. Nach und nach taten Mutter und Kind so, als wären sie wiehernde Pferde, muhende Kühe und bellende Hunde. Im gleichen Maß, wie ihre imaginäre Menagerie sich bevölkerte, wurde ihr sozialer und emotionaler Austausch komplexer. Dann ging man dazu über, ausgestopfte Häschen miteinander kämpfen und sich zärtlich umarmen zu lassen. Das symbolische Spiel führte schließlich zur Sprache und zum Denken. Heute, mit sieben Jahren, verfügt das Mädchen über verschiedene altersgemäße Emotionen, herzliche Freundschaften und eine lebhafte Phantasie. Sie argumentiert genausogut wie ihr Vater, der Anwalt ist, und liegt an der Untergrenze des oberen IQ-Bereichs. Wir haben mit einer großen Zahl solcher Kinder gearbeitet, und viele von ihnen haben ähnliche Fortschritte gemacht. In unserer jüngsten Untersuchung von über zweihundert Kindern mit Diagnosen aus dem autistischen Spektrum, die eine solche Therapie machen, fanden wir, daß zwischen 58 und 73 Prozent freundlich, liebevoll und kommunikativ geworden sind.[3]

Lernen von Babys und Kindern

Die Erkenntnisse, die wir aus unserer Arbeit mit autistischen Kindern gewonnen haben, haben uns zu einem neuen Verständnis der intellektuellen Entwicklung gebracht. Wir fragten uns, wie die Fähigkeiten, die diese autistischen Kinder nur dank endloser Therapiestunden und der Arbeit mit ihren Eltern entwickelten, sich unter normalen Umständen herausbilden, in denen organische Hindernisse nicht vorliegen. Wie lernt die Mehrheit der Kinder denken? Aus unseren Beobachtungen an Babys und Kindern haben wir eine Reihe von Entwicklungsstadien abgeleitet, die hier kurz umrissen und in den folgenden Kapiteln ausführlicher erörtert werden sollen.

Mit der lebenslangen Aufgabe, etwas über die Welt zu lernen, beginnt das Baby anhand des vorliegenden Materials, das in diesem Lebensabschnitt aus den einfachsten Empfindungen des Tast- und Gehörsinnes besteht. Man weiß seit langem, wie Babys lernen, auf diese Empfindungen zu achten, zwischen ihnen zu unterscheiden und sie zu verstehen. Auch die immer komplexeren Emotionen von Kleinkindern wurden in anderen Studien hinreichend beschrieben. Was in diesen Untersuchungen über die Anfänge von Wahrnehmung und Kognition einerseits und die emotionale Entwicklung andererseits dagegen zu kurz kam, ist eine scheinbar offenkundige Beobachtung, deren Bedeutung nicht unterschätzt werden darf. Jede Sinneswahrnehmung, die von dem Kind registriert wird, ruft normalerweise einen Affekt oder eine Emotion hervor.[4] Das Kind reagiert darauf je nachdem, wie die Wahrnehmung emotional und physisch auf es einwirkt. Eine Decke kann sich weich *und* angenehm oder kratzig *und* irritierend anfühlen; ein Spielzeug kann leuchtend rot *und* aufregend oder langweilig sein, eine Stimme laut *und* verlockend oder mißtönend sein. Mamas Wange kann sich glatt und wunderbar oder rauh und unbehaglich anfühlen. Das Kind fühlt sich geborgen, wenn Mama es in die Arme nimmt, oder verängstigt, wenn sie es wegstößt. In dem Maße, wie die Erfahrung des Babys wächst, werden sensorische Eindrücke zunehmend mit Gefühlen verknüpft. Diese *duale Codierung* der Erfahrung gibt Aufschluß darüber, wie die Emotionen die intellektuellen Fähigkeiten organisieren, mehr noch, wie sie das Selbstgefühl schaffen.

Menschen beginnen, sobald sie geboren sind, Phänomene und Gefühle miteinander zu verknüpfen. Selbst nur wenige Tage alte Kinder reagieren auf Sinneswahrnehmungen emotional und geben dem Klang und Geruch der Mutter den Vorzug vor allen anderen Stimmen oder Düften. Sie saugen kräftiger, wenn ihnen süße Flüssigkeiten angeboten werden, die gut schmecken. Sind die Babys etwas älter, suchen sie freudig die Nähe bestimmter Personen, während sie andere meiden. Mit vier Monaten können Kinder auf den Anblick oder die Stimme einer bestimmten Person mit Furcht reagieren.

In dieses neue Verständnis von Denken und Fühlen fügt sich eine kürzlich entdeckte Tatsache: Eine bestimmte Sinneswahrnehmung ruft nicht zwangsläufig bei allen Individuen dieselbe Reaktion hervor. Ein Klang von bestimmter Frequenz und Lautstärke – zum Beispiel eine hohe Stimme – wird aufgrund angeborener Unterschiede der sensorischen Ausstattung von den einen als erregend und aufmunternd, von anderen dagegen als schrill und durchdringend wie eine Sirene empfunden. Ein Licht von bestimmter Helligkeit wird von den einen als fröhlich, von anderen als grell und irritierend wahrgenommen. Ein sanftes Streicheln wird den einen besänftigen, während es einen anderen schmerzhaft auffahren läßt wie die Berührung eines Sonnenbrands. Entgegen der langgehegten Annahme, daß wir alle Klang- oder Tastwahrnehmungen mehr oder weniger gleichartig empfinden, weiß man inzwischen, daß es in der Verarbeitung auch von ganz einfachen sensorischen Informationen erhebliche Unterschiede zwischen den Individuen gibt. Eine bestimmte Wahrnehmung kann also bei verschiedenen Individuen ganz unterschiedliche emotionale Wirkungen hervorrufen – in einem Fall zum Beispiel Lust, in einem anderen Angst. Jeder von uns stellt unbewußt seinen eigenen, manchmal recht eigenwilligen Katalog affektiver Reaktionen auf sensorische Erfahrungen zusammen.

Die ersten sensorischen Erfahrungen eines Kindes erfolgen im Rahmen von Beziehungen, die ihnen zusätzliche emotionale Bedeutung verleihen. Die ersten Affekte des Kindes betreffen, ob nun positiv oder negativ, fast ausnahmslos die Personen, auf die es für sein Überleben vollkommen angewiesen ist und die sich ihrer Verantwortung in einer Weise entledigen, die von allumfassender Fürsorge bis zu beinahe totaler Vernachlässigung reichen kann. Die Flasche zu bekommen, kann für das Baby beides bedeuten: das Glück der Liebe und Sättigung bei einer warmherzigen, freigebigen Mutter oder Hunger, Frustration und Furcht bei einer selbstherrlichen Pflegeperson, die ihm nach einer festgelegten Zeit den Schnuller entzieht. Wenn es mit Mutters Haaren spielt, kann das zweierlei hervorrufen: fröhliches Kichern oder zornige Schelte.

Wenn das Kind mit zunehmendem Alter die Welt erkundet, sind Emotionen ihm dabei behilflich, auch das zu begreifen, was sich als physikalische und mathematische Beziehungen darbietet. Man könnte meinen, daß einfache Begriffe wie *heiß* oder *kalt* ganz und gar physische Empfindungen repräsentierten, doch was »zu heiß« oder »genau richtig« bedeutet, lernt das Kind anhand von angenehmen oder schmerzend heißen Bädern, kalten oder wohltuenden Fläschchen, übermäßiger oder unzureichender Bekleidung, kurz, anhand von Empfindungen, die mit den emotionalen Reaktionen des Kindes codiert werden. Eine entsprechende Grundlage haben komplexere Wahrnehmungen wie *groß* oder *klein, mehr* oder *weniger, hier* oder *dort.* »Viel« ist etwas mehr als das, was ein Kind glücklich macht, »zuwenig« ist weniger als erwartet. »Mehr« ist eine weitere Dosis Lust oder – manchmal – auch Unbehagen. »Nah« ist, wenn man mit der Mutter im Bett kuschelt. »Später« bedeutet eine frustrierende Wartezeit.

Auch abstrakte, scheinbar in sich geschlossene Begriffe, wie sie hochtheoretischen wissenschaftlichen Spekulationen zugrunde liegen, gehen letztlich auf die emotionale Erfahrung eines Kindes zurück. Mathematiker und Physiker mögen mit schwerverständlichen Symbolen hantieren, die Raum, Zeit und Quantität repräsentieren, doch verstanden haben sie diese Größen erstmals als kleine Kinder, die mit wackligen Beinen auf ein Spielzeug in der anderen Ecke des Spielzimmers zustrebten, die darauf warteten, daß die Mutter den Saftbecher auffüllt oder die sich vorstellten, wie viele Plätzchen sie noch essen könnten, bevor ihnen das Bäuchlein weh täte. Zu ihren scharfsinnigsten Erkenntnissen kamen Einstein und andere Denker wie Schrödinger durch »Gedankenexperimente«. Das erwachsene Genie unternimmt wie das abenteuerlustige Kind imaginäre Reisen mit intergalaktischen Fahrstühlen mit Lichtstrahlen oder durch das All sausenden Kapseln. Ideen entstehen durch spielerische Exploration in der Phantasie und werden erst nachträglich in die strenge Sprache der Mathematik gekleidet. Einstein beschrieb diesen Vorgang folgendermaßen:

> Die Worte der geschriebenen oder gesprochenen Sprache scheinen in meiner Art zu denken keine Rolle zu spielen. Die physikalischen Größen, die scheinbar im Denken als Elemente fungieren, sind bestimmte Zeichen und mehr oder weniger klare Bilder, die sich »willkürlich« reproduzieren und kombinieren lassen.
>
> Natürlich gibt es einen gewissen Zusammenhang zwischen diesen Elementen und den entsprechenden logischen Begriffen. Auch ist klar, daß der Wunsch, schließlich zu logisch zusammenhängenden Begriffen zu gelangen, die emotionale Grundlage dieses etwas vagen Spielens mit den erwähnten Elementen ist. Doch psychologisch gesehen scheint dieses kombinatorische Spiel das Wesentliche am produktiven Denken zu sein, noch ehe in den Worten oder Zeichen irgendein Zusammenhang mit der logischen Konstruktion besteht, der anderen vermittelt werden kann.[5]

Auch wenn Zeit und Raum schließlich zu objektiven Parametern werden, bleibt die emotionale Komponente erhalten. Ein Physiker, der es gewohnt ist, Nanosekunden exakt zu messen, kann eine halbe Minute, die er am Telefon warten muß, wie eine halbe Stunde empfinden. Einem Professor der Topologie, der sein Flugzeug erwischen möchte und einen schweren Koffer zu schleppen hat, kann eine Treppe steiler erscheinen als ein Berghang. Ebenso wie für ein Kleinkind, das sich nach einem außer Reichweite befindlichen Spielzeug windet, oder für einen Knirps, der die Minuten durchleidet, bis die Mutter heimkommt, bemessen sich für diese klugen Denker ein paar Meter oder Minuten nach der empfundenen emotionalen Erfahrung.

Ein Kind muß, ehe es zählen kann, diese Art der emotionalen Erfassung von Raum und Zeit besitzen. Es muß – möglicherweise durch Gebärden, ehe es der Worte mächtig ist – ausdrücken können, ob ein Objekt weit entfernt ist oder ein Imbiß in Kürze da sein wird. Zahlen objektivieren am Ende das »Gefühl« der Menge und verleihen ihm logische Parameter, so wie Jimmy und Josh, von denen ich in der Einführung sprach, das Gefühl, das sie im Umgang mit herrschsüchtigen Menschen haben, in logische Argumente kleideten. Zahlen können für ein Mädchen, das kein intuitives Gespür für *wenig* (etwas weniger, als sie haben möchte) oder für *viel* (sehr viel mehr, als sie halten kann) besitzt, keine wirkliche Bedeutung haben, auch wenn sie sie noch so gut hersagen kann, und Operationen wie Addition und Subtraktion können keine Realitäten in ihrer Welt beschreiben. In der Arbeit mit unterschiedlich behinderten Kindern, die gleichwohl zählen und sogar rechnen konnten, stellten wir fest, daß Zahlen und Berechnungen für sie keine Bedeutung besaßen, bis wir eine emotionale Erfahrung der Quantität schufen, indem wir beispielsweise mit ihnen darüber stritten, wie viele Münzen oder Bonbons oder Rosinen sie bekommen sollten.

Der duale Code

Jede Sinneswahrnehmung ist folglich Bestandteil eines dualen Codes. Wir kennzeichnen sie sowohl anhand ihrer physischen Eigenschaften (hell, groß, laut, weich u. dgl.) als auch anhand der emotionalen Qualitäten, die wir mit ihnen verknüpfen (ob wir sie als beruhigend oder nervtötend empfinden oder ob sie uns froh oder nervös machen). Dank dieser doppelten Codierung kann das Kind zwischen jeder Erinnerung oder Erfahrung in einem mentalen Katalog von Phänomenen und Gefühlen »Querverweise« herstellen und sie bei Bedarf rekonstruieren. Eine Mahlzeit zum Beispiel, die sowohl unter »Essen« als auch unter »Mutters Nähe fühlen« gespeichert ist, bildet am Ende zusammen mit anderen Erfahrungen eine reichhaltige und detaillierte, aber naturgemäß subjektive Beschreibung der emotionalen und sensorischen Welten eines Kindes. Später werden wir sehen, wie die emotionale Organisation der Erfahrung den Zugang bestimmt und dadurch, daß sie Bedeutung und Relevanz herstellt, die Entwicklung des logischen Denkens unterstützt.

Wie kann aber eine Handvoll Emotionen einen so riesigen Informationsbestand organisieren, wie er im menschlichen Gehirn gespeichert ist? Zur Feinabstimmung unserer Auswahl modulieren wir unsere Emotionen in der Weise, daß wir ein fast grenzenloses Spektrum subtiler Variationen und Kombinationen von Traurigkeit, Freude, Neugier, Zorn, Furcht, Eifersucht, Erwartung und Bedauern zeigen können. Wir besitzen einen außerordentlich empfindlichen »Maßstab«, an dem wir unsere Reaktion eichen, und in einem gewissen Sinne kann man fast sagen, daß er uns besitzt. Wer auf den subjektiven Zustand seines Körpers achtet, wird fast immer einen emotionalen Ton in ihm wahrnehmen, mag dieser auch schwer zu fassen oder schwer zu beschreiben sein. Man fühlt sich zum Beispiel angespannt oder entspannt, hoffnungsvoll oder matt, gelassen oder demoralisiert. Dieser innere emotionale Ton baut sich ständig neu auf in den unzähligen Variationen, die wir benutzen, um unsere Erfahrung zu kennzeichnen und zu organisieren und zu speichern und wiederaufzurufen und, was am wichtigsten ist, zu verstehen.

Daran ist unser ganzer Körper beteiligt. Unsere Emotionen werden geschaffen und ins Leben gerufen durch die mimischen Ausdrucksformen und Gebärden, die wir mittels der willkürlichen Muskulatur unseres Gesichts, unserer Arme und Beine erzeugen – Lächeln, Stirnrunzeln, Zusammensinken des Körpers, Gestikulieren der Hände usw. Die unwillkürliche Muskulatur unserer inneren Organe spielt gleichfalls eine Rolle; manchmal hämmert unser Herz, und im Magen verspüren wir das »Schmetterlings«gefühl der Angst. Affekte wie Erregung, Entzücken und Zorn werden vornehmlich vom willkürlichen System kontrolliert; andere, darunter Furcht, sexuelle Lust, Sehnsucht und Kummer, sind überwiegend unwillkürlich. Gewisse Reaktionen wie die durch Adrenalin erregte äußerste Wachsamkeit in Kampf- oder Fluchtsituationen, die eine umfassendere Wirkung auf uns ausüben, sind in Teilen des Nervensystems angesiedelt, die aus einem frühen Evolutionsstadium stammen. Affekte, die an sozialer Gegenseitigkeit beteiligt sind, also jene, die Reaktionen auf andere anzeigen und Akzeptanz, Ablehnung, Zustimmung, Verärgerung und dergleichen vermitteln, gehören zu später entstandenen Teilen des Nervensystems und beruhen auf den höchsten Fähigkeiten des Kortex.

Mit dieser Erklärung der Tatsache, daß der Affekt die Erfahrung und letztlich das Denken organisiert, ist eines der Rätsel gelöst, die der modernen Psychologie zu schaffen machten: Woher weiß ein Kind, wann ein Verhalten, eine Fertigkeit, eine Tatsache oder Idee, die es in einer Situation gelernt hat, in einer anderen anzuwenden ist? Mit anderen Worten: Wie findet es heraus, wie und wann es verallgemeinern soll? Wie unterscheidet es zwischen Situationen – zu Hause, in der Kirche, der Schule, bei Oma zu Hause –, und wie wählt es das der Situation entsprechende Verhalten – laut lachen, stillsitzen – aus? Wie lernt es, kurz gesagt, Relevanz und Kontext wahrzunehmen?

Vor allem Kliniker wurden von dieser Frage herausgefordert, wenn sie Kindern mit entwicklungsbedingten Behinderungen helfen wollten, das, was sie in einer Situation gelernt hatten, auf eine andere zu übertragen, in der es gleichfalls angebracht war. Wie lernt ein Kind zum Beispiel, daß es, wie es das in einer therapeutischen Situation zu tun gelernt hat, aggressive Verhaltensweisen zu Hause und in der Schule dämpfen muß? Oder umgekehrt, daß es mit den anderen Kindern seines Viertels genauso freundlich spielen soll wie sonst mit seinem Therapeuten? Oder daß es auf dem Schulhof rennen darf, nicht aber im Klassenzimmer? Kliniker haben alles mögliche probiert – das erwünschte Verhalten in unterschiedlichen Kontexten eingeübt, die Umgebungen einander soweit wie möglich angeglichen, dem Kind den Grund für das geänderte Verhalten begreiflich zu machen versucht – aber nur mit begrenztem Erfolg.

Der Schlüssel zu dem Rätsel liegt in der Tatsache, daß die Emotion die Erfahrung und das Verhalten organisiert. Betrachten wir zum Beispiel, wie ein Kind lernt, wann es grüßen soll. Diese scheinbar triviale Fertigkeit setzt voraus, daß es subtile, komplizierte Hinweisreize richtig deutet. Das Kind muß lernen, nur diejenigen zu grüßen, bei denen es angebracht ist. Wenn man ihm eine allgemeine Regel beibringt wie etwa »Grüße jeden, der innerhalb von drei Straßenblocks von unserem Haus wohnt«, dann wird es nicht klappen; das Kind müßte jeden nach seiner Adresse fragen. »Grüße jeden, den du siehst« wird auch nicht genügen; es könnte passieren, daß das Kind einem, der es bestehlen oder entführen will, ein freundliches Lächeln schenkt. Auf die Regel »Grüße nur Freunde und Mitglieder unserer Familie« können wir auch nicht setzen; es gibt viele alte Freunde und entfernte Verwandte, die es noch nicht kennengelernt hat. Selbst wenn es gelänge, dem Kind eine Reihe von Routineregeln beizubringen – bis es sich entschieden hätte, ob es grüßen soll, wäre die betreffende Person schon fort.

Statt dessen löst das Kind aufgrund unzähliger Begegnungen in seinen jungen Jahren das Problem ganz allein. Im täglichen Leben gelangt es schließlich dazu, das Grüßen mit einer bestimmten Emotion zu assoziieren, dem Wohlwollen, das sich einstellt, wenn man jemanden trifft, der einem selbst oder der Familie bekannt ist. Dieses freundliche Gefühl, so lernt es, verlangt nach der elementarsten Einheit des sozialen Verkehrs, einem Lächeln und einem Gruß. Wenn es durch Erfahrung das eigentlich sehr abstrakte Prinzip gelernt hat, »Grüße denjenigen, für den du freundliche Gefühle empfindest«, kann es dieses überall angemessen anwenden. Fremde verdienen keinen Gruß, weil das Kind für sie keine freundlichen Gefühle empfindet; sie passen nicht in den emotionalen Kontext. Auch solche Leute nicht – und seien es Bekannte oder Verwandte –, bei denen es Beunruhigung oder Unbehagen empfindet. Bei ihnen schlägt es die Augen nieder, zieht ein komisches Gesicht oder mustert sie, hinter Mamas oder Papas Beinen versteckt. Doch für den Rest seines Lebens wird das Kind, wann immer es in einer nicht vertrauten Situation freundliche Gefühle hat, den vertrauten emotionalen Kontext erkennen und so etwas wie »Hallo« sagen oder sich anders mitteilen.

Das Kind unterscheidet also nicht dadurch, daß es bewußte oder unbewußte Regeln oder Beispiele lernt, sondern in der Weise, daß es seine eigenen emotionalen Hinweise von einer Situation in die andere übernimmt. Wenn dieser aus früheren emotionalen Hinweisen gebildete »Unterscheidungsmaßstab« auf neue Umstände stößt, die ein vertrautes Gefühl reproduzieren, wird das Kind dazu neigen, das entsprechende Verhalten zu produzieren. Ohne diesen äußerst genauen Maßstab wird es allerdings schwierig, angemessen zu reagieren. Manche Kinder haben ein Entwicklungsproblem, das die Verknüpfungen zwischen Denken und Affekt stört. Lernen sie zu grüßen, dann kann es passieren, daß sie die Fertigkeit mechanisch erlernen und entweder nur die Person grüßen, die es ihnen beigebracht hat, oder unterschiedslos jeden, auch bedrohliche Fremde.

Natürlich ist es uns wegen der Komplexität und Subtilität menschlicher Interaktionen unmöglich, jede einzelne Situation zu analysieren, ehe wir entscheiden, was wir tun. In den meisten Fällen *wissen* wir einfach, was zu tun ist, offenbar intuitiv. Die Affekte, die wir von einer Situation in die andere übernehmen, sagen uns, was wir denken, sagen und tun sollen. Sie rücken ein bestimmtes Ereignis in den emotionalen Gesamtkontext unseres Lebens. Das versetzt uns in die Lage, sowohl zu verstehen (zu ermitteln, in was für einer Situation wir uns befinden: freundlich? förmlich? erschreckend?) als auch zu unterscheiden (zu bestimmen, welche Handlungsweise angemessen ist: ein lässiges »Hi«, ein formvollendeter Knicks oder ein eiliger Rückzug?). Erkennt ein Mädchen zum Beispiel bei seiner Lehrerin die gleiche sanfte Entschiedenheit und freundliche Achtung, die sie zu Hause erlebt, so greift sie den Hinweis auf, spricht höflich und gehorcht. Weckt die Lehrerin jedoch Gefühle der Demütigung oder der Überreiztheit, so wird es sich wahrscheinlich ganz anders verhalten.

Eine Cocktailparty ist der typische Rahmen für diese Art von rascher Abschätzung, von der wir sprechen. Scheint der Unbekannte, der nach dem Kanapee neben dem Ihren greift, freundlich und gewinnend zu sein, werden Sie ihn vielleicht anlächeln und ein Gespräch eröffnen: »Warm für diese Jahreszeit, nicht wahr?« Oder sucht er über Ihre Schulter hinweg den Raum nach einem anderen Gesprächspartner ab, an dem ihm mehr liegt? Dann verstehen Sie den Wink und brechen den Kontakt mit einem knappen Kopfnicken ab oder sagen etwas wie »Entschuldigung, ich möchte mir etwas zu trinken besorgen«. Das alles erledigen wir innerhalb von Millisekunden, viel zu rasch für eine logische Überlegung, aber nicht zu rasch für unser emotionales Denken.

Unsere Fähigkeit, zu unterscheiden und zu verallgemeinern, rührt also daher, daß wir, während wir von einer Situation zur anderen wechseln, die Emotionen in uns tragen, die uns automatisch sagen, was wir sagen und tun und sogar, was wir denken sollen. Lange bevor ein Baby viel sagen kann, ja sogar noch ehe es achtzehn Monate alt wird, hat es schon diese Fähigkeit entwickelt, eine neue Bekanntschaft als freundlich oder bedrohlich, respektvoll oder demütigend, unterstützend oder schwächend einzuschätzen, und kann sich entsprechend verhalten. Bevor es über Worte verfügt, um seine Reaktion zu beschreiben, oder auch nur bewußt denken kann, beginnt diese Fähigkeit zur emotionalen Unterscheidung, als ein »sechster Sinn« wirksam zu werden und ermöglicht ihm, soziale Situationen zu bewältigen.

Von der Emotion zur Abstraktion

Nicht nur, wenn wir lernen, wann wir grüßen sollen, nicht nur, wenn wir die Intentionen anderer erahnen und uns auf Cocktailpartys geschickt bewegen, sondern bei jeder Art von kreativem Denken und Problemlösen folgen wir also einer emotionalen Bahn. Zunächst ist zu entscheiden, welche der unzähligen physischen und emotionalen Empfindungen, von denen wir unablässig bombardiert werden, und welche der zahllosen Ideen, die in unserem Geist gespeichert sind, für das vorliegende Programm relevant sind. Um das zu entscheiden, um also zu bestimmen, welche Ideen und Erscheinungen beachtet und welche ignoriert werden sollen, gibt es nur eines: den eigenen Katalog der physischen und emotionalen Erfahrung zu konsultieren. Die Emotionen, die ihn organisieren, erzeugen Kategorien, unter denen man aus den zusammengetragenen Erinnerungen und Intuitionen die Information auswählen muß, die für ein anfallendes Problem von Belang ist. Auch wenn verschiedene Menschen über die Relevanz eines bestimmten Details ganz unterschiedlich urteilen – der Auswahlprozeß als solcher ist derselbe. Erst danach kann man darangehen, mögliche Lösungen zu erzeugen. Diese Möglichkeiten werden anschließend mittels der je nach Alter und Entwicklungsstufe vorhandenen logischen Fähigkeiten geprüft.

Auch um eine ganz einfache Frage vernünftig zu beantworten, ist emotionale Erfahrung vonnöten. Wenn zum Beispiel jemand fragt: »Was hast du heute gemacht?«, will er eigentlich nicht eine bloße chronologische Aufzählung der Aktivitäten hören. Wenn Sie daraufhin genau aufzählen, was Sie getan haben, werden andere das als allzu konkret, um nicht zu sagen, merkwürdig empfinden. Sie werden vielmehr, wenn Sie von Ihrem Tag berichten, zuerst die wichtigsten Ereignisse erwähnen, die dem Tag seine Note gegeben haben, seinen Stellenwert in der Geschichte Ihres Lebens. Ob sie aufregend, ärgerlich oder enttäuschend waren, hängt von Ihrer Fähigkeit ab, den Ereignissen eine emotionale Bedeutung zu geben sowie vom Rang und der Beschaffenheit dieser Bedeutung. Es hängt auch davon ab, mit wem Sie sprechen, und davon, was Sie vermitteln möchten. Wenn die Antwort »nichts« lautet, so ist das nicht buchstäblich in dem Sinne zu verstehen, daß die Stunden völlig ereignislos verstrichen sind, sondern es bedeutet, daß nichts passiert ist, was Ihnen erwähnenswert erscheint.

Denken beruht also auf zwei Voraussetzungen. Zunächst muß wenigstens ansatzweise eine emotionale Struktur da sein, die Ereignisse und Ideen sortiert und organisiert, noch bevor wir Worte und Symbole verwenden, welche diese repräsentieren. Diese emotionale Organisation gibt uns buchstäblich die Möglichkeit, Ideen zu »kreieren«, wie sie es bei Jimmy und Josh tat, als diese über ihre Erfahrung mit herrschsüchtigen Menschen sprachen. Sodann benötigen wir einen Prozeß des Prüfens, Herumtüftelns und Abwägens, der diese Gedanken dann im Lichte unserer Fähigkeit zum logischen Denken bewertet. Manche Ideen erscheinen uns unlogisch, sie passen nicht zu unserer Vorstellung von logischen, sequentiellen Schlußfolgerungen. »Die erwähne ich besser nicht«, denken wir. Einige passen jedoch, weil sie unseren Realitäts- und Logiktest bestanden haben.

Auf jeder Ebene oberhalb der allerkonkretesten setzt Denken die Fähgkeit voraus, abstrakte Begriffe zu bilden. Die Frage, wie diese Fähigkeit entsteht, hat Erzieher, Psychologen und Fachleute für kindliche Entwicklung lange beschäftigt. Wir können das Gedächtnis fördern, und wir können Kindern das Zählen beibringen. Aber wie bringt man jemandem bei, abstrakter zu sein, über konkrete Denkweisen hinauszugehen? Müssen wir uns darauf verlassen, daß das Kind von selbst lernt, abstrakt zu denken? Und wenn es dazu nicht imstande ist, müssen wir dann annehmen, daß es sich um eine unabänderliche Beschränkung handelt?

Die Annahme, daß der Intellekt auf der Emotion basiert, eröffnet uns eine neue Perspektive auf den Prozeß des Abstrahierenlernens. Die Fähigkeit, Abstraktionen zu bilden, besteht aus dieser Sicht in der

Fähigkeit, mehrere emotionale Erfahrungen zu einem einzigen integrierten Begriff zu verschmelzen.

Der zum Beispiel von einem Wort wie *Liebe* repräsentierte abstrakte Begriff wird zunächst nicht aufgrund einer Wörterbuchdefinition gebildet, sondern ganz buchstäblich im Herzen. Ein Baby mag darunter anfangs mit gutem Grund Umarmungen und Küsse und eine leicht erreichbare Brustwarze verstehen. Im Laufe der nächsten Jahre lernt es, daß es auch zu tun hat mit Bewunderung, Geborgenheit, Stolz, Versöhnlichkeit und der Fähigkeit, Ärger zu verwinden und ein Gefühl der Geborgenheit aufrechtzuerhalten. Bald erweitert sich der Begriff und umfaßt dann auch Aspekte von Kameradschaft, diverse Freuden und die Anforderungen der Treue. Das Kind lernt, daß Enttäuschung und Meinungsverschiedenheiten der Liebe offenbar nichts anhaben können. In der Adoleszenz tritt das sexuelle Verlangen hinzu, eventuell auch die Eifersucht und der Stolz. Im Erwachsenenalter erweitert sich der Begriff abermals und schließt dann ein Gefühl der Verpflichtung und die Bereitschaft ein, für den Unterhalt der Familie hart zu arbeiten. In dem Maße, wie unsere emotionale Erfahrung und die Vielfalt und Reichweite der von uns empfundenen Arten von Liebe fortlaufend wachsen, wächst auch unser Verständnis der Liebe. Einst ein undifferenziertes Wohlgefühl, kann sie sich zu einem breiten Spektrum entfalten – zu brüderlicher, erotischer, kindlicher, mütterlicher und altruistischer Liebe. Sie umfaßt die gegenseitige Verbundenheit langjähriger Ehepartner, die Unzertrennlichkeit von Armeekameraden, die Vertrautheit enger Freunde, die Ekstase des Liebeserlebnisses, die Schmerzlichkeit der Erinnerung an einen Toten, die Ehrfurcht, die ein Gläubiger vor Gott empfindet. Wenn wir vielfältige Herausforderungen in vielerlei Zusammenhängen – etwa die Erfüllung unserer Verantwortlichkeiten, das Streben nach Glück, die Bewältigung von Verlust und Enttäuschung oder das Sicheinstellen auf die Verletzlichkeit und Fehlbarkeit anderer – einbeziehen, kann der Begriff der Liebe sehr komplex und abstrakt werden. Für den, der konkret denkt, ist Liebe gleichbedeutend mit Umarmungen und Küssen und Glücklichsein. Für den, der abstrakt denkt, ist es bei weitem nicht so einfach, handelt es sich um eine vielschichte Formulierung, die er nach und nach aufgrund seiner Lebenserfahrungen gewonnen hat.

Auch bei Begriffen wie *Gerechtigkeit* und *Barmherzigkeit*, die scheinbar noch abstrakter sind, zeigt sich, daß sie ähnliche emotionale Grundlagen haben. Wie gelangen wir zu einem Verständnis dessen, was anständig, was gerecht ist, und worin besteht eine angemessene Vergeltung? Wie messen wir die Schuld eines Menschen, wie entscheiden wir, welche Strafe er verdient? Auch hier benutzen wir Begriffe, die wir aufgrund spezifischer emotionaler Erfahrungen gebildet haben.

Ein Kind versteht unter Gerechtigkeit vielleicht, den Jungen, der es geschlagen hat, wieder zu schlagen oder ihm das Spielzeug, das er an sich gerissen hat, wegzunehmen. Nach jahrelangen Kämpfen auf dem Schulhof, nach Streitigkeiten auf dem Spielplatz, nach Versuchungen, bei Klassenarbeiten zu mogeln, nach Versprechungen, einen Freund, der einen Ladendiebstahl begangen hat, zu decken, oder für eine Beleidigung Rache zu nehmen, entwickelt der Junge schließlich eine sehr viel komplexere Vorstellung vom Sinngehalt der Gerechtigkeit. Doch gleichgültig, wie lange er auch leben und was für ein gelehrter Philosoph oder Rechtsgelehrter auch aus ihm werden mag – dieses Gerechtigkeitsgefühl bleibt gegründet in der empfundenen, gelebten Erfahrung von Gerechtigkeit und Ungerechtigkeit. Unsere Gerichte mögen seitenlange, mit unzähligen Fußnoten und Zitaten gespickte und streng logisch begründete Urteile verkünden. Aber letzten Endes wählt der Richter, wie jeder Denkende, jene Überlegungen aus, die für den vorliegenden Fall relevant sind – die Prinzipien, die gegenüber anderen den Vorrang haben, die Rechte oder Verantwortlichkeiten, die als Gegenargumente ins Gewicht fallen. Hat die Freiheit des einzelnen Vorrang vor dem Wohl des Kollektivs? Wiegt die ehrwürdige Tradition mehr als neuentdeckte Ansprüche? Wird ein Sklave frei, wenn er den Boden eines freien Staates betritt? Können unterschiedliche Vergünstigungen für verschiedene Gruppen von Menschen dennoch gleichwertig sein? Um solche komplizierten Fragen zu klären, bedarf es abstrakter Prinzipien und analytischer Methoden, die letztlich das Produkt einer emotionalen Erfahrung sind. Die Grundlage für Überlegungen auf diesem Niveau liefert allein die Abstraktion der gelebten Erfahrung. Wie wir schon beim Begriff der Liebe erkannt haben, unterscheidet sich auch ein abstrakter Gerechtigkeitsbegriff von einem konkreten insofern, als er das Wesen disparater, ja sogar einander widersprechender Erfahrungen eines gerechten Verhaltens zu einer Sammlung von Prinzipien zusammenfaßt, die einer logischen Analyse standzuhalten vermag.

Der zweite Aspekt des Denkens ist die logische Analyse von emotional begründeten Vorstellungen und Begriffen. Jimmy und Josh gewannen ihre Vorstellungen von herrschsüchtigen Menschen und Herumkommandiertwerden aus der emotionalen Erfahrung, organisierten sie jedoch zu Gruppen, die auf ihrer Fähigkeit beruhten, logische Kategorien zu bilden (mit der Unterscheidung zwischen gutem und schlechtem Befehlsstil). Die Fähigkeit, emotional erzeugte Vorstellungen zu prüfen und logisch zu organisieren, ist an die Reifung von Gehirn und Nervensystem geknüpft, aber auch an reiche Erfahrungen, die dieses biologische Potential herausfordern und ihm Form geben.

Viele der Erfahrungen, die an der Bildung der logischen Fähigkeiten mitwirken, sind zumindest teilweise emotionaler Natur. Wie wir im Laufe dieses Kapitels – wo wir auf einige der Beschränkungen von Piagets Theorie der Intelligenz eingehen – und im fünften Kapitel näher erläutern werden, ist das erste Gefühl für Kausalität, Realität und Logik emotionaler Art. Es beginnt mit der ersten Einsicht des Kindes: »Wenn ich lächle, lächelt Mama«, und setzt sich fort mit der Erkenntnis, daß es, wenn es die Arme ausstreckt, hochgenommen wird, oder daß Mama traurig blickt, wenn es sagt: »Ich bin wütend.« Ehe das Kind den Unterschied zwischen Phantasie und Realität erkennen kann, muß es erfahren, daß seine eigenen Intentionen oder Wünsche eine Wirkung auf andere haben. Das Fundament für Logik und Denken wird geschaffen durch die emotionale Brücke zwischen seinem Wunsch, Ziel oder Affekt und der Reaktion eines anderen. Sowohl der kreative, generative Aspekt des Denkens als auch der logische, analytische Aspekt geht also teilweise auf emotionale Erfahrung zurück. In den höchsten intellektuellen Leistungen sind generatives und analytisches Denken miteinander verknüpft. Sie sind das Ergebnis unseres angesammelten Wissens und unseres Erkenntnisvermögens, das auf unserer Fähigkeit beruht, von der gelebten emotionalen Erfahrung zu abstrahieren.

Wenn wir einem unbekannten Menschen oder einer unbekannten Situation begegnen – ob nachts in einer dunklen Gasse oder auf einem Empfang im Weißen Haus –, bedienen wir uns der Struktur affektiver Kategorien, die wir aus früheren Erfahrungen aufgebaut haben, um die sozialen und emotionalen Zwischentöne und die Bedeutung des Ereignisses wahrzunehmen. Dank der Fähigkeit, diese Unterscheidungen zu treffen, wissen wir, ob wir jemanden grüßen sollen oder nicht, ob wir eine Unterhaltung fortsetzen oder weitergehen sollen, ob wir aus vollem Halse nach der Polizei rufen und weglaufen sollen oder ob wir jemandem die Hand geben und uns über die Umsichtigkeit der derzeitigen Regierungspolitik äußern sollen. Dies alles kann unter bestimmten Umständen angemessen und sinnvoll, unter anderen dagegen unangemessen, vielleicht sogar verheerend sein.

Wenn wir diese Unterscheidungen treffen, sind wir darauf angewiesen, daß diese affektiven Kategorien praktisch wie ein Sinnesorgan funktionieren, so wie wir auf Augen und Ohren angewiesen sind, um Licht und Schall wahrzunehmen. Unsere Augen melden uns als erste, wenn vor dem fahrenden Auto, in dem wir sitzen, ein Fußgänger steht, und unsere Ohren melden uns als erste, wenn es donnert. Dieser affektive Sinn durchforscht die emotional codierten Kategorien, unter denen unser Geist frühere Erfahrungen gespeichert hat, und sagt uns – lange bevor wir imstande sind, es bewußt zu ermitteln –, daß der Kerl, der uns in einer schwach beleuchteten Straße entgegenkommt, nichts Gutes im Schilde führt. Sofort ruft unser Geist ältere, ähnlich codierte Informationen ab, die vielleicht für bedrohliche Situationen relevant sind und darüber Aufschluß geben, wie wir früher mit ihnen fertig geworden sind.

Wir kommen so schnell und zuverlässig an unsere gespeicherte Erfahrung heran, weil unser affektives Vermögen Informationen auf besonders funktionale und sinnvolle Weise organisiert. Angenommen, wir sind in einer unbekannten Umgebung und sehen jemanden. Während wir dieses Bild noch registrieren, versuchen wir das, was wir sehen, zu verstehen, und sofort reagieren wir emotional darauf, oft noch bevor eine rein kognitive Reaktion erfolgt. Ehe wir herausgefunden haben, wer der Betreffende ist und ob wir ihn kennen, reagieren wir auf ihn mit Freundlichkeit und Sympathie oder mit Furcht und Abscheu.

Im Gegensatz zu einer verbreiteten Annahme sind emotionale Reaktionen den kognitiven Wahrnehmungen durchaus nicht nachgeordnet – oft sind sie vorrangig. Prüfen Sie einmal Ihre Alltagserfahrung bei der Arbeit und zu Hause, und Sie werden erkennen, daß Ihr emotionales System ein wirksamer »Sensor« ist. Wenn Sie bei anderen Menschen Freundlichkeit oder Feindseligkeit, Akzeptanz oder Ablehnung, Liebenswürdigkeit oder Reserviertheit bemerken, so ist das schwerlich eine logische Deduktion, die Sie aus dem Gesichtsausdruck oder dem Tonfall der Stimme abgeleitet haben. Hinterher denken Sie dann vielleicht über Ihre ersten Eindrücke nach, um herauszufinden, ob sie stimmig sind. Wenn wir in einer Gefahrensituation schnell entscheiden müssen, verlassen wir uns gewöhnlich auf unsere emotionalen Sensoren und nicht auf die langsameren deduktiven Prozesse. Viele Kinder, bei denen diese emotionalen Sensoren nicht funktionieren, haben Schwierigkeiten, sich ein Urteil zu bilden. Diejenigen, die sich auf die Kognition verlassen und beispielsweise überlegen: »Hm, sie schaut zu Boden, und jedesmal, wenn ich zu ihr hinblicke, schaut sie weg; wahrscheinlich mag sie mich nicht«, brauchen so lange, um sich ein Urteil zu bilden, daß ihnen andere neuartige Hinweise aus ihrer Umgebung entgehen.

Was bedeutet die Tatsache, daß wir auf Erfahrungen emotional reagieren, für die Speicherung, Organisation und Abrufung von Informationen? Wenn meine Annahme stimmt und die Informationen entsprechend ihren affektiven und sensorischen Qualitäten doppelt codiert sind, dann weist unser Geist eine Struktur oder Verschaltung auf, die uns eine rasche Abrufung ermöglicht. Stellen wir uns eine riesige Bibliothek vor, in deren unzähligen Räumen und Gängen die unterschiedlichsten Informationen gespeichert sind. Sind die einzelnen Bereiche entsprechend unseren sinnlichen Eindrücken von den gespeicherten Informationen gekennzeichnet – nach Größe, Form, Farbe, Geruch oder Klang? Oder sind die Räume entsprechend den Emotionen gekennzeichnet, die wir empfanden, als wir diese Erfahrungen aufnahmen – nach Freude, Mißfallen, Überdruß, Erleichterung oder Dankbarkeit? Oder sind sie vielleicht nach affektiven *und* physischen Merkmalen kategorisiert, gewissermaßen mit Querverweisen? Wenn ja, in welcher Kartei schauen wir zuerst nach?

Was machen Menschen, wenn es darum geht, ein Problem zu lösen: Ersinnen sie alle möglichen logischen Lösungen und wählen sie dann die beste aus? Oder haben sie zunächst ein emotional getöntes Körpergefühl, oft irgendwo im Brust- und Bauchbereich, der ihnen Hinweise auf eine relevante Strategie gibt, um mit der Situation fertig zu werden? Oft ist, meine ich, letzteres der Fall. Nachdem wir zu einer, wie man sagen könnte, intuitiven (also emotional vermittelten) Reaktion gelangt sind, unterziehen wir die Strategie, die sich daraus ergibt, einer logischen Analyse, um festzustellen, ob sie dem vorliegenden Problem gerecht wird. Mit anderen Worten: Die ersten Ideen, die uns zu einem Thema einfallen, werden von den affektiven Kategorien generiert, die die organisatorische Architektur unseres Geistes darstellen. Die logische Analyse kommt erst danach.

Ideen und Informationen werden auch entsprechend den physischen Merkmalen kategorisiert, die von unseren Sinnen verzeichnet werden. Oft läuft dieser Prozeß jedoch langsamer, bedächtiger ab. Viele Personen, die aufgrund von Tumoren, Schlaganfällen, bestimmten Toxinen oder gewissen Formen der Psychose an einem organischen Hirnschaden leiden, regredieren und verlieren die Fähigkeit zur affektiven Organisation. Sie operieren sehr konkret und mechanisch, von ein oder zwei Sinneseindrücken ausgehend,und können nicht die Bedeutung einer Situation einschätzen. Der Betroffene folgert dann beispielsweise: »Sie sind böse, weil Sie Schwarz tragen und der Teufel Schwarz trägt.« Oft werden solche Reaktionen als ein Versagen des logischen Denkvermögens eingestuft; zutreffender wäre es wohl, von einem Versagen der emotionalen Organisation des Denkens zu sprechen.

Die emotionalen Wegweiser unseres Denkens können uns auch in die Irre führen, wenn wir uns in einem Extremzustand der Angst, der Depression, der Furcht oder des Zorns befinden. Wir werden dann dermaßen von unseren Emotionen überwältigt, daß uns eine Feinabstimmung unserer Vorstellungen unmöglich wird. Die Gedanken werden polarisiert, starr, fixiert, und der Geist wird von unbeeinflußbaren Überzeugungen beherrscht. Ist jemand zum Beispiel davon überzeugt, daß er schlecht ist oder daß alle ihn hassen oder daß alles vollkommen aussichtslos ist, so deutet er jede neue Information durch die beschlagene Brille seines emotionalen Extremzustandes, statt eine der verschiedenen Perspektiven zu übernehmen, die ein vernünftiges Repertoire von Affekten ihm eröffnet. »Der Mann, den ich eben traf, war nur deshalb nett zu mir, weil er erkannte, daß ich schlecht bin, und mich täuschen wollte.« Wenn solche extremen Zustände oder Störungen der Verarbeitung die Fähigkeit der Gefühlsregulierung verzerren oder behindern, kann es zu gravierenden Lernschwierigkeiten kommen. Das ändert nichts daran, daß wir imstande sind, riesige Informationsmengen anhand ihrer emotionalen Bedeutung für uns effektiv zu codieren, zu speichern, zu organisieren und abzurufen und diese Bedeutung rational zu analysieren, um unser Leben vernünftig zu gestalten.

Sprache und Emotion

Nach diesen Beobachtungen über die emotionale Natur der Intelligenz müssen wir unsere Annahmen über den menschlichen Intellekt überprüfen. Die Philosophen behaupten seit Jahrhunderten, der Geist zerfalle in zwei getrennte Bereiche: den Intellekt – ihm sind Logik, Vernunft und Objektivität zuzuordnen – und die Emotion – in diesen Bereich fallen Leidenschaft, Gefühl und Subjektivität. Diese polarisierende Auffassung des Geistes gehört keineswegs der Vergangenheit an. Auf dieser Dichotomie beruhen zwei der einflußreichsten modernen Theorien über die spezifisch menschliche Sprach- und Kognitionsfähigkeit des Geistes. Noam Chomsky, der ein Modell für den Erwerb der grammatikalischen Struktur der Sprache entwarf, behandelt ebenso wie Jean Piaget, der die Stufen beschrieb, welche Kinder beim Denkenlernen durchlaufen, die Herausbildung der kognitiven Fähigkeiten isoliert von der emotionalen Entwicklung.

Unsere Beobachtungen an Kindern deuten darauf hin, daß auch die allgemein als angeboren geltenden Fähigkeiten wie die Fähigkeit zum Spracherwerb auf eine emotionale Grundlage angewiesen sind, um Wirkung und Funktion zu erreichen. Wenn ein Kind nicht die Fähigkeit zur emotionalen und sozialen Verständigung meistert, bleibt seine Fähigkeit zur Sprachbenutzung (ebenso wie seine kognitiven und sozialen Muster) zurück und entwickelt sich oft nur bruchstückhaft. Seine Worte bleiben sinnlos, Pronomina werden verwechselt, zumeist äußert es Bruchstücke von mechanisch Erlerntem und wiederholt ungereimtes Zeug. Seine sozialen Interessen bleiben auf den eigenen Körper und auf unbelebte Objekte beschränkt.

Selbst wenn die Fähigkeit zum Erlernen grammatikalischer Strukturen angeboren sein sollte, kommt es für die Entwicklung der Sprache doch auf die Emotionen an. Das läßt sich an der Art und Weise zeigen, wie Kinder den Gebrauch von Verben lernen und sie mit Substantiven verknüpfen. In meiner klinischen Praxis habe ich beobachtet, daß ein Kind zunächst einen gewissen Zweck, eine emotionale Absicht mit seinem Verhalten, seinen mimischen Ausdrücken und Gebärden verbinden muß, ehe es lernt, die Wörter richtig miteinander zu verbinden.[6] Viele autistische Kinder treten in keinerlei Beziehung zu anderen Menschen, äußern keine Wünsche oder Absichten. Sie bitten zum Beispiel nicht um Saft, sie zeigen nicht einmal darauf, wenn wir unsere Arbeit mit ihnen beginnen. Auch Kinder, die über viele Wörter und Sätze verfügen, benutzen diese nicht grammatisch korrekt, wenn die emotionale Absicht fehlt. Sinnlos wiederholen sie Sätze aus einer Fernsehshow, oder sie äußern anscheinend wahllos irgendwelche Wörter. Wenn wir ihnen helfen, zielgerichtete affektive Interaktionen und Gebärden zu entwickeln, passiert zweierlei. Erstens wird ihr Verhalten intentional. Sie schnappen sich die Mama und ziehen sie zur Tür, damit sie ihnen aufmacht. Sie zeigen auf das, was sie haben möchten. Sie machen ein zorniges, fröhliches oder verlangendes Gesicht und benutzen diesen Ausdruck, um Absicht oder Wunsch zu vermitteln. Zweitens werden Wörter, die schon zu ihrem Wortschatz gehörten, ebenso wie neuerworbene nach und nach auf intentionale Weise benutzt. Aus unzusammenhängenden Äußerungen wie »Auto« oder »Ballon« werden »möchte Auto« oder »gib Ballon« und schließlich »ich möchte das Auto« oder »gib mir den Ballon«. Verben, Substantive und Pronomina werden korrekt benutzt. Mit der Zeit werden Formen der Vergangenheit, Gegenwart und Zukunft und andere grammatisch komplizierte Ausdrücke richtig verwendet.

Nicht nur autistischen Kindern, sondern auch solchen, die schwere emotionale Deprivationen erlebt haben, fehlt es an sprachlichen Fertigkeiten. Wenn man sie ermuntert, emotionale Beziehungen zu entwickeln, durchlaufen sie die oben geschilderten Stufen: Zuerst erlernen sie intentionales Verhalten, danach eine grammatisch korrekte Sprache. In vielen Fällen meistern sie die Sprache jedoch schneller als autistische Kinder, weil sie keine organisch bedingten Verarbeitungsprobleme haben.

Die Grammatik ordnet die sprachlichen Elemente zu einer Struktur, um einen bestimmten Sinn zu vermitteln. Im einfachsten Fall ordnet sie Absicht und Objekte der Absicht einander zu, vermittelt durch Verben und Substantive. Da das Bewußtsein eines Wunsches oder einer Absicht primär eine affektive Erfahrung ist, bedarf es einer solchen Erfahrung, um diese grammatikalische Anordnung vornehmen zu können. Die Entwicklung der Grammatik dürfte daher ähnlich verlaufen wie die anderer mentaler Funktionen. Zunächst müssen vermutlich bestimmte neurologische Strukturen reifen, damit dieses Potential entstehen kann. Zur Realisierung dieses Potentials kommt es dann aber wohl auf Erfahrungen emotionaler Interaktion an.

Wenn diese Auffassung korrekt ist, dann ist nur eine Seite des Grammatikerwerbs angeboren, und die volle Entfaltung dieser Komponente hängt möglicherweise von allgemeinen Eigenschaften der Umgebung ab. Die andere Komponente beruht auf emotionalen Erfahrungen, auch wenn diese Erfahrungen fehlen, wird die Sprache sich nicht vollständig entwickeln. Aus der theoretischen Sprachbegabung des Kindes kann nur dann eine Bitte um ein Glas Wasser oder ein Liebessonett werden, wenn es emotionale Bindungen an andere entwickelt und mit ihnen in einen wortlosen Dialog von Interaktionen tritt.

Die Wichtigkeit emotionaler Erfahrungen als Grundlage für die Entwicklung einer grammatikalisch korrekten Sprache ist Chomsky und anderen Linguisten möglicherweise deshalb entgangen, weil man solche Erfahrungen allzu leicht als selbstverständlich voraussetzt; die meisten Familien stellen sie ja auch fraglos bereit, durch spielerische und erzieherische Interaktionen des Gebens und Nehmens wie durch unzählige Verhandlungen. Wie wichtig diese Erfahrungen sind, erkennen wir erst, wenn sie nicht bereitgestellt werden.

Daß sie im Normalfall gegeben sind, darf uns nicht den Blick dafür verstellen, daß der Erwerb der Sprache und anderer Fähigkeiten entscheidend von ihnen abhängt. Neurologische Studien zeigen, daß auch das Wachstum von Hirnstrukturen auf Erfahrungen angewiesen ist, die normalerweise verfügbar sind und daher leicht übersehen werden.[7]

Das fehlende Stück in Piagets Bild der Kognition

Wenn wir das Verhältnis zwischen Affekt und Intelligenz überprüfen, erscheint auch unser bisheriges Verständnis der Kognition in einem neuen Licht. Piaget und etliche seiner Nachfolger, die seine Begriffe wesentlich verfeinerten, trugen eine umfassende Theorie der Entwicklungsstufen der menschlichen Intelligenz vor, die die alte Trennung zwischen Emotion und Kognition beibehielt. An die philosophische Tradition Kants anknüpfend, untersuchten Piaget und die Mehrheit der heutigen Kognitionstheoretiker Erkenntnisprozesse. Ihre Beobachtungen stellten zwar einen gewaltigen Fortschritt gegenüber jenen Ansätzen dar, die sich mit der Beschreibung der motorischen, sprachlichen und kognitiven Leistungen begnügten, welche Kinder in verschiedenen Altersstufen erreichen, doch war ihr Modell insofern beschränkt, als es die Rolle des Affekts nicht hinreichend berücksichtigte. Mehr über diesen Punkt sowie über Piagets Ansichten zur Rolle des Affekts in der Kognition und die Einbeziehung seiner Ideen in eine entwicklungspsychologische Perspektive findet der Leser in meinem Buch *Intelligence and Adaptation*.[8]

Die kognitiven Strukturen entstehen Piaget zufolge hauptsächlich aus den Interaktionen des Kindes mit der Außenwelt. Zwar entwickeln sich Affekt und Intelligenz seiner Ansicht nach parallel, hängen miteinander zusammen und beeinflussen sich gegenseitig, doch behauptet er, der Affekt sei nicht die »Ursache der fortschreitenden Strukturierung, die das kognitive Wachstum auszeichnet«, und erklärt beispielsweise, daß »die Affektivität als Antriebskraft des Verhaltens betrachtet werden kann, während ihre Struktur die kognitiven Funktionen bestimmt.«.[9]

Piaget und seine Nachfolger zeigten, wie wichtige Aspekte der Intelligenz sich entwickeln, indem sie untersuchten, wie das Kind auf die physische Umgebung einwirkt, um Begriffe zu bilden. An einem berühmten Experiment, bei dem ein Säugling an einer Schnur zieht und damit eine Glocke betätigt, machte Piaget den Beginn der Fähigkeit des Kindes fest, die Kausalität auf sensomotorischer Ebene zu erkennen. Doch Monate bevor ein Baby an einer Schnur ziehen kann, vermag es mit seinem Lächeln das Innerste der Mutter zu rühren und so eine Umarmung, einen Kuß oder ein Lächeln hervorzurufen.

Piaget wollte mit seinen Experimenten vor allem herausfinden, wie Kinder die Beziehung zwischen physischen Objekten begreifen und wie sie die Fähigkeit entwickeln, diese anhand solcher Parameter wie Form oder Größe zu klassifizieren. Ihre Emotionen und emotional bedeutsame Beziehungen können die meisten Kinder jedoch weit früher klassifizieren als physische Objekte. Sie unterscheiden zum Beispiel Mitglieder ihrer Familie von solchen, die nicht dazugehören, klassifizieren also die Familie als eine Einheit. Ein Mangel von Piagets Beobachtungen liegt auch darin, daß er die kognitiven Fortschritte der Kinder hauptsächlich aus deren Wahrnehmungs- und motorischen Fähigkeiten abliest, obwohl die motorischen Fähigkeiten oft anderen hinterherhinken.

Wichtiger ist jedoch, daß Piaget die Rolle der Emotionen zu wenig beachtet. Lernen durch Tun steht bei ihm im Vordergrund, doch erkennt er nicht, daß das »Tun« nicht nur perzeptorische, motorische und kognitive Reaktionen erzeugt, sondern auch emotionale. Schauen wir uns an, wie ein Kind lernt, was ein Apfel ist. Gewiß, man kann ihm einen Apfel in die Hand geben, damit es dann feststellt, daß er etwas Rotes und Rundes ist, daß er größer als eine Erdnuß und kleiner als eine Wassermelone ist. Andererseits kann das Kind, außer daß es die erwähnten Eigenschaften beobachtet, erfahren, daß es befriedigender ist, einen Apfel zu essen, wenn es hungrig ist, als wenn es satt ist, und daß es Freude macht, seinem Lieblingslehrer einen Apfel zu schenken.

Zudem kann das Kind sich vorstellen, was der Lehrer empfindet, wenn es ihm den Apfel schenkt. Es kann registrieren, wie es sich fühlt, wenn es mit einem Apfel nach seinem kleineren Bruder wirft und ihn an der Schulter erwischt, ebenso wie sein Ekelgefühl, wenn ein Apfel faul ist oder wenn es darin einen halben Wurm entdeckt. Lassen Sie kreative Erwachsene einmal aufschreiben, was ihnen zu Äpfeln einfällt; vermutlich werden sehr viele persönliche affektive Erfahrungen zutage kommen.Piaget hat durchaus gesehen, daß Kinder mit zunehmendem Alter mehrere unterschiedliche Perspektiven in ihr Denken einbeziehen. In einem klassischen Experiment Piagets lernen Schulkinder ein Problem zu lösen, bei dem es um Gewichte auf einer Wippe geht. Sie erkennen, wie eine Wippe funktioniert, indem sie die Schwere der Gewichte abschätzen und darauf achten, an welcher Stelle sie aufgelegt werden. Freilich übersah Piaget, daß zu den Perspektiven, die er bei den Kindern unterstellte, auch die nahezu unbegrenzte Zahl von Wahrnehmungen gehört, die auf affektiven Erfahrungen beruhen. Dies zu vernachlässigen heißt, die vielfältigen Erfahrungen nicht zu würdigen wissen, die zur Bildung abstrakter Begriffe beitragen.

Kinder, denen bestimmte Erfahrungen fehlen, neigen, wie schon gesagt, dazu, einen Begriff wie etwa Herrschsucht nur anhand einer begrenzten Zahl von Dimensionen zu definieren und denken dabei an Eltern, Lehrer usw. in ihrer bestimmenden Rolle. Bittet man sie, mehr über solche Leute zu erzählen, fällt dem einen oder anderen eine weitere Dimension ein, zum Beispiel: »Sie haben laute Stimmen.« Manche gehen noch weiter: »Sie haben laute Stimmen und denken, sie hätten immer recht.« Kinder, die diese Schwierigkeiten nicht haben und deren Antworten kreativer und abstrakter sind, können viele weitere, emotional relevante Dimensionen in ihre Begriffe von Herrschsucht und herrischen Menschen einbeziehen. Zu den letzteren gehören dann auch solche, die einen demütigen, einem Angst machen, auf einem herumhacken, einen hypnotisieren usw. Oft tritt ein Begriff zutage, der eine Vielzahl subtiler Merkmale von herrischen Menschen einschließt.

Wir untersuchten, wie kreative Kinder und Erwachsene mit abstrakten Begriffen umgehen, und fanden heraus, daß sie bei der Bildung dieser Begriffe von vielfältigen emotionalen Erfahrungen ausgehen. Wenn wir unseren Begriff von Herrschsucht oder Apfel, Liebe oder Gerechtigkeit auf nur wenige kognitiv vertraute Dimensionen beschränken, so ist das eine gravierende Verkürzung der begrifflichen Mannigfaltigkeit, die zustande kommt, sobald man Herrschsucht, Apfel, Liebe oder Gerechtigkeit im Kontext des breiten Spektrums affektiver Erfahrungen betrachtet, die sich daran knüpfen.

In naturwissenschaftlichen und mathematischen Modellen wird manchmal nur eine begrenzte Zahl von Variablen berücksichtigt. In relativ geschlossenen mathematischen Systemen dürfen für die Beschreibung eines Objekts nur einige wenige Parameter benutzt werden. Um die Fläche eines Rechtecks zu bestimmen, brauchen wir nur seine Länge und Breite zu messen. Ein Kind hat, wie Piaget feststellte, einen bedeutenden kognitiven Fortschritt gemacht, wenn es erstmals in der Lage ist, nicht bloß die Länge, sondern beide Dimensionen des Rechtecks in sein Denken einzubeziehen.

Doch setzt schon die Erfassung dieser Variablen frühere emotionale Erfahrungen voraus. Um die Dimensionen eines Rechtecks zu verstehen, muß das Kind ein »Gefühl« für Quantität haben, das aus unzähligen vorangegangenen Erfahrungen entsteht, bei denen es »mehr« oder »weniger« hatte, bei denen etwas »zu klein« oder »zu groß« war. Kinder, denen dieses Gespür für Quantität fehlt, werden sich mit Mathematik schwertun. Formeln ohne sinnhaften Bezugspunkt in der Erfahrung werden nur mechanisch gelernt und lassen sich nicht ohne weiteres von einer Situation auf die andere übertragen. Je komplexer das Phänomen ist, mit dem wir uns befassen – von der Entstehung der Sterne bis zu den Bausteinen der Zelle –, desto stärker sind wir auf die Grundlagen angewiesen, die durch unsere früheren emotionalen Erfahrungen geschaffen wurden.

Die meisten Begriffe sind nicht Bestandteil von begrenzten Systemen. Die Wörter, in denen wir unsere Ideen ausdrücken, haben oft zahlreiche, mit Erfahrung angereicherte subtile Bedeutungen. Wenn wir Definitionen bilden, abstrahieren wir immer mehr von diesen Erfahrungen. Scheinbar einfache Ausdrücke können oft nur im Kontext wachsender affektiver Erfahrungen vollkommen verstanden werden. Unter dem Stichwort *run* [laufen] zum Beispiel finden wir eine der längsten Definitionen im Wörterbuch.

Besonders die Fähigkeit, Kausalität symbolisch zu begreifen, die für die meisten kognitiven Fähigkeiten so grundlegend ist, entspringt der persönlichen affektiven Erfahrung. Wie oben schon beschrieben, muß ein Kind, um ein Gespür für Kausalität zu entwickeln, zunächst seinen eigenen Affekt als Bedürfnis oder Gefühl oder Wunsch empfinden und dann diese affektive Absicht mit einer Folge verknüpfen, die außerhalb seiner wachsenden Definition dessen angesiedelt ist, wer es als Person ist. Wenn es sich unsicher fühlt, seine Ärmchen hochreckt und kläglich seine Mutter anblickt und wenn ihm dann Arme entgegenkommen, die es aufnehmen und drücken, dann erfährt es diese Art von affektiver Kausalität.

Affekte versetzen uns in die Lage, Phänomene und Objekte zu identifizieren und deren Funktion und Bedeutung zu verstehen. Nach und nach ermöglichen sie uns, abstrakte Begriffe von Wechselbeziehungen zu bilden. Piagets formale operative Aspekte der Erkenntnis sind ein theoretisches Gerüst, das wir mit unserem Verständnis eines reicheren, kreativeren Prozesses ausfüllen können. Wenn wir beobachten, wie Babys und kleine Kinder, aber auch größere Kinder und Erwachsene wirklich denken, entfällt die Dichotomie zwischen emotionaler und kognitiver Entwicklung. Affekt, Verhalten und Denken müssen als unzertrennliche Elemente der Intelligenz verstanden werden. Damit Handeln und Denken einen Sinn haben, müssen sie von einer Absicht oder einem Wunsch (d. h. einem Affekt) geleitet sein. Ohne Affekt sind Verhalten und Symbole sinnlos.

Nach unseren klinischen Beobachtungen an sich normal entwickelnden Kindern wie auch an solchen, die autistische Symptome entwickeln, schießen die wichtigen Aspekte des Affekts, der Kognition und der Sprache in der ersten Hälfte des zweiten Lebensjahres zusammen. Diese neue Einheit ermöglicht eine komplexere Kommunikation, ein komplexeres Denken. In dieser Zeit können wir zum Beispiel beobachten, daß ein Kind Papa an der Hand nimmt und ihn führt, damit er ihm die Tür zu Mamas Schlafzimmer, den Kühlschrank oder die Spielzeugtruhe aufmacht, je nachdem, was gerade das Objekt der Begierde ist.

Bei der Untersuchung von über zweihundert Kindern vermochte die überwältigende Mehrheit derer, die später als autistisch diagnostiziert wurden, diese Verbindung zwischen Affekt und Verhalten nicht herzustellen, obwohl viele von ihnen in der Lage waren, Objekte mit Wörtern zu kennzeichnen, zu zählen und Lieder zu singen. Dagegen begannen fast alle nichtautistischen Kinder, die wir beobachteten, in dieser Zeit damit, ihrem Verhalten und ihren Worten durch den Affekt einen Sinn zu geben. Wie wir später noch im Zusammenhang mit dem Wachstum des Geistes erläutern werden, involviert die Herstellung der Verknüpfung von Affekt, Verhalten und Sprache teilweise wohl eine Verknüpfung zwischen Teilen des Gehirns, die mit dem Affekt, der motorischen Planung und der Symbolbildung befaßt sind, wobei Teile der linken und der rechten Hirnhälfte einbezogen sind.[10] Diese Bahnungen, die den Affekt mit der Sequenzierung des Handelns und der Symbolentwicklung verknüpfen, sind im Falle des Autismus möglicherweise unterentwickelt; für die Bildung der menschlichen Intelligenz könnten sie einen entscheidenden Schritt darstellen.

Der vollendete menschliche Geist

Die Konzeption, derzufolge die emotionale Erfahrung die Grundlage der Intelligenz bildet, bietet nicht nur neue Erklärungsansätze für den Spracherwerb und die kognitive Entwicklung sowie für die Behandlung autistischer Störungen, sondern auch ein besseres Verständnis der menschlichen Natur und der menschlichen Beziehungen. Freilich läuft sie der allgemeinen, unsere Kultur und unsere sozialen Institutionen prägenden Ansicht zuwider, die den Menschen als eine Anhäufung von rational begründeten Fähigkeiten einerseits und Emotionen andererseits sieht, doch bietet diese Konzeption außerdem neue Handlungsansätze bei Aufgaben und Problemen wie Kinderpflege, Erziehung, Konfliktlösung, Zerfall der Familie und Gewalt. Auf diese Themen werden wir im zweiten Teil dieses Buches näher eingehen.

Die Bemühungen von Computerwissenschaftlern um die Schaffung einer künstlichen Intelligenz lassen die Beschränkungen einer Auffassung, die zwischen Kognition und Emotion trennt, besonders deutlich hervortreten. Gewiß war der Versuch, das menschliche Denken nachzubilden, in vielen Bereichen erfolgreich und hat herausfordernde Fragen aufgeworfen. Die Forscher haben Videobilder mittels Computer in taktile Reize übersetzt, die, auf den Rücken eines Blinden übertragen, diesem ermöglichten, Objekte zu identifizieren. Sie haben unterschiedliche Arten von Wahrnehmung und unterschiedliche Arten von Bewußtsein postuliert. Sie haben neurale Schleifen mit eingebauten Feedbackschaltungen gebaut, die die

Schaltungen im Gehirn nachahmen. Doch mögen sie auch Computer programmiert haben, die den Menschen bei seelenlosen Berechnungen und anderen Aufgaben weit übertreffen, so ist es ihnen doch nicht gelungen, Computer zu schaffen, die zu den komplexen Wahrnehmungen und wohlüberlegten Urteilen fähig sind, die von Menschen – sogar schon von kleinen Kindern – scheinbar mühelos bewältigt werden.

Verfechter der These, daß der Computer dem menschlichen Geist am Ende überlegen sein wird, führen das bisherige Unvermögen der Technik, das menschliche Bewußtsein nachzubilden, lediglich auf die unzureichende Speicherkapazität zurück. Die fundamentalste Beschränkung der künstlichen Intelligenz ziehen sie aber gar nicht in Betracht, nämlich die Unfähigkeit des Computers, Emotionen zu empfinden und diese zu nutzen, um Sinneseindrücke zu organisieren und ihnen einen Sinn zu geben, wodurch sie bloße Dateneingaben bleiben. Welche Fortschritte die Technik auch machen wird – es ist unwahrscheinlich, daß eine Maschine jemals die emotionale Software erwerben wird, die ein kleines Kind besitzt. Selbst ein Schoßhund kann ungeachtet der Tatsache, daß sein Nervensystem sich in mancher Hinsicht stark von unserem unterscheidet, »menschlicher« reagieren als ein noch so genial konstruierter Computer, weil er Affekte empfindet und in den Grenzen seiner Fähigkeiten aus dem, was er fühlt, lernen kann. Kein Computer wird jemals so etwas haben wie das spezifisch menschliche, aus Gefühlen und Reaktionen bestehende »Betriebssystem«, das ihn in die Lage versetzen würde, wie eine Person zu »denken«. Das Grundelement des Denkens – der eigentliche Kern der für das menschliche Leben zentralen Kreativität – setzt gelebte Erfahrung voraus, bestehend aus Sinneseindrücken, die von einer emotionalen Struktur gefiltert werden, dank derer wir sowohl verstehen können, was uns über die Sinne erreicht, als auch, wie wir das, was zu uns gelangt, empfinden und was wir davon denken und was wir damit anfangen.

Diese Einsicht zwingt uns, unsere gesellschaftlichen Prioritäten zu überdenken. Würde unsere Gesellschaft wirklich anerkennen, wie wichtig die emotionalen Bindungen der Kinder in den ersten Lebensjahren sind, dann würde sie nicht länger dulden, daß Kinder unter Verhältnissen aufwachsen und Eltern mit Verhältnissen kämpfen müssen, die ein gesundes Wachstum unmöglich fördern können. Wenn wir unsere sozialen Probleme meistern wollen, müssen wir überholte Ansichten aufgeben, die den Geist in gesonderte Abschnitte aufteilen, die Intellekt und Emotion als getrennte, ja sogar als einander widersprechende Elemente sehen. Diese veralteten Unterscheidungen haben uns allzulange übersehen lassen, daß jedes Kind in den ersten Jahren einen stabilen, liebevollen Rahmen braucht, also genau jene Umgebung, für deren Schaffung gut funktionierende Kern- und Großfamilien am besten geeignet erscheinen. Die grundlegenden Fähigkeiten des Geistes, die sich in der familiären Geborgenheit entwickeln, werden anschließend erhalten, verstärkt und zu voller Entfaltung gebracht durch gleichermaßen notwendige Erlebnisse des emotionalen Austauschs, die sich während aller Entwicklungsstadien außerhalb des Hauses und mit anderen Menschen wiederholen sollten. Die Emotion formt, wie wir in den nächsten Kapiteln sehen werden, nicht nur die menschliche Intelligenz, sondern auch die psychologischen Abwehrreaktionen und Bewältigungsstrategien, ja die gesamte Struktur der Persönlichkeit.

Wir können es uns nicht mehr leisten, die emotionalen Ursprünge der Intelligenz zu ignorieren. Theorien, in denen etwa die kognitive der emotionalen Intelligenz gegenübergestellt wird, mögen zwar dazu beitragen, die Bedeutung der Emotion zu unterstreichen, doch bescheren sie uns leider eine Auffassung von der menschlichen Natur, die zwei unserer wichtigsten geistigen Fähigkeiten voneinander trennt. Weil Emotionen und Intellekt einen gemeinsamen Ursprung haben, brauchen wir eine Konzeption der Intelligenz, welche die bisher als kognitiv bezeichneten mentalen Prozesse sowie jene Qualitäten integriert, die als emotional bezeichnet worden sind und zu denen das Selbstgefühl oder das Ich, die Realitätswahrnehmung, das Gewissen, die Reflexionsfähigkeit und dergleichen gehören. Die wichtigsten Fähigkeiten des Geistes wurzeln von den allerersten Momenten an in emotionalen Erfahrungen, noch ehe bewußt oder unbewußt die ersten Symbole wahrgenommen werden.

Mehr als alle anderen hat Freud die Aufmerksamkeit des westlichen Denkens auf die Emotionen als Motor des Verhaltens gelenkt. Jeder Versuch, die wichtigsten mentalen Fähigkeiten zu verstehen, muß daher von seinen revolutionären Konzepten ausgehen. In den nächsten drei Kapiteln werden wir jedoch sehen, daß Beobachtungen an Säuglingen und Kleinkindern, die dabei sind zu lernen, Emotionen durch Wünsche und Bitten auszudrücken und bewußte wie unbewußte Gedanken zu entwickeln, ergeben haben, daß der Beitrag der Emotionen zum Aufbau von Geist und Intellekt erheblich früher einsetzt, als Freud, viele seiner Nachfolger und andere Schulen der Tiefenpsychologie geglaubt haben.

2.

Die tiefsten Fundamente: Sicherheit und Engagement

Vor Freud nahm man an, die Vernunft sei die Haupttriebfeder des menschlichen Verhaltens. Er und seine Nachfolger brachten dieses Verständnis zu Fall und entwickelten die schockierende Idee, daß jeder unbewußte irrationale Gedanken und Wünsche in sich trägt und daß, noch entsetzlicher, dem Handeln auch der nach außen hin rationalsten Menschen uneingestandene Triebe zugrunde liegen. Statt der Wurzeln der Vernunft, die bis dahin die Forscher in Verzückung versetzt hatten, entdeckte Freud einen Sumpf von unausgesprochenen Begierden, was bei seinen Zeitgenossen tiefen Abscheu erregte. Daß beides eng miteinander verbunden sein und einen gemeinsamen Ursprung haben könnte, wurde jedoch weder von den Verfechtern der Rationalität noch von den Befürwortern der Subjektivität bedacht.

Gegen große Widerstände räumten selbst Skeptiker schließlich ein, daß scheinbar unbegreifliche irrationale Wünsche im Lichte der Freudschen Analyse das schlichte, vorhersehbare Produkt des unbewußten Geistes sind. Freud erkundete die Anatomie dieses unsichtbaren Reiches und enthüllte eine komplexe, aber erklärbare Maschinerie von Begierde und Kontrolle. Auf veränderte Zeiten und wachsende Erkenntnisse reagierend, hat die Freudsche Theorie sich mittlerweile seit vier Generationen weiterentwickelt. Freuds zentrale, befreiende Idee bietet für Millionen von Menschen nach wie vor eine zutiefst befriedigende Erklärung für das Handeln der Menschen.

Als Freud erklärte, wie der unbewußte Geist sich entwickelt, postulierte er ein Kind, das einerseits Wünsche und Begierden formulieren und sie andererseits in unbewußter Form darstellen kann. Er erklärte jedoch nicht, wie ein Kleinkind diese entscheidenden Fähigkeiten entwickelt, wie ein Neugeborenes der unzusammenhängenden Masse seiner Sinnesempfindungen eine Ordnung auferlegt, wie es seine innere und äußere Erfahrung zu etwas organisiert, das so komplex, so umfassend und so pointiert ist wie ein Wunsch oder eine Begierde. Besessen von der Aufgabe, als erster die Umrisse des symbolischen Unbewußten und seiner dynamischen Rolle im Leben des Erwachsenen zu zeichnen, überließ er es künftigen Generationen, die Prozesse zu erforschen, in denen das bewußte und unbewußte Denken entsteht.

Freud hat wiederholt auf die Bedeutung der frühen Entwicklung hingewiesen in der Hoffnung, die Wissenschaft werde eines Tages die möglicherweise biologischen Grundlagen vieler seiner klinischen Beobachtungen entdecken. Da er überwiegend mit Erwachsenen arbeitete, fehlten ihm persönliche systematische Kenntnisse über die Entwicklung von Babys zu Kleinkindern. So konnte er nicht erkennen, daß die ersten emotionalen Interaktionen die gemeinsame Grundlage sowohl der Intelligenz als auch der Begierden bilden.

Aus unseren Untersuchungen an Säuglingen und Kindern wissen wir inzwischen, daß die Fundamente des Denkens und der Emotion weit tiefer liegen, als Freud sich vorstellte, und daß sie den ganzen Überbau des Intellekts und der Persönlichkeit prägen, der auf ihnen ruht. Sie zu verstehen kann nach meiner Überzeugung dazu beitragen, einige der psychologischen Rätsel, die den Forschern zu schaffen machen, und viele der persönlichen und sozialen Probleme, an denen die Gesellschaft krankt, zu lösen.

Die tiefsten Schichten in der Entwicklung des Geistes werden nach dieser neuen Auffassung von den Sinneswahrnehmungen und den eng mit ihnen verwandten Affekten oder Emotionen begründet, die das Produkt der ersten Beziehungen sind. Diese frühen Affekte durchlaufen verschiedene Stadien, die jeweils ein eigenes Ziel haben.

Die Entwicklungsstufen des Geistes

Damit aus dem Neugeborenen, das anfangs mit einer unkontrollierbaren Flut von Sinnesdaten überschwemmt wird, ein Kind wird, das aus seinen Gefühlen und Erfahrungen Wünsche und Gedanken zu bilden vermag, muß es offensichtlich schon sehr früh in seinem Leben eine Menge lernen. Dieser Lernprozeß besteht aus sechs Stufen, die zusammen das Baby in die Lage versetzen, die unverarbeiteten Daten seiner Sinne und inneren Gefühle in Bilder zu übersetzen, die diese Daten für es selbst und für andere repräsentieren. Durch die Bewältigung der Lernaufgaben dieser einzelnen Stufen entsteht die mentale Architektur, die schließlich die Grundlage für das bewußte und unbewußte symbolische Denken bildet.

Die bisherigen Versuche, den Geist begrifflich zu fassen, sei es anhand der psychosexuellen und psychosozialen Interessen (Freud und Erikson), sei es anhand von Stufen der kognitiven Entwicklung (Piaget und seine Nachfolger) oder im Sinne von hpyothetischen angeborenen Tiefenstrukturen der Sprache (Chomsky und andere Linguisten), bauen, so könnte man sagen, auf diesen fundamentaleren Prozessen auf. Wenn ein Kind zum Beispiel nicht die normalerweise mit acht Monaten erreichte Stufe schafft, die wir als zweiseitige intentionale Kommunikation bezeichnen, werden sich seine sprachlichen, kognitiven, psychosexuellen und sozialen Muster auf eine idiosynkratische, bruchstückhafte, desorganisierte Weise entwickeln. Falls es Worte benutzt, fehlt ihnen der Sinn, sie sind unklar und nicht zielgerichtet. Pronomina werden verwechselt. Es dominiert ein mechanisches Lernen, und ohne Grund werden Lieder endlos wiederholt. Die emotionalen und sozialen Interaktionen bleiben ohne Zusammenhang und auf den Körper des Kindes oder auf unbelebte Objekte beschränkt.

Die in den folgenden drei Kapiteln beschriebenen Ebenen des Geistes sind zu verstehen als die tiefsten Strukturelemente des Geistes, auf denen die gesamte spätere Entwicklung ruht, vergleichbar den massiven Pfeilern und Trägern im Untergrund, über denen ein Wolkenkratzer bis in den Himmel aufragt. Natur und Förderung sind gleichermaßen Voraussetzung ihrer angemessenen Entwicklung. Fähigkeiten, die als grundlegend für die menschliche Natur begriffen werden, auch jene, in denen man angeborene, biologisch vorgegebene vermutet, wie zum Beispiel die Sprache, müssen auf diesen tieferen Ebenen gründen, um Wirkung und Funktion zu erreichen. Ohne diese Struktur kann der Geist nicht kohärent funktionieren, sondern nur auf bruchstückhafte, verworrene Weise. Sind diese Entwicklungsebenen jedoch fest etabliert, kann der Geist mit Intentionalität und Zielgerichtetheit operieren, kreative Lösungen für Probleme finden, komplexe Interaktionen intuitiv und empathisch erfassen und das Entstehen jener warmen Intimität ermöglichen, dank derer Beziehungen und Familienleben überhaupt erst möglich werden und zugleich angenehm sind.

Wir stützen dieses Verständnis der ersten Ebenen des Geistes auf unsere Untersuchungen an Säuglingen und Kindern, unter denen nicht nur solche mit relativ gesunden physiologischen und familiären Bedingungen waren, sondern auch solche mit schweren organischen oder umweltbedingten Behinderungen. In der Forschung wie in der intensiven klinischen Arbeit mit Säuglingen, Kindern und Erwachsenen beobachteten wir, daß Kinder ohne familiäre Probleme oder physische Behinderungen diese Entwicklungsstufen vielfach problemlos durchlaufen. In belasteten Familien brauchen die Pflegepersonen vielfach Hilfe, um dem Kind jene Erfahrungen zu bieten, die es ihm ermöglichen, die erwarteten emotionalen Aufgaben zu meistern.

Viele Kleinkinder mit ausgeprägten physiologischen Schwierigkeiten wie etwa autistischen Symptomen erreichen ebenfalls emotionale Gesundheit, aber nur mit Hilfe intensiver, innovativer therapeutischer Strategien. Autistische Kinder, die schließlich die Fähigkeit zu Intimität, emotionalem Ausdruck, Sprache, Kreativität, abstraktem Denken, zur Lösung von Problemen und zur Ausbildung von gesunden Paarbeziehungen entwickeln, müssen ausnahmslos, allerdings langsamer dieselben emotionalen Stadien durchlaufen wie Kinder ohne dieses Handikap. Der Zusammenhang zwischen Emotionen und Intelligenz wurde bisher noch nicht vollständig aufgeklärt, doch zahlreiche Studien über die frühe emotionale Entwicklung stehen im Einklang mit diesen klinischen Beobachtungen über die ersten Stufen des Geistes (siehe »Literatur« im Anhang).

Die erste Stufe: Sinnesempfindungen verstehen

Auf der ersten Entwicklungsstufe geht es darum zu lernen, die wunderbaren Wahrnehmungen des Lebens und die Reaktionen des Körpers darauf zu organisieren. Aus einem Mischmasch von akustischen, visuellen, olfaktorischen und taktilen Wahrnehmungen treten allmählich Muster hervor. Aus Schalleindrücken werden Rhythmen, aus visuellen Eindrücken erkennbare Bilder. Sobald die Bewegungen von Kopf, Armen und Beinen kontrolliert werden können, wird es möglich zu schmusen, ein Objekt zu verfolgen oder auf Mamas Schoß aufzustehen. Elementare Sicherheit gründet in der Fähigkeit, Sinnesempfindungen zu entziffern und Handlungen zu planen.

Diese anfängliche Sicherheit ist die Grundlage für die nächste Stufe, die Herstellung von Beziehungen. Beim Austausch von Sinnesempfindungen zwischen Kind und Pflegeperson entsteht oft die Emotion der Freude. Aus der Erfahrung von Freude erwächst, wenn die Pflegeperson auf Äußerungen von Neugier und selbstbewußtem Verhalten eingeht, ein stetiges Gefühl des Engagements. Mutter bietet nicht bloß Freude und Erregung, sondern auch Erlösung von Not und einen sicheren Hafen, in dem man kühn seinem Zorn und seiner Wut Ausdruck geben kann. Die lebenslange Entwicklungsreise des Geistes beginnt mit dem anfänglichen Gefühl der Sicherheit und der Fähigkeit, Beziehungen einzugehen.

Ausgestattet mit einem unausgereiften Nervensystem, kommt das Baby in eine Welt von Reizen, die aus seinem wachsenden Körper und von außerhalb auf es einstürmen. In den ersten Lebensmonaten geht ein sich normal entwickelndes Kind an die Aufgabe, aus den Wahrnehmungen, die ungebeten und unkanalisiert durch seine reifenden Sinne strömen, eine Ordnung zu schaffen. Als erstes muß es Kontrolle über die Bewegungen seines Körpers und die inneren Empfindungen sowie über seine eigene Aufmerksamkeit gewinnen. Es muß lernen, gelassen zu bleiben, während es gleichzeitig auf Objekte und Ereignisse außerhalb seiner selbst achtgibt und – gelegentlich – auf sie einwirkt. Diese Fähigkeit, auf ruhige, konzentrierte Weise visuelle, akustische und andere Wahrnehmungen zu verarbeiten und Reaktionen zu organisieren, ist Grundlage für die Bewältigung weiterer elementarer Entwicklungsaufgaben. Das Kleinkind, das ruhige Aufmerksamkeit erreicht hat, hat einen ersten Riesenschritt auf dem Weg zur Erfüllung seines menschlichen Potentials getan.

Wenn diese elementarste Entwicklungsaufgabe nicht gemeistert wird, können große emotionale Probleme und sogar Psychosen die

Folge sein. Das Baby, das ich Steven nennen will, war, als es in unsere Praxis gebracht wurde, derart schall- und berührungsempfindlich (selbst für die Stimme und die Zärtlichkeiten seiner Mutter), daß es entweder stundenlang brüllte oder geistesabwesend ins Leere starrte. Ein größeres Krankenhaus hatte bereits autistische Symptome bei ihm diagnostiziert. Er war zwölf Monate alt, als wir mit ihm zu arbeiten begannen, hatte überhaupt keine Beziehung zu seinen Eltern, und sein einziges Mittel, sich zu beruhigen und mit der Außenwelt in Beziehung zu treten, war ein weicher Teppich, den er repetitiv rieb. Am Beginn unserer Behandlung suchten wir nach Möglichkeiten, seine besonderen Empfindlichkeiten zu überwinden. Wir fanden ein schmales (Frequenz)band von Schalleindrücken, auf die er kurz reagierte, und zeigten seiner Mutter, wie sie diesen Zugang zum Aufbau einer Beziehung nutzen konnte. Wir fanden außerdem, daß Steven festen Druck auf seinen Rücken vertrug, und brachten ihm auf dieser Grundlage bei, Berührung zu genießen. Aus diesen bescheidenen Anfängen entstanden nach und nach eine Beziehung und Interaktionen, und Steven gelangte wieder auf den Weg zu einer gesunden Entwicklung.

Ein anderes Beispiel zeigt, daß es sich lebenslang auswirkt, wenn eine dieser Ebenen nicht erreicht wird. Jeannie, eine Frau von einundzwanzig Jahren mit einer Borderline-Persönlichkeitsstörung, hatte eine Geschichte hinter sich, die von fast ununterbrochenen Schwierigkeiten geprägt war. Bei den Therapiesitzungen saß sie entweder in die Zimmerecke gekauert, oder sie lag mit einer bizarren Haltung der Beine auf dem Fußboden. Lange saß sie stumm da und wollte weder den Therapeuten anschauen noch sich zu seinen Bemerkungen über ihr Verhalten äußern. Als er sie als »passiv-aggressiv« bezeichnete, kam sie überhaupt nicht mehr zu den Sitzungen.

Später wurde ein anderer Therapeut auf Jeannie aufmerksam, der eine andere Ursache für ihre Schwierigkeiten erkannte: die Unfähigkeit, ihre Sinnesempfindungen zu regulieren, anders gesagt, die Nichtbewältigung der ersten grundlegenden Stufe der psychologischen Organisation. Er bekam schließlich heraus, daß sie schon immer äußerst berührungsempfindlich war. Ein von anderen als belanglos empfundener Hautkontakt – wenn sie zum Beispiel unabsichtlich einen Unbekannten streifte – ließ sie völlig die Nerven verlieren. Nur wenn zwischen ihrem Körper und anderen Objekten eine klare physische Abgrenzung bestand, fühlte sie sich – wie viele andere mit solchen Empfindlichkeiten – sicher. Diese Sicherheit bot ihr zum Beispiel der Druck der Wände in der Zimmerecke oder des Fußbodens an ihrem Rücken.

Bei weiterem Nachforschen kam eine ähnliche Geschichte von Problemen mit der motorischen Kontrolle zutage. Handlungen, die die meisten mit Leichtigkeit ausführen, wie auf einem Bein balancieren oder eine Reihe von Bewegungen planen, die darin münden, daß sie sich den Schuh zuschnüren oder ein Bild malen, fielen ihr schwer. Deshalb nahm sie gern Haltungen ein, die ihr ein Gefühl des Behagens gaben, auch wenn andere sie merkwürdig fanden; daher die Verrenkungen auf dem Fußboden bei ihrem ersten Therapeuten. Und schließlich erfuhr der Therapeut, als er nochmals bohrte, daß Geräusche, die andere kalt ließen, Jeannie seit jeher gestört hatten. Wenn ihr die Stimme eines Anwesenden zu laut oder zu lebhaft vorkam, zog sie sich in sich selbst zurück; daher ihre scheinbare Weigerung, auf den Therapeuten einzugehen.

Viele Kinder oder Erwachsene, bei denen solche Schwierigkeiten vorliegen, haben Probleme mit dem Verstehen oder Decodieren bestimmter Arten sensorischer Information. Manche werden aus den Tönen oder Wörtern, die sie hören, nicht so leicht schlau. Anderen fällt es schwer, Gesehenes zu entziffern, zum Beispiel, wie Formen oder Muster zusammenpassen. Glücklicherweise war dies bei Jeannie nicht der Fall.

Ihre Sinne waren äußerst scharf, doch hatte Jannie nie die grundlegende Fähigkeit beherrscht, ihre Aufmerksamkeit zu steuern, um auf Menschen und Ereignisse mit ruhiger Aufmerksamkeit reagieren zu können. Reize, die von den meisten ohne Wimpernzucken ertragen oder als Selbstverständlichkeit hingenommen werden, machten ihr stark zu schaffen, lenkten sie ab, so daß sie sich kaum auf andere Hinweise konzentrieren konnte. Als erstes mußte sie daher in der Intensivtherapie lernen, sich wirksam mit ihrer Umgebung auseinanderzusetzen, eine entscheidende Fertigkeit zu erwerben, die ihr seit der Kindheit verschlossen geblieben war.

Die Behandlung erfolgte auf zwei Ebenen. Bei der Ermittlung der physischen Eindrücke, die sie als unangenehm empfand, half ihr der

Therapeut, Bewältigungsmethoden zu finden, die ihr ein Gefühl der Sicherheit gewährten. »Ich merke, daß Sie mich besser verstehen, wenn ich leiser spreche«, bemerkte er einmal, und bei einer anderen Gelegenheit: »Ich verstehe, daß Sie besser spüren, wo Ihr Körper ist, wenn die Wand gegen Ihren Rücken drückt.«

Anschließend erkundete Jeannie die Gefühle, Gedanken und Verhaltensweisen – die gelebte emotionale Erfahrung –, die aus ihren heftigen physischen Empfindungen erwuchsen. »Ein Raum«, sagte sie, »in dem es sehr laut zugeht, wird mir unerträglich. Mich beschleicht der Gedanke, daß irgend jemand mich gleich verletzen wird.« Schließlich verstand sie ihre eigentümlichen Reaktionen und die damit einhergehenden Emotionen, und sie lernte, diese mit verschiedenen Mitteln zu kontrollieren. Sie konnte zum Beispiel eine ruhige, stille Atmosphäre fordern oder sich auf einen Stuhl mit fester Lehne setzen, der ihr den physischen Druck gab, den sie als beruhigend empfand. Mit diesen einfachen Mitteln gelang es ihr sehr viel besser, gelassen zu bleiben und ihre Aufmerksamkeit zu konzentrieren.

Bei der Bewältigung der frühen Aufgaben, die zu Denken und Fühlen führen, muß eine bestimmte Reihenfolge eingehalten werden, wobei die grundlegenderen (aber darum nicht einfacheren) den fortgeschritteneren vorauszugehen haben; die höheren Leistungen beruhen, wie beim Lernen insgesamt, auf den früher erworbenen Fertigkeiten. Normalerweise gehen Kinder, wenn sie bestimmte Fertigkeiten erlernt haben, innerhalb gewisser Altersgrenzen zu anspruchsvolleren Aufgaben über. Wer aber wie Jeannie eine bestimmte Fähigkeit nicht beherrscht, bleibt entweder auf dieser Stufe stehen und kann nicht zu den komplexeren Aufgaben, die auf ihn warten, übergehen, oder er kommt nur teilweise und unter großen Schwierigkeiten voran.

Natürlich erreichen verschiedene Individuen auf jeder Stufe unterschiedliche Leistungsniveaus. Einige Kinder werden Virtuosen – Kanonen in Mathe oder im Aufsatzschreiben; Wunderkinder am Klavier oder auf der *steel drum.* Die meisten Menschen bringen es zu bescheideneren Leistungen und werden einigermaßen kompetent, aber keine wirklichen Experten. Und manche haben zu kämpfen, um es gerade noch zu schaffen. Ob Schüler nun einen Kurs mit »1+«

oder einer »4–« abschließen, sie haben jedenfalls bestanden, aber dennoch nehmen die besseren Schüler eine stärkere Grundlage für ihre künftige Arbeit mit. Das gilt auch für die Stufen der psychologischen Entwicklung.

Nicht selten werden die frühen Aufgaben überhaupt nicht gemeistert. Manche Kinder versagen ganz einfach, sei es wegen angeborener Defekte oder wegen ungenügender Förderung oder wegen einer Mischung aus beidem. Abweichungen im Nervensystem, der Muskulatur oder den Sinnesorganen können ein Kind daran hindern, eine bestimmte Fähigkeit zu entwickeln, wie es bei Jeannie der Fall war. Aber auch mit einem gutausgestatteten Nervensystem kommt es vor, daß ein Kind die Aufgaben nicht schafft, weil seine Pflegepersonen es an der nötigen Förderung fehlen lassen. Eine drogensüchtige Mutter zum Beispiel läßt ihr Baby allein in einem schmutzigen Bettchen in einem kahlen Zimmer zurück, ohne es zu halten und zu schaukeln, ohne ihm die visuellen und akustischen Eindrücke zu verschaffen, die erforderlich sind, damit seine Aufmerksamkeit von ihm selbst fortgelockt und auf die aufregende Welt gelenkt wird, die es umgibt.

Jedes dieser Defizite – ob es nun neurologischer oder emotionaler Natur ist, im Individuum oder in der Umgebung liegt – kann bewirken, daß ein Kind für weitere Fortschritte nicht gerüstet ist, daß es behindert ist bei den Aufgaben, Selbstregulierung herzustellen, Beziehungen aufzubauen und die Welt zu verstehen. Wenn ein angeborener Defekt vorliegt, kann eine einsichtige Pflegeperson gelegentlich dank außergewöhnlicher Einfühlung oder mit fachlicher Unterstützung die nötige Förderung geben, um Wachstum zu ermöglichen. Bei einem überempfindlichen Kind käme es zum Beispiel darauf an, daß die Mutter ihm genau die richtige Dosis an wohltuender Anregung bietet, eine beruhigende Mischung aus Berührung, Lockung und Lächeln, die die Aufmerksamkeit des Kindes fesselt, ohne es zu überwältigen. Dann hat das Kind gute Aussichten zu lernen, seine Aufmerksamkeit zu konzentrieren, sich der Bewältigung dieser und anderer noch vor ihm liegender Aufgaben zu nähern.

In der ersten Lernphase, gewöhnlich in den ersten drei bis vier Lebensmonaten, erwirbt ein sich normal entwickelndes Kind also ein mächtiges Werkzeug für die Auseinandersetzung mit der Welt, nämlich die Fähigkeit, seinen Geisteszustand zu regulieren. Freilich sind das sensorische Universum und die Fähigkeit, Handlungen zu planen, die beide auf der angeborenen Begabung basieren und durch die empfangene Pflege moduliert werden, einzig und allein Sache des jeweiligen Kindes. Die meisten nehmen an – und Kliniker wie Forscher haben lange geglaubt –, die Erfahrungen des Hörens, Sehens, Berührens und Bewegens seien für alle praktisch gleich, abgesehen vielleicht von den seltenen Fällen einer abweichenden Farbwahrnehmung. Ein Geräusch ist ein Geräusch, so scheint es jedenfalls: ein roter Punkt ist ein roter Punkt.

Mittlerweile wissen wir jedoch definitiv, daß die Funktionsweise der Sinnesorgane und damit auch die sensorische Erfahrung von einem Individuum zum anderen variiert. Jedes Individuum hat seine persönliche Welt der Wahrnehmungen, und auf diese Welt kommt es an. Wenn ein Kind von lauten Geräuschen oder hellen Lichtern oder sanften Berührungen irritiert wird, dann spielt es keine Rolle, daß Sie sie angenehm finden. Wenn ein Kleinkind das, was es hinreichend gut sieht, um das Lächeln seiner Mutter zu erkennen, nicht organisieren kann, dann spielt es keine Rolle, daß ein anderes Kind das kann. Jedes Kind versteht die jeweilige Art von Empfindung – und reagiert darauf – auf seine charakteristische Weise. Doch ob sie nun mit einem normalen oder einem beeinträchtigten Nervensystem geboren sind, wenn Kinder die Fähigkeit entwickeln, ihre Sinnesempfindungen zu regulieren und diese zu organisieren beginnen, können sie dank dieser Fertigkeit die Erfahrungen machen, auf denen sie ihre je eigene Identität aufbauen werden.

Das früheste Selbst: Globale Erregbarkeit

Wir müssen uns fragen, wie der Säugling, der Sinneseindrücke in sich aufnimmt, sein entstehendes Selbstgefühl erlebt. Was für eine Art von Bewußtsein hat er? Seine Welt setzt sich zusammen aus Dingen, die er sieht, hört, ertastet, schmeckt und riecht, aus Eindrücken, die einigermaßen zufällig seine Aufmerksamkeit erregen. Wenn wir ihn beobachten, wendet er sich vielleicht gerade einer Geräuschquelle zu, daraufhin versucht er, ein Lächeln zustande zu bringen, dann geht sein Blick in Richtung eines bunten Spielzeugs. Er schafft es noch nicht ganz, sich auf seine sensorischen Eindrücke zu konzentrieren oder vollständige motorische Handlungen auszuführen, aber dennoch scheint er von einer affektiven Empfänglichkeit erfüllt zu sein, einem Sensorium für die Wunder, die ihn umgeben. Seine Verwicklung in die Welt scheint ihm Vergnügen zu bereiten, auch wenn er noch nicht zielgerichtet mit ihr interagieren kann. Er hat kein aktives Selbst, das sich auf andere einläßt oder sich zu einer Handlung entschließt. Er reagiert vielmehr global oder ganzheitlich auf die Merkmale seiner Umwelt. Wenn die Dinge ihn überwältigen, schreit er jämmerlich; wenn sie ihm angenehm sind oder ihn beruhigen, strahlt er entzückt. Wenn er sich ärgert, brüllt er aus vollem Hals, wenn er sich freut, zappeln seine Glieder. Seine Affekte sind in dem Sinne primär, in dem einfache und unverdünnte Farben primär sind. Seine Beziehung zur Welt hat nichts Nuanciertes, nichts Komplexes. Es hat sogar den Anschein, als verhalte er sich nicht zur Welt, sondern als gehöre er zu ihr durch ein Gefühl des Einsseins mit seiner Umgebung, durch eine umfassende Freude oder Qual bei allem, was er erfährt.

Spekulationen über Phantasien und sogar intrauterine Erlebnisse eines Säuglings gibt es in Hülle und Fülle. Freud hat sich zum Beispiel überlegt, wie ein Baby die Brust der Mutter halluziniert. Wir haben jedoch keinen Anhaltspunkt dafür, daß ein Kind in diesem Stadium imstande ist, sich selbst als verschieden von der physischen oder der emotionalen Welt zu erleben. In der physischen wie in der personalen Sphäre zeigt es eine Synchronie der Reaktion; ob Mutter lacht oder ein Glöckchen ertönt, beides weckt eifrige Neugier. Kognitive Tests ergeben, daß es bereits Mutters Stimme von der anderer Menschen unterscheiden kann, aber noch keine Initiative zeigt, um sie ausfindig zu machen. Auch kann es andere akustische und visuelle Muster unterscheiden, doch nutzt es diese kognitive Fähigkeit nicht zielgerichtet. Seine Fähigkeit, visuelle und akustische Eindrücke zu organisieren, ist im Augenblick noch höher entwickelt als seine Fähigkeit, die Wünsche und Absichten zu organisieren, die ihm schließlich helfen werden zu definieren, wer es ist. Das Selbst ist in diesem Stadium ein undifferenziertes Bewußtsein, das hauptsächlich in der erwähnten außerordentlichen Lebhaftigkeit besteht, in affektiver Empfänglichkeit und Reaktivität.

Bei der Beobachtung von größeren Kindern und Erwachsenen fällt auf, wie stark sie sich in ihrer sensorischen Empfänglichkeit unterscheiden. Manche Erwachsene zeigen lebhaftes Interesse an Farben, Formen und Klängen, andere dagegen scheinen stumpf zu sein für die Erregung, die ihre Sinne ihnen vermitteln könnten. Manche gehen ungezwungen und locker auf ihre Wahrnehmungen ein, während andere davon zu sehr belastet werden oder so schwach reagieren, daß sie ihre Umgebung kaum wahrnehmen.

Die zweite Stufe: Intimität und Bindung

Wenn ein Baby die Fähigkeit erworben hat, eine gewisse Gelassenheit zu wahren, die es ihm erlaubt, sich seiner Umgebung zu widmen, ist es für die nächste Stufe gerüstet. Mit diesem mächtigen neuen Hilfsmittel ist es ihm jetzt möglich, sich auf eine andere Person einzulassen, das Bewußtsein von der Anwesenheit eines Mitmenschen emotional zu registrieren. Dank seiner Fähigkeit zu gelassener Aufmerksamkeit bemerkt es zunehmend die Töne, Ausdrucksformen und Handlungen der Menschen in seiner Nähe. Bald reagiert es darauf mit Vergnügen und beginnt, emotionale Beziehungen zu denen, die es lieben, aufzubauen.

Wenn Pflegeperson und Kind sich in dieser zweiten Stufe ineinander verlieben, signalisiert der Erwachsene aktiv und intentional seine Gefühle, während das Baby noch keine voll entwickelte Intentionalität besitzt. Das Mutter-Kind-Duo verhält sich synchron und nicht im Sinne eines echten Gebens und Nehmens. Was es zustande bringt, ist ein gleichzeitiges strahlendes Lächeln auf beiden Gesichtern, ein Chor von Schnurren, Gurren und Kichern, ein Lächeln beim Wiegen und Gewiegtwerden, ein Freudenschrei beim Schaukeln und Geschaukeltwerden. Dieser Austausch beginnt mit der verzückten Aufmerksamkeit einer vernarrten Pflegeperson, die das Baby strahlend erwidert. Aus diesem ersten Eintauchen in eine freudig erregte wechselseitige Beziehung erwächst ein Gefühl der gemeinsamen Menschlichkeit, das später zu der Fähigkeit erblühen kann, Empathie und Liebe zu empfinden. Wechselnde Gelegenheiten, Nähe zu anderen zu erfahren, ermöglichen dem Baby unterschiedliche Stufen der Intimität.

Ohne ein gewisses Maß an ekstatischem Umworbenwerden von wenigstens einem Erwachsenen, der das Kind vergöttert, wird dieses möglicherweise nie den machtvollen Rausch menschlicher Nähe erleben, sich nie der magnetischen Anziehungskraft menschlicher Beziehungen überlassen, in anderen niemals vollwertige Menschen sehen, die das empfinden können, was es selbst empfindet. Gleichgültig, ob sein Nervensystem die Empfindungen der ersten Liebe nicht zu ertragen vermag oder ob seine Pflegeperson ihm diese nicht vermitteln kann – das Kind läuft Gefahr, sich nur noch mit sich selbst zu beschäftigen oder zu einem gefühllosen, ichbezogenen, aggressiven Menschen zu werden, der andere ohne Gewissensbisse oder Reue zu verletzen vermag.

Nehmen wir Tom, einen jungen Mann, der zu Zornesausbrüchen neigt. Seine wiederholten Wutanfälle hätten ihn fast seinen Arbeitsplatz gekostet, auch wenn sie nicht so extrem waren wie die Gewaltakte von Jugendbanden, die heute die Schlagzeilen beherrschen. Die Therapie war für ihn das letzte Mittel, seine Entlassung abzuwenden. Dem Therapeuten fiel gleich auf, daß Tom andere Menschen ohne jede Emotion beschrieb. Sie schienen nur dazu dazusein, seine Bedürfnisse nach interessanten Gesprächen, spannenden Tennisspielen oder schmackhaften selbstgekochten Speisen zu befriedigen. Die Neigung, seine eigenen Gefühle zu erkennen, war freilich nicht sehr viel größer, ob es nun um Wut, Traurigkeit, Verlust oder Eifersucht ging. Nach außen hin charmant und extravertiert, hatte er eine lange Geschichte abgebrochener Beziehungen hinter sich und nur eine äußerst rudimentäre Fähigkeit, Bindungen einzugehen.

Als der Therapeut seine Vergangenheit erforschte, erinnerte sich Tom, daß die Emotionen seiner reservierten, distanzierten Mutter sich sofort abgekühlt hatten, wenn er als Kind auch nur die geringste Spur von Wut, Trotz oder Erregung erkennen ließ. Wenn er laut wurde, mit den Armen fuchtelte oder auf andere normale Weise seine heftigen Gefühle zu erkennen gab, zog sie sich so vollständig zurück, daß sie auf die Emotionen, die ihr kleiner Sohn ihr zu vermitteln suchte, fast nie einging. Sie wies Tom praktisch zurück, sobald er ein starkes Gefühl zu äußern begann. Ihr gewohntes Verhalten und ihr Rückzug lehrten den kleinen Tom zweierlei: den Schmerz, zurückgewiesen zu werden, und ein wirksames Mittel, ihn zu vermeiden. Er lernte sehr früh, daß er sich Qualen ersparen konnte, wenn er aufhörte, sich auf den Menschen, der ihm am nächsten stand, tiefer einlassen zu wollen. Toms emotionales Wachstum erlitt einen zweiten, verheerenden Schlag, als sein Vater starb, womit die einzige andere Chance des Kleinkinds endete, eine tiefe Bindung zu einem liebenden Erwachsenen einzugehen.

Auch später stellte Tom nie jene tiefe menschliche Beziehung her, die ihn das Einssein mit anderen hätte erleben lassen. Als junger Mann reagierte er auf Frustrationen am Arbeitsplatz mit einer elementaren, unkontrollierbaren Wut gegen andere, die er als bloße Mittel für seine eigenen Bedürfnisse wahrnahm. Nur Glück oder ein wacher Sinn für sein eigentliches Interesse bewahrte ihn davor, daß seine Wut in Gewalttätigkeiten ausartete.

Menschen wie Tom, die nicht lernen konnten, zu lieben und ein Gefühl gemeinsamer Menschlichkeit zu empfinden, fügen anderen oft schweres, gar tödliches Unheil zu, nicht ahnend, daß ihre Opfer ebenso starke und echte Gefühle haben wie sie selbst. Die unbarmherzigen jungen Verbrecher, die zu einer Plage unserer Gesellschaft geworden sind, haben, wie wir im dreizehnten Kapitel sehen werden, als Kinder vielfach unter Deprivationen gelitten und nie genügend Wärme und Freude erfahren, um zu vollwertigen Mitgliedern des Menschengeschlechts zu werden.

Das Selbst in der Beziehung: Ein Gefühl gemeinsamer Menschlichkeit

Wenn das Baby seine Präferenz für die Menschen zu zeigen beginnt, die es regelmäßig versorgen, und Mama oder Papa direkt anlächelt, scheint das globale Selbstgefühl, das gerade für die Fülle der Eindrücke erwacht war, welche die Welt zu bieten hat, sich stärker auf die menschliche Welt zu richten, besonders auf die primäre Pflegeperson. Seine Emotionen machen einen Unterschied zwischen der menschlichen und der unbelebten Sphäre und verstärken seine Einheit mit der menschlichen. Wenn es zusammen mit Mama lacht und gluckst und gurrt, äußert sich diese zunehmende Differenzierung auch in seinem Selbstgefühl. Es lächelt auch bei hellen Farben und Objekten, aber nicht mit der speziellen freudigen Erregung, die es seinen liebsten Menschen entgegenbringt. Noch unterscheidet es nicht zwischen sich selbst und dem, was es nicht ist. Während es ein Gefühl der Harmonie mit seiner Mutter (oder einem sonstigen nahestehenden Erwachsenen) erreicht, beginnt es gleichwohl zwischen der unbelebten Welt und der lebendigen Dynamik der Beziehungen zu unterscheiden. Auch seine Affekte zeigen eine stärkere Differenzierung. Während seine Freude an menschlicher Gesellschaft sich auf bestimmte Individuen konzentriert, weisen Glück und Wut jetzt Abstufungen der Intensität auf.

Diese erste Andeutung von emotionaler Selektivität leitet die zweite Stufe der Entwicklung des Selbst ein. Eine wohltuende Einheit mit der menschlichen Welt, ein Gefühl gemeinsamer Menschlichkeit, durchflutet das Bewußtsein des Babys. Seine Affekte werden stetig ausgeprägter und verfeinerter; statt bloß einen Wutanfall zu bekommen, protestiert es nun, statt eines ungerichteten Kummers zeigt es nun Zorn, statt eines generalisierten Glücks übermütige Fröhlichkeit, statt eines Erschreckens Überraschung. Es hat seine Freude an Mamas Aufmerksamkeit und weiß, wann die Quelle dieser Freude nicht da ist. Wenn Mama, während sie mit dem Baby spielt, besorgt oder zerstreut wird, zeigt sich Traurigkeit oder Bestürzung auf dem kleinen Gesicht. Sogar Furcht, die gewöhnlich erst einige Monate später auftritt, kann jetzt vorzeitig, aber unverkennbar bei einem Baby auftauchen, das traumatisiert oder stark geängstigt wurde.

Das Selbst existiert jetzt in Beziehung zu anderen. Es weiß von gemeinsamen Vergnügungen und Freuden, aber auch von Verlust oder Verzweiflung, wenn die Pflegeperson zum Beispiel nicht auf die Angebote des Kindes eingeht Es wird sich, unvorhergesehene Traumata einmal ausgenommen, jetzt und künftig durch das Gefühl der Bezogenheit auf mindestens eine andere Person definieren. Aus der vorhergegangenen Stufe, in der die von der Umwelt angeregten Sinnesempfindungen lebhaft ins Bewußtsein drangen, ist die Fähigkeit zur Intimität mit einem anderen erwachsen. Es kommt natürlich vor, daß ein Erwachsener oder ein älteres Kind diesem interpersonalen Selbst der Beziehung zu entfliehen versucht, aber dieser Wunsch, von anderen gänzlich unabhängig zu sein, ist oft Ausdruck von Ärger, Frustration oder Verzweiflung über genau jene Beziehungen, die das Selbst definieren.

Das die menschliche Welt umfassende Bewußtsein – das Wissen, daß das Gegenüber genau wie man selbst eine Persönlichkeit ist, auf das es entscheidend ankommt, wenn sich beim einzelnen das Gefühl entwickeln soll, Teil der menschlichen Gemeinschaft zu sein – entfaltet sich aus diesen frühen und fortgesetzten Austauscherfahrungen. Aus der Erregbarkeit, die das Bewußtsein des Neugeborenen mit Empfindungen überflutete, wird jetzt ein Gefühl der affektiven Harmonie. Ein eigenständiges, allerdings noch nicht symbolisches oder reflexives Bewußtsein beginnt sich zu definieren.

3.
Von der Absicht zum Dialog

Im ersten Lebensjahr führt die Fähigkeit zu absichtsvollem Verhalten zu Formen des stillschweigenden Austauschs zwischen Kind und Eltern, zu »Dialogen«, die mit mimischen Ausdrücken und Gebärden statt mit Worten geführt werden. Aus diesen Dialogen entsteht das, was wir später als Wünsche und Begierden erkennen werden. Ehe ein Kind lernt, »ich« zu sagen, beginnt seine in diesen Austauschformen zum Ausdruck kommende Zielstrebigkeit, zwischen dem Urheber und dem Adressaten bestimmter Handlungen zu unterscheiden.

Das Baby wird fähig, seine Arme auszustrecken, um aufgenommen zu werden, Essen, das es nicht mag, vom Tisch zu werfen und verschiedene Emotionen in seinem Gesicht auszudrücken, und dieses Absichtsverhalten zieht nach und nach die Grenze zwischen dem, »der ich bin«, und »dem anderen, den ich beeinflussen möchte«. Damit aus einer Absicht eine absichtliche Handlung wird, muß eine Pflegeperson (oder mehrere) sie deuten und darauf reagieren. Wenn ein Kind seine Arme ausstreckt, um aufgenommen zu werden, wenn es, um seinen Abscheu auszudrücken, finster dreinblickt, wenn es gewinnend lächelt und liebevolle Erwachsene darauf reagieren, ist ein nonverbaler Dialog zustande gekommen. Er kann sich, aus Ausdrücken und Gebärden bestehend, von einfachen Interaktionen aus zwei bis drei Sequenzen bis hin zu fünfzig bis sechzig an einem Stück erstrecken. Wenn sich diese absichtsvollen Interaktionen mehren, beginnen die ersten Bruchstücke des entstehenden Selbstgefühls des Kindes sich zusammenzufügen. Auf diese Weise beginnt sich ein organisiertes Selbstgefühl zu bilden, noch ehe ein Kind Symbole benutzen kann.

Die dritte Stufe: Keime von Intentionalität

Die Fähigkeit, zu mindestens einem anderen Menschen in Beziehung zu treten, führt zur nächsten Entwicklungsstufe, dem willentlichen Austausch von Signalen und Reaktionen. Kinder, die den Übergang zu einem tiefen Engagement (Bindung) geschafft haben, merken allmählich, daß die zwischen ihnen und anderen hin- und herlaufenden Aktionen Teil eines zweiseitigen Austauschs sind. Es gibt in der Welt so etwas wie *Absicht* – ein Lächeln bewirkt ein Lächeln, ein Stirnrunzeln etwas anderes. Symbole und Sprachen liegen noch in ferner Zukunft, doch in der zweiten Hälfte des ersten Lebensjahres beginnen Kinder, mit Gebärden und mimischen Ausdrücken aktiv an einem präverbalen Dialog teilzunehmen.

Die einfachsten Gesten – Lächeln, Stirnrunzeln, Nicken, Änderungen der Körperhaltung, Zwinkern mit den Augen, barsches oder sanftes Murren – erfahren jetzt eine subtile Veränderung. Statt wie in dem vorigen Entwicklungsstadium lediglich synchron zu sein, werden die Aktionen von Baby und Pflegeperson jetzt richtig interaktiv. Mutter redet begeistert, und Baby nickt als Antwort. Baby blickt nach einem Spielzeug, Papa holt es her, und Baby gluckst vor Entzücken. Die lebenslange Gewohnheit der Kommunikation beginnt mit diesen einfachen interaktiven Sequenzen, die wir als Kommunikationskreise bezeichnen. In diesem Stadium geht es bei den Interaktionen um das körperliche oder somatische Lernen; Verhalten und Emotionen sind eng an körperliche Folgen geknüpft; das Kind möchte gedrückt werden oder ein Gurren als Antwort hören.

Gleichzeitig entwickelt sich eine grundlegende psychologische Fähigkeit, die für die gesamte künftige mentale Entwicklung von wesentlicher Bedeutung ist: die Fähigkeit des Kindes, die Grenze zwischen »mir« und »dir« zu definieren, zu erkennen, daß es nur einen Teil des Universums einnimmt und andere Menschen andere Teile einnehmen, die außerhalb seiner Grenzen liegen. Aufgrund dieser ganz einfachen Interaktionen verstehen Kinder allmählich, daß ihre Handlungen Reaktionen bei Menschen auslösen können, die von ihnen getrennt sind, daß jenseits ihrer eigenen Gefühle und Begierden eine äußere Realität liegt, die von ihnen verschieden und nicht immer ihrem Willen unterworfen ist. Sowohl unsere menschlichen

Beziehungen als auch unsere Denkprozesse sind für den Rest unseres Lebens in diesen scheinbar trivialen Gesten verankert, die wir erstmals im späten Säuglingsalter verstehen. Sie beschreiben auch, wo die Grenzen des Individuums verlaufen. Daran, wie Menschen nicken, wenn wir auf sie zugehen, wie sie quer durchs Zimmer unseren Blick auffangen oder wie sie »aha« murmeln, wenn sie uns am Telefon zuhören, erkennen wir, wo wir aufhören und sie anfangen. Mit denselben einfachen, aber subtilen gestischen Signalen, die unsere allerersten Interaktionen bestimmten, werden wir alle unsere Beziehungen gestalten, solange wir leben. Macht der andere, auf den wir eifrig einreden, eine passende Bemerkung im richtigen Moment, oder lächelt er, wenn wir ein Argument vorbringen? Wenn ja, dann spüren wir Engagement, und das Gespräch geht zwanglos weiter. Doch wenn uns jemand ausdruckslos anblickt, seinen Blick in die Ferne schweifen läßt oder stumm bleibt, beginnen wir, uns verwirrt, abgelehnt, vielleicht sogar ungeliebt zu fühlen. Sehr empfindliche Menschen können sogar den Eindruck haben, daß sich ihr Denken desorganisiert, ihre Entschlußkraft sich allmählich auflöst.

Dieses Muster läßt sich im Säuglingsalter gut beobachten. In einer bekannten Studie über vier Monate alte Säuglinge wurden die Mütter von gesunden Babys gebeten, auf das gewohnte Lächeln, Nicken und liebevolle Gurren zu verzichten und statt dessen nur ausdruckslos zu starren. Die Reaktionen der Babys folgten einem vorhersehbaren Muster; zunächst verstärkten sie das Lächeln, Gurren und Ärmchenstrecken, so als wollten sie sagen: »He, aufgepaßt! Ich rede mit dir.« Als das nichts half, hielten sie einen Augenblick inne, dann versuchten sie es erneut, mit größerem Nachdruck. Innerhalb weniger Minuten waren sie reizbar und hektisch geworden, ihre Gesten desorganisiert und immer zielloser. Schließlich setzten Apathie und Desinteresse ein und sie gaben auf.[1]

Im kleinen hat jeder, der einmal versucht hat, mit jemandem zu plaudern, der keine Miene verzieht, oder vor einem Publikum, das nicht reagiert, eine Rede zu halten, diese Verwirrung und Desorientierung schon erlebt. Die Wirkung von nicht reagierenden Pflegepersonen auf Babys ist jedoch unendlich viel größer, denn sie werden der Chance beraubt, effektive Grenzen für ihr sich herausbildendes Selbst festzulegen. Anders als die Babys in der Studie, die bald wieder von ihren Müttern aufgenommen und liebevoll gedrückt wurden, werden Kinder, denen angemessene Reaktionen durchgängig versagt bleiben, dauerhaft verstört. Sie verlieren das Interesse an der Kommunikation und werden schließlich apathisch und mutlos.

Die frühe Deprivation hat deutliche Nachwirkungen im Erwachsenenalter. Ein Patient von Anfang Zwanzig hatte noch immer kein klares Gefühl für die Grenzen zwischen ihm und anderen, das normale Beziehungen erst möglich macht. Bill, ein glänzender Mathematiker und Erfinder, schien bei Beginn der Psychotherapie nichts von der gestischen Ebene der Kommunikation zu wissen, dem Augenkontakt, dem Gesichtsausdruck und der Körperhaltung, Mitteln, die intuitiv eingesetzt werden, um Absichten zu signalisieren und die Interaktion mit anderen zu steuern. Nachdem er am Anfang der Sitzungen den Blick kurz auf den Therapeuten gerichtet hatte, ließ er ihn zu einem nahen Fenster schweifen. Anschließend begann er, in einem langen, ziemlich eintönigen Monolog von seinen jüngsten Aktivitäten zu berichten. Von Emotionen sprach er kaum, und wenn der Therapeut die Stirn runzelte, nickte, mit den Händen gestikulierte und seine Körperhaltung veränderte, reagierte er überhaupt nicht. Fast könnte man sagen, daß er den Therapeuten nicht zur Kenntnis nahm. Natürlich übersah er auch außerhalb der Therapie die elementarsten Hinweise anderer, was ihm bei der Arbeit und im gesellschaftlichen Leben alle möglichen Schwierigkeiten eintrug. Bill trug ungerührt seine selbstbezogenen Monologe vor, gleichgültig, ob andere müde, gelangweilt, verdrossen, froh oder traurig waren. Er kam zur Behandlung, weil er immer stärker eine Taubheit, eine »innere Leere« empfand und keine Beziehungen hatte außer den oberflächlichen bei der Arbeit.

Im Laufe der Therapie stellte sich heraus, daß er im Alter von neun Monaten beide Eltern durch einen Autounfall verloren hatte. Er kam zu Onkel und Tante, die sehr viel älter waren und ihm jede seiner Launen durchgehen ließen. Sie mochten ihn sehr, unterließen es aber, ihm Grenzen zu setzen oder Anforderungen an ihn zu stellen. Nie fielen sie ihm während seines unablässigen Geredes ins Wort, nie mißbilligten sie offen sein Verhalten, nie deuteten sie durch einen strengen Blick, einen erhobenen Zeigefinger oder ein Schnalzen mit der Zunge ihre Mißbilligung an. Geduldig lauschten sie vielmehr seinen stundenlangen Monologen, die jetzt der Therapeut über sich ergehen lassen mußte. In all den Jahren vor diesem kritiklosen Publikum spielend, brauchte Bill nie zu warten, bis er in einem Gespräch an die Reihe kam, brauchte er nie zu überlegen, ob er sich nicht durch eine Dummheit in Schwierigkeiten gebracht hatte, brauchte er nie die Stimmung seiner Pflegeeltern zu erraten und sein Verhalten ihren Wünschen anzupassen. Was er als Kleinkind nicht gelernt hatte, wußte er auch als Erwachsener noch nicht: wie man die nonverbalen Mitteilungen sendet und aufnimmt, die sowohl die Grenzen als auch die Gemeinsamkeiten zwischen den Individuen definieren. Ein Gelingen der langwierigen Behandlung zeichnete sich ab, als der Therapeut dazu überging, mit den einfachen Handzeichen des Verkehrspolizisten das Gespräch zu »steuern«, so daß beide eine Chance bekamen zu sprechen. Durch Übung gewann Bill Kenntnis von verschiedenen Mitteln der gestischen Kommunikation und lernte so, andere Menschen als emotionale Wesen wahrzunehmen, die ebenfalls ihre Wünsche und Absichten haben.

Das wollende Selbst

Mit der Äußerung von Emotionen durch zielgerichtetes Handeln wird die dritte Stufe in der Entwicklung des Selbst und des Bewußtseins eingeleitet. Wenn es dem Baby bislang genügte, im spiegelbildlichen Lächeln seiner Umwelt zu schwelgen, so geht es nun zu einer wechselseitigen, bedingten Interaktion über; es möchte für das, was es gibt, etwas zurückbekommen und geht mit seinen Aktionen auf die von anderen ein. In einer mit Stephen Porges durchgeführten Untersuchung fanden meine Mitarbeiter und ich jüngst heraus, daß diese Neuorganisation des Selbst mit einer bedeutenden neurologischen Veränderung einhergeht. Mit der absichtsvollen Gegenseitigkeit kommt eine höhere Ebene des Nervensystems ins Spiel, denn für den Austausch sozialer Hinweise und die Reaktion darauf werden neue Bahnen im Gehirn in Anspruch genommen.[2]

Diese absichtsvollen Akte bilden, wie oben schon angedeutet, die ersten Kommunikationskreise eines Kindes: Baby gluckst, Papa runzelt die Stirn, Baby lächelt, Papa nimmt Baby auf, Baby gibt Papa einen Klaps. Jetzt setzt es ein Lächeln auf, um eines wiederzubekommen; ein Stirnrunzeln, ein Grinsen, ein Glucksen, ein Blick, ein Kichern – das alles wird durch eine Geste der Erwiderung anerkannt. Mit der Zeit werden die motorischen Gesten weicher und glatter, denn das Kind greift nach Dingen, nimmt sie und gibt sie zurück, wobei es verschiedene Töne erzeugt. Indem das Baby immer ausdrucksvollere und findigere Wege erlernt, sich mit der Welt einzulassen, führen die Emotionen und Sinneswahrnehmungen zu reicheren und differenzierteren Dialogen. Zwanzig, dreißig oder gar vierzig Kommunikationskreise werden jetzt routinemäßig aneinandergekettet: ein Patscher, ein Wink, ein Lächeln, ein Blinzeln, ein Lachen, ein Quietschen, ein Wackeln, ein Stirnrunzeln – das alles fügt sich in großer Zahl zu langen gestischen Gesprächen, die das Baby an die Menschen seiner Umgebung binden.

In dieser Zeit beginnt das Baby, sich als ein eigenes Wesen zu empfinden – natürlich nicht als ein vollständiges, integriertes oder organisiertes Selbst, aber als eines, das nicht mehr unfähig ist, zwischen sich selbst und anderen einen Unterschied zu machen. Was das Kind anfangs von sich erfährt, sind Bruchstücke – Glücksgefühl, Ärger, Furchtsamkeit. Es verspürt unterschiedliche Gefühlsstönungen in seinem Körper, je nachdem, ob es seine Hand ausstreckt, um einen Ball zu bekommen oder um Mama das Plätzchen wegzuschnappen und es sich selbst in den Mund zu schieben. Sein erstes Empfinden von Intention und Verlangen fällt zusammen mit dem – und definiert zunächst –, was wir das intentionale oder wollende Selbst nennen. Jetzt ist nicht nur ein Wunsch da, etwas zu tun, sondern auch ein »Ich« – oder zumindest ein Teil von einem »Ich« –, das es tut. Durch die Kombination von Wollen und Tun erlebt das Baby erstmals diese rudimentären Bruchstücke seiner selbst.

Dieses Selbstgefühl existiert nicht abstrakt oder isoliert von anderen Menschen – kann einstweilen noch nicht in dieser Weise existieren. Doch das Nervensystem ist jetzt so weit gereift, daß das Kind Emotionen zeigen und wahrnehmen und darauf reagieren kann, und es kann diese Erfahrungen für einen Austausch nutzen. Dank der Initiativen und Reaktionen der Pflegeperson erfährt das Baby Initiative und Reaktion in sich selbst – es verspürt, anders gesagt, ein Gefühl eines interaktiven »Ich«. Das, was es tut, und das, worauf es reagiert, definieren die Bruchstücke, die von dieser neuen Intentionalität nicht zu trennen sind.

Anfangs war noch kein intentionales oder wollendes Selbst da, sondern nur ein Gefühl der Einheit mit der Pflegeperson. D. W. Winnicott drückte es dramatisch aus: »Ein Baby allein, das gibt es nicht.« Aus diesem amorphen Kern sprießen die ersten winzigen Triebe eines Selbstgefühls nur dann hervor, wenn das Kind, das nun die physische Fähigkeit zur Interaktion besitzt, in einer Umgebung lebt, die auf seine Angebote reagiert und es ermutigt, von dieser neuen Stärke Gebrauch zu machen. Die ersten psychologischen Grenzen zwischen dem Baby und der Außenwelt, die erste Abgrenzung eines in sich geschlossenen Selbst, werden gezogen zwischen den impulsiven Aktionen des Säuglings und den Reaktionen des Erwachsenen. Die Reaktion auf diese ersten absichtsvollen Interaktionen schafft nach und nach eine Grenze zwischen dem Subjektiven und dem Objektiven. So entsteht das Gefühl für eine Realität außerhalb unserer selbst. Unser Realitätsgefühl ist ein Produkt von subjektiven und objektiven Prozessen. Es beginnt jedoch mit der Errichtung dieser ersten Grenze.

Aus Anzeichen eines intentionalen Verhaltens – wenn das Kind zum Beispiel Papas Nase anfaßt oder Essen vom Tisch wirft – lesen wir Begierden, Wünsche, Motive heraus. Zu diesem Zeitpunkt ist das motorische Verhalten unser Anhaltspunkt für Verlangen oder Motivation. Ohne die dank der Entwicklung des Nervensystems wachsende Fähigkeit, seine Muskeln zu koordinieren, wäre das Kind möglicherweise nicht in der Lage, etwas so Organisiertes wie ein Verlangen oder einen Wunsch aufzubauen. Das bedeutet, daß das Verlangen oder der Wunsch höchstwahrscheinlich noch nicht als eine selbständige Idee existieren kann. Sie muß geknüpft sein an eine Aktion, welche sie definiert. Eine Aktion definiert ein Verlangen genauso, wie später ein verbales Symbol eine Idee definieren wird; sie stellt die erforderliche Form oder Struktur bereit, um die Absicht aus der inneren Welt der Subjektivität des Babys in die äußere Welt der interpersonalen Objektivität zu befördern. Ohne solche definierenden Aktionen könnte der potentielle Wunsch nicht zu einem unabhängigen Wunsch oder einem unabhängigen Verlangen werden.

Das Kind hat noch nicht die Fähigkeit, Symbole oder Ideen zu schaffen, die Wünsche oder Begierden repräsentieren könnten. Erkenntnis und Kommunikation vollziehen sich vorwiegend über sein motorisches System. Deshalb ermuntern wir Kinder mit schweren motorischen Problemen oder Entwicklungsdefiziten, irgendeinen funktionierenden Teil ihres motorischen Systems – beispielsweise die Zunge oder die Nackenmuskeln – zur Vermittlung ihrer Absichten zu benutzen. Ist ein Kind nicht in der Lage, seine frühe Intentionalität zum Ausdruck zu bringen, kann seine intellektuelle und emotionale Entwicklung zum Stillstand kommen. Kinder mit schweren motorischen Behinderungen, die selbst bei relativ später Intervention gute Fortschritte gemacht haben, entwickeln oft Wege der Kommunikation mit Hilfe von Blicken, Lauten oder begrenzten motorischen Bewegungen.

Bietet das motorische System ein Mittel, um Wünsche oder Begierden zu definieren und auszudrücken, so wird die Absicht durch die Verbindung von Affekt und zielgerichtetem, motorischem Verhalten definiert. Zuvor hatte das Baby Bedürfnisse – gefüttert, frisch gewindelt oder gehalten zu werden –, äußerte sie aber nicht in intentionaler Form. Sein Hunger, sein Mißbehagen oder seine Freude führten zu Veränderungen im Gesichtsausdruck, in Lauten, in der Körperhaltung usw. Das waren aber bloß Reaktionen auf die Empfindungen und Emotionen, die es erlebte. Jetzt äußert sich der Wille des Kindes in der Fähigkeit, seine Arme auszustrecken, nach etwas zu greifen, an etwas zu ziehen, oder in der Fähigkeit, statt aus physiologischer Not vor Ärger zu brüllen. Noch sind ein neugieriges »Ich«, ein furchtsames »Ich« und ein zorniges »Ich« – allesamt Keime des Selbst – nicht vereinigt. Sie bilden anfangs noch getrennte kleine Inseln, die erst später verschmelzen. Aus dem Selbst, das zuerst nicht mehr war als eine globale Aufmerksamkeit, wurde ein Selbst, das auf die Welt bezogen und an ihr beteiligt war. Jetzt keimt ein neues, wollendes Selbst. Bewußtsein besteht nunmehr in einem keimenden Gefühl der Intentionalität, einem Gefühl, der Träger eines absichtsvollen Handelns zu sein.[3]

Die vierte Stufe: Absicht und Interaktion

Sobald ein Kind Sinneswahrnehmung und Emotion zu intentionalem Handeln verbindet, kann es zur vierten Entwicklungsstufe übergehen, auf der eine immer komplexere präsymbolische Kommunikation es in die Lage versetzt, sich in der Welt der sozialen Kommunikation zurechtzufinden.

Auch diese Stufe wird Schritt für Schritt genommen. Wenn eine Mutter ihren kleinen Jungen anlächelt, weil er sie angelächelt hat, wenn sie kopfschüttelnd sagt: »Nein, das tut man nicht«, weil er seinen Teller wegschiebt, während sie ihn mit Karottenpüree zu füttern versucht, dann beginnt der Kleine, etwas über sie und über sich selbst zu lernen. Er ist jemand, der bei anderen Zuneigung und Wärme zu entfachen vermag. Sie ist jemand, der wahrscheinlich darauf bestehen wird, daß er tut, was sie sagt. Und so beginnt das Kind mit zwölf bis achtzehn Monaten, nachdem es zuvor die Grenzen zwischen sich selbst und den Menschen seiner Umgebung angedeutet hat, die groben Umrisse genauer auszufüllen.

Der Prozeß verläuft zögernd. Das Gefühl des Kindes dafür, wer es ist, ist anfangs sehr unvollständig, eine Karte mit großen weißen Flecken. Das Gebiet der Reaktionen, die sein Lächeln oder sein Wohlbehagen bei Mama hervorruft, hat es vielleicht schon skizziert, und es hat vielleicht schon die Reaktionen auf Stirnrunzeln und Schreien ausprobiert, doch gibt es in seiner Beziehung zu ihr noch immer riesige unerforschte Gebiete.

Das Bild wird klarer, wenn die ausgetauschten Gesten komplexer werden. Das Kleinkind schaut seine Mutter fragend an. Sie erwidert den neugierigen Blick und fragt: »Was?« Daraufhin nimmt es sie bei der Hand und zieht sie, aufgeregt plappernd, zum Kühlschrank. Fünfzig Kommunikationskreise später, die von seiner Seite alle wortlos waren – fünfzig Kreise aus Zeigen und Fragen, Führen und Lachen, Stirnrunzeln und glücklichem Lachen –, gluckst das Kind vor Entzücken, als sie ihm hilft, einen Becher aufzumachen, der genau die Joghurtsorte enthält, die es die ganze Zeit wollte.

Während das gestische Repertoire des Kleinkindes reichhaltiger wird, beginnt es, in seinem eigenen Verhalten und in dem anderer Muster zu entdecken. Gewöhnlich reagiert Mama auf seine freundliche Bitten, aber nicht, wenn sie schlecht gelaunt ist. Papa tobt gern mit ihm herum, singt aber nicht gern Schlaflieder. Oma ist bei weitem nicht so streng wie Papa und Mama. Das Kind trägt diese Punkte nach und nach auf der Karte ein, die es als Person darstellt und nach Interaktionen mit anderen immer genauer wiedergibt, wie seine Handlungen, Intentionen und Erwartungen mit denen der anderen zusammenpassen. Mit welchen Handlungen erwirbt es sich Zuneigung und Zustimmung, und welche rufen nur Ablehnung oder Zorn hervor? Verdient es Fürsorge, Aufmerksamkeit und Respekt? Verdienen die anderen das auch? Auf ähnliche Weise entdeckt es, wie die physikalische Welt funktioniert; wenn es das kleine Plastikding umdreht, springt ein lustiges Tier hervor, und wenn es gegen das große, sich glatt anfühlende, durchsichtige Objekt stößt, macht es einen gewaltigen Krach, vielleicht entsteht sogar ein Sturzregen von kleinen Bruchstücken, und Mama schimpft.

Dieses unbekannte Gelände zu erforschen und seinen eigenen Platz darin zu finden, ist die drängende Aufgabe des frühen Kleinkindalters, ein monumentales Vorhaben, das beginnt, lange bevor ein Kind in ganzen Sätzen reden oder auf einem Bein hüpfen kann. Dies ist der entscheidende Zeitraum, in dem das Individuum diese wohl elementarste emotionale Herausforderung des ganzen menschlichen Lebens besteht oder nicht besteht und damit wesentliche Charakterzüge formt. Denn lange bevor ein Kleinkind sprechen kann, wird seine Persönlichkeit bereits von den unzähligen Interaktionen zwischen Pflegeperson und Kind geprägt.

Der zwölf Monate alte Jason zum Beispiel bemüht sich bei seiner Mutter wiederholt um Nähe, doch sie fühlt sich von seinen Ansprüchen jedesmal überfordert und zieht sich von ihm zurück. Das aktive, energische Kind lernt rasch, die Befriedigung, die es in der Intimität nicht finden kann, in der Stimulation zu suchen. Jason wird aggressiver, zunehmend impulsiver. Als er älter wird, reagiert er kämpferisch, sobald er den Verlust, die Traurigkeit und Verletzlichkeit empfindet, die er erstmals bei der Zurückweisung durch seine Mutter erfahren hat. Wenn ein Freund fortzieht, ein geliebter Lehrer mehrere Tage in der Schule fehlt oder seine Eltern ihn ignorieren, verschwendet er keinen Gedanken an seine Traurigkeit oder Einsamkeit. Er wählt vielmehr die Lösung, die er als Baby gelernt hat:

Aggression, Zurückweisung seinerseits und die Haltung, die später ausgedrückt wird in dem Satz: »Ich brauche niemanden.«

Die kleine Emma geht derweil auf ihre eigenen vorsichtigen Entdeckungsreisen. Äußerst schallempfindlich, beginnt sie gleichwohl mit ihrer eigenen Stimme zu experimentieren, und eines Tages unternimmt sie, aufgeregt plappernd, obendrein den kühnen Versuch, Mamas Nase mit ihren Fingern zu erkunden. Doch ihre Mutter wird nervös, wenn Emma neugierig wird, und befürchtet, daß die kindlichen Annäherungsversuche ein Zeichen nicht bloß von Selbstbewußtsein, sondern auch von unangemessener Aggression sind. Sie stochert ihrerseits in Emmas Nase und übertönt die Proteste des Kindes mit der Ermahnung, daß »es nicht nett ist, anderen ins Gesicht zu fassen«. Dieses Muster wiederholt sich jedesmal, wenn Emma selbstbewußt ist, auf vielfältige Weise. Ehe Emma zehn Monate alt ist, hat sie gelernt, daß es riskant ist, aus sich herauszugehen. Ihre Erkundungen gibt sie nach und nach auf und beginnt statt dessen zu quengeln, der eigenen Furcht mit wachsender Passivität begegnend. Wenn später mutigere Kinder auf ihr herumhacken, kann es durchaus sein, daß dieses intelligente und pflichtbewußte Kind sich selbst die Schuld daran zuschreibt und dabei passiv, unsicher und furchtsam bleibt. Es kann sogar passieren, daß sie sich tyrannische Freunde aussucht, die ihr Spiel mit ihr treiben. Jason und Emma haben diese weitreichenden Schlußfolgerungen über ihre eigene Person nicht aus rationalen Überlegungen abgeleitet, sondern aus ihren emotionalen Erfahrungen mit dem Verhalten anderer. Wie ihr eigenes Handeln mit dem anderer zusammenpaßt, haben sie vor allem aus den Reaktionen ihrer Mütter herausgelesen. Leider werden die Lehren, die sie daraus gezogen haben, ihnen später übel bekommen. Mit der Zeit verbinden sich die Reaktionen, die ein Kind hervorruft, mit seinen eigenen Wünschen und Erwartungen zu einer charakteristischen Haltung und Reaktion.

Es versteht sich von selbst, daß die Karte, in der das Kind sein eigenes Wesen und das seiner Mitmenschen verzeichnet, nicht überall mit der gleichen Detailgenauigkeit ausgefüllt wird. Keinem Kind bieten Familie und Alltag gleichen Zugang zu allen Erfahrungsbereichen. Kein Kind kann jedem möglichen Thema die gleiche Aufmerksamkeit schenken. Da jedes Kind nur eine oder höchstens zwei

Muttersprachen erlernt, jede Familie nur einen begrenzten Speisezettel hat, nur eine bestimmte Religion praktiziert und ihre Zeit mit bestimmten Freunden bei bestimmten Hobbys verbringt, werden im frühen emotionalen Repertoire des Individuums bestimmte Gebiete gegenüber anderen bevorzugt. Bei einem Kind ist die Umwelt geprägt von mexikanischem Spanisch, Tortillas und römischem Katholizismus, bei einem andern von amerikanischem Englisch, Brathähnchen und Christian Science. Das Familienleben des einen Kindes ist durchdrungen von Humor und Scherzen, und es lernt, sich lachend über Probleme hinwegzusetzen und sich zu amüsieren, während ein anderes lernt, auf Herausforderungen mit Aggression oder Angst oder Passivität zu reagieren. Jeder entwickelt Bereiche, in denen er seine emotionalen Stärken und Schwächen hat, Bereiche der Flexibilität und der Enge.

In Bereichen der Enge wird, wie wir gesehen haben, möglicherweise das Fundament für Probleme gelegt, mit denen man später zu kämpfen hat. Es ist denkbar, daß jemand nicht gelernt hat, auf einem bestimmten emotionalen Gebiet flexibel zu reagieren. Ärger, Angst, Intimität oder Trennung lösen dann eine Reaktion aus, die den Umständen nicht angemessen ist oder zu keiner Lösung führen kann. Hervorgerufen wird eine beschränkte, stereotype, ritualisierte Reaktion, so etwas wie eine Einheitsreaktion, die keiner Situation angemessen ist: Intimität löst stets Flucht aus, Angst schaukelt sich stets zu Hysterie auf, Trennung mündet stets in Panik. Emotionale Enge kann zudem extreme und polarisierte Reaktionen erzeugen. Man fällt dann von einer Stimmung oder Haltung in die andere, von Lustigkeit in Verdrießlichkeit, von Passivität in Feindseligkeit, von Bewunderung in Verachtung.

Solche Einengungen kommen selbst bei Kindern vor, die die besten Gaben haben und von den liebevollsten, gewissenhaftesten Eltern erzogen werden. Wenn es das Wesen der Menschheit ist, emotional zu sein, dann ist es das Schicksal der Menschheit, unvollkommen zu sein. Die authentische, spontane Emotion ist unvorhersehbar, bisweilen sogar unkontrollierbar. Je empfänglicher und feinfühliger jemand in emotionaler Hinsicht ist, desto weniger werden seine Gefühle und emotionalen Reaktionen beherrschbar sein. Niemand kann ständigen Gleichmut bewahren, mag er auch noch so ausgeglichen und flexibel sein. Irgendwann gibt jeder Gefühlen nach, die der Situation völlig unangemessen sind. Wichtiger ist aber, daß wir wegen der Muster, die sich früh in uns gebildet haben, mit bestimmten Emotionen besser zurechtkommen als mit anderen. Für Liebe und Lust stehen uns vielleicht fünftausend Reaktionen zu Gebote, für Ärger vielleicht nur zwei oder umgekehrt. Vielleicht gibt es auch Emotionen, die wir ganz und gar meiden. In diesen gemiedenen Bereichen gibt es keine Interaktion und daher auch kein Gespür für Geben und Nehmen. Kein Kind wächst in einer perfekten Umgebung auf, und Eltern, die sich allzusehr bemühen, ihm eine solche zu bieten, zerstören oft die emotionale Spontaneität, die so wichtig für den gesamten Entwicklungsprozeß ist.

Die Entwicklungen dieses prägenden Lebensabschnitts sind aber, auch wenn sie großen Einfluß haben, nichts Definitives. Zahlreiche Elemente der Persönlichkeit werden früh im Leben geformt, aber durch tägliche Interaktionen ständig neu definiert. Der aggressive Jason und die ängstliche, passive Emma mögen als ältere Kinder oder selbst noch als Erwachsene durchaus die Gelegenheit haben, etwas an diesen Mustern zu ändern. Es kann natürlich passieren, daß sie sich Freunde und Ehegatten suchen, die zur Aufrechterhaltung des bestehenden Zustands beitragen, sie könnten aber auch Glück haben und sich an jemanden auf dem Gebiet binden, das sie ursprünglich verlassen mußten: Verletzlichkeit bei Jason, Selbstbewußtsein bei Emma.

Wenn das Kleinkind auf dieser vierten Entwicklungsstufe Fortschritte macht und fähig wird, Mienen und Körperhaltungen zu erkennen, kann es zwischen grundlegenden Emotionen unterscheiden und jene, die Sicherheit und Geborgenheit bedeuten, und die anderen, die Gefahr bedeuten, auseinanderhalten. Es kann Zustimmung von Mißbilligung, Akzeptanz von Ablehnung unterscheiden. Die wesentlichsten emotionalen Themen des Lebens werden erkannt und Formen der Auseinandersetzung mit ihnen entwickelt. Jetzt beginnt das Kind auch, diese neue Fähigkeit in immer komplizierteren Situationen anzuwenden. Statt bloß zu registrieren, was andere tun, schätzt es nun Situationen anhand von subtilen Verhaltenshinweisen ein. Haben die beiden, die verstummten, als es ins Zimmer kam, sich vorher gestritten, oder waren sie zärtlich miteinander? Fürchtet

Mutter den Mann, der gerade an sie herangetreten ist? Das Kind benutzt diese Wahrnehmungen, um je nach ihrem Verhalten unterschiedlich auf Menschen zu reagieren – jemandem zu mißtrauen, der ihm nicht vertrauenswürdig vorkommt, oder sich aus einer Situation zurückzuziehen, die ihm bedrohlich erscheint.

Für den Rest des Lebens werden wir diese Fähigkeit als eine Art Radar benutzen, um uns im sozialen Universum zu bewegen; ihm verdanken wir die unausgesprochenen Eindrücke, die die erste und oft zuverlässigste Einschätzung der Gefühle und Absichten anderer bilden und die uns jenseits aller Worte die emotionale Bedeutung einer Begegnung erkennen lassen. Die intuitive Fähigkeit herauszubekommen, was hinter einem menschlichen Austausch steckt, affektive Hinweise aufzufangen, noch ehe ein Wort gefallen ist, und ihre Bedeutung zu verstehen, funktioniert schließlich wie eine Art Sinnesorgan. Sie wird sogar zu einer Art »Übersinn«, der Elemente aller anderen Sinne in sich aufnimmt und uns befähigt, augenblicklich Einschätzungen zu treffen und unsere Reaktionen darauf abzustimmen. Erst dadurch wird ein gesellschaftliches Leben möglich.

Das normale Kind hat also lange vor dem Erwerb der symbolischen Sprache die grundlegende Fähigkeit entwickelt, die es ihm ermöglicht, die Werte, Normen und Einstellungen der Kultur zu erlernen, der seine Eltern oder Pflegepersonen angehören. Mit diesem Übersinn beobachtet es, wie die Menschen seiner Umgebung ihr tägliches Leben führen und entziffert den Subtext, der ihren emotionalen Reaktionen auf Alltagsereignisse zugrunde liegt. Ihr Verhalten liefert einen stillschweigenden, aber äußerst freimütigen laufenden Kommentar auf einer Skala von Zustimmung, Mißbilligung, Ärger, Erregung, Glück und Furcht. Indem es Hinweise aus diesem Subtext auffängt, lernt das Kind eindrücklicher und genauer als durch irgendeine Sprache, was gut und was schlecht ist, was man tut und was man nicht tut, was in der sozialen Welt, in der es lebt, akzeptabel und inakzeptabel ist.

Wieder erhellt unsere Arbeit mit autistischen Kindern einen wesentlichen Aspekt der Entwicklung bei gesunden Kindern. Autismus beruht nach unseren Beobachtungen auf einem primären Defizit, der grundlegender ist als die sprachlichen, kognitiven oder sozialen Defizite, die gewöhnlich beschrieben werden, einem Defizit auf genau der Entwicklungsstufe, die wir gerade diskutiert haben. Bei der Nachuntersuchung von über zweihundert Fällen fanden wir, daß zum Zeitpunkt der Diagnose 68 Prozent der Kinder mit verschiedenen Störungen aus dem autistischen Spektrum nicht die Stufe des komplexen absichtsvollen Verhaltens erreicht hatten, gegenüber nur vier Prozent der Kinder, die keine autistischen Symptome aufweisen, wobei viele allerdings gewisse mechanische oder repetitive sprachliche Fertigkeiten besaßen.[4] Die meisten Kinder erwerben, wie wir gesehen haben, im Laufe ihrer Entwicklung auf natürliche Weise die Fähigkeit, emotionale Hinweise zu erkennen. Diese Fähigkeit versetzt sie in die Lage, sich absichtsvoll zu verhalten. Die Fähigkeit, das motorische Verhalten mit Wünschen oder Interessen zu verbinden, führt später zum Entstehen symbolischer Leistungen während der normalen Interaktion. Autistische Kinder sind jedoch unfähig, Affekte mit ihrem Verhalten oder ihren Gedanken zu verknüpfen. Wenn wir ihnen aber helfen konnten, diese Unfähigkeit zu überwinden, können solche Kinder Fortschritte machen.

Der Zusammenhang zwischen Affekten, Verhalten und der Verwendung von Symbolen mag die verwirrende Beobachtung erklären, daß viele Kinder, die in ihrer frühesten Entwicklung engagiert und zielgerichtet sind, erst zwischen dem achtzehnten und dreißigsten Lebensmonat unverkennbare autistische Symptome zu zeigen beginnen, darunter Perseveration und selbststimulierende Verhaltensweisen wie Drehen, Aufreihen von Spielsachen sowie Auf- und Zumachen von Türen. Im zweiten Lebensjahr lernt das Kind, von einfachen Interaktionen wie dem Versteckspiel überzugehen zu Sequenzen, bei denen es zum Beispiel seinen Vater an der Hand nimmt und mit ihm zum Schrank, zur Haustür oder zum Fernseher geht. Solche komplexen, zweckgerichteten Interaktionen setzen eine Zielstrebigkeit voraus, die anderen durch die emotionale Reaktion des Kindes vermittelt wird. Außerdem wird durch die Entwicklung des Nervensystems die Verwendung von Symbolen (z. B. die Fähigkeit, ein Bild einem Objekt zuzuordnen oder Wörter zu wiederholen) möglich. Wieder ist es der Affekt, der dieser neuen Fähigkeit Ziel und Richtung gibt. Der Affekt macht den »Saft« zu etwas, das gut schmeckt, und er gibt dem Wort »mehr« die Bedeutung, daß man zusätzliche Erfahrungen von der gewünschten Art erhält. Doch ohne Affekt werden Verhalten und Denken idiosynkratisch und desorganisiert, wie ein Orchester, das ohne Dirigent spielt. Ein Verhalten und Denken dagegen, das zielgerichtet und absichtsvoll ist, wird durch den Affekt zum harmonischen Zusammenspiel organisiert.

Wenn der Affekt nicht mit Verhalten und Denken verknüpft ist, kann das daran liegen, daß die neuralen Verbindungen zwischen Funktionen, die gewöhnlich in verschiedenen Hirnarealen ausgeführt werden, gestört sind. Bei den meisten Rechtshändern sind Affekt und Absicht mehr in der rechten Hirnhälfte angesiedelt als in der linken, die sich hauptsächlich mit der Sequenzierung von Sprache, Symbolen und Verhalten befaßt. Es ist interessant, daß viele Kinder mit Störungen aus dem autistischen Spektrum es oft vorziehen, Objekte aus dem Augenwinkel zu betrachten, und außerdem direkten Blickkontakt meiden, selbst dann, wenn sie zärtlich sind.[5] Auch wenn sie ihre Eltern umarmen oder gar küssen, zeigen ihre Augen keinen liebevollen Blick. Dieses Verhalten macht Eltern verständlicherweise ratlos. »Sie umarmt mich, aber schaut mich nicht an«, erklärte ein frustrierter Vater. Solche Kinder benutzen, wenn sie von der Seite blicken, nur eine Hirnhälfte; wenn man geradeaus schaut, muß man dagegen beide Hälften auf integrierte Weise benutzen.

Denkbar ist, daß ein in den ersten Lebensphasen gelerntes Verhalten – zum Beispiel sich beruhigen, aufmerksam auf sensorische Eindrücke achten, zärtlich sein, möglicherweise auch einfache gestische Interaktionen – von Teilen des Gehirns ausgeführt werden kann, die nicht vollständig integriert sind, darunter auch die eine oder andere Hirnhälfte allein, und daß erst dann, wenn die Bereiche stärker zusammenarbeiten müssen, wegen spezifischer Störungen des Nervensystems autistische Symptome zutage treten. Die Entwicklungen, die sich im zweiten Lebensjahr vollziehen, die eine komplizierte Verhaltensplanung und schließlich einen sinnvollen Wortgebrauch ermöglichen, setzen also möglicherweise die Koordination verschiedener Teile des Gehirns voraus, darunter auch Funktionen, die mit der linken und rechten Hemisphäre zusammenhängen. Dieser These entsprechen Forschungen, bei denen an Tieren und Menschen untersucht wurde, was geschieht, wenn eine Seite des Gehirns allein funktioniert.[6] Komplexes affektgeleitetes Handeln scheint das Zusammenwirken beider Seiten zu erfordern.

Es hat daher den Anschein, daß das primäre Defizit beim Autismus zu tun hat mit dem Zusammenhang zwischen dem Affekt und der Planung beziehungsweise Sequenzierung des Verhaltens sowie zwischen dem Affekt und der sich herausbildenden Fähigkeit, Symbole zu benutzen. Probleme bei der Entwicklung von Empathie oder bei der Aufstellung einer Theorie des Geistes (gemeint ist die Fähigkeit, die Einstellungen und Absichten anderer zu erfassen), die nach Ansicht einiger Forscher an der autistischen Störung beteiligt sind, dürften sehr wahrscheinlich sekundäre Schwierigkeiten sein, die auf dieses primäre Defizit zurückgehen.

Die neurologischen Befunde sind im Falle des Autismus bisher nicht schlüssig. Es gibt bei den betroffenen Kindern zahlreiche physiologische Abweichungen, aber ein zugrundeliegendes Defizit (oder eine Gruppe von Defiziten) ist noch nicht ausgemacht worden.[7] Vielleicht werden Entwicklungsbeobachtungen zum Zusammenhang zwischen Affekt und Verhalten uns helfen, die entscheidenden biologischen Muster ausfindig zu machen. Bei den Behandlungsansätzen, die nach unseren Erkenntnissen am wirksamsten sind, geht es in erster Linie darum, Kindern mit Symptomen aus dem autistischen Spektrum zu helfen, diese affektiven Verknüpfungen herzustellen. Wenn sie es geschafft haben, diese Zusammenhänge herzustellen, werden ihr Gebrauch der Sprache, ihre kognitiven Fähigkeiten und ihr soziales Verhalten spontaner. Dort, wo wir den Kindern nicht helfen konnten, diese Zusammenhänge herzustellen, oder wo mechanistischere Verhaltensansätze benutzt wurden, haben wir gelegentlich Fortschritte beobachtet, aber sie waren nicht von gleichem Kaliber. Zumeist bleiben Sprache und Kognition stereotyp, starr und repetitiv. Sogar Kinder, die hervorragend lesen und rechnen können, haben Schwierigkeiten, wenn abstraktes Denken verlangt wird. Freundschaften und die Fähigkeit zu Kreativität sind problematisch.

Die emotionale Interaktion ist bei allen Kindern, auch solchen mit ungewöhnlichen physiologisch bedingten Behinderungen, von entscheidender Bedeutung fürs Lernen. Noch kann man nicht mit Sicherheit sagen, ob die Therapie das ursprüngliche neurologische Handikap beseitigen oder kompensatorische Stärken aufbauen kann, doch anscheinend geschieht das eine wie das andere. Die Besserung, die man bei autistischen Kindern beobachtete, welche nach und nach die Stadien der emotionalen Entwicklung durchlaufen haben, unterstreicht, wie wichtig es ist, die auf den Emotionen aufbauende mentale Architektur, auf der die Intelligenz beruht, zu verstehen.

Das präverbale Selbstgefühl

Während die interaktive Welt des Kindes komplexer wird und es mit präsymbolischen Verhandlungen beginnt, ermöglicht sein Selbstgefühl einen höheren Grad der Organisation, so daß es durch spezifische Pläne und Ziele eine aktive Rolle in seiner Welt spielen kann. Die Vernetzung seines Gehirns bewältigt jetzt größere Einheiten: Das glückliche »Ich« und das »Ich«, das den Apfel möchte, und das »Ich«, das einen Kuß bekommt, können für das Kind zusammenfließen zu dem »Ich«, das glücklich ist, wenn es einen Apfel oder einen Kuß bekommt. Glück ist nicht mehr eine Reihe von fragmentierten Empfindungen, sondern eine einzige zusammenhängende Erfahrung, zu der es beispielsweise gehören kann, mit Mama spazierenzugehen und Oma zu besuchen und mit dem Hund zu spielen. Dieses präsymbolische, aber kohärente Selbstgefühl tritt hervor, wenn die Inseln von Emotion, Intention und Motivation, die das frühere, fragmentierte »Ich« definierten, nun zu einem umfassenderen, einheitlicheren »Ich« verschmelzen. Das Kind kann Mama bei der Hand nehmen mit der Absicht, den von ihm gewünschten Genuß zu bekommen, und wenn sie nicht recht will, kann es einen unwiderstehlichen Charme entwickeln. Aus diesen langen Ketten von affektiven Hinweisen entsteht ein Selbstgefühl, dem zur Befriedigung seiner Bedürfisse unterschiedliche Wege zu Gebote stehen.

Mit zwölf bis dreizehn Monaten existiert dieses Selbst noch in getrennten, wenn auch ziemlich großen Teilbereichen. Das glückliche »Ich« hat das neugierige und forschende und selbstbewußte »Ich« subsumiert, ist aber noch recht weit von dem wütenden oder traurigen »Ich« entfernt. Wenn ein Kind von zwölf bis vierzehn Monaten wütend auf jemand wird, merkt es möglicherweise nicht, daß es eben noch fröhlich mit diesem Menschen gespielt hat. Wenn es eine Waffe hätte, würde es wohl ohne Gewissensbisse schießen. Doch mit etwa fünfzehn Monaten wird seine Wut oft schon durch ein keimendes Bewußtsein gedämpft, daß eine Beziehung des Vertrauens und der Geborgenheit auch Wut verträgt. Das Selbstgefühl besteht jetzt aus immer größeren einheitlichen Teilen, auch wenn weiterhin bedeutsame Abspaltungen bleiben. Es gibt sogar Erwachsene, bei denen die glückliche Seite nichts von der wütenden weiß; Dr. Jekyll und Mr. Hyde stecken in derselben Haut, machen aber nie Bekanntschaft miteinander.

Mit achtzehn bis zwanzig Monaten würde ein Kind, das auf einen geliebten Menschen wütend ist, eine Waffe als Drohmittel benutzen, aber nicht schießen. Sein Zorn hat jetzt eine andere Qualität, ist offenbar gedämpfter, komplexer, wie der Ärger von langjährigen Ehepartnern, die wissen, daß ein noch so erbitterter Streit der Bindung zwischen ihnen nichts anhaben kann. Das Kind hat es geschafft, zwei ganz verschiedene »Ichs«, ein wütendes und ein liebendes, zu einem einzigen, beide umfassenden Selbst zu vereinen.

Während das Kind unterschiedliche und sogar widersprüchliche Affekte in sein Selbstgefühl integriert, schmiedet es zugleich emotionale Bande, die den Raum und schließlich auch die Zeit überspannen. Zuvor verspürte es Mamas Wärme nur, wenn es in ihren Armen lag, und Papas Verspieltheit nur, wenn es auf seinem Schoß saß. Jetzt aber kann es, von seinen Bauklötzen aufblickend, Mama am anderen Ende des Zimmers einen flüchtigen Blick zuwerfen, und wenn es ihr Lächeln auffängt, fühlt es sich durch ihre Nähe geborgen. Oder es kann einen Gluckser ausstoßen, und wenn von Papa im Nebenzimmer eine Antwort kommt, fühlt es sich durch diese Kommunikation beruhigt. In der Mitte des zweiten Lebensjahres kann es über eine gewisse Entfernung hinweg kommunizieren, so daß es sich bei seinen Erkundungen immer weiter von seinen Pflegepersonen entfernen kann, aber immer noch die beruhigende Gewißheit hat, daß sie in der Nähe sind.

Die meisten Erwachsenen können, wenn sie mit jemandem am anderen Ende des Kontinents telefonieren oder einen Brief aus Übersee lesen, dieses Gefühl der Verbundenheit über eine Entfernung hinweg herstellen, einige jedoch nicht. Es ist, wie Margaret Mahler gezeigt hat, ein bedeutender Schritt für das kleine Kind, wenn es diese Fähigkeit entwickelt. Wenn sich das ängstliche Baby von seiner Mutter entfernt, kann es ihm so vorkommen, als verliere es sie. Der Drang nach Unabhängigkeit und Abhängigkeit zugleich schafft ein Dilemma von »Trennung und Individuation«.[8]

Das Kind kann dieses Dilemma jedoch lösen, wenn es Mama im übertragenen Sinne mit sich nehmen kann. Es kann im Spielzimmer seinen Erkundungen nachgehen, während Mama in der Küche arbeitet, und dennoch den Kontakt zu ihr halten, indem es sie aus der Ferne beobachtet. Wenn Mama ihm dann und wann anerkennend zunickt, empfindet es das vielleicht wie eine freundliche Umarmung. Dasselbe Gefühl von Geborgenheit und Wärme liefert, wenn sie nicht zu sehen ist, ihre Antwort auf einen Ruf. Die Fähigkeit, die Gesten und vertrauten Stimmklänge der Mutter zu decodieren, gibt dem Kind psychische Sicherheit; wenn sie seine Blicke und Rufe ignoriert, wird es aber unter Umständen zu ihr hinlaufen und sich eine Weile an ihr festhalten müssen. Später wird es in der Lage sein, sich eine mentale Vorstellung von der Mutter über zeitliche und räumliche Entfernungen hinweg zu bewahren; es kann sich vorstellen, wie sie vor einigen Minuten war. Die Fähigkeit, mit denen, die es liebt, auch dann zu kommunizieren, wenn es sie nicht anfassen kann, vermittelt dem Kleinkind ein starkes Gefühl emotionaler Geborgenheit.

Die vierte Stufe ist dauerhaft erreicht, wenn durch das Zusammenbringen vieler Intentionen und Affekte immer größere Teile des Selbst zu einer Einheit verschmelzen. Diese Organisation ergibt sich aus dem Handeln. Das Kind kann seinen Ärger mit seinem Glücksgefühl verbinden, wenn es beides innerhalb einer Handlungsepisode erlebt. Während es zum Beispiel mit Mama spielt, wird es frustriert, weil sie ihm nicht erlaubt, ihr die Brille abzunehmen. Sie sagt nein, und wenn es noch einmal danach greift, sagt sie wiederum nein. Vielleicht hält sie es auf Armeslänge von sich ab und schaut es mit ihrem »Laß-das-ich-meine-es-ernst«-Blick an. Wenn es finster dreinblickt, blickt sie es – spielerisch – gleichfalls finster an. »Ich weiß, daß du verärgert bist«, sagt sie, »aber ich kann nicht zulassen, daß du mit meiner Brille spielst; ich brauche sie.« Nach ein paar mürrischen Protesten wendet es sich dann wieder seinem früheren Spiel zu. Es hat einen Wechsel vom Glücksgefühl zum Ärger und wieder zurück zum

Glücksgefühl erlebt. Es spürt, daß sowohl der Ärger als auch das Glücksgefühl zu ihm gehören und sein Selbstwertgefühl beginnt, ein »Ich«, das verärgert sein kann, und eines, das fast gleichzeitig glücklich sein kann, zu integrieren. Es kommt zu der Integration, weil es ein breites Spektrum von Gefühlen erlebt und seine Pflegepersonen dieses tolerieren.

Diese Integration vollzieht sich allmählich. Bei Kindern unterschiedlichen Alters, die ich beim Spielen bewußt gegen mich aufbringe, beobachte ich unterschiedliche Reaktionen. Beim Einjährigen ist der Ärger durch keinerlei Wissen gedämpft, daß ich derjenige bin, den er noch vor Minuten gemocht oder gar geliebt hat. Dieses Kind würde bestimmt auf den Abzug drücken. Mit achtzehn Monaten hat sich sein Ärger ziemlich geändert. Auch wenn er heftig empfunden wird, liegt ihm doch die Erkenntnis zugrunde, daß ich derjenige bin, mit dem das Kind noch vor Minuten fröhlich gespielt hat.

Wahrscheinlich würde es jedoch nicht zu dieser Integration kommen, wenn die Pflegeperson jedesmal, wenn das Kind Frustration zeigte, für eine »Auszeit« verschwände. Es hätte keine Gelegenheit, die Abfolge der Emotionen vom Verdruß zum Ärger und zurück zur Zufriedenheit zu erleben. Der Ärger bliebe getrennt vom Glücksgefühl und würde sogar zu einer Gefahr für das Glück, denn er würde bewirken, daß Mama verschwindet. Glück wird so zu einem Gefühl, das nur in der Abwesenheit von Ärger existieren kann. Kinder von sehr depressiven Pflegepersonen, die kaum Streß ertragen können, lernen vielfach, ihren Ärger mit Gefühlen des Verlassenseins, der Leere, ja sogar der Verzweiflung zu verbinden. Mit dem Ärger verknüpft sich – statt der Möglichkeit, zum Glücksgefühl zurückzukehren – die Gefahr, verlassen zu werden.

Das Selbstgefühl des Kindes wächst jetzt auch dadurch, daß es Bewegungen, Gesten, Mienenspiele und den Tonfall der von ihm geliebten Personen nachahmt. Jetzt ist die Zeit gekommen, wo es Papas Hut aufsetzt und seinen Gang nachmacht, wo es, exakt Mamas ärgerliche Miene nachahmend, mit einer Puppe schimpft und noch kompliziertere Dinge nachäfft. Wenn es mit Papas Hut auf dem Kopf zur Tür geht, so als bräche es zur Arbeit auf, dann *ist* es Papa. Wenn es auf seinem Puppenstubenherd im Topf rührt, während Mama in einem größeren Topf rührt, in dem das Abendessen kocht, dann *ist* es

Mama. Es lernt nicht mehr nur Bruchstücke über Mama und Papa, sondern komplette Verhaltensweisen. Es erfaßt sie ganzheitlich, wie ein trainierter Sportler, der einem Profi beim Tennis zuschaut und dann hingeht und mit verbesserter Schlagtechnik den Ball trifft. Wie andere zu werden, indem man ihre Handlungen ausprobiert, dient nicht nur dem Aufbau eines Selbstgefühls, sondern noch einem weiteren wichtigen Zweck. Das Kleinkind rüstet sich, indem es sich als einen anderen erlebt, für die Entwicklung der Empathie auf einer künftigen, höheren Stufe des Bewußtseins.

Die Nachahmung wird in diesem Stadium zwar von Gefühlen motiviert, aber ihre Grundlage ist das Entstehen von Bahnungen, die das Gehirn befähigen, nicht nur Bruchstücke, sondern auch ganze Verhaltensmuster optisch oder akustisch zu erfassen und zu reproduzieren.[9] Mit dieser neuen Fähigkeit erlernen Kleinkinder Sozialverhalten, Sprache, kognitive Fertigkeiten und dergleichen sehr rasch. Für ein Kind, das unter dem Trauma schwerer Frustration oder Angst leidet, dient die Nachahmung jedoch nicht der Erweiterung von Bewußtsein und Individualität, sondern dem Versuch, das, was es verloren hat, festzuhalten. Indem es die traumatische Situation wiederholt, versucht es wiederzuerlangen, was ihm einmal gehörte. In diesem Sinne als Angstabwehr benutzt, büßt die Imitation ihre emotionale Flexibilität ein. Statt die Rollen und Eigenheiten anderer in das wachsende Selbst zu integrieren, beginnt das Kind, Brocken in sich aufzunehmen, die es nicht verdauen kann. Wenn es Papa, seinen Hut auf dem Kopf, anlächelt, wird das Lächeln vielleicht erwidert; Imitation und Lächeln werden eins und zu seinem Eigenen. Wenn es aber wie Papa geht, um die Furcht zu bannen, von Papa angegriffen zu werden, bleibt die Imitation isoliert, ein Fremdkörper in der Psyche. Aus Kindern, die durch ein Trauma und mangelnde interaktive Zuwendung eine falsche Reife erlangen, werden vielfach Erwachsene, die unsicher sind, welche Teile von ihnen wirklich ihre eigenen sind, welche ihrer Handlungen wirklich ihr eigenes Selbst ausdrücken.

Starre Rituale sind ebenfalls typisch für ein beschränktes Selbstgefühl. Rituale, die eine symbolische Bedeutung annehmen, können schließlich bearbeitet werden, zum Beispiel im Drama. Sie sind etwas ganz anderes als Rituale, die allein dazu dienen, ein Gefühl der Sicherheit zu gewinnen, und zur Selbststimulierung benutzt werden.

Die letzteren sind oft ein schlechter Ersatz für die fehlende menschliche Interaktion und Beruhigung.

Mit seiner neuen, auf der Entwicklung seines Gehirns beruhenden Fähigkeit zur Erkennung von Mustern und zur Imitation erschließen sich dem Kind immer umfassendere Interaktionsmuster. Es lernt jetzt, mit den tiefsten und wichtigsten menschlichen Gefühlen umzugehen. Zorn, Liebe, Nähe, Selbstbewußtsein, Neugier und Vertrauen werden in die Erfahrung des Kindes integriert, während es die emotionalen Reaktionen seiner Eltern ausprobiert und sich zu eigen macht. Papas finstere Miene des Mißvergnügens und sein ungeduldiges Hin- und Herlaufen, Mamas erstaunter Blick und ihr nervöses Trommeln mit den Fingern nehmen durch Nachahmung für das Kind eine emotionale Bedeutung an und werden zu einem Teil seiner selbst. Wenn ein Lächeln, wie Mama es zeigt, mit einem Gefühl der Wärme und Liebe verbunden ist und zur Vertrautheit mit Mama oder Papa führt, wird es zu einem echten Bestandteil der entstehenden Person. Und wenn ein Knurren wie das von Papa mit Zorn verbunden und dazu geeignet ist, ein Geschwister zu verscheuchen, kann auch dies in das wachsende Selbst integriert werden. Ist das Verhaltensmuster jedoch nicht an einen Affekt gebunden oder dient es keinem Zweck, so bleibt es ziellos. An bestimmte negative Emotionen gebunden, kann es starr repetitiv werden.

Wenn mit rund achtzehn Monaten die Fähigkeit auftritt, größere Muster zu erkennen, kann das Kleinkind die Gefühle anderer besser deuten und lernt es, effektiver mit ihnen umzugehen. An Papas Kopfhaltung beim Betreten des Zimmers und der Spannung in seinen Schultern kann das Kind erkennen, daß er heute abend schlecht gelaunt ist und keine Lust zum Spielen hat. Da läßt man es besser sein, ihm den neuen Ball zu zeigen oder ihn zu einem Spiel zu bewegen. Eine solche Schärfe der Wahrnehmung entsteht nur durch Interaktion, durch zahllose Gelegenheiten, die Form von Mamas Mund und die Furchen auf Papas Stirn zu deuten. Diese Deutungen können für das Kind schwierig werden, wenn es nicht genügend Gelegenheit zur Interaktion hatte. Mangelnde Übung in komplexer präverbaler Kommunikation kann dazu führen, daß es das stumme Signal der Lehrerin, jetzt sei es ihr ernst, mißdeutet oder daß es ohne entsprechende Vorbereitung einem anderen Kind zu nahe rückt.

All diese Fähigkeiten sind mittlerweile zu etwas zusammengewachsen, das größer ist als bloße Verhaltensmuster. Von nun an kann man vom Selbst des Kindes als von seiner Charakterstruktur oder Persönlichkeit sprechen, von seiner spezifischen Art der Auseinandersetzung mit der Welt. Dieses Selbst besteht aus seinen Erwartungen und gewohnten Reaktionen, den Verbindungen, die das Kind zu seinen Gefühlen hergestellt hat, und es ist noch immer nicht auf die Verwendung von Symbolen angewiesen. Erwartet das Kind von anderen, daß sie es lieben oder daß sie es zurückweisen, daß sie seinen Zorn ertragen oder daß sie es verlassen, wenn es ihn zeigt, daß sie seine Neugier ermutigen oder daß sie verlangen, es solle passiv bleiben, daß sie es in Geborgenheit seinen Erkundungen nachgehen lassen oder daß sie es zur Einsamkeit verdammen, wenn es sich auf eigene Faust hinauswagt? Diese frühesten verhaltenspraktischen und emotionalen Annahmen beruhen nicht, wie Freud dachte, auf Konflikten, in denen es um eine symbolische Angst oder einen symbolischen Zorn geht, sondern auf den Lektionen, die das Kind in zahllosen Interaktionen mit anderen direkt gelernt hat, Interaktionen, die in erheblichem Maße den Charakter formen, noch ehe in nennenswertem Umfang unbewußte Symbole gebildet werden. Ein Kleinkind weiß, wie andere auf es reagieren, aber nicht, weil es logisch darüber nachdenken kann, sondern weil seine zu ausgedehnten, auf Erfahrung basierenden Mustern verknüpften Emotionen ihm etwas über Nähe, Selbstbewußtsein, Sexualität und Frustration sagen, darüber, was zu Akzeptanz führt und was zu Angst oder Schmerz.

Werte und Einstellungen beginnen hier, lange bevor sie durch Symbole repräsentiert werden. Die Emotionen des Kindes, nunmehr an Reaktionsmuster gebunden, liefern einen ständigen laufenden Kommentar zu seinem Verhalten. Verlangen, Erwartung und Intention werden umgewandelt in Bedeutungsmuster, und die Emotion dient als Führerin durch die immer komplizierteren Herausforderungen des Lebens. Bewußtsein besteht in diesem Stadium in einem deutlicheren Wahrnehmen von Gefühlen, Verhalten und Handlungen – jenen Strukturen, die die Grundlage des Selbstgefühls sind. Ebenso wichtig ist die Wahrnehmung von anderen als interaktiven Wesen mit eigenen Absichten und sogar einer gewissen Vorhersagbarkeit. Aus der Welt diskreter Interaktionseinheiten ist jetzt eine

Welt von Mustern geworden. Und die Wahrnehmung seiner selbst und anderer enthält von nun an komplexe emotionale und soziale Erwartungen.

4.
Die Bildung einer inneren Welt

Während der beiden folgenden Entwicklungsstadien vollzieht unser Geist den wichtigen Übergang zur Erfassung symbolischer Bedeutungen. Die in den vorangegangenen Stadien entstandenen emotionalen Beziehungen und Erwartungen finden jetzt zusätzlichen Ausdruck.

Wünsche und Absichten sind jetzt innerlich durch multisensorische Vorstellungen repräsentiert. Wir werden fähig, Handlungen geistig durchzuspielen, bevor wir sie ausführen. Wir lernen, durch Gedankenexperimente Probleme zu lösen. Wir machen uns ein »Bild« von Beziehungen, Dialogen und Gefühlen und erzeugen neue Vorstellungen, um das wachsende Spektrum unserer Emotionen auszudrücken. Aus der Summe dieser Vorstellungen bildet sich eine Innenwelt.

Anfangs sind diese Vorstellungen freischwebend wie Ballons, die nicht miteinander verbunden sind. Mit der Zeit werden sie durch logische Brücken untereinander verknüpft. Brücken entstehen auch zwischen Emotionen wie Zorn oder Verlust und der Zeitwahrnehmung – einem Verständnis von »jetzt« und »später« – und der Raumerfahrung: etwa dem Wissen, daß »Mama nicht hier ist, sondern um die Ecke«. Die Innenwelt entwickelt dabei eine zusammenhängende Organisation, die das ermöglicht, was wir Denken nennen.

Bewußtsein und Selbst machen in diesen Stadien erhebliche Veränderungen durch. Erstmals erleben wir uns in Gestalt von Vorstellungen – und nicht bloß von Affekten, körperlichen Empfindungen und Verhaltensweisen. Ebenfalls zum ersten Mal bilden wir Kategorien: Zorn kontra Liebe, Schein kontra Realität, das, was wir tun möchten, kontra das, was wir tatsächlich tun.

Der symbolische Ausdruck wird zu einem Kürzel, in dem der Geist seine Wünsche und Ziele ausdrückt. Statt Mutter an der Hand zu nehmen, sie zum Kühlschrank zu schleifen und gegen die Tür zu hämmern, um Saft zu bekommen, kann das Kind jetzt sagen. »Will Saft.« Statt zu kratzen und zu beißen kann es sagen: »Böse!« oder »Will dich hauen!«

Diese entstehende Welt der Vorstellungen macht es dem Kind zunächst leichter, auf einfache Weise mitzuteilen, was es bereits möchte. Die Fähigkeit, zu wissen, was man möchte, entwickelt sich, wie wir gesehen haben, in den früheren Stadien, wo wir lernen, unsere Aufmerksamkeit zu konzentrieren, Bindungen einzugehen und zu kommunizieren, erst mit einfachen, dann mit komplexeren Affekten und Gesten. Wurden diese Stadien nicht geschafft, dann bleiben die jetzt bestehenden Vorstellungen und Symbole leer, ohne Absicht und Gefühl und letztlich ohne Bedeutung. Wenn Kinder die früheren Aufgaben nicht gemeistert haben, operieren sie auf eine bloß konkrete, mechanische Weise, indem sie etwa Szenen, die sie im Fernsehen gesehen haben, nachspielen oder Reihen von Substantiven aufzählen.

Mit Symbolen und Vorstellungen lassen sich auf ökonomische Weise nicht nur Erfahrungen organisieren, sondern auch neue erzeugen. Die Fähigkeit zur Symbolmanipulation bildet somit eine Grundlage für Entwicklung und Verstehen des Selbst wie für die gewaltigen Entwicklungsschritte, die nun folgen. Die symbolische Fähigkeit ist das wichtigste Tor zwischen der abgeblendeten Welt der Emotionen und Absichten und der sich ständig erweiternden geistigen und sozialen Welt, an der jeder einzelne teilnimmt. Wir durchschreiten dieses Tor nicht nur einmal in der Kindheit, sondern immer wieder, solange wir leben.

Die fünfte Stufe: Bilder, Vorstellungen und Symbole

Wenn das Kind die Fähigkeit beherrscht, Muster von Absicht, Verhalten, Emotion und Erwartung zu bilden, kann es dank unzähliger kleiner Interaktionen zum Stadium des echten symbolischen Ausdrucks übergehen. Im zweiten oder dritten Lebensjahr beginnt es, sich nicht nur mit Verhalten, sondern auch mit Vorstellungen zu befassen. Es begreift allmählich, daß ein Ding für ein anderes stehen kann, daß eine Vorstellung von etwas die Sache selbst darstellen kann. Dank dieser Einsicht kann es sich ein inneres Bild von der Welt machen. Diese Symbole können im übrigen nicht nur für seine eigenen Intentionen, Wünsche und Gefühle stehen, sondern auch für die anderer Menschen. Wir beobachten diese Fähigkeit erstmals im Als-ob-Spiel des Kindes, in dem Puppen küssen und Teddybären »Winke-winke« machen können. Wir beobachten sie, wenn ein Kind, das ein geliebtes Spielzeug verloren hat, sagen kann: »Ich bin traurig.« Dank der Fähigkeit, ein Gefühl zu abstrahieren und zu benennen – zu wissen, daß Enge in der Brust Angst, daß das Verlangen, Faustschläge auszuteilen, Zorn und ein Hüpfer des Herzens Freude ist –, kann es die Emotionen auf eine neue Bewußtseinsebene heben und sie statt durch physisches Ausagieren symbolisch ausdrücken. Statt vor Angst zu kreischen, kann es Papa sagen, daß es Angst hat. Statt Mama zur Küche zu zerren, kann es Mama sagen, daß es ein Plätzchen möchte.

Wenn ein Kind diese Stufe nicht erreicht, kann es seine Gefühle nur auf der Ebene des Verhaltens oder der viszeralen Reaktion erleben. Statt zu wissen, daß es sich einsam oder enttäuscht oder ängstlich oder verschreckt fühlt, empfindet es eine Leere im Bauch oder es weint oder sein Magen verkrampft sich oder seine Hände schwitzen. Es ist nicht in der Lage, einem bestimmten Zustand einen abstrakten Namen zu geben, der ihm erlauben würde, ihn zu identifizieren und zu verstehen.

Wie gelangt ein Kind vom Aktionsmodus des Seins, in dem die Befriedigung in der Erfüllung körperlicher Ziele und Begierden liegt, zum symbolischen Seinsmodus, in dem die Befriedigung im Bild oder der Vorstellung einer Handlung statt in der Handlung selbst liegen kann? Dieser Übergang war ein ungelöstes psychologisches Problem. Piaget und andere haben Aspekte des Prozesses beschrieben, aber nicht erklärt, was das Kind zu diesem entscheidenden Übergang motiviert.[1] Unter dem Aspekt der Entwicklung können wir jedoch in einem neuen Lichte an die Frage herangehen. Ein Kind vollzieht diesen Übergang – genau wie die vorangegangenen Wandlungen – dank der heranreifenden Möglichkeiten seiner Neurologie und reicher affektiver Erfahrungen. Sowohl das Nervensystem als auch die emotionale Entwicklung des Kindes müssen für diesen nächsten Schritt gerüstet sein.

Im Aktionsmodus verlangt das Kind, wenn es Liebe möchte, eine Umarmung; wenn es frustriert ist, klopft es mit seinem Löffel auf das Tischchen seines Hochstuhls; wenn es Hunger hat, schnappt es sich ein Plätzchen. Im symbolischen Modus muß es zumindest eine gewisse Befriedigung aus der Vorstellung beziehen, daß Mama und Papa es liebhaben, oder aus dem Wissen, daß Mama gesagt hat, sie werde es in Kürze nach draußen lassen, oder aus der Vorstellung, daß es bald Abendessen geben wird. Die ersten Vorstellungen sind solche von Handlungen – lebhafte Bilder, in denen es Mama umarmt oder vom Hochstuhl herunterklettert oder eine Lieblingsspeise in den Mund steckt. Später werden Symbole auch Gefühle und andere Aspekte des Selbst repräsentieren: In der Vorstellung äußert sich dann nicht bloß das Umarmen, sondern auch Zuneigung, nicht bloß das Herunterklettern, sondern auch Freiheit, nicht bloß Essen, sondern auch Sättigung.

Dafür muß das Kind lernen, an der Betrachtung der Muster in seinem Geist Freude zu finden. Was bringt Kinder zu dem Wunsch, diesen Wechsel zu vollziehen? In der klinischen Arbeit mit anderthalb- bis zweijährigen Kindern haben wir die nicht überraschende Beobachtung gemacht, daß es vielen schwerfällt und erst im späteren Verlauf der Kindheit oder gar erst im Erwachsenenalter gelingt. Entscheidend ist wieder einmal eine warme, enge Beziehung zu einem Erwachsenen, eine Beziehung, in der die Kommunikation so wichtig wird, daß sie an sich Befriedigung gewährt. Schließlich kommt es dahin, daß die einer solchen Kommunikation entspringenden Gedanken und Vorstellungen von Freude erfüllt sind.

Damit es zu diesem Wechsel des Modus kommt, bedarf es also der langfristigen Beteiligung eines Menschen, der die Interaktion fördert, der die fortschreitende Verwendung von Signalen unterstützt, der sich an dem Als-ob-Spiel des Kindes beteiligt, der ihm hilft, die Freude an der Beziehung mit den Fähigkeiten der symbolischen Kommunikation zu verknüpfen. Die bloße Freude daran, daß einem jemand zuhört, die Befriedigung, daß man durch die Verwendung von Vorstellungen Aufmerksamkeit erlangt, liefert das Motiv für den ersten Schritt in diesem epochalen Wechsel. Nicht nur, daß es bekommt, was es möchte, oder daß seine Erwartungen sich bestätigen, bereitet dem Kind Entzücken, sondern auch, andere wissen zu lassen, welches seine Erwartungen sind. Zuerst kitzelt es Papa, wenn es gekitzelt werden möchte; später zeigt es auf seine Achselhöhle und kichert. Es sagt Papa, was es tun möchte, ohne es wirklich zu tun. Es hat seine Freude an der gelungenen Mitteilung seines Wunsches, ähnlich wie Erwachsene ihre Freude am freundlichen Austausch von Erfahrungen und Gefühlen mit einem Freund haben.

Am Ende des zweiten Lebensjahres, wenn die Kommunikation um ihrer selbst willen die lediglich der Befriedigung eines Bedürfnisses dienende Kommunikation abzulösen beginnt, nimmt das Kind einen Kurs auf, den es sein Leben lang beibehalten wird. Die Liebe zu seinen Pflegepersonen und die Freude, die sie ihm bereiten, bringen es dazu, die Kommunikation als solche zu genießen. Das Bedürfnis nach Handeln und direkter Befriedigung gehen natürlich nie ganz verloren, aber die Freuden des symbolischen Ausdrucks vertiefen sich mit den Jahren, und allmählich können Gespräch, Lektüre, Schreiben, Dichtung, Mathematik, Musik, Theater, Malerei, Bildhauerei und alle Künste und Wissenschaften zu Quellen tiefer Befriedigung werden. Noch ehe ein Kind Worte hat, wird seine Freude an Beziehungen zur Freude an der Kommunikation innerhalb von Beziehungen. Diese Freude heftet sich dann an die Kommunikation selbst, an die Vorstellung zusätzlich zum Vollzug. Die Vorstellung wird mehr als bloß eine Art von Beziehung; sie wird wünschenswert als solche.

Der fürsorgliche Erwachsene ermutigt das Kind, seine unmittelbaren konkreten Ziele in Worte und Vorstellungen zu übersetzen. Pflegepersonen, die selbst Freude an der Kommunikation haben, fördern diese neue Fähigkeit. Sie können die symbolische Interaktion dadurch ermutigen, daß sie sich von den heftigen Wünschen des Kindes nicht einschüchtern lassen und ihm helfen, über sich nachzudenken. Wenn ein Kind sagt: »Ich möchte raus«, kann man darauf mit ja oder nein reagieren, man kann aber auch zurückfragen: »Was willst du draußen machen?« Die letztere Reaktion hilft dem Kind, über seinen Wunsch nachzudenken, die erstere gibt ihm lediglich nach oder unterbindet ihn. Nachdenken fördert die Benutzung von

Symbolen und im weiteren Sinne die Denkfähigkeit, wohingegen Unterbinden oder sofortiges Nachgeben nur eine Tendenz zum Handeln fördern. Aus einem befriedigenden Austausch dieser Art erwächst das Motiv zu weiterer Kommunikation, die mehr Freude am Prozeß der Kommunikation und schließlich Freude an den Worten oder Vorstellungen selbst hervorruft. Über seine Intentionen und Emotionen nachzudenken und sie in Symbole zu kleiden wird nun zu einer der größten Freuden des Kindes. Das Als-ob-Spiel, die Schauspielerei (im Gegensatz zur bloßen Imitation) und der Erwerb neuer Wörter – das alles folgt aus der Begeisterung des Kindes über seine neuen Fähigkeiten.

Wahrscheinlich werden Kinder, deren Pflegepersonen eher kurz angebunden sind, die Fähigkeit, Wörter und Symbole zu verwenden, nur partiell entwickeln. Wenn ein Kind bei Regen hinaus möchte und die Mutter nach dem Grund fragt und dem Kind hilft, sich das mögliche Ergebnis seines Plans innerlich zu vergegenwärtigen, wird das Kind darin eingeübt, Vorstellungen hervorzubringen und sie für Handlungen einzusetzen. Diese Gelegenheit erhält das Kind nicht, wenn die Mutter bloß nein brüllt. Bei solchen Reaktionen lernt das Kind möglicherweise nicht, symbolische Repräsentationen von seinen Emotionen, Begierden und Wünschen zu bilden. Wenn es überhaupt Vorstellungen erzeugt, werden sie eher konkret und auf Handeln ausgerichtet sein.

Das neurologische Wachstum des Kindes trägt derweil dazu bei, daß das Symbolrepertoire sich rasch erweitert. Das Nervensystem ermöglicht jetzt ein rascheres Lernen, und das Kind speichert immer leichter Wörter und Vorstellungen. Es kann fast jeden Laut, fast jedes Wort nachahmen und tut es regelmäßig. Dies ist aber dennoch nicht automatisch. Neue Wörter bekommen nur dann einen Sinn und werden Teil seines Wortschatzes, wenn sie mit einer Emotion oder Absicht verbunden sind. Wie Papa zu reden bedeutet, wie er zu sein und ihm nahe zu sein. »Saft« zu sagen bedeutet die Freude, Saft zu kosten. Es sind diese Gefühle und Intentionen, die den ansonsten neutralen Wörtern und Symbolen, die sich häufen, Sinn und Zweck verleihen.

Die neurale Vernetzung nimmt ständig an Komplexität zu und versetzt das Kind in die Lage, nicht nur Vorstellungen zu bilden, sondern auch komplexe Szenen und Ereignisse, die es beobachtet hat, nachzubilden und auf neue Weise zu kombinieren. Die entstehenden Erinnerungen enthalten nicht nur Vorstellungen von Handlungsabläufen, sondern auch Emotionen, Intentionen und Begierden. Ohne diese affektiven Komponenten wäre die Erinnerung nicht mehr als ein Computerbildschirm, der mechanisch, ohne Sinn oder Struktur, Bilder ablaufen läßt. Durch Sinn und Struktur aber wird die Erinnerung zum Teil des Ausdrucks eines individuellen Selbst. Sinn und Zweck bilden also zusammen mit erinnerten Empfindungen den dualen Code, der ein Wesensmerkmal unserer Menschlichkeit ist.

Muß ein Kind nuancierte Beziehungen entbehren oder kann es aus neurologischen Gründen nicht aus ihnen lernen, so enthalten die Vorstellungen, die es entwickelt, weniger Einzelheiten und Komplexität, seine Persönlichkeit ist weniger differenziert, und seine Fähigkeit, später Beziehungen einzugehen, ist stark eingeschränkt. Es gibt viele Erwachsene, die die Fähigkeit, Vorstellungen zu bilden, nicht hinreichend beherrschen. Ein Beispiel ist Susan, die in die Therapie kam, um ihre immer mehr auseinanderbrechende Ehe zu retten. Ihr Mann blieb immer länger im Büro, und Bitterkeit machte sich in ihrer Beziehung breit. Wenn Jim länger ausblieb, klagte und nörgelte sie, was ihn natürlich veranlaßte, seine Arbeitszeit noch mehr auszudehnen, und das gab ihren Klagen nur noch mehr Auftrieb. Was sie auch anstellte, klagte sie dem Therapeuten, sie konnte ihn nicht dazu bringen, ihr die Aufmerksamkeit zu schenken, die sie brauchte und verdiente.

Susan konnte die Eheprobleme nicht mit ihren eigenen Gefühlen in Verbindung bringen. Sie wußte nur, daß sie sich allein »mies« fühlte, aber sie fand keine Worte, um ihren Gemütszustand oder die Ursache ihrer Schwierigkeiten zu beschreiben. Was sie auch probierte, nichts schien das Verhaltensmuster zu durchbrechen, das Jim forttrieb.

Ihre starke Fixierung auf eine Verhaltensänderung ihres Mannes machte den Therapeuten auf die Tatsache aufmerksam, daß es Susan sehr schwerfiel, etliche ihrer Emotionen symbolisch darzustellen, statt sie bloß auszuagieren. Als er Genaueres über ihre Gefühle wissen wollte, sagte sie, Jims Weigerung, nach Hause zu kommen, veranlasse sie, sich ihm gegenüber kühl zu verhalten. Ihr Handeln und die Neigung, in bestimmter Weise zu handeln, konnte sie beschreiben, nicht aber, was sie empfand. Um ihr zu helfen, sich auf ihre Gefühle zu konzentrieren, bat sie der Therapeut zunächst, auf ihre körperlichen Empfindungen zu achten. Daraufhin sagte sie, ihre Muskeln seien angespannt und verkrampft. Mit der Zeit schlichen sich Emotionen in ihre Äußerungen ein; sie sagte zum Beispiel, ihr Körper fühle sich an, als ob er sich »auf einen Angriff vorbereitet«. Nur ganz allmählich traten Gefühle wie Zorn und Wut klar zutage.

Susan lernte schließlich, die körperlichen Manifestationen von Angst, Einsamkeit und Zorn zu erkennen. Sie gelangte zu der Einsicht, daß sie sich verletzlich, hilflos und verloren vorkam. Nie hatte sie über ihren Zorn oder ihre Verlustgefühle gesprochen; sie hatte nur einen vage umschriebenen, allzu pauschalen Panikzustand verspürt. Nachdem sie gelernt hatte, über ihr Verlustgefühl zu sprechen, konnte sie ihre Angst wegen Jims Abwesenheit mit ähnlichen Schreckensgefühlen in Beziehung setzen, die sie als Kind empfunden hatte. Sobald Susan ein Bedürfnis geäußert hatte, hatte ihre verschlossene, tyrannische Mutter mit emotionaler Zurückweisung reagiert. Abweisend und kontrollierend, duldete ihre Mutter keinerlei Gespräch über Themen wie Verletzlichkeit, Hilflosigkeit oder Verlust. Zorn war völlig tabu. So hatte sie das kleine Mädchen und die Frau, zu der sie wurde, daran gehindert zu lernen, sich die mit Zurückweisung und Verlassensein zusammenhängenden Gefühle vor Augen zu führen. Unfähig, die schmerzlichen Gefühle zu abstrahieren und zu verstehen, die Jims ärgerliche Abwesenheit hervorrief, konnte Susan sie nur ausagieren und einen undifferenzierten Kummer empfinden.

Ich sehe viele Fälle von Depression bei Menschen, die außerstande sind, sich anstelle einer greifbaren Präsenz eine mentale Vorstellung zu machen.[2] Wer sich seine Gefühle zu verdeutlichen vermag, kann sich mit Hilfe der Vorstellung von einem geliebten Menschen oder von einem gewünschten Ergebnis im Kummer trösten und bei Entmutigung Mut fassen. Er kann sich sagen: »Meine Mutter liebt mich, auch wenn sie nicht hier bei mir ist«, vielleicht sogar: »obwohl sie nicht mehr lebt«; er erfährt die Pflegeperson in seinem Leben als eine Vorstellung, die in Zeiten der Einsamkeit, der Angst oder der Leere einspringt und ihm Halt und Trost gibt. Er trägt in sich beruhigende, aufbauende Vorstellungen, die ihm ein Gefühl der Geborgenheit geben. Er kann sich zureden, daß alles gut werden wird, daß seine Anstrengungen von Erfolg gekrönt sein und seine Befürchtungen sich nicht erfüllen werden. Wer solche positiven Vorstellungen nicht zu bilden vermag, dem fehlt eine wirksame emotionale Zuflucht. In Notzeiten ist kein inneres Geborgenheitsgefühl da, keine beruhigende innere Stimme oder Vorstellung, sondern nur ein leerer Raum oder negative, anklagende Vorstellungen. Wenn etwas schiefgeht, sind Menschen, die nicht diese aufbauende innere Präsenz kennen, anfälliger für Depressionen.

Der Berufsboxer Mike Tyson, der wegen Vergewaltigung ins Gefängnis mußte, erzählte in einem Rundfunkinterview, wie er vom Handeln zum Nachdenken kam. Er sagte, vor seiner Haft sei er einfach seinem Instinkt gefolgt, ohne nachzudenken oder vorauszuschauen. Als sehr aktives Kind in einer Familie aufgewachsen, die ihm wenig Zuwendung gab, habe er, genau wie später als millionenschwerer, berühmter Sportler, sein ganzes Leben lang immer das getan und immer das bekommen, was er wollte. Jeden Wunsch habe er ausgelebt. Erst in der Haft sei ihm klargeworden, daß er ein Bewußtsein hat, daß er über das, was er vorhat, nachdenken kann. Im Gefängnis mußte der Mann, der stets im Handeln Befriedigung fand, lernen, daß es Spaß machen kann, über sein Handeln nachzudenken und mit anderen zu sprechen.

Auf weit weniger schmerzliche und konstruktive Weise verschafft die Mutter (oder der Vater), die ihr Kind zu symbolischer Interaktion und Kommunikation ermuntert, ihm die notwendige Erfahrung, die Tyson erst im Gefängnis machte. Wenn sie dem Kind sanft, aber entschieden hilft, seine Impulse in Vorstellungen zu übersetzen und diese dann dem Bewußtsein eines anderen Menschen zu vermitteln, bringt sie ihm bei, stets über sein Tun nachzudenken. Um diese Funktion zu erfüllen, müssen die Vorstellungen nicht unbedingt verbalisiert werden. Zeichensprache oder komplexe Gesten erfüllen sie genauso. Ein visuell orientiertes Mädchen mit zeichnerischem Geschick kann seinen Wunsch, die Schwester zu hauen, auch in Zeichnungen zum Ausdruck bringen; auf der ersten erkennt man zum Beispiel den Impuls, auf der zweiten die Tat selbst, auf der dritten die Strafe. »Ich liebe dich« kann man in vielen Sprachen sagen;

was zählt, sind die symbolischen Interaktionen des Kindes, und nicht, welche Grammatik, welchen Wortschatz es verwendet.

Mit der Fähigkeit, Vorstellungen zu erzeugen, hat das Kind die Schwelle des Bewußtseins erreicht. Es ist in die Welt der menschlichen Kultur eingetreten, jene Welt, zu der *Hamlet*, die Footballmeisterschaften und quadratische Gleichungen gehören. Grundlage dieses erweiterten Bewußtseins ist ein symbolisch gewordenes Selbstgefühl, das in einem Universum der Gedanken und Bedeutungen operiert. Seine tiefsten Wurzeln hat es jedoch in der ersten Erfahrung sensorischer Erregung beim Säugling. Durch Beziehungen und deren emotionale Verknüpfungen wuchs das Bewußtsein, vom Erscheinen der ersten winzigen Inseln eines intentionalen »Ich« zur immer detaillierteren Welt des symbolischen »Ich«.

Die Vorstellungen, die jetzt die innere Welt des Individuums ausfüllen, sind multisensorischer Natur. Es sind nicht bloß Bilder, wie man sie im Fernsehen oder Kino sieht, sondern umfassende Abbildungen des Lebens insgesamt, in denen sich Klänge, Gerüche und Gefühlstönungen untrennbar vermischen. Das im Entstehen begriffene reiche Innenleben entwickelt sich gleichzeitig in mehrere Richtungen. Einen Blick auf diese Entwicklung können wir durch das Fenster werfen, welches das Als-ob-Spiel auf das Innenleben des Kindes bietet. Zunächst besteht dieses Spiel aus feststehenden Stücken wie Geburtstagskaffee oder Püppchen schlafen legen. Dann entwickelt es sich zu Dramen, in denen ein Geburtstagskaffee, ein Streit, Sichherrichten und Schlafengehen einander in rascher Folge ablösen, und wenn dann die Darsteller lebendig werden, beginnt ein ganz neues Abenteuer. Mit wachsender Komplexität gehen immer mehr Grundthemen des Lebens in das Spiel ein: Fürsorge und Vertrauen, Selbstbewußtsein und Aggression, Neugier und Faszination, Empathie und Liebe, Grenzen und Schranken, Ängste und Sorgen. Im Idealfall wird das alles zum Bestandteil des reichen kindlichen Innenlebens. Es gibt aber Kinder, die nicht ihre komplexen, an emotionalen Themen reichen Dramen entwickeln. In ihrem beschränkten Innenleben wiederholen sich ständig Befriedigung und bösartige Aggression. Statt aus einem Regenbogen besteht es nur aus ein oder zwei Farben.

Wenn das Kind lernt, mit Hilfe von Symbolen ein inneres Geborgenheitsgefühl zu erzeugen und über die Welt in sich und um sich herum nachzudenken, erlebt es sich selbst zunächst in der von Freud beobachteten Weise, durch bewußte und unbewußte Vorstellungen von Wünschen und Emotionen. Es erlebt sich teilweise wie die Erwachsenen in inneren Bildern von sich selbst. Andere Menschen und seine Beziehungen zu ihnen werden ebenfalls in symbolischer Form vorgestellt. Das Kind kann anhand dieser Vorstellungen begreifen, wie es operiert, wie es sich fühlt, was es wünscht. Die Summe der Vorstellungen, wie sie sich dem geistigen Auge des Individuums darbieten, konstituiert das, was man gemeinhin als Selbstgefühl bezeichnet. Die Klarheit des Selbstgefühls hängt davon ab, wie weit die Vorstellungen definiert und organisiert sind. Dieses sich herausbildende Selbst wird teils bewußt, teils unbewußt oder der normalen Wahrnehmung entzogen sein. Später sprechen wir von der »Identität« des Individuums – ein eng verwandter Begriff, der auch die Stellung einbezieht, die dieses symbolische Selbst in der menschlichen Welt, in Vergangenheit und Zukunft, in den größeren Zusammenhängen des Lebens einnimmt.

Das Selbstgefühl organisiert die Innenwelt auf unterschiedliche Weise. Bei manchen ergibt diese Organisation ein detailliertes, ausgewogenes und flexibles Panorama der Gefühle und Intentionen, bei anderen ist das Selbstgefühl stärker polarisiert oder starr.

Auf einer Stufe stehen Individuen, die nicht die Fähigkeit entwickeln, innere Bilder und Vorstellungen zu benutzen, um mit Emotionen umzugehen, und die in dem Modus verharren, ihre Gefühle auszuagieren. Auf einer anderen Stufe stehen diejenigen, die Bilder zu benutzen verstehen, bei denen diese Bilder aber Rekapitulationen und Variationen ihrer Handlungen sind. Die Betreffenden denken nicht an ihren Gefühlszustand, daran, daß sie zornig, traurig oder glücklich sind, sondern stellen sich innerlich Handlungen wie Schlagen, Treten, Spucken, Brüllen, Umarmen oder Küssen vor. Was in ihrem Innenleben vorgeht, ist einen Schritt vom Handeln entfernt, bleibt ihm aber sehr nahe. Statt direkt ihre Gefühle zu benennen, beantwortet eine solche Person die Frage, was sie empfindet, mit Äußerungen wie »Ich möchte sie schlagen« oder »Ich möchte sie in die Arme nehmen«.

Auf der dritten Organisationsstufe sind innere Vorstellungen an körperliche Empfindungen geknüpft. Die Frage »Wie fühlst du dich?« löst eine Reaktion aus wie »Meine Muskeln explodieren«, statt »Ich bin wütend« oder »Mir pocht das Blut in den Schläfen«, statt »Ich bin schrecklich aufgeregt«.

Auf der nächsten Stufe finden wir Menschen, die sich von einer sehr polarisierten Sicht der Welt nicht freimachen können; alles ist entweder wunderbar oder furchtbar, vollkommen gut oder vollkommen schlecht. Dieses Muster begegnet uns dort, wo man das Vorurteil gegen Gruppen, die mit extrem negativen Eigenschaften charakterisiert werden, und ihre Diskriminierung rationalisiert. Feingefühl, Besonnenheit und die Anerkennung individueller Unterschiede spielen bei der Bewertung anderer keine Rolle.

Bei Erwachsenen in extremer Stimmung findet man häufig solche polarisierten Vorstellungen. Besonders im Vorschulalter haben Kinder nicht selten polarisierte Anschauungen, die von einem Extrem zum anderen schwanken. Auch Erwachsene verfallen in extreme Ansichten über ihre eigenen Gefühle oder die Motive anderer. Da meint jemand zum Beispiel, seine Ehefrau habe immer unrecht, andere hackten dauernd auf ihm herum oder er mache immer alles falsch.

Auf einer weiteren Stufe sind die Einstellungen zwar nicht so extrem polarisiert, aber der Betroffene scheint dennoch starr an nur wenige Ansichten von der Welt gefesselt zu sein. Die im Geist inszenierten Dramen sind beherrscht von einer Handvoll immer wiederkehrender Themen: Rivalität, Erfolg, Zorn auf andere. Themen wie Zärtlichkeit, Vertrauen oder Freude finden relativ wenig Beachtung. Wenn Sexualität auftaucht, denkt man in Szenen von Konkurrenz und Sieg statt von Intimität und Lust.

Es ist leicht zu erklären, warum manche nur eine begrenzte Zahl von Dramen abspielen, während andere auf eine reiche Vielfalt zurückgreifen können. An den Dramen, die das Innenleben eines Kindes ausfüllen, sind Erwachsene, wie wir gesehen haben, in unterschiedlichem Maße beteiligt. Manche Eltern nehmen eine distanzierte Haltung ein, sobald ihr Kind in Worten, im Als-ob-Spiel oder in sonstigen symbolischen Handlungen Themen wie Aggression oder auch nur selbstbewußtes Verhalten streift. Andere werden unruhig, wechseln das Thema oder ziehen sich zurück, wenn das Gespräch auf bestimmte Körperteile und Sexualität kommt. Wieder andere haben Schwierigkeiten, wenn die Szene Trennungsängste enthält. In manchen Familien werden bestimmte Szenen über Generationen hinweg gemieden.

Das Kind kann nur dann ein reicheres Innenleben entwickeln, wenn es Erfahrungen hat, aus denen es innere Bilder ableiten und diese verfeinern kann. Die natürliche Veranlagung des Kindes hat ohne Zweifel einen starken Einfluß auf die Reaktionen der Pflegepersonen und trägt damit sicherlich zu seinen Erfahrungen bei, doch unvermeidlich wird sein Charakter auch von der Persönlichkeit, den Präferenzen und Beschränkungen der Erwachsenen seiner Umgebung geprägt. Wer das Glück hat, nicht an ein paar starre Themen gefesselt zu sein, wird vielleicht zu einer Stufe fortschreiten, auf der ihm ein breites Spektrum menschlicher Dramen zugänglich wird. Diese werden das Kind befähigen, Vorstellungen von Wärme und Vertrauen, Lust und Sexualität, Selbstbewußtsein und Neugier, Zorn und Protest, Liebe und Empathie ebenso wie die Ängste und Besorgnisse zu erleben, die für sein Alter typisch und zu erwarten sind. Da ihm eine Vielzahl von Themen zu Gebote steht, kann es Beziehungen eingehen, in denen Intimität ebenso möglich ist wie energische Willensbekundungen und der Ausdruck von Zorn.

Im Zuge der Entwicklung eines Innenlebens erreicht das Selbstgefühl die eine oder andere dieser Organisationsstufen. Sosehr die Stufe, die wir erreichen, auch von den Erfahrungen abhängt, die uns in der frühen Kindheit zugänglich waren, sosehr sind wir als Erwachsene doch nicht gänzlich durch die Entwicklungen dieser prägenden Jahre eingeengt. Bestimmte Gefühlsmuster, Wahrnehmungen und Erwartungen können durchaus bewirken, daß gewisse Interaktions- und Beziehungsmuster sich wiederholen, wie es zum Beispiel geschieht, wenn jemand immer wieder auf Menschen trifft, die ihn zurückweisen oder schlecht behandeln. Er kann aber auch Glück haben und eine besondere Freundschaft erleben oder eine therapeutische Erfahrung machen, die ihm Beziehungen eröffnet, welche nicht von den älteren Mustern bestimmt sind. Solche Beziehungen können dazu beitragen, das Selbstgefühl zu erweitern und zu verbessern. Auch im Erwachsenenalter ist ein beträchtliches emotionales Wachstum, so schwierig und schmerzhaft es auch oft sein mag, noch immer möglich, wenn die richtigen Umstände gegeben sind.

Die sechste Stufe: Emotionales Denken

Die ersten Vorstellungen eines Kindes tauchen auf als einzelne, untereinander kaum verbundene Inseln des Denkens. Ein Zweijähriges sagt vielleicht »Saft«, »Will Buch« oder »Ich Joe« usw. Wenn die Pflegepersonen auf symbolische Äußerungen im Als-ob-Spiel wie in den Interaktionen des Alltags eingehen, beginnt das Kind im dritten und vierten Lebensjahr, Brücken zwischen seinen Vorstellungen sowie zwischen seinen eigenen Gedanken und denen anderer zu bauen. Jetzt geht man bereitwilliger als vorher auf »Was«- und »Warum«-Fragen ein. Das Kind läßt die Puppe schlagen beziehungsweise schmusen, weil jemand böse beziehungsweise nett war. »Nicht Bettchen, nicht müde« schiebt die Schlafenszeit ein wenig hinaus. Mit der Einbeziehung so unterschiedlicher Emotionen wie Liebe und Konkurrenz erweitern sich die Vorstellungen und die Verknüpfungen zwischen ihnen. Doch auch hier hängen die Verknüpfungen, die ein Kind herstellt, von der Fähigkeit der Pflegeperson ab, Vorstellungen zu deuten und auf sie einzugehen, so daß das Kind ohne Streß oder Angst auf unterschiedliche emotionale Themen eingehen kann.

Hat das Kind einmal gelernt, Brücken zwischen Symbolen zu bilden, so vermag es eine eigene zusammenhängende innere Welt aufzubauen. Im Idealfall wird dies zeitlebens fortgesetzt, denn mit jeder neuen Erfahrung nutzt das Individuum seine Fähigkeit, Zusammenhänge zu erkennen, um seine Karte der Realität zu verfeinern, zu bereichern, zu korrigieren, zu vervollkommnen und zu erweitern.

Das Kind kann, noch ehe es ganze Sätze bildet, verschiedene Teile seiner Erfahrungen miteinander verknüpfen. Vorstellungen können zu Sequenzen innerer Bilder verbunden werden, so daß es sich Handlungen überlegen kann, bevor es sie ausführt. Vernunft kann Angst, Hemmungen oder Gehorsam überwinden. Vorstellungen können sich mit Emotionen verbinden: »Ich bin traurig, weil ich Oma nicht besuchen kann.« Die Zeit wird begreiflich, in Vergangenheit, Gegenwart und Zukunft unterteilt. Auch der Raum bekommt eine Ordnung, wird wahrgenommen als hier, dort und anderswo. Es entstehen die Kategorien von Phantasie und Realität. Der Comicstrip »Calvin and Hobbes« schildert auf raffinierte Art die doppelte Erkenntnis des Kindes, daß sein Stofftiger in Wirklichkeit zwar nur ein Spielzeug, in der Phantasie aber ein treuer und aufregender Begleiter ist. Die Fähigkeit, den Zusammenhang zwischen gegenwärtigen Taten und der Zukunft zu begreifen, macht anstelle der Angst die Folgen des Handelns zur Grundlage für die Steuerung der Impulse. Sie trägt auch zur Entwicklung der für den Schulerfolg wichtigen Fähigkeiten bei, sich zu konzentrieren, zu planen und auf Ziele hinzuarbeiten.

Diese Fähigkeiten bilden zusammen mit der Fähigkeit, sich selbst zutreffend einzuschätzen, das, was wir manchmal als Kern der Persönlichkeit oder Ichfunktionen bezeichnen. Sie schließen Realitätsprüfung, Impulssteuerung und Konzentration ein und bilden das Fundament für psychische Gesundheit und kognitive Leistung. Alles Sinnen und Trachten entspringt somit letztlich der Fähigkeit, Symbole zu erzeugen und Verknüpfungen zwischen ihnen herzustellen.

Eine wirklich effektive symbolische Darstellung setzt die Fähigkeit voraus, Zusammenhänge zwischen vielen verschiedenen Gefühlen und Vorstellungen zu erkennen. Aus »Die Puppe ist glücklich« wird »Die Puppe ist glücklich, weil ich sie liebe«, aus »Der Teddy macht winke-winke« wird »Der Teddy macht winke-winke, weil ich gehe«, aus »Ich bin traurig« wird »Ich bin traurig, weil ich Opa vermisse«. Das Kind fragt nicht mehr bloß »Was?«, sondern ist jetzt fasziniert vom »Warum?«

Sowohl im Als-ob-Spiel als auch im wirklichen Leben entstehen ständig komplizierter werdende Handlungsfäden und Motivationen. Die Personen des Dramas kämpfen, weil sie böse aufeinander sind. Mama ist enttäuscht, weil Johnnie seine gute Hose beschmutzt hat, nachdem sie ihn gebeten hatte achtzugeben, daß sie nicht schmutzig wird. Clare ist eifersüchtig, weil ihre Schwester eine Geburtstagsparty feiert.

Aus der Fähigkeit, Verknüpfungen zwischen Affekten und Vorstellungen zu bilden, wird mit zunehmender Reife die Fähigkeit, von seinen eigenen Emotionen Abstand zu nehmen und über sie nachzudenken, sich mit ihnen auseinanderzusetzen auf der Ebene ihrer Bedeutung und nicht des Verhaltens, das sie verkörpert. Aus »Er rammte mein Auto, und ich hatte Lust, ihm eine zu langen« wird dann vielleicht »Ich war äußerst verärgert, als er mein Auto rammte. Ich sagte ihm, daß ich ihn für den Schaden haftbar machen würde.« Aus »Ich bin als Vater ein Versager, weil mein Kind in der Schule nicht gut abschneidet« wird dann vielleicht »Ich bin sehr enttäuscht und besorgt, weil mein Kind in der Schule nicht so gut abschneidet, wie ich gehofft hatte«. Konkrete Reaktionen allein auf der Verhaltensebene der Erfahrung, die die Umstände zu erklären oder gar zu verändern versuchen, werden verwandelt in symbolische Darstellungen, welche die Gründe einer Situation zu erkunden und mit der äußeren Realität zu verknüpfen suchen. Solche Darstellungen bieten somit eine Kontrolle für die Logik und Stichhaltigkeit unserer mentalen Konstruktionen. Läßt es wirklich auf elterliches Versagen schließen, wenn ein Kind nicht so gut abschneidet, wie es die Eltern erwartet haben, ist gute elterliche Fürsorge also eine Garantie für schulischen Erfolg? Oder sind die Hoffnungen der Eltern auf schulischen Erfolg angesichts der Talente und Neigungen des Kindes unrealistisch? Liegt das Problem bei den Leistungen des Kindes oder bei den Erwartungen der Eltern? Die wirklichen emotionalen Zusammenhänge können wir nur in der symbolischen Formulierung entwirren.

Wer diese Darstellungsfähigkeit nicht entwickelt, kann sich in starren, unproduktiven Denkschemata verfangen. Statt durch den Einsatz von Vorstellungen zu den emotionalen Wurzeln eines Problems vorzudringen, versucht er immer wieder vergeblich, andere zu zwingen, sich in der von ihm gewünschten Weise zu verhalten.[3]

Joan zum Beispiel empfand ihre Ehe unter jedem rationalen Gesichtspunkt als befriedigend. Ihr Mann war fürsorglich, liebevoll, ein guter Vater und Liebhaber. Sein einziger Fehler bestand für sie darin, daß er ein bißchen langweilig war. Zwar wollte sie ihre Familie nicht in Gefahr bringen, aber sie spielte doch mit dem Gedanken, ein Verhältnis mit einem Mann einzugehen, den sie aufregender und romantischer fand. Als ihr Therapeut bemerkte, es sei völlig unlogisch, wenn sie zugleich die Stabilität der Ehe und den Kitzel eines Verhältnisses wünsche, war sie dermaßen gekränkt und wütend, daß sie daran dachte, die Therapie abzubrechen.

Bald fand der Therapeut heraus, daß es ihr Kummer machte, daß er sich nicht wie ein guter Therapeut verhielt. Nach vielen weiteren Gesprächen entdeckte sie in sich eine »tiefe Wunde«, die ihr eine verärgerte, depressive Mutter zugefügt hatte, die sich von der kleinen Joan zurückzog, sobald ihre Beziehung heftige Wut bei ihr auslöste. Um diesen Schmerz zu betäuben, begann Joan den vollkommenen Menschen zu phantasieren, einen Ritter in schimmernder Rüstung, der sie sowohl vor dem Zorn und der Depression ihrer Mutter als auch vor ihrer eigenen inneren Qual beschützen würde. Noch als Erwachsene konnte sie keine Enttäuschung ertragen, weder bei sich noch bei dem Menschen, der gerade die Rolle des vollkommenen Ritters für sie spielte.

Sowohl ihr Vater als auch die nichtdepressive Seite ihrer Mutter hatten die Rolle des Ritters gespielt, aber sie konnte die beiden Teile ihrer Mutter nicht zu einem einzigen Bild von ihr verbinden. Ein guter Mensch, so ihr Schluß, konnte nicht zugleich unvollkommen sein; wenn ein guter Mensch unvollkommen handelte, hatte Joan das Gefühl, selbst daran schuld zu sein. Wenn jemand, der ihr nahestand, sich nicht »ritterlich« verhielt, glaubte sie, flüchten zu müssen, weil sie dachte, es sei ihre Schlechtigkeit, die die Vollkommenheit des anderen verderbe.

Einige Monate dauerten die Bemühungen des Therapeuten, Joan dahin zu bringen, daß sie ihre Gefühle von Wut und Enttäuschung mit dem das genaue Gegenteil bewirkenden, repetitiven Drehbuch zu verknüpfen, das sie bei jedem, der ihr nahestand, ausagierte. Sie sprach jedoch selten über diese Emotionen und verbreitete sich lieber darüber, wie andere sich verhalten sollten und was sie tun würde, wenn sie es nicht taten. Schließlich beschloß der Therapeut, das Drehbuch selbst zu diskutieren, und sie reagierte sofort und auf einer tiefen emotionalen Ebene. Sie überlegte, was denn ihre wahren Gefühle waren, jene Gefühle, die sie dazu trieben, ihr Drehbuch endlos zu wiederholen. Sie konnte es jedoch nicht sagen, erklärte sie dem Therapeuten, weil sie in ihrem Körper nur Betäubung spürte. Anschließend schilderte sie zahlreiche Variationen von Betäubung, die mit ihrem Fluchtwunsch einhergingen.

Erst nach beträchtlicher Zeit ging ihr allmählich auf, daß sie es nicht ertragen konnte, wenn Menschen sich nicht so verhielten, wie sie es nach ihrer, Joans, Ansicht eigentlich sollten. Schließlich konnte sie die emotionalen Schichten freilegen, die hinter ihrer Betäubung steckten: zunächst körperliche Empfindungen, die auf Zorn deuteten, dann ein Zorn, den sie symbolisieren konnte, danach Enttäuschung und Kränkung und Traurigkeit. Während sie diese Verknüpfungen herstellte, wurde ihr einsichtig, daß sie ihre Gefühle auch dann ertragen konnte, wenn andere sich nicht so verhielten, wie sie es wünschte, und daß das Unvermögen der anderen, ihren Maßstäben zu genügen, vor allem ihrem eigenen Bedürfnis entsprang, die anderen als so vollkommen wahrzunehmen, daß sie in der Lage waren, sie zu beschützen. Als sie endlich fähig war, sich ihre Gefühle zu vergegenwärtigen und über sie nachzudenken, mußte sie sie nicht länger ausagieren.

Das denkende Selbst

Wenn wir soweit sind, innere Symbole miteinander zu verknüpfen, ist das Selbst in zunehmendem Maße artikuliert und definiert. Bis dahin unverbundene Regionen bilden ein immer dichteres Bewußtseinsnetz. Der Kleinen ist bewußt, daß sie den Ball ihrer Freundin nicht nehmen darf, weil diese dann wütend wäre, oder daß sie nicht ins Bett möchte, weil sie nicht müde ist, oder daß sie mit dem Auspacken der Geschenke nicht bis zum Geburtstag warten möchte. Indem sie »Warum?«, »Wie?« und »Was?« fragt, stellt sie zwischen den bereits sichtbar gewordenen Teilen des Selbst bewußt Verknüpfungen her. Den Anstoß gibt ein inneres Gefühl für Kausalität; Handlung und Befriedigung finden ausschließlich in ihrem Inneren statt. »Mama kommt später«, kann sie sagen oder: »Gestern habe ich Oma besucht.«

Auch der Dialog wird zu einer inneren Angelegenheit, denn die Gewohnheit der Interaktion mit anderen setzt sich in deren Abwesenheit fort. Menschen existieren sowohl in der Wirklichkeit als auch im Bewußtsein des Kindes, sowohl als äußere Präsenzen wie auch als innere Vorstellungen. Innen- und Außenwelt des Kindes werden zunehmend verknüpft, und sein Realitätssinn wird stärker. Verhaltensbeschränkungen werden stärker von innen motiviert.

Stimmungen werden stabiler. Alle wesentlichen Elemente des Selbstgefühls haben Gestalt angenommen.

Das setzt natürlich eine jahrelange Betreuung des Kindes voraus, in der es Intimität, unzählige Gespräche, Debatten, Verhandlungen, Reaktionen, Vorhaltungen und Spiele erlebt hat. Um zwischen seinen Vorstellungen innere Brücken bauen zu können, muß das Kind zu argumentieren, zu verhandeln, zu diskutieren und Vorschläge zu machen gelernt haben. Wenn Kindern in diesem Stadium die dynamische Interaktion fehlt, wenn ihre Eltern sie ihrer eigenen Phantasie oder dem Als-ob-Spiel überlassen, entwickeln sie zwar reichhaltige und kreative symbolische Bilder, lernen aber möglicherweise nicht, diese an einem stabilen inneren Realitätssinn zu überprüfen. Wenn sie emotional herausgefordert werden, weichen sie vielfach in die Phantasie aus, oder sie bleiben fragmentiert und leben in einer unzusammenhängenden Welt wechselnder innerer Bilder statt in einer Welt der stabilen, kohärenten Bedeutung.

Diese Fähigkeit, zwischen verschiedenen Vorstellungen oder Bildern Brücken zu bauen, entwickelt sich erst allmählich. In der Arbeit mit Kindern, die mit dieser Aufgabe Schwierigkeiten haben, haben wir viel über den dabei ablaufenden Prozeß gelernt. Wenn er sich länger hinzieht als üblich, können wir genauer sehen, wie er abläuft und wie man ihn nötigenfalls unterstützen kann.

Die neunjährige Linda zum Beispiel konnte sich für vorgestellte Dramen mit verwickelten Dialogen regelrecht begeistern. Oft wechselte sie aber unversehens von einer Szene, einem Drama zum anderen, so als tippte sie auf die Fernbedienung des Fernsehers, ohne den anderen zu sagen, daß sie den Kanal wechselte. Am Anfang kündigte sie beispielsweise ihrer Mutter oder ihrem Vater an: »Ich bin jetzt Aschenputtel«, aber nachdem sie kurz mit der guten Fee gesprochen hatte, wechselte sie plötzlich zu einer Episode aus »Schneewittchen«. Statt davon zu hören, wie die gute Fee dafür sorgte, daß Aschenputtel auf den Ball kam, wurden dem Zuhörer unerklärlicherweise gekonnte Imitationen der sieben Zwerge geboten, einschließlich des ganzen Repertoires, wie sie niesen, ächzen und kichern. Das verblüffte Publikum war zunächst ahnungslos, woher der offenbar nicht zur Sache gehörende Text stammte.

Bei einem solchen Sprung änderten sich Lindas Tonfall, ihr emotionaler Ausdruck und ihre Reaktionen. Der wissende Blick verschwand aus ihren Augen; ihre Darbietung war nicht mehr auf die Zuhörer und deren durch Kopfnicken und Bemerkungen geäußerte Rezeption bezogen, und ihr Vortrag wurde rhythmisch eintönig. Linda schien sich dann in ihrer eigenen inneren Landschaft verirrt zu haben. Was als eine gemeinsame, durch allseits verständliche Gesten und Vorstellungen emotional verbindende Erfahrung begonnen hatte, wurde zu einem selbstbezogenen, unzusammenhängenden Monolog.

Die emotionalen Brücken, welche die Elemente von Lindas Persönlichkeit zusammenhielten, schienen praktisch zu zerfallen und die Bande, welche sie mit den anderen verknüpfte, mit sich zu reißen. Es war, als operierte sie mit Bruchstücken von partiell organisierten Vorstellungen und Bildern, die sich nicht zu einem kohärenten Selbst zusammengefügt hatten. Bestimmte Gruppen von Symbolen und Bildern blieben miteinander verknüpft, trieben aber völlig losgelöst von vielen anderen Symbolen und Vorstellungen umher. Bei denen, die noch einen emotionalen Inhalt beförderten, hatte man das Gefühl, es mit der wirklichen Linda zu tun zu haben, während andere den Eindruck erweckten, als würden sie stumpf und geistlos wiederholt.

Die Aufgabe, ein Netz logischer Verknüpfungen zwischen Vorstellungen zu schaffen, wird in Fällen wie dem von Linda oft dadurch erschwert, daß ein Problem der auditorischen Verarbeitung vorliegt, allein oder in Verbindung mit motorischen und verbalen Sequenzierungsproblemen. Um solchen Kindern zu helfen, diese Fähigkeit zu beherrschen, betonen wir einen Prozeß, der zur normalen Entwicklung gehört, aber leicht übersehen wird.

Lindas Eltern machten den Fehler, ihrerseits die Zusammenhänge zwischen den verworrenen Gedanken ihrer Tochter herzustellen, statt ihr zu helfen, daß sie das selbst tat. Wenn Linda zum Beispiel plötzlich von »Aschenputtel« zu »Schneewittchen« sprang, brachten sie nicht zum Ausdruck, daß dieser Wechsel sie verwirrte. Sie machten vielmehr mit und brachten Zwergenlaute hervor oder fragten Linda, wie viele Namen von Zwergen sie wisse. Sie gab dann eine ungereimte Antwort und verstellte abermals ihren internen Programmwähler, um, sagen wir, einen bekannten Werbespruch herunterzuleiern. Darauf sprangen ihre Eltern ein und sangen im Chor die Melodie des Jingles oder fragten sie nach den Inhalten der Werbung.

Damit halfen diese engagierten und liebevollen Eltern Linda indessen nicht, sich selbst zu finden. Sie standen vor zwei Problemen gleichzeitig. Einerseits verlor sich Linda in ihren eigenen Vorstellungen, andererseits verlor sie ihre emotionalen Bindungen an ihre Eltern. Der wechselseitige Austausch von affektiven Signalen in Gestalt kleiner Gesten, eines Lächelns oder eines Kopfnickens, in dem ihre Beziehung bestand, verflüchtigte sich zusehends.

Ehe wir Lindas Eltern helfen konnten, Lindas Flut von Vorstellungen wieder einzufangen, mußten sie begreifen, daß diese emotionale Verbindung abbrach, sobald Lindas Stimme monoton und ihr Blick ausdruckslos wurde. Mit unserer Hilfe lernten sie, wenn Linda wieder einmal von einer Geschichte zur anderen sprang, den emotionalen Kontakt zu ihr wiederherzustellen, indem sie ihr durch Gesichtsausdruck, Tonfall und Körperhaltung zu verstehen gaben, daß sie verwirrt waren und etwas von ihr erwarteten. Sie bemühten sich also mit anderen Worten, den emotionalen Austausch mit ihrer Tochter durch ein lebhafteres und nachdrücklicheres Verhalten fortzusetzen. Oft gelingt es, mit dieser Taktik ein Kind wieder in die Außenwelt der anderen Menschen zurückzuholen.

Lindas Eltern lernten außerdem, mit Puppen zu arbeiten, um in die unverständlichen Träumereien ihrer Tochter vorzudringen. Beispielsweise ließ ihr Vater eine Puppe, die er in der Hand hielt, auf Lindas Aschenputtel-Puppe ruhen und sagte energisch: »Halt mal! Ich habe eine Frage!« oder »Moment! Das hab ich nicht ganz kapiert!«, bis Linda aufblickte und die Beziehung wiederaufnahm. Dann erklärte er, er habe den Faden verloren. Statt sich auf die neue Szene einzulassen oder Fragen nach ihr zu stellen, bestanden ihre Eltern darauf, zu erfahren, was vorgefallen war: »Wo ist Aschenputtel geblieben?« »Wie sind die Zwerge in die Geschichte hineingekommen?« Oder sie erklärten, Linda sei von »Aschenputtel« zu »Schneewittchen« gewechselt, ohne anzugeben, wie die beiden Geschichten zusammenhängen. Reagierte Linda darauf nicht, boten sie ihr ein paar Möglichkeiten zur Auswahl an: Hatte sie diesen verwirrenden Wechsel im Fernsehen oder in einem Film gesehen? Wenn das nicht klappte, probierten sie es mit einer einfacheren Ja-oder-nein-Frage.

Würde Aschenputtel wiederkommen, oder war sie für immer gegangen? Der springende Punkt war, mit Linda so zu arbeiten, daß sie sie »fanden«, und dafür zu sorgen, daß sie mit ihnen in Kontakt blieb. Es kam weniger darauf an, daß sie zur ersten Geschichte zurückkehrte oder erklärte, worauf die neue Szene hinauslief; wichtiger war, daß sie auf die Sorgen ihrer Eltern reagierte. Das würde die emotionale Verbindung zu ihnen – und damit auch zu ihr selbst – wiederherstellen.

Kindern wie Linda wurde mit solchen Methoden geholfen, von fragmentierten Vorstellungen und Drehbüchern zu einer zusammenhängenden Denkweise und dadurch zu einem zusammenhängenden Selbstgefühl zu kommen. Durch das gemeinsame Gespräch über Bilder und Symbole und dadurch, daß sie ständig nach der wirklichen Linda suchten, trugen ihre Eltern dazu bei, daß sie die Stücke ihres entstehenden Selbst zusammenfügte. Je mehr wir Kindern wie Linda gestatten, unvermittelt vom Thema abzuschweifen, je mehr wir ihre Sprache für sie strukturieren und je stärker wir auf mechanisches Lernen setzen, um ein Mindestmaß an Organisation bei ihnen aufrechtzuerhalten, desto fragmentierter und konkreter bleibt ihr Selbstgefühl.

Kinder ohne Verarbeitungsprobleme kommen bei der Integration des Selbst leichter und rascher voran. Im allgemeinen geben Eltern zu erkennen, wenn sie aus ihrem Kind nicht schlau werden, oder sie fragen, worauf es hinauswill oder warum es dies oder das tut, besonders wenn sie entspannt sind und mit dem Kind so reden, wie sie miteinander oder mit einem guten Freund reden würden. Bei normaler Entwicklung vollzieht sich eine Vielzahl symbolischer Interaktionen gleichzeitig. Die damit einhergehenden Emotionen verleihen den Symbolen ihre Substanz und letztlich den Zusammenhalt. Indem sich die Pflegepersonen daran beteiligen, in unterschiedlichen emotionalen Bereichen – Liebe und Abhängigkeit, Selbstbewußtsein und Aggression – symbolische Kreise zu öffnen und zu schließen, organisiert das Kind seine innere Welt der Vorstellungen und Bedeutungen. Kommt es aufgrund starker Verarbeitungsprobleme, wegen extremer Angst oder eines Traumas nicht zu diesem Prozeß, wird aus dem Kind möglicherweise ein Erwachsener, der ein fragmentiertes inneres Selbstgefühl hat und nicht zusammenhängend funktioniert.

Daß Probleme bei der zerebralen Verarbeitung es einem Kind erschweren, Verknüpfungen zwischen Vorstellungen herzustellen, liegt auf der Hand; ein Hindernis kann aber auch in familiären Beziehungen liegen, die Bedeutungen durcheinanderwerfen. Nehmen wir an, ein Kind sagt: »Ich bin traurig«, und der Vater ignoriert es schlichtweg, um kurz darauf zu bemerken: »Das Gras muß gemäht werden, und ich bin müde«. Was für Vorstellungen wird das Kind entwickeln? Womit wird es Traurigkeit verknüpfen: mit Grasmähen, mit Ignoriertwerden oder mit einem Gefühl der Leere oder des Zorns? Werden seine Gedanken vereinzelt und unverbunden bleiben? Und was geschieht, wenn es sagt: »Ich bin traurig«, und Papa antwortet: »Nein, das bist du nicht. Du hast alles, um glücklich zu sein«? Was, wenn die Äußerung seiner Traurigkeit dazu führt, daß seine Eltern sich gegenseitig Vorhaltungen machen und jeder dem anderen vorwirft, das Kind zu vernachlässigen? Ein verworrenes oder desorganisiertes Denken kann nach unseren Feststellungen sowohl auf Verarbeitungsproblemen als auch auf verzerrten Beziehungen beruhen. Trifft beides zusammen, was nicht selten der Fall ist, ist mit schweren Denkproblemen zu rechnen.

Ein solches zersplittertes Denken findet man in extremer Form bei bestimmten klinischen Fällen. In meiner klinischen Arbeit beobachte ich solche Denkstörungen unterschiedlicher Schweregrade. Die Prinzipien von Lindas Behandlung gelten auch für Erwachsene mit einer Neigung zur Fragmentierung. Der emotionale Kern, der Intentionen und Begierden formt, muß zum Bezugspunkt für Vorstellungen und Symbole werden, die aus den verschiedensten Gründen nicht zu einem einheitlichen Selbstgefühl verschmolzen sind. Oft bedarf es nur einer einzigen sicheren und stabilen emotionalen Beziehung, in der jemand seine Intentionen verwirklichen kann, um diese Entwicklung zu ermöglichen. Bei Erwachsenen ist es nicht immer leicht, die zentralen Affekte zu finden, auf denen man aufbauen kann, doch gelegentlich finden sich unter den unzusammenhängenden Aspekten des Selbst durchgängige Themen oder bestimmte Komponenten erscheinen stärker emotional begründet.

Auch bei völlig unzusammenhängendem Denken kann eine Patientin durchaus in der Lage sein, einzelne Aspekte der Schwierigkeit, die sie zum Beispiel mit der Bindung an andere hat, häppchenweise zu kommunizieren. Einsamkeit, Wut, Leugnung des Bedürfnisses nach anderen Menschen, grandiose Vorstellungen von Macht oder sexueller Eroberung, die sie gegen Verlust immun machen – das alles sind Teile eines und desselben Puzzles. Herkömmliche Erkenntnisse über »Bindungsbedürfnisse« reichen nicht aus, um die Teile zusammenzufügen. Vielleicht muß die Patientin eine emotionale Bindung an den Therapeuten entwickeln, damit er ihr durch seine emotionale Verfügbarkeit und durch seine Entschlossenheit, ihre Worte oder Gefühle nicht »verlorengehen« zu lassen, helfen kann, Brücken zwischen ihren zersplitterten Gedanken zu bauen.

Wenn jedoch alles gutgeht, können Jungen und Mädchen in der Kindheit ein starkes Selbstbild aufbauen, das sich aus Bildern, Worten, Gefühlen und anderen Wahrnehmungen zusammensetzt (z. B. »Ich bin nett, hübsch, lieb und gescheit«; »ich bin dürr, eigensinnig und setze gern meinen Willen durch«). Diese bildlich oder verbal zugängliche Vorstellung vom eigenen Selbst ist deshalb möglich, weil der Geist Vorstellungen in Zeit und Raum miteinander verknüpfen kann. Er kann zum Beispiel die unterschiedlichen bruchstückhaften Bilder synthetisieren, die wir in der unmittelbaren Vergangenheit, der Gegenwart und der Zukunft sowie in unterschiedlichen Situationen (mit der Mutter, mit Freunden, mit den Großeltern usw.) von uns haben mögen.

Das integrierte Bild, das mitunter als »persönliche Geschichte« bezeichnet wird, taucht nicht unversehens aus dem Nichts auf. Es ist lediglich die äußerliche Darstellung tiefsitzender Verhaltens-, emotionaler und symbolischer Strukturen, die sich schon seit längerem gebildet haben. Es ist auch nicht starr, sondern entwickelt sich aufgrund verschiedener Lebenserfahrungen ständig weiter.

Besonders interessant ist an ihm der retrospektive Aspekt. Es spiegelt nicht nur die ihr vorausgegangenen präverbalen und präsymbolischen Strukturen, sondern dient auch dazu, diese zu deuten und zu erklären. Der Inhalt des eigenen Selbstbildes muß nicht exakt die früheren Strukturen widerspiegeln. Es wird konstruiert, um uns zu helfen, unseren Wünschen und Gefühlen, unseren Gedanken und unserem Verhalten einen Sinn zu geben. Stellen wir uns ein Mädchen vor, das sehr früh offene Äußerungen von Ärger und energische Willensbekundungen aufgibt, weil diese bei der Mutter erschreckende Reaktionen hervorrufen. Lange bevor es sich so etwas überlegen kann, macht es sich ein passives, vermeidendes Verhalten als sichere Lösung für viele Konflikte des Lebens zu eigen. Wenn dieselbe Person soweit ist, sich ein Selbstbild zu schaffen, redet sie sich vielleicht ein, sie sei ein ruhiger, sanfter Mensch, der Konkurrenz, Gewalt und jede Form von Aggression verabscheut. Sie macht sich vielleicht Werte oder gar politische Überzeugungen zu eigen, die dieses Selbstbild bestätigen. Die eigentliche Ursache dieser Lebenseinstellung – Ärger um beinahe jeden Preis zu vermeiden – tritt nie zutage. Man kann nicht einmal sagen, der Ärger sei ein Teil dessen, was wir das Unbewußte nennen, weil das passive Verhalten noch vor der Bildung unbewußter Symbole angenommen wurde.

Jeder von uns hat ein Bild von sich, das sowohl erklärt, wer wir sind, als auch, wer wir nicht sind. Was in unserem Selbstbild fehlt, ist ohne intensive Selbstreflexion oder Therapie unmöglich in Erfahrung zu bringen. Stellen wir uns einen Menschen vor, dem es früh an Zuwendung fehlte, dessen Eltern ihm nicht die emotionalen Wohltaten zuteil werden ließen. Er macht sich das folgende Bild von sich selbst: »Ich sorge gern dafür, daß Menschen sich gut fühlen. Ich habe ein Talent, Menschen glücklich zu machen. Es macht mich glücklich, sie glücklich zu machen. Ich erzähle ihnen was, denke mir sogar Sachen aus, weil wir uns dann beide gut fühlen, und das ist die Hauptsache. Ich mache das auch bei Leuten, die ich kaum kenne, weil es wichtig ist, daß Menschen miteinander Kontakt haben.« Er sieht in dieser Haltung einen Vorzug, eine wünschenswerte Wesensart, obwohl es eine Reaktion auf eine früh erfahrene Deprivation ist.

Die tieferen Bedürfnisse eines Menschen mögen für den Therapeuten oder selbst für einen Freund noch so durchsichtig sein – er selbst wird schwerlich erkennen, was unter seiner persönlichen Geschichte oder sogar unterhalb seiner tiefsten unbewußten Symbole begraben ist. Die Definition dessen, wer wir sind, entwickelt sich zunächst an dem, was wir wünschen und begehren. So wie wir nichts über das Fernsehen wissen könnten, wenn wir immer nur Radio gehört hätten, so können wir auch nicht erraten, was wir sein könnten, hätten wir nicht die Erfahrungen, die es uns zeigen.

Das sieht man deutlich bei Menschen, die aufgrund ihrer bisherigen Erfahrungen nicht begriffen haben, daß zwischen Wirklichkeit und Unwirklichkeit ein Unterschied besteht. Solch ein Mensch glaubt zum Beispiel, andere seien darauf aus, ihn zu erledigen, und er müsse deshalb ständig auf der Hut sein. Es ist nahezu unmöglich, ihn zu der Einsicht zu bringen, daß die von ihm empfundene Bedrohung bloß ein Gefühl ist. In seinem blinden Argwohn ist dieser Mensch himmelweit entfernt von einem anderen, der sich sagt: »Ich weiß nicht, wieso ich das Gefühl habe, keinem trauen zu können. Ich frage mich, woher ich diese Anwandlung habe.« Dieser letztere erkennt nicht nur den Unterschied zwischen Wirklichkeit und Unwirklichkeit, sondern kann sich außerdem dabei beobachten, wie er diesen Unterschied macht, und überlegen, ob seine Gefühle begründet sind.

Den Bildern, Geschichten und Werten, die in unsere Konstruktion dessen, wer wir sind, Eingang finden, liegen also verpaßte Gelegenheiten und nicht gemeisterte Herausforderungen zugrunde – und setzen ihnen zugleich Grenzen. Erst wenn wir eine gewisse Fähigkeit zur Selbstbeobachtung entwickelt haben, können wir darangehen, die Grenzen unserer bewußt konstruierten Bilder von uns selbst und sogar die in unserem Unbewußten herrschenden Symbole zu erforschen. Bei Patienten, die diese Stufe der emotionalen Erfahrung nicht erreicht haben, muß die Therapie, wie wir im neunten Kapitel sehen werden, zunächst dafür sorgen, Fähigkeiten wie die Realitätsprüfung und die Fähigkeit zur Selbstbeobachtung zu entwickeln, bevor diese die Grenzen ihrer persönlichen Geschichte herausfinden können.

Wie der Geist zwischen bewußter und unbewußter Erfahrung scheidet

Zu den interessanten Geheimnissen der Seele gehört die Frage, warum bestimmte Erfahrungen und Erinnerungen bewußt bleiben, während andere dem Bewußtsein relativ unzugänglich sind. Freud behauptete ursprünglich, bestimmte Erfahrungen und Erinnerungen würden aktiv verdrängt, weil sie mit anderen Seiten der Persönlichkeit in Konflikt geraten. So werde vieles von dem, was man ursprünglich als kindliche Sexualität bezeichnete, vom Bewußtsein ferngehalten, weil es mit dem entstehenden Über-Ich oder Gewissen konfligiere. Anna Freud ergänzte dieses Verständnis des Unbewußten durch eine Erklärung von Erfahrungen, die zunächst gar nicht bewußt seien, aber dennoch Bestandteil der frühen Entwicklung des Geistes seien. In der Psychoanalyse sind diese fundamentalen Theorien noch immer weithin anerkannt. Sie können den unterschiedlichen Zugang zu früheren Erfahrungen jedoch nicht vollständig erklären.

Wir haben beobachtet, wie Säuglinge und Kinder Vorstellungen und Symbole entwickeln und diese auf unterschiedliche Weise organisieren, und dabei weitere Erkenntnisse gewonnen, wie sich diese Unterscheidung zwischen bewußter und unbewußter Erfahrung abspielen könnte. Offenbar haben Kinder Zugang zu den Erinnerungen und Erfahrungen des Entwicklungsstadiums, in dem sie sich gerade befinden, aber mit dem Beginn des nächsten Stadiums verlieren sie diesen Zugang. Wieweit sie den Zugang verlieren, hängt vermutlich partiell von den Denkweisen ab, die für das frühere und das neue Stadium charakteristisch sind. Wenn Kinder zum Beispiel gerade lernen, Verknüpfungen zwischen verschiedenen Erfahrungen herzustellen, sind ihre Erinnerungen an diese Erfahrungen recht deutlich. Sie sprechen häufig über ein aufregendes Spielzeug oder über ein Ereignis, das sich zutrug, während sie mit einem anderen Kind spielten. Wenn sie jedoch beginnen, ausgesprochen logisch zu denken – etwa auf der Stufe, die für Acht- bis Neunjährige typisch ist, auf der neue Ideen in viele verschiedene Kategorien eingestuft werden können –, ist der Zugang zu früheren, eher lose organisierten Erfahrungen erheblich erschwert. Die verflossene Zeit scheint im allgemeinen nicht der Hauptfaktor zu sein, wenn es um die Erinnerung an frühere Erfahrungen geht. Jedem von uns ist die Tatsache vertraut, daß eine Frau von 65 Jahren sich lebhaft an ihre Jugendzeit erinnert, während Jugendliche sich kaum an die nur sieben bis zwölf Jahre zurückliegende Grundschulzeit erinnern. Noch schwerer fällt es ihnen, sich an Erfahrungen aus dem Vorschulalter zu erinnern.

Wie kommt es, daß einer sich ohne weiteres an fünfzig Jahre zurückliegende Erlebnisse erinnert, während ein anderer sich an sehr viel aktuellere Ereignisse kaum erinnern kann? Nach unseren Beobachtungen könnte es etwas mit der Organisation der Erfahrungen zu tun haben. Die Organisation des Geistes weist im Alter von siebzehn und fünfundsechzig Jahren eine größere Ähnlichkeit auf als die Organisation mit siebzehn und mit, sagen wir, drei bis vier Jahren.

Diese Beobachtungen stehen im Einklang mit dem, was vor einigen Jahren als »zustandsabhängiges« Lernen bezeichnet wurde.[4] Wer zum Beispiel unter Drogeneinfluß etwas lernt, wird sich an diese Erfahrungen eher erinnern, wenn er wieder unter Drogen steht, als im nüchternen Zustand. Am besten erinnert man sich an Erfahrungen, wenn man sich in demselben Geisteszustand befindet, in dem man sie gemacht hat.

Bei Kindern ändert sich der Geisteszustand aufgrund ihrer Entwicklung. In den Anfängen der Symbolbildung sind noch nicht viele Brücken zwischen einzelnen Vorstellungen geschaffen worden. Im Stadium des emotionalen Denkens entstehen erste logische Brücken zwischen Vorstellungen. Diese Vorstellungen werden anschließend auf unterschiedliche Weise organisiert, unter anderem deshalb, weil das Kind fähig ist, Bilder und Vorstellungen noch weitergehend zu klassifizieren und ihre Beziehung untereinander zu begreifen. Im Jugend- und Erwachsenenalter können wieder andere Arten der Organisation entstehen, weil wir lernen, hypothetische Möglichkeiten zu antizipieren und den Anwendungsbereich unserer Vorstellungen zu erweitern.

In der Unterscheidung zwischen unbewußten und bewußten Symbolen spiegelt sich also möglicherweise die Struktur des Geistes zu dem Zeitpunkt, da diese Symbole gebildet werden. Werden sie gebildet, während der Geist fast das Reifestadium seiner Organisation erreicht hat, so gehen sie wahrscheinlich in das erwachsene Bewußtsein ein; werden sie in früheren Stadien der Organisation gebildet, so sind sie in geringerem Maße bewußt.

Eine ähnliche Unterscheidung könnte bei den sogenannten verdrängten Erinnerungen vorliegen, der Vermeidung von Erinnerungen, die mit einem Trauma zusammenhängen. Bei Angstzuständen regrediert das Denken oft auf eine frühere Stufe. Im Zustand äußerster Angst ist, anders als bei kühlem Kopf, kaum jemand fähig, zu abstrahieren oder differenziert zu denken. Oft führt eine solche verstörende Angst zu einem Zustand, in dem der Geist ein oder zwei Klassen schlechter funktioniert als normal. Ein Kind, das gerade lernt, Brücken zwischen seinen Vorstellungen zu bilden und Fragen nach seinen Motiven und Gefühlen zu beantworten, kann im Zustand der Angst diese Fähigkeit einbüßen und scheinbar ungereimtes Zeug reden. Erwachsene, die die Dinge sonst durchaus differenziert sehen, werden in ihrem Denken allzu konkret oder desorganisiert.

Ein schweres Trauma, das verstörende Angst auslöst, wird vermutlich in einem solchen regressiven Geisteszustand erlebt. Die traumatische Erfahrung wird daher wohl jenen Erfahrungen zugeordnet, die auf der früheren Stufe der geistigen Organisation gemacht wurden. In der Psychotherapie benutzt man zwei Verfahren, um an traumatische Erinnerungen heranzukommen. Das eine möchte dem Patienten helfen, nochmals die verstörende Angst zu erleben und damit den Geisteszustand, in dem die Erfahrung gespeichert wurde. Das andere bedient sich der freien Assoziationen, bei denen die Patienten darin unterstützt werden, die logischen Verknüpfungen, welche die Informationen organisieren, ein wenig zu lockern und in einen Geisteszustand zu gelangen, der für ein früheres Entwicklungsstadium charakteristisch ist. Beide Verfahren helfen den Patienten, durch Wiederherstellung der geistigen Zustände, in denen Erfahrungen oder Emotionen vorkamen, an ganz frühe Erfahrungen oder an schreckenerregende, traumatische oder angstvolle Gefühle heranzukommen, zu denen kein bewußter Zugang möglich ist. Wenn der Zugang eröffnet ist, können die Erfahrungen im therapeutischen Rahmen unter Nutzung der analytischen Fähigkeiten des reifsten beziehungsweise reflektiertesten geistigen Zustands des Patienten bewertet und gewichtet werden.

Ergänzend zum Begriff der Verdrängung führte Freud eine Theorie der Abwehrmechanismen ein, mittels derer der bewußte Geist und das Über-Ich bestimmte Vorstellungen und Wünsche auf einer unbewußten Ebene halten, und beschrieb das Wirken vieler dieser Mechanismen im Traum. Seine Tochter Anna schilderte später besonders eindringlich solche Abwehrmechanismen im Leben heranwachsender Kinder. Bei der sogenannten *Reaktionsbildung* ersetzt jemand Zorn und aggressive Wünsche, die er unbewußt hegt, in seinem bewußten Geist durch die gegenteiligen Affekte und äußert nur freundliche Gedanken, damit die verbotenen zornigen Gedanken verborgen bleiben. Beim Abwehrmechanismus der *Verschiebung* werden Gedanken, die sich auf eine bestimmte Person beziehen, auf eine andere übertragen: Sie machen sich nicht klar, daß Sie auf Ihren

Vater wütend sind, und lassen Ihre Wut an Ihrem kleinen Bruder aus. Freud postulierte, diese Abwehrmechanismen würden durch einen inneren Energiefluß von einer Vorstellung auf eine andere übertragen, und dieser könne auch triebhafte in weniger triebhafte oder harmlose Formen verwandeln.

Diese gebräuchlichen Methoden, mit unwillkommenen Gedanken und Wünschen fertig zu werden, können aus unserer entwicklungsthereotischen Sicht auf das Innenleben auch anders gedeutet werden.

In diesem Kapitel haben wir erörtert, wie Kinder lernen, Brücken zwischen Gefühlen und Vorstellungen zu bauen. Manche Eltern reagieren richtig und einfühlsam auf diese Gedanken, doch andere neigen aufgrund ihrer eigenen Ängste oder ihrer Charakterstruktur dazu, sie zu mißdeuten oder zu verurteilen, oder sie versuchen, sie zu ändern. Nehmen wir das Beispiel eines Vaters, der sowohl im Als-ob-Spiel als auch in den subtilen Interaktionen, die sich zwischen Eltern und Kind abspielen, jede Äußerung von Zorn oder »Schlechtigkeit« bei seinem Kind so behandelt, als wäre sie nie gefallen, und der auf alles, was sein Kind tut, so reagiert, als wäre es lieb und entzückend. Nehmen wir ferner an, daß er sich zeitweilig zurückzieht, daß ein zorniges Funkeln in seine Augen tritt oder daß er auf sonstige Weise zu verstehen gibt, daß der Ausdruck von Zorn oder Schlechtigkeit gefährlich ist. In vielen Fällen werden diese beiden Antworten das Kind irgendwann dazu bringen, eine Verknüpfung zwischen den beiden Reaktionen herzustellen. In einer Familie, die beweglicher und einfühlsamer ist, wird das Kind den Gedanken »Ich bin wütend« oder »Ich bin böse, weil ich Lust hätte, jemanden umzubringen« vielleicht mit dem Gedanken verknüpfen »Wenn ich es tue, werde ich bestraft, aber ich kann es aussprechen«. Doch im ersten Fall verknüpft das Kind den Gedanken »Ich bin böse« oder »Ich bin schlecht« mit «Ich bin gut und lieb«. Das Kind hat eine Reaktion gebildet, indem es leugnet, daß es schlechte Gefühle hat und nur »nette« Gefühle anerkennt.

Hier liegen nun gleichzeitig zwei Bedingungen vor. Mit den schlechten Gefühlen ist die Angst verknüpft, die dazu führt, daß sie auf einer tieferen Ebene der Organisation registriert werden und daher weniger leicht zugänglich sind. Gleichzeitig existiert die Vorstellung, daß es wünschenswert ist, gut zu sein. Sobald sich potentiell zornige oder schlechte Gefühle regen, kann das Kind nur an ganz bestimmte Vorstellungen anknüpfen, die es ausagieren kann, ohne die Abwendung oder den zornigen Blick seines Vaters erleben zu müssen.

Wir dürfen nicht vergessen, daß das Kind auf andere (gewöhnlich seine Eltern oder Pflegepersonen) angewiesen ist, die ihm helfen müssen, eine reiche Welt von Verknüpfungen zwischen Vorstellungen und Wünschen herzustellen. Die Pflegepersonen müssen die Mitteilungen des Kindes richtig deuten und in der Richtung, in die das Kind strebt, weiterentwickeln, damit die innere Welt des Kindes sich ständig erweitert, damit ein immer logischeres und immer feineres Geflecht von Gedanken und Vorstellungen entsteht, das seinem Innenleben Struktur und Sinn gibt. Dem Kind bei der Entwicklung seiner Vorstellungen und Wünsche zu helfen heißt freilich nicht, ihm nachzugeben oder ihm keine Grenzen zu setzen. Angenommen, ein Kind will seinen Bruder schlagen, und die Mutter sagt: »Du kannst noch so wütend sein – wenn du ihn haust, setzt es Strafe.« Nimmt sie das Kind anschließend zur Seite und hilft sie ihm, über seinen Zorn zu sprechen, dann hat sie ihm nicht nur eine Grenze gesetzt, sondern das Kind auch in seiner eigenen Welt ermutigt. Aggression, Grenzen, Strafe und Ermutigung, das alles sind Elemente eines komplexen Dramas. Wenn sie nun den Sinn des Dramas verändert und der Aggression mit einem Blick begegnet, der dem Kind sagt »Davon will ich gar nichts wissen« oder »Ich möchte nur nette Gedanken hören«, dann kann das Kind seinen emotionalen Raum nicht erkunden oder erweitern.

Manchmal sind nicht Abwehrmechanismen dafür verantwortlich, daß Vorstellungen vom Bewußtsein ferngehalten werden. Es fehlt lediglich eine Verbindung zwischen der einen Ebene, auf der Vorstellungen empfunden und erlebt werden, und der nächsten Ebene, auf der Vorstellungen mit anderen Vorstellungen verknüpft werden. Sind bei einem Menschen etliche emotionale Themen auf diese Weise aufgesplittert, dann ist er bezüglich der Dinge, die er mit einer gewissen emotionalen Tiefe diskutieren kann, sehr eingeschränkt, und man hat den Eindruck, als wäre er sich selbst fremd. Seine Äußerungen klingen oft wie der Text einer seichten Seifenopfer, der ein tieferes Drama verdeckt.

Daß es dieses tiefere Drama gibt, erkennen andere oft deutlicher als der Betreffende selbst. Bei solchen Menschen treten vielleicht flüchtige Bilder auf oder Impulse, Dinge zu tun, die sich überhaupt nicht mit dem Bild vertragen, das sie von sich selbst haben. Sie werden, falls sie solchen Impulsen nachgeben, alsbald von ihrem Handeln abrücken und beinahe glauben, es sei nicht geschehen.

Was bewußt bleibt und was zum Teil des Unbewußten wird, hängt partiell auch von der Veranlagung des einzelnen ab, zum Beispiel von der Neigung, von Empfindungen rasch überfordert zu sein oder scheinbar dickhäutig zu sein und starke Eindrücke zu benötigen; wir werden im sechsten Kapitel näher darauf eingehen. Ein Mensch, der sehr empfänglich und leicht überfordert ist, wird, wenn etwas schiefgeht, sich selbst die Schuld geben, während ein anderer, der kaum zu beeindrucken ist und starke Ereignisse braucht, in einer Konflikt- oder Angstsituaiton eher anderen die Schuld gibt. Beide erzeugen bewußte, miteinander verknüpfte Bedeutungen, um mit einem Gefühl der inneren Überlastung beziehungsweise Fragmentierung fertig zu werden. Solche Verzerrungen beruhen teilweise auf der Funktionsweise ihres Nervensystems, aber auch auf der jeweiligen Fähigkeit, Verknüpfungen herzustellen. Wer nicht die Fähigkeit beherrscht, Vorstellungen zu verknüpfen, wird eher dazu neigen, seine Wünsche auf andere zu projizieren beziehungsweise die Gedanken und Wünsche anderer zu verinnerlichen.

Wenn es darum geht, wieweit Verdrängung und Abwehrmechanismen an der Trennung von bewußten und unbewußten Erfahrungen teilhaben, können wir diese Phänomene also auch unter dem Aspekt des Wachstums und der Entwicklung des Geistes sehen. Dies verschafft uns zusätzliche Erkenntnismöglichkeiten und eine Alternative zu einigen der hypothetischen Konstrukte, die wir zur Erklärung von Vorgängen benutzt haben.

Wenn wir betrachten, wie der Geist zwischen bewußten und unbewußten Vorstellungen scheidet, wird uns eher die Bedeutung jenes Stadiums klar, in dem Verknüpfungen zwischen Vorstellungen gebildet werden. Unsere ersten Erinnerungen sind aus der Zeit, in der die definitive, erwachsene Organisation des Geistes aufgebaut wird, denn miteinander verknüpfte Vorstellungen sind leichter in Erinnerung zu rufen als freischwebende oder als die Intentionen und somatischen Empfindungen aus der Zeit, die der Bildung von Vorstellungen vorausging. Das Selbstgefühl geht in diesem Stadium über bloße Symbole hinaus, um die Realität der Welt, die Freude an der Phantasie und die Verknüpfungen zwischen verschiedenen Absichten und Gefühlen zu erfahren. Diese Entwicklungen stellen, auch wenn sie erst in ihren Anfängen stecken, einen dramatischen Fortschritt in der Bildung eines menschlichen Wesens dar.

Die Entfaltung des Begehrens

An dieser Stelle müssen wir uns einem äußerst wichtigen Aspekt der bewußten und unbewußten Erfahrung zuwenden. Was ist der Kern der menschlichen Motivation? Freud sah den Hauptantrieb menschlichen Verhaltens in unbewußten sexuellen Begierden. Sadismus und Aggression hatten für ihn neben eigenständigen Aspekten auch sexuelle Anteile. Liebe und Mitleid leiten sich nach psychoanalytischer Auffassung von der Sexualität ab. Für diese Umformung gibt es verschiedene Theorien. Nun ist die Sexualität in der Tat ein wichtiger Antrieb, und sie spielt eine wichtige Rolle im emotionalen Wachstum wie auch bei bestimmten psychischen Störungen, aber vielleicht kommt ihr doch nicht der umfassende Erklärungswert zu, den Freud und andere Verfechter der klassischen Psychoanalyse ihr zuschrieben. Zumindest muß der Begriff des sexuellen Begehrens erweitert werden.

Man wird die Begierden, die vor allem den Menschen charakterisieren, besser verstehen, wenn man das Auftreten dieser Begierden im Laufe der Entwicklung beobachtet. Die Fähigkeit zur Intimität sowie das Interesse und das Vergnügen an der Gesellschaft anderer sind die ersten Phänomene, die auf ein wirkliches Begehren hindeuten. Das Kleinkind oder junge Kind sucht intimen Kontakt. Kurz darauf melden sich Neugier, selbstbewußtes Verhalten und sogar Zorn. Erfahrungen, die der späteren sexuellen Lust ähneln (Reiben der Genitalien, Freude am Hautkontakt mit anderen), treten ebenfalls im ersten und zweiten Lebensjahr auf. Man beobachtet eine Reihe von Begierden und Gefühlen, die das Kleinkind oder das junge Kind dahin bringen, bestimmte Erfahrungen anzustreben. Sie lassen sich zwar auf vielerlei Weise kategorisieren, doch der fruchtbarste Ansatz besteht darin, die Entfaltung dieser Begierden im Laufe der Entwicklung zu beobachten, ohne von der Annahme auszugehen, sie seien alle zwangsläufig von einem einzigen, feststehenden Trieb abhängig.

Es gibt ein Begehren, das zusammen mit den zu ihm gehörenden Gefühlen früh zutage tritt, sich durchs ganze Leben zieht und für die mentalen Strukturen verantwortlich zu sein scheint, die das menschliche Funktionieren erst ermöglichen. Dieses, auf enge Beziehungen zu anderen gerichtete Begehren führt zur Bildung von Familien, Gemeinschaften und Gesellschaften. Es hat beim heranwachsenden Kind und beim Erwachsenen zwar auch sexuelle Anteile, wird aber hauptsächlich angetrieben von der Freude, die Beziehungen als solche vermitteln.

Beziehungen, die den Geist eines sich gut entwickelnden Kindes fördern, eröffnen schließlich den Weg zur Selbstreflexion, zu einer neuen Ebene des Bewußtseins. Je nach den Einzelheiten und der Tiefe der inneren Landkarte sowie der Komplexität der im Geist gebildeten inneren Verknüpfungen erwächst aus diesem Stadium die Möglichkeit eines Shakespeare, eines Picasso oder eines Newton sowie die Fähigkeit, deren Werke zu würdigen. Die höchsten, allen Menschen offenstehenden Möglichkeiten haben ihre Wurzeln nicht in der Biochemie oder im Übernatürlichen, sondern in einem natürlichen Prozeß, an dem körperliche Reifung und menschliche Interaktion beteiligt sind.

Je vielfältiger diese Interaktionen, desto reicher wird das Selbstbild des Individuums und desto umfassender wird sein Bewußtsein sein. Natürlich gibt es keine exemplarische, für alle gültige Entwicklung auf allen geistigen Gebieten. Es gibt keine perfekte Erziehung und Interaktion, unabhängig von der emotionalen Eigenart und Persönlichkeit der Mutter oder des Vaters. Die Quelle unserer Humanität – ihrer Schöpfungen und Höchstleistungen wie auch ihrer Unvollkommenheit – sind immer noch unsere Emotionen und Begierden und die Beziehungen, in denen diese kultiviert werden.

Wenn man die Erfahrungen betrachtet, die der Entfaltung der jeweiligen Stufe der geistigen Organisation förderlich sind, darf man bestimmte kulturelle und familiäre Gegebenheiten nicht übersehen. Es gibt viele Wege, die zur Erreichung der einzelnen Stufen führen, und jede Kultur fördert das Wachstum auf ihre spezifische Weise. Auf das nonverbale Signal des Kindes, das nach einem Baustein greift, reagiert die Mutter in der einen Kultur mit einem ruhigen, anerkennenden Blick und einem sanften Kopfnicken, in der anderen vielleicht mit überschwenglichem Lob und der Darbietung von sechzehn weiteren Bausteinen. In beiden Kulturen lernt das Kind, sich intentional zu verhalten, und es entwickelt eine mentale Organisation, in der Emotionen und Begierden zu einem Selbstgefühl integriert sind, das sich mit einem eigenen Willen paart. Mögen die Kinder unterschiedlicher Kulturen im Als-ob-Spiel wie im täglichen Gespräch auch ganz verschiedene Dramen aufführen, stets wird dadurch die Entwicklung des Gebrauchs von Ideen und Symbolen gefördert. Es wäre ein Irrtum, in den förderlichen kulturellen Mustern ein Hindernis für den fortschreitenden Prozeß der mentalen Organisation zu sehen.

Von den meisten Kulturen werden sowohl die Entfaltung der einzelnen Organsationsebenen als auch bestimmte grundlegende emotionale Themen gefördert wie Vertrauen, Sexualität und Selbstbewußtsein, die in der Regel einer bestimmten Entwicklungsstufe zugeordnet sind. Verschieden sind von Kultur zu Kultur und von einer Familie zur anderen die Methoden der Förderung und die Inhalte der Interaktion und des Dramas; dadurch erhalten die Erfahrungen des einzelnen ihre individuelle Signatur. Liebesbriefe sind von einer Kultur zur anderen verschieden, doch ungeachtet der jeweiligen Tradition besitzt jeder die Fähigkeit, durch Gesten und Vorstellungen oder Symbole Liebe zu erfahren.

Nach vielen Monaten unerhörter Leistungen sollten, wenn alles gutgeht, irgendwo im dritten oder vierten Lebensjahr die sechs Stufen, die das Fundament des menschlichen Geistes bilden, fest verankert sein. Versuche der Tiefenpsychologie, die Ursprünge der Innenwelt zu verstehen, beginnen an diesem Punkt. Allerdings ist dies ganz offensichtlich nicht der Beginn der Entwicklung, sondern die Krönung eines ungeheuren mentalen Wachstums.

Auf dem Weg zur Reife durchläuft das Kind jedoch eine Reihe weiterer Entwicklungsstadien, die allesamt auf dem Fundament beruhen, das die ersten sechs geschaffen haben. Es bedarf einer immer komplexeren mentalen Organisation, um die Herausforderungen der jeweiligen Lebensphase zu bestehen. Mit zunehmendem Alter gelangt das Individuum in neue Situationen und Verantwortlichkeiten, die jeweils mit spezifischen Beziehungen und Gefühlen verbunden sind. Indem es Herausforderungen bewältigt und die dabei auftauchenden Vorstellungen und Gefühle integriert, errichtet es eine neue mentale Stufe. So erfordert es natürlich eine komplexere mentale Organisation, wenn man für Kinder zu sorgen und gleichzeitig seinen Unterhalt zu verdienen hat, als wenn man bloß die sozialen Untiefen der High-School zu umschiffen hat.

Die Probleme, denen man in den späteren Phasen begegnet, sind zwar andere als in den ersten Jahren, doch bilden emotionale Bindungen und Beziehungen weiterhin den Kern der mentalen Entwicklung. Wenn das Kind in den Kindergarten oder in die Schule kommt, kann es Beziehungen aufnehmen, kommunizieren, phantasieren und denken, alles Fähigkeiten, die in den vorangegangenen Phasen entwickelt wurden. Es tritt jetzt ein in eine Phase der Kühnheit, der Mitteilsamkeit und der Aufgeschlossenheit, deren Motto lauten könnte: »Die Welt ist meine Auster«.[5] Es ist geblendet von den wunderbaren Möglichkeiten der Welt und seinen eigenen Fähigkeiten. Kinder dieses Alters erkunden diese Möglichkeiten im Spiel, in imaginierten Abenteuern und in komplexeren persönlichen Beziehungen. Nun beginnt das Kind, dreiseitige Beziehungen wahrzunehmen, nicht nur zwischen Mama und sich oder Papa und sich, sondern auch zwischen allen dreien.

Neugierig und großspurig, bisweilen aber auch furchtsam, erwirbt das Kind die Grundlagen der Kreativität, denn es betrachtet das Leben zunehmend aus unterschiedlichen Perspektiven. Vor ihm liegen nun die unzähligen Phänomene der Welt ausgebreitet, seine Lust und die Befürchtungen seiner schlimmsten Alpträume sowie die Unzahl möglicher Lösungen, die es für die unausweichlichen Konflikte und Widersprüche des Lebens erzeugen kann. In diesem Stadium besteht die Gefahr, daß es von all den Möglichkeiten überwältigt wird und den Sinn für die Realität verliert. Es kann aber auch passieren, daß es vorzeitig den Spielraum seiner Neugier und Kreativität einengt und allzu spezialisiert und rigide wird. Möglich ist auch, daß es ein Gleichgewicht findet, das ihm erlaubt, neugierig und kreativ zu sein, die Dinge aus unterschiedlichen Perspektiven zu sehen und den Kontext zu verstehen, Verantwortung und ein Maß an Vorsicht zu entwickeln, das ihm jenes Sicherheitsgefühl gibt, das es braucht, um sich auf die kommenden Abenteuer einzulassen. Im Idealfall besitzt das Kind am Ende dieser Phase einen entschiedeneren Realitätssinn, ein lebendiges Gespür für seine Möglichkeiten, ein reiches Phantasieleben und ein vielfältigeres Repertoire an sozialen Wahrnehmungen und Reaktionen.

Diese Fähigkeiten kommen mit sieben oder acht zum Tragen, wenn die Intrigen des Spielplatzes und die Hackordnung der Schulklasse sowohl im sozialen Leben des Kindes als auch in der reifenden Vorstellung von sich selbst eine dominierende Rolle spielen. Im Getümmel der sozialen Gruppe lernt es, seine Wahrnehmung von den Reaktionen anderer Kinder zu schärfen. Eine Zeitlang werden diese Reaktionen sogar zum Selbstbild des Kindes. Jeder Zweit- oder Drittkläßler weiß genau, welchen Platz er hinsichtlich Beliebtheit, Attraktivität, Erwünschtheit als Mitglied einer Sportmannschaft, Rechtschreib-, Lese- oder Rechenfähigkeit, modischer Kleidung, Musiktalent und Hunderter weiterer Kriterien einnimmt, nach denen Kinder dieses Alters sich und andere unaufhörlich einstufen.

Die Kinder machen Erfahrungen mit der Komplexität der Peer-Beziehungen und mit Gruppenprozessen in ihrem eigenen gesellschaftlichen Mikrokosmos. Das Kind wird jetzt teilweise durch seine Zugehörigkeit zu dieser Gesellschaft definiert. Mit einem Fuß noch in der Familie, hat es den anderen in eine komplexere, herausfordernde Gruppe gesetzt, und durch seine soziale Identität gelangt es zu einer Einschätzung seiner selbst als einer neuen Art von Person. Als Mitglied einer Gruppe lernt es, daß das Ganze mehr ist als die Summe seiner Teile; das Ganze ist sogar Bestandteil der Definition, wer es denn nun ist. Seine Peer-group ist eine wichtige Grundlage nicht nur für das Verständnis sozialer Muster und der sozialen Realität, sondern auch für die Klärung seiner Mitgliedschaft in – und seiner Identifikation mit – verschiedenen Gruppen: seiner Familie und seiner Freunde und am Ende seiner Gemeinde und Gesellschaft.

Mit zehn bis zwölf beginnen viele Kinder ein inneres Selbstbild zu entwickeln, das mehr als nur die Reaktionen anderer die eigenen Bedürfnisse, Wünsche, Bestrebungen und Werte widerspiegelt. Dank ihrer wachsenden kognitiven Fähigkeiten können sie jetzt auch mehr dem eigenen Gewissen als der Furcht vor Strafe gehorchen. Das heranwachsende Kind hat mittlerweile zwei Welten konstruiert, eine sich täglich verändernde Welt der Peer-Beziehungen und eine stabilere Welt der Selbstwahrnehmungen und der auftauchenden inneren Werte. Diese beiden Welten bilden das Fundament, um den Herausforderungen der Adoleszenz und des Erwachsenenalters zu begegnen. Neue Beziehungsmuster werden das sich herausbildende Selbstgefühl, das in dieser Zeit des Wachstums ein elementares Sicherheits- und Stabilitätsgefühl bietet, immer wieder modifizieren.

Die Welt der Kinder wächst in der Adoleszenz weiter und schließt nun über die unmittelbar Peer-group hinaus eine größere Gemeinschaft ein. Sie stehen jetzt vor so verwirrenden Problemen wie den auseinandergehenden Wertvorstellungen ihrer Alterskameraden und ihrer Eltern und entwickeln gleichzeitig weitergehende Interessen, zum Beispiel an Politik, Moral, religiösen Fragen, sozialen Bewegungen usw. Dank des Hirnwachstums können sie außerdem zukünftige Möglichkeiten erwägen und hypothetische Welten ersinnen: »Was würde passieren, wenn Jane bereit wäre, meine Freundin zu werden?« »Soll ich auf die staatliche Universität gehen, oder soll ich mich für eine renommierte Hochschule bewerben?« »Wie wäre es, wenn ich später Arzt/Pilot/Lehrer würde?«

Der Körper macht gewaltige Veränderungen durch. Der kindliche Körper verschwindet, und an seine Stelle tritt ein fremder männlicher oder weiblicher Körper. Mit der kindlichen Stimme ist es ebenso vorbei wie mit der Weltsicht des Kindes. Mit der neuen Größe und Körpergestalt, den Muskeln, Brüsten und Haaren kommen neue, beunruhigende Gefühle und neue Peer-group-Realitäten. Freundschaften sind jetzt tiefer, solche mit Angehörigen des anderen Geschlechts problematischer. Für den Teenager besteht eine größere Auswahl zwischen möglichen Identitäten, und der Zwang, sich selbst zu definieren, wird stärker: Ist er eine Krücke, eine Flasche, ein Trottel? Ist er beliebt, attraktiv, geistreich? Was möchte er sein? Wer ist er *wirklich*?

Im Verlauf des massiven Abbruchs und Wiederaufbaus, der mit der Adoleszenz verbunden ist, kann der junge Mensch nur mit einem starken Fundament ein zentriertes Selbstgefühl bewahren. Wenn jedoch die in diesem Stadium errichteten Brücken auf wackligen Fundamenten ruhen, wird das Kind mit den ihm bevorstehenden mächtigen Gefühlen – Sexualität, Verlust der Kindheit, neue Formen der Demütigung – nicht fertig werden.

Das frühe Erwachsenenalter bringt neue Erfahrungen: Man verläßt das Elternhaus, um auf die Hochschule oder zum Militär zu gehen, die romantischen Beziehungen werden intimer und halten länger, man muß vielleicht Geld verdienen, um zumindest einen Teil seiner Ausgaben zu bestreiten. Die Welt wird größer; außer dem Netz der High-School-Gruppen umfaßt sie jetzt die Gemeinschaft des Campus oder der Kaserne oder der Arbeitskollegen. Im Ausklang des frühen Erwachsenenalters kommt die Notwendigkeit der Berufswahl, und zusätzliche Komplikationen bringen die Ehe und die mit ihr einhergehende neue Intimität. Das Individuum löst sich emotional und physisch vom Elternhaus und sucht Grundbedürfnisse, die früher von den Eltern befriedigt wurden, in anderen Beziehungen zu befriedigen. Die alten Themen wie Vertrauen, Wunsch nach Intimität, Bedürfnis nach Sicherheit und dergleichen bestehen weiter, nur muß man sich jetzt auf neue Weise mit ihnen auseinandersetzen.

Wenn ein Kind kommt, wird man von ungewohnten Gefühlen überflutet, und es ist nicht einfach, mit ihnen fertig zu werden. Um ein guter Vater oder eine gute Mutter zu sein, muß man lernen, viele der eigenen emotionalen Bedürfnisse dadurch zu befriedigen, daß man die Bedürfnisse anderer befriedigt. Dies erfordert mehr Einfühlungsvermögen und Selbstlosigkeit, als die meisten bisher kennengelernt haben. Um in Dutzenden von neuen interpersonalen Konstellationen zu bestehen, braucht man einerseits eine starke Selbstdefinition und andererseits die Fähigkeit, ganz unterschiedliche intensive Gefühle zu ertragen. Konfrontiert mit Konkurrenz, Bösartigkeit, Erschöpfung, Frustration, Ungewißheit, Ärger, Verantwortung, mütterlicher oder väterlicher Liebe, Angst und was noch alles dazugehört, müssen Eltern eine führende Position in ihrer Familie behaupten und sich zugleich um die finanziellen und Arbeitsmarktrealitäten kümmern, um die Rechnungen zu bezahlen.

Das mittlere Lebensalter bringt erweiterte Verantwortlichkeiten mit sich, während gleichzeitig der Verlust der Jugend und ihrer großartigen Träume und Ambitionen zur Realität wird. Es ist vermutlich nicht zu der idealen Ehe, den perfekten Kindern und der glänzenden Karriere gekommen, die einmal fast zwangsläufig erschienen. Auch hat der einzelne nicht mehr wie früher eine unermeßliche Zeit vor sich, um diese Ziele zu verwirklichen. Jetzt erblicken wir vom Gipfel aus den Abstieg, und die Zeit wird endlich. Während man sich den ersten Andeutungen der Sterblichkeit stellen muß, durchlaufen die eigenen Kinder die Stufen der eigenen Kindheit und Jugend. Man muß jetzt sehr genau abwägen zwischen der Empathie, die es möglich macht, sich in die Situation der Kinder einzufühlen, und jener Überidentifikation, die die Kinder zur Befriedigung eigener ungestillter Bedürfnisse benutzt.

Im weiteren Verlauf des mittleren Lebensalters stellen viele fest, daß ihre Perspektive sich abermals verschiebt und ihr Blick sich in einem umfassenderen, stärker altruistischen Sinn auf die Welt als Ganzes richtet, daß sie Kinder als Kinder der Welt sehen und daß sie an das Erbe denken, das sie hinterlassen werden. Die Probleme, die den Menschen jetzt beschäftigen, hängen zusammen mit einem Gefühl der kollektiven Verantwortung des Erwachsenen; er sorgt sich zum Beispiel darum, wie die Handelsbilanz mit Japan sich auf den Lebensstandard der nächsten Generation auswirken wird. Viele schaffen diesen Übergang freilich nicht, weil ihre unmittelbaren Probleme mit den Kindern, der Ehe, der Arbeit, den gebrechlichen Eltern oder mit was auch immer ihnen über den Kopf wachsen und ihre Kräfte aufzehren.

Das Wachstum des Zentralnervensystems setzt sich bis zum Alter von fünfundvierzig bis fünfzig Jahren fort. Bis zur Mitte des Lebens myelinisieren zum Beispiel neurale Bahnen, die mit Urteilskraft und Reflexion zu tun haben.[6] Das Gedächtnis und die sportlichen Leistungen haben zwar ihren Höhepunkt überschritten, aber Urteilsfähigkeit und Weisheit können durchaus noch zunehmen. Erfahrung ist natürlich wichtig für ein ausgereiftes und kluges Urteil, aber es ist beruhigend zu wissen, daß sie in einem wachsenden Zentralnervensystem eine Heimat finden kann.

Das Altern bringt körperliche Veränderungen wie die der Adoleszenz mit sich, aber in umgekehrter Richtung. Doch während man den eigenen Niedergang erlebt, wachsen die Kinder zur Kraft und Schönheit des Erwachsenenalters heran. Die Mutter macht die Menopause durch, während die Tochter sexuell aktiv wird. Der Vater hat eine Prostataoperation, während der Sohn ein aktives Liebesleben pflegt. Die Augen lassen nach, die Taille verschwindet mit vielem, was die äußere Schönheit der Jugend ausmachte: die schönen Haare, auf die man stolz war, die glatte Haut, die starken Muskeln. Drängender melden sich Gefühle der Rivalität, des Verlusts, der Enttäuschung, und man wird sich bewußt, daß die Zeit knapp wird.

Bei vielen wächst die Erkenntnis der eigenen Stellung in der Abfolge der Generationen, die zum Kreislauf der Natur und des Lebens gehört. Während die Zeit und vielleicht auch der Raum, der einem noch zur Verfügung steht, schrumpfen, kann das Gefühl für Zeit und Raum im kosmischen Maßstab wachsen, so daß man sich mit der Natur oder Gott eins fühlt.

Jedes Stadium des Lebens ist also eine natürliche Folge der vorhergegangenen und bringt neue emotionale Themen mit sich. Wer die Herausforderungen eines neuen Stadiums aber nicht zu integrieren vermag, kann emotional rigide beziehungsweise eingeengt werden. Diese Möglichkeiten werden im neunten und zehnten Kapitel erörtert, welche die Konsequenzen des Entwicklungsmodells für die psychische Gesundheit untersuchen. Wenn jedoch alles gutgeht, läuft die Tendenz auf eine universalere, stärker integrierte und differenziertere Leistung hinaus.

Wir haben jetzt gesehen, wie sich die höchsten Leistungen des Geistes – vom Bewußtsein bis zur Intelligenz – aus bestimmten fundamentalen Bausteinen bilden. *Jeder dieser Bausteine basiert wiederum auf der Fähigkeit des Menschen, Emotionen zu erleben.* Die Fähigkeit zur *Aufmerksamkeit*, die erste von allen, ist die Fähigkeit, emotionales Interesse für visuelle, akustische und sonstige Erscheinungen der Umwelt aufzubringen. Die Fähigkeit zur *Bindung* ist die Fähigkeit, in Gegenwart eines anderen Freude, Lust und emotionale Wärme zu empfinden. Sie schließt im Laufe der Zeit auch die Fähigkeit ein, zusätzliche Gefühle in Beziehungen einzubeziehen, darunter Selbstbewußtsein, Ärger, Enttäuschung, Mitleid und dergleichen.

Die Fähigkeit, *intentional zu sein*, ist die Fähigkeit, ein Begehren zu erzeugen und zu steuern, was naturgemäß als affektive oder emotionale Zielstrebigkeit erfahren wird. Die Fähigkeit, *komplexe interaktive intentionale Muster zu bilden*, ist die Fähigkeit, in Interaktionen seine eigenen emotionalen Signale mit denen anderer zu verbinden. Verhandlungen über Sicherheit, Akzeptanz, Zustimmung, Stolz und andere wichtige Themen sind emotionale Interaktionen zu emotionalen Zwecken. Die Fähigkeit, *Bilder, Symbole und Vorstellungen zu erzeugen*, Grundlage des logischen Denkens und der emotionalen Bewältigung, hängt von der Fähigkeit ab, diesen geistigen Konstrukten emotionale Bedeutung zu verleihen. Andernfalls bleiben sie getrennte, fragmentierte Inseln geistiger Aktivität. Die Fähigkeit, *Bilder und Symbole zu verknüpfen*, das zu bilden, was als die Infrastruktur des Geistes gelten könnte, schließt die Fähigkeit ein, sich nicht nur die eigenen Gefühle und Wünsche zu vergegenwärtigen, sondern auch die Gefühle und Wünsche eines anderen intuitiv zu erfassen, während man die emotionalen Signale, die der andere ausschickt, versteht. Diese Fähigkeit ermöglicht die Realitätsprüfung und andere Formen des logischen Denkens.

Das hier vorgetragene Schema der geistigen Entwicklung führt zu einigen sehr speziellen und ziemlich ungewohnten Schlußfolgerungen bezüglich des Wachstums von Kindern. So können nur Pflegepersonen, die selbst die Stadien ihres emotionalen Wachstums bis zum Erwachsenenalter hinter sich gebracht haben, ein Kind mit Erfolg durch diese Stufen geleiten. Wenn ein Kind das Stadium des präsymbolischen und ersten symbolischen Lernens hinter sich hat und in die Welt der unbewußten Symbole eintritt, hat es bereits einen langen und komplexen Prozeß des Klassifizierens, Wägens, Urteilens und Unterscheidens gemeistert. Enorm viel Zeit und Aufmerksamkeit sind bereits von (einem oder mehreren) Erwachsenen aufgewendet worden, um auf sein Lächeln, sein Stirnrunzeln, seine Worte und Gesten zu reagieren, und haben ihm geholfen, Kontrolle über seine Wahrnehmung zu gewinnen, die Wärme der Gegenseitigkeit zu erfahren, die kommunikative Wirkung von Gesten zu spüren und seinen körperlichen und emotionalen Empfindungen symbolische Form zu verleihen. Was ein Kind von dem sensorischen Chaos der ersten Stunden außerhalb des Mutterleibes zum vollentwickelten menschlichen Bewußtsein bringt, sind ebendiese Prozesse und die sie ermöglichende Gegenseitigkeit.

Diese Auffassung des Geistes läßt dessen tiefe Einheit erkennen, die unzerbrechlichen Bande zwischen Denken und Fühlen. Sie legt den seit langem von Sozialwissenschaftlern gesuchten Mechanismus frei, der es Familien und Gesellschaften gestattet, Persönlichkeitsstrukturen, Werte und kulturelle Bedeutungen von Generation zu Generation weiterzugeben. Wenn, wie wir behauptet haben, die wertvollsten Qualitäten des menschlichen Geistes nur auf dem Boden wahrhaft personaler Bindungen wachsen können, dann kann nur eine Gesellschaft, die das Gedeihen solcher Bindungen fördert, den vollen Ertrag einer humanen, kreativen Bürgerschaft ernten.

5.

Die Ursprünge von Bewußtsein, Moral und Intelligenz

In den drei letzten Kapiteln wurde beschrieben, wie im Laufe der Entwicklung stufenweise das Selbst und das Bewußtsein entstehen. Diese Entwicklungsperspektive wird in diesem Kapitel angewandt, um die Ursprünge der Moral, des Bewußtseins und der höheren Stufen der Intelligenz zu erklären. *Bewußtsein* hat hier natürlich eine breitere Bedeutung als in der Unfallstation; wir verstehen darunter eine komplexe Kombination aus Wahrnehmung, Intentionalität und Selbstgefühl, die Reflexion und Verstehen ermöglicht.

Hier geht es uns darum, wie Kinder und Erwachsene tatsächlich wachsen. Der Übergang vom neugeborenen Organismus, der lediglich ein biologisches Wesen ist, zu einer Person, die intelligent und selbstbewußt funktioniert, vollzieht sich in beobachtbaren Entwicklungsstufen. Was bei abstrakter Betrachtung als eine unerklärliche Metamorphose erscheint, folgt in Wahrheit naturwüchsig aus angeborenen menschlichen Eigenschaften, wenn ein Individuum in eine vielfältige, förderliche Umgebung gebracht wird.

Die Entwicklung des Bewußtseins

Das Bewußtsein ist ein Thema an der Schnittstelle zwischen Psychologie und Philosophie; in ihm treffen die Perspektiven und Traditionen beider Disziplinen zusammen. Für beide war es aus guten Gründen ein Rätsel. Es umfaßt sowohl den physischen Aufbau des Gehirns als auch so subjektive Erfahrungen wie Selbstbewußtheit und das Gewahrwerden bestimmter Emotionen und Vorstellungen. Es ist daher nicht verwunderlich, daß die frühen Theorien sich sowohl über einen physischen oder objektiven als auch über einen spirituellen oder subjektiven Aspekt des menschlichen Bewußtseins und anderer geistiger Phänomene äußerten. Nach Ansicht des Philosophen Bertrand Russell ist der Dualismus zwischen materialistisch-objektiven und individualistisch-subjektiven Deutungen der menschlichen Natur ein Thema, das sich ohne definitive Klärung durch die ganze Geschichte des westlichen Denkens zieht und wichtige soziale und politische Folgen hatte.[1]

Jüngere Philosophen wie Daniel Dennett neigen ebenso wie viele vernünftige Menschen zu der Ansicht, alle geistigen Phänomene einschließlich des Bewußtseins seien mit der physischen Aktivität des Gehirns zu erklären.[2] Das Gehirn wächst jedoch, wie wir gesehen haben, durch ständige Interaktion mit affektiver Erfahrung. Beeinträchtigungen dieser erfahrenen Interaktion beeinträchtigen auch das Bewußtsein. Bei Kindern, denen bestimmte Arten von interaktiver Erfahrung fehlen, zum Beispiel bei Kindern aus Familien, in denen sich mehrere Probleme häufen, oder versagenden Familien, fehlt unter Umständen die Fähigkeit zur Selbstreflexion. Auch Kinder mit physischen Problemen, die das Funktionieren des Nervensystems beeinträchtigen, weisen Beeinträchtigungen des Bewußtseins auf. Kinder mit autistischen Symptomen zeigen bis zu ihrer späteren Therapie selten eine Spur von Selbstbewußtsein und Selbstreflexion.

Wenn man die Defizite von physisch oder durch Erfahrungsmangel beeinträchtigten Kindern durch Interaktionen zu überwinden sucht, durchlaufen sie, wie schon erörtert, mehrere Stadien, in denen Bewußtsein und Selbstreflexion von Stufe zu Stufe wachsen. Dieselben Stufen werden, wenn auch weit müheloser, von sich normal entwickelnden Kindern gemeistert; sie reichen vom ersten Bewußtwerden sensorischer und emotionaler Regungen über die Entwicklung von Intentionalität bis zur Fähigkeit, über ihre eigenen Gefühle und Wünsche symbolisch zu reflektieren. Es bleibt jedoch die Frage: Wie wird Erfahrung derart in die physische Aktivität des Gehirns integriert, daß diese Stufen des Bewußtseins entstehen? Ein Teil der Antwort liegt meines Erachtens in der Fähigkeit des Gehirns, Emotion zu erfahren und zu organisieren.

Nach der Beobachtung von Babys und Kindern zu schließen, hängt das Wachstum des Bewußtseins mit der sich entwickelnden Wahrnehmung unserer Affekte oder Emotionen zusammen. Affekte entstehen aus physischen Prozessen und nehmen allmählich eine subjektive Bedeutung an, und das Besondere an ihnen ist, daß sie zwischen dem, was wir unter objektiven Aspekten des Gehirns, und dem, was wir unter subjektiver Erfahrung verstehen, eine Brücke schlagen. Sie erzeugen beobachtbare, meßbare physiologische Muster. So sind viele Prozesse des sympathischen und parasympathischen Nervensystems mit ganz bestimmten affektiven Zuständen verknüpft.[3] Die körperlichen Vorgänge, die zum Beispiel mit der Furcht einhergehen, kennt fast jeder: Die Rumpfmuskulatur verkrampft sich, das Herz hämmert, und im Bauch entsteht ein leeres Gefühl. Die Emotionen erhalten jedoch auch eine subjektive Qualität und schließlich eine subjektive Bedeutung. Glück, Traurigkeit, Haß, Liebe – damit wird jeweils ein bestimmter Gemüts- oder Geisteszustand, eine Qualität der subjektiven Erfahrung bezeichnet. Die Wahrnehmung dieser Zustände hat man traditionell der subjektiven oder spirituellen Seite des mentalen Geschehens zugeschrieben.

Wie bekommen physiologische Vorgänge eine subjektive Tönung und Bedeutung? Welche Rolle spielen sie in der Bildung von Bewußtsein? Wie schon erwähnt, erlebt das Kleinkind zunächst umfassende Zustände wie Gelassenheit, Erregtheit und Not, die weitgehend physischer Natur zu sein scheinen. Mit dem Wachstum des Nervensystems wird das Kleinkind fähig, seine Geisteszustände subtiler zu erleben und auszudrücken – ein spezielles Lächeln für Mama, ein ärgerlicher Blick auf Papa, ein entzückter Blick der Überraschung bei einem angenehmen, aber unerwarteten Bild oder Klang. Doch damit diese verfeinerten Geisteszustände entstehen, muß das Kleinkind interaktive Erfahrungen mit Pflegepersonen haben; Kleinkinder, denen diese Erfahrungen verwehrt werden, zeigen weiterhin allgemeinere Ausdrucksformen. Auf diese Weise verfeinert die Erfahrung fortlaufend den physiologischen Ausdruck, und die wachsende physiologische Regulierung dient dazu, komplexer werdende interaktive emotionale Erfahrungen zu organisieren und auszudrücken. Wenn die Muskeln sich verkrampfen, verbunden mit einem Gefühl des Unbehagens oder der Spannung, und die Erfahrung an der Ausformung dieses Zustands mitwirkt, entsteht vielleicht so etwas wie ein spezifisches Gefühl des Ärgers. Dieses Gefühl dient dann vielleicht dazu, verschiedene interaktive Erfahrungen, die von Frustration oder Unbehagen begleitet sind, zu organisieren und ihnen eine Bedeutung zu verleihen.

In der zweiten Hälfte des ersten Lebensjahres zeigen Babys normalerweise durch einen ganz bestimmten Ausdruck an, daß sie bestimmte Affekte haben wie Ärger, Furcht, Überraschung, Verzweiflung, Glück usw.; diese Affekte dienen dann der Kategorisierung und damit der Sinngebung der nachfolgenden interaktiven Erfahrung.[4] In dem Maße, wie eine wachsende Vielfalt von Affekten die Erfahrungen zu einem durchgängigen Zyklus organisiert, bildet sich eine subjektive innere Welt. Dabei entsteht auch eine Kategorie von Erfahrung, die als »äußere Realität« gekennzeichnet wird. Die innere subjektive Welt entsteht genau wie die Wahrnehmung der äußeren Realität Schritt für Schritt aus der Rückkopplung von Interaktionen zwischen Affekt und Erfahrung.

Emotionen werden somit nicht nur zu komplexen Vermittlern von Erfahrung, sondern haben auch die Funktion einer innerlichen Organisierung und Differenzierung. Was zunächst als ein physiologisches System beginnt, das den Input der Sinne aufnimmt, wird infolge der entwicklungsbedingten Erfahrung zu einem komplexen sozialen Instrument und gleichzeitig zu einem Mittel der Strukturierung des inneren geistigen Geschehens.

Der sich fortentwickelnde Zyklus von Erfahrung und Kategorisierung wirkt, so scheint es, in einem intimen Wechselverhältnis von Natur und Kultur auf die Physiologie des Gehirns ein – und nicht nur diese auf jenen.[5] Es wäre falsch, den jeweiligen Beitrag isolieren zu wollen, weil er immer nur im Kontext des anderen definiert werden kann. Bewußtsein entwickelt sich aus dieser stetigen Interaktion, in der die Biologie die Erfahrung und die Erfahrung die Biologie organisiert.

Affektive Erfahrung und affektiver Ausdruck beruhen auf Prozessen, die in lebenden Zellen ablaufen und ihrerseits auf physikalischen Prozessen beruhen, die man bisher erst teilweise verstanden hat, die sich aber offensichtlich von leblosen Systemen, wie sie etwa in Computern ablaufen, unterscheiden. Gewisse Parallelen geben aber einen nützlichen Hinweis darauf, wie ein physikalisch bedingtes Phänomen eine subjektive Tönung und Bedeutung annehmen und auf diese Weise zum Bewußtsein beitragen könnte.

Unser Wort für Emotionen deutet auf ihre Doppelnatur hin; das, was wir »Gefühle« nennen, sind nicht bloß psychologische Zustände, sondern auch konkrete viszerale Empfindungen. So gibt sich Angst vielleicht zu erkennen als ein hämmernder Puls, Enttäuschung als ein stechender Schmerz im Inneren, Traurigkeit als ein Würgen in der Kehle, Streß als ein Pochen in den Schläfen. So mancher, der tiefes Leid durchgemacht hat, kennt ein gebrochenes Herz als einen spürbaren Schmerz im oberen Brustbereich – und nicht bloß als Metapher für Untröstlichkeit. So manchem, der intensiv unter Angst litt, ist der kalte Schweiß ausgebrochen, und er hat am ganzen Körper gezittert.

Der Zusammenhang zwischen emotionalem und körperlichem Gefühl ist daher weder zufällig noch auch nur symbolisch. Er ist physiologisch in unseren Nerven und Muskeln verankert. Es genügt, eine Emotion äußerlich nachzuspielen, um einen Hauch des wirklichen Affekts zu empfinden. Wer absichtlich ein fröhliches Lächeln aufsetzt, kann sich damit durchaus für kurze Zeit aufheitern. Wer sein Gesicht zu ärgerlichem Mißmut verzieht, wird einen Anflug von Gereiztheit empfinden. Wer es zu einer Schmerzensmiene verzerrt, wird eine leichte Anwandlung von Kummer auslösen. Wir spüren unsere Emotionen buchstäblich in unserem Körper, so wie unser Gesicht und unser Körper umgekehrt ausdrücken, was wir fühlen. Es gibt im übrigen keinen Gesichts- oder Körperausdruck einer Emotion – sei es ein Lächeln, eine Grimasse, ein finsterer Blick oder ein steifer Rücken, seien es hängende Schultern oder ein fuchtelnder Arm –, der nicht eine subtile Abstufung des Gefühls und der inneren Stimmungslage mit sich bringt.

Doch Bewußtsein entsteht nicht aus Emotionen allein, genauso wie Geist nicht aus sensorischer Erfahrung als solcher entsteht. Vielmehr wird durch die Fähigkeit des Nervensystems, Muster zu bilden, nach und nach ein wachsendes Spektrum von Emotionen abstrahiert. Der affektive Aspekt des dualen Codes erzeugt aus den Erfahrungen eines Kleinkindes auf ganz elementare Weise eine gewisse Erregbarkeit. Empfindungsvermögen und Reaktivität, eben die Eigenschaften bestimmter Neurone, bilden weiterhin die physiologische Grundlage für Affekte oder Emotionen. Bei wachsender Vielfalt und Komplexität werden diese emotionalen Erfahrungen zu Mustern abstrahiert. Wenn es entsprechend angeregt wird, wird aus dem wachsenden Gehirn ein immer besserer Musterentdecker. Diese Muster werden intentionaler und komplexer und organisieren sich zu den sechs Stufen, die im zweiten bis vierten Kapitel erörtert wurden. Wie dort beschrieben, werden sie auf der fünften und sechsten Stufe in Bilder übersetzt, und es entsteht ein gegenständliches Selbstgefühl, mit anderen Worten: ein Bewußtsein.

Man kann sich das Bewußtsein als aus zwei Komponenten zusammengesetzt denken. Die eine ist generativer Natur und beruht auf der Reaktivität von Nervenzellen und ihrer daran geknüpften physiologischen und affektiven Aktivität (etwa bei einer angenehmen Berührung). Die andere ist organisierender Natur. Die Vernetzung des Nervensystems erlaubt uns, aus der Wechselwirkung mit bestimmten Erfahrungen sensorische und affektive Muster zu abstrahieren und diese zu organisieren. Aus dem Zusammenwirken dieser beiden Komponenten entsteht Bewußtsein.

Was wir normalerweise unter »Bewußtsein« verstehen, ist die Selbstreflexion, die ein relativ spätes Entwicklungsstadium darstellt. In diesem Stadium ist der Geist imstande, seine eigenen Gefühle und Wünsche wahrzunehmen – »Ich bin glücklich«, »Ich bin wütend«, »Ich bin traurig«, »Ich würde dir am liebsten eine runterhauen«, »Ich möchte dich lieben«. Diese Fähigkeit zur reflexiven Wahrnehmung durchläuft, wie im vorigen Kapitel angedeutet, viele Stadien. Beim Vier- bis Fünfjährigen tritt die Äußerung eines Wunsches – »Ich möchte jetzt nach draußen« – an die Stelle der Forderungen des Dreijährigen – »Raus« oder »Tür auf«. Im Schulalter beobachten wir einen ständig höheren Grad der Reflexion, ein Selbstgefühl, das durch die tägliche Erfahrung immer stabiler wird. Noch höhere Grade sehen wir bei Jugendlichen. Sie können nicht nur über das reflektieren, was gegenwärtig geschieht, sondern auch über das, was künftig geschehen könnte. Der junge Erwachsene kann seine Vergangenheit begreifen, seine Zukunft antizipieren und mit einem gewissen Durchblick über die Ereignisse seiner Umwelt reflektieren. In den folgenden Lebensphasen beruhen noch höhere Grade des Bewußtseins auf seiner stärkeren Wahrnehmung der eigenen Individualität im Verhältnis zu der Familie, die er gründet, zu seiner Gemeinschaft und schließlich zur Welt als einem Ganzen und den Zyklen der Natur.

Bewußte Wahrnehmung wird gemeinhin als eine Erscheinung der späteren Stadien der Selbstreflexion betrachtet, doch im Grunde ist diese Fähigkeit das Ergebnis des langwierigen Entwicklungsprozesses, der im zweiten bis vierten Kapitel beschrieben wurde. Das erste Anzeichen von Bewußtsein liegt schon in der Erregbarkeit des Babys, dem Hochsprudeln seiner Gefühle in Reaktion auf Sinneseindrücke zu einem Zeitpunkt, da es noch nicht zwischen sich und seiner Umwelt unterscheiden kann. Diese frühe affektive Erregbarkeit ist nicht mit Symbolen und auch nicht mit zielgerichtetem Verhalten verbunden. Man kann zwar von »Erregung« sprechen, doch ist es vielleicht treffender, von affektiver Erregbarkeit zu sprechen. Ein zweites Stadium des Bewußtseins ist erreicht, wenn das Kleinkind beginnt, seine Präferenz für seine primären Pflegepersonen zu zeigen und ein entzücktes, freudiges Interesse an der menschlichen Welt zu nehmen. Seine Gefühle sind zwar noch immer nicht mit Symbolen oder intentionalen Verhaltensweisen verbunden, doch sein Bewußtsein umfaßt jetzt einen anderen Menschen als Teil eines undifferenzierten gemeinsamen Glücksempfindens. Bald erweitert sich das Bewußtsein um weitere Gefühle und Wünsche, darunter Vertrauen, Freude und Zorn.

Im nächsten Stadium entwickelt das Kind zielgerichtete Verhaltensmuster (Ärmchen ausstrecken, um aufgenommen zu werden u. dgl.), und eine neue Art von Bewußtsein tritt hervor, die zwischen Bruchstücken eines durch diese Absichten definierten »Ichs« und anderen Menschen differenziert. Es folgt ein Bewußtsein komplexer Muster, die viele der eigenen und fremden Intentionen einschließen. An die Stelle der bisherigen Inseln eines »Ichs« tritt ein stärker integriertes, viele Wünsche umfassendes »Ich«, das mit anderen bewußt über Geborgenheit, Sicherheit, Vertrauen, Zustimmung, Mißbilligung, Akzeptanz, Ablehnung, Selbstbewußtsein, Zorn und andere emotionale Themen verhandelt. Noch ehe Symbole gebildet werden, sind ein Zusammenhalt, eine Absicht und ein gewisser Wille da. Wenn dann unsere Emotionen symbolisch in Worten und Bildern abstrahiert werden können, treten wir die oben beschriebene Reise des symbolischen Bewußtseins an.

Ein Erwachsener kann sich kaum vorstellen, wie sich ein Säugling oder Kleinkind während der Stadien dieses Prozesses selbst erlebt. Sosehr wir uns auch anstrengen mögen, sie mit verschiedenen Techniken wie Tiefenentspannung, Hypnose oder religiösen Übungen wiedererstehen zu lassen – diese Stadien des beginnenden Bewußtseins bleiben uns verschlossen. Selbst wenn es uns gelänge, uns in diese früheren geistigen Zustände zurückzuversetzen, wüßten wir doch nicht mehr, wie sie waren, sobald wir in unseren normalen symbolischen Zustand zurückkehren. Vielleicht lassen sich frühere Bewußtseinsformen nur in bestimmten Formen künstlerischen Ausdrucks erschließen. Die Psychoanalytikerin Marion Milner deutet das in *On Not Being Able to Paint* an: »Die Erfahrung, daß das Äußere und das Innere sich decken, die uns unwillkürlich widerfährt, wenn wir uns verlieben, wird in den Künsten bewußt zustande gebracht.«[6]

Abgesehen von der erreichten Entwicklungsstufe, unterscheidet sich das Bewußtsein von einem zum anderen auch nach dem inhaltlichen Reichtum der von ihm umfaßten Emotionen. Ein reichhaltiges reflexives Bewußtsein umfaßt eine Vielzahl von Gefühlen und versetzt uns in die Lage, die Gefühle anderer zu würdigen und gemeinsam mit anderen Führung auszuüben, ob nun in der Politik, der Religion, der Philanthropie oder dem Naturschutz. Wenn Bewußtsein und Reflexion dagegen begrenzt sind, sind dem einzelnen nur ein paar ständig wiederkehrende emotionale Abläufe (zum Beispiel dauernde Verärgerung oder ständiger Argwohn) und selbstbezogene, rigide Einstellungen zugänglich. Unter einem entwickelten Bewußtsein ist übrigens nicht eine ätherische Fähigkeit zu verstehen, uns über Raum und Zeit hinweg zu projizieren, sondern die Fähigkeit, die grundlegenden menschlichen Emotionen in uns selbst und anderen zu erfahren und, bezogen auf unsere Familie, unsere Gesellschaft, unsere Kultur und unsere Umwelt, über sie zu reflektieren.

Die für das Selbstgefühl zentralen Emotionen bilden möglicherweise den Nexus, die Brücke zwischen Geist und Körper [zwischen Leib und Seele, wie wir im Deutschen sagen]; seit Jahrtausenden hat diese Polarität Philosophen und Verhaltenswissenschaftler beschäftigt. Von allen Körperorganen leitet das Nervensystem Empfindungen zu jenen Teilen des Gehirns, die Muster abstrahieren und organisieren und auf diese Weise physiologische Systeme mit emotionalen verknüpfen. Die Brücke wird in beiden Richtungen benutzt.[7] Eine Verletzung oder Krankheit kann, besonders wenn sie schmerzhaft ist, das Selbstgefühl zumindest zeitweise auf den bloßen Wunsch schrumpfen lassen, aus dem Bett zu kommen und ins Bad zu gehen oder auch nur, daß der Schmerz aufhören möge. Intensive, alles verschlingende Affekte, die sich auf elementare Bedürfnisse beziehen, sind imstande, neu zu bestimmen, wer wir sind, was wir wünschen und was wir denken, können unser Reflexionsvermögen vermindern und uns in einen Aktionsmodus zurückversetzen, in dem die Erfüllung dieser Bedürfnisse das Bewußtsein völlig in Anspruch nimmt.

Höhere Bewußtseinsebenen lassen sich nur aufrechterhalten, wenn körperliche Grundbedürfnisse befriedigt und die Emotionen derart reguliert sind, daß die subtilen Muster und Variationen, auf denen höhere geistige Funktionen beruhen, nicht durch heftige Affekte in den Hintergrund gedrängt werden. Einem Menschen, der verängstigt, hungrig oder krank ist, fällt das Philosophieren schwer. »Ich muß Politik und Krieg studieren, damit meine Söhne die Freiheit haben, Mathematik und Philosophie zu studieren«, schrieb John Adams während des amerikanischen Unabhängigkeitskrieges an seine Frau Abigail. »Meine Söhne sollten Mathematik und Philosophie, Geographie, Naturgeschichte, Schiffbau, Nautik, Handel und Landwirtschaft studieren, damit ihre Kinder ein Recht haben, Malerei, Dichtung, Musik, Architektur, Bildhauerei, Tapisserie und Porzellan zu studieren.« Die höchsten Bewußtseinsebenen sind nur möglich, wenn materielle Bedingungen und das Sicherheitsbedürfnis erfüllt sind.

Die entwicklungstheoretische Auffassung des Verhältnisses von Geist und Körper geht von der Annahme aus, daß die Emotionen nicht auf die unteren Bereiche des Nervensystems wie etwa das limbische System beschränkt sind, sondern daß im Gegenteil die höchsten Ebenen der Großhirnrinde mit affektiven und nicht ausschließlich kognitiven Erfahrungen befaßt sind.

Zusammen mit Stephen Porges habe ich in einer aktuellen Untersuchung zeigen können, wie Geist und Körper bei der Problemlösung zusammenwirken. Komplexe Problemlösungen mit zweiseitiger affektiver Kommunikation stützen sich partiell auf evolutionär hochstehende Teile des parasympathischen Nervensystems, das Bahnen zur Großhirnrinde hat.[8] Darauf beruht die Fähigkeit, in Reaktion auf affekte Problemlösungs-Interaktionen mit Dingen und Menschen schnelle physiologische Veränderungen vorzunehmen. Wir stellten fest, daß diese Fähigkeit bei Kindern mit Lern- und Verhaltensproblemen beeinträchtigt ist; zur Zeit untersuchen wir, wie es damit bei Kindern mit schweren Kommunikations- und Beziehungsproblemen bestellt ist. Porges meint darüber hinaus, daß es in der neurologischen Organisation des Zentralnervensystems zwei frühere Ebenen gibt: eine, die auf den vor Jahrzehnten von Cannon beschriebenen Kampf-oder-Flucht-Reaktionen basiert, und eine primitivere, die auf einer Komponente des parasympathischen Nervensystems basiert, die bei Furcht oder Angst für eine weitgehende Stillegung und Hemmung von Funktionen sorgt.[9] Diese Organisationsebenen entsprechen nach unseren Beobachtungen den frühen Ebenen der affektiven Organisation. Bei einer bestimmten Fehlanpassung auf den Ebenen der Selbstregulation und des Bindungsverhaltens kommt es zu einer weitgehenden Stillegung wichtiger Wahrnehmungs- und lebenserhaltender Funktionen. Auf der Ebene der intentionalen affektiven Kommunikation können rigide Kampf- oder Fluchtreaktionen an die Stelle eines subtilen Austauschs von affektiven Hinweisen treten. Physiologische Untersuchungen und Beobachtungen der frühen emotionalen Organisation kommen zu einem partiell übereinstimmenden Ergebnis, was die Bedeutung der affektiven Regulation und Interaktion für ein intelligentes Funktionieren betrifft. Sowohl bezüglich der (im dritten und vierten Kapitel beschriebenen) beobachteten Entwicklungsstufen des Geistes als auch unter dem Aspekt der Ebenen der neuralen Regulation besteht ein Zusammenhang zwischen somatisch bedingten, global polarisierten affektiven Mustern und höheren sozialen und symbolischen Mustern.

Die bedeutendste menschliche Fähigkeit ist also das unbegrenzte Vermögen, die Welt mit Hilfe von Affekten zu registrieren, diese Affekte in ein entstehendes Bewußtsein zu integrieren und ein riesiges Spektrum von Gefühlen durch den Körper wie auch durch Worte und Symbole auszudrücken. Diese Fähigkeit, im Grenzbereich zwischen Mentalem und Physischem, Psyche und Nervensystem, Geist und Gehirn angesiedelt, ist eine Funktion beider Bereiche und verbindet sie zu einem unauflöslichen Ganzen.

Diese Spekulationen über das Verhältnis von Geist und Körper sind keine bloß akademische Angelegenheit. Seit Jahrhunderten sucht man nach Antworten auf diese Fragen, weil sie für das gesellschaftliche Leben von enormer Bedeutung sind. Die Ursprünge, die wir unseren grundlegenden menschlichen Eigenschaften zuschreiben, sind mitentscheidend dafür, wie wir miteinander umgehen und was wir zur Lösung sozialer Probleme in Betracht ziehen. Folgt man der Ansicht, daß der Geist allein durch biologische Vorgänge geformt wird, werden sich am Ende biologische Lösungen für menschliche Probleme durchsetzen. Wenn aber, wie wir in Teil II näher ausführen werden, die affektive Entwicklung wesentlich an der Formung des Geistes teilhat, müssen Maßnahmen gegen die Übel des einzelnen wie der Gesellschaft sie auch berücksichtigen.

Die Wurzeln der Moral

Ein offensichtlicher Niedergang des individuellen Verantwortungsgefühls gibt heute im öffentlichen wie im privaten Bereich Anlaß zur Sorge. Man versucht ihm mit unterschiedlichen Mitteln beizukommen. Letzthin wurde gefordert, die Eltern sollten entschiedener sein, Institutionen wie die Schule sollten mehr von den Kindern fordern, und staatliche Programme wie die Sozialhilfe sollten weniger geben und mehr von den Empfängern erwarten. Hinter der massiven Forderung, Ethik und Wertvorstellungen von Jugendlichen und Erwachsenen durch »härteres Durchgreifen« zu stärken, steckt die stillschweigende Annahme, in derselben Weise, wie Eltern ihre Kinder verziehen, indem sie ihnen zuviel geben und zuwenig von ihnen fordern, könnte auch unser Staat seine Bürger, speziell die ärmeren unter ihnen, verziehen.

Um wenigstens ansatzweise zu verstehen, wie wir das Verantwortungsgefühl fördern und Empathie und Interesse für andere vermitteln können, müssen wir begreifen, wie diese wünschenswerten Eigenschaften unter normalen Umständen erlernt werden. Rücksicht auf andere entwickelt sich aus einem Gefühl gemeinsamer Menschlichkeit. Diese Fähigkeit entwickelt sich nur bei einem Baby, das Gelegenheit hat, in einer Geborgenheit und Nähe gewährenden Beziehung ständig und dauerhaft mit einer bewundernden, unterstützenden Pflegeperson zu interagieren. Kinder, die von einer Pflegestelle zur anderen geschoben werden; Kinder, die mißhandelt wurden oder die man verwahrlosen ließ; Kinder, deren Eltern dermaßen in der Befriedigung ihrer eigenen Bedürfnisse aufgehen, daß sie kein Gefühl für ihre Kinder aufbringen; selbst Kinder, deren Eltern hingebungsvoll und behütend, aber so beschäftigt sind, daß sie für den Austausch von Gefühlen keine Zeit mehr haben – sie alle laufen große Gefahr, ihre Menschlichkeit nicht voll zu verwirklichen.

Anfangs empfindet ein Kind, das geliebt und umsorgt wird, Freude, Wärme und Geborgenheit passiv in sich selbst, doch bald kann es diese Gefühle auf eine geliebte Pflegeperson und dann auf andere Mitglieder der Familie und schließlich auf Lehrer und Kameraden übertragen. Das Gefühl, gemocht zu werden und andere zu mögen, wird schließlich zur Grundlage der Empathie. Anfänge der Anteilnahme an anderen beobachtet man gelegentlich am Ende des zweiten Lebensjahres, wenn das Kind zum Beispiel Mamas wehen Arm oder Papas verletzte Nase streichelt, doch wahre Empathie – die Fähigkeit, sich in einen anderen hineinzuversetzen und Anteilnahme für ihn zu fühlen, weil man weiß, was man an seiner Stelle empfinden würde – setzt höhere Stufen der psychischen Organisation voraus. Erste Anzeichen davon beobachten wir im späten Vorschulalter und deutlicher im Schulalter, wenn Kinder das Stadium erreichen, zwei verschiedene innere Welten ausbilden zu können – eine, die auf das tägliche Auf und Ab der Peer-Beziehungen reagiert, und eine andere, die allmählich ein stabiles inneres Identitätsgefühl trägt.

Im Schulalter können Kinder im wahrsten Sinne des Wortes Empathie für die Welt aufbringen, weil sie sich dessen, wer sie sind, so sicher sind, daß sie ein Stück von sich hergeben können, um zu erfahren, was jemand anderer empfinden mag. Der Jugendliche und der Erwachsene vermögen sich die vielfältigen Empfindungen eines anderen weit besser vorzustellen als ein Zehn- oder Zwölfjähriger, doch wird diese Fähigkeit auch in diesen Jahren weiterentwickelt und auf die Probe gestellt. Im Grunde beruht die Fähigkeit, die Gefühle anderer auf eine fürsorgliche, mitfühlende Weise zu bedenken, jedoch auf dem Gefühl des Kindes, daß es selbst geliebt und umsorgt wurde.

Ist das nicht der Fall, wird kein Bemühen, sich in die Lage eines anderen zu versetzen, zwangsläufig zu Empathie führen. Beispielsweise könnte sich jemand in die Lage eines anderen versetzen, um herauszufinden, wie er diesen hereinlegen oder manipulieren kann, aber er wird kein Mitgefühl empfinden, wenn er nicht selbst Mitgefühl erfahren hat. Empathie und Mitgefühl lernt man nicht aus dem, was einem erzählt wird, sondern daraus, wie man selbst behandelt wurde. Man kann uns hundertmal am Tag sagen, wir sollen freundlich und mitfühlend sein. Eltern mögen sich selbst als vorbildlich betrachten und ihr Mitgefühl für andere betonen, doch werden ihre Worte inhaltslos bleiben, wenn ihre Kinder keine Fürsorge und Anteilnahme erlebt haben.

Eine andere wichtige Wurzel der Moral besteht darin, daß das Kind im Laufe seiner Entwicklung an präverbaler Interaktion teilhat. Eigene und fremde Intentionen, bei denen es um so grundlegende Fragen wie Sicherheit oder Gefahr, Akzeptanz oder Ablehnung, Zustimmung oder Mißbilligung, Stolz und Achtung oder Demütigung geht, werden zunächst durch einen solchen Austausch zwischen Pflegeperson und Kind begriffen. Einstellungen zur Aggression werden erlernt, noch ehe das Kind sein erstes zorniges Wort äußern kann. Wenn das sechzehn Monate alte Kind seine Stimme hebt, mit dem Finger zeigt, wütend starrt oder eine ungeliebte Schale Brokkoli umstößt, kommt gewöhnlich eine Reaktion von einer aufmerksamen Pflegeperson, die zu diesem Verhalten durchaus ihre eigene Meinung hat. In diesen frühen Kommunikationen spiegeln sich viele der persönlichen und kulturellen Muster der Familie. Eine Familie wird Äußerungen von Verdruß und Ärger vielleicht als Zeichen der Selbstbehauptung begrüßen – die Mutter ergeht sich stillvergnügt oder mit stolzem Lächeln in Phantasievorstellungen, daß aus ihrem Kind vielleicht einmal ein Politiker, ein Unternehmer oder ein berühmter Sportler wird. Dieselbe Gefühlsäußerung wird in einer anderen Familie vielleicht mit Schweigen, Rückzug, Einspruch oder Strafe beantwortet, und die Mutter beschleicht der furchtsame Gedanke: »O Gott, was züchte ich da für ein Ungeheuer heran!« oder »Was mache ich nur, wenn er größer wird?«

Da die Gefühlsäußerungen des Kindes, die Erkundungen seines Körpers und die ersten altruistischen Neigungen in jeder Familie anders aufgenommen werden, bilden sich unterschiedliche Erwartungen im Hinblick auf das, was gut und was schlecht, was richtig und was falsch ist. Diese Erwartungen formen die tiefste Ebene des wachsenden Geistes, unter der Ebene der Worte oder sogar der visuellen Bilder. Wir verspüren sie vielleicht in unserer Magengrube, im innersten Kern dessen, der wir sind. Sie werden sich aber jedem verbalen oder symbolischen Ausdruck entziehen, außer vielleicht bei einigen kreativen Menschen, die sie durch Malerei oder Dichtung auszudrücken verstehen. Diese primären Überzeugungen werden durch die spätere Erfahrung verstärkt oder in Frage gestellt. Die frühen Erfahrungen können der Anlaß zu Vorurteilen, zu selbstgerechter Arroganz und zur Rationalisierung polarisierter Meinungen sein. Sie können aber auch der erste Schritt zur Entwicklung von Mitgefühl und einem auf Empathie und Respekt beruhenden Moralsystem sein.

Um die Entwicklung der Moral richtig zu verstehen, muß man Mitgefühl und Empathie für andere unbedingt vom Erwerb sozialer Fertigkeiten unterscheiden, bei denen es darum geht, die Intentionen anderer zu begreifen, ihre Gefühle zu verstehen, ja sogar darum, sich sozial und altruistisch zu verhalten. Robert Emde hat darüber geschrieben, wie die ersten Wurzeln der Moral in einem bestimmten prozeduralen Wissen entstehen, etwa den Regeln des Gebens und Nehmens oder der Reziprozität.[10] Lawrence Kohlberg hat Denkstrategien wie die Fähigkeit erörtert, ein Problem von allen Seiten zu betrachten, eine geistige Fertigkeit, die man besitzen muß, um moralische Urteile zu fällen.[11] Doch die Deutung sozialer Signale und die hochentwickelte Fähigkeit zur kognitiven Abstraktion machen nicht das Wesen der moralischen Entwicklung aus; von höheren sozialen Fertigkeiten und von der Logik machen schließlich auch der Schlangenölverkäufer, der Soziopath und der gerissene Demagoge Gebrauch, um Menschen zu betrügen und zu manipulieren. Diese, der allgemeinen intellektuellen und sozialen Entwicklung zugrunde liegenden Fähigkeiten sind Voraussetzung, damit viele höhere soziale und kognitive Fertigkeiten, einschließlich bestimmter Aspekte des moralischen Urteilens, erworben werden können. Das Entscheidende, wovon es abhängt, welchen Gebrauch ein Mensch von diesen Fertigkeiten macht, ist jedoch die Qualität des Mitgefühls und der

Anteilnahme. Die Moral wird bestimmt von dieser Qualität, die auf emotionaler Erfahrung beruht.

Präverbale Muster, die auf die spätere Entwicklung von Mitgefühl hindeuten, sind bei sich gesund entwickelnden Kindern ebenso zu beobachten wie bei solchen, die unter verschiedenen emotionalen oder körperlichen Mängeln leiden. In optimalen Interaktionsmustern, bei denen die Eltern die Hinweise und Gesten des Kindes deuten und darauf eingehen, kann das Kind vielfältige Gefühle erfahren und Erwartungen ausbilden, die auf einer Vielzahl von Möglichkeiten beruhen. Werden Kinder dagegen vernachlässigt oder mit Strafen überhäuft oder werden ihre Äußerungen von Aggressivität, Konkurrenzgeist, Neugier usw. von den Eltern selektiv ignoriert, so bilden sie polarisierte Erwartungen. Das Kind faßt seine Wahrnehmungen in Alles-oder-nichts-Formeln: »Sie hassen mich« – »Ich bin schlecht«.[12]

Beim Übergang vom präverbalen Stadium zu jenem, in dem das Kind von Vorstellungen Gebrauch macht, erweitern sich seine Wahrnehmung der eigenen Intentionen und seine Erwartungen an andere enorm. Es kann sich jetzt andere innerlich vorstellen, Unterscheidungen zwischen ihnen machen und seine eigenen Gefühle ebenso wie die von anderen erkunden. Gekoppelt mit dem Mitgefühl, ermöglicht die Fähigkeit, ein breites Spektrum eigener und fremder Gefühle zu erfassen, die allmähliche Reifung des Moralempfindens. Schmerzliche Erfahrung kann jedoch polarisierte Muster verstärken. Durch die Projektion eigener Wünsche auf andere kann ein fixiertes Bild vom Funktionieren der Welt entstehen, das zu einer sich selbst erfüllenden Erwartung werden kann. Wer anderen zum Beispiel mit Argwohn begegnet, macht sie böse, was den Betreffenden nur in der Ansicht bestätigt, daß ihnen nicht zu trauen ist. Fixierte Ansichten beruhen auf rigiden Bedürfnissen, die es nicht zulassen, die Verwicklungen des Lebens anderer durch Empathie zu erfassen.

Reife Empathie und Moral sind erst möglich, wenn der Mensch die Fähigkeit entwickelt hat, Emotionen und Vorstellungen miteinander zu verknüpfen, über sich und sein Handeln nachzudenken und schließlich neben der Welt der wandelbaren Erfahrungen eine innere Welt stabiler Werte aufzubauen. Im günstigsten Fall entfaltet sich die Fähigkeit, diese innere Welt zu schaffen, kurz vor der Pubertät und wächst dann weiter während der Adoleszenz bis ins Erwachsenenalter hinein.

Man hat, wie oben angedeutet, das moralische Vermögen zuweilen unter überwiegend kognitiven Aspekten gesehen. Ist jemand in der Lage, statt nur einer viele Alternativen gegeneinander abzuwägen? Wird er mit Mehrdeutigkeit und Grauzonen fertig, oder sieht er alles in Schwarzweiß? Vielfach wird die Bedeutung der emotionalen Bandbreite und Flexibilität für das Wachstum des moralischen Empfindens nicht hinreichend erkannt. Auf so unterschiedlichen Gebieten wie Vertrauen, Sexualität, Aggression, Zorn, Furcht und Wut ist die Bereitschaft oder Fähigkeit zum Abwägen unterschiedlich ausgeprägt. Wenn wir Angst und Konflikt verspüren, neigen wir oft zu allzu konkreten, rigiden oder polarisierten Ansichten. Die meisten von uns sind deshalb in bestimmten emotionalen Bereichen zu größerer Empathie und moralischer Unterscheidungsfähigkeit bereit als in anderen. Das wird deutlich in den abweichenden Urteilen der neun Richter des Obersten Bundesgerichts bei einer heiß umstrittenen Entscheidung.

Wie viele Fähigkeiten, die in unserer emotionalen Erfahrung wurzeln, entwickelt sich unser Moralempfinden weiter, solange wir leben. Je mehr wir die Freuden und Leiden des Lebens kennen, desto breiter die Basis für Empathie und Moral und die ihnen zugrunde liegende Weisheit. Eine reife ethische Sichtweise kann nicht entstehen, wenn die persönliche Erfahrung fehlt, aus der Prinzipien menschlichen Verhaltens abstrahiert werden können. Weisheit und Moral sind eng verwandte Resultate eines langen Entwicklungsprozesses, der durch affektive Erfahrung kultiviert wird.

Nun gibt es aber Menschen, die trotz lähmender Beeinträchtigungen ein hohes ethisches Entwicklungsniveau erreichen. Wie kommt es, daß einzelne, die als Kinder unter Deprivation gelitten haben, dennoch zu moralischen Leitfiguren wurden und sogar Einrichtungen schufen, die Tausenden von anderen Hilfe leisten? Manche, so scheint es, überwinden ihr Trauma dadurch, daß sie zu verhindern trachten, daß andere ebenso leiden, wie sie gelitten haben. Bei genauerem Hinsehen zeigt sich jedoch, daß die Betreffenden in der Kindheit zumindest einen Erwachsenen hatten, der ihnen Mitgefühl und Liebe entgegenbrachte. Diese Liebe muß nicht in der Familie von Mutter oder

Vater erfahren worden sein – vielleicht war die fürsorgliche Person eine entfernte Verwandte oder eine Lehrerin. Wie eine bekannte Untersuchung auf den Hawaii-Inseln ergab, zeigten Kinder, die in größter Armut aufwuchsen, eine natürliche Widerstandskraft, und einige von ihnen entwickelten Eigenschaften wie Mitgefühl und Fürsorglichkeit.[13] Von Natur aus waren diese scheinbar »unverwundbaren« Kinder jedoch genauso leidensfähig wie die anderen. Die meisten hatten das Glück oder die Geschicklichkeit, in ihren Entwicklungsjahren eine oder mehrere Beziehungen zu haben, die ihnen Liebe, engagierte Fürsorge und Anleitung angedeihen ließen. Für einen Außenseiter waren diese Beziehungen nicht in jedem Fall erkennbar. Vielleicht war die Güte einer Tante oder Nachbarin entscheidend dafür, daß ein Kind trotz widriger Bedingungen gedieh. Aus meiner klinischen Erfahrung sind mir Menschen bekannt, die eine solche positive Beziehung in ihrer Kindheit entbehren mußten und ihre eigene Benachteiligung nicht als Motiv nutzen können, um das Los anderer zu verbessern. Die Verleugnung von Problemen könne durchaus zu gütigem und fürsorglichem Verhalten führen, behaupten gewisse Psychiater, doch trifft dies wohl kaum auf einen Menschen zu, der in seiner Kindheit nicht wenigstens ein Minimum an Wärme und Mitgefühl erfahren hat.

Doch selbst eine wirklich liebevolle Erziehung, wird der Leser vielleicht denken, reicht allein nicht aus, um die ethischen Maßstäbe und das Verantwortungsgefühl zu vermitteln, die wir den jungen Menschen mitgeben möchten. Gibt es nicht Kinder, die nichts entbehren müssen, aber zu egoistischen, verzogenen Teenagern und Erwachsenen heranwachsen, die vielfältige Probleme wie Alkohol- und Drogenabhängigkeit oder Depressionen haben?

Zunächst gilt es hier zu unterscheiden zwischen Kindern, die mit materiellen Dingen verwöhnt werden, und solchen, denen echte Wärme und Mitgefühl zuteil werden. Die meisten Eltern versorgen ihre Kinder liebevoll, doch nicht alle sind dazu fähig. Manche werden durch ihre eigene Erziehung in der Fähigkeit behindert, andere aufzuziehen. Es kommt vor, daß eine starke oder schwache Bewältigungsfähigkeit über Generationen hinweg in einer Familie weitergegeben wird.

Doch selbst eine entsprechende Fürsorge ist nur eine der Voraussetzungen für die Entwicklung eines moralischen Empfindens. Die andere hat mit Struktur und Grenzen zu tun. Jedes Kind braucht eine gewisse Hilfe, um Gier und Wut zu beherrschen, die ebenso zur menschlichen Natur gehören wie Liebe und Mitgefühl. Wer nicht eine entsprechende Struktur und Grenzen vermittelt bekommt, entwickelt vielfach ein negatives Selbstbild, weil er sich im Umgang mit seinen eigenen Gefühlen nicht sicher ist. Struktur und Grenzen müssen jedoch in die Alltagserfahrung des Kindes eingebaut sein. Sie müssen entschieden, aber freundlich, konsequent, aber flexibel sein. Man muß dem Kind helfen, Gefühle von Wut und Gier im voraus zu erkennen, damit es, wenn seine verbale Ausdrucksfähigkeit wächst, an der Grenzziehung mitwirken kann.

Kinder, denen wegen früher Probleme oder angeborener Defekte besonders strenge Grenzen gezogen werden müssen, brauchen zugleich ein zusätzliches Maß an Wärme und Mitgefühl. Je schwieriger das Kind, desto stärker die Neigung von Eltern oder anderen Pflegepersonen, die Grenzen unwillkürlich, vielleicht auch als Strafe, enger zu ziehen, ohne gleichzeitig die emotionale Unterstützung zu verstärken. Grenzziehungen allein als Strafe führen oft zu Angst oder Aggression und Auflehnung. Entschieden, aber freundlich gezogene Grenzen tragen, wenn sie mit einem Gefühl der Geborgenheit einhergehen, zu einem inneren Verantwortungsgefühl bei.

Die Verantwortlichkeit wird weiter gefördert durch entsprechend angeleitete Aufgaben in Schule und Freizeit, Aufgaben, die im kulturellen Kontext des heranwachsenden Kindes sinnvoll sind wie Hausarbeit oder, wenn es ein Teenager ist, eine kleine Nebentätigkeit oder vielleicht Aushilfe in einem Kindergarten, einer Sportgruppe für Kinder oder einem Altenheim. Wer als Erzieher eine dauerhafte Beziehung zum Kind herstellt, wird dafür sorgen, daß es nicht nur Verantwortungsgefühl, sondern auch Achtung vor den Rechten anderer entwickelt.

Moralische Wertvorstellungen sind etwas sehr Persönliches, bei deren Bildung die religiöse und kulturelle Herkunft des einzelnen, seine Überzeugungen und Erfahrungen mitwirken. Gutwillige Menschen mit moralischen Prinzipien können in Fragen wie Abtreibung, Euthanasie oder der Rolle, die der Staat in unserem Leben spielen soll, durchaus verschiedener Meinung sein. Sie haben dennoch manches gemeinsam. Sie setzen sich zwar für ihre Ansichten ein, wahren dabei aber eine Haltung des Respekts, des Mitgefühls und der Verantwortung für andere. So unterschiedlich ihre Ansichten zu vielen komplexen Fragen sein mögen, einig sind sich gute Menschen darin, daß Empathie für ihre Mitmenschen eine Grundbedingung ist.

Eine neue Sicht der Intelligenz

Wir haben beobachtet, wie in jedem Stadium der frühen Entwicklung des Kindes neue Kapazitäten auftauchen, daß sich Fähigkeiten wie Aufmerksamkeit und Selbstregulierung, Bindung, Intentionalität und Bildung komplexer Muster fortentwickeln, die dem Selbstgefühl, dem Bewußtsein und dem Moralempfinden zugrunde liegen. Wir haben gesehen, daß vom Beginn des Lebens an emotionale Interaktionen die Grundlagen für diese Fähigkeiten schaffen.

Jetzt kommen wir zu einer überaus wichtigen Frage: der Klärung unseres Begriffs von Intelligenz im Lichte dieses Verständnisses von Entwicklung. Intellektuelle Leistungsfähigkeit ist mehr als nur das Meistern unpersönlicher kognitiver Aufgaben – Puzzles, mathematische Probleme, Gedächtnis- oder motorische Übungen – oder des analytischen Denkens. Auch erscheint es nicht hilfreich, jedes Talent, jede Fähigkeit für sich als eine besondere Art von Intelligenz aufzufassen. Unsere Definition von Intelligenz sollte zwar viele solcher Fähigkeiten berücksichtigen, im Mittelpunkt sollte aber der Gesamtprozeß stehen, durch den wir logisch urteilen, reflektieren und die Welt verstehen.

Intelligenz besteht in zwei miteinander zusammenhängenden Fähigkeiten: der Fähigkeit, Intentionen und Ideen zu erzeugen, und der Fähigkeit, diese Schöpfungen in einen logischen oder analytischen Rahmen zu stellen. Diese beiden Fähigkeiten gehen aus der erfolgreichen Bewältigung der von uns skizzierten Entwicklungsstadien hervor. Das Ausmaß, in dem sie in unterschiedlichen Lebensbereichen angewandt werden können, bestimmt den Umfang der Intelligenz des einzelnen. Durch Literatur, wissenschaftliche Beobachtungen und Kunst wird die gelebte Erfahrung über unsere unmittelbare Umgebung hinaus erweitert. Kein Medium kann eine alles erschöpfende Erfahrung vermitteln, aber es kann unser emotionales Spektrum um Erfahrungen erweitern, die wir nur im Kopf »erlebt« haben.

Es wird vermutlich nie gelingen, Intelligenz – die Fähigkeit, aus der erlebten emotionalen Erfahrung Ideen zu erzeugen, über sie nachzudenken und sie im Kontext anderer Informationen zu verstehen – künstlich nachzubilden. Computer mögen bestimmte kognitive Operationen gelegentlich effizienter und auf jeden Fall schneller ausführen können als Menschen. Doch zu intelligenten Unterscheidungen werden Siliziumchips nicht in der Lage sein, solange sie nicht die Fähigkeit erworben haben, Emotionen zu erleben und auf sie zu reagieren. Wenn Sie jemals versucht haben, einem Computer klarzumachen, daß er einen lächerlichen Fehler gemacht hat, wissen Sie, wie schwachsinnig, wie urteilsunfähig und begriffsstutzig ein elektronisches »Gehirn« sein kann. Es kann zwar mit Lichtgeschwindigkeit Daten durchforsten, doch ist es außerstande, auch nur die einfachste intuitive Deduktion oder Abstraktion oder auch nur jene Abwandlung von Kategorien vorzunehmen, zu der schon ganz kleine Kinder fähig sind.

Interessanterweise sind zwei verschiedene Methoden, Computer zu »bilden«, die bis zu einem gewissen Grad bestimmten Lerntheorien entsprechen, nur begrenzt erfolgreich. Douglas Lena von der University of Texas in Austin füttert einen Riesencomputer mit allem verfügbaren Faktenwissen und mit den Regeln menschlichen Verhaltens in der Hoffnung, eine höhere Intelligenz zu erzeugen. Rodney Brooks am MIT wählt einen empirischen Ansatz, der mehr der humanistischen Tradition entspricht, aber dennoch materialistisch ist, und konstruiert Computer, die aus Erfahrung lernen können. Beide Ansätze haben bislang nicht die erwarteten Ergebnisse erzielt, und im kreativen Denken werden sie von einem jungen Kind übertroffen.

Der Unterschied zwischen menschlicher Intelligenz und der von Computern, Robotern, Androiden und sonstigen Cybergeschöpfen, die wir uns ausdenken können, besteht darin, daß wir ein Nervensystem besitzen, das Affekte erzeugen und bewerten kann, ja sogar ausdrücklich dafür geschaffen ist. Maschinen mögen also in dem Sinne »sehen« oder »hören«, daß sie auf visuelle und akustische

Reize reagieren, und sie mögen »denken« im Sinne der Symbolmanipulation, doch sind sie nicht mit einem reflektierenden Bewußtsein begabt, sondern können bloß Licht- und Schallwellen oder sonstige Signale physikalisch registrieren. Das Bewußtsein und all die mit ihm verbundenen Fähigkeiten beruhen auf der Reaktivität unserer Zellen, auf den unzähligen Affekten, die diese Reaktivität generiert, und auf deren Integration durch das Nervensystem. Solange wir nicht in der Lage sind, die Reaktivität und die Affekte lebender Zellen sowie die Fähigkeit, Muster von Affekten zu abstrahieren, in einer künstlichen Form nachzubilden, wird es keine Maschine geben, die wahrhaft menschlich denkt.

Der generative Aspekt der Intelligenz, die Erzeugung von Intentionen und Ideen, wurde bisher theoretisch wie praktisch vernachlässigt; man hat sich mehr damit beschäftigt, wie Intentionen und Ideen in einen Bezugsrahmen gebracht werden. Im ersten Kapitel sprachen wir davon, daß die meisten modernen Kognitionstheoretiker im Anschluß an Piaget den analytischen Aspekten der Intelligenz mehr Aufmerksamkeit schenken als den generativen. Auch in den meisten Schulen wird sehr viel Wert darauf gelegt, daß die Kinder lernen, ihre Ideen zu organisieren und zu ordnen. Man nimmt an, daß die Kinder irgendwie intuitiv auf die Ideen kommen, die anschließend in einen Bezugsrahmen zu bringen, man ihnen beibringt. Auf die Bedeutung der generativen Aspekte der Intelligenz wurde ich aufmerksam durch die Beobachtung von Kindern mit Entwicklungsproblemen und ohne solche. Bei Kindern mit autistischen Symptomen oder umweltbedingten Benachteiligungen sahen meine Kollegen und ich, daß ihr Denken so lange übermäßig konkret, stereotyp und repetitiv blieb, bis wir diese generativen Fähigkeiten mobilisierten und den Kindern halfen, Intentionen und Vorstellungen zu bilden. Als wir stark affektive natürliche Situationen schufen, konnten die Kinder Wünsche und Bilder erzeugen und sowohl kreativ als auch logisch und nachdenklich sein.[14] Kindern ohne Probleme fiel das Generieren von Intentionen und Vorstellungen und damit auch das Lernen leichter, doch beobachteten wir, daß emotional interaktive Stile ein Denken erzeugen, das sowohl kreativer als auch abstrakter ist. Erwachsene, die generatives und analytisches Denken kombinieren, sind schöpferischer auf ihrem jeweiligen Gebiet.

Vielleicht haben wir die generativen Aspekte der Intelligenz vernachlässigt, weil wir die an ihrer Erzeugung beteiligten Prozesse nicht verstanden haben. Da Ideen aus Affekten und Intentionen entstehen, könnte es durchaus sein, daß die Dichotomie zwischen Vernunft und Emotion für unser Versehen mitverantwortlich ist. Mit dem hier vorgelegten Modell möchte ich versuchen, dieses Versehen zu korrigieren und das generative Element der Intelligenz angemessen zu gewichten.

Die hochdifferenzierte Fähigkeit, aus der Erfahrung Ideen zu erzeugen und über diese Ideen in einem breiteren Kontext zu reflektieren oder sie einer logischen Prüfung zu unterziehen, funktioniert natürlich am besten auf Gebieten, auf denen jemand beträchtliche Erfahrung besitzt. Der Intelligenz, unter der ein hohes Maß an kognitiver Fähigkeit verstanden wird, stellt man häufig das Talent gegenüber, das gewöhnlich als herausragendes Können auf einem expressiven Gebiet definiert wird. Beides überschneidet sich jedoch teilweise. Ein vollendeter Musiker, Schriftsteller oder Maler kann auf seinem Fachgebiet genauso intelligent sein – also fähig, Musik oder Dichtung oder Malerei zu verstehen und darüber zu reflektieren – wie ein brillanter Mathematiker in der Mathematik. Das Wesen der Intelligenz besteht ungeachtet des Faches in der feinen Differenzierung und im Erfassen von Beziehungen. Intelligenz und Talent bedeuten gleichermaßen, daß jemand auf einem bestimmten Gebiet etwas kann. Intelligenz verlangt jedoch etwas mehr. Über das Talent geht sie insofern hinaus, als sie ein systematisches Verstehen beinhaltet, warum und wie die Dinge funktionieren, warum zum Beispiel eine bestimmte Farbe angebracht ist, warum eine bestimmte Gleichung ein Phänomen beschreibt oder warum ein bestimmter Ton den erwünschten emotionalen Effekt erzeugt.

Intelligenz umfaßt auch die Fähigkeit, dieses Verstehen symbolisch auszudrücken. Die betreffende Person bringt nicht nur gute Leistungen, sie kann auch erklären, wie und warum sie macht, was sie macht. Sie erfaßt Elemente und deren Beziehungen, ordnet sie zu neuen Kombinationen, um noch nicht dagewesenen Problemen zu begegnen, sie faßt ungewohnte Möglichkeiten ins Auge und formuliert sie so, daß andere sie verstehen können. Der Chirurg, der erklären kann, warum eine neue Operation gelingen wird, oder der

Klempner, der erklären kann, warum der Plan des Architekten nicht klappen wird, beweisen Intelligenz.

Eine intelligente Erklärung muß jedoch nicht in Worten gegeben werden. Stellen wir uns zum Beispiel einen Basketballspieler vor, der seinen Mannschaftskameraden erklärt, wie man einen wirklich großartigen *slam-dunk* hinlegt. Wir dürfen annehmen, daß die Tausende von Bällen, die er durch den Ring geschmettert hat, in seinem Gedächtnis gespeichert sind. Wahrscheinlich hat er die Würfe im Laufe der Jahre analysiert und nach verschiedenen Kriterien des Erfolgs eingeteilt. Dies mit Worten zu erklären, würde wahrscheinlich lange Ausführungen erfordern und aufstrebenden Basketballern sehr viel weniger Informationen vermitteln, als wenn der Meister selbst durch ein paar Sprünge demonstrierte, wie man's macht. Eine solche Demonstration, durch ein intelligentes analytisches Schema organisiert, ergäbe – wie die Gelegenheit, einem glänzenden Chirurgen zuzuschauen – eine glänzende Lektion.

Die üblichen IQ-Tests messen die intellektuelle Eignung anhand begrenzter sprachlicher, mathematischer und räumlicher Aufgaben. Viele Bereiche intelligenter Tätigkeit werden nicht berücksichtigt. Ein begabter Designer, Unterhändler und Musiker – oder jeder, der auf einem Gebiet erfolgreich ist, das von denen, die den Intellekt quantifizieren, nicht berücksichtigt wird – kann gleichwohl die beiden Merkmale hoher Intelligenz besitzen: die Fähigkeit, Ideen zu erzeugen und Beziehungen zu erfassen, und die Fähigkeit, systematisch über sie nachzudenken.

Fast alle menschlichen Betätigungsfelder bieten einen Spielraum für die Anwendung von Intelligenz, wenn auch nicht alle in derselben Weise. Fächer wie höhere Mathematik, Recht und Philosophie bieten ungeheure Möglichkeiten der symbolischen Abstraktion. Andere Fächer wie Technik und Naturwissenschaft bieten die Möglichkeit, äußerst komplexe Beziehungen zu erforschen. Disziplinen wie Literatur, Musik sowie die bildenden und darstellenden Künste bieten die Chance für höchste Raffinesse des emotionalen Ausdrucks. Auch in vielen Bereichen, die normalerweise nicht als intellektuell oder kreativ gelten – gewöhnliche Betätigungen wie Zimmermannshandwerk, Gärtnern oder Kinderpflege –, wird von erfahrenen Praktikern ein erhebliches Maß an Intelligenz bewiesen. Wahre Intelligenz erfordert, auf welchem Gebiet auch immer, gründliches und umfassendes Wissen und Erfahrung. Kreative Ideen können zwar auch schon entstehen, wenn jemand zu lernen beginnt, wenn er das Fachvokabular erst halbwegs versteht und sich nur tastend mit den Begriffen zurechtfindet, aber ausgearbeitet werden können sie erst später. Die einzelnen Gebiete stellen unterschiedliche Anforderungen; auf manchen kann man schon jung Meister werden, auf anderen muß man jahrzehntelang lernen. Im Schachspiel sind Wunderkinder nicht selten, und viele mathematische Höchstleistungen werden von relativ jungen Leuten vollbracht. Um aber in der medizinischen Diagnostik ein echter Experte zu sein, braucht man eine Breite der Erfahrung, die erst in reiferen Jahren möglich ist.

Natürlich gibt es Felder, die der Intelligenz nur geringen Spielraum bieten. Würde jemand beschließen, auf möglichst intelligente Weise eine Säge zu führen, so würde er selbst bei dem Versuch, systematisches Wissen darüber zu entwickeln und zu reflektieren, bald feststellen, daß es an Möglichkeiten mangelt. Um in einem so begrenzten Bereich hohe Intelligenz anzuwenden, würde er ihn wahrscheinlich ganz verlassen und zu einem aussichtsreicheren Feld übergehen müssen, etwa dem der Erfinder oder der Techniker, wo er eine effektivere Schneidkante entwerfen könnte.

Bei Intelligenztests geht es vornehmlich um kognitive Fähigkeiten auf bestimmten symbolischen Gebieten. Der übliche Test setzt hohe Intelligenz folglich mit der Fähigkeit gleich, Wörter, Zahlen und Formen geschickt zu handhaben. Die Tester haben im Lauf der Jahre gewaltige Datenmengen über bestimmte Fähigkeiten zusammengetragen. Daß die herkömmlichen Tests weiterhin bevorzugt werden, hat weniger mit einer hinter den gemessenen Fähigkeiten steckenden theoretischen Konsistenz als vielmehr damit zu tun, daß man mit Hilfe der gesammelten Daten Vergleiche ziehen kann. Die Fachleute benutzen sie, weil sie da sind, und nicht etwa, weil sich in ihnen die neuesten Erkenntnisse über die Intelligenz widerspiegeln. Da Intelligenz aber aus dem Affekt und nicht bloß aus der Kognition erwächst, darf eine stimmige Definition sie nicht auf einen so schmalen Bereich von Fähigkeiten beschränken.

Der wahrhaft intelligente Mensch besitzt sowohl Breite als auch Tiefe; er zeigt seine Intelligenz in vielerlei Aktivitäten und Interessen. Das intuitive Erfassen dieser Tatsache offenbart sich in den verbreiteten Stereotypen vom wahnsinnigen Wissenschaftler, der zwar einen scharfen Intellekt, aber keinerlei Moralempfinden hat, und vom Computertrottel, der zwar ein Genie ist, aber von den einfachsten zwischenmenschlichen Regeln keine Ahnung hat. Jemand, der auf einem begrenzten, oft extrem symbolischen Gebiet mit Fähigkeiten glänzt, aber dort, wo es um Urteilskraft, personale Beziehungen, Ästhetik und dergleichen geht, größte Schwächen hat, kann bei den herkömmlichen Intelligenztests durchaus gut abschneiden; er verkörpert aber weder die volle Bandbreite und die höchsten Grade der Intelligenz noch die Vielzahl der Fähigkeiten, die eine zivilisierte Gesellschaft fördern sollte.

Die herrschende Definition von Intelligenz und all die darauf beruhenden Entscheidungen, die vielfach ein ganzes Leben bestimmen, müssen radikal revidiert werden. Theoretiker wie Howard Gardner und Robert Sternberg haben die These vertreten, daß der Mensch außer den kognitiven Fähigkeiten, die traditionell bei IQ-Tests gemessen werden, multiple Formen von Intelligenz – eine musikalische, kinästhetische, soziale usw. – besitzt.[15] Dieser verheißungsvolle Ansatz trifft jedoch nicht das Wesen der Intelligenz, auf welchem Gebiet sie auch zur Geltung kommt.

Statt die Intelligenz mit einem einzigen kognitiven Maßstab zu messen, müssen wir Wege finden, sie nach ihrer Tiefe und Breite zu beurteilen. Es gibt Menschen, die auf einer Vielzahl geistiger Gebiete eine kreative analytische Fähigkeit beweisen. Man erinnert sich an J. Robert Oppenheimer, den Leiter des Manhattan-Projekts, der die Atombombe entwickelte, der eine glänzende Karriere als Wissenschaftler machte und mit den Schwierigkeiten der Leitung einer komplizierten, geheimgehaltenen Bürokratie fertig wurde, gleichzeitig aber sein wissenschaftliches Interesse an orientalischen Sprachen und antiken Philosophen pflegte. Andere tun sich nur auf einem einzigen Gebiet wie Mathematik oder Musik hervor.

Bei der vollständigen Beschreibung des Intellekts muß auch die Tiefe der kreativen und reflexiven Fähigkeiten eines Menschen berücksichtigt werden. Kernstück einer Definition der Intelligenz ist unseres Erachtens die Fähigkeit, Ideen zu generieren, über sie nachzudenken und sie in einen logischen Bezugsrahmen einzuordnen.

Wer auf einem komplexen Gebiet Neuland erschließt, wer seine eigenen Beiträge und die von anderen erklären, bewerten und kritisch analysieren kann, zeigt eine andere Art von Intelligenz als jemand, der auf diesem Gebiet erst zu lernen beginnt. Wenn man den Inhalt eines Faches beherrscht und im Umgang mit ihm große Erfahrung besitzt, kann man sehr viel größere intellektuelle Tiefe in dieser Disziplin erreichen als jemand, der gerade erst anfängt.

Unsere Definition schließt somit aus, daß ein »begabter« Dilettant in einer gegebenen Disziplin einen hohen Grad von Intelligenz erreicht, mag sein IQ auch noch so hoch sein. Eine Abstraktion höchsten Grades setzt tiefes und umfassendes Wissen voraus. M. P. Follett schreibt in *Creative Experience:* »Es ist nicht möglich, mir Begriffe als solche zu präsentieren, sie müssen in die Struktur meines Wesens eingehen, und das kann nur durch mein eigenes Tun geschehen.«

Intelligenz schließt auch die Realitätsprüfung ein. Wir sprachen bereits von dem Paradox, daß ein auf Emotionen basierender Prozeß dazu dient, uns zu helfen, das relativ Objektive vom relativ Subjektiven zu trennen. Das ist nicht überraschend, wenn wir bedenken, daß das Zentralnervensystem der meisten Menschen ähnlich beschaffen ist. Auch die Erfahrungen beim Durchlaufen der ersten Entwicklungsstadien weisen viele Ähnlichkeiten auf, ungeachtet der großen, auf Persönlichkeit, Familie, Umwelt und Kultur beruhenden Abweichungen. Aus diesen Erfahrungen, die nicht auf einer Ähnlichkeit der Speisen, Spielsachen oder Spiele, sondern auf entscheidenden Interaktionsprozessen beruhen, erwächst ein gemeinsames Realitätsgefühl. Diese gemeinsamen Prozesse schaffen die Kriterien für die Unterscheidung zwischen dem Inneren und dem Äußeren und schließlich zwischen Phantasie und Realität. Insofern ist die Ausbildung eines Realitätsgefühls und der Fähigkeit zu logischem Denken im Grunde ein emotionaler und nicht ein kognitiver Prozeß.

Piaget sah das erste Zeichen eines Kausalitätsbewußtseins darin, daß das Kind sein motorisches System zu einem bestimmten Zweck benutzt (indem es z. B. an einer Schnur zieht, um eine Glocke zu betätigen) – und übersah dabei offensichtlich ein noch einfacheres Beispiel für den Anfang des Kausalitätsgefühls: das Lächeln, das ein Lächeln hervorruft, oder das Stirnrunzeln, das einen fragenden Blick auslöst. Es ist die Wahrnehmung, daß innere Affekte und Absichten Affekte und Absichten bei anderen hervorrufen können, die die psychologische Grenze errichten, die für das Kausalitätsbewußtsein und später die Realitätsprüfung erforderlich ist.

Bei erheblichen Dysfunktionen in der physischen Beschaffenheit des Nervensystems oder in den Familien- und Interaktionsmustern wächst die Wahrscheinlichkeit von Problemen mit der Realitätsprüfung. Oft beobachten wir zum Beispiel bei psychotischen Kindern, die unter Wahnvorstellungen und Halluzinationen leiden, schwere Defizite in der Realitätsprüfung, obwohl der Sinn für motorische Kausalität wohlentwickelt ist (sie schlagen z. B. eine Trommel, um einen Klang zu erzeugen, und bewältigen sogar ein kompliziertes mechanisches Spiel).

Unsere Bewertung der Realität ist somit teilweise eine subjektive emotionale Operation, bei der wir uns zur Erklärung eines gemeinsamen Realitätsgefühls auf unsere gemeinsame biologische Beschaffenheit und gemeinsame Erfahrungen stützen. Auf diesem Gefühl, das von ganz bestimmten wichtigen Erfahrungen – wie der Zugehörigkeit zu verschiedenen Gruppen – gestützt wird, beruhen wiederum unsere sozialen und politischen Institutionen. Wenn allzu viele Kinder mit neurologischen Dysfunktionen oder mit extrem gestörten Familien- und Interaktionsmustern heranwachsen, kann sich leicht der Konsens darüber, was Realität ist, verflüchtigen, weil unsere Fähigkeit, vernünftig zu denken, ihre stabilisierenden Fundamente einbüßt.

Intelligenz beruht im umfassendsten Sinne auf unserer Fähigkeit, Affekt oder Intention mit unserer wachsenden Fähigkeit zu verknüpfen, Verhalten und Symbole sowohl verbal als auch räumlich zu sequenzieren. Ihre Frühformen sehen wir in den programmierten (vorvernetzten) Reaktionen von Kleinkindern und bestimmten Tieren. Sodann beobachten wir, wie sie sich über globale Reaktionsmuster zum interaktiven Austausch von Affektsignalen fortentwickelt. Höhere Formen von Intelligenz beobachten wir, wenn unsere Affekte sich mit komplexeren Fähigkeiten verbinden, um in dynamischen Problemlösungssituationen Symbole zu sequenzieren. Diese allgemeine Definition wird uns vielleicht in die Lage versetzen, unterschiedliche Grade von Intelligenz bei anderen Mitgliedern des Tierreichs und bei Menschen klarer zu erkennen.

Intelligenz ist Ausdruck der wichtigsten Tätigkeit des Geistes. Sie entwickelt sich, ebenso wie das reflektierende Bewußtsein und das Moralempfinden, durch den Prozeß des Schöpfens und Abstrahierens aus emotionaler Erfahrung. Wie wir in Teil II sehen werden, eröffnet uns das Verständnis der gemeinsamen Ursprünge der grundlegenden geistigen Fähigkeiten eine neue Sicht auf viele der Herausforderungen, vor denen unsere Gesellschaft steht.

6.

Das Zusammenwirken von Erziehung und Natur: Das Schloß und der Schlüssel

Die Serie von Ereignissen, die zur Transformation eines hilflosen, nicht artikulationsfähigen Neugeborenen in einen voll funktionsfähigen Menschen führt, der mit all den emotionalen, sozialen und intellektuellen Fähigkeiten ausgestattet ist, die den *Homo sapiens* auszeichnen, stellt wohl die bemerkenswerteste Metamorphose dar, die wir in der Natur antreffen. Wir haben diese Schritte untersucht und nachgezeichnet, wie der menschliche Geist wächst – durch das Wechselspiel zwischen den angeborenen Fähigkeiten des Kindes, die mit der Entwicklung seines Nervensystems hervortreten, und seinen frühen emotionalen Erfahrungen. Vom Beginn des Lebens an besteht also eine starke Wechselwirkung zwischen Natur und Betreuung. Ja, man könnte sogar sagen, daß ein optimales geistiges Wachstum das Zusammenwirken zwischen ihnen *erfordert.* Es häufen sich die Beweise dafür, daß Umwelteinflüsse die physische Struktur des Gehirns verändern können und mit darüber entscheiden, wie Gene sich im Organismus und im Verhalten auswirken. Auch dort, wo ein genetischer Einfluß klar nachgewiesen ist, können immer noch subtile Umweltfaktoren wirksam sein.

Von Pol zu Pol: Eine fortwährende Debatte

Es sollte eigentlich keinen Streit darüber geben, ob in der menschlichen Entwicklung die Natur oder die Erziehung überwiegt. Die erbliche Konstitution eines Kindes steht mit seiner emotionalen Erfahrung in einem so verzwickten Wechselverhältnis, daß es sinnlos ist, darüber zu debattieren, welcher Faktor mehr beisteuert. Dennoch versuchen Wissenschaftler und Laien immer wieder, den jeweiligen Anteil genau zu beziffern, und kommen dann beispielsweise zu dem Schluß, daß die Erziehung zu 40 bis 70 Prozent für die Intelligenz verantwortlich ist.

Die größten Schwierigkeiten wirft jedoch nicht die Frage auf, wie groß der jeweilige Anteil von Natur und Erziehung ist, sondern die, wie das Verhältnis zwischen beiden funktioniert. Auf welche Weise nimmt das Umfeld Einfluß auf den biologischen Organismus? Die vielleicht wichtigste anhaltende Kontroverse betrifft die Grenzen. Hindern angeborene Abweichungen einen Menschen daran, bestimmte Fertigkeiten oder intellektuelle Leistungsstufen zu erreichen? Sind biologische Unterschiede stark genug, um die Entwicklungsmöglichkeiten eines Menschen zu beschränken, unabhängig von den vielen denkbaren Umwelten, mit denen er in Kontakt kommen könnte? Kann eine Frau ein tüchtiger Kampfpilot werden? Kann ein Mann ein passabler Kinderpfleger werden? Und was die Umwelt betrifft: Wie streng sind die von Umweltfaktoren auferlegten Schranken? Kann ein Kind, das in eine Familie der städtischen Unterschicht geboren wird, Arzt oder Anwalt oder Universitätsprofessor werden? Die eigentliche Frage, mit der sich die Debatte über Natur oder Erziehung herumschlagen muß, ist also mit anderen Worten, ob jeder, Mann, Frau oder Kind, bei entsprechendem Umfeld auf einem ausgewählten Gebiet erfolgreich sein kann.

Aus der Art, wie wir diese Fragen beantworten, folgen sozialpolitische Strategien, die sich, mit Auswirkungen auf das Leben von Millionen von Menschen, drastisch unterscheiden können. In den Auseinandersetzungen über die staatlichen Ausgaben haben einige Abgeordnete zum Beispiel darauf hingewiesen, daß, sollte die Vererbung tatsächlich entscheidend dafür sein, wer wir sind, dem nationalen Interesse besser gedient wäre, wenn man weniger für Sonderpädagogik für Kinder mit Lernbehinderungen und sonstigen Erziehungsproblemen und mehr für Lernbegabte aufwenden würde, von denen bedeutende Beiträge zur Gesellschaft zu erwarten sind. Auf der anderen Seite werden Programme befürwortet, mit denen die Entwicklungsbedingungen von benachteiligten Kindern verbessert werden sollen – durch Unterstützung von Familien, bessere Schulen und Anreize zur Hebung der wirtschaftlichen Lage armer Gesellschaftsschichten. Wer alles von den Genen abhängig macht, wird solche Vorhaben als im Grunde vergebliche Bemühungen abtun, in die unabänderliche Biologie einzugreifen. Die Frage ist dann: In was sollen wir investieren – in Schulzimmer oder Gefängniszellen, in Sozialarbeiter oder Gefängniswärter? Betrachten wir große Teile unserer Bevölkerung als ein ungenutztes Potential oder schreiben wir sie als biologisch minderwertig ab? Kurz, versuchen wir, die versteckten Fähigkeiten unserer ärmsten Kinder zu entwickeln, oder bemühen wir uns lediglich, ihr abweichendes Verhalten zu unterdrücken?

Das Pendel der intellektuellen Mode schwingt zwischen dem einen und anderen Pol hin und her, je nachdem, welche der beiden Auffassungen gerade politisch und kulturell dominiert. In Gesellschaften mit deutlich unterschiedenen Schichten, wie sie in Europa vor der Aufklärungszeit bestanden, herrschte die Ansicht, daß die Eigenschaften eines Menschen unauflöslich mit seinem gesellschaftlichen Stand zusammenhängen. Die Adligen scheinen dann von Natur aus »edel« zu sein, die vornehmen Leute »vornehm«, und Eigenschaften wie intellektueller Scharfsinn oder künstlerische Sensibilität sind für den »gemeinen« Bauernstand schlicht zu hoch. Doch als in der Moderne der Mittelstand als mächtige soziale und politische Kraft in Erscheinung trat, machte die Vorstellung, der Mensch sei an seine Stellung in einer von Gott angeordneten Gesellschaft gebunden, anderen Vorstellungen Platz, die demokratischer und individualistischer waren. Diesem Wandel entsprach die Ansicht von John Locke, der Geist sei eine *tabula rasa,* eine leere Tafel, also im Grunde formbar und damit vervollkommnungsfähig. Die »selbstevidente« Wahrheit, daß alle Menschen gleich geschaffen sind, betonte, daß jeder, wenn er nur die Chancen dazu erhält, nach Großem streben kann. Im 19. und frühen 20. Jahrhundert wurde dann von Wissenschaftlern, die von den Erkenntnissen Darwins und Mendels geblendet waren, aber auch von Verfechtern der weißen Rasse, die unbedingt den Kolonialismus und ihre rassische Vorzugsstellung rechtfertigen wollten, mit zunehmender Spitzfindigkeit die These vertreten, das Schicksal des einzelnen werde weitgehend von der Vererbung bestimmt. Verfechter dieser Ansichten forderten eugenische Maßnahmen zur Hebung der Volksgesundheit und restriktive Einwanderungsregelungen.

Als einige Jahrzehnte später die Erkenntnisse Freuds und das ganze Grauen des mit einer pervertierten eugenischen »Wissenschaft« begründeten Völkermords der Nazis ins allgemeine Bewußtsein drangen, verfochten prominente Experten nicht minder glühend die These, die Umwelt forme den Menschen, wiederum mit dem Argument, die Neurologie, Muskulatur und Biochemie, die das Neugeborene mitbringt, seien leere Tafeln, die von der Erfahrung mit beliebigem Inhalt beschrieben werden können. Bildungsexperten behaupteten, durch eine Verbesserung des frühen Umfelds der Kinder würden ihre intellektuellen Fähigkeiten gesteigert, würden sie besser dafür gerüstet, in der komplexen Welt, die sie übernehmen, zu überleben und sogar erfolgreich zu sein. Nach dem Zweiten Weltkrieg war diese Auffassung eine Generation lang maßgebend, denn in der pädagogischen Theorie und der Psychologie gaben der Behaviorismus und ein strikter Freudianismus den Ton an.

Seither wurde die Biologie durch Einsichten revolutioniert, die in der Erforschung der DNS gewonnen wurden. Psychiatrie und Psychologie wurden durch die Entdeckung von psychoaktiven Substanzen und Fortschritte der Neurowissenschaft umgekrempelt. Experten sind sich einig, daß sowohl die natürlichen Anlagen als auch Umwelteinflüsse bedeutsam sind, machen aber immer stärker geltend, daß Genetik und Physiologie den intellektuellen Fähigkeiten und Persönlichkeitsmerkmalen Grenzen setzen, ungeachtet aller Bemühungen, die Umwelt des Kindes zu verbessern. Sehr viel weiter geht ein beträchtlicher Teil der öffentlichen Meinung unter dem Einfluß bestimmter biologischer Auffassungen. Es ist wohl kein Zufall, daß konservative Tendenzen, die eine Änderung der Einwanderungsgesetze und Einschnitte bei den Hilfsmaßnahmen für Bedürftige fordern, erneut im Vormarsch sind.

Die anhaltende Kontroverse wird – außer von diesen Pendelbewegungen der intellektuellen Mode – auch dadurch genährt, daß viele Forscher nicht richtig begreifen, wie Natur und Erziehung sich tatsächlich auswirken. Die Interdependenz beider Faktoren wird zwar von den meisten anerkannt, doch Untersuchungen, die sich weniger dem Zusammenwirken als vielmehr der Quantifizierung des jeweiligen Einflusses von Natur und Erziehung widmen, verstärken ein polarisierendes Denken, dem die wechselseitigen Zusammenhänge zum Opfer fallen.

Der Kontext, in dem die Gene wirksam werden, ist jedoch größer. So wie ein Baby nach einer Äußerung von D. W. Winnicott nur als Teil einer Beziehung verstanden werden kann, so können auch die meisten genetischen Neigungen nur im Rahmen komplexer intrazellulärer und hormonaler Umgebungen verstanden werden. Obendrein werden wichtige vermittelnde Faktoren von gewissen Forschungsstrategien übersehen, die ein bestimmtes Verhalten fälschlich auf genetische Ursachen zurückführen.

Wie eine Untersuchung an eineiigen Zwillingen jetzt ergab, ist die Wahrscheinlichkeit der Schizophrenie, die man bislang auf eine genetische Ursache zurückführte, bei Zwillingen, die sich in eine Plazenta teilen, sechsmal so hoch wie bei Zwillingen mit eigener Plazenta; das läßt den Schluß zu, daß ein intrauteriner Umweltvorgang die Entwicklung dieses Merkmals beeinflussen kann.[1]

Michael McGuire von der UCLA fand in einer anderen Untersuchung heraus, daß dominante Affenmännchen einen geringeren Serotoninspiegel aufweisen als weniger dominante Männchen (die zugleich impulsiver sind). Interessanter war jedoch die Feststellung, daß ein Männchen vor seinem Aufstieg zur dominierenden Stellung einen durchschnittlichen Spiegel dieses Neurotransmitters aufweist, der erst anschließend sinkt.[2] Das bringt die alte Annahme zu Fall, bei nichtmenschlichen Primaten werde der Status vom biologisch determinierten Serotoninspiegel bestimmt; ein hoher Spiegel sei mitverantwortlich für Gewalt und Impulsivität. Dieser Beleg für den Einfluß der Umwelt auf die Physiologie zeigt, wie komplex das Verhältnis zwischen angeborenen Tendenzen und aktueller Erfahrung ist.

Jetzt hat man ein Verhalten, das auf Nervenkitzel zielt, mit einer bestimmten DNS-Sequenz auf dem Gen D4DR in Verbindung gebracht, das sich auf die Verwendung von Dopamin im Körper auswirkt.[3,4] Man könnte aus diesem Ergebnis leicht folgern, daß impulsives Verhalten genetisch bedingt sei. Tatsache ist jedoch, daß Kinder, die nach sensorischem Input gieren und sich meist als Draufgänger gebärden, in bestimmten Umgebungen zwar aggressiv und destruktiv werden können, in anderen Umgebungen aber aufmerksam, nachdenklich und mitfühlend sind.[5] Bedenkt man zudem, daß Verhalten in vielfältiger Weise von einer Generation an die nächste vermittelt wird, gewinnt man einen heilsamen Respekt vor den zahlreichen verzwickten Prozessen, von denen unsere individuellen Merkmale abhängen.[6]

Der Tanz der Entwicklung

Wenn ein Kind geboren wird, beginnt ein lebenslanger Tanz zwischen einer einzigartigen Kombination angeborener Merkmale und einer ebenso unverwechselbaren Abfolge von Erfahrungen. Beide Seiten bringen zahlreiche Variablen ins Spiel. In den ersten Monaten und Jahren werden Umwelteinflüsse weitgehend durch die Beziehung des Kindes zu seiner wichtigsten Pflegeperson vermittelt. Mama mag es vielleicht, die Kleine zu kitzeln und zu stimulieren oder sie nur still anzuschauen. Sie kann unsicher und zurückhaltend oder erdrückend und selbstsicher sein. Jede dieser Verhaltenstendenzen ruft beim Kind eine andere Reaktion hervor. Es kommt auch vor, daß Einflüsse aus der weiteren Umwelt sich direkt auswirken, wenn zum Beispiel eine Bleivergiftung das Nervensystem schädigt oder Unterernährung, bedingt durch Armut oder Nahrungsmangel in Kriegszeiten, das Wachstum hemmt.

Vielfach glaubt man, die Eigenschaften der Pflegeperson seien an sich positiv oder negativ, doch in unserem Entwicklungsmodell hängt ihr Einfluß davon ab, in welchem Stadium sich das Kind befindet. Im ersten Stadium, wenn es lernt, gelassene Aufmerksamkeit zu erreichen, braucht es eine ganz andere Art von Betreuung, als wenn es die komplexe gestische Kommunikation oder den symbolischen Ausdruck erlernt. Ein Interaktionsstil, der der Aufmerksamkeit oder dem Verlieben förderlich ist, kann der Denkfähigkeit oder dem Vorstellungsvermögen abträglich sein und umgekehrt.

Eine Mutter mit einem leisen und zurückhaltenden Temperament, aber einer sehr kreativen Phantasie fördert während des zweiten Entwicklungsstadiums möglicherweise nicht das Bedürfnis des Kindes, sich eng an einen anderen Menschen zu binden. Das gilt besonders dann, wenn das Kind ebenfalls zur Zurückhaltung neigt. Dann zündet weder bei der Mutter noch beim Kind der emotionale Funke, dessen es bedarf, um den anderen in eine begeisternde Beziehung zu locken. Kann das Kind eine solche Bindung jedoch zu einem Vater oder einer Großmutter herstellen, die fröhlich und extravertiert sind, dann schreitet es fort zu den Stadien, in denen das lebhafte Innenleben und die Offenheit für Einfälle, die ihre Mutter auszeichnen, diese zu einer idealen Gespielin für das Als-ob-Spiel und die Erkundung der Welt machen. Das Ergebnis der Wechselwirkungen zwischen Natur und Erziehung hängt von der jeweiligen Entwicklungsstufe ab. Ob das Kind die Aufgabe der jeweiligen Stufe meistert, hängt davon ab, wie gut seine menschliche und physische Umwelt und seine angeborenen Merkmale ineinandergreifen. Die Natur seiner Bedürfnisse wird auch davon beeinflußt, wie gut seine Entwicklung in früheren Stadien verlaufen ist. Natur und Erziehung sind daher keine festen Größen.

Reaktionsmuster

In der genetischen Ausstattung von Kindern gibt es weitgehende, aber nicht beliebige Abweichungen. Wie die Variationsbreite in der Natur insgesamt ist auch die Bandbreite der menschlichen Merkmale enorm, aber nicht unendlich. Das Spektrum der Haarfarben reicht zum Beispiel von Albinoweiß über blonde, rote und braune Töne bis zum tiefsten Schwarz. Grün und Purpur gehören jedoch nicht dazu. Auf unserer Erde gibt es Tausende von Vogelarten, aber keine mit Pelz. Die Variation spielt sich innerhalb bestimmter Muster ab. Das gilt nicht nur für äußere Merkmale wie Hautfarbe oder Augenform, sondern auch für die Verhaltens- und psychosozialen Merkmale, die die Persönlichkeit ausmachen.

Die Frage, ob das Temperament angeboren ist, hat im Laufe der Jahre viele Untersuchungen ausgelöst. Viele Eltern behaupten, jedes ihrer Kinder sei von Anfang an ein unverwechselbares Individuum gewesen. Manche scheinen eine sonnige Veranlagung mitzubringen, während andere miesepetrig sind; einige sind nervös, andere gelassen; einige aufgeschlossen, andere verschlossen. Das Grundtemperament eines Menschen, seine Haltung gegenüber der Welt, bleibt nach Ansicht vieler Forscher über die gesamte Lebensspanne bemerkenswert konstant. Stella Chess und Alexander Thomas haben sich in ihrer bahnbrechenden Untersuchung über das Temperament sehr stark auf die Angaben von Eltern gestützt, die danach befragt wurden, ob ihre Kinder extra- oder introvertiert, leicht erregbar oder ruhig, kühn oder vorsichtig seien; ihre Arbeit und die ihrer Nachfolger hat sowohl den Eltern als auch den Experten für kindliche Entwicklung die Erkenntnis vermittelt, daß es keine bestimmte Methode der Fürsorge, Disziplinierung oder Erziehung gibt, die sich für alle oder auch nur für die meisten Kinder eignet.[7]

Einige Forscher sind in dieser Richtung noch weiter gegangen. Jerome Kagan ist der Auffassung, daß eine Neigung zu Gehemmtheit, Schüchternheit und Vorsicht einerseits beziehungsweise zu Geselligkeit und Lebhaftigkeit andererseits auf den Genen beruhe.[8] Die Interaktionsmuster, die ein Kind in der frühen Kindheit zeigt, sind nach seiner Ansicht angeboren. Ob ein Kleinkind Gesellschaft sucht oder meidet, ob es sich zur Geltung bringt oder sich zurückzieht, ist ein angeborenes Merkmal, das sich wie die Augenfarbe oder die Blutgruppe lebenslang erhält. Eltern und Therapeuten können die entsprechende Neigung allenfalls abmildern. Sie können einem scheuen Wesen zwar helfen, Selbstvertrauen zu gewinnen, indem sie zu Hause und in der Schule für eine Umgebung sorgen, die es nicht erdrückt, doch was auch immer sie tun, an der Schüchternheit werden sie im Grunde nichts ändern. Diese Auffassung wird im großen und ganzen von vielen geteilt, die im Temperament eine relativ feststehende Eigenschaft sehen, welche die gesamte Persönlichkeitsstruktur eines Menschen bestimmt.

Die Untersuchungen, die meine Kollegen und ich sowohl mit gesunden Kindern als auch mit solchen durchgeführt haben, die unter Problemen wie Autismus leiden, sprechen jedoch entschieden dafür, daß die ursprüngliche Tendenz zu Kühnheit oder Schüchternheit nicht auf einem einzigen, vorherrschenden Erbmerkmal beruht, sondern auf dem komplexen Wechselspiel vielfältiger Faktoren. Angeborene Temperamentseigenschaften wie Extra- oder Introversion sind bei Neugeborenen nicht zu erkennen. Aufbauend auf den Beobachtungen zu kindlichen Entwicklungsproblemen von Fachleuten verschiedener Disziplinen, darunter Beschäftigungs- und Physiotherapeuten, Logopäden, Entwicklungspsychologen und Kinderärzte, fanden wir bei normal entwickelten wie bei behinderten Kindern eine große Variationsbreite der physiologischen Merkmale wie Schall- und Berührungsempfindlichkeit und der Fähigkeit, Bewegungen zu planen und zu sequenzieren.[9] Bekommt ein Baby leicht seine Hand zum Mund, wenn es nuckeln möchte? Kann es, wenn es älter ist, Formen wie Dreiecke oder Diamanten abmalen? Zuckt es schon vor einer sanften Berührung zurück, hält es sich die Ohren zu, wenn der Staubsauger eingeschaltet wird, oder schließt es die Augen, wenn Mama das Licht anmacht? Die Reaktionen können je nach Sinnesmodalität unterschiedlich ausfallen; es gibt Kinder, die auf Berührung zu stark, auf Schall aber zu schwach reagieren. Andere brauchen geradezu starke Sinneseindrücke.

Kinder unterscheiden sich auch in ihrer Wahrnehmung der Welt. Der eine hat vielleicht ein schwaches Gehör, das die Töne durcheinanderbringt, aber das Auge eines Architekten, um die räumlichen Beziehungen der Dinge zueinander zu erfassen. Beim anderen ist es vielleicht umgekehrt, er hat ein scharfes Gehör, kann aber mit den räumlichen Beziehungen nichts anfangen. Es gibt Kinder mit einem niedrigen Muskeltonus, die es schon eine ungewöhnliche Anstrengung kostet, den Kopf aufrecht zu halten oder nach der einen oder anderen Seite zu wenden; und es gibt solche, die Papa einen Schlag auf die Nase verpassen, obwohl sie ihn nur sanft streicheln wollen.

Auf diese physiologischen Muster scheinen sowohl die Vererbung als auch Faktoren in der pränatalen Umgebung einzuwirken, etwa der Umstand, daß die Mutter in der Schwangerschaft Drogen genommen hat. Sie mögen zum Temperament, zur Persönlichkeit oder zu Krankheitsanfälligkeiten beitragen, doch handelt es sich um indirekte Einflüsse, die sich auf unterschiedliche Weise äußern können. Bei Kindern mit einer angeborenen Tendenz zur Depression haben wir zum Beispiel eine stärkere Berührungs- und Schallempfindlichkeit beobachtet, aber auch viele Kinder ohne eine solche Tendenz zeigen dieselben Reaktionen. Autismusgefährdete Kinder scheinen vielfach mit sich beschäftigt zu sein und auf Eindrücke nur schwach zu reagieren, aber dies können wir auch bei vielen gesunden Kindern beobachten.

Tieferliegende physische Merkmale werden leicht mit Temperament oder Persönlichkeit verwechselt. Um ein Verständnis dieser Grundlage des Verhaltens haben sich verschiedene Forscher und

Fachleute bemüht. Die auf der Arbeit von Chess und Thomas aufbauende Persönlichkeitsforschung nahm an, daß junge Kinder allgemeine Neigungen haben, etwa zu Vorsicht oder Kühnheit, und daß Eltern ihre Erziehung auf diese Muster einstellen sollten. Diese Muster werden sich nach dieser Auffassung im großen und ganzen erhalten, man kann aber dafür sorgen, daß sie nicht zu Problemen werden.

In der Arbeit mit Kindern mit Entwicklungsschwierigkeiten haben Beschäftigungs- und Physiotherapeuten sowie Logopäden vor allem bestimmte physische Fähigkeiten zu entwickeln versucht; sie haben zum Beispiel den Muskeltonus verbessert oder die Fähigkeit gefördert, motorische Handlungen zu planen, Klänge und Wörter zu verarbeiten oder auf unterschiedliche Sinneseindrücke zu reagieren. Trotz gewisser Überschneidungen mit Temperamentsneigungen des Kindes gehen diese Fähigkeiten doch über das hinaus, was man üblicherweise unter Temperament versteht. Die Neonatologie, Neuropsychologie und Neurologie befassen sich ebenfalls damit, welche Rolle diese physischen Fähigkeiten spielen, wenn das Kind Sinneseindrücke registriert, begreift, speichert, erinnert und zur Problemlösung nutzt.[10]

Alle diese Disziplinen bemühen sich, die Grundlagen zu verstehen, auf denen unser Denken, Fühlen und Lernen sowie die Entwicklung von Persönlichkeit und Verhaltensmustern beruhen. In meiner Arbeit mit Babys, Kindern und Familien ging es mir darum, aufbauend auf dieser interdisziplinären Tradition zu untersuchen, wie in den ersten Lebensphasen akustische und visuelle Informationen registriert und verarbeitet werden und Verhalten geplant wird.[11] Schon bei normalen Kindern – nicht nur bei denen mit Schwierigkeiten oder Verzögerungen – gibt es in der Reaktion auf Eindrücke und in der Verhaltensplanung erhebliche Abweichungen. Ferner sind Kinder, deren physiologische Fähigkeit zur Verarbeitung von Eindrücken bei der Geburt zufriedenstellend ist, nach nur einem Monat in einer chaotischen Umgebung nicht zu unterscheiden von solchen, die von Geburt an motorische Probleme hatten oder eine zu schwache beziehungsweise zu starke Reaktion auf optische und akustische Eindrücke zeigten. Zu unseren interessantesten Beobachtungen gehört die, daß gewisse physische Merkmale durchaus kein Hindernis für Kinder sein müssen. Es kommt vielleicht mehr, als man bisher gedacht hat, darauf an, wie Eltern mit angeborenen Abweichungen umgehen. Von den Eltern entsprechend ermutigt, können zum Beispiel überempfindliche Kinder aufgeschlossen und selbstsicher werden. Kinder mit ungenügender auditorischer Verarbeitung und sprachlichen Entwicklungsrückständen können sprachgewandt werden. Eltern können mehr tun, als sich nur mit ihren Kindern zu »arrangieren«. Sie können ihren Kindern mit speziellen Methoden helfen, die Funktionsweise ihres Nervensystems und damit ihre Persönlichkeit zu verändern. Es gibt unbestritten allgemeine Persönlichkeitstendenzen, die durch physiologische Merkmale mitbedingt sind, doch können sie überall auf einem Kontinuum liegen, das von Störung bis Gesundheit reicht, je nachdem, wie die Pflegepersonen mit dem Kind umgehen.

Die Art, wie ein Kind Eindrücke verarbeitet und seine motorischen Reaktionen organisiert, trägt in einem beständigen Wechselspiel dazu bei, die Reaktionen der Pflegeperson zu bilden, die wiederum eine neue Runde der Verarbeitung und Reaktion beim Kind einleiten. Ein gut koordiniertes, kräftiges Kleinkind wird vielleicht versuchen, seinem Vater ein Spielzeug aus der Hand zu reißen und damit ein Tauziehen auslösen, während ein schwaches, unkoordiniertes Kind, das einen ihm dargebotenen Ball oder Teddybär kaum anrührt, seine Eltern entmutigt. Ein Kind, das die Ohren spitzt, wenn es die Stimme der Mutter hört, wird diese vielleicht zum Singen und Gurren ermutigen, anders als ein Kind, das auf Klänge kaum achtet, dafür aber um so mehr auf Farben und Formen. Jedes Kind stimuliert also bestimmte Reaktionen bei den Menschen seiner Umgebung. Da die Pflegeperson durch unzählige kleine Taten als Hauptvermittler zwischen dem sich entwickelnden Geist des Kindes und seiner Umgebung fungiert, trägt das eigene Verhalten des Kindes dazu bei, die Welt zu formen, die es kennenlernt.

Gleichzeitig können sich die elterlichen Reaktionen auf bestimmte Verhaltensweisen des Kindes sehr unterscheiden. Es gibt Mütter und Väter, die auf ihre Kinder zugehen, und andere, die abwarten, daß das Kind sich rührt. Die einen reden viel, die anderen drücken das, was sie sagen wollen, mimisch aus. Die einen sind fröhlich, die anderen eher ernst. Die einen sind zurückhaltend, die anderen aufdringlich;

die einen werben energisch um ihr Kind, die anderen sind eher passiv und leicht entmutigt. Diese Verhaltensweisen der Eltern haben natürlich auch ihren Einfluß auf das Kind. Ein sehr beharrlicher, gewinnender Vater kann seine Tochter, die zu schwach reagiert, dahin bringen, daß sie die Interaktion liebt und sucht. Eine sehr bestimmte, aber beruhigende Mutter kann ihrem überreagierenden, verwegenen Sohn helfen, organisiert, diszipliniert und besonnen zu werden. Eine Mutter dagegen, die nicht recht weiß, ob sie geliebt wird, mag vielleicht Probleme mit einem Kind haben, das einen niedrigen Muskeltonus hat und auf Schall schwach reagiert. In der Annahme, daß der Kleine sie nicht mag und daß sie keine gute Mutter zu sein braucht, läßt sie ihn vielleicht in seinem Bettchen liegen, ohne zu erkennen, daß ein Kind wie er in eine Beziehung gelockt werden muß, bevor er Liebe zeigen kann. Es kann dann passieren, daß dieses Kind sich mehr und mehr verschließt. Eine andere Mutter geht vielleicht mit einem vorsichtigen und empfindlichen, aber durchaus reagierenden Kind überfürsorglich um, wodurch es schließlich abhängig und ängstlich wird und sich anklammert.

Nun mag ein überempfindliches Kind durchaus zur Vorsicht neigen, so wie ein schwach reagierendes Kind mit einem niedrigen Muskeltonus zur Verschlossenheit neigen mag; Tatsache ist aber, daß die Pflegeperson diese Neigungen durch die von ihr vorgegebenen Muster enorm beeinflussen kann. Aus verschlossenen Kindern können mit zwei Jahren extravertierte Charmeure werden, und aus vorsichtigen Babys können im Kindergartenalter verwegene Anführer werden. Diese Entwicklung vollzieht sich in mehreren Schritten: Genetische und intrauterine Einflüsse schlagen sich in den physiologischen Mustern des Kindes wie Reaktivität, Verarbeitung und Sequenzierung nieder. Durch die Interaktionen zwischen diesen physiologischen Merkmalen und den Verhaltensweisen der Pflegeperson bilden sich Persönlichkeitsmerkmale. In diesen frühen Interaktionen zeigen sich auch Tendenzen zu einer gesunden Anpassung oder zu psychischer Krankheit.

Wir verstehen das Verhältnis zwischen Natur und Erziehung besser, wenn wir das Bild vom Schloß und Schlüssel heranziehen. Die Stärken und Schwächen eines Babys sind wie ein Schloß, das nur aufgeht, wenn man den passenden Schlüssel hat. Es gibt etliche passende

Schlüssel, aber noch mehr Schlüssel, die nicht passen. Um dem Kind durch die Entwicklungsstadien zu helfen, muß die Pflegeperson Schlüssel finden – das heißt Interaktions- und Reaktionsmuster –, die ihm helfen, seine biologischen Gaben zu nutzen, um die Aufgaben des jeweils erreichten Stadiums zu meistern. Natürlich werden die Anforderungen an die Eltern dadurch erschwert, daß die Kinder, sobald sie ein neues Entwicklungsstadium erreicht haben, die Zuhaltungen in dem Schloß auswechseln. Ob es den Eltern gelingt – und wann es ihnen gelingt –, immer wieder die passenden Schlüssel zu finden, um die Möglichkeiten des Kindes freizusetzen, hat enormen Einfluß auf die entstehende Persönlichkeit des Kindes.

Neben anderen habe ich in meinen Untersuchungen verschiedene Persönlichkeitsmerkmale und Befindlichkeiten sowie die Methoden beschrieben, die geeignet beziehungsweise ungeeignet sind, die Talente und Stärken von Kindern zu erschließen.[12] Daraus geht hervor, daß die physiologischen Merkmale als solche nicht unbedingt das Entwicklungspotential eines Kindes begrenzen oder definieren. Sofern nicht eine massive Schädigung mit der Folge totaler Unfähigkeit vorliegt, wird der Einfluß der Fürsorge, die ein Kind erfährt, in dem Maße wirksamer und entscheidender, je gefährdeter seine Begabung ist. Ein Kind, das physiologisch gut gerüstet ist, um eine seinem Entwicklungsstand entsprechende Aufgabe zu erfüllen, wird sie auch bei mittelmäßiger Fürsorge bewältigen, während ein anderes mit schwachen Fähigkeiten sie vielleicht nur dann schafft, wenn seine Umgebung ihm genau die Unterstützung gibt, die es braucht. Viele Kinder, sogar solche, die mit gravierenden Schwächen geboren sind, können, wie im ersten Kapitel vermerkt, eine gesunde geistige Entwicklung erreichen, wenn die Pflege auf ihre individuellen Verhältnisse abgestimmt wird. Ich wies schon darauf hin: Über zweihundert als autistisch diagnostizierte Kinder, mit denen unsere Gruppe in den letzten Jahren gearbeitet hat, zeigten bei der Nachuntersuchung überwiegend Fortschritte im geistigen und emotionalen Funktionieren, wenn ihre Eltern und ein Therapeutenteam die passenden »Schlüssel« finden konnten. Erhebliche Fortschritte machten 58 bis 78 Prozent. In einer wirklich optimalen Umgebung wachsen so wenige Kinder auf, daß wir keine Ahnung haben, welches die eigentlichen Parameter der Entwicklung sind.

In der klinischen Praxis und Forschung haben wir in den letzten fünf Jahren herausgearbeitet, welche Stile der Pflege bei bestimmten physiologischen Merkmalen förderlich beziehungsweise hinderlich sind. Wir sind nicht bei allgemeinen Begriffen wie Zuwendung oder Flexibilität stehengeblieben, sondern haben ausführlich beschrieben, was der jeweilige physiologische Typ erfordert. Der spezifische Ansatz zeigt sich darin, daß wir auf Probleme wie asoziales Verhalten, Depression, Angst, Denkstörungen und Aufmerksamkeitsdefizit-Störung eingegangen sind. Ein und dieselbe Kombination biologischer Merkmale kann so wertvolle Gaben wie Empathie, Mut, Führungskraft, Neugier, Kreativität, Entschlossenheit, Selbstdisziplin, Selbstvertrauen, Beharrlichkeit und Originalität verkörpern, sie kann aber ebenso die Grundlage für die Entwicklung von Maßlosigkeit, Rücksichtslosigkeit, Grausamkeit, Feindseligkeit, Rigidität, Desinteresse, Irrationalität und Ängstlichkeit sein. Ob diese Merkmale zu Talenten oder zu Problemen werden, hängt, kurz gesagt, davon ab, wie die Umwelt auf die Natur des Kindes eingeht.

In meinen beiden Büchern *The Challenging Child* und *Infancy and Early Childhood* habe ich fünf Muster der Reaktivität, der Verarbeitung und der Sequenzierung dargestellt und beschrieben, wie diese Probleme durch unterschiedliche Interaktionsstile zwischen Pflegepersonen und Kind verschärft oder umgekehrt in Stärken verwandelt werden können.[13] Hier gebe ich nur einige Beispiele, wie diese Muster und die Art und Weise, wie man auf sie eingeht, die Entwicklung des Geistes beeinflussen.

Wachsende Sorgen bereiten der Gesellschaft gewalttätige *asoziale Kinder,* Jugendliche und Erwachsene, die andere nicht wie Mitmenschen, sondern wie Objekte behandeln. Dieses gefährliche und beunruhigende Verhalten ist weitgehend auf Armut, Verwahrlosung und emotionale Deprivation zurückgeführt worden. John Bowlby hat in seinem klassischen Artikel »Forty-four Juvenile Thieves« Kinder beschrieben, die früh vernachlässigt und später hochgradig asozial wurden.[14] Der intuitiv einleuchtende Zusammenhang zwischen einem Mangel an Wärme, den ein Kind erfährt, und seiner anschließenden Unfähigkeit, Wärme für andere zu empfinden, war 1944, als der Artikel erschien, für viele ein überzeugender Beweis dafür, daß Kriminalität positiv und negativ völlig von Umwelteinflüssen abhängt.

So einfach ist das Problem natürlich nicht. Bei Kindern, die in jungen Jahren fürsorgliche Zuwendung entbehren, auch solchen in Heimpflege, hat man zwei Tendenzen beobachtet. Eine Gruppe wurde introvertiert, depressiv oder apathisch. Bei einigen kam die körperliche Entwicklung zum Stillstand, sie nahmen nicht mehr zu, wurden richtiggehend krank und überlebten nicht. Die aus der anderen Gruppe wurden sensationslüstern, aggressiv, promiskuitiv und gleichgültig gegen andere, zu denen sie nur in Beziehung traten, um ihre eigenen konkreten Bedürfnisse zu befriedigen.[15] In einer anderen Untersuchung wurden in einem höheren Maße als erwartet bei asozialen Kindern und Erwachsenen leichte Funktionsstörungen des Nervensystems gefunden, die Probleme mit der Wahrnehmung, der Informationsverarbeitung und den motorischen Funktionen zur Folge hatten.[16]

Weder das Deprivationsmodell des asozialen Verhaltens, das nach sozialen Ursachen wie Armut, Familienzerrüttung, Trauma, Verfall der Moral und Mangel an Autorität sucht, noch das physiologische Modell, das angeborene Abweichungen im Funktionieren des Nervensystems anführt, können dieses beunruhigende Phänomen restlos erklären. Was die Wahrscheinlichkeit von asozialem Verhalten steigert, ist vielmehr die Wechselwirkung von neurologischen Defiziten mit Umweltbelastungen, die wiederum mit bestimmten frühen Beziehungsformen zwischen Eltern und Kind Hand in Hand gehen. Die Sensationsgier mancher Kinder beruht darauf, daß sie auf Berührung und Schall nur schwach reagieren und schmerzunempfindlich sind. Haben sie zudem eine gute körperliche Koordination und Balance sowie einen Hang zu Bewegung und Aktivität, dann suchen sie Stimulation durch Wagnisse und Abenteuer. Ob diese Sensationen eine positive Form annehmen, etwa in der Erforschung der Arktis oder der Entwicklung bahnbrechender chirurgischer Methoden, oder eine negative, etwa im Anschluß an eine Bande oder der Teilnahme an bewaffneten Raubüberfällen, hängt weitgehend von der Familie und dem sozialen Umfeld des Kindes ab.

Wenn die unmittelbare Umgebung keine festen, konsequenten Grenzen setzt oder wenn die Grenzen falsch gezogen werden, kann der Hang zu Sensationen Züge von Wut annehmen und sich in blinden Gewaltakten ausleben. Schon in sehr frühem Alter kann ein solches Kind Brände legen, Sachgüter zerstören oder Tiere quälen. Später wird es vielleicht ohne Gewissensbisse andere verletzen oder sogar töten.

Diese gewaltsam asozialen Kinder brauchen dieselbe Art von Zuwendung wie ein stärker verbreiteter Typ, das *aktive, aggressive Kind.* Beide brauchen zusätzliche Wärme, um für das Gefühl gemeinsamer Menschlichkeit gewonnen zu werden, das bei anderen Kindern leichter entsteht. Nachhaltige Beziehungen tragen dazu bei, in dem aggressiven Kind Empathie und den Wunsch zu wecken, seine Fähigkeit positiv zu nutzen. Damit es lernt, seinen kämpferischen Drang zu zügeln, bedarf es außerdem sehr energischer, mit Liebe angewandter Grenzen. Übung im Benennen von Gefühlen und Als-ob-Spiel helfen ihm, ein reicheres Innenleben zu entwickeln. Die Eltern müssen ihm auch helfen, Wege zu finden, seine Energie zu bändigen. Spiele, bei denen das Kind zum Beispiel lernen muß, im Laufen die Geschwindigkeit zu ändern, bringen ihm die Fähigkeit bei, seine Bewegungen zu modulieren. Eltern können unbedenkliche und konstruktive körperliche Aktivitäten wie sehr intensiven Sport fördern. Sie können das Kind auch in eine persönliche Kommunikation hineinziehen, die ihm Gelegenheit gibt, nachzudenken, seine Gefühle zu benennen, deren Folgen zu bedenken und, was sehr wichtig ist, Mitgefühl für andere zu entwickeln. Erfährt das Kind früh solche unterstützenden Beziehungen, so kann aus ihm einmal ein kühner, phantasievoller Anführer werden.

Asoziales Verhalten erwächst offenbar aus einer Reihe von Einflüssen. Weder ein »schlechtes Gen«, also die Biologie, noch ein Mangel an Autorität oder Zuwendung allein ist die Ursache, obwohl letzterer jedem Kind schwere Probleme bereiten kann. Die Hauptfaktoren, die zu asozialem Verhalten beitragen, sind vielmehr eine bestimmte Ausprägung der physiologischen Reaktivität in Verbindung mit einer familiären Umgebung, die das Kind auf verschiedenen Entwicklungsstufen im Stich läßt (z. B. auf derjenigen, wo es liebevolle Beziehungen entwickelt, wo es sein Verhalten zu mäßigen lernt, wo es lernt, Intentionen und Gefühle darzustellen, und wo es lernt, sich selbst aus Rücksicht auf andere zurückzunehmen), aber auch soziale Belastungen wie Armut, die zusätzlich dazu beitragen, dem Kind die notwendige Betreuung vorzuenthalten. Es können auch noch andere Faktoren im Spiel sein – ein Trauma, ein Versagen der Familie, genetische oder biochemische Faktoren –, doch die oben skizzierte Kombination ist sowohl die häufigste als auch diejenige, die am einfachsten zu vermeiden ist.

Ein anderes verbreitetes Muster bietet das *hochsensible Kind*. Bei ihm sind von Geburt an alle oder einige seiner Sinne reaktionsfreudiger als beim Durchschnittskind. Es empfindet Geräusche, die anderen maßvoll vorkommen, als schrecklichen Lärm; das Miauen einer Katze zum Beispiel klingt in seinen Ohren wie Gebrüll. Von einer Beleuchtung, die andere als angenehm empfinden, fühlt es sich geblendet; Berührungen, die andere beruhigen, lassen es auffahren; wird es – was anderen Kindern größtes Vergnügen bereitet – in die Höhe geworfen, verliert es die Orientierung. Die Welt macht ihm angst mit ihren verstörenden Ereignissen, auf die es keinen Einfluß hat und die es oft kaum zu bewältigen vermag. Wenn es größer geworden ist, empfindet es seine eigenen Emotionen als ungewöhnlich tief, und oft hat es großes Einfühlungsvermögen für die Gefühle anderer. Psychologisch ist es sehr empfindsam, in beiden Bedeutungen des Wortes, nämlich einerseits sehr anfällig für verletzte Gefühle und andererseits sehr aufnahmebereit für die subtilen Hinweise anderer. Es hat das Potential, ein ungemein bewußter und aufmerksamker Mensch zu werden, mit den Qualitäten, die ein Schriftsteller, ein Kunstkritiker, ein Lehrer oder Psychotherapeut braucht, aber wenn seine Erziehung ihm keine Gelegenheit gibt, auf diese Stärken zu bauen, sondern seine Schwächen verstärkt, kann es ein furchtsames, schüchternes, vermeidendes Kind (und ein entsprechender Erwachsener) werden, mit einem Hang zu Angst, Phobien, Stimmungsschwankungen und Depressionen.

Es gibt Eltern, die auf das Anklammern und die Schüchternheit des überempfindlichen Kindes reagieren, indem sie zwischen Überbehütung und Verärgerung schwanken, was das Problem nur verschlimmert. Negativ wirkt es sich auch aus, wenn sie konkret reagieren, statt dem Kind zu helfen, über seine Gefühle nachzudenken. Ein empfindliches Kind braucht beruhigende und aufbauende Beziehungen, die es ermutigen, seine Gefühle zu benennen, damit es nicht von ihnen überwältigt wird. Wenn ein Kind in das Stadium der Symbole und des emotionalen Denkens kommt, kann es ihm sehr nützen, wenn es einen gewissen Abstand zu seinen Affekten und Reaktionen gewinnt. Auch muß es ganz behutsam und nachhaltig in der Entwicklung von Selbstbewußtsein und Initiative unterstützt werden. Bei der Ziehung von Grenzen muß man sehr zurückhaltend verfahren.

Aus der Beobachtung der Entwicklung hochsensibler Kinder gewinnt man den Eindruck, daß sich in den gesteigerten Reaktionen auf Sinneseindrücke und Affekte eine genetische oder physiologische Komponente äußert, nicht aber in späteren Problemen, die möglicherweise aus dieser Neigung erwachsen. Eine Depression kann zum Beispiel aus der Art des Umgangs mit diesen Empfindlichkeiten resultieren. Wer für Schall, Berührung und die eigenen Emotionen hochempfindlich ist und sich leicht aufregt, ist besonders anfällig für Stimmungsschwankungen. Mangelt es den Eltern an Einfühlungsvermögen und fördern sie nicht das Selbstbewußtsein, schwanken sie zwischen Verärgerung und Überbehütung, und das Kind wird unter Umständen ängstlich und unsicher und neigt zu Traurigkeit und Depression. Die Eltern sollten bei einem Kind mit diesen Neigungen behutsame Beruhigung mit hohem Einfühlungsvermögen verbinden, sollten die Entwicklung von Selbstbewußtsein und die Fähigkeit fördern, Gefühle auszudrücken; dann kann aus ihm ein psychisch stabiler Mensch werden, dessen empfindsame Reaktionen die Grundlage seiner klugen Intuition und seines Mitgefühls sind.

Wenn das *in sich gekehrte oder verschlossene Kind* Probleme mit der Verarbeitung von Informationen, speziell von Klängen und Wörtern hat und wenn eine ungenügende Reaktivität auf bestimmte Eindrücke hinzukommt, ergibt sich möglicherweise ein schwächeres Realitätsgefühl, als es andere besitzen. Ein solches Kind neigt dazu, sich in Traumwelten zu verlieren, zum Beispiel idiosynkratischen Überzeugungen anzuhängen oder im Zweifel zu sein, ob eine Stimme von innen oder von außen kommt.

Einige dieser Probleme hat man, wenn sie in extremer Form auftraten, als Schizophrenie bezeichnet. Das für diese Krankheit typische wahnhafte Denken hat man lange auf irrational deformierte Kommunikationsmuster innerhalb der Familie zurückgeführt. Lyman Wynne, Don Jackson und Ted Lidz waren die bahnbrechenden Erforscher der Familiendynamik; ihre Untersuchungen vor mehr als einer Generation deuteten darauf hin, daß die Schizophrenie durch diese gestörten Kommunikationsmuster erklärt werden könne.[17] Der umweltbedingte Erklärungsansatz fiel jedoch in Ungnade, als die Zwillingsforschung zeigte, daß genetische Faktoren mitspielen. Mit biologischen Faktoren allein ist diese komplexe Krankheit jedoch auch nicht vollständig zu erklären. Wynne hat festgestellt, daß Menschen, die genetisch für Schizophrenie anfällig sind, diese Krankheit nur dann entwickeln, wenn sie in Familien leben, deren Interaktionsmuster gestört sind.[18] Andere Untersuchungen bestätigten, daß die schweren Geisteskrankheiten mit genetischen Faktoren nicht hinreichend zu erklären sind und daß auch emotionale Faktoren beteiligt sein müssen.[19]

Wie wirken genetische und Umweltfaktoren bei der Entwicklung der Schizophrenie zusammen? Denkbar ist, daß der erbliche Aspekt sich in Problemen der akustischen Registrierung und Verarbeitung sowie der motorischen Planung äußert, die die Kommunikation erschweren. Kinder mit diesen physischen Auffälligkeiten sind nach unseren Beobachtungen besonders empfänglich für gestörte Muster der familiären Kommunikation.[20]

Der in sich gekehrte Mensch ist in vieler Hinsicht das Gegenteil des überempfindlichen. Die Außenwelt drängt sich nicht dröhnend in sein Bewußtsein, sondern erscheint fern und undeutlich. Auch wenn er vielleicht normal hört und sieht, muß seine Aufmerksamkeit erst »gefesselt« werden, ehe er reagieren kann. Seine Sinne funktionieren zwar normal, doch sind sie nicht so wach und emotional nuanciert wie die der meisten.

Ein Mensch, der in einer solchen Innenwelt lebt, kann sehr kreativ sein und eine reiche Phantasie haben. Bei einer Erziehung, die dafür sorgt, daß der Kontakt zu anderen nicht abreißt, kann aus ihm, bei einer ausgeprägten räumlichen Wahrnehmung, ein Architekt oder ein Designer von Computerspielen oder mathematischen Modellen werden, oder er entwickelt sprachliche Talente. Unter anderen Umständen kann er aber auch so verschlossen werden, daß er kein Realitätsgefühl entwickelt und keine sozialen Fertigkeiten erwirbt; er wird dann vielleicht zunehmend idiosynkratisch und eingesponnen in seine eigenen Phantasien.

George, ein erwachsener Patient, mit dem ich gearbeitet habe, besaß die Eigenschaften des in sich gekehrten Kindes. Doch die Tatsache, daß er als fünftes und letztes Kind einer lärmenden, lebhaften und vergnügten Familie geboren wurde, bewahrte ihn davor, allzuweit in seine private Welt abzudriften. Ständig wurde er, »der Kleinste«, von einem seiner älteren Geschwister gehalten, geschüttelt, geschwenkt, gekitzelt oder umhergeworfen; auch später drängten ihn seine Brüder und Schwestern zur Aktivität: Radfahren, Ski- und Schlittschuhlaufen, Achterbahn- und Riesenradfahren. Mit ihrer Freundlichkeit und Hilfsbereitschaft waren seine Eltern gesellige Menschen, die mit ihren lebhaften Stimmen und ihrem bewegten Mienenspiel die Aufmerksamkeit anderer zu fesseln vermochten. Es kostete sie zwar mehr Kraft als bei all ihren anderen Kindern, George aktiv einzubeziehen, aber so etwas wie völliges Insichgekehrtsein gab es in ihrer Familie nicht.

Inzwischen selbst Ehemann und Vater, hat sich George bis heute den Ruf als Träumer der Familie bewahrt. In Gesellschaft ist er der letzte, der sich von der Fröhlichkeit anstecken läßt. Während Freunde von ihren Abenteuern erzählen, begnügt er sich mit Zuhören und ergeht sich derweil in seinen Phantasien. Als Teenager tat er sich bei Phantasiespielen hervor, wo die Mitspieler sich etwas ausdenken und sich innerer Welten bedienen mußten. Seit es Computer-Online-Netze gibt, spielen sie eine bedeutende Rolle in seinem sozialen Leben. An der Universität, wo er lehrt, gilt er als zerstreuter Professor, doch Fachkollegen bescheinigen ihm, daß er ein origineller Kopf ist, der mit den Modellen, die er in Gedanken und am Computer entwirft, schon mehrfach bedeutende theoretische Probleme gelöst hat.

Wenn Eltern eines solchen in sich gekehrten Kindes mit gedämpfter Stimme zu ihm sprechen, es oft seiner eigenen Beschäftigung überlassen oder generell zulassen, daß es einer Interaktion ausweicht, die ihm helfen würde, in Beziehung zu anderen zu treten, besteht die Gefahr, daß es weder die Fähigkeit noch den Antrieb entwickelt, Signale von außen zu deuten und seine eigenen Entwürfe an ihnen zu überprüfen. Wenn sie es in gemeinsamer Anstrengung durch kraftvolle Ansprache, aufregende Aktivitäten, eine freundliche Umgebung und eine anregende Interaktion herauslocken in eine größere Welt, kann es sich sozial und intellektuell entwickeln und dadurch sein reiches Innenleben vorteilhaft nutzen.

Kinder, die ungewöhnlich störrisch und trotzig sind, stellen einen anderen Typ dar, der möglicherweise einige gemeinsame Reaktionsmuster hat. Das *eigenwillige* Kind fühlt sich oft überflutet von unerwünschten und verwirrenden Empfindungen. Doch im Unterschied zum hochsensiblen Kind, das passiv wird oder sich anklammert, kann es dank einer relativ guten motorischen Koordinations- und Planungsfähigkeit versuchen, die Welt um sich herum unter seine Kontrolle zu bringen, statt sich einfach aus ihr zurückzuziehen. Eltern, die darauf beharren, daß es sich nach ihren Vorgaben verhält, oder sich einmischen, wenn es selbständig etwas zustande zu bringen versucht, fordern nur seinen Trotz und sein Bedürfnis nach Kontrolle heraus. Sogar gutgemeinte Hilfe kann zu einem Machtkampf ausarten. Die Gewohnheit, Widerworte zu geben und sich zu widersetzen, kann sich mit der Zeit dermaßen festsetzen, daß ein solches Kind auf alle Annäherungsversuche negativ reagiert und den Eindruck gewinnt, andere seien ihm feindselig gesinnt.

Mit Geduld und Ansporn zur Zusammenarbeit kann man eigenwillige Kinder zu Denkern erziehen, die auf Anhieb den Gesamtzusammenhang erfassen, zu Menschen, die einen Hang zum Führen und ein Talent zum Planen haben. Aus den Reihen solcher entschlossenen, hartnäckigen Kinder pflegen Politiker, Generäle, Staranwälte und Gründer von Bewegungen und Organisationen hervorzugehen. Allerdings können unablässige Machtkämpfe von der frühen Kindheit an aus ihnen auch verbohrte, engstirnige, herrschsüchtige und streitlustige Erwachsene machen, die unfähig sind, mit Autorität umzugehen oder Beziehungen aufrechtzuerhalten. Wenn ihre Bemühungen, die Kontrolle zu gewinnen, scheitern, besteht bei ihnen eine überdurchschnittliche Neigung, zwanghaft, vermeidend, passiv und depressiv zu werden. Unter extremer Belastung können sie extrem selbstmordgefährdet sein.

Bei dem letzten Reaktionsmuster, das ich in dieser keineswegs erschöpfenden Liste beschreiben möchte, geht es um die verbreiteten *Probleme mit der Aufmerksamkeit.* Mit wachsender Häufigkeit wird bei Kindern und Erwachsenen die Aufmerksamkeitsdefizit-Störung [attention deficit disorder, ADD] diagnostiziert, für die man gegenwärtig vor allem physiologische Ursachen verantwortlich macht. Bei Menschen mit dieser Störung haben Untersuchungen tatsächlich

Anomalien im Glukosestoffwechsel im Gehirn ergeben. Inzwischen wächst aber der Chor der Kritiker, die die Frage aufwerfen, ob von biochemischen Mitteln wie dem Medikament Ritalin nicht zu häufig Gebrauch gemacht wird. Über die Frage, ob schlechte Schulleistungen und auffälliges Verhalten zwangsläufig auf ADD schließen lassen, wird in Zeitungen, Talkshows und bei schulischen Elterntreffen endlos gestritten.

Zweifellos spielen bei der Aufmerksamkeitsdefizit-Störung neurologische Faktoren mit, doch hängt es stark von der Erfahrung des jeweiligen Kindes ab, ob sich eine physiologische Veranlagung zu einem schweren Problem entwickelt, das sich wichtigen Zielen wie der Erlangung eines Schulabschlusses oder der Verfolgung einer beruflichen Laufbahn in den Weg stellt. Viele betroffene Kinder brauchen unter Umständen keine Medikamente, wenn man entsprechend auf sie eingeht.

Wir haben in unserer Arbeit mit Kindern, bei denen eine Aufmerksamkeitsdefizit-Störung diagnostiziert wurde, vielfach eine erstaunliche Fähigkeit angetroffen, anspruchsvollen Aufgaben über längere Zeit Aufmerksamkeit zu schenken; sie können zum Beispiel lange Gespräche führen, sich intensiv mit einem Puzzle beschäftigen oder etliche Lieder auswendig singen. Das Problem ist bei vielen nicht eine Schwäche der Aufmerksamkeit schlechthin, sondern eine Schwierigkeit mit einer spezifischen und vielfach damit zusammenhängenden Fähigkeit, nämlich der Verarbeitung von und der Reaktion auf bestimmte Arten von sensorischen Reizen beziehungsweise die Befolgung einer Reihe von Anweisungen.[21] Manche Kinder können ihre Bewegungen nicht sequenzieren. Schon wenn sie sich die Schuhe anziehen, vergessen sie ihre eigentliche aktuelle Aufgabe: sich für die Schule fertig zu machen. Sie schweifen ab und überlegen, was für Knoten sie wohl binden können.

Aufmerksamkeitsproblemen können sehr viele verschiedene Ursachen zugrunde liegen, und jede bedarf einer sorgfältig abgestimmten Intervention, damit das Kind sich seine Stärke zunutze machen kann. Unaufmerksamkeit kann außer an Sequenzierungsproblemen auch an Überempfindlichkeit für akustische und visuelle Reize, an ungenügender Regulation der Wahrnehmung und an Problemen mit der Verarbeitung von akustischen und visuellen Reizen liegen. Viele

Erwachsene mit diesen Schwierigkeiten werden ängstlich oder depressiv, weil sie Probleme am Arbeitsplatz oder in der Ehe haben, und merken nicht, woran es liegt, daß vieles ihnen so schwerfällt.

Flüchtige Aufmerksamkeit geht oft mit bemerkenswert starken Wahrnehmungen und Fähigkeiten einher, die nicht akut gefordert sind. Ein Kind, das nicht fähig ist, sauber zu schreiben, ist vielleicht in der Lage, sofort den Takt eines Liedes zu erfassen. Ein Kind, das sich nicht in einem Labyrinth zurechtfindet, begreift vielleicht blitzschnell den Sinn einer Geschichte. Wenn die Eltern den Jungen bedrängen, sich auf eine schwierige Aufgabe zu konzentrieren, verschärfen sie damit möglicherweise das Problem, denn er ist kaum motiviert, sich um Aufgaben zu bemühen, die unangenehm sind oder an denen er kein intrinsisches Interesse haben kann – stellen Sie sich zum Beispiel vor, Sie müßten mit Ihrer schwächeren Hand schreiben. Dagegen kann man eine Motivation aufbauen, wenn man mit den Stärken des Kindes arbeitet. Ein Kind, das in der Schule Schwierigkeiten hat, weil es nicht sofort erfaßt, was es liest, hat vielleicht ein ausgeprägtes visuelles Vorstellungsvermögen und Freude daran, zu zeichnen, zu bauen oder sich etwas innerlich auszumalen. Mit Hilfe eines verständnisvollen Lehrers kann der Junge lernen, sich das, was er liest, bildlich vorzustellen. Er wird dann nicht versuchen, Begriffe in abstrakter verbaler Form zu erfassen, sondern sich die Geschichte vorstellen als eine zeitliche Abfolge, die gespickt ist mit Bildern von Kämpfen; einen Roman wird er als einen Film auffassen, der vor seinem inneren Auge abläuft; und physikalische Probleme wird er sich als Bewegung von Objekten im Raum veranschaulichen.

Ein solches Zuschneiden der Erziehung oder des Unterrichts auf die individuellen Stärken eines Kindes kann auch den Kindern helfen, die gemeinhin als autistisch oder geistig zurückgeblieben gelten. Zurückgebliebenheit wird gewöhnlich auf eine umfassende biologische Schädigung zurückgeführt, die so gravierend ist, daß man die Kinder hinsichtlich all ihrer geistigen, motorischen, verbalen und räumlichen Fähigkeiten im untersten Bereich einstufen muß. Bei genauerem Hinsehen erkennt man jedoch, daß die Kinder sich in mancher Hinsicht unterscheiden, daß einer stärker in den verbalen Fähigkeiten und schwächer in den räumlichen ist, daß ein anderer in den motorischen Fähigkeiten stärker ist usw. Mit diesen Unterschieden zu arbeiten, die persönlichen Stärken der Kinder zu fördern und ihre Schwächen allmählich abzubauen, hat vielen zu weit besseren Leistungen verholfen, als man je erwartet hätte.

Etliche Kinder, bei denen autistische Störungen diagnostiziert wurden und mit denen wir gearbeitet haben, haben, wie schon erwähnt, kognitive, emotionale und soziale Fertigkeiten erworben, die im normalen oder gar im oberen Bereich lagen. Schon die Tatsache, daß einige so gut reagiert haben, enthüllt eine Prognose, die weit hoffnungsvoller ist, als man es je für möglich gehalten hätte.

In der Wüste gedeihen, im Garten verkümmern

Zu den überraschenden Aspekten der Debatte um den Einfluß von Natur und Erziehung gehört der Umstand, daß beide Seiten überzeugende Beweise aufbieten können. Wie können die Gene zu 40 bis 70 Prozent für die Intelligenz verantwortlich sein – Zahlen, die oft von angesehenen Autoritäten angeführt werden –, wenn gleichzeitig die Erfahrung einen entscheidenden Einfluß ausübt? Eine bemerkenswerte Erklärung für diesen Widerspruch findet man, wenn man sich die Zwillingsforschung genauer anschaut, die bei denen, die das Verhalten genetisch erklären wollen, so beliebt ist. In dem Bemühen, den jeweiligen Anteil von Natur und Erziehung aufzudröseln, stellen die Forscher gern Vergleiche zwischen eineiigen und zweieiigen Zwillingen an. Wir haben alle in der Schule gelernt, daß eineiige oder monozygote Zwillinge entstehen, wenn ein befruchtetes Ei (eine Zygote) sich teilt, wodurch zwei Embryos entstehen, die dann in ihrer genetischen Ausstattung übereinstimmen. Zweieiige oder dizygote Zwillinge entstehen, wenn zufällig zwei Zygoten aus den Eierstöcken der Mutter freigesetzt, befruchtet und gleichzeitig geboren werden. Dizygote Zwillinge stimmen in ihrer genetischen Ausstattung nicht stärker überein als ein beliebiges Geschwisterpaar.

Bei eineiigen Zwillingen stimmen die Gesichtszüge, Haar- und Augenfarbe und alle übrigen Merkmale überein, die von den Genen bestimmt werden. Bei zweieiigen Zwillingen, die nur in einem Teil der Gene übereinstimmen, ist die Ähnlichkeit natürlich nicht so groß. Nun werden aber Zwillinge der einen wie der anderen Art gleichzeitig geboren – dürften daher auch viele gemeinsame Erfahrungen haben – und wachsen in derselben Familie auf, mit der Folge, daß sie in zahlreichen Merkmalen übereinstimmen, die durch ihr Umfeld bedingt sind. Die Forscher nehmen nun folgendes an: Wenn der Unterschied hinsichtlich eines Merkmals zwischen zweieiigen Zwillingen größer ist als der zwischen eineiigen, dann läßt sich an diesem Überschuß der Einfluß der Vererbung auf dieses spezielle Merkmal ablesen. Wenn also eineiige Zwillinge sich um durchschnittlich drei IQ-Punkte voneinander unterscheiden, zweieiige aber um elf Punkte, dann ist der Überschuß von acht Punkten als der Beitrag der Gene zu betrachten.

Beispielsweise haben eineiige Zwillinge immer dieselbe Augenfarbe, zweieiige nur teilweise. Dieses Merkmal ist also eindeutig genetisch bedingt. Nehmen wir nun aber an, von eineiigen Zwillingsbrüdern habe einer zwei Jahre lang Klarinettenunterricht erhalten, ebenso wie eine von zweieiigen Zwillingsschwestern. Die jeweiligen Zwillingsgeschwister haben keinerlei Unterricht erhalten. Beide Zwillingspaare bestehen daher aus einem Mitglied, das gewisse Kenntnisse auf der Klarinette hat, und einem, das keinerlei Kenntnisse hat. Der Unterschied zwischen den Brüdern ist derselbe wie der Unterschied zwischen den Schwestern. Es ist offenkundig, daß Kenntnisse auf der Klarinette aus der Erfahrung herrühren.

Die meisten Merkmale sind jedoch keine Entweder-Oder-Frage wie in diesem Fall. Größe, Gewicht, Intelligenz und andere Eigenschaften, die man in beliebiger Zahl anführen könnte, bewegen sich vielmehr auf einem Kontinuum, das von sehr klein bis sehr groß, von sehr leicht bis sehr schwer, von sehr dumm bis sehr gescheit reicht usw. Außerdem weist jedes Merkmal Aspekte auf, die offensichtlich genetisch bedingt sind, und solche, die es ebenso offensichtlich nicht sind. Ein Mensch, der aus einer Familie stammt, deren Mitglieder alle hochgewachsen sind, kann trotzdem relativ kurz geraten sein, wenn er während einer anhaltenden Hungersnot aufgewachsen ist. Und ein Mensch mit den neurologischen Voraussetzungen für Intelligenz kann beim Test trotzdem als dumm abschneiden, wenn er nie eine angemessene Betreuung erhalten hat.

Die Frage, die durch Zwillingsvergleiche beantwortet werden soll, ist, wieviel von diesen variablen Merkmalen statistisch welchem Faktor zugeschrieben werden kann. Wir könnten zum Beispiel viele Zwillinge nehmen und ihre Größe messen. Wir könnten dann den Größenunterschied zwischen den Mitgliedern aller Zwillingspaare errechnen und würden vermutlich herausbekommen, daß die eineiigen sich hinsichtlich der Größe im Durchschnitt weniger unterscheiden als die zweieiigen. Wenn wir so verfahren wie die Verhaltensgenetiker, würden wir durchaus folgern, daß die Körpergröße vorwiegend, wenn auch nicht ausschließlich, ein genetisches Merkmal ist.

Dieses Verfahren, ein- und zweieiige Zwillinge zu vergleichen, liefert das Datenmaterial für die Erforschung genetischer Unterschiede hinsichtlich der Intelligenz und anderer Merkmale wie Selbstbewußtsein oder Schüchternheit. Äußerlich erscheint es logisch und klar. Schaut man jedoch genauer hin, werden große Komplikationen deutlich.

Kürzlich wurde zum Beispiel ein Gen identifiziert, das anscheinend Fettleibigkeit verursacht, indem es den Mechanismus stört, der dem Gehirn signalisiert, wieviel Fett der Körper enthält. Unterstellen wir einmal, dieses Gen erzeuge übermäßigen Appetit. (Wieweit diese Formulierung die tatsächliche Wirkungsweise dieses Gens und anderer, noch unbekannter Gene unzulässig vereinfacht, überlasse ich dem Urteil derer, die sich darin besser auskennen als ich.) Babys mit dem hypothetischen Appetit-Gen essen demnach sehr viel mehr als solche ohne. Um seinen Beitrag zur Fettleibigkeit zu ermitteln, untersuchen wir Kinder in Israel und Italien, zwei Kulturen, die zufällig dem Genuß von Speisen, die reich an Fetten und raffinierten Kohlehydraten sind, großen Wert beimessen. Sowohl israelische als auch italienische Familien werden vermutlich eineiige Zwillinge mit großem Appetit begrüßen, erfreut darüber, so gute Esser zu haben. Mit zwanzig werden aus diesen Babys junge Erwachsene geworden sein, die sehr viel schwerer sind als der Durchschnitt.

Erweitern wir nun unsere Untersuchung und beziehen wir auch zweieiige Zwillinge ein, von denen der eine das sogenannte Appetit-Gen hat und der andere nicht. Eines der Zwillingsgeschwister langt stets herzhaft zu, während das andere bloß im Essen herumstochert. Mit zwanzig wird das Gewicht der Zwillinge stark voneinander abweichen. Wir folgern daraus, daß Fettleibigkeit in hohem Maße, möglicherweise zu 70 bis 80 Prozent, erblich bedingt ist.

Verlegen wir nun aber unsere Untersuchung von den Gestaden des Mittelmeers in die Gebirge Innerasiens, wo die Kost überwiegend vegetarisch ist und die Mengen kärglich sind. Die verfügbaren Kohlehydrate sind hier überwiegend unverarbeitet und reich an Fasern, und ganze Familien verbringen lange Tage mit harter Arbeit auf den Äckern, um anschließend auf steilen Pfaden heimzukehren. In dieser Gesellschaft gibt es bei den Zwanzigjährigen und auch in jeder anderen Altersgruppe kaum jemanden, der auch nur das mindeste Übergewicht hat, von Fettleibigkeit ganz zu schweigen. Selbst wenn die eineiigen Zwillinge das Gen für großen Appetit besitzen sollten und die zweieiigen nicht, bekommt doch niemandes Appetit-Gen in dieser rauhen Umwelt die Chance, sich zu manifestieren. Die unterstellte genetische Tendenz wird mit anderen Worten niemals in zusätzliche Pfunde übersetzt, weil die Speise- und Arbeitsgewohnheiten ihr nicht die Gelegenheit dazu geben. Mono- und dizygote Zwillinge zeigen einen relativ geringen Gewichtsunterschied, weil hier fast niemand fettleibig wird. Unser Ergebnis beweist, daß die Gene keinen nennenswerten Einfluß auf das Gewicht haben.

Doch wie kann ein bloßer Wechsel des Schauplatzes in der Frage, ob Vererbung oder Umwelt maßgeblich sind, so große Unterschiede zeitigen? Ich habe einmal einen führenden Verhaltensgenetiker bestürmt, mir das zu erklären: Bedeutet genetischer Einfluß nicht, daß die biologische Entwicklung ziemlich festgelegt ist? Nein, sagte er; Schlußfolgerungen bezüglich des Einflusses der Vererbung gelten nur für die Population, von der die Daten erhoben wurden. Die Verhaltensgenetik arbeite mit statistischen Modellen, und die decken nicht einen biologischen Mechanismus auf, sondern nur einen statistischen Zusammenhang. Biologische Entwicklungsbahnen müßten mit anderen Mitteln erforscht werden.

R. C. Lewontin, Steve Rose und Leon Kamin haben dies an einem eleganten Gedankenexperiment verdeutlicht.[22] Angenommen, wir nehmen zwei Hände voll Körner aus einem Sack Saatmais und säen sie getrennt auf zwei Parzellen aus. Die eine bekommt reichlich Dünger und Wasser, die andere nur das Minimum, um die Pflanzen vorm Verkümmern zu bewahren. Nach einer Weile sprießt der Mais. Die eine Parzelle wird weiterhin reichlich gewässert und gedüngt, während die andere nur kärgliche Rationen erhält. Sind unsere Sämlinge schließlich reif, stellen wir fest, daß beide Parzellen Pflanzen von unterschiedlichem Wuchs enthalten; einige sind sehr viel länger, einige sehr viel kürzer als die anderen. Können wir aus der Tatsache, daß die Pflanzen auf beiden Parzellen jeweils die gleiche Menge Dünger, Wasser und Sonnenschein erhalten haben, nicht folgern, daß der Längenwuchs ein vornehmlich genetisch bedingtes Merkmal ist?

Wir können es nicht, wenn wir die beiden Parzellen miteinander vergleichen. Ein einziger Blick sagt uns, daß die Stiele auf der wohlversorgten Parzelle *im Durchschnitt* sehr viel länger sind als die auf der dürren, unterversorgten Fläche nebenan. Der Unterschied der durchschnittlichen Wuchshöhe zwischen beiden Parzellen ist eindeutig umweltbedingt. Daraus müssen wir folgern, daß der Wuchs eine starke Umweltkomponente hat. Der genetische Einfluß wird nur sichtbar, wenn wir die Umwelt konstant halten und Pflanzen aus derselben Parzelle miteinander vergleichen. Es ist daher vollkommen logisch, daß ein hypothetisches Appetit- oder Fettleibigkeits-Gen in einer Bevölkerung, die mit reichhaltiger fetter Nahrung und raffinierten Kohlehydraten vollgestopft wird, die Gewichtsunterschiede zu 80 Prozent erklärt, aber bei Menschen, die sich mit Gemüse und faserreichen Körnern mühsam durchschlagen, fast gar keinen Einfluß hat.

Die meisten glauben, ein Merkmal, von dem es heißt, es werde durch Vererbung weitergegeben, sei etwas Feststehendes. Doch die Manifestation vieler erblicher Merkmale zeigt, wie wir gesehen haben, je nach den Umweltbedingungen eine große Bandbreite. Nehmen wir in einem weiteren Gedankenexperiment an, unser Sack Saatmais enthalte einige Körper mit einem Wuchs-Gen, das nur unter optimalen Wuchsbedingungen große Pflanzen entstehen läßt, während das Wuchs-Gen der übrigen Körner sich auch unter mittelmäßigen Bedingungen manifestieren kann. Da alle Körner gleich aussehen und wahllos im Sack verteilt sind, können wir nicht erkennen, wie viele von jeder Sorte in einer Handvoll enthalten sind.

Jetzt säen wir drei scheinbar identische Hände voll Körner auf drei Parzellen aus: eine, die wir gut wässern und düngen, eine, die wir vernachlässigen, und eine, die wir mittelmäßig versorgen. Auf der mittelmäßig versorgten Parzelle finden wir einige Pflanzen mit kümmerlichem Wuchs – das sind jene, deren Gen optimale Entwicklungsbedinungen braucht –, während andere hochgewachsen sind: jene, deren Gen auch unter mittleren Bedingungen gedeihen kann. Auf der vernachlässigten Parzelle ist kein Korn gut gediehen, gleichgültig, welches Gen es enthält. Auf der bestversorgten Parzelle sind die Stengel beider Sorten lang, weil hervorragende Bedingungen jedes Korn gut gedeihen lassen.

Die Folgerung ist klar: Auch dann, wenn ein Merkmal eine erbliche Komponente hat, kann die Umwelt das Ergebnis nicht nur modifizieren, sondern auch tatsächlich bestimmen. Genetiker haben Merkmale isoliert, deren differentielle Ausprägung den bisweilen entscheidenden Effekt der Umwelt noch schärfer hervortreten läßt. Die Phenylketonurie zum Beispiel, eine Krankheit, die durch einen einzigen genetischen Defekt im Proteinstoffwechsel verursacht wird, kann unter bestimmten Umständen eine gravierende geistige Retardierung zur Folge haben. Doch das Schicksal eines mit diesem defekten Gen geborenen Kindes hängt ganz von seiner Ernährung ab. Erhält es Speisen, die es nicht verdauen kann, erleidet sein Nervensystem Schäden, die Retardierung nach sich ziehen. Erhält es aber nur das, was sein Körper verträgt, entwickeln sich Nervensystem und Intelligenz normal.

Deshalb warnen Verhaltensgenetiker vor dem verbreiteten Irrtum, genetischen Einfluß mit Unveränderlichkeit gleichzusetzen. Daß ein Merkmal eine erbliche Komponente hat, bedeutet nicht, daß die Umwelt gar keine Rolle spielt. Von einem Umwelteinfluß, der etwa die Augenfarbe verändern würde, ist nichts bekannt, doch viele andere Merkmale, speziell solche, die mit unseren geistigen Fähigkeiten und unserem Verhalten zu tun haben, liegen irgendwo dazwischen und sind Gegenstand einer subtilen Wechselwirkung zwischen Genen und dem biochemischen oder interpersonalen Umfeld.

Verhaltensgenetiker gehen von der allgemeinen Regel aus, daß eine gleichförmige Umwelt den scheinbaren Einfluß der Vererbung erhöht. Nehmen wir zum Beispiel an, daß ein Sack Saatmais Körner enthält, die hinsichtlich des Längenwachstums genetisch stark variieren. Säen wir diese Körner auf einer Parzelle aus, die gleichmäßig gewässert und gedüngt wird, so muß die Variation der ausgewachsenen Pflanzen weitgehend auf genetischen Unterschieden beruhen. Wenn wir jedoch die Umwelt innerhalb der Parzelle variieren, indem wir einen Teil hervorragend pflegen und andere Teilflächen in unterschiedlichem Maße vernachlässigen, verringert sich der offensichtliche genetische Einfluß, und der scheinbare Umwelteinfluß nimmt zu. Wenn die Umwelt den genetischen Einfluß in extremer Weise modifiziert, erhöht sich ihr offensichtlicher Effekt.

Ein anderer methodologischer Fehler bei Zwillingsstudien besteht in der unbeweisbaren Annahme, die Übereinstimmungen zwischen eineiigen Zwillingen seien Ausdruck ihrer Erbveranlagung, die Unterschiede zwischen zweieiigen seien dagegen Ausdruck von Umwelteinflüssen. Diese Annahme läßt die Möglichkeit außer acht, daß eineiige Zwillinge ähnliche IQ-Werte nicht deshalb erreichen, weil ihre Gene übereinstimmen, sondern weil sie in einer Umgebung aufwachsen, die weit stärker übereinstimmt als bei jeder anderen Geschwisterkonstellation, zweieiige Zwillinge eingeschlossen. Wieso stimmen die elterlichen Verhaltensmuster, die eineiige Zwillinge erfahren, stärker überein als bei zweieiigen? Weil sie selbst bei den Menschen ihrer Umgebung ähnliche Reaktionen hervorrufen. Wenn man bedenkt, was wir über den Einfluß wissen, den Babys auf ihre Pflegepersonen ausüben, kann man sich leicht vorstellen, daß zwei Kinder, die einander in jedem angeborenen Aspekt gleichen, einen weitgehend übereinstimmenden Stil der Pflege und Erziehung hervorlocken. Zwei Kinder, die sehr reaktionsfreudig beziehungsweise sehr zurückhaltend sind, zwei Kinder, die sehr aktiv beziehungsweise passiv sind, werden bei ihren Eltern – und sogar bei ihren Adoptiveltern, die sie in getrennten Haushalten aufziehen – sehr wahrscheinlich ein ganz ähnliches Ausmaß an Schmusen, Gurren und Balgen oder an Enttäuschung und milder Ablehnung hervorrufen. Das gilt besonders dann, wenn die Pflegepersonen leidlich reaktionsfreudig und in ihrem Verhalten nicht extrem sind. Zweieiige Zwillinge mit ihren unterschiedlichen physiologischen und Temperamentsmerkmalen dürften bei Erwachsenen dagegen unterschiedliche Reaktionen auslösen. Daß der IQ von eineiigen Zwillingen übereinstimmt, könnte somit teilweise darauf beruhen, daß ihre Erfahrungen stärker übereinstimmen.

Wir haben beobachtet, daß Eltern auf bestimmte Temperamentseigenschaften ähnlich reagieren; sie freuen sich zum Beispiel über das reizende, extravertierte Baby und lassen dem in sich gekehrten mehr Raum. Der Auslöser für die Reaktionen der Erwachsenen könnte zwar in den physiologischen Reaktionen des Babys und damit letztlich in seinen Genen liegen, doch in den Ergebnissen würden sich, strenggenommen, Umwelteinflüsse spiegeln. Die Übereinstimmung der IQ-Werte von eineiigen Zwillingen ist daher nicht mit identischen »Intelligenz-Genen«, sondern teilweise mit übereinstimmenden Erziehungsmethoden zu erklären. Würde man sie ganz unterschiedlich erziehen, könnte es durchaus sein, daß ihre Werte stärker divergieren.

Die klinische Beobachtung stützt diese hypothetischen Möglichkeiten und zeigt einige der subtilen psychologischen Mechanismen auf, die im Verhältnis zwischen Natur und Erziehung wirksam sind. Es kommt vor, daß extravertierte, muntere eineiige Zwillinge gebildete, begeisterte, hingebungsvolle Eltern zu einer aktiven, aufgeschlossenen, dynamischen Beziehung verleiten, die die ausgesprochen sozialen Neigungen der Babys betont und sprachliche Fertigkeiten, Urteilsvermögen und logisches Denken bei ihnen fördert. Es gibt aber auch den Fall, daß eineiige Zwillinge, die bei intelligenten, gewissenhaften Eltern leben, zurückhaltend, ja sogar apathisch wirken. Nach monatelangen lebhaften, ja sogar verzweifelten Bemühungen, durch Lächeln, Gurren und Gesten Zugang zu ihnen zu finden, müssen die Eltern sich damit abfinden, daß die Beziehung zu ihren Zwillingen distanzierter und weniger intensiv sein wird, als sie es sich gewünscht haben. In beiden Familien wirken genetische und Umweltfaktoren aufeinander ein und verstärken sich gegenseitig.

Bei zweieiigen Zwillingen mag es so sein, daß einer fröhlich, aufgeweckt und umgänglich ist, ein pummeliger kleiner Magnet, der die Bereitschaft der Eltern zum Kitzeln, Glucksen und Plappern auf sich zieht, während der andere, der schüchtern und ernst ist, nicht soviel Wärme und Anregung bei ihnen hervorlockt. Auf jedes Kind reagieren die Eltern seinem Wesen entsprechend: das eine wird ständig zur Interaktion ermutigt, das andere sich selbst überlassen. Kann man wirklich behaupten, daß diese Zwillinge in derselben Umwelt leben? Kann man wirklich sagen, daß die unterschiedlichen Persönlichkeiten, die sie schließlich entwickeln werden, nur auf der Vererbung beruhen?

Vor Jahren wirkte ich an einer Untersuchung mit, die die Auswirkungen der elterlichen Wahrnehmung auf ein- und zweieiige Zwillinge ermitteln sollte.[23] Oft projizieren Eltern ihre eigenen Empfindungen auf die Kinder, indem sie zum Beispiel den einen der Zwillinge als schwach, den anderen als stark wahrnehmen. An solchen Projektionen sind zwei Faktoren beteiligt: auf der einen Seite die Persönlichkeit und die Konflikte des Elternteils, auf der anderen die physiologischen Reaktionen der Zwillinge, die für die Wahrnehmungen der Elternteile als Auslöser dienen. Hat sich bei den Eltern einmal eine bestimmte Wahrnehmung der Zwillinge festgesetzt, so neigen sie zu einer Art der Interaktion, die ihre Projektion stützt (indem z. B. der »schwache« Zwilling überbehütet wird).

Es gibt Eltern, die mit ihren ersten Reaktionen nicht einfach weitermachen, sei es aus Intuition, aus Erfahrung oder aufgrund äußerer Ratschläge. Sie erkennen vielleicht, daß einer der Zwillinge auf Schall und Berührung ungenügend reagiert und sich mit der Sequenzierung von Körperbewegungen schwertut. Da normale Zeichen der Zuneigung kaum zu der Kleinen vorzudringen scheinen, probieren sie es damit, daß sie lebhaft und fröhlich zu ihr sprechen, daß sie sanft an ihr rütteln, sie hochwerfen und kitzeln. Indem sie die Kleine auf diese Weise aktiv einbeziehen, gelingt es ihnen vielleicht, sie allmählich in die interessante, aufregende Außenwelt hineinzuziehen. Sie beginnt, Interaktionen mit Anregung und Wärme zu assoziieren. Dann können die Eltern sie aus ihrem emotionalen Schneckenhaus heraus- und in behutsame, aber lohnende Beziehungen hineinlocken.

Ist dies bloß eine vage Theorie? Sind ein niedriger Muskeltonus und ungenügende Reaktivität nur Symptome eines unabänderlichen niedrigen IQ? Ich denke nicht. Ich habe beobachten können, daß es Eltern und Therapeuten gelang, Kinder mit sehr niedrigem Muskeltonus und völliger Insichgekehrtheit nicht nur zu intellektueller und sozialer Kompetenz zu bringen, sondern auch zur Verwirklichung herausragender Talente. Wenn viele Kinder, die so gravierende physiologische Symptome zeigten, daß sie als autistisch oder zurückgeblieben diagnostiziert wurden, zu Interaktionsformen gebracht werden konnten, die ihnen ein enormes Wachstum erlaubten, wie verhält es sich dann erst mit geringeren Behinderungen?

Der Kernpunkt des Natur-Erziehung-Problems ist also die Frage, wie wir schon gesehen haben, ob wir Umwelt-Schlüssel finden können, die in das genetische Schloß passen. Während ein Kind heranwächst und reift, werden seine geistigen und körperlichen Fähigkeiten durch ein ständiges Wechselspiel zwischen Erfahrung und Begabung verfeinert. »Umwelt« ist keine verschwommene Abstraktion. Aus der Sicht des Kindes besteht sie aus unzähligen, scheinbar belanglosen Erfahrungen mit den Erwachsenen, die zwischen ihnen und der größeren Welt vermitteln. Muß es immer wieder Dinge über sich ergehen lassen, die ihm (anders als den meisten anderen) unangenehm sind? Stößt es dauernd auf Reize, die es ablenken (aber ein anderes Kind vermutlich nicht ablenken würden)? Begegnen ihm die Menschen mit einer für ihn (aber nicht für die meisten anderen) zu großen Zurückhaltung, so daß es sie nicht bemerkt? Oder interagieren die Menschen seiner Umgebung mit ihm in einer Weise, die ihm hilft, die einzelnen Aufgaben der Entwicklung zu meistern und so zu einer flexiblen und gesunden Persönlichkeit zu werden?

Unser Modell macht es schwer – und eigentlich unnötig –, den Anteil zu ermitteln, den die Natur und die Erziehung an den Eigenschaften eines Menschen haben.[24] Entscheidend ist, daß Natur und Erziehung auf ganz bestimmte, qualitative Weise interagieren. Indem wir mehr über diese Interaktionen herausbekommen, lernen wir nach und nach, jene Schlüssel zu schmieden, die auch schwierige biologische Schlösser öffnen werden.

Die verhaltensgenetische Forschung möchte über statistische Korrelationen hinausgelangen und eingehender jene Muster erkunden, die in der Erforschung der Interaktion zwischen Kleinkind und Pflegeperson sichtbar geworden sind. Mehr Aufmerksamkeit sollte auch die Erforschung der Zusammenhänge zwischen Vererbung und Umwelt in ganz unterschiedlichen sozialen Umgebungen finden, wobei die härtesten, mit äußerster Deprivation verbundenen sozialen Verhältnisse genauso zu berücksichtigen sind wie die günstigsten und förderlichsten. Die Zusammenhänge werden nicht immer leicht durchschaubar sein; manchmal ist nicht vollkommen klar, was die »günstigste« Umgebung für ein bestimmtes Merkmal ist. Gene können für ein Merkmal verantwortlich sein, das einen Organismus in der Wüste gedeihen und in einem üppigen tropischen Garten verkümmern läßt. Es gibt bislang kaum genetische Untersuchungen, in denen extreme Variationen der Umwelt berücksichtigt wurden. Oft wurden Umgebungen der mittleren Art ausgewählt, in denen, wie wir gesehen haben, genetische Faktoren übertrieben bedeutsam erscheinen. Es steckt mehr als nur ein methodologisches Versehen dahinter, daß man über die Verhältnisse unter extremen Bedingungen bisher kaum etwas weiß. Zur Diskussion stehen dabei nämlich die Auswirkungen, die die herkömmliche Auffassung über die Entstehung so komplexer Merkmale wie der Intelligenz auf die Gesellschaft hat.

Die Überzeugung, erbliche Merkmale setzten der Entwicklung unabänderliche Grenzen, ist ein schweres Handikap für viele aussichtsreiche Bemühungen, schädliche Umgebungen zu verändern. Die Erfahrung mit Kindern, die an Autismus und anderen Zuständen leiden, die man für physiologisch bedingt hielt, läßt mich an dieser Annahme zweifeln. In einer individuell zugeschnittenen Umgebung können viele solcher Kinder zu gescheiten, kreativen und mitfühlenden Menschen heranwachsen, die in der Schule, im Sport und bei Hobbys Beachtliches leisten. Wenn solchen Kindern mit einer auf sie zugeschnittenen Umgebung zu helfen ist, kann gar nicht genug betont werden, wie gefährlich es wäre, deren Einfluß auf das Wachstum des Geistes zu vernachlässigen.

TEIL II

Der gefährdete Geist

7.
Die Gefahr und die Verheißung

Der erste Teil dieses Buches umriß die Prozesse, die von der »blooming, buzzing confusion« des Neugeborenen, wie William James sie bezeichnet hat, zu den flexiblen, adaptiven geistigen Fähigkeiten des reifen Erwachsenen führen. In diesem Teil wollen wir unser Blickfeld erweitern und prüfen, inwieweit die auf der geistigen Entwicklung basierende Sichtweise zur Erhellung der Probleme beitragen kann, vor denen einzelne, Gruppen und Gemeinschaften heute stehen. Diese Erkenntnis der Ursprünge von Intelligenz und Moral eröffnet Einblicke in gefährliche Tendenzen und verheißungsvolle neue Ansätze für Erziehung, Psychotherapie, Konfliktlösung und Gewaltverhütung.

Stufen der Unvollkommenheit

Einfache Lösungen bietet die Perspektive der geistigen Entwicklung nicht. Gerade die Fähigkeit, zu fühlen und zu reagieren, ohne die uns die Fähigkeit zu nuancierten Reaktionen und zur Selbstreflexion – Glanzpunkt des menschlichen Empfindungsvermögens – verschlossen bliebe, verlegt zugleich das Ideal der geistigen Entwicklung auf die höchste, von keinem Menschen je erreichbare Ebene. Emotional zu sein bedeutet zu fühlen, einfallsreich zu sein, offen für die Möglichkeiten des Lernens, der Erfahrung und sogar der Weisheit. Es bedeutet zugleich, starrsinnig, irrational, unbeständig zu sein, mit anderen Worten: naturgemäß unvollkommen zu sein.

Weil die prägenden emotionalen Erfahrungen, durch die unser Geist sich entwickelt, sich so sehr vom einen zum anderen unterscheiden, gibt es beträchtliche Unterschiede hinsichtlich der geistigen Stufen, die von einzelnen erreicht und bewahrt werden. Manchen fällt es schwer, Beziehungen aufzubauen und ihre Gefühle und Verhaltensweisen zu modulieren. Manche beherrschen lediglich die ersten Stufen des Geistes. Sie interagieren und kommunizieren überwiegend durch Verhalten (schlagen, wenn sie wütend, grapschen, wenn sie lüstern, stehlen, wenn sie habgierig sind). Andere schreiten weiter zur Verwendung von Symbolen, einschließlich Ideen und Wörter, um ihre Wünsche, Gefühle oder Intentionen mitzuteilen, funktionieren aber weiterhin auf eine polarisierte, rigide Art. Wieder andere schreiten noch weiter fort und sind fähig, über Gefühle nachzudenken, mit Mehrdeutigkeiten und Grauzonen umzugehen, sich mit den eigenen und den Wünschen anderer zu beschäftigen, darüber zu verhandeln und Wertvorstellungen und Ideale zu formulieren. Auch Tiefe und Breite der geistigen Entwicklung variieren, wie wir sahen, von einem zum anderen. Die innere Welt mancher Menschen umfaßt viele der emotionalen Themen des Lebens – Nähe, Vertrauen, sexuelle Lust, Selbstbehauptung, Zorn, Leidenschaft, Empathie, Eifersucht, Konkurrenz. Andere erleben nur ein seichtes, sich ständig wiederholendes Drama.

Niemand von uns verwirklicht unter allen Umständen und in allen emotionalen Bereichen auch nur annähernd die höchsten Möglichkeiten des Geistes. Manche mögen in der Lage sein, über Angst, Zorn oder Eifersucht bei sich oder anderen, nicht aber über Abhängigkeit oder Vertrauen zu reflektieren. Für andere mag es sich umgekehrt verhalten. Es geht deshalb nicht darum, was Menschen im Idealfall zu erreichen vermögen, sondern darum, was jeder von uns aus den emotionalen Erfahrungen, die unser Leben bestimmen, tatsächlich zu machen versteht.

Jeder Mensch steht also geistig auf einer bestimmten Stufe der Unvollkommenheit, wie es die persönliche Erfahrung des einzelnen und die Geschichte aller menschlichen Gesellschaften bezeugt. Unsere Gattung hat auf ihren Wanderungen über diesen Planeten Gewalt und Zerstörung hinterlassen. Wer die täglichen Nachrichten auch nur flüchtig verfolgt, kann nicht glauben, daß ungezügelte Emotionalität unter Erwachsenen etwas Seltenes sei. In die allzu häufigen Fälle von Verbrechen und Blutvergießen sind offenkundig

Menschen verwickelt, die nicht von Rationalität geleitet waren, sondern ihren Gefühlen freien Lauf ließen, statt über sie nachzudenken. Doch auch wenn man von solchen extremen Fällen absieht, sind alle Menschen mehr oder weniger im Banne ihrer Emotionen.

Diese Einsicht wurde, als die Religion das abendländische Denken prägte, allgemein in die Begriffe der Sünde und des Bösen gefaßt. Doch unabhängig davon, ob wir einen Theologen oder einen Psychotherapeuten fragen, drängt sich eine Schlußfolgerung auf: Ein Großteil der Menschen macht von der Fähigkeit, über ihre Emotionen nachzudenken, keinen Gebrauch, sondern agiert sie viszeral aus. Auch diejenigen, die tatsächlich diese Fähigkeit besitzen, nutzen sie häufig nicht, wenn sie von heftigen Gefühlen beherrscht sind oder unter starker Belastung stehen.

Unserer Erkenntnis dieser menschlichen Beschränkung steht bei den meisten von uns die Vermutung entgegen, das Bewußtsein der anderen sei ein Spiegel unseres eigenen. Erwachsene unterstellen zum Beispiel Kindern, die dazu gar nicht fähig sind – entweder gewohnheitsmäßig oder wenn sie sich ärgern –, ganz raffinierte Motive. »Mein Sohn versucht mich ständig zu manipulieren«, kann man dann hören, oder: »Er verursacht dieses Problem absichtlich.« In Wirklichkeit kommt es jedoch äußerst selten vor, daß ein Kind im Vorschulalter, ja selbst im schulpflichtigen Alter den nötigen Abstand hat, um das Verhalten seiner Eltern raffiniert zu steuern oder auch nur wahrzunehmen, daß deren Bewußtsein sich von dem eigenen unterscheidet. Wo der Erwachsene eine List wittert, geht es in Wahrheit vermutlich nur darum, daß das Kind auf seine sehr viel schlichtere, selbstbezogene Art reagiert.

Ich wies schon auf die Projektion hin, bei der jemand einem anderen seine eigenen Gefühle unterstellt. Eine noch bedeutsamere, wenn auch oft nicht erkannte Tendenz besteht, glaube ich, in der Projektion nicht nur von Emotionen und Einstellungen, sondern auch der eigenen mentalen Struktur und des eigenen Bewußtseinsniveaus auf andere Menschen. Wer auf zumindest einigen emotionalen Gebieten zur Reflexion fähig ist, denkt vielleicht, daß alle anderen ebenso dazu fähig seien. Besonders deutlich wird das an literarischen Figuren, die in ihrer Fähigkeit zur Selbstreflexion mehr dem Autor ähneln als einem Durchschnittsmenschen in der von ihm beschriebenen Situation. In Hamlets Monolog über den Wert des Lebens äußert sich jedenfalls Shakespeares unvergleichliche Fähigkeit, Gefühle in Worte umzusetzen. In der Stimme von Huckleberry Finn hören wir Mark Twains moralisches Räsonnement über das Schicksal Jims. Außerhalb der Literatur wäre wohl zu erwarten, daß ein Junge wie Huck im entscheidenden Augenblick aus Gründen handelt, die er selbst nicht versteht, und daß ein entmutigter Mann stumm in Verzweiflung versinkt.

Viele Erwachsene sind vermutlich weitgehend unfähig, über ihre Gefühle zu reflektieren, und viele, die dazu fähig sind, tun es nur in bestimmten Bereichen. Es gibt, wie gesagt, keinen Menschen, dessen Reflexion sich in gleichem Maße auf den gesamten Bereich seiner Erfahrung erstreckt. Niemand ist in der Lage, einen Schritt zurückzutreten und gleichermaßen scharfsinnig und flexibel über Empfindungen von Liebe, Verlust, Aggression, Angst, Zorn, Vertrauen, Intimität und was es sonst noch gibt nachzudenken. Das Ideal des vollkommen reflektierten Menschen ist genauso illusorisch wie das Ideal des vollkommen tauglichen oder gesunden Menschen, der in jeder Hinsicht – Gewicht, Blutdruck, Cholesterinspiegel, Blutbild, Sehschärfe und dergleichen – dem Modell entspricht, das medizinische Lehrbücher vom menschlichen Körper zeichnen. Jeder von uns hat körperliche Mängel und Schwächen. Idealvorstellungen über die Gesundheit, das perfekte Gewicht und die richtigen Lipidwerte, ein gutes Sehvermögen und ein kräftiges Herz bleiben dennoch Ziele, die wir alle in unserem Alltagsleben bedenken können.

Auf welcher Stufe der geistigen Entwicklung stehen wir eigentlich genau? Aus der klinischen Erfahrung kann ich sagen, daß die meisten von uns suboptimal funktionieren. Nur eine Minderheit der Erwachsenen, die ich auf höchstens 20 bis 30 Prozent schätze, funktioniert zeitweise oder vorwiegend auf den im fünften Kapitel erörterten höheren Stufen. Der Rest teilt sich in solche, die zwar Gefühle benennen können, aber nur schwer Zusammenhänge zwischen ihnen erkennen, dann in solche, die mit polarisierten Affekten auf das Leben reagieren, und in solche, die vorwiegend in einer Welt der Entladung durch Verhalten leben, in der Gefühle gleichbedeutend sind mit Handlungen beziehungsweise körperlichen Zuständen. Schließlich gibt es noch solche, die auf einer Stufe leben, auf der das Denken, das Verhalten oder beides gänzlich desorganisiert ist.

Natürlich machen diejenigen, die eine ziemlich hohe Stufe erreicht haben, nicht ständig und in allen Lebensbereichen davon Gebrauch. Wer hat sich nicht schon in einen scheinbar unauflösbaren Disput verrannt, weil beide Seiten sich hinter polarisierten Schwarz-oder-Weiß-Positionen verschanzt hatten? Wer hat nicht schon auf Angst mit der Gewißheit reagiert, daß eine Katastrophe unausweichlich sei? Daß jemand die Fähigkeit erreicht hat, in einem bestimmten Lebensbereich reflektiert zu denken, ist keine Garantie dafür, daß er es künftig immer tun wird. Das mentale Funktionieren bemißt sich daran, wie jemand auf die unterschiedlichsten Herausforderungen reagiert und wie stabil seine Reaktionen in Streß- und Krisensituationen sind. Kann er sich auch dann noch seine Nachdenklichkeit bewahren, wenn er gekränkt, verängstigt, beleidigt, enttäuscht, zurückgewiesen, besorgt, erschöpft oder gehetzt ist? Oder fällt er zurück in starre Reaktionsformen, ein polarisiertes Denken und konkrete Handlungsmuster? Zieht er, anders gesagt, Alternativen in Betracht, wägt er Werte, Möglichkeiten und unterschiedliche Standpunkte ab, oder schlägt er wild um sich, zerfließt er in Tränen, beschuldigt er andere, gibt er Stereotype von sich? Zu fragen ist auch, in welchen emotionalen Bereichen jemand auf reflektierte und integrierte Weise reagiert und in welchen auf eine eher polarisierte oder desorganisierte Weise. Bringt Zorn, Selbstbehauptung oder Intimität das Beste oder das Schlimmste in einem Menschen ans Licht?

Die Antworten auf diese Fragen kennzeichnen die Stufe der mentalen Fähigkeiten eines Menschen, aber, wie wir sehen werden, nicht nur eines einzelnen, sondern auch von Gruppen, seien es Ehepaare, Familien, Firmen, Organisationen, Gemeinden und sogar ganze Gesellschaften.

Ein gefährliches Experiment

Von der Geschichte mit Adam und Eva über die Faust-Legende bis hin zu den modernen Parabeln *Doctor Strangelove* und *Jurassic Park* hat das Thema des Werteverlusts, der mit dem Trachten der Menschheit nach Wissen und Macht einhergeht, das abendländische Denken verfolgt. Ob sie sich damit abfanden, aus dem Garten Eden verbannt zu sein, ob sie ihre Seele dem Teufel verkauften, ob sie die Weltuntergangsmaschine in Gang setzten oder ob sie gegen wiederbelebte prähistorische Ungeheuer kämpften – stets sahen die Menschen sich zu der Entscheidung gezwungen, entweder ihrem Intellekt zu folgen oder ihren zentralen Wertvorstellungen und Überzeugungen treu zu bleiben.

Der uralte Konflikt hat jetzt eine ironische neue Wendung genommen, denn es besteht möglicherweise die Gefahr, daß wir den Verstand und zugleich diese kostbaren menschlichen Werte verlieren, und zwar durch ein und denselben Prozeß. Wie Teil I gezeigt hat, ist das Dilemma, vor dem wir stehen, nicht ein Kompromiß zwischen Seele und Intellekt, zwischen Emotion und Vernunft. Vielmehr sind jetzt die modernen sozialen Institutionen und die Technik, auf der sie beruhen, zu einer Gefahr für die Bedingungen geworden, aus denen Intelligenz, Mitgefühl, Moral und Kreativität entstehen.

Die intellektuellen ebenso wie die emotionalen Seiten des menschlichen Geistes entspringen einer einzigen Quelle, nämlich der komplexen emotionalen Interaktion. Die Struktur der modernen Gesellschaft fördert zusehends das Unpersönliche in allen Lebensbereichen und untergräbt damit die Grundlagen des Geistes. Hochentwickelte Gesellschaften laufen daher Gefahr, die Basis zu zerstören, auf der ihre Errungenschaften beruhen. Wenn bestimmte Entwicklungen weitergehen, wird die Gesellschaft mit Sicherheit nicht nur ihre Seele verlieren, sondern auch den Preis, um den Faust seine eigene Seele verkaufte: die Fähigkeit, Wissen zu erwerben und zu nutzen.

Gewiß gibt es ein alteingewurzeltes Mißtrauen gegen sozialen und technischen Wandel. Bei vielen ist das Bild, das sie sich von Wissenschaft und Technik machen, noch immer geprägt von der Vorstellung eines Dr. Frankenstein, dessen Verstand Amok läuft, dessen Genialität zur Gefahr wird. Atomare und biologische Waffen, die Computertechnik, das Genomprojekt – das alles hat das Gespenst eines selbstmörderisch gewordenen Wissens heraufbeschworen, eines Intellekts, der Hand an die Integrität, ja sogar an die Kontinuität des Lebens legt. Die Gefahr, von der wir sprachen, reicht jedoch tiefer. Es geht nicht um das nackte Überleben der Menschheit, sondern darum, daß die durch soziale und technische Veränderungen hervorgerufene Unpersönlichkeit unseres Lebens genau die Fähigkeiten bedroht, die den Fortschritt erst ermöglicht haben – Fähigkeiten, die sich aus den ersten vertrauten Interaktionen zwischen Kindern und den ihnen zutiefst verbundenen Erwachsenen bilden. Die Qualitäten, die aufs engste mit unserer Humanität identifiziert werden – Vernunft, Leidenschaft, Liebe, Intuition, Intelligenz, Kreativität, Mut, Moral, Spiritualität –, entwickeln sich aus dem Wechselspiel zwischen dem individuellen Nervensystem und der emotionalen Erfahrung tagtäglicher Interaktionen. Diese gemeinsamen Ursprünge gilt es erst einmal zu erkennen, damit wir den besonderen Ernst der Gefahr erfassen können, in der unsere Gesellschaft heute schwebt.

Thomas Jefferson wandte sich vor über zweihundert Jahren dagegen, daß die eben flügge gewordene amerikanische Nation sich auf die Industrialisierung einließ, denn er glaubte, sie werde das Leben der Gemeinden schwächen. Unter den Gefahren der Industrialisierung hob er nicht nur ihre wirtschaftlichen, sondern auch ihre gesellschaftlichen und persönlichen Folgen hervor, wie Michael Sandel in *Democracy's Discontent* schreibt. Er sah viele der Probleme voraus, vor denen wir heute stehen, da wirtschaftliche Denk- und Verhaltensweisen sich sogar auf so elementare Fragen auswirken wie die Art und Weise, in der Familien ihre Kinder aufziehen.

Während der längsten Zeit menschlicher Geschichte ließ der Gang des Alltagslebens es zu, daß Kinder in einem Geflecht enger Interaktionen mit Erwachsenen groß wurden. Ob sie in Stämmen, Dörfern oder Landstädtchen lebten, ob sie dem Wild folgten, mit ihren Herden herumzogen, den Acker bestellten oder einem Handwerk nachgingen – die Kinder und ihre Eltern waren umgeben von Menschen, mit denen sie – und die umgekehrt mit ihnen – eng vertraut waren. In jüngerer Zeit verbrachten die Familien – auch in großen Städten – den Alltag überwiegend innerhalb eines Umfeldes, in dem man jeden Punkt bequem zu Fuß erreichen konnte. Erst im 19. Jahrhundert erhielt der durchschnittliche Engländer, dessen Land damals das reichste der Welt war, dank der Eisenbahn überhaupt Gelegenheit, sich mehr als einige Meilen von seinem Geburtsort zu entfernen.

Während der frühen Neuzeit erlernten Kinder ihre Erwachsenenrollen also entweder von ihren Eltern oder anderen nahen Verwandten oder als Lehrlinge, die im Haushalt ihres Meisters lebten. Familien blieben oft über viele Generationen hinweg ortsansässig, so daß die Verwandten häufig auch Nachbarn waren. Enge Beziehungen waren in einer solchen Welt nicht nur gang und gäbe, sondern auch unvermeidlich. Das normale Leben bot somit zwanglos und regelmäßig die Bedingungen, die das komplexe menschliche Nervensystem braucht, um seine Möglichkeiten auszuschöpfen, ein Zusammentreffen, das ohne Zweifel das Ergebnis von Jahrtausenden sozialer Evolution war.

Natürlich kam es sehr häufig vor, daß Menschen durch Krankheit, Armut oder Mißgeschick der intimen familiären Interaktionen beraubt wurden, die nötig sind, um eine hohe Entwicklungsstufe zu erreichen. Da sie im allgemeinen aber in Gemeinschaften lebten, die durch einen weitgehenden sozialen Konsens zusammengehalten und nach klaren und eindeutigen Verhaltensregeln organisiert waren, blieben selbst Menschen, deren Denk- und Gefühlswelt auf einer konkreten Ebene stehengeblieben war, vor der größten Not bewahrt.

Die fortschreitende Effizienzsteigerung der Mittel zur Erzeugung des lebensnotwendigen Bedarfs setzte in erheblichem Umfang Zeit und Talent für andere Zwecke frei. Die dadurch geförderten kreativen Fortschritte ermöglichten soziale Anpassungen, die ihrerseits wirtschaftliche Neuerungen unterstützten. Jeder dieser Faktoren – die Muster, nach denen Menschen miteinander in Beziehung treten, die Art und Weise ihres Broterwerbs und die Entwicklung ihrer kreativen Fähigkeiten – hat natürlich bedeutenden Einfluß auf das Bewußtsein des einzelnen. Menschliches Leben kann sich nicht befriedigend entwickeln, wenn auch nur einer von ihnen fehlt, und was immer das Zusammenwirken dieser drei Faktoren bedroht, muß sie notwendigerweise alle untergraben.

Im Zuge der gesellschaftlichen Veränderungen der letzten Jahrzehnte sind Strukturen entstanden, die in die Beziehungen eingreifen, auf welche die Entwicklung angewiesen ist. Sowohl in der Familie als auch im Arbeitsleben – zwei Bereiche, die für die meisten fast nichts mehr miteinander zu tun haben – sind enge persönliche Beziehungen auf dem Rückzug, und Unpersönlichkeit greift um sich. Alte häusliche Beschäftigungen wie Gespräche, Geschichtenerzählen, Vorlesen, Singen und Musizieren wurden erst durch das Radio, dann durch das Kino, daraufhin durch das Fernsehen und schließlich durch Computerspiele verdrängt. Statt gemeinsam einen Spaziergang zu machen und Nachbarn auf der Veranda zu besuchen, verbringt man die Abende vor dem Fernseher. »Interaktive« Computerspiele haben Gesellschaftsspiele, Laientheater und kunstvolle Phantasiewelten ersetzt.

Heute wird die intime Interaktion durch die Struktur unserer Familien behindert. Während beide Eltern zur Arbeit außer Haus sind oder alleinerziehende Väter und Mütter sich bemühen, alle Erwachsenenrollen im Haushalt auszufüllen, verbringen immer mehr Babys und Kinder einen erheblichen Teil ihrer Zeit in Kindertagesstätten, die es sehr viel seltener erlauben, mit einem Erwachsenen in eine persönliche Beziehung zu treten. Mehr und mehr Kinder kehren von der Schule nicht nur in verlassene Häuser zurück, sondern auch in Wohnviertel, in denen kaum noch Erwachsene anzutreffen sind, da sie für die Bewohner, die ihren Lebensunterhalt anderswo verdienen, nur noch als Schlafstätten fungieren. Angesichts hoher Scheidungsziffern, steigender Anteile unehelicher Kinder und abnehmender Zahlen von Großfamilienhaushalten haben Kinder zu immer weniger Erwachsenen ständigen Zugang. Von diesen Entwicklungen werden auch die späteren Chancen beeinträchtigt, dank enger persönlicher Bindungen die Entwicklungsstufen des Erwachsenenalters zu meistern.

Auch Eltern mit relativ hohem Einkommen haben es oft schwer, ihren Kindern jene intensive, intime Interaktion zu bieten, die die beste Gewähr für die Bewältigung der höheren Entwicklungsstufen ist. Unter denen, die nicht von extremer Armut und Streß belastet sind, waren es seit jeher die Mittelschichten, die einen Großteil der wichtigen gesellschaftlichen Arbeit geleistet und viele der Wertvorstellungen und Bewältigungsfähigkeiten, auf die Gemeinschaften angewiesen sind, an die nächste Generation weitergegeben haben; und auch hier gerät die Fähigkeit der Eltern, sich um ihre Kinder zu kümmern, zusehends in Gefahr. Da es immer häufiger unumgänglich ist, daß beide Eltern einer außerhäuslichen Erwerbsarbeit nachgehen, schrumpft die Zeit, die sie ihren Kindern widmen können, teilweise bedrohlich. Es gibt jetzt zwar einen Trend, Arbeit hinauszuverlagern zu freien Mitarbeitern, die diese zu Hause erledigen, aber ob die Qualität der Interaktionen zwischen Mutter und Kind davon profitiert, darf bezweifelt werden.

Bei Licht besehen, hat unser Land sich ungewollt auf ein gewaltiges soziales Experiment eingelassen. Noch kennen wir den Ausgang nicht, aber die ersten Daten sind nicht ermutigend. Die gewerblichen Kindertagesstätten mit einer Vielzahl von Kindern, wie es sie heute gibt, weichen in entscheidenden Punkten sowohl von der traditionellen Praxis der Oberschicht ab, die viele Aufgaben der Kleinkindpflege Bediensteten übertrug, als auch von solchen Alternativen der Gruppenerziehung, wie sie im israelischen Kibbuz gepflegt werden. In beiden Fällen werden die Kinder von Erwachsenen umsorgt, die über lange Zeit feste Bezugspersonen ihres Lebens bleiben und persönlichen Anteil an ihrem Schicksal nehmen. Im ersten Fall waren die Kindermädchen im allgemeinen seit langem Bedienstete der Familie und durch Gefühlsbande, Stolz und sogar persönliche Identität an ihre Arbeitgeber gebunden, die sie wiederum als einen festen Bestandteil ihres Alltags betrachteten und sich zeitlebens für sie verantwortlich fühlten. Im zweiten Fall sind die Erwachsenen, denen die Beaufsichtigung der »Kinderhäuser« obliegt, ständige, bereitwillige Mitglieder einer egalitären, freiwilligen Gemeinschaft, die auf gemeinsamen Zielen und Wertvorstellungen beruht; außerdem verbringen die Kinder täglich beträchtliche Zeit bei ihren Eltern.

In amerikanischen Kindertagesstätten und in vielen Einrichtungen familiärer Tagesbetreuung wechseln die Pflegepersonen dagegen häufig, sind oft stark von eigenen finanziellen und familiären Sorgen belastet und vielfach völlig anderer kultureller Herkunft als ihre Schützlinge. Mitarbeiterinnen, denen es in besonderem Maße gelingt, zu den ihnen anvertrauten Kindern enge Beziehungen zu entwickeln, werden häufig in Leitungs- oder Verwaltungspositionen berufen, wo sie weniger Gelegenheit haben, diese Fähigkeiten anzuwenden.

Wie sich die außerhäusliche Tagesbetreuung auf die Entwicklung der Kinder auswirkt, ist in zahlreichen Studien untersucht worden.[1] Die umfassendste von ihnen weckt ernste Zweifel an der Eignung der Tagesbetreuung, so wie sie derzeit fast überall praktiziert wird. Hier einige ihrer Feststellungen:

– »Die Kinderbetreuung in den meisten Tagesstätten der Vereinigten Staaten ist mangelhaft bis mittelmäßig, wobei fast die Hälfte der

Kleinkinder und Kinder sich in Räumen aufhält, die nicht einmal Mindestansprüchen genügen.«

- »Die kognitive und soziale Entwicklung der Kinder steht, unabhängig vom Bildungsgrad der Mutter sowie dem Geschlecht und der ethnischen Zugehörigkeit des Kindes, in einem positiven Zusammenhang mit der Qualität der erfahrenen Kinderbetreuung.«
- »Dienstleistungen von guter Qualität kosten mehr, aber nicht sehr viel mehr als solche von mittelmäßiger Qualität.«
- »Es gibt Anzeichen für eine unzureichende Information der Verbraucher, die Unvollkommenheiten des Marktes nach sich zieht und für manche Tagesstätten den Anreiz vermindert, eine gute Betreuung zu bieten.«

Die Studie kam zu dem Schluß, daß »nur jede siebte Tagesstätte eine Kinderbetreuung von der Qualität bietet, die eine gesunde Entwicklung und Lernen fördert« und daß »die Qualität der Kinderbetreuung sich auf alle Kinder auswirkt, unabhängig vom Bildungsgrad der Mutter«.[2] Eine andere Studie fand heraus, daß die Betreuung durch einen Elternteil oder sonstige Verwandte den verschiedenen Formen der Tagesbetreuung überlegen ist.[3]

Aus einer größeren Gemeinschaftsuntersuchung, die vom National Institute of Child Health and Human Development gefördert wird und die noch im Gange ist, geht hervor, daß bei Kleinkindern, die den größten Teil des Tages in Kindertagesstätten verbringen, die Bindung an die Eltern vorübergehend in Gefahr ist, wenn die Eltern nicht ein hohes Maß an emotionaler Sensibilität für die affektiven Äußerungen ihrer Kinder zeigen.[4] Dieser Studie zufolge kann die außerhäusliche Betreuung, wenn sie sich über den größten Teil des Tages erstreckt, die Fähigkeit des Kindes beeinträchtigen, frühe soziale und emotionale Muster zu beherrschen. Zu beachten ist, daß bisher nur die Ergebnisse der Beurteilung von Kindern im Alter von fünfzehn Monaten mitgeteilt wurden. Der vorläufige Bericht ist nicht leicht zu deuten: Der Aufenthalt in einer Tagesstätte ruft als solcher noch keine Abweichungen in den Bindungen an die Eltern hervor, wenn aber eine gewisse Unsensibilität bei den Eltern hinzukommt, ist das Kind gefährdet. Negativ wirkt es sich auch auf das Kind aus, wenn zu der [mangelhaften] Qualität der Betreuung, einem häufigen Wechsel unter den Betreuerinnen in der Tagesstätte und einem extrem jungen Alter des Kindes auch nur der geringste Mangel an Sensibilität für die emotionalen Bedürfnisse des Kindes hinzukommt.

Die Tatsache, daß die außerhäusliche Betreuung allein sich noch nicht negativ auf die Entwicklung der Kinder auswirkt, deuten manche als einen Hinweis darauf, daß sie für Kleinkinder und Kinder kein Risikofaktor sei. Vielleicht trägt ein Beispiel zur Klärung dieses Punktes bei. Nehmen wir an, Kinder in außerhäuslicher Betreuung neigten zu Infektionen, wenn sie zu Hause nicht optimal ernährt werden, doch bei sehr guter Ernährung unterscheide sich ihre Infektionshäufigkeit nicht von derjenigen von Kindern, die keine außerhäusliche Betreuung erhalten. Würden wir daraus schließen, die außerhäusliche Betreuung stelle gar kein Risiko dar? Die meisten werden wohl der Meinung zustimmen, daß sie ein Risiko enthalte, das aber durch bestimmte positive Punkte kompensiert werden könne. Daß die Schwierigkeit erst entsteht, wenn zwei Faktoren zusammenkommen, sollte uns nicht dazu verleiten, die Schlußfolgerung zu übersehen, daß der über den größten Teil des Tages sich erstreckende Aufenthalt in einer Tagesstätte ein Risikofaktor zu sein scheint, wenn hinzukommt, daß die Eltern zu Hause nicht hinreichend sensibel auf die Äußerungen des Kleinkindes achten.

1990 wurden in den Vereinigten Staaten 23 Prozent der Kinder unter einem Jahr, 33 Prozent der Einjährigen, 38 Prozent der Zweijährigen und 50 Prozent der Dreijährigen in einer Tagesstätte der einen oder anderen Form betreut.[5] Eine Studie der Carnegie Corporation meldete 1994, daß 53 Prozent der Mütter ihre Erwerbstätigkeit wiederaufnehmen, bevor das Kind ein Jahr alt ist, und daß viele Kleinkinder wöchentlich mehr als 35 Stunden eine Betreuung erfahren, die nicht den Normen genügt.[6] Das ist Ronald Lally zufolge eine drastische Veränderung gegenüber den fünfziger und sechziger Jahren, als die meisten Kinder im Kleinkindalter von Familienangehörigen betreut wurden, und die Zahlen steigen noch. Noch nie in der Geschichte haben so viele Kleinstkinder soviel Zeit mit anderen verbracht, die nicht Angehörige ihrer Familie sind.[7]

In einer Reihe von hervorragenden Tagesstätten habe ich die Beobachtung gemacht, daß die meisten Pflegepersonen sich bemühen, zu allen ihren Schützlingen eine herzliche Beziehung herzustellen. Wenn sie aber drei bis vier Kinder zu versorgen haben – eine typische Zahl in vielen Tagesstätten –, kommt es vor, daß sie sich vordringlich mit dem Kind beschäftigen müssen, das gerade weint. Oft geschieht es dann, daß ein anderes Kind, das vielleicht mit einem weniger empfindsamen, ruhigeren Temperament gesegnet ist, still in seinem Bettchen liegt und, wenn die Betreuerin vorbeigeht, ihren Blick auffängt und lächelt, bereit zu einer kleinen spielerischen Interaktion, einem Austausch von Gesten zum Beispiel. Die Betreuerin hält einen Augenblick inne, wirft einen kurzen Blick auf das Kind, das nahe daran ist, ein Händchen auszustrecken oder einen gurrenden Laut auszustoßen, doch dann kommt sie zu dem Schluß, daß dieses Kind keine frische Windel und keine Flasche braucht, und geht weiter, weil sie anderswo dringender gebraucht wird.

So entgeht dem stillen Baby diesmal die Gelegenheit zu einem Austausch, der sein emotionales und damit mentales Wachstum fördern würde. Für sich genommen, ist ein solches kleines Versäumnis eigentlich nicht als Vernachlässigung zu betrachten und hinterläßt keine bleibenden Folgen. Wenn dieser unauffällige Entzug der benötigten längeren Sequenzen emotionaler und gestischer Zuwendungen sich jedoch in den ersten Lebensmonaten und -jahren Dutzende oder Hunderte von Malen wiederholt, könnte das den Fortschritt des Kindes zu jener reichen, nuancierten emotionalen Erfahrung bremsen, auf der unsere höheren mentalen Fähigkeiten beruhen.

Gewissenhafte Mitarbeiterinnen von Tagesstätten nehmen im übrigen vielfach an, daß die Kinder vor und nach der Zeit, die sie bei ihnen verbringen, eine Menge echter Intimität von ihren Eltern erfahren. Doch ausgelaugt von den Arbeitsstunden, den Fahrzeiten, dem Essenkochen und Haushalt, sehen sich selbst liebevolle Eltern oft nicht in der Lage, ihren Kindern an Werktagen morgens und abends jene Aufmerksamkeit zu schenken, die sie ihnen gern widmen würden. Sie trösten sich dann mit der Annahme, diese werde ihnen tagsüber in der Tagesstätte zuteil. So kann es passieren, daß das Kind hier wie dort zu kurz kommt, ohne daß jemand es will.

Ich will damit nicht sagen, daß die institutionelle Betreuung vollkommen wertlos wäre oder nicht auch Vorzüge hätte. Es ist erwiesen, daß die Gruppenbetreuung bestimmte motorische und kognitive Fertigkeiten fördert. So wichtig diese auch sind, sollten sie aber nicht gleichgesetzt werden mit der emotionalen Erfahrung, die aus vertrauten Interaktionen erwächst und die Grundlage des mentalen Wachstums in den ersten Lebensjahren bildet.

Ich sollte auch nochmals betonen, daß die Tagesstätten, die ich beobachtet habe, hervorragende Einrichtungen waren, deren Probleme mit der Struktur der institutionellen Betreuung, so wie sie heute organisiert ist, zusammenhängen – im Unterschied zu solchen, deren Schwierigkeiten auf Unzulänglichkeiten der Leitung, der Personalausstattung oder der Ausbildung beruhen. In vorzüglich bewerteten Altenpflegeheimen beobachtet man dasselbe Muster in der unpersönlichen »institutionellen Liebe«, die die an der vordersten Front der persönlichen Betreuung tätigen Mitarbeiter den Insassen entgegenbringen. Wenn Kinder, hat ein scharfsinniger Kritiker bemerkt, die heute Tagesstätten besuchen, im Alter in ein Pflegeheim kommen, werden sie genau wissen, was sie erwartet.

Das Unpersönliche, das die Erfahrung von immer mehr amerikanischen Kindern in wachsendem Maße durchdringt, zeigt sich auch darin, daß die Unterrichtsmethoden, die an vielen Schulen praktiziert werden, echte Interaktion vermissen lassen. Auswendiglernen, Pauken und standardisierte Leistungstests sind Methoden, die individuelle Unterschiede nicht berücksichtigen. An vielen Schulen setzt man überdies sogar noch stärker auf die sogenannte interaktive, computergestützte Unterweisung, die keine wirkliche Interaktion bietet, sondern das, was der Schüler tut, nur mit einer mechanischen Reaktion beantwortet.

Wenn die Kinderbetreuung und der Unterricht in den Mittelschichten, die sich noch am ehesten eine gute Betreuung ihrer Kinder leisten können, in den letzten Jahren an Qualität eingebüßt haben, so haben die Probleme, mit denen die Armen unseres Landes bei der Aufzucht ihrer Kinder konfrontiert sind, krisenhafte Ausmaße angenommen. Erhebliche Teile unserer Großstadtbevölkerung besitzen weder die materiellen noch die persönlichen Mittel, ihre Kinder halbwegs anständig zu erziehen. Heute, wo der Staat sich immer weniger für die Aufrechterhaltung des Lebensstandards engagiert, ist nicht damit zu rechnen, daß die Politik den Niedergang aufhält. Wirtschaftliche und soziale Belastungen stellen eine zusätzliche psychologische Bedrohung dar, unter der ein reflektierendes Bewußtsein und Mitgefühl nicht aufkommen können. Es kann deshalb passieren, daß Eltern trotz guter Absichten den konkreten Anforderungen des Hier und Jetzt mit einer Einstellung begegnen, die nur noch das »Überleben« im Auge hat, was sie daran hindert, stärkende emotionale Beziehungen mit ihren Kindern einzugehen. Wenn diese Entwicklung anhält, könnte unsere Gesellschaft in eine wirklich bedenkliche Lage kommen. Wenn die Kinder aller sozialen Schichten mit weniger persönlicher Zuwendung aufwachsen, wenn die Söhne und Töchter der Reichen wie der Armen gedankenloser und dem Leben ihrer Mitmenschen immer mehr entfremdet werden, ist damit zu rechnen, daß Gewalt und Extremismus zunehmen, während Zusammenarbeit und Empathie zurückgehen.

Sogar die Nervenärzte, die sich lange für interpersonale Kommunikation und menschliche Nähe eingesetzt haben, rücken von ihrem bisherigen Engagement für die therapeutische Wirkung von Beziehungen ab. Immer mehr Symptome psychischer Erkrankung können heute medikamentös gedämpft werden, und zugleich stehen die Kliniker zunehmend unter dem Druck, durch wirtschaftliche Behandlungsmethoden die Kosten zu senken. Viele Praktiker gehen deshalb zu Psychopharmaka und verhaltensorientierten Behandlungsmethoden über. Damit tendiert einer der wenigen Lebensbereiche, in denen einsame, verstörte und bedrückte Menschen die persönliche, ermutigende Aufmerksamkeit erfahren können, die sie zu ihrer psychischen Gesundung benötigen, zu unpersönlichen Strategien, für die nicht die Gesundheit, sondern das Kosten-Nutzen-Verhältnis zählt. Unter dem Zwang, stärker auf grob vereinfachende kurzfristige Erfolgszahlen zu setzen, fällt es Therapeuten, Klinikern und Krankenhäusern immer schwerer, Behandlungspläne zu rechtfertigen, die auf individuelle Bedürfnisse zugeschnitten sind.

Nach dem, was wir jetzt über die Ursprünge des Geistes wissen, müßte dagegen nicht ein engeres, sondern ein breiteres Verständnis von seelischer Gesundheit und seelischer Krankheit, nicht eine biologisch reduktionistische, sondern eine mehr auf die Emotionen ausgerichtete Behandlungsmethode angestrebt werden. Gewiß lindern moderne Medikamente viel Leid, erlauben sie es doch vielen Menschen, effektiver zu funktionieren, als es ohne sie möglich wäre. Aber die den Störungen zugrunde liegenden Entwicklungsdefizite können mit Psychopharmaka allein nicht behoben werden. Wer eine langfristige therapeutische Beziehung benötigt, um bestimmte Entwicklungsmuster aufzuarbeiten, bekommt weniger Gelegenheit dazu. Das wird die Gesellschaft auf längere Sicht vermutlich weit teurer zu stehen kommen als eine sofort gewährte ausgedehnte individuelle Betreuung.

Auch in der Arbeitswelt beobachten wir die Tendenz zum Unpersönlichen. An die Stelle der persönlichen Interaktion treten immer mehr die Arbeit am Computerbildschirm und die Kommunikation per Konferenzschaltung oder sonstige elektronische Methoden. Dabei gehen die Chancen für ein emotionales Wachstum, die ein wirklich menschlicher Austausch bietet, stark zurück. Es geht nicht darum, daß Computer, Faxgeräte und dergleichen an sich entpersonalisierend wären. So ist zum Beispiel die fast untergegangene Kunst des Briefeschreibens durch die E-Mail wiederbelebt worden, nur mit dem zusätzlichen Vorteil, daß Zustellung und Antwort sekundenschnell erfolgen können. Viele, die es nicht schaffen würden, das Briefpapier hervorzuholen, eine Briefmarke aufzutreiben und dann ein bis zwei Wochen auf die Antwort zu warten, stehen dadurch jetzt in engem Kontakt. Menschen, die durch riesige Entfernungen voneinander getrennt sind, verkehren sehr viel vertrauter miteinander, als es auf Blättern Papier möglich ist, die von Stadt zu Stadt oder von Land zu Land wandern. Online-Dienste und das Internet machen es möglich, daß Menschen mit gemeinsamen Interessen unabhängig von ihrem Wohnsitz zueinander finden.

Die Technik wird jedoch zunehmend in einer Weise genutzt, die im Interesse der Effizienz oder der Kostensenkung die persönlichen Kontakte verkürzt. Geldautomaten ersetzen vertraute Gesichter; wer »voice mail« benutzt, braucht nicht mehr mit einer Telefonistin oder Rezeptionistin, ja nicht einmal mehr mit demjenigen zu sprechen, dem er etwas mitteilen möchte. Einkaufsfahrten und spontane Begegnungen, bei denen Beziehungen zu Nachbarn gefördert werden, gehen zurück, wenn Waren per Telefon, Fax oder E-Mail bestellt werden. Sogar der Plausch mit der Kollegin am Schreibtisch nebenan wird durch Fax und E-Mail ersetzt. Wenn die Unterhaltung per Fernsehen und Computer ins Haus geliefert wird, geht man seltener hinaus in die Öffentlichkeit, wo man auf andere treffen könnte. Unmerklich schwinden auf vielfache Weise die Gelegenheiten, mit denen, die man kennt, zu individueller Interaktion zusammenzutreffen.

Wie weit sind wir auf diesem Weg schon gekommen? Wie gut können die Interaktionsprozesse funktionieren, auf denen unsere geistige Entwicklung beruht? Wie wirkt sich die von einzelnen erreichte Entwicklungsstufe auf die Gesellschaft aus? Diese Fragen werden wir in den folgenden Kapiteln untersuchen. Zunächst betrachten wir die Konzeptionen der seelischen Gesundheit, der seelischen Krankheit und der psychotherapeutischen Behandlung, die Einfluß haben auf unser Bild von uns selbst und von dem, was wir werden möchten. Anschließend behandeln wir Ansätze zu einer Erziehung, die für unseren Intellekt und unseren Charakter Ziele festlegt. Um abzuschätzen, wie stabil die grundlegende Zelle unserer Gesellschaft ist, werfen wir einen Blick auf Ehe, Familie und den Umgang mit Konflikten. Das Problem der Gewalt und die Herausforderung der Innenstädte, mögen wir sie auch noch so sehr zu ignorieren versuchen, verraten uns viel darüber, wohin die Gesellschaft steuert. Am Schluß werden wir sehen, daß Nationen und Individuen nur miteinander leben können in einer Welt, in der die Menschen einander gut kennen und die Bedürfnisse, Motive und Absichten der anderen verstehen. Mangelndes Verständnis ist nur mit vermeidbaren Gefahren verbunden. Daß diese Gefahren überall, vom Kinderzimmer bis zum Gipfeltreffen, gemildert werden können, wenn wir die Dinge aus der Perspektive der Entwicklung betrachten, hoffe ich in den folgenden Kapiteln zeigen zu können.

8.

Seelische Gesundheit aus der Sicht der Entwicklung

Wenn wir verstanden haben, daß die Emotionen grundlegend für die gesamte geistige Entwicklung sind, gelingt es uns besser, den schwer faßbaren Begriff der seelischen Gesundheit zu definieren. Seelische Gesundheit ist mehr als das Fehlen von Symptomen psychischen Leids. Die Entwicklungsperspektive umfaßt und erhellt Freuds berühmte Formulierung: »Liebes- und Arbeitsfähigkeit«.

Zu klären, was wir unter seelischer Gesundheit verstehen, ist besonders dringlich angesichts unserer ständig zunehmenden Möglichkeiten, am Funktionieren des Gehirns herumzupfuschen. Die heute verfügbaren Medikamente greifen auf immer subtilere Weise in die Funktionsweise des Gehirns ein. Prozac [Fluctin] lindert nicht nur die Depression, sondern scheint auch Persönlichkeitszüge zu verändern; manche werden zum Beispiel weniger schüchtern und vorsichtig. Eine Gruppe von Antidepressiva, die Monoaminoxidasehemmer, können Narzißmus und Selbstüberschätzung fördern. Ritalin und Dexedrine fördern die Konzentration, bei manchen verringern sie jedoch Flexibilität, Humor und Kreativität. Da alljährlich neue Medikamente auf den Markt kommen, wird es zunehmend möglich, die Persönlichkeit selbst umzumodeln. Ob solche Medikamente ausschließlich bei schwerer Depression und gestörtem Denken angewandt oder ob sie benutzt werden, um kosmetische Persönlichkeitsveränderungen hervorzurufen, hängt jedoch davon ab, wie wir einen emotional gesunden Menschen definieren.

Definition der seelischen Gesundheit

Wenn wir in einem Menschen eine von biologischen Mechanismen getriebene Ansammlung von Merkmalen sehen, dann wird es uns vielleicht genügen, wenn die neurologische Forschung lediglich dazu benutzt wird, besser angepaßte menschliche Maschinen herzustellen. Wenn wir seelische Gesundheit jedoch so definieren, daß ein Mensch eine Reihe von Entwicklungsaufgaben – den Erwerb der Fähigkeit zu reflektieren, tiefe Beziehungen zu anderen einzugehen und auch angesichts von Belastungen und Veränderungen anderen mit Empathie zu begegnen – gemeistert haben muß, dann werden wir darauf bestehen, daß intime interpersonale Erfahrungen und emotionales Wachstum wichtig sind. Aus dieser Sicht müssen verhaltenstheoretische oder biochemische Methoden in den Gesamtprozeß der emotionalen und intellektuellen Entwicklung integriert werden.

Was wir über seelische Gesundheit wissen, stammt zum großen Teil aus der Beobachtung von Menschen, deren Denk- und Verhaltensmuster aus dem Rahmen der Normalität fallen. Im Umgang der Gesellschaften mit ihren geistesgestörten Mitgliedern gibt es jedoch einen breiten Spielraum. Die Ursachen, auf die abweichendes oder extremes Verhalten zurückgeführt wird, reichen vom Göttlichen bis zum Teuflischen, vom Kosmischen bis zum Biochemischen. Seit mehr als hundert Jahren schwankt die vorherrschende Meinung; mal werden physiologische, mal Faktoren der Erfahrung als entscheidend für die seelische Gesundheit angesehen.

Was die körperliche Gesundheit angeht, gibt es drei konkurrierende Definitionen. Die einfachste beeinhaltet Freiheit von Krankheitssymptomen. Eine andere postuliert optimales Wohlbefinden eines fitten, kraftvollen Menschen, der mit einem niedrigen Cholesterinspiegel, einer ausgezeichneten Herzfunktion und dergleichen gesegnet ist. Die dritte liegt zwischen diesen beiden und bestimmt Gesundheit als den Zustand eines Menschen, bei dem Energieniveau, Blutdruck, Blutbild usw. durchschnittlich ausfallen. Diese Definitionen der körperlichen Gesundheit sind schon reichlich vage; dieselben Maßstäbe, auf die seelische Gesundheit angewandt, werden vollkommen nebulös. Daß extreme Symptome – das Hören von Stimmen, heftige unprovozierte Stimmungsschwankungen, die Unfähigkeit, destruktive Impulse zu beherrschen, Zwangshandlungen und Wahnvorstellungen – nicht zu einem seelisch gesunden Menschen gehören, wird wohl kaum von Fachleuten bezweifelt. Doch die genauen Kriterien der Symptome sind vielfach umstritten und dem Wandel unterworfen. So haben zum Beispiel das prämenstruelle Syndrom und bestimmte Reaktionen auf Traumata große Debatten ausgelöst.

Die herkömmlichen Unterscheidungen zwischen Gesundheit und Krankheit reichen also, sieht man einmal von den offenkundigsten und akutesten Fällen ab, nicht aus, um seelische Gesundheit oder Störung zu definieren. Der Feststellung, daß nicht jeder, der keine gravierenden Symptome hat, seelisch gesund ist, dürften die meisten zustimmen. Wir alle kennen jemanden, der zwar nicht richtig »verrückt« ist, aber doch erhebliche emotionale Schwierigkeiten hat. Nicht besser ergeht es der statistischen Definition, die unter seelischer Gesundheit den Zustand des Durchschnittsmenschen versteht. Thoreau hat das Leben der Masse der Menschheit vor langer Zeit mit dem Ausdruck »stumme Verzweiflung« charakterisiert. Nicht ganz so poetisch, sondern mehr quantitativ fand die Mid-Town Manhattan Study vor einigen Jahren bei 70 Prozent der Einwohner von New York City erkennbare Neurosen.

Psychodynamisch orientierte Therapeuten fassen die seelische Gesundheit seit jeher nicht als eine symptomlose Befindlichkeit auf, sondern als einen positiven Zustand, der auf der Fähigkeit beruht, optimal am Leben teilzunehmen. Abraham Maslows Konzept der Selbstverwirklichung, Mihaly Czikszentmihalyis Begriff des »Flow« und Erik Eriksons Idee der sich entwickelnden Identität sind Beispiele für diesen Ansatz. Allerdings besteht hier die ernste Gefahr, daß ein Zustand beschrieben wird, den nur ein kleiner Bruchteil der Gesellschaft zu erreichen vermag. Auch liegt der Akzent dabei vielleicht allzusehr auf Ergebnissen oder Zielen statt auf Prozessen.

Wie komplex die Einschätzung seelischer Gesundheit ist, läßt sich am besten an konkreten Lebensläufen zeigen. Betrachten wir die Fälle von Paul und Sylvia.

Paul, jetzt Anfang Fünfzig, hat ein erfolgreiches Leben hinter sich. In bescheidenen Verhältnissen aufgewachsen, entdeckte er früh, daß er ein beträchtliches Talent besaß, einen guten Eindruck zu machen, sich gute Freunde zu verschaffen und gute Noten zu erzielen. In der High-School nutzte er sein Aussehen und eine mittlere, durch gewissenhaftes Üben ausgebaute sportliche Begabung, um sich Zugang zur Clique der beliebtesten Schüler zu verschaffen, deren Mitglieder überwiegend aus Familien stammten, die sehr viel wohlhabender waren als seine eigene. Teils durch Stipendien, teils durch Ferien- und Teilzeitjobs finanziert, erwarb er den Abschluß an einem renommierten College, was ihm wiederum eine aussichtsreiche Position in einer Firma verschaffte, die zu den fünfhundert größten auf der Liste der Zeitschrift *Fortune* gehörte. Zu Beginn seines firmeninternen Aufstiegs heiratete er Anne, eine ehrgeizige und attraktive Frau, die bei der Führung eines gepflegten Haushalts und der Aufzucht von drei gescheiten, hübschen und tüchtigen Kindern zu seiner Verbündeten wurde. Im mittleren Lebensalter teilte er seine Zeit auf zwischen Managementkonferenzen, seinem großen Vorstadthaus, dem Strandhaus der Familie, eleganten geselligen Zusammenkünften mit den nicht minder begüterten Freunden, die Anne und er hatten, und den zahlreichen Wettkämpfen, Turnieren, Aufführungen und Siegerehrungen seiner Kinder.

Als er in den Vierzigern war, starben seine beiden Eltern nach langer Krankheit. Stets ein pflichtgetreuer Sohn, hatte Paul doch mit den Jahren nach und nach jedes Gefühl der Vertrautheit mit ihnen und seinen Brüdern verloren, als zunächst das Studium und dann sein Aufstieg ihn geographisch und gesellschaftlich von seinem Elternhaus entfernten. Die emotional belastende Aufgabe, für die beiden alten Leute zu sorgen, war seinen Brüdern zugefallen, die weiterhin in ihrer Heimatstadt lebten. Paul erteilte wohl Ratschläge hinsichtlich der finanziellen Angelegenheiten seiner Eltern, doch blieb es fast ausschließlich bei telefonischen Kontakten. Wenn seine Brüder anregten, er möge zusammen mit ihnen die Eltern im Pflegeheim besuchen, mußte Paul meistens gerade auf Geschäftsreise oder wurde durch eine wichtige Besprechung festgehalten. Als seine Eltern gestorben waren, versuchte Anne, ihm zu helfen, mit dem Kummer und dem Verlust fertig zu werden, den er, davon war sie überzeugt, empfinden mußte, doch Paul wechselte dann schnell das Thema und sprach von seinem jüngsten Erfolg in der Firma, nicht ohne hinzuzufügen, daß es einen hemme, wenn man länger bei traurigen Dingen verweile.

In derselben Zeit wurde Anne wegen Brustkrebs operiert. Der Krebs war zwar früh entdeckt worden, doch das Erlebnis erschütterte sie tief. Sie versuchte, mit ihrem Mann über ihre Gefühle zu sprechen, doch Paul sprach nur davon, daß sie eine sehr gute Prognose habe und zum Glück nach der Entfernung des Knotens keine Schönheitsoperation benötige. Sie hätten doch Glück, meinte er, denn wenn sie sich erst von der Operation und der Strahlenbehandlung erholt habe, werde alles so sein, »als wenn es nie passiert wäre«.

Außer diesen Schicksalsschlägen, während derer Paul sich Gefühle wie Schmerz, Angst, Kummer oder Verlust nicht anmerken ließ, ist ihm in seinem ganzen Erwachsenenleben kein ernstliches Unglück widerfahren. Umgänglich, selbstsicher und gebildet, begegnet Paul dem Leben mit der positiven, gutorganisierten und umsichtigen Einstellung, die ihm so viele Erfolge beschert hat. Die Oberflächlichkeit seiner Einstellung zu Verlust und Leid überträgt er jedoch auf seine intimen Beziehungen. Er liebt Anne zweifellos, doch freut er sich vor allem über ihre Schönheit, ihr Geschick als Gastgeberin und ihre Fähigkeit, sein Image zu heben. Er liebt gewiß seine Kinder, doch was ihm vor allem Freude bereitet, sind ihre beeindruckenden Erfolge, nicht ihr inneres Selbst. Wenn sie ein Spiel verloren haben, ein Collegе sie abgelehnt hat oder eine Liebesbeziehung zerbrochen ist, fällt es ihm schwer, sie zu trösten. Die eher düsteren Emotionen sind ihnen weitgehend unbekannt, genau wie ihrem Vater.

Wenden wir uns nun Sylvia zu, deren Leben, anders als das von Paul, nicht das Bild von Gleichmut und emotionaler Unzugänglichkeit bietet. Sie hat zweimal lange Zeit eine an Depression grenzende Trauer erlebt. Jetzt, an der Schwelle zum neunten Jahrzehnt eines ereignisreichen Lebens, sieht sie ihre Welt mit einem sarkastischen Argwohn, der ihrer Erfahrung entstammt, daß das Schicksal nicht gerecht ist.

Als viertes von sieben Kindern und einziges Mädchen unter lauter Brüdern stand sie genau im Mittelpunkt einer großen Familie. Ihre Eltern schafften es als arme Einwanderer durch beharrliche Arbeit, den Kindern ein Heim zu bieten, das arm an materiellem Komfort, dafür aber reichlich versehen war mit stolzer Erwartung,

Verständnis und Liebe. Sie hatte immer gute Noten, aber da sie nach Abschluß der High-School gleich ganztags verdienen mußte, war an ein Studium nicht zu denken.

Beide Eltern starben, ehe Sylvia fünfundzwanzig war, und ließen ihre einzige Tochter mit einem starken Verantwortungsgefühl für ihre Brüder zurück. Sie wohnte zusammen mit den dreien, die noch unverheiratet waren, bis sie selbst mit Anfang Dreißig heiratete. Heute, fast sechs Jahrzehnte nach dem Tod ihrer Eltern, ist sie noch immer der emotionale Mittelpunkt, um den sich ihre Geschwister scharen.

Eine stürmische Romanze während des Zweiten Weltkriegs mündete in eine Ehe, die ein halbes Jahrhundert lang währte und drei Kinder hervorbrachte. Bei Kriegsende zog das Paar in die Heimatstadt des Mannes, ans andere Ende des Kontinents, wo Sylvia, die ihre Geburtsstadt bis dahin nie verlassen hatte, sich ein Leben aufbauen und Freunde finden mußte, in einer Region, die so ganz anders war als jene, in der sie aufgewachsen war. Viele Jahre lang verlief ihr Leben in den Bahnen einer typischen Mittelschichtfamilie aus der Vorstadt ohne größere Probleme, sieht man einmal von den üblichen Ärgernissen und Rückschlägen ab.

Als Sylvia in den Sechzigern war, mußten sie und ihr Mann im Abstand von fünf Jahren erleben, daß ihre beiden glücklichen, begabten, vielversprechenden und bisher gesunden Töchter an einer langwierigen, hartnäckigen Krankheit starben. Die erste dieser Tragödien stürzte Sylvia in Verzweiflung. Als sie allmählich ihr emotionales Gleichgewicht wiedergewonnen hatte, erkrankte plötzlich ihre andere Tochter. Wieder glaubte Sylvia, den Verlust nicht verkraften zu können. Wieder drohte der Kummer ihr ganzes Leben zu verschlingen. Wieder kämpfte sie sich frei von der Verzweiflung und fand die Kraft zum Weiterleben.

In ihren Siebzigern hielt sie die Erinnerung an ihre geliebten Töchter in ihrem Herzen immer noch lebendig, war aber innerlich nicht der Vergangenheit, sondern der Gegenwart und Zukunft zugewandt. Sie blieb weiterhin der emotionale Anker für ihre Brüder. Sie munterte ihren Mann und ihren Sohn auf. Sie wandte sich wieder ihren alten Interessen zu, dem Lesen, Reisen und Segeln, und ergriff darüber hinaus neue Aktivitäten als freiwillige Helferin. Unaufdringlich, aber wohlüberlegt wandte sie sich leidenden Menschen zu, ob es sich nun um Verwandte handelte, die kränkelten oder einen Todesfall zu verschmerzen hatten, oder um Freunde, die ein chronisch krankes erwachsenes Kind hatten – jedem, bei dem sie merkte, daß er Trost und Fürsorge brauchte. Ohne wehleidig oder mißmutig zu sein, gelang es ihr, ihre eigene Bekanntschaft mit dem Kummer in ein vernünftiges, praktisches Mitgefühl zu verwandeln, in ein besonderes Talent, den Menschen genau die Hilfe zu geben, die sie brauchten.

Sylvia leugnet nicht, daß die Verluste, die sie hinnehmen mußte, bitter waren und daß ihr Schicksal ungerecht war. Sie nimmt kein Blatt vor den Mund, und nicht selten verliert sie die Geduld. Sie hat jedoch zur Genüge die Höhen und Tiefen ihres Lebens erfahren, ihre Verzweiflung überwunden und ihr Gleichgewicht und den Sinn für Proportionen wiedergewonnen. Sie hat die Chancen und Herausforderungen ihres Lebens genutzt, um an Kraft, Weisheit, Einsicht und Verständnis zu wachsen.

An den Geschichten von Paul und Sylvia wird deutlich, wie schwer es ist, ein menschliches Leben mit dem anderen zu vergleichen. Aus der Sicht der Entwicklung ist Sylvia jedoch eher ein Beispiel für das stabile und dabei gleichwohl wachsende Selbstgefühl, das aus intensiv erlebter persönlicher Erfahrung entspringt und von ihr geformt wird, jenes Selbstgefühl, das das Wesen der seelischen Gesundheit ausmacht. Sie hat aus dieser Erfahrung eine Lebenseinstellung gewonnen, die Verständnis und kluges Handeln miteinander verbindet. Ihr Kampf mit herzzerreißendem Leid mündete letztlich nicht in Krankheit, sondern in Wachstum.

Sylvias Leben enthält Züge, in denen sich jene hochgradige emotionale Entwicklung äußert, welche die Psychotherapie allen, die danach streben, zugänglich zu machen bemüht sein sollte. Sie war nicht immer frei von pathologischen Verhaltensweisen. Ihr Denken und Fühlen war nicht immer realitätsbezogen und rational. Sie hat Zeiten durchgemacht, in denen ihr seelischer und emotionaler Zustand alles andere als normal war. Kurz, ihre seelische Gesundheit genügte nicht immer den Maßstäben der drei geläufigen Definitionen. Sie hat jedoch etwas erreicht, was in diesen Formulierungen übersehen wird, etwas, das, glaube ich, den Kern einer hochdifferenzierten geistigen Entwicklung ausmacht. Wiederholt hat sie die Fähigkeit bewiesen, über ihre Lebenserfahrung nachzudenken und daraus ein kohärentes, effektives, nuanciertes, aufgeschlossenes und altersgemäßes Bewußtsein zu bilden.

Diese Kombination von Eigenschaften entspricht meines Erachtens nahezu der Definition einer gesunden seelischen Entwicklung. Ein seelisch gesunder Mensch gedeiht nicht nur in einer von Schmerz und Leid freien Umgebung, wie Paul sie hat, sondern er ist wie Sylvia fähig, gerade auf Widrigkeiten, die fast das Leben zerstören, positiv zu reagieren. Ein seelisch gesunder Mensch bewahrt sich nicht bloß sein Wohlbefinden, sondern – was viel wichtiger ist – gewinnt es wieder, nachdem es ernstlich gefährdet war.

Es ist ungewiß, wie es Paul ergehen würde, wenn das Leben ihn auf eine so harte Probe stellen würde wie Sylvia. Er hat seine Identität auf den Wettbewerb um begehrte Preise aufgebaut und deshalb seine dem Kampf dienenden Fertigkeiten entwickelt, aber die Fähigkeiten zur Introspektion und zur Pflege vertrauensvoller Beziehungen mit anderen, die einem über eine schwere Krise hinweghelfen können, vernachlässigt. Die Ziele, die er sich im Leben gesetzt hat, sind letztlich oberflächlich. Der Verlust seiner einflußreichen und einträglichen Stellung könnte zum Beispiel eine brüchige, auf den Besitz von Reichtum und Macht gegründete Identität zerstören. Er ist anscheinend unfähig, negative Emotionen wie Trauer, Verlust oder Enttäuschung offen einzugestehen. Sollte eines seiner Kinder schwer erkranken, könnte ein so dominanter und kampforientierter Mensch wie er die Gefühle der Ohnmacht und des Schmerzes, die sich dann einstellen würden, nur sehr schwer ertragen. Ein Leid, das ihn emotional von Anne abhängig machen würde, könnte ihre Ehe, die auf ihrer (Annes) Bereitschaft aufgebaut ist, sein Überlegenheitsgefühl zu stärken und zu schützen, zerstören. Es ist unklar, was für Stärken er durch eine leidvolle Erfahrung mobilisieren oder entwickeln könnte; klar ist dagegen, daß die Eigenschaften, die wir als Grundlagen der seelischen Gesundheit definieren, bisher bei Paul nicht entwickelt sind.

Sylvia bewies in schweren Prüfungen ihre Fähigkeit, ein breites Spektrum von Emotionen wie Wut, Enttäuschung, Kummer, Verlust und Entmutigung zu ertragen, aber auch Mitgefühl, Freude und Stolz zu empfinden und weiterhin hinreichend gut zu funktionieren, um ihr seelisches Gleichgewicht wiederzugewinnen. Ein Maßstab seelischer Gesundheit, der Äußerlichkeiten wie Erfolg, Gleichmut oder einen stabilen Lebensweg hervorhebt, verfehlt die eigentliche Grundlage emotionalen Wohlbefindens, die in einer hochdifferenzierten Innenwelt besteht, die dem Menschen erlaubt, sowohl das Leben voll zu genießen als auch Verlust und Leid durchzustehen und sich wieder davon zu erholen.

Dieser Begriff der seelischen Gesundheit geht über die bestehenden Definitionen hinaus und bereichert sie. Wer nach diesem Maßstab seelisch gesund ist, erfüllt Freuds Kriterium, liebes- und arbeitsfähig zu sein, aber auch andere Kriterien wie die Fähigkeit, die Normen der Gesellschaft zu befolgen, in einer stabilen Familie intime Beziehungen zu pflegen und einsichtig über die eigenen Gefühle und inneren Wünsche zu reflektieren.

Seelische Gesundheit als Prozeß

Wie das Leben von Paul und Sylvia zeigt, brauchen wir eine Beschreibung der seelischen Gesundheit, die weniger Gewicht auf statische, mechanische Definitionen und mehr Gewicht auf den Prozeß der Entwicklung und Verfeinerung wichtiger Fähigkeiten legt. Eine solche Betrachtung läßt sich auf vielfältige gesellschaftliche und kulturelle Umstände anwenden. Sie richtet sich nicht auf unveränderliche Zustände oder frühere Erfolge, sondern auf die laufende Entwicklung, und sie erkennt die verschiedensten Begabungen und Erfahrungen an. Gesundes Wachstum mündet, aus der Perspektive der Entwicklung, in eine Persönlichkeit, die so offen, flexibel und differenziert ist, daß der Mensch imstande ist, die seiner jeweiligen Lebensphase angemessenen Beziehungen zu pflegen, vielfältige und nuancierte Emotionen zu erleben und durch das Nachdenken darüber sein Denken und Bewußtsein während seiner gesamten Lebenszeit zu erweitern und zu vertiefen. Ein einziges gültiges Modell der seelischen Gesundheit kann es nicht geben. Seelisch gesund ist ein Kind mit lebhafter Neugier und einem wachsenden Gefühl der Bezogenheit und der Wirksamkeit; ein Jugendlicher mit genügend Selbstvertrauen, Sensibilität und Zielstrebigkeit, um über die affektive Unterstützung der Eltern hinauswachsen zu können; ein Erwachsener mit der Selbsterkenntnis, dem emotionalen Vermögen und der Widerstandsfähigkeit, die notwendig sind, um lohnende Ziele zu verwirklichen, intime Beziehungen zu pflegen, ernste Verantwortung zu erfüllen, Verlust und Enttäuschung zu akzeptieren und ein reiches Innenleben zu unterhalten. Ein gesunder Dreijähriger zeigt nicht die Empathie, die man von einem Dreiundzwanzigjährigen erwartet, und normalerweise übernimmt ein junger Erwachsener nicht die vielfältigen Familien- und Arbeitspflichten, die dem Mittvierziger angemessen sind. Jedes Alter, jede Situation stellt eigene Anforderungen, jede verlangt auf früherem Wachstum aufbauende, neue adaptive Reaktionen.

Zur gesunden Entwicklung gehört auch der Erwerb der dem jeweiligen Alter angemessenen Fähigkeiten zum Urteilen, zur Realitätsprüfung und zum Problemlösen. Diese kognitiven Fähigkeiten setzen jedoch nicht einen bestimmten IQ-Wert voraus. Wer beim Stanford-Binet-Test besser abschneidet als ein anderer, muß sich nicht unbedingt einer besseren seelischen Gesundheit erfreuen. Es kommt nicht auf ein bestimmtes Niveau kognitiver Fertigkeiten an, sondern auf eine umfassende Fähigkeit, über die Anforderungen einer Lebenssituation nachzudenken und ihnen zu genügen. Eine Professorin der theoretischen Physik, die über physikalische Phänomene abstrakt zu urteilen vermag, kann gleichzeitig in ihren persönlichen Beziehungen oder ihren politischen Urteilen naiv sein. Eine andere Frau, die nicht über die High-School hinausgekommen ist, kann hingegen ein sehr viel sichereres politisches Gespür haben und besser verstehen, mit ihrem Chef umzugehen, sich nach einem Stimmungsabfall wieder aufzurappeln, ihren Freunden Vertrauen einzuflößen, Familienkonflikte zu lösen oder Beziehungen zu ihren Kindern aufzubauen. Entscheidend ist die Fähigkeit, Lebensprobleme zu lösen, sie zu überleben und weiter durch sie zu wachsen.

Seelische Gesundheit darf außerdem nicht verwechselt werden mit bestimmten emotionalen und sozialen Fertigkeiten. Man hat jetzt den Begriff der »emotionalen Intelligenz« vorgeschlagen, um zum Beispiel jenes Wahrnehmungsvermögen zu beschreiben, das an der Fähigkeit beteiligt ist, die emotionalen Signale anderer zu deuten.[1] Dabei wird jedoch nicht berücksichtigt, wozu diese Fähigkeit genutzt wird, ob dazu, sich in einen besorgten Freund hineinzuversetzen, eine Forschungsgruppe zu motivieren oder jemanden übers Ohr zu hauen. Seelische Gesundheit besteht eigentlich darin, daß solche Fertigkeiten in die Absichten und Ziele, die intimen Beziehungen und den umfassenden Lebenssinn eines Menschen integriert werden. Ein im Umgang mit anderen unbeholfener Mensch, der liebevoll und fürsorglich ist, der sowohl Glück als auch Leid erfahren und sich in Verlusten und Krisen eine gewisse moralische Stärke bewahren kann, ist seelisch von robusterer Gesundheit als ein gesellschaftlich gewandter, aber unreflektierter Mensch, den es drängt, andere zu manipulieren.

Emotionale Gesundheit ist somit die fortgesetzte Entfaltung verschiedener Fähigkeiten, beginnend mit der Bewältigung der in Teil I dargestellten grundlegenden Stufen der geistigen Entwicklung. Zeitlich und inhaltlich kann die Bewältigung dieser Stufen sehr unterschiedlich ablaufen. Die Talente, Fähigkeiten, Ansichten, Temperamente, Tendenzen und Neigungen der Menschen können stark voneinander abweichen, ohne die Grenzen einer gesunden Entwicklung zu sprengen. Ob zurückhaltend oder aufgeschlossen, sportlich oder künstlerisch, spirituell oder praktisch, abenteuerlich oder vorsichtig, visionär oder konservativ – ein Mensch mag diese und unzählige andere Merkmale in beliebiger Kombination aufweisen und dabei einen emotional gesunden Kurs verfolgen.

Verengungen oder Verzerrungen des emotionalen Wachstums, die jemanden daran hindern oder gar unfähig machen, sich seinem Alter entsprechend zu verhalten und auf andere zu beziehen, können ein Grund dafür sein, daß seine Persönlichkeit den Rahmen einer gesunden Entwicklung verläßt. Das bezieht sich zum Beispiel auf einen intellektuell glänzenden Mann, der sich nicht zu beherrschen vermag, oder eine Frau mit tiefer Empathie, die von irrationalen Ängsten in ihrem Haus festgehalten wird. Wenn ein Teenager die emotionalen Reaktionen eines Grundschülers, ein junger Erwachsener die eines älteren Bürgers zeigt, so deutet das auf eine problematische Entwicklung hin.

Emotionale Gesundheit ist zwangsläufig etwas Graduelles. Niemand ist ein Inbegriff der Vollkommenheit, niemand hat die ideale emotionale Bandbreite, niemand beweist hundertprozentiges Verständnis oder unbezwingbare Seelenstärke. Die nämlichen Emotionen, aus denen Intellekt und Kreativität entspringen, können sich sehr unterschiedlich auswirken und gelegentlich auch scheinbar ungesunde Reaktionen zur Folge haben.

Eine gesunde Entwicklung bringt Menschen hervor, die auf bestimmten Gebieten stärker und flexibler sind als auf anderen. Manche werden etwa differenziert auf Sexualität reagieren – eine stillende Mutter zum Beispiel wird in bezug auf ihren Säugling, ihren Sexualpartner und ihre inneren Phantasien unterschiedliche Gefühle haben. Sie kann mit den Emotionen, die sich an ihre Sexualität knüpfen, reflektiert umgehen, da sie weiß, wie diese sich auf sie selbst und andere Menschen in ihrem Lebensumkreis beziehen. Es kann jedoch sein, daß dieselbe Frau sehr viel undifferenzierter auf zornige Gefühle reagiert, daß sie diese als falsch, verboten oder unweiblich betrachtet und sie deshalb unterdrückt. Jemand anderer hat vielleicht Schwierigkeiten mit der Sexualität, empfindet alle oder fast alle sexuellen Gefühle als schlecht oder verboten und reagiert darauf mit einem undifferenzierten Verhalten, das nichts kennt außer vollständiger Verdrängung und restloser Hingabe. Derselbe Mensch wird aber vielleicht besonnen mit zornigen Gefühlen umgehen, viele Abstufungen zwischen leichtem Verdruß und rasender Wut kennen, abschätzen können, ob das jeweilige Gefühl der Situation angemessen ist, und einfühlsam, umsichtig und selbstbeherrscht mit Konflikten und Konfrontationen umgehen.

Wenn wir die geistige Entwicklung als einen ständigen Prozeß betrachten, können wir die Eigenschaften eines seelisch gesunden Menschen klar unterscheiden und die Stufen des Geistes erkennen, von denen sie entspringen. Der allerersten Entwicklungsstufe in den ersten Monaten nach der Geburt entspringt die Fähigkeit, Aufmerksamkeit zu organisieren und ruhig zu bleiben, sowie das daraus erwachsende tiefe Sicherheitsgefühl. Der zweiten Stufe entspringt die Fähigkeit, Nähe und Vertrautheit mit anderen zu empfinden, die auch dann anhält, wenn jemand zornig, enttäuscht oder traurig ist. Der dritten und vierten Stufe entspringt die Fähigkeit, zunächst einfache und später komplexe nonverbale Signale zu deuten. Dies versetzt das Individuum in die Lage, auf eigene und fremde Intentionen zu reagieren und ohne größere Verzerrungen Situationen auf Sicherheit oder Gefahr, Akzeptanz oder Zurückweisung und andere wichtige Aspekte hin einzuschätzen. Mit der fünften Entwicklungsstufe entstehen symbolische Ausdrücke für eine Fülle von Ideen und Gefühlen. Aus der sechsten entspringt die Fähigkeit, diese Gedanken, Gefühle und Ideen logisch zu organisieren, über sie nachzudenken und sie dafür zu nutzen, Probleme in der Außenwelt zu lösen. Diese Fähigkeit, die auch die Entwicklung von Moral und Ethik ermöglicht, wird mit der Reifung des Menschen vielfältiger, subtiler und umfassender, und schließlich wird sie auf weitere Probleme der Entwicklung wie Liebesbeziehungen, Kindererziehung, Berufswahl und Verantwortung gegenüber einer größeren Gemeinschaft angewandt.

Es gibt keinen bestimmten Zeitpunkt, zu dem diese Entwicklungsstufen beherrscht werden müssen. Es kommt also nicht darauf an, in welchem Alter ein Kind sein erstes Wort oder das erste »Warum?« oder die erste aufgeschnappte Wendung äußert. Ob ein Kind mit vier oder mit sechs zum ersten Mal »Warum?« fragt, ob es mit acht oder zehn schreiben kann, spielt keine Rolle; wichtiger ist, daß es eine Starthilfe bekommt, um diese und weitere Fertigkeiten zu erlangen. Wenn es erst einmal begriffen hat, daß es mit der Frage »Warum?« durch Interaktion mit anderen neue Ideen bekommen hat, hat es jahrzehntelang Zeit, um sich den Kopf darüber zu zerbrechen. Wenn es erst einmal erkannt hat, daß Buchstaben gleichbedeutend sind mit Lauten, kann es sein Leben lang Gedanken und Gefühle durch das geschriebene Wort ausdrücken. Vierzig Jahre später ist es nicht mehr wichtig, wann genau es diese Verknüpfungen hergestellt hat. Ungeheuer wichtig ist dagegen, daß es überhaupt die Fähigkeit zu einer reichen inneren Erfahrung, zu emotionaler Vielfalt, zu Beziehungen zur Außenwelt, zu einem solide gegründeten Persönlichkeitsgefühl entwickelt. Ohne diese viel wesentlicheren Fähigkeiten wird jenes erste »Warum?« vielleicht nie kommen, werden jene ersten Worte vielleicht nie entschlüsselt.

Wenn ich mit Kindern arbeite, die ernste emotionale, physische oder kognitive Schwierigkeiten haben, bin ich immer wieder entzückt, wenn ich spüre, daß sie auf dem richtigen Weg sind. Sie mögen Jahre hinter dem zurück sein, was in ihrem Alter zu erwarten wäre, aber sie haben Schritte getan, die sich zu einem Gesamtbild fügen, das fortwährendes Wachstum bedeutet. So ist es zum Beispiel tröstlich, wenn man sieht, daß Emotionen das Denken leiten, daß die

Phantasie sich regt, daß Beziehungen enger werden und mit unterschiedlichen Gefühlen in ein Gleichgewicht kommen und daß das Denken logischer wird und eine größere Zahl von Symbolen umfaßt.

Es hat vier Vorteile, wenn man die seelische Gesundheit als ein Entwicklungsphänomen auffaßt. Erstens werden dadurch Mißverständnisse vermieden, die daher rühren können, daß man sich zu sehr auf bestimmte Verhaltensweisen fixiert, die von einer Kultur zur anderen differieren können. Zweitens wird dadurch verständlich, daß Symptome als solche keinen Hinweis auf den Zustand eines Menschen geben. Drittens wird dadurch die Bedeutung eines oft übersehenen Merkmals der seelischen Gesundheit unterstrichen, nämlich der Fähigkeit, die erschreckenden, schmerzlichen, bitteren Emotionen des Lebens zu ertragen. Schließlich wird dadurch deutlich, daß oberflächlichere Auffassungen, die lediglich die Geschicklichkeit der sozialen Anpassung, Erfolg auf irgendeinem Gebiet oder die Abwesenheit von Konflikten bewerten, unzureichend sind. Zum Kennzeichen seelischer Gesundheit wird statt dessen der Prozeß fortgesetzten Wachstums, der Vertiefung emotionaler Beziehungen und der Entwicklung einer sinnvolleren inneren Reflexion.

Gehemmtes Wachstum

Indem wir die Definitionen der seelischen Gesundheit durchleuchtet haben, wurde in Umrissen der auf dem Entwicklungsgedanken basierende Problemansatz bei psychischen Störungen deutlich. Das Vorliegen von Symptomen, zum Beispiel Furcht vor Aufzügen, ist noch nicht gleichbedeutend mit Krankheit. Jemand mit einer Phobie vor Aufzügen kann im übrigen durchaus zu intimen Beziehungen, Empathie und Reflexion fähig sein und eine Vielzahl altersgemäßer Gefühle haben, während ein anderer, der frei von Symptomen ist, vielleicht ein seichtes Innenleben und egozentrische Interessen hat. Der Entwicklungsgedanke bietet uns eine breitere Perspektive zur Beurteilung ernsthafter Störungen.

Störungen entstehen, wenn eine oder mehrere Stufen des Geistes nicht richtig funktionieren. Der Grund kann darin liegen, daß eine Stufe sich nie vollständig entwickelt hat, aber auch darin, daß nach ihrer Erreichung etwas dazwischenkam. Zum einen können Probleme sehr früh beginnen; eine mangelhafte neurologische Ausstattung beziehungsweise ungenügende Zuwendung kann das geistige Wachstum eines Kindes hemmen, wie es etwa der Fall ist, wenn ein autistisches Kind Schwierigkeiten hat, kommunizieren zu lernen, oder ein Baby, das zu emotionaler Empfindlichkeit neigt, auf den Rückzug seiner Mutter mit Einsamkeit und Verzweiflung reagiert. Zum anderen können Schwierigkeiten später im Leben aus Erfahrungen entstehen, wenn physische oder emotionale Faktoren einen Menschen, der bis dahin gut funktioniert hat, entgleisen lassen. Ein schrecklicher Verkehrsunfall kann bei einem Achtjährigen die Fähigkeit vernichten, zwischen der Realität, die für ihn zu einer grausigen, trostlosen Landschaft geworden ist, und weniger schmerzlichen Phantasien zu unterscheiden. Zu den physischen Ursachen, die das Funktionieren von Stufen des Geistes beeinträchtigen, gehören ein übermäßiger Gebrauch von Steroiden und biochemische Veränderungen, die mit reifungsbedingten Phasen wie der Pubertät oder der Menopause zusammenhängen. Drogen, Verletzungen, ja sogar die Auswirkungen von akutem Streß können bisweilen Reaktionen auslösen, welche die mit den einzelnen geistigen Entwicklungsstufen gegebenen Fähigkeiten zerstören.

Bei jeder Störung ist es sinnvoll zu fragen, welche Stufe des Geistes beeinträchtigt ist. Ist die Betroffene in der Lage, ihre Aufmerksamkeit zu konzentrieren und sich geborgen zu fühlen? Ist sie fähig, Beziehungen einzugehen und sich zu binden? Ist sie imstande, Grenzen zu beachten und nonverbale Kommunikationsmuster zu begreifen, um ihre eigenen Intentionen zu erkennen und die anderer zu interpretieren? Ist sie fähig, aus ihren Gefühlen Vorstellungen und Bilder zu erzeugen? Kann sie Verknüpfungen zwischen Bildern herstellen und sie benutzen, um emotional zu urteilen und Probleme zu lösen? Kann sie ihre Fähigkeit, über ihre Emotionen zu urteilen, auf andere Erfahrungsbereiche, neue Aufgaben und Herausforderungen übertragen?[2]

Viele Menschen, die auf den höheren geistigen Stufen gut funktionieren, können gleichwohl partielle Verengungen haben, die nur in bestimmten Situationen oder bei bestimmten Themen sichtbar werden. Jemand hat beispielsweise Angst vor Prüfungen oder Probleme mit der Autorität. Eine emotionale Verengung kann jedoch noch weiter gehen. Es kommt zum Beispiel vor, daß jemand bestimmte Emotionen nicht zur Kenntnis nimmt, weil es auf der Ebene der Bildung emotionaler Symbole Probleme gibt. Eine solche Person kann Wut empfinden und wütend agieren, ist aber außerstande, ihre Wut als das zu erkennen, was sie ist, oder zu sagen »Ich bin wütend«. Sie weiß in einem ganz realen Sinne nicht, daß sie wütend *ist* – sie weiß nur, daß sie Empfindungen hat, die sie veranlassen, zu schreien oder mit Geschirr zu werfen. Vielleicht war einem Elternteil von ihr bei Wutgefühlen so unbehaglich, daß auch nur eine Andeutung davon, selbst schon ein harmloser Ärger oder Protest zur Folge hatte, daß sie zurückgewiesen und ignoriert wurde.

Noch gravierendere Schwierigkeiten sind die Folge, wenn die Störung auf der Ebene der Deutung nonverbaler Gesten auftritt; daraus können verzerrte Erwartungen und ein Hang zu fixierten, starren Anschauungen resultieren. »Man kann keinem trauen«, denkt so jemand, oder »Alle wollen mir schaden«. Solche Wahrnehmungen können die Einstellung eines Menschen erstarren lassen und enge Beziehungen verhindern.

Auch die Fähigkeit, logisch und in der Realität verwurzelt zu bleiben, kann Schaden nehmen. Tritt die Störung auf der Ebene der Vorstellungen auf, werden Gedanken und Urteile verworren, doch das Verhalten kann weiterhin leidlich rational sein. Phantasien bemächtigen sich des Geistes; Gedanken und Gefühle wandern ziellos umher. Eine gravierendere Störung der Realitätsprüfung tritt auf, wenn jemand auf der tieferen Ebene der Organsation des intentionalen Verhaltens und der Klärung seiner eigenen Grenzen nicht richtig funktioniert. Diese Fähigkeit, die sich normalerweise im ersten oder zu Beginn des zweiten Lebensjahres herausbildet, erlaubt uns, zwischen unseren eigenen Handlungen und Verhaltensweisen und denen anderer zu entscheiden. Ist diese rudimentäre Wahrnehmung der Welt außerhalb des eigenen Selbst nicht gegeben, dann lebt der Mensch in einem von der Realität losgelösten privaten Universum. Wie auch immer sie entstanden sein mag – wer von dieser Störung betroffen ist, hat kein zusammenhängendes Selbstgefühl, das die Erfahrungen anderer von denen scheidet, die in ihm selbst ihren Ursprung haben. Gedanken werden als von außen kommende Stimmen wahrgenommen, und die eigenen Wahrnehmungen oder Intentionen werden anderen zugeschrieben. Diese Verwirrung ist nicht gleichzusetzen mit der Projektion der eigenen Gefühle auf andere, was mehr oder weniger jeder macht; sie beruht auf einer echten Unfähigkeit, einen Unterschied wahrzunehmen zwischen dem, was innerhalb des Selbst, und dem, was außerhalb seiner entspringt.

Auf einer anderen Ebene des Geistes sind Störungen der Fähigkeit angesiedelt, Empfindungen, Wahrnehmungen und Emotionen zu organisieren und zu regulieren. Bei schweren affektiven Störungen sind es nicht Gedanken und Vorstellungen, sondern Emotionen, die sich nicht zu verständlichen, zusammenhängenden Mustern fügen. In der Seele toben heftige Gefühlsstürme und peitschen gewaltige Affektwogen auf, die sich überschlagen und das Denken, die Logik und den Realitätssinn unter sich begraben. Da hält einer, von Hochstimmung erfüllt, alles für möglich; oder er fürchtet, von Verzweiflung übermannt, nichts bewirken zu können. Da sieht sich einer als Millionär und macht Geschenke, die er sich nicht leisten kann; oder er versucht sich umzubringen, verzweifelt über einen Rückschlag, der, bei Licht besehen, eine Kleinigkeit ist. Da die Emotion die Realität weder widerspiegelt noch auch nur teilweise ihr entspricht, kann auch der Verstand nicht klar funktionieren. Ein gesunder Mensch, der zufällig optimistisch eingestellt ist, vergleicht seinen rosigen Ausblick mit den objektiven Erfolgsmöglichkeiten seines Vorhabens, und nicht anders verfährt der normale Pessimist mit seinen eher düsteren Erwartungen. Wenn aber auf dieser Ebene eine ernsthafte Störung vorliegt, versagt die Fähigkeit, Gefühle zu strukturieren, und der Deich, der verheerende emotionale Fluten eindämmt, zerbricht. Denkstörungen und schwere affektive Störungen beeintächtigen das Funktionieren des Geistes so gründlich, daß die Grenze zwischen dem Selbst und anderen beziehungsweise der übrigen Außenwelt verschwimmt.

In der Reaktion auf Streß und Trauma spiegeln sich Störungen auf bestimmten Ebenen des Geistes, die, je nach Schwere der Belastung, von einer relativ harmlosen Beunruhigung bis zum völligen Zusammenbruch reichen können. Wurde jemand zum Beispiel auf der Straße beraubt, so kann sich eine kleine Verkapselung bilden, und in Situationen, die ihn an den Vorfall erinnern, wird er ängstlich. Vielleicht meidet er sogar gänzlich jede Möglichkeit, noch einmal etwas zu erleben, das auch nur entfernt an das Trauma erinnert, und weigert sich, sein Haus zu verlassen.

Ein stärker betroffener Mensch wird möglicherweise partiell die Fähigkeit einbüßen, zwischen eigenen Gedanken und denen anderer zu unterscheiden, und in einer nicht den Realitäten entsprechenden Weise mißtrauisch oder deprimiert werden. Es kann sogar eine noch tiefergehende Fragmentierung auftreten, bei der keine Verbindung mehr zwischen verschiedenen Teilen des Selbst besteht. Er schwankt dann zwischen Depression und Hochstimmung, zwischen Aggression und Vertrauen. Es scheint, als wäre die Struktur abhanden gekommen, die diese Bereiche organisierte. Bei noch gravierenderen Dysfunktionen kommt es vor, daß Menschen sich gänzlich aus Beziehungen zurückziehen und sich ganz in ihrer eigenen Welt verschließen.

An den Reaktionen auf Trauma oder Streß können wir sowohl die betroffenen Ebenen des Geistes als auch das Ausmaß der Störung ablesen; sie deuten nicht nur auf die Natur des Problems hin, sondern auch auf die notwendigen Schritte, um dem Betroffenen wieder einen Anstoß zu seiner Weiterentwicklung zu geben. In der therapeutischen Arbeit mit Menschen, die unter Streß oder einem Trauma leiden, kommt es oft vor allem darauf an, ihnen zu helfen, die ersten Erfahrungen von Grund auf wiederherzustellen, aus denen der Geist ursprünglich aufgebaut wurde. Die Patienten müssen zunächst wieder jenes Gefühl der Sicherheit und Geborgenheit gewinnen, das in sehr viel früheren Lebensphasen durch fürsorgliche Beziehungen entwickelt wurde. Dann müssen sie langsam wieder die Fähigkeit aufbauen, Intentionen und Gefühle zu kommunizieren, zunächst nonverbal und dann verbal. Bei diesem graduellen Vorgehen sind Geborgenheit und Beziehung das Wichtigste, während Vorstellungen und Kommunikation eine untergeordnete Rolle spielen, anders als bei Streß- und Traumatherapien, in denen die Patienten allzu schnell ermuntert werden, über Dinge zu sprechen, die sie beunruhigen, oder das traumatische Erlebnis noch einmal zu durchleben. Bei letzteren ist das Denken vielleicht noch fragmentiert, und die Fähigkeit, Beziehungen einzugehen, ist noch nicht wieder – oder nur in unreifer Form – zurückgekehrt. Beim Wiederaufbau von Grund auf kann der traumatisierte Patient sich zunächst einmal neu organisieren, um sich dann der Herausforderung zu stellen, die gestörte Ebene des Geistes neu zu ordnen. Beispiele dafür werden wir im nächsten Kapitel sehen.

Die tabellarische Darstellung auf den Seiten 249 bis 251 umreißt den entwicklungstheoretischen Ansatz bezüglich seelischer Gesundheit und Krankheit.[3] Jeder grundlegenden Fähigkeit sind verschiedene mögliche Entwicklungen zugeordnet, von einer sehr angepaßten und gesunden bis hin zu einer fehlangepaßten und krankhaften. Der Fortschritt verläuft sowohl von einer Ebene zur anderen – von der Selbstregulierung bis zum emotionalen Denken – als auch auf ein und derselben Ebene hin zu größerer Komplexität und Breite.

Seelische Gesundheit, seelische Krankheit und Verantwortlichkeit

In Prozessen, die breite Aufmerksamkeit fanden, wurden die Angeklagten, denen man Gewaltverbrechen vorwarf, mit der Begründung freigesprochen, sie seien »aufgrund von Geisteskrankheit nicht schuldig«. Kritiker haben in solchen Fällen behauptet, die Diagnose der seelischen Krankheit werde dazu benutzt, Menschen ihrer moralischen Verantwortung zu entheben. Dieses Argument hat viele mit starken moralischen Grundsätzen gegen psychiatrisches und psychologisches Denken aufgebracht.

Wenn bei Menschen, die unter Verhältnissen aufwuchsen, die von Gewalttätigkeit, Armut und Verwahrlosung geprägt waren – wie etwa die Jugendlichen, die in der *West Side Story* spöttisch erklären, sie seien »schlecht, weil wir aus schlechten Verhältnissen stammen« –, die üblichen Maßstäbe weniger streng angewendet werden sollen, bedeutet das in den Augen vieler, den einzelnen seiner menschlichen Würde und die Gesellschaft der Fähigkeit zu berauben, Sicherheit und Ordnung zu gewährleisten. Umgekehrt wird behauptet: Wenn die Auswirkungen von Gewalt, Armut und Verwahrlosung auf die Entwicklung und die Lebenschancen nicht berücksichtigt werden, werden solche, die bereits benachteiligt sind, nochmals geschädigt, statt daß die Gesellschaft ihnen die erforderliche Hilfe gewährt.

Aus der Perspektive des Entwicklungsmodells haben beide Seiten recht und unrecht. Eine optimale geistige Entwicklung – das, was wir als seelische Gesundheit bezeichnet haben – erfordert ein Gefühl der Verbundenheit mit der Menschheit, eine gutentwickelte Empathie, die Fähigkeit, abstrakte Begriffe (darunter Werte wie Gerechtigkeit, Anstand usw.) auszudrücken und zu bewerten, ein Gefühl für die eigene Stellung in bezug auf die größere Gemeinschaft, ein Verständnis für die Folgen eigenen Handelns, eine Fähigkeit, alternative Werte gegeneinander abzuwägen und eigene Wünsche mit den Wünschen und Bedürfnissen anderer im Zusammenhang zu sehen, sowie eine Fähigkeit, legitime Autorität und Grenzen zu erkennen. Die für ein überlegtes, rücksichtsvolles, moralisches Denken und Handeln erforderlichen Fähigkeiten gehören zur seelischen Gesundheit. Um diese Fähigkeiten zu entwickeln, braucht ein Kind jene Art von Erziehung, die eine herzliche, enge Beziehung mit wenigstens einem flexiblen, verantwortungsbewußten, engagierten Erwachsenen ermöglicht.

Der moralisch verantwortliche Mensch, den die Konservativen bewundern, kann nur aus der liebevollen und Geborgenheit gebenden Familie hervorgehen, die die Liberalen fordern. Die beiden elementaren Leistungen von Familien, auf die es ankommt – einfühlsame Zuwendung in Verbindung mit klaren, entschiedenen Grenzen –, sind nicht an einen bestimmten sozialen, kulturellen, religiösen und wirtschaftlichen Rahmen gebunden. Ohne beides zu erfahren, kann ein Kind jedoch nicht zu einem moralisch verantwortlichen Erwachsenen werden. Grenzziehung ohne Zuwendung erzeugt Angst und das amoralische Verlangen, das System zu zerstören. Zuwendung ohne Grenzziehung führt zu Selbstsucht und Unverantwortlichkeit.

Mit der Auffassung, daß die Menschen für ihr Handeln Verantwortung tragen, Kinder aufzuziehen, die verantwortungsfähig sind, ist die zentrale Aufgabe von Eltern und Gesellschaft. In Gemeinden und Familien, die jedem Kind die Chance geben, in einem guten Elternhaus mit viel liebevoller emotionaler Interaktion und klaren Grenzen aufzuwachsen, können wir jedem Menschen die Verantwortung dafür übertragen, daß er seine Fähigkeiten auf der höchsten Entwicklungsebene, die er erreichen kann, nutzt.

Wenn es um die moralische und rechtliche Verantwortlichkeit

geht, sollten wir klarer zwischen den Verfahren trennen; die Feststellung, ob jemand ein Verbrechen begangen hat, ist eine Sache, die Entscheidung über Strafe oder Resozialisierung eine andere. Bei der letzteren Entscheidung wären dann solche Umstände wie die geistigen Fähigkeiten und der Geisteszustand zu berücksichtigen. Beide Feststellungen könnten von einer Jury aus Laienrichtern getroffen werden, doch müßte diese Jury oder ein Richter Urteilsoptionen – einschließlich einer angemessenen Behandlung – haben, die von den Entwicklungsstufen des Geistes ausgehen und in Fällen, in denen das Wachstum blockiert war, eine mögliche Besserung in Betracht ziehen. Nur wenn das berücksichtigt wird, können wir Verantwortlichkeit mit Mitgefühl und Fürsorge integrieren.

SELBSTREGULIERUNG

Aufmerksamkeit ist flüchtig (einige Sekunden hier und da) und/oder sehr aktiv bzw. unruhig	Kann kurzzeitig (30 bis 60 Sekunden) aufmerksam und ruhig sein, wenn sehr interessiert und motiviert	Konzentriert, organisiert und ruhig, nur nicht, wenn überreizt (z. B. in einer lauten, geschäftigen Umgebung) oder nicht genügend stimuliert (in einer sehr langweiligen Umgebung) bzw. wenn aufgefordert, eine schwach entwickelte Fertigkeit anzuwenden (bei einem Kind mit schwacher Feinmotorik z. B., wenn es schnell schreiben soll), wenn krank, ängstlich oder unter Streß	Fast immer konzentriert, organisiert und ruhig, auch unter Streß

ENGAGEMENT

Reserviert, in sich gekehrt bzw. gleichgültig gegen andere	Oberflächlich und bedürfnisorientiert, ohne Intimität	Intimität und Fürsorglichkeit sind vorhanden, können jedoch durch starke Emotionen wie Wut oder Trennungsangst weggewischt werden (der Betreffende zieht sich zurück oder agiert aus)	Tiefe, emotional reiche Fähigkeit zu Intimität, Fürsorglichkeit und Empathie, auch unter Streß oder bei starken Gefühlen

INTENTIONALITÄT

Überwiegend zielloses, fragmentiertes, unentschlossenes Verhalten und	Inseln bedürfnisorientierten, zielgerichteten Verhaltens und	Oft zielgerichtet und organisiert, aber ohne ein volles Spektrum emotiona-	Verhält sich zielgerichtet und organisiert und vermag fast immer ein

entsprechende emotionale Äußerungen (z. B. kein Lächeln, kein durch Körperhaltung ausgedrücktes Verlangen nach Wärme oder Nähe)	entsprechender emotionaler Äußerungen; keine weitergehenden zusammenhängenden sozialen Ziele	ler Äußerungen (bemüht sich z. B. bei anderen durch Blicke, Körperhaltung u. dgl. um Nähe und Wärme, wird aber, wenn sehr wütend, chaotisch, fragmentiert oder ziellos)	breites Spektrum subtiler Emotionen auszudrücken, auch bei starken Gefühlen und Streß

DAS PRÄVERBALE SELBSTGEFÜHL

Erfassen von Intentionen und Erwartungen

Verzerrt die Intentionen anderer (mißdeutet z. B. Hinweise und ist deshalb mißtrauisch, zornig, kommt sich mißhandelt oder ungeliebt vor usw.)	Kann elementare Intentionen anderer (z. B. Akzeptanz oder Ablehnung) in bestimmten Beziehungen deuten, nicht aber subtile Hinweise (wie Respekt, Stolz oder Verdruß)	Deutet und reagiert auf eine Reihe emotionaler Signale oft zutreffend, außer bei sehr starken Emotionen und Streß bzw. wegen Problemen mit der Verarbeitung von visuellen oder akustischen Signalen (d. h. bestimmte Signale sind verwirrend)	Deutet und reagiert auf die meisten emotionalen Signale flexibel und zutreffend, auch unter Streß (erfaßt z. B. Sicherheit oder Gefahr, Zustimmung oder Mißbilligung, Akzeptanz oder Ablehnung, Respekt oder Demütigung, Nuancen der Verärgerung usw.)

ERZEUGUNG UND ENTWICKLUNG EMOTIONALER IDEEN

Setzt Wünsche und Gefühle in die Tat um, ist aber unfähig, sie mit Hilfe von Ideen zu entwickeln (schlägt z. B. zu, wenn er wütend ist, umarmt oder fordert physische Intimität, wenn er je-	Benutzt Ideen auf konkrete Weise, um Verlangen nach Handeln zu äußern oder elementare Bedürfnisse befriedigt zu bekommen, entwickelt aber nicht die Idee des Gefühls als sol-	Benutzt Ideen oft auf phantasievolle und kreative Weise und um eine Reihe von Emotionen auszudrücken, außer wenn er problematische Emotionen empfindet oder unter Streß ist (kann z. B. Wut oder Ver-	Benutzt Ideen, um ein volles Spektrum von Ideen auszudrücken; ist fast immer phantasievoll und kreativ, auch unter Streß

manden braucht, statt die Idee der Wut zu erleben bzw. den Wunsch nach Nähe zu äußern)	chen (möchte z. B. schlagen, wenn er wütend ist, tut es aber evtl. nicht, weil jemand zusieht, statt Wut zu empfinden, so als wolle er schlagen)	zweiflung nicht in eine verbale Diskussion oder das Als-ob-Spiel einbringen)	
EMOTIONALES DENKEN			
Ideen werden bruchstückhaft oder fragmentiert erfahren (ein Satz folgt z. B. ohne logischen Zusammenhang auf den anderen)	Denken ist polarisiert, Ideen werden in Alles-oder-nichts-Manier formuliert (z. B. entweder ist alles gut oder alles ist schlecht; es gibt keine Grautöne)	Denken ist verengt (d. h. pflegt sich überwiegend auf bestimmte Themen wie Wut oder Konkurrenz zu konzentrieren); ist oft logisch, doch starke Emotionen, problematische Emotionen oder Streß können zu polarisiertem oder fragmentiertem Denken führen	Denken ist über die gesamte Bandbreite altersgemäßer Emotionen und Interaktionen logisch, abstrakt und flexibel; es ist außerdem für die Altersstufe und in bezug auf Ziele (z. B. Freundschafts-, Gatten- oder Familienbeziehungen) ziemlich reflexiv und unterstützt Übergang zu den nächsten Stufen im Laufe des Lebens

9.
Aufputschpillen, aufmunternde Worte und reale therapeutische Erfahrungen

Das persönliche emotionale Wachstum, das so sehr angestrebt wird, wird gleichwohl oft durch einen paradoxen Umstand vereitelt: Die gewählte Therapie kann nämlich ein Symptom des Problems sein, statt seine Lösung zu sein. Viele sind zum Beispiel Problemen mit Abhängigkeit und Nähe dadurch entronnen, daß sie sich in die Abhängigkeit von einem charismatischen Therapeuten oder Wochenend-Gruppenleiter begeben haben. Sie gewinnen durch diese Beziehung ein großartiges Allmachtsgefühl, doch von der eigentlichen Natur des Problems wissen sie nach wie vor nichts. Oft wird die Psychotherapie nicht als Chance zur Weiterentwicklung genutzt, sondern – allerdings unerkannt – zur Aufrechterhaltung des bisherigen Geisteszustandes. Auf einer der Stufen des emotionalen Wachstums steckengeblieben, sind die Menschen höchst erfinderisch, wenn es gilt, Wege zu finden, um auf dieser Stufe stehenzubleiben.

Das Bemühen um emotionales Wachstum wird weiter durch den Umstand erschwert, daß es so viele unterschiedliche Probleme gibt, die Menschen dazu veranlassen, Hilfe zu suchen. Die folgenden Beispiele vermitteln einen Eindruck von den vielfältigen Problemen, mit denen Menschen zu kämpfen haben.

- Tom ist intelligent, tüchtig und im großen und ganzen sympathisch, hatte aber immer wieder Krach mit seinen Vorgesetzten bei der Arbeit. Er kann machen, was er will, aber er kann einfach nicht verhindern, daß kleine Meinungsverschiedenheiten sich zu heftigen Konfrontationen auswachsen, die ihn in der Regel den Arbeitsplatz gekostet haben.
- Melissa hat immer wieder Pech in der Liebe. Im Beruf ist sie unge-

heuer erfolgreich, man bewundert sie wegen ihrer Gemeindearbeit, sie wird als Tante vergöttert und als Freundin geschätzt. Sie möchte zwar gern heiraten und eine eigene Familie haben, doch regelmäßig torpediert sie vielversprechende Liebesverhältnisse, sobald sie auch nur entfernt ernsthaft zu werden beginnen.

- Mark lebt mit dem beherrschenden Gefühl, daß ihm etwas Wichtiges entgeht. Er kann jedoch nicht sagen, was es ist, und weiß nicht, wie er es herausfinden kann. Wie ein Kind, das am Weihnachtsmorgen mißmutig in einem Haufen von Geschenkpapier sitzt, weiß er nur, daß er nie das Glück und die Befriedigung erlebt, die er sich erhofft, daß die langweilige Abfolge von Tagen, die er durchlebt, nicht alles sein kann.
- Derek sieht sich gern als einen Mann der Tat, einen echten Mann mit einem empfindlichen Ehrgefühl, der seine Interessen energisch wahrt und immer erst hinterher überlegt, wenn überhaupt. Mit hochtrabendem Geschwätz hat er keine Geduld, und er bildet sich etwas ein auf seine Entschlossenheit und den Respekt, ja sogar die Angst, die er allen ringsum einflößt. Seine Familie, seine Mitarbeiter und seine wenigen Freunde betrachten Derek jedoch als einen brutalen Kerl, bei dem leicht die Sicherung durchbrennt, einen gewalttätigen Menschen, der in dem Ruf steht, beim geringsten Affront zu explodieren. Diese Einschätzung wird auch von den Beamten auf mehreren Polizeirevieren der Umgebung geteilt.
- Henry schwankt zwischen Hochstimmung und Verzweiflung, überschwenglichem Optimismus und hoffnungslosem Trübsinn. Wiederholt hat er sich phantasievolle, aber unrealistische geschäftliche Projekte ausgedacht, sie entgegen dem Rat von Fachleuten durch massive Kredite finanziert und dann rund um die Uhr gearbeitet, um seine ausgefallenen Pläne in die Tat umzusetzen. Wenn wieder einmal ein Projekt geplatzt ist, wie es all seinen Projekten ergeht, verläßt ihn auf einmal seine bis dahin staunenswerte Energie. Schon das Aufstehen macht ihm Mühe, und er kann nicht einmal einen einfachen, anspruchslosen Job ausfüllen, der ihm helfen würde, seine gewaltigen Schulden abzutragen.
- Lisa lebt in Furcht vor den bösen Kräften, die sie umgeben. Dämonen sind ständig darauf aus, sie zur Teilnahme an satanischen Handlungen zu verleiten. Über die Bedrohung, welche die Dämo-

nen für sie selbst und für die Menschheit darstellen, ist sie genauestens im Bilde, denn die Geheimbotschaften, die sie untereinander austauschen, hört sie mit einem Empfänger ab, der in ihre Zahnbrücke implantiert ist. Viel Zeit verbringt sie mit dem Verfassen dringender Briefe an die Regierung, um sie vor den drohenden Gefahren zu warnen, über die sie bei den abgehörten Sendungen Genaueres erfahren hat. Zu ihrer Bestürzung bekommt sie jedoch nie eine Antwort.

Die Suche nach Hilfe

Jeder dieser sechs Menschen gehört mehr oder weniger zu den Millionen, deren Probleme es rechtfertigen, daß sie professionelle Hilfe anstreben. Worin aber besteht eigentlich eine angemessene psychotherapeutische Behandlung? Welche Methoden sind am besten geeignet, wahres Wachstum zu fördern? Welche Art von »Hilfe« hilft wirklich? Weil das alles unklar ist, sind manche der Ratschläge, die den Leuten erteilt werden, nicht nur nicht hilfreich, sondern schaden ihnen sogar.

Alljährlich unterziehen sich Millionen von Amerikanern einer psychotherapeutischen Behandlung, und vielen weiteren würde es guttun, wenn sie die Gelegenheit erhielten. Dennoch wissen viele, die sich gern beraten lassen würden, nicht recht, welche Hilfe sie brauchen und welche Fachleute die entsprechenden Fähigkeiten haben, um ihnen zu helfen, ihr spezielles Problem zu lösen oder auch nur im Leben zufriedener und glücklicher zu sein. Für den Durchschnittsbürger ist die Welt der psychologischen Therapie ein verwirrendes Labyrinth, in dem Menschen agieren, die sich mit Dutzenden von unterschiedlichen Titeln und Diplomen schmücken und für eine noch größere Zahl unterschiedlicher Theorien und Verfahren eintreten, die sich allesamt hinter einer unverständlichen Terminologie verstecken.

Die erste Verwirrung entsteht, wenn der angehende Klient mit den scheinbar konkurrierenden Berufen konfrontiert wird, darunter Psychiater, Psychologen, klinische Sozialarbeiter, Psychotherapeuten und psychologische Berater, die eine verblüffende Vielfalt von scheinbar ähnlichen Dienstleistungen anbieten. Anschließend stößt er auf ein verrücktes Durcheinander von methodischen Ansätzen, die sich nicht mit dieser beruflichen Unterteilung decken; einerseits verfolgen viele Angehörige eines und desselben Faches unterschiedliche Behandlungsansätze, andererseits gibt es Angehörige unterschiedlicher Berufssparten, die in ihrem Ansatz übereinstimmen. Darüber hinaus behaupten diverse spirituelle, emotionale und philosophische Systeme, jeweils von einem charismatischen Guru oder Führer vorgetragen, auch sie könnten das Seelenheil der Menschen fördern. Des weiteren unterscheiden sich Fachbereiche wie die Psychoanalyse, diverse Formen der individuellen und Gruppenpsychotherapie, die Familientherapie, die Psychopharmakologie, die Verhaltens- und die kognitive Therapie in ihren Zielen, Theorien und Methoden. Wer fachlichen Beistand sucht, kann deshalb nur raten, was ihm – unter vielen weiteren Möglichkeiten – am bekömmlichsten wäre: in einer begrenzten Zahl von individuellen Sitzungen ein Problem auszudiskutieren; über Jahre hinweg mehrmals wöchentlich auf der Couch zu liegen und frei zu assoziieren; Medikamente einzunehmen; Verhaltens- oder kognitive Techniken zu erlernen, um Gedanken, Gefühle oder Verhaltensweisen zu verändern; oder an einem der zahlreichen »Workshops« oder »Seminare« teilzunehmen, die sich für ein Wochenende oder eine Woche dem einen oder anderen Wesensbestandteil der Persönlichkeit der Teilnehmer widmen.

Wie soll man da seine Auswahl treffen? Muß zum Beispiel Marks vages und unformuliertes Unbehagen überhaupt behandelt werden? Bedürfen Toms und Melissas Schwierigkeiten im Alltag – die sie, wie viele ihrer Freunde und Verwandten glauben, mit einer inspirierten Deutung und etwas Selbstbeherrschung meistern könnten – einer längeren Therapie? Wie oft muß Derek gewalttätig werden, ehe professionelle Hilfe unvermeidlich wird? In Fällen sehr gestörter Menschen wie Henry und Lisa, in denen Bemühungen um Heilung eindeutig angebracht sind, stellt sich die Frage, wie realistisch die Aussichten sind, Störungen zu beheben, die offenbar sehr tief sitzen. Nach welchen Kriterien soll man schließlich beurteilen, ob die gewählte Behandlung tatsächlich hilft und ob sie genügend hilft?

Es gibt zwar viele, die eine Therapie machen, doch viel zu wenige machen wirklich therapeutische Erfahrungen. Wirksam ist eine Therapie nur dann, wenn sie Fortschritte sowohl innerhalb der in Teil I geschilderten emotionalen Stadien als auch von einem Stadium zum anderen fördert, mit dem Ziel, jene Fähigkeiten zu entwickeln, die ein optimales psychisches Funktionieren ausmachen. Offensichtlich hat jede der Personen, die am Beginn dieses Kapitels vorgestellt wurden, irgendeine der Aufgaben, die nach diesem Maßstab seelischer Gesundheit bewältigt werden müssen, nicht geschafft. In manchen Fällen wird das Funktionieren durch Verengungen in bestimmten Bereichen behindert, in anderen fehlt es an wichtigen Grundlagen. Doch ein therapeutischer Bedarf liegt bei allen vor. Sie alle brauchen zur Hebung ihrer seelischen Gesundheit Beziehungen, die ihnen die erforderlichen emotionalen Erfahrungen bieten, um die jeweils fehlenden Fähigkeiten zu beherrschen. Genuines geistiges Wachstum kann nur aus Erfahrung resultieren, sei es durch eine professionelle Therapie, sei es durch die Umstände des Lebens, Erfahrungen, die den Entwicklungsbedürfnissen des einzelnen entsprechen.

Fehlschläge der psychotherapeutischen Behandlung sind also oft darauf zurückzuführen, daß der Patient nicht den richtigen Therapeuten findet. Sich von der Therapie Vorteile erhoffend, wählen die Patienten vielfach nicht die Behandlung, die die größten Aussichten auf Besserung verspricht, sondern diejenige, die zu Anfang am wenigsten bedrohlich erscheint. Statt eine Therapie auszusuchen, die es fertigbrächte, problematische Reaktionen zu beheben, neigen Patienten dazu, diejenige zu wählen, die sich mit ihrer bestehenden Persönlichkeitsstruktur am besten verträgt, obwohl ihr Problem, wie wir gesehen haben, in der Regel erst durch ihre mentale Architektur verursacht wird.

Derek zum Beispiel scheint auf der vierten Stufe der emotionalen Entwicklung stehengeblieben zu sein und ausschließlich auf der Verhaltensebene zu operieren. Er agiert seine Emotionen aus, ohne über sie nachzudenken, geht praktisch ohne Bewußtsein von einer Aktivität zur anderen über, und es ist ihm unmöglich, auch nur über die einfachsten Gefühle zu sprechen oder sie auf andere Weise zu symbolisieren. Bei ihm wäre die Psychoanalyse – und jede andere Behandlung, die darauf beruht, daß über Emotionen gesprochen wird – daher nicht sinnvoll. Er würde weder ihre Ziele verstehen noch den Forderungen des Therapeuten entsprechen. Das Problem seiner Gewalttätigkeit kann er nur begreifen als eine Neigung, Dinge zu tun, die ihm Scherereien eintragen. Die Aufgabe besteht für ihn lediglich darin, schlechte Gewohnheiten abzulegen, genauer, Techniken zu erlernen, die ihn daran hindern, andere zu schlagen. Auf seiner derzeitigen mentalen Entwicklungsstufe kann er seine Gefühle oder die ihnen zugrunde liegenden Motive ebensowenig verstehen, wie ein Farbenblinder einen Sonnenuntergang zu beschreiben vermag. Er kann kaum wahrnehmen, daß er Gefühle hat außer den Empfindungen in seinem Körper, die ihn zur Gewalttätigkeit anstacheln.

Vor Probleme gestellt, schreitet Derek zur Tat. Ihn aufzufordern, sein Innenleben zu erforschen, hieße, an Fähigkeiten zu appellieren, die er noch entwickeln muß, und wäre ebenso vergeblich wie die Aufforderung an einen Zwei- bis Dreijährigen, Fahrrad zu fahren. Die Selbsterforschung setzt einen Erfahrungsbereich voraus, von dem Derek keine Ahnung hat, ein Vokabular, das seinem Denken völlig fremd ist. Aus seiner Sicht benötigt er eine Lösung wie »bis zehn zählen«, bevor er ausholt. Das Problem besteht für ihn lediglich darin, daß er lernen muß, bei einigen seiner nicht ganz glücklichen Reaktionen auf die Bremse zu treten.

Ein sehr viel nuancierteres Bild vermittelt uns dagegen die Entwicklungsperspektive. Aus dieser Sicht besteht Dereks Problem nicht darin, daß es ihm an geeigneten Reaktionen mangelt, sondern vielmehr an der emotionalen Entwicklung, die man bei einem Erwachsenen erwarten kann. Kein neues Reaktionsmuster, und wäre es noch so konstruktiv oder ingeniös, würde etwas daran ändern, daß er nicht die emotionale Architektur besitzt, die ein entsprechendes Verhalten tragen würde. Die einem Erwachsenen entsprechende Selbstbeherrschung wird Derek nur erreichen, wenn er zu höheren Entwicklungsstufen fortschreitet, wenn er lernt, seine Gefühle zu verstehen und über sie nachzudenken.

Doch nach Lage der Dinge wird er sich nicht um ein Ergebnis bemühen können, das außerhalb seines jetzigen Begriffsvermögens liegt. Sollte er eine Behandlung aufsuchen, wird er fast mit Sicherheit eine Form wählen, die sich mit seinem Problem befaßt, wie er es versteht, eine Form von Behandlung, die für ihn verständlich ist. Er wird sehr wahrscheinlich nach einer Methode suchen, die seine Handlungsweise auf einer konkreten Ebene aufgreift, möglicherweise durch ein Programm zur Verhaltensänderung, das seine selbstzerstörerischen Gewohnheiten zu beeinflussen sucht, oder durch Konsultation eines religiösen Führers, der strenge Regeln für die Gestaltung seines täglichen Lebens aufstellt.

Für Derek mögen diese Methoden zwar sinnvoller sein als ein Ansatz, der von ihm verlangt, mit Gefühlen zu ringen, die er nicht einmal vage zu erkennen vermag, doch beseitigen sie für ihn sowohl die Notwendigkeit als auch die Chance, sich den herausfordernden, aber letztlich weit produktiveren Erfahrungen zu stellen, die ihm helfen würden, zu einer höheren Stufe der mentalen Entwicklung voranzuschreiten. Nur ein solcher Fortschritt kann Derek in seinem Bemühen um Impulskontrolle eine echte Lösung bieten.

Die Grenzen von Pillen und lerntheoretischen Ansätzen

An einem ähnlichen Widerspruch leiden etliche der heute verbreiteten Behandlungsformen. Sie mögen sich zwar mit dem Problem des Patienten in einer Weise befassen, die für ihn auf seinem derzeitigen Entwicklungsstand verständlich ist; da sie jedoch nicht die Erfahrungen bieten, die ihm erlauben, zu neuen Stufen der mentalen Entwicklung überzugehen, ändern sie nichts an dem grundlegenden Problem.

Das eigentliche Problem, das jemanden plagt, der nicht in der Lage ist, Phantasie von Realität zu unterscheiden, destruktive Impulse zu zügeln oder emotionale Reaktionen zu beherrschen, ist nicht bloß eine lästige Idiosynkrasie, sondern etwas sehr viel Tiefergehendes. Dem Betroffenen fehlt die Fähigkeit, Zusammenhänge zwischen Emotionen wahrzunehmen oder reflektiert über sie nachzudenken. Therapien, die lediglich die unmittelbaren Symptome behandeln, lassen die Entwicklung so, wie sie ist. Es hat dann zwar den Anschein, als seien quälende Probleme vorüber – der Betroffene lernt, sich durch positives Denken suggestiv von düsteren Stimmungen zu befreien, oder er überwindet die Gewohnheit, diejenigen, die nicht seine Meinung teilen, zu schlagen –, doch entgeht dem Patienten die Chance, in Bereichen, die gehemmt oder blockiert waren, zu wachsen.

Ein Problem anderer Art, das oft nur auf der Ebene der Symptome statt auf der des emotionalen Wachstums behandelt wird, ist psychosomatischer Natur. Emotionale Reaktionen äußern sich in körperlichen Symptomen wie Sodbrennen, Kopfschmerzen, Benommenheit, Schlaflosigkeit oder einem steifen Hals. Die Ärzte können keine körperliche Ursache für diese Leiden finden, und die Patientin bringt sie nicht in Verbindung mit Emotionen wie Angst, Nervosität, Trauer oder Wut. Ihr Bewußtsein ist so von ihrem Körper in Anspruch genommen, daß sie ihr Problem ebenso wie dessen Lösung nur im Sinne der rein körperlichen Beschwerden versteht.

Patienten mit Problemen dieser Art nehmen zumeist lieber Medikamente, als eine Therapie zu machen, die mit einer Erforschung der Emotionen oder einer Verhaltensänderung verbunden wäre. Sie nehmen Antidepressiva oder Tranquilizer und fühlen sich gleich besser. Die Halsschmerzen lassen nach, die Verdauung reguliert sich, sie schlafen leichter ein. Die unmittelbare Sorge verschwindet, aber damit auch die Chance, eine höhere Entwicklungsstufe zu erreichen.

Klug eingesetzt, können moderne psychoaktive Medikamente die Chancen eines Betroffenen, therapeutische Fortschritte zu machen, enorm steigern. Sie verschaffen einem depressiven oder allzu emotionalen Menschen eine gewisse Kontrolle über seine Stimmungen, und sie schenken einem Menschen, dessen Denken verwirrt ist, eine gewisse geistige Klarheit, kurz, sie bringen Patienten, denen es ganz übel geht, soweit, daß sie an einer Psychotherapie teilnehmen können. Insofern sind sie ein wertvolles Element in einem umfassenderen Behandlungsprogramm. Werden sie jedoch ohne therapeutischen Beistand genommen, können sie Veränderungen des Verhaltens, der Hirnfunktion und sogar des Selbstbildes und des Bewußtseins hervorrufen, die der Betroffene nicht verarbeiten kann, so daß sie eine bereits gestörte Persönlichkeitsstruktur unter Umständen noch weiter destabilisieren.

Es wäre interessant zu erfahren, warum Menschen bestimmte Medikamente hilfreicher finden als andere oder, unter veränderten

Umständen, andere Arzneien zur Selbstmedikation bevorzugen. Möglicherweise ruft der biologische Wirkstoff eine Stimmung hervor, die sie ähnlich in ihrer frühen Kindheit erlebt haben. Vielleicht stellt die erstrebte Reaktion scheinbar einen früheren Zustand des Wohlbefindens (z. B. einen energiegeladenen, wachen Zustand, einen gedämpften, entspannten Zustand) oder der Harmonie wieder her, den sie in einer Beziehung mit einer Pflegeperson gefunden hatten.[1]

Es ist eine beunruhigende Entwicklung, daß immer mehr Medikamente auf eigene Faust genommen werden. Es wächst die Zahl derer, die mit Prozac beziehungsweise Ritalin mutiger oder weniger ablenkbar werden, doch zugleich wächst die Zahl derer, die ihre Stimmung künstlich beeinflussen, ohne zu verstehen, was mit ihnen geschieht und wie es mit ihrer eigentlichen Persönlichkeit zusammenhängt. Matthew zum Beispiel, ein gescheiter High-School-Schüler, nimmt seit vier Jahren Ritalin, um seine Konzentrationsfähigkeit zu steigern. Er ist froh, daß er sich im Unterricht konzentrieren kann, aber wenn er mit seinen Freunden ausgeht oder Basketball spielt, möchte er sich lieber lockerer, spontaner, weniger »in einer Zwangsjacke« fühlen, also nimmt er das Medikament nicht noch einmal, wenn die Wirkung der Mittagsdosis nachläßt. Vor Schlußprüfungen nimmt er jedoch beim Abendessen eine Extradosis, um den ganzen Abend lang gut lernen zu können.

Bei anderen Gelegenheiten nimmt er andere Substanzen, die in seiner Vorstadtschule oder deren Umgebung leicht zu beschaffen sind, um sich in einen gewünschten Gefühlszustand zu versetzen – er vergleicht das mit dem Bedienen verschiedener Tasten am Fernseher, um das »Programm« zu wählen, das ihm im Moment am besten entspricht. Marihuana entspannt ihn und verschafft ihm ein euphorisches Gefühl. Kokain steigert die Begegnung mit einer Freundin. Allerdings macht er sich langsam Sorgen darüber, wieviel Kokain er nimmt, und er meint, er solle versuchen, davon loszukommen. Aber in den Winterferien will ihn ein Freund besuchen, und der Besuch wird einfach schöner, wenn sie ein bißchen koksen. Nach den Ferien, verrät er einem Berater, wird er aufhören. Der Berater sieht, daß Matthew ernste Probleme bekommen wird, wenn er so weitermacht, und sorgt dafür, daß ihm wegen seiner wachsenden Kokainabhängigkeit geholfen wird.

Doch eine mögliche Sucht ist nicht der einzige beunruhigende Aspekt an Matthews Hang zum »Tunen« seines Seelenzustands, und nichts anderes hat er ja getan, seit er Ritalin zu nehmen begann. In einem Lebensalter, in dem er am Aufbau eines einheitlichen Selbst hätte arbeiten sollen, hat er einen Weg gefunden, sich je nach Gelegenheit mit einem Selbst aus dem Kostümfundus zu bedienen.

In der Adoleszenz versucht das Kind, die Teile seiner Persönlichkeit zusammenzufügen. Paradoxerweise fühlt es sich von Erfahrungen angezogen, die das Gegenteil bewirken und sein entstehendes Selbstgefühl fragmentieren. Bisweilen erzeugen diese Erfahrungen zwar eine Illusion der Identität oder der Integration, doch einen Zusammenhalt auf den tieferen Ebenen des Geistes vermitteln sie selten. Es ist deshalb besonders heikel, in diesem Alter Medikamente zu nehmen, die auf die Stimmung oder auf Denkprozesse einwirken, welche das langfristige Ziel des Jugendlichen, ein einheitliches Selbstgefühl zu entwickeln, untergraben könnten. Falls eine entsprechende medikamentöse Verordnung eindeutig angezeigt ist, sollte sie unbedingt kombiniert werden mit einer Therapie, die dem Jugendlichen hilft, sich selbst zu verstehen.

Psychologische Therapien selbst können zu unintegrierten Persönlichkeitsveränderungen führen. Wenn sie zum Beispiel versuchen, Denkmuster in einer bestimmten Richtung zu verändern, können sie statt subtileren Denkweisen ein polarisiertes Denken fördern. Der Therapeut wird dem Patienten vielleicht beizubringen versuchen, daß er, um Depression oder Angst zu überwinden, sich selbst in einem vorteilhaften Licht sehen müsse – nicht als schwach, einsam und ängstlich, sondern als stark, liebenswert und kompetent, nicht als einen, der zum Scheitern verurteilt, sondern als einen, der zum Erfolg bestimmt ist. Dieser Ansatz findet oft Gefallen bei Menschen mit einer hochgradig strukturierten, ja sogar rigiden Persönlichkeit, die dem Leben dadurch begegnen, daß sie Regeln und Formeln befolgen, statt Probleme flexibel und kreativ anzugehen. Anklang findet er auch bei solchen, die sich emotional überfordert und fragmentiert fühlen und die nach einer positiven Botschaft suchen, die ihnen Halt gibt.

Teilweise kann man mit diesen Methoden verhindern, daß Menschen in die Depression abgleiten, indem man ihnen beibringt, einmal über die Rationalität ihrer Gedanken nachzudenken. Der Patient lernt, sich zu fragen, ob es vernünftig ist, seine emotionalen Reaktionen auf die Ansicht zu gründen, seine Lage sei hoffnungslos oder er sei ein schlechter Mensch. Ist es vernünftig, wenn er erwartet, daß keine Frau den Wunsch haben wird, ihn zu heiraten, oder daß er die Prüfung auf keinen Fall bestehen wird, egal, wie fleißig er lernt? Selbstverständlich stellen solche Ansichten die objektive Wahrheit vielfach falsch dar, genauer gesagt, sie stellen extrem polarisierte Standpunkte dar. Wenn eine negative jedoch nur durch eine positive, aber genauso polarisierte Vorstellung ersetzt wird (»Ich bin ein tüchtiger Mensch, und alles wird klappen«), so hilft das dem Betreffenden nicht, von einer verengten emotionalen Betrachtungsweise zu einer großzügigeren, flexibleren überzugehen, die auch Grautöne enthält.

Ein solcher Mensch unterscheidet vielleicht nicht zwischen Gefühl wie Wut, Enttäuschung, Kummer, Bedauern und Verlust, sondern erlebt eine allgemeine »Niedergeschlagenheit«. Wenn er zum Beispiel nach einem Einstellungsgespräch keine Stelle bekommt, dann ist er nicht enttäuscht oder frustriert oder mißmutig, weil er eine wichtige Frage verpatzt hat, oder verärgert über die verständnislose Haltung dessen, der das Einstellungsgespräch führte, oder auch entschlossen, es beim nächsten Mal besser zu machen. Er fühlt sich vielmehr insgesamt deprimiert und ist sich sicher, vollkommen unfähig zu sein. Sein augenblicklicher Affekt wird sich vielleicht ändern, wenn er statt dessen denkt: »Ich bin ein tüchtiger Mann«, aber es wird ihm nicht helfen, den Vorgang differenzierter und besonnener zu sehen, das, was tatsächlich passiert ist, abzuschätzen und darauf mit differenzierten Gefühlen der Trauer oder Frustration zu reagieren. Erfahrene Therapeuten werden nicht versuchen, lediglich eine polarisierte Ansicht durch eine andere zu ersetzen, sondern bestrebt sein, innere Bilder durchzuarbeiten, um den Patienten zu befähigen, sich über Verlust, Enttäuschung und ambivalente Gedanken Klarheit zu verschaffen.

Bei manchen äußert sich Rigidität in einer Idealisierung derer, die in ihrem Leben eine wichtige Rolle spielen. Der Chef, der Lehrer oder der beste Freund erscheint nicht als eine vieldimensionale Person mit Vorzügen und Schwächen, sondern als eine vollkommen gute oder vollkommen schlechte Karikatur eines Menschen, mit der Folge, daß es zu zwischenmenschlichen Schwierigkeiten und Enttäuschungen kommt. In diesem Fall braucht der Betreffende dahingehend therapeutische Hilfe, daß er bei anderen eine Mischung aus positiven und negativen Eigenschaften wahrnehmen kann – zum Beispiel Freundlichkeit, Intelligenz und Nachdenklichkeit in Verbindung mit Faulheit, Herrschsucht oder Jähzorn. Menschen mit rigider Persönlichkeit glauben fälschlich, der Besitz einer dieser Eigenschaften schließe die übrigen ganz oder teilweise aus. Dabei kommt es selten vor, daß eine unerwünschte Eigenschaft, die ein Mensch haben mag, seine bewundernswerten Eigenschaften zunichte oder zu schlechten Eigenschaften macht.

Ein emotional unflexibler Mensch braucht einen Therapeuten, der ihm helfen kann, scheinbar konfligierende Gefühle miteinander in Einklang zu bringen. Da er jedoch dazu neigt, andere zu idealisieren, kann er auf seiner Suche nach Führung den Therapeuten durch unrealistische Bewunderung von der schwierigen Aufgabe, die auf ihn wartet, fortlocken. Ein Therapeut, der seinerseits zum Größenwahn neigt, wird dann vielleicht im heimlichen Einverständnis mit dem Patienten diesem helfen, daß er sich im Augenblick besser fühlt, statt ihn in die emotionale Arbeit einzuführen, die er für Entwicklung und Wachstum bräuchte.

Gesprächstherapien, die tiefere symbolische Ebenen zu ergründen suchen, garantieren als solche noch keinen Entwicklungsfortschritt. Sie geben Patienten, die sich gut auszudrücken vermögen, bloß Gelegenheit, bei der Introspektion in verbaler Befriedigung zu schwelgen. Julian zum Beispiel, der bei seinen Therapiesitzungen ungehemmt und flüssig redet, ergeht sich in ausgiebigen Klagen über diejenigen, die ihm Unrecht getan haben. Wenn Julian seine Gekränktheit, seinen Ärger und Verdruß schildert, ermuntert sein Therapeut ihn zum freien Assoziieren, und er wirkt bei der Sezierung seiner Emotionen mit, doch das Mitgefühl und die Anteilnahme an anderen, die er vermissen läßt, werden nicht angesprochen. Julian, der sein Leben auf seinem gewandten Umgang mit Worten aufgebaut hat, glaubt, die Lösung seiner Probleme liege darin, die passende verbale Konstruktion zu finden, die perfekte theoretische Erklärung auszubrüten. Dabei unterläßt er es nach wie vor, über seinen Tellerrand hinauszublicken, und sein Therapeut fordert ihn nicht dazu heraus, sich zu ändern.

Ein ausschließlich verbaler Ansatz, der die Ermittlung möglicher Zusammenhänge und das Nachdenken über zugrundeliegende Motive betont, entspricht ganz dem Geschmack und den Talenten eines Menschen wie Julian und verschafft ihm Gelegenheit, das, was er ohnehin tun würde, nun noch ausgiebiger zu tun. Seinen wahren Bedürfnissen ist damit jedoch nicht gedient. Angesichts seines reichhaltigen emotionalen Wortschatzes und der fleißig angewandten Fähigkeit, seine Erfahrungen in Worte umzusetzen, kann eine solche Behandlung ihm gewisse Facetten seiner Gefühle genauer erschließen. Wenn er jedoch nicht gedrängt wird, seinen Blickwinkel zu erweitern, wird eine Gesprächstherapie ihn kaum dahin bringen, Empathie für die Gefühle anderer zu entwickeln. Julian macht einfach weiter wie bisher und genießt es, sich über seine eigenen, ohnehin schon hervorragend dargestellten Gefühle zu verbreiten.

Einem Therapeuten, der sich von der Entwicklungsperspektive leiten ließe, würde auffallen, wovon Julian nicht spricht und was er nicht tut, und er würde erkennen, daß Julian die Gefühle anderer kaum in Erwägung zieht, daß ihm die Erfahrung fehlt, solche Gefühle genauer zu erkennen und sich auf sie zu beziehen. Unter Anleitung des Therapeuten könnte Julian erkunden, woran es liegt, daß er Schwierigkeiten hat, die Emotionen und Intentionen anderer wahrzunehmen, und dabei würde er möglicherweise zu den frühen Stadien seiner mentalen Entwicklung zurückgelangen. Die therapeutische Beziehung könnte dann ein Feld sein, auf dem er lernt, seine Beziehungsfähigkeit zu anderen zu wecken, seine verzerrte Wahrnehmung der Intentionen anderer zu korrigieren und sich in ihre Gefühle hineinzuversetzen.

Gurus

Zur Idealisierung neigende Menschen fühlen sich oft angezogen von einem scheinbar alles durchschauenden Guru, einem spirituellen Führer, der – etwa in öffentlichen Audienzen, Workshops oder Seminaren – klare Regeln für das Alltagsleben anbietet. So ein Ausbund an Weisheit hält seine begeisterten Anhänger dazu an, Lehren, die aus dieser oder jener spirituellen Überlieferung stammen und für jeden passend zurechtgeschustert sind, zu rezitieren oder über sie zu meditieren. Diese Harmonie und Einssein predigenden Botschaften, die durchaus wertvolle Elemente einer echten spirituellen Schulung sein können und gegen die in der Regel nichts einzuwenden ist, können bei gewissen Lehrern aber auch zu grob vereinfachenden Lösungen für komplexe Probleme werden. Die Teilnehmerin an einem solchen Workshop denkt dann vielleicht, in ihren Gedanken und Gefühlen spiegele sich, ungeachtet ihres Inhalts, eine tiefe Harmonie mit anderen, obwohl es sich in Wirklichkeit so verhält, daß sie bloß nicht mehr genau mitbekommt, was die anderen neben ihr tatsächlich denken und fühlen. Ihre Fähigkeit, die Intentionen und Emotionen anderer wirklich zu erspüren, ist durch die trügerischen Versicherungen des Gurus nicht gewachsen, sondern gesunken.

In diese Kategorie gehören auch Programme, die Gruppenerfahrungen anbieten, welche zwar jeglicher wirklich therapeutischen Wirkung entbehren, aber eine Illusion des Selbstvertrauens, der Gelassenheit und des Wohlgefühls erzeugen. In Wahrheit beutet der Gruppenführer nur eine Situation aus, die darauf angelegt ist, durch das längere intensive Zusammensein der Teilnehmer bei diesen die Grenzen der Persönlichkeit aufzulösen. Die oft rhythmisch gegliederte Darbietung der Ideen und Programmpunkte kann mitreißend wirken auf den einzelnen, der in einem vollgestopften Raum Teil einer großen Masse ist, von der allein schon eine mächtige Dynamik ausgeht, die nach und nach die Abgrenzung des Selbst brüchig werden läßt. Der einzelne verschmilzt mit der Gruppe, wird zu einem Teil von ihr und macht sich ihre Intentionen zu eigen. Dieses Verschwinden der Grenze bewirkt eine Regression auf primitivere, weniger differenzierte Ebenen des emotionalen Funktionierens. Es kann auch die Anfälligkeit für hypnotische Effekte erhöhen. Diese bekannten Folgen großer Massenversammlungen werden seit jeher von Anführern und Demagogen benutzt, die das Meer der miteinander verschmelzenden Ichs dann in eine ihren selbstsüchtigen Zwekken dienliche Richtung lenken.

Der Führer, der sich von den Ansichten, die er verkündet, zutiefst überzeugt gibt, verspricht die Probleme, die seine Zuhörer plagen, zu lösen. Seine Selbstgewißheit liefert eine Illusion der Sicherheit, die bei vielen größten Anklang findet, besonders bei denen, deren Identität schwach ausgeprägt ist. Je schwächer das Selbstgefühl des einzelnen, desto stärker die beinahe hypnotische Wirkung eines solchen Lebensführers »von der Stange«. Es ist durchaus möglich, daß diejenigen, die nach solchen Gruppensitzungen mit zwanghaftem Eifer die Botschaft wiederholen und andere für die Sekte zu gewinnen suchen, in einer Art von posthypnotischer Trance handeln.

Ein in den ersten Lebensjahren entwickeltes starkes Selbstgefühl ist der beste Schutz vor der Verlockung von Gruppenerfahrungen unter einem charismatischen Führer. Aber es gibt Menschen, die solche Erfahrungen nicht verkraften können. Manche zerbrechen unter der Last, verlieren ihren Realitätssinn, werden mißtrauisch oder depressiv und sind sich ihrer psychischen und körperlichen Grenzen nicht mehr sicher. Nicht selten können sie ihre gewohnten Tätigkeiten nicht mehr fortsetzen.

Es gibt aber auch Teilnehmer an diesen Sitzungen, deren Persönlichkeit hinreichend gefestigt ist, um aus der Erfahrung und der Botschaft des Gurus jene Elemente zu nehmen, die zu ihnen passen, sie zu integrieren und den Rest zu übergehen. Trotz der Beschränkungen von Wochenend-Workshops kann eine tiefe und gegenseitige Beziehung mit einem spirituellen Führer oder Lehrer zu echtem emotionalen Wachstum beitragen. Eine Beziehung, der es an Intimität und Gegenseitigkeit mangelt, vermag jedoch niemanden aus dem Bereich polarisierter Emotionen herauszuführen oder zu einem klareren Selbstgefühl beizutragen. Eine solche Veränderung ist nur möglich, wenn neue Ideen und emotionale Erfahrungen anhand der vorhandenen Ideen und Beziehungen überprüft und dann in diese integriert werden. Das braucht Zeit und ein echtes emotionales Engagement, wie es im allgemeinen nur in einer seit langem bestehenden Verbindung zu einem Freund, Ehepartner, Berater, Therapeuten oder spirituellen Mentor auftreten kann.

Das Ziel einer psychotherapeutischen Behandlung ist es, dem Betreffenden zu helfen, zu der Entwicklungsstufe voranzuschreiten, die seinem Alter entspricht. Er bedarf der Anleitung, während er lernt, emotionale Erfahrungen zu machen: sich tiefer auf andere einzulassen, die Intentionen anderer zu verstehen, seine Gefühle nicht einfach auszuagieren, sondern sich zu vergegenwärtigen und durch Verknüpfungen zwischen verschiedenen emotionalen Themen eine wohlintegrierte Persönlichkeit zu schaffen. Selbst wenn jemand durch Beschränkungen, die in seiner genetischen Ausstattung oder anderen Umständen liegen, an der Erreichung dieses Ziels gehindert ist, bringt ihn jeder Schritt in Richtung auf die Beherrschung der Entwicklungsstufen der seelischen Gesundheit näher.

Psychische Störungen sind nicht bloß zufällige Anhäufungen von Symptomen. Therapien, die vor allem das äußere Verhalten ändern wollen oder starre Regeln errichten, helfen dem Betroffenen meistens nicht, eine höhere Stufe der seelischen Gesundheit zu erreichen. Wenn sie ihm jedoch die Teilnahme an befriedigenden langfristigen emotionalen Beziehungen ermöglichen, können sie sein Wachstum insgesamt fördern.

In der klinischen Arbeit mit Kindern und Erwachsenen sowie bei der Beobachtung von Freundschaften und Ehen konnte ich feststellen, daß bestimmte Arten von Erfahrungen zum Wachstum des Geistes beitragen. Einsichten, Ratschläge und Strategien zur Verhaltensänderung bieten diese Erfahrungen nicht.[2]

Die therapeutische Beziehung ist eigentlich ein Paradox. Das Ziel der Therapie ist, einen Menschen auf eine höhere Entwicklungsstufe zu bringen, ihm zu Fähigkeiten zu verhelfen, von deren Existenz er vielleicht nicht einmal weiß. Wie aber kann jemand, der Wut, Verlust oder Abhängigkeit nicht empfindet, diese Emotionen jedoch ausagiert, erkennen, daß er lernen muß, sie wahrzunehmen? Ein angehender Patient kann sich nicht gut auf die Suche nach etwas machen, dessen Wert er nicht kennt. Er kann sich jedoch der Verlockung allzu einfacher Lösungen entziehen und sich bemühen, eine therapeutische Beziehung zu einem Praktiker aufzubauen, der ihn dahin zu führen vermag, das Unerkennbare zu erkennen.

Freds Fall verdeutlicht diesen Punkt. Fred erzählte seinem Therapeuten, er denke daran, mit seiner Freundin Jane Schluß zu machen; sie war in Urlaub gefahren, als Fred nicht weg konnte, statt so lange zu warten, bis er Urlaub bekam. Ein klinischer Ansatz könnte nun darin bestehen, sich in Freds offenkundige Enttäuschung einzufühlen; der Therapeut könnte zum Beispiel sagen: »Das scheint Sie zu ärgern«. »Ganz sicher«, würde Fred achselzuckend erwidern und anschließend berichten, er habe vor, zu einer Tanzveranstaltung für Singles zu gehen und jemanden zu finden, an dem er sein neuentdecktes Selbstbewußtsein ausprobieren könne, bevor Jane zurückkehrt. Ein anderer Ansatz könnte in dem Vorschlag bestehen, Fred solle versuchen, seine Verärgerung zu ertragen und nicht voreilig zu handeln, wie er es in solchen Situationen meistens tat: »Warum warten Sie nicht einfach ab, was Jane zu Ihrem Verhalten zu sagen hat?« könnte der Therapeut fragen. »Ihnen liegt doch etwas an ihr, und Sie sind schon lange zusammen.«

Ein Therapeut, der den Entwicklungsansatz vertritt, würde Freds Reaktion dagegen als typisch für seine geistige Stufe erkennen. Das Problem war nicht Janes Solourlaub, sondern Freds Unfähigkeit, die Emotionen der Einsamkeit, des Verlassenseins und der Eifersucht zu ertragen und mit den damit einhergehenden Gefühlen des Verlusts und der Trauer umzugehen. Der Therapeut würde ihm helfen, diese Emotionen zu erkennen und durchzuarbeiten. Im Grunde geht es bei allen therapeutischen Beziehungen, sei es mit Therapeuten, guten Freunden oder Familienangehörigen, um eine solche Zusammenarbeit und Unterstützung durch Erfahrungen, die die Entwicklung der einzelnen Stufen des Geistes fördern.

In einer Sitzung, in der Fred von seiner neuen Unabhängigkeit spräche, könnte der Therapeut fragen: »Was, glauben Sie, macht Jane jetzt?« Anschließend würde er Fred helfen, sich von Jane in diesem Augenblick ein möglichst genaues Bild zu machen. Ging sie am Strand spazieren? Schwamm sie? Trank sie ein Glas Wein auf der Hotelterrasse? Dachte sie an Fred, oder genoß sie die Gesellschaft eines anderen? Mit der Erzeugung solcher Bilder würde Fred allmählich anfangen, Gefühle aufzubauen: Er würde sich vorstellen, wie Jane sich ohne ihn vergnügte, daß sie mit einem anderen Mann tanzte, daß sie mit ihm etwas unternahm, was sie immer gemeinsam getan hatten, zum Beispiel Tennis spielen oder ins Kino gehen. Vielleicht würde er erkennen, daß sie ihn vermißte. Aus einem vagen Gefühl der Betäubung und der geheuchelten Unabhängigkeit würde das Bewußtsein seiner wirklichen Empfindungen erwachsen. Diese emotionalen Darstellungen, die er bis dahin nie erreicht hatte, würden es ihm ermöglichen, zuvor nicht dargestellte Gefühle zu ertragen, statt sie vorschnell auszuagieren. Dieser Ansatz würde Fred daher nicht nur helfen, über die durch Janes Abreise ausgelöste Krise hinwegzukommen, sondern auch seine emotionalen Fähigkeiten zu erweitern.

Kurz, eine wirksame Therapie hat die Beherrschung der einzelnen Stufen des Geistes zum Ziel. Der Therapeut möchte die Stadien, die der Patient bereits erreicht hat, festigen und ihm helfen, in die noch nicht gemeisterten Stadien hineinzuwachsen. Das heißt jedoch mehr, als ihn bloß zu ermutigen, selbstsicherer zu sein oder ihm zu zeigen, wie er für seine Rechte eintreten kann, so wichtig diese Fähigkeiten auch sind. Es verlangt, sich sehr viel elementareren Prozessen zuzuwenden, indem man dem Patienten hilft, neue Gefühls- und Beziehungsebenen zu erkunden. Entwicklungsorientierte Therapeuten sind meistens in der Lage, ein warmes und vertrauensvolles Verhältnis zu den Patienten herzustellen, sich in ihre Gefühle und Intentionen wie ihre Vorstellungen hineinzuverstzen und ihnen zu helfen, sich mit diesen auseinanderzusetzen und reflektierter zu werden. Therapeuten, die nur eine Technik anwenden oder allzu hastig diese oder jene Technik ausprobieren, gehen oft nicht von einer Entwicklungsorientierung aus.[3]

Solche therapeutischen Beziehungen herzustellen ist nicht einfach. Wie wir im zwölften Kapitel sehen werden, sind auch persönliche Beziehungen, die das Wachstum des Geistes fördern, eine schwierige Aufgabe. Sie haben aber vieles gemeinsam. Stabile Beziehungen, die Gelegenheiten zu emotionaler Interaktion bieten, sind eine wesentliche Grundlage für dieses Wachstum. Neue Ebenen des Geistes zu erringen gleicht einer Reise an einen Ort, an dem man noch nicht gewesen ist. Die Erfahrung eines Canyons oder einer Kathedrale, eines Gletschers oder eines Regenwalds kann niemand vollkommen antizipieren, bevor er das nicht alles wirklich gesehen hat, doch die Idee, eine solche Reise zu machen, kann jeder von uns verstehen.

10.

Die emotionalen Grundlagen des Lernens

Die Effektivität unseres Bildungssystems wird untergraben durch die absolute Trennung zwischen Emotionen und Intellekt, die vielen seiner Prinzipien zugrunde liegt. Die Trennung zwischen emotionalem und intellektuellem Wachstum setzt sich über Entwicklungsstufen und individuelle Unterschiede hinweg und hindert dadurch viele Kinder an der Entfaltung ihrer Möglichkeiten.

Da gelernte und ungelernte Tätigkeiten, von denen man seinen Lebensunterhalt bestreiten kann, immer mehr verschwinden, hängt in unserer technisch fortgeschrittenen Gesellschaft das Schicksal vieler Kinder von der Fähigkeit ab, erfolgreich durch die Schule zu kommen. Leider ist, wenn es nach zwölf oder dreizehn Jahren Schule zur feierlichen Verabschiedung kommt, ein großer Prozentsatz bereits ausgestiegen, und viele, die ein Abschlußzeugnis erhalten, sind kaum in der Lage, es zu lesen.

Richard Lodish, der als ausgezeichneter Erzieher an vielen Ideen dieses Kapitels mitwirkte, hat darauf hingewiesen, daß die verheerenden Ergebnisse – Mißgeschicke, die das Leben junger Menschen für immer überschatten werden – in den allermeisten Fällen gar nicht sein müßten.[1] Für die Mehrzahl dieser Fehlschläge sind nach unserer Überzeugung nicht Schwächen bei den Kindern, sondern Mängel des Bildungssystems verantwortlich. Wir können es uns nicht leisten, daß unser Schulwesen auf kontraproduktiven Vorstellungen von der menschlichen Entwicklung beruht.

In seinem heutigen Aufbau ignoriert das amerikanische Schulwesen weitgehend die emotionalen Ursprünge der intellektuellen Entwicklung. Individuelle Unterschiede in der Art, wie Kinder Informationen aufnehmen, werden erst dann berücksichtigt, wenn sie so groß sind, daß man die Kinder als lernbehindert, kognitiv beeinträchtigt, emotional gestört oder autistisch einstuft. Nach außen bekennt man sich zwar zu der Einsicht, daß die Entwicklung der Kinder sich in Stufen vollzieht, doch kaum eine Schule richtet sich bei ihren Interventionen nach dem jeweiligen Stand des Kindes. Unterschiede in den Familienstrukturen und frühe Erfahrungen werden kaum beachtet, solange ein Kind nicht als emotional gestört gilt, obwohl sein Gefühlsleben die Grundlage seiner Lernfähigkeit bildet. Tüchtige Lehrer waren sich dieses Zusammenhangs natürlich schon immer bewußt. Jetzt ist es jedoch an der Zeit, daß die Schulen ihn offiziell anerkennen. Auch werden an den Schulen die emotional bedingten generativen Aspekte des Denkens – die Fähigkeit, Ideen zu erzeugen – zuwenig beachtet, man legt mehr Gewicht auf die Fähigkeit, Ideen zu organisieren und zu sequenzieren. Wir müssen endlich Erkenntnisse über die neurologische und emotionale Entwicklung in unsere Erziehungsprogramme einbeziehen – sonst werden wir auch künftig viele Kinder ohne Bildung entlassen, nachdem wir sie Tausende von Stunden im Klassenzimmer festgehalten haben.

Dennoch wurde in der letzten Zeit von Kritikern behauptet, der Fehler unseres Bildungssystems gehe genau in die entgegengesetzte Richtung; man kümmere sich um die Idiosynkrasien jedes einzelnen Kindes, sei allzu nachsichtig in dem Bemühen, Selbstachtung dadurch aufzubauen, daß man die Kinder für alles belohne, was sie gerade machten. Die Schulen würden die Kinder nur dann zur Beherrschung des Lernstoffs führen, wenn sie zu den traditionellen Methoden zurückkehrten und höhere Ansprüche stellten.

Nun mag es einzelne Fälle geben, wie sie die Kritiker beschreiben, doch trifft die Kritik nicht das, was in den meisten Klassenzimmern des Landes wirklich passiert. Programme zur Förderung der »Selbstachtung« sind weitgehend auf Vorschule, Kindergarten und die ersten Grundschulklassen beschränkt. Ab der ersten oder zweiten

Klasse wird an den meisten Schulen tüchtig gelernt. Von der ersten Klasse an werden die Kinder beim Lesen, Rechnen und anderen Fächern in schnelle und langsame Gruppen aufgeteilt, und die lustigen, kuscheligen Namen, die die Lehrer diesen Einheiten geben, hindern die Kinder nicht daran, genau zu wissen, was dahintersteckt und wo sie stehen. »Wie jedes Kind Ihnen sagen kann«, schreibt der Arzt und Anthropologe Melvin Konner,

> »fördert es nicht die Selbstachtung, wenn man dauernd verliert, auch wenn man noch so unempfindlich gegen die Realität ist. Deshalb muß jedes Bildungsprogramm eine Wahl treffen. Man kann kurzfristige Gewinne an Selbstachtung erzielen und dabei fortgesetzt an Boden verlieren; man kann es aber auch mit der folgenden Theorie probieren: daß Selbstachtung auch daher kommen kann, daß man eine große Anstrengung macht, daß man sich der Ungewißheit aussetzt und Hindernisse überwindet, von denen man vorher nicht wußte, ob man ihnen gewachsen sein würde, daß man sein möglichstes tut. Gelegentlich werden Sie mit einem Kind zu ringen haben, um es dahin zu bringen, daß es seine Selbstzweifel überwindet, daß es sich reinkniet und sich ernsthaft bemüht. Es ist ein Risiko. Aber nur indem Sie es eingehen, werden Sie jenes Lächeln erleben – nein, eigentlich ist es ein Grinsen, und der Ausdruck ist unentschieden mit einem Ausflug von Erstaunen –, das sich auf dem Gesicht des Kindes ausbreitet, wenn es den Stift aufs Papier knallt und in einem erregten, überraschten Ton sagt: »Ich hab's geschafft!«[2]

Wirkliche Selbstachtung kann natürlich nur daraus erwachsen, daß man in dieser Weise echte Herausforderungen meistert. Das heißt aber nicht, daß man alle Kinder nach einheitlichen Maßstäben unterrichten kann. Kein Mensch – und auch kein Tier – kann Material bewältigen, das in einer Form dargeboten wird, mit der sein Nervensystem nicht umgehen kann. Wenn man Kindern Aufgaben stellt, die ihre Fähigkeiten übersteigen, verlieren sie ihr Selbstvertrauen, ihre Begeisterung und ganz schnell auch das Interesse am schulischen Erfolg. Wenn man die Aufgabe jedoch so zerlegt, daß sie seinen Fähigkeiten angemessen ist, und Stärken und Schwächen, die oft auf die Funktionsweise des Nervensystems zurückgehen, berücksichtigt, kann jedes Kind lernen und das erregende Gefühl erleben, etwas geschafft zu haben. Der Erfolg eines Kindes läßt sich nicht exakt daran messen, wie schnell es lernt oder ob seine Methode der anderer ähnelt, sondern daran, wie gut es lernt, wenn es in einer seinen Bedürfnissen angepaßten Weise unterrichtet wird. Das Unvermögen unserer Schulen, Massen von Kindern, die uneingeschränkt lernfähig sind, etwas beizubringen, rührt nicht daher, daß man allzu großen Wert auf unverdiente Selbstachtung oder sentimentale Mätzchen legt, sondern daher, daß man sich auf ein Modell stützt, das die Natur des Lernprozesses ignoriert.[3]

Das vielleicht beste Beispiel für die falschen Vorstellungen, die man sich gegenwärtig davon macht, wie Kinder lernen, ist die Überbewertung des Gruppentests, der nach Ansicht mancher ausgeweitet werden sollte, und die Unterbewertung des individuell ausgerichteten Unterrichts. Hier trifft das alte Sprichwort zu: »Vom Wiegen wird die Geiß nicht fett.« Es macht die Kinder nicht schlauer, wenn man sie wissen läßt, wie dumm sie sind. Wir sind sehr viel besser im Dokumentieren dessen, was Kinder nicht wissen, als im Erfinden von Möglichkeiten, ihnen zum Wissen zu verhelfen. Ist ein Kind beispielsweise im Rechnen zurückgeblieben, obwohl es keine erkennbaren Lernschwierigkeiten hat, dann schließen wir daraus, daß es seine Hausaufgaben nicht erledigt hat, unterziehen es einer Prüfung und werfen es aus der schnelleren Mathematikgruppe heraus. Selten kommt es vor, daß sich jemand mit ihm zusammensetzt, um die Ursache seiner Schwierigkeiten zu ermitteln. Vielleicht macht es sich bei der Durchführung von Rechenoperationen kein inneres Bild von den einzelnen Größen. Bei dem Versuch, sich eine Liste von Tatsachen zu merken, kommt es durcheinander. Vielleicht würde man ihm über die Schwierigkeit hinweghelfen, wenn man ihm beibrächte, beim Addieren, Subtrahieren und Multiplizieren sich die Objekte, die es manipulieren kann, innerlich zu vergegenwärtigen. Doch statt diesen entscheidenden Schritt zu tun, wird das Kind in der Regel die Botschaft schlucken, es sei dumm, es sei nicht gut im Rechnen oder es gebe sich nicht genug Mühe.

Im Bildungswesen besteht kein Zwang zur Wahl zwischen Strenge und Struktur auf der einen und Selbstentdeckung, Autonomie und

Flexibilität auf der anderen Seite. Man sollte vielmehr darauf bedacht sein, für jedes Kind ein Lernerlebnis zu ermöglichen. Kritik und Prüfung sind an sich nicht schlecht. Sie untergraben das Selbstvertrauen nur dann, wenn man den Kindern nicht gleichzeitig zeigt, wie sie es anstellen müssen, um erfolgreich zu lernen.

Die strittige Frage ist auch nicht, wie fleißig Kinder arbeiten. Die meisten Kinder geben sich gern Mühe, wenn die Arbeit produktiv ist und sie dabei etwas lernen. Hier können wir uns bei hervorragenden Sporttrainern und Lehrern etwas abgucken. Oft sind sie zwar sehr anspruchsvoll und ziemlich streng, aber sie stellen sich auf die Stärken und Schwächen ihrer Zöglinge ein. Sie ziehen das Training oder den Unterricht nicht mechanisch durch, sondern stellen ihr Programm aktiv auf die Bedürfnisse des Zöglings ab. Wenn ein Basketballspieler ein paar Pässe verpaßt, wird er nicht gleich als einer mit »zwei linken Händen« abgestempelt. Ein guter Trainer wirft ihm Bälle zu, die hoch und tief kommen, schnell und langsam, aus der Nähe und aus der Ferne, im Laufen und im Stehen, bis der Zögling die Bälle im Schlaf fängt. Ein tüchtiger Lehrer stempelt ein Kind nicht als schwach in Mathematik ab, sondern diagnostiziert den Schritt, den es bei seinen Berechnungen nicht beherrscht, und entwickelt Übungen, die ihm helfen, diesen Schritt zu bewältigen, mögen sie nun im Lehrplan stehen oder nicht. Der menschliche Geist ist buchstäblich eine Maschine zur Bewältigung von Aufgaben, wenn man nicht zwei Schritte auf einmal von ihm verlangt.

An dieser Stelle kommt todsicher das Argument, wir könnten uns jenen individualisierten Unterricht, der fast allen Kindern helfen würde, die grundlegenden Fähigkeiten zu erwerben, nicht leisten. Das Ignorieren potentieller Ressourcen erzeugt, wie wir im Verlauf dieses Kapitels noch zeigen werden, die Illusion, daß allein ein Fließbandmodell des Lernens praktikabel sei. Die bequeme Verfahrensweise ist oft kostspieliger als die effektive.

Nach dem, was wir heute über das Wachstum des Geistes wissen, sollte es – von ganz schweren neurologischen Beeinträchtigungen abgesehen – allen Kindern möglich sein, die wesentlichen Lerninhalte zu beherrschen. Allerdings klafft zwischen dem, was wir erreichen könnten, und dem, was das Schulsystem tatsächlich erreicht, eine große Lücke.

Mrs. Jacksons erste Klasse in einer Schule, die in einem ganz gewöhnlichen Mittelschichtviertel liegt, ähnelt zahllosen Klassen in anderen Schulen des Landes.[4] Energisch, erfahren und ehrlich, gibt Mrs. Jackson sich Tag für Tag große Mühe, die fünfundzwanzig Sechsjährigen, die ihr anvertraut sind, mit den Grundlagen des Lernens vertraut zu machen. Sie hat jedoch so viele Kinder zu unterrichten und soviel Bürokram zu erledigen, daß ihr nichts anderes übrigbleibt, als fast alle Stunden vor Gruppen zu geben, an denen manchmal nur rund sechs, zumeist aber sehr viel mehr Kinder teilnehmen. Und da ihr keine Hilfslehrkraft zur Verfügung steht, muß sie denjenigen, die gerade nicht an einer solchen Gruppe teilnehmen, Aufgaben zur Selbstbeschäftigung stellen.

Zur Zeit haben die *Blue Birds,* ihre beste Gruppe im Lesen, zum Beispiel Arbeitsbögen vor sich, auf denen sie Abbildungen von Tieren durch einen Strich mit den Anfangsbuchstaben der Tiernamen verbinden sollen. In der zweiten Reihe sitzt Magda und verbindet selbstsicher den Buchstaben *L* mit dem Bild eines Löwen und *G* mit der Giraffe. Sie überlegt kurz, ob ein Primat, der sich von einem Baum herabschwingt, ein gewöhnlicher Affe oder ein Menschenaffe ist, verwirft dann aber die letztere Möglichkeit, weil das Blatt außerdem eine Antilope enthält. Aus den Anweisungen, die im Kopf ihres Arbeitsbogens stehen, wird sie nicht recht schlau, doch was Mrs. Jackson wünscht, hat sie schon ihren Worten, ihren Gesten und ihrer Körpersprache entnommen.

Die zwölf Mitglieder der langsameren Gruppe, *Robins* genannt, sind derweil um Mrs. Jackson geschart und lesen abwechselnd aus ihren Fibeln vor. Während ein Vorleser nach dem anderen sich mühsam durch einen oder zwei Sätze hindurcharbeitet, kommen die Abenteuer eines Haushunds und einer Katze nur schleppend und unzusammenhängend voran. Mrs. Jackson versucht das Interesse an der eher dürftigen Handlung wachzuhalten, indem sie Bemerkungen einwirft und Fragen stellt. Henry war noch nicht dran, aber er schenkt weder den Stimmen seiner Klassenkameraden noch den Worten auf der Seite, die vor ihm liegt, sonderlich viel Aufmerksamkeit. Er hat nur eine dumpfe Vorstellung davon, wie weit die

Gruppe in der Geschichte vorangekommen ist, die er blöd findet, weil es ihm schwerfällt, die gedruckten Buchstaben zu Wörtern zu verbinden.

Auf seinem Stuhl zappelnd, entdeckt er etwas, das ihn sehr viel stärker fesselt: das Spielzeugauto, das aus Walters Hosentasche hervorlugt. Gerade als Mrs. Jackson Sara für ihre Bemühungen dankt und sich umwendet, um Henry zum Weiterlesen aufzufordern, handelt er und zieht das kleine rote Auto geschickt aus der Tasche seines Nachbarn. Walter richtet sich auf, befühlt seine Tasche und versetzt Henry einen Stoß, der sein Buch fallen läßt, aber das Auto festhält.

Mrs. Jackson seufzt. Wieder einmal wurde der Leseunterricht der *Robins* durch Kinder unterbrochen, die keine Motivation zum Lesenlernen haben. Die Testwerte zeigen, daß Henry die der Aufgabe entsprechenden kognitiven Fähigkeiten besitzt. Sie ist überzeugt, daß er lernen könnte, wenn er nur stillsitzen und sich bemühen würde. Walter scheint dagegen unfähig zu sein, den Impuls zu kontrollieren, jeden, der ihn ärgert, zu schlagen. Beide Jungen müssen im Lesen unbedingt etwas tun, doch im Augenblick bleibt Mrs. Jackson nichts anderes übrig, als die beiden voneinander und von den übrigen *Robins* zu trennen, die in ein Gekicher ausgebrochen sind. Sie erteilt Henry einen Verweis, den dieser mit einem frechen Grinsen quittiert, das seinen bewundernden Zuschauern nicht entgeht. Wieder einmal, stellt er erleichtert fest, hat er es vermieden, vorlesen zu müssen, und sich damit die Demütigung erspart, dabei ertappt zu werden, daß er nicht weiß, an welcher Stelle es weitergeht und wie er viele der Wörter, die dort stehen, bilden soll. Statt Verlegenheit zu empfinden, hat er es geschafft, als kühn und herausfordernd dazustehen. Zu einer »Auszeit« ans eine Ende des Zimmers verbannt, wirft er einen höhnischen Blick zu Walter hinüber, der ans andere Ende geschickt wurde.

Nach einiger Zeit tauschen die *Blue Birds* die Plätze mit den *Robins*, und nun kann Mrs. Jackson mit Magda und den übrigen Lesetüchtigen mit einem Buch arbeiten, das schon etwas weiter fortgeschritten ist. Die *Robins* bekommen einen Arbeitsbogen. Mrs. Jackson erläutert langsam und sorgfältig die Anweisungen und fragt dann, ob jemand Fragen habe. Henry kapiert nicht, um was es geht, sagt aber nichts. Wie auch sonst bei solchen Gelegenheiten, schaut er sich eine Zeitlang bei seinen Klassenkameraden um und versucht herauszubekommen, ob sie wissen, was von ihnen erwartet wird. Nachdem er dies aufgegeben hat, versucht er es einmal damit, daß er einige der Bilder auf dem Blatt mit Buntstiften anmalt. Auf dem Stuhl herumhampelnd, bringt er es fertig, die Stifte auf dem Fußboden zu verstreuen. Als Mrs. Jackson einen prüfenden Blick zu den *Robins* hinüberwirft, sieht sie Henry auf den Knien unter seinem Tisch, nach außen hin bemüht, die Stifte wieder einzusammeln, in Wirklichkeit aber froh, der rätselhaften Aufgabe entronnen zu sein.

Mrs. Jackson, die als eine geschickte, engagierte Lehrerin gilt, empfindet über die Ergebnisse ihrer Bemühungen um Schüler wie Henry tiefe Enttäuschung. Im Gespräch wirkt er intelligent und aufgeweckt, doch auf ihre Versuche, bei ihm Interesse an seinen Aufgaben zu wecken, geht er nicht ein, und er ist immer weiter hinter die übrigen *Robins* zurückgefallen, so weit, daß Mrs. Jackson jetzt ernstlich erwägt, ihn an den »Rettungslehrer« der Schule zu überweisen. Sie zögert jedoch, weil Jungen mit seiner Neigung zur Aufsässigkeit nach ihrer Erfahrung oft noch aufsässiger werden, wenn sie aus der Klasse herausgenommen und zum stigmatisierenden Sonderunterricht überstellt werden. Sie zerbricht sich den Kopf, warum er nicht normal vorankommt wie die anderen Kinder, und was sie tun kann, um ihm zu helfen.

Unbegründete Annahmen

Trotz all ihrer Bemühungen und ihrer Hingabe können Mrs. Jackson und Legionen ihrer nicht minder frustrierten Kollegen bei einem Kind wie Henry keinen Erfolg haben, weil zwei unbegründete Annahmen, die hinter unserem Bildungssystem stecken, ihnen den Weg verstellen. Die eine besagt, daß gleichaltrige Kinder im allgemeinen als eine homogene Gruppe nach standardisierten Methoden unterrichtet werden können. Ist das bei einem Kind nicht möglich, so gilt es als »Sonderfall«, sei es aufgrund einer Behinderung oder Schwäche, sei es aufgrund außergewöhnlicher Begabung.

Dem Entwicklungsmodell zufolge ist jedoch jedes Kind ein Einzelfall, sowohl was seine Erfahrung als auch was seine angeborene

Begabung angeht. Wie wir im sechsten Kapitel gesehen haben, kommen Kinder mit ganz unterschiedlichen Potentialen und Vorlieben auf die Welt. Sie unterscheiden sich neurologisch und physiologisch, in ihrer Muskulatur und der Funktionsweise ihrer Sinne und in vielerlei anderer Hinsicht. Und sie machen eine Vielzahl gänzlich unterschiedlicher Erfahrungen. Jedes Kind durchläuft deshalb die Entwicklungsstadien in seinem spezifischen Tempo, findet manche Aufgaben schwieriger, andere leichter. Trotzdem geht unser Bildungssystem von der Annahme aus, daß fünfundzwanzig oder dreißig Kinder vom selben Jahrgang einander hinsichtlich ihrer Entwicklungsstufe, ihrer intellektuellen Fähigkeiten, ihrer körperlichen Tüchtigkeit und ihrer visuellen, verbalen und manuellen Geschicklichkeit ähnlich genug sind, um alle auf die gleiche Weise unterrichtet zu werden. Deshalb stecken wir sie zusammen mit einem einzigen Lehrer in einen einzigen Raum, damit sie öffentlich gemeinsam lernen, in etwa demselben Tempo. Magda und Henry zum Beispiel sind zufällig in derselben Woche im selben Krankenhaus geboren. Doch hinsichtlich der formalen Lernfähigkeit und der praktischen schulischen Fertigkeiten liegen sie bereits mit sechs Jahren mehrere Jahre auseinander, obwohl keiner aus dem »normalen« Altersbereich herausfällt. Zwar hat es in den letzten Jahrzehnten zahlreiche Versuche gegeben, in den ersten Klassen einen entwicklungsorientierten Ansatz zu praktizieren, doch an den zugrundeliegenden Annahmen hat sich nichts geändert. In einigen Schulen wurde zum Beispiel der Ansatz der britischen Grundschule übernommen, doch zumeist handelt es sich entweder um Privatschulen oder um begrenzte experimentelle Programme.

Die zweite irrige Annahme besagt, daß Kinder durch einseitige Stoffdarbietung mittels Vorträgen, Lehrbuchlektüre, Pauken und Auswendiglernen effektiv lernen können. Während unsere postindustrielle, informationsgestützte Gesellschaft dem Ende des Jahrhunderts entgegengeht, versucht sie, Kinder weiterhin nach einem veralteten Modell zu unterrichten, das mehr den dreißiger Jahren oder noch früheren Zeiten entspricht. Unsere heutige Unterrichtsform, einst stolz als »Fabriksystem« bezeichnet, geht tatsächlich zurück auf Beobachtungen, die der Erzieher Horace Mann vor über hundertfünfzig Jahren in Preußen machte.

Damals, in den Anfängen der Industrialisierung, genoß die Fabrik, in der zum Zweck der Effizienzsteigerung wissenschaftliche Neuerungen angewandt wurden, dasselbe Ansehen, dessen sich heute der Computer erfreut. Vorausschauende, fortschrittliche Menschen wollten das Leben im Einklang mit der neuen Technik organisieren, die das Alltagsleben umkrempelte und zahllose Verbesserungen mit sich brachte. Mann wandte die Grundsätze der Gleichförmigkeit und Standardisierung, auf denen die Erzeugung einer Unmenge neuartiger Industrieprodukte beruhte, auf das Bildungssystem an und schuf standardisierte, ja sogar austauschbare Einheiten. Die Lehrer erteilten homogenen Klassen von Schülern gleichen Alters einen gleichförmigen Unterricht, gewöhnlich in der Form von Vorträgen.

Auch die Schüler pflegten standardisierte Lernaufgaben zu absolvieren, bestehend in Auswendiglernen, Aufsagen und Ausfüllen von Arbeitsbögen. Die Lehrer bewerteten ihre Arbeit anhand einer standardisierten numerischen Skala. Die Unterrichtsstunden waren von einheitlicher Länge, und Kohorten von gleichaltrigen Klassenkameraden arbeiteten sich gemeinsam im gleichen Tempo durch den Lehrplan. Der Abschluß einer Klasse oder eines Kurses hatte einheitliche, standardisierte Bedeutung. Die Schulen waren in der Regel effizient, produktiv, fortschrittlich und modern.

So vorteilhaft dieses Modell auch in einer Gesellschaft gewesen sein mag, die denjenigen, die sich an seine starren Methoden anpassen konnten, eine Fülle von Beschäftigungschancen bot – den Bedürfnissen der heutigen Gesellschaft wird es nicht gerecht. In der Ära des Computers verlangt fast jede Art von Erwerbstätigkeit – auch in handwerklichen Berufen – ein erhebliches Maß an verbalen und mathematischen Kenntnissen. Da wir heute ein sehr viel zutreffenderes Bild davon haben, wie sich der menschliche Geist entwickelt, darf nicht mehr die Tradition die Grundlage unserer Erziehungsmethoden sein, sondern nur das Beste, was wir an Erkenntnissen über das Lernen von Kindern besitzen.

Grundlage muß, mit einem Wort, ein Entwicklungsmodell sein – und dessen zentraler Lehrsatz: *Intellektuelles Lernen und emotionales Lernen haben einen gemeinsamen Ursprung.* Beide gehen zurück auf frühe affektive Interaktionen. Beide werden geprägt von individuellen Unterschieden, und beide müssen schrittweise vorgehen, von einer Entwicklungsstufe zur nächsten. Was ein Kind im Kindergarten und in den ersten Klassen erwirbt, ist nicht das eigentliche Fundament seiner Bildung. Das, was in den ersten Klassen geschieht, ist überhaupt nur möglich, wenn vorher bestimmte geistige Aufgaben bewältigt wurden. Wer die Reihe von Fertigkeiten, die das Lernen erst ermöglichen, nicht beherrscht, kann auch nicht die Grundkenntnisse – Lesen, Schreiben und Rechnen – erwerben und alles, was später an symbolischen und immer abstrakter werdendem Wissen hinzukommt.

Die eigentlichen Grundlagen

Magda verfügt eindeutig über diese Fertigkeiten. Als sie in den Kindergarten kam, konnte sie bereits stillsitzen, konnte sie Bilder und Buchstaben betrachten, konnte sie die Worte, den Tonfall und die Körpersprache eines vorlesenden Erwachsenen entschlüsseln, konnte sie einem Handlungsfaden folgen, konnte sie das in einer Abbildung dargestellte Geschehen beschreiben, konnte sie sich vorstellen, was folgen würde, wenn die Uhr auf dem Ball zwölf schlug oder wenn Rotkäppchen zu der armen Großmutter kam. Magda weiß auch recht gut, wann sie eine Geschichte nicht versteht und wie sie Mama oder Papa dazu bringt, die unklare Stelle noch einmal vorzulesen oder zu erklären.

Weil sie diese Fähigkeiten beherrscht, fällt es Magda nicht schwer, der Lehrerin zuzuhören, den Kern einer Unterrichtsstunde oder einer Aufgabe zu erfassen, Fragen zu stellen und selbständig an ihrem Tisch zu arbeiten. Es bereitet ihr eine beinahe physische Freude, wenn sie die richtige Antwort weiß, wenn sie ihren Arbeitsbogen ausfüllt oder wenn sie Wörter in ihrer Fibel ergründet. Sie ist imstande, ihre eigenen Fortschritte zu beurteilen und mit den Erwartungen ihrer Lehrerin zu vergleichen. Mit dem Lob von Mrs. Jackson und ihren Eltern gehören gute Schulleistungen für sie zu den am einfachsten erreichbaren Vergnügungen.

Henrys Erfahrung könnte kaum unterschiedlicher sein. Es fällt ihm schwer, sich zu konzentrieren, er sieht keinen Sinn darin, sich offenkundig sinnlose Symbole einzuprägen, er bringt sie durcheinander, wenn er es versucht, und von dem, was die Lehrerin sagt, versteht er nur die Hälfte. Er bringt es nicht fertig, mit der Hand die Formen in sein Arbeitsheft oder, was ihn noch rasender macht, an die Tafel zu übertragen – oft hat er sogar das Gefühl, als versuchte er, sie auf einen Spiegel zu malen. Obwohl er intelligent und wißbegierig ist und Englisch seine Muttersprache, kommt er einfach nicht hinter bestimmte, ihm nicht vertraute Ausdrücke, die die Lehrerin ständig benutzt und die die meisten anderen Kinder, speziell die Mädchen von der besten Gruppe im Lesen, mühelos zu verstehen scheinen. Also landet er meistens in den Gruppen der Minderbefähigten. Seine Arbeitsbögen sehen immer gräßlich aus. Seine Versuche, der Lehrerin das zu geben, was sie wünscht, schlagen gewöhnlich fehl. Für Henry ist die Schule ein Schauplatz unablässiger Demütigungen. Um zu überspielen, daß er ständig gekränkt wird, fängt er vielleicht an, Stunden, Bücher und Hausaufgaben zu »vergessen«, im Unterricht Theater zu machen und sich in seine eigene Phantasiewelt zurückzuziehen. Welche Strategie er auch immer wählt – er wird zu dem Schluß gelangen, daß die Schule »doof« ist und er am Ende auch.

Die Fertigkeiten, die Henry in der Schule erlernen muß und die es ihm ermöglichen würden, sein wirkliches intellektuelles Potential zu erreichen, sind keine angeborenen Merkmale, sondern können als solche gelehrt werden. Sie sind nichts anderes als die in Teil I untersuchten Fähigkeiten, die auf den einzelnen Entwicklungsstufen erworben werden. Zunächst muß ein Kind fähig sein, seine Aufmerksamkeit zu regulieren. Ob es dies leicht oder mühsam erlernt, hängt natürlich von der speziellen Begabung ab, mit der es geboren wurde, und von der Zuwendung, die es als Kleinkind erfahren hat. Zweitens muß es fähig sein, freundlich und vertrauensvoll eine Beziehung mit anderen einzugehen. Wer keine entsprechende Zuwendung erhalten hat, der hat möglicherweise nicht gelernt, sich vorbehaltlos auf andere Menschen einzulassen. Keine Lehrerin ist dann imstande, an dieses Grundgefühl der Verbundenheit zu appellieren. Das Kind wird nicht motiviert sein, ihr und letztlich sich selbst durch gute Leistungen eine Freude zu machen. Schließlich muß es fähig sein, durch Gesten und Symbole zu kommunizieren, mit komplexen Vorstellungen umzugehen und Verknüpfungen zwischen ihnen herzustellen. Wer diese ersten Stufen nicht beherrscht, kann natürlich auch auf höheren nicht erfolgreich sein. Die eigentlichen Grundlagen reduzieren sich auf Aufmerksamkeit, starke Beziehungen und Kommunikation, und die müssen Kinder allesamt durch die Interaktion mit Erwachsenen lernen. Das Lernen wird auch dadurch problemloser, daß das Kind beim Eintritt in die Schule fähig ist, über sein eigenes Verhalten nachzudenken, so daß es zum Beispiel sagen kann, ob es eine Lektion oder Aufgabe verstanden hat, und wenn nicht, welchen Teil es unverständlich findet.

Diese Fähigkeiten sind ganz und gar unerläßlich, doch denen, die sie noch nicht besitzen, wird das Aufholen durch die heutigen Unterrichtsmethoden im allgemeinen schwergemacht, wenn sie erst einmal in der Schule sind. In den meisten Schulen geht man von der Annahme aus, daß Kinder normalerweise lernbereit sind, und die Lehrpläne sind auf diese Annahme abgestellt – eine falsche Auffassung, die zahllose Kinder zugrunde gerichtet hat.

Der typische Unterricht, wie ihn Mrs. Jackson erteilt, ist ausgerichtet auf ein sehr schmales Spektrum von vornehmlich verbal orientierten Wahrnehmungs- und Lernstilen, wie wir sie bei Magda antreffen. Lehrer, die es jeweils mit fünfundzwanzig Kindern (an höheren Schulen manchmal weit über hundert) zu tun haben, können unmöglich zu allen oder auch nur zu den meisten ein vertrauensvolles Verhältnis herstellen. Kinder, die von vornherein in sich gekehrt, verärgert oder mißtrauisch waren oder es geworden sind, Kinder, die gedemütigt wurden, also jene, die der emotionalen Unterstützung am dringendsten bedürfen, haben die geringste Chance, sie auch zu bekommen.

Außerdem verläuft die Kommunikation während der Schulzeit zum überwiegenden Teil nur in einer Richtung, vom Lehrer zum Schüler. Weil ein Chaos entstehen würde, wenn zwanzig oder mehr Menschen reden oder umherlaufen würden, wie es ihnen gerade gefällt, werden die meisten spontanen Äußerungen der Kinder als Störung oder Ungehorsam abgestempelt. Diejenigen, die in der Kommunikation noch nicht erfahren sind, haben kaum eine Chance, ihre Fähigkeiten zu entwickeln. Die meisten Lehrer sind zu überlastet, um vielen Kindern fundierte schriftliche Aufgaben zu stellen und diese zu korrigieren, und so bekommen wenige Kinder Gelegenheit, eigene Ideen zu artikulieren, darzustellen und miteinander zu verknüpfen. Schließlich werden diejenigen, die, ohne es zu merken, den Anschluß verloren haben – diejenigen, die keine gezielten Fragen formulieren können, um die Dinge zu benennen, die sie nicht verstanden haben, oder nicht einmal ahnen, was von ihnen erwartet wird –, im allgemeinen getadelt oder bestraft, statt daß man sie Schritt für Schritt dazu anleitet, sich wieder zurechtzufinden.

Damit Kinder diese unerläßlichen Fähigkeiten erwerben können, muß der Grundschulunterricht sich an Entwicklungsprinzipien ausrichten. (Nicht von ungefähr sind dies auch die Grundprinzipien einer guten elterlichen Erziehung.) Zunächst muß ein effektiver Unterricht sich auf den Entwicklungsstand des Kindes einstellen. Ein Lehrer muß die Zeit und die Möglichkeit haben, jedes Kind individuell kennenzulernen und festzustellen, welche der Entwicklung gemäßen Fähigkeiten es beherrscht und an welchen noch gearbeitet werden muß. Das bedeutet, daß er außer den feinmotorischen und sprachlichen Fertigkeiten auch solche Fähigkeiten beobachten und beurteilen muß wie das Verstehen nonverbaler Signale und das Nachdenken über eigene und fremde Vorstellungen.

Zweitens bietet ein effektiver Unterricht den Kindern keine Informationen, die sie sich anzueignen haben, sondern Probleme, die sie durch Eigeninitiative und Beteiligung lösen sollen. Diese Vorgehensweise kann praktische Aufgaben und Experimente, Exkursionen, die Formulierung von Projekten, Debatten und jedes sonstige Verfahren umfassen, das das Kind dazu bewegt, sich auf andere und den Stoff einzulassen. Da das Kind dank der emotionalen Ursprünge des Lernens die Fähigkeit besitzt, Ideen aufzunehmen und zu organisieren, muß ein guter Unterricht die Gefühle des Kindes berücksichtigen, seine Wißbegier anfachen und seine Energie einspannen. Seymour Papert vom MIT schreibt in einem autobiographischen Abschnitt von *Mindstorms,* seinem Buch über das Lernen, der entscheidende Moment in seiner frühen Kindheit, in dem sein Interesse einsetzte, sei der gewesen, als er »sich in Sachen verliebte«.[5] Eine solche Leidenschaft beruht selbstverständlich auf den Grundlagen, die wir beschrieben haben. Das Erforschen, Sezieren, Klassifizieren, Argumentieren und andere Aspekte des praktischen Unterrichts, die die Emotionen ansprechen, kommen Kindern aller Fähigkeitsniveaus zugute, von denen, die noch nicht lernbereit sind, bis hin zu den intellektuell Begabten.

Drittens nimmt ein effektiver Unterricht die natürlichen Neigungen und die Perspektive des Kindes ernst und benutzt sie, um sein Verständnis und seine Erfahrung zu erweitern. Das bedeutet weit mehr, als nur Beispiele aus dem Alltag des Kindes anzuführen. Es bedeutet, den Stoff mit den Augen des Kindes zu sehen, auf seinem jeweiligen Entwicklungsstand und in Begriffen, die es versteht. Henry zum Beispiel hat noch nicht die Verbindung zwischen den Namen von Tieren und geschriebenen Buchstaben hergestellt. Diese sehr nüchterne Perspektive darf die Lehrerin nicht außer acht lassen, wenn sie ihn erreichen will. Sie muß ihm helfen, zwischen Bereichen, die für ihn himmelweit auseinanderliegen, Brücken zu bauen. Und das kann sie nur, indem sie seine Wahrnehmung anerkennt, daß die Zusammenhänge, von denen die Lehrer ständig behaupten, daß sie zwischen einem Objekt und den es repräsentierenden Symbolen bestehen, vollkommen willkürlich und launenhaft sind. Von dort ausgehend, wo Henry jetzt steht, wird die Lehrerin diese Wahrnehmung mit sorgfältig abgestuften Erfahrungen im Umgang mit Symbolen in Frage stellen. Manche dieser Techniken werden natürlich schon im Unterricht benutzt, zum Beispiel die Verknüpfung der Laute, die von Buchstaben repräsentiert werden, mit den Lauten, die in Tiernamen vorkommen. Wenn man dem einzelnen Kind hilft, diese Verbindung herzustellen, ist es jedoch äußerst wichtig, die Entwicklungshindernisse zu berücksichtigen, die es möglicherweise zu überwinden hat, um sich ein Wissen zu erobern, das für das Lesenlernen entscheidend ist.

Das vierte Prinzip eines effektiven Unterrichts folgt aus dem vorigen: Der Lehrer muß den Stoff schrittweise und in einem den kognitiven Fähigkeiten und dem Lernstil des Kindes angemessenen Tempo darbieten. Nur ganz kleine, langsame Schritte werden Henry zur Lesefähigkeit führen, während Magda denselben Stoff durcheilt und sich über mehrere der Hürden, vor denen er steht, mit Leichtigkeit hinwegsetzt. Würde Magda gezwungen, in seinem Tempo herumzutrödeln, würde auch ihr die Freude am Lernen vergehen. Wenn Erwachsene Kindern helfen, sich eine Fähigkeit schrittweise anzueignen, wie es ihren Stärken und Neigungen entspricht, erleben die Kinder die im Menschen von Natur aus angelegte Freude daran, etwas gut zu machen.

Wenn ein Kind »unmotiviert« ist, so ist das oft nur ein Beleg dafür, daß der Unterricht, den es erhalten hat, nicht diese natürlichen Gefühle positiver Verstärkung hervorzurufen vermochte. Es kostet wirklich Mühe, ein Kind am Lernen zu hindern, denn zum Lernen ist das junge Nervensystem geschaffen, und Lernen ist das, was Kinder am besten können. Ausgenommen diejenigen, die schwerwiegende neurologische Probleme haben, kann jedes Kind – auch die mit landläufigen Konzentrations- und Verhaltensschwierigkeiten – sich die Fähigkeiten erwerben, die als Lehrziele in den üblichen Curricula der Grund- und höheren Schulen vorgesehen sind.

Die Erfüllung einer Aufgabe, die er zu bewältigen vermag und die im Rahmen seiner natürlichen Fähigkeiten liegt, macht dem Menschen Freude. Und es ist nicht nur die Freude über das Gelingen. Das Tun als solches macht Spaß, zum Beispiel, wenn man beim Golf oder Tennis einen perfekten Abschlag macht oder sich mühelos an die Definition eines selten vorkommenden Wortes erinnert. Ein Mensch mit ausgezeichneter körperlicher Koordination empfindet es als eine Belohnung, wenn er sich mit Anmut und Geschicklichkeit bewegt; einem Menschen mit besonderer Sprachbegabung macht es Freude, geschickt mit Worten und Bedeutungen zu hantieren; ein Mensch mit herausragenden visuellen Fähigkeiten genießt es, neue Kombinationen grafischer Bilder zu entwerfen. In den Bereichen, in denen sie von Natur aus nicht so begabt sind, werden diese Menschen weniger angenehme Verstärkung erfahren. Das Tun als solches wird ihnen zuwider sein, vielleicht sogar quälend erscheinen, zum Beispiel, wenn man versucht, mit der schwächeren Hand einen Basketballtreffer zu erzielen oder mit Hilfe eines Spiegels einen Weg durch ein Labyrinth zu zeichnen. Eine solche Mühsal wird man zwangsläufig zu vermeiden suchen.

So wie sie heute eingerichtet sind, belohnen die meisten Schulen in bestimmten Klassenstufen bestimmte Fähigkeiten. In der Grundschule werden Gedächtnis und die Koordination von Auge und Hand betont; erfolgreich ist das Kind, das sauber schreiben und sich Einzelheiten merken kann. In der höheren Schule sind analytische Fähigkeiten stärker gefragt, und wenn einer in der dritten Klasse ausgezeichnet lesen konnte, nun aber kein ebenso ausgezeichneter analytischer Denker ist, kann es ihm passieren, daß die Freude am Lernen ebenso merklich nachläßt wie sein schulischer Leistungsstand. Doch was sich geändert hat, ist weder die Intelligenz des Schülers noch seine Fähigkeit, sich durch Erfolg motivieren zu lassen – geändert haben sich die Fertigkeiten und Fähigkeiten, die das Bildungssystem in seiner Altersstufe positiv bewertet.

Beim fünften Prinzip eines effektiven Unterrichts geht es schließlich um Struktur und Grenzen. Erfolge können Kinder nur dann empfinden, wenn man ihnen Maßstäbe setzt, an denen sie sich messen können. Um sich geborgen zu fühlen, müssen sie überzeugt sein, daß Erwachsene ihnen helfen werden, Wut, Habgier, Frustration und andere negative Emotionen in Schach zu halten. Das muß allerdings auf eine positive Weise geschehen, die dem Kind zwar Disziplin abverlangt, aber seine Selbstachtung nicht antastet. Regeln müssen klar und einsichtig und mit praktisch automatischen Sanktionen verbunden sein. Bei einem Verstoß muß das Kind die geforderte Strafe zahlen, darf aber nicht durch sie gedemütigt werden. Grenzen müssen deshalb mit Unterstützung Hand in Hand gehen, damit das Kind den Regelverstoß verstehen, es beim nächsten Mal besser machen kann. Ein Erwachsener kann das Kind auf einen konstruktiven und kreativen Umgang mit Grenzen vorbereiten, indem er ihm hilft, künftige Versuchungen und Probleme vorherzusehen, sich bestimmte Situationen auszumalen, sich der Handlungsweise zu erinnern, die es in Schwierigkeiten gebracht hat, und sich begrüßenswerte Alternativen einfallen zu lassen. Je schwerer es dem Kind fällt, Regeln und Strukturen zu akzeptieren, desto mehr bedarf es solcher Ermutigung und Unterstützung.

Wirksame Reformen

Die Frage, wie wir mehr Kindern zu schulischem Erfolg verhelfen können, ist für die Wohlfahrt unseres Landes von so zentraler Bedeutung, daß seit Jahrzehnten heftig um sie gestritten wird. In Rundfunksendungen, Zeitungskommentaren und den Tagesordnungen der Sitzungen von Schulbehörden und gesetzgebenden Körperschaften werden alle möglichen Vorschläge erörtert. Strengere Maßstäbe, entrümpelte Lehrpläne, die »zu den Grundlagen zurückkehren«, ein verlängertes Schuljahr, Bildungsgutscheine, Privatisierung, nationale Prüfungen für Lehrer – jede dieser Reformen oder auch ein Dutzend anderer wird, so versprechen uns ihre Befürworter, zum Ziel führen. Aus der Sicht des Entwicklungsmodells werden diese Versuche jedoch allesamt nur dieselben enttäuschenden Resultate bringen – und in etlichen Fällen mit vermehrten Kosten verbunden sein.

Eine wirksame Bildungsreform muß die Erkenntnisse berücksichtigen, welche die neuere Forschung über die Entwicklung des Geistes gewonnen hat. Drei Punkte müssen dabei im Vordergrund stehen. An erster Stelle steht die Tatsache, daß Affekt und Interaktion, nicht aber der Erwerb bestimmter Informationen und Fertigkeiten, die Basis jeglichen Lernens sind. Die meisten Kinder lernen am besten durch Erfahrung, einschließlich der Interaktion mit anderen, beispielsweise durch Kleingruppenarbeit oder individuelle Arbeit mit einem Lehrer oder Tutor etwa in Gestalt eines Seminars, in dem die Schüler ihre individuelle Arbeit unter der Anleitung eines Lehrers diskutieren. Ein anderes Modell ist die Lernpartnerschaft der traditionellen jüdischen Jeschiwa, in der zwei Schüler – gewöhnlich, aber nicht immer unter der Aufsicht eines Lehrers – die Interpretation von Texten genau studieren und diskutieren. »Ein Schüler, der nicht fragt, lernt nicht«, heißt es bei den talmudischen Weisen. Das heißt auch, daß der Lehrer, der es nicht schafft, daß die Schüler sich aktiv in den Stoff vertiefen, nicht wirklich lehrt. Im sokratischen Dialog, der an den besten juristischen Fakultäten noch immer als der Inbegriff der Unterweisung gilt, bietet der Lehrer den Schülern keine Informationen dar, sondern er stellt ihnen Fragen, die sie schrittweise durch die Argumentation führen und ihnen dadurch Ideen entlocken. Tatsächlich entdeckt der Schüler selbst Ideen und Informationen und erwirbt dabei die Methode des eigenständigen Lernens.

Es gibt viele innovative Programme, die einem oder mehreren dieser Modelle folgen und einen engagierten Austausch unter den Schülern oder zwischen Schülern und Lehrer ermöglichen. In der Regel wird diese persönliche Unterweisung jedoch nur in Spezialprogrammen geboten, an denen vornehmlich tüchtige oder begabte Schüler teilnehmen. Es würde sehr viel erreicht, wenn sie auch denen zugänglich gemacht würde, die durchschnittlich oder unterdurchschnittlich begabt sind. Kinder aus belasteten Familien, bei denen geringe Aufmerksamkeit und geringe Organisationsfähigkeit diagnostiziert wurden, lernen tatsächlich sehr gut, wenn sie eine solche dynamische Unterweisung erhalten. Leistungssteigerungen wurden von Beobachtern überwiegend darauf zurückgeführt, daß die Schüler von den Betreuern eine ungewohnte Beachtung und Anteilnahme erfuhren. Doch die größere Leistung verrät etwas Tieferes als erhöhte Motivation; sie deutet darauf hin, daß der Lernprozeß selbst sich verändert hat.

Der zweite, mit den neuesten Forschungsergebnissen in Einklang stehende Hauptpunkt der Bildungsreform ist so bekannt wie das Sprichwort »Gleich getan ist viel gespart«. Wenn wir bis zum Vorschul- oder gar bis zum schulpflichtigen Alter warten, ehe wir damit anfangen, ein Kind aufs schulische Lernen vorzubereiten, vergeuden wir die beste Lernzeit des ganzen Lebens. Wenn es mit drei Jahren im Kindergarten aufkreuzt, hat sein Gehirn bereits zwei Drittel bis drei Viertel seines ausgewachsenen Umfangs erreicht. Mit fünf, wenn es in die Vorschule kommt, ist das Gehirn schon so weit entwickelt, daß ein Kind, das nicht schon seit Jahren an den »eigentlichen Grundlagen« gearbeitet hat, erheblich, wenn auch nicht unwiderruflich im Rückstand ist. Ein effektives Reformprogramm muß sich daher vorrangig zum Ziel setzen, dafür zu sorgen, daß jedes Kind beim Eintritt in die Grundschule die erforderliche Konzentrations- und Kommunikationsfähigkeit sowie die Fähigkeit besitzt, an Beziehungen teilzunehmen. Für Kinder aus dysfunktionalen Familien folgt daraus eine intensive frühe Intervention und Unterstützung. Für diejenigen, die erhebliche Wahrnehmungs- oder Verarbeitungsprobleme haben, bedeutet es fachmännische Beurteilung und Therapie.

Damit sind wir bei der dritten Bedingung einer wirksamen Reform: Man muß anerkennen, daß es wirklich individuelle Unterschiede gibt und daß sie wichtig sind. Das soll nicht heißen, daß manche Kinder normal und andere lernbehindert sind. Gemeint ist vielmehr, daß jedes Kind seine individuelle, für seinen jeweiligen Entwicklungsstand charakteristische Art hat, Eindrücke und Informationen zu integrieren. Kinder unterscheiden sich, wie wir gesehen haben, hinsichtlich ihrer Sensibilität, ihres Temperaments und ihres Verhaltens in einer Weise, die sich zwangsläufig auf ihre Einstellung zur Schule auswirkt. Das überempfindliche Kind, das introvertierte

Kind, das trotzige Kind und andere haben es schwer, den Anforderungen des Unterrichts zu genügen. Auch haben Kinder beim Eintritt in die Schule einen ganz unterschiedlichen Entwicklungsstand. Manche können schon ihr Handeln kontrollieren und sogar schon über ihre Gedanken und Gefühle nachdenken. Andere erreichen diese Fähigkeiten, wenn überhaupt, erst Jahre später. Um den größten Fortschritt zu erzielen, braucht jedes Kind einen Unterricht, der das berücksichtigt.

Wenn Kinder, denen die zur Entwicklung nötigen Erfahrungen verwehrt wurden, eine Chance haben sollen, emotional und intellektuell zu wachsen, muß man Wege finden, ihnen diese Erfahrungen zu ermöglichen. Ein Weg, zwischen Kindern und fürsorglichen Erwachsenen vertraute Beziehungen aufzubauen, besteht darin, daß man, wie es jetzt an einigen Privatschulen praktiziert wird, eine kleine Gruppe von Kindern über Jahre hinweg von demselben Lehrer betreuen läßt. Solche Beziehungen entstehen bei Sporttrainern, die über längere Zeit eng mit jungen Leuten zusammenarbeiten. Erfolgreich in dieser Hinsicht sind auch offizielle Betreuungsprogramme, bei denen Erwachsene mehrmals wöchentlich, vorzugsweise sogar täglich, mit einzelnen Kindern oder kleinen Gruppen zusammenkommen.[6] Solche Betreuer unterstützen Entwicklung und Wachstum, indem sie mit dem Leben der Kinder in Fühlung bleiben, ihnen helfen, Alltagsprobleme zu besprechen und zu lösen, ein Auge auf ihre schulischen Fortschritte haben, sie mit förderlichen neuen Erfahrungen und nützlichen Hilfen der Gemeinschaft bekannt machen und den Kindern insgesamt mit Empathie und Ermutigung begegnen.

Beziehungen wie diese können im Rahmen beliebiger Organisationsformen entstehen, seien es Programme für die Hausaufgaben- und Freizeitbetreuung nach der Schule, »Big-Brother«- und »Big-Sister«-Netzwerke oder kirchliche Jugendgruppen. Manche Schulen, die sich auf die Arbeit mit gefährdeten Kindern spezialisieren, weisen jeden Schüler einem Lehrer oder Mitarbeiter zu, der dann täglich einige Zeit mit dem Schüler verbringt. Schulen sind in der Tat am besten geeignet, wirksame Betreuungsprogramme durchzuführen, da sie im Leben der Kinder eine so zentrale Stellung einnehmen.

Betreuungsverhältnisse funktionieren dann am besten, wenn sie auf formalen Verpflichtungen beruhen, die von Erwachsenen bewußt eingegangen werden. Wenn sie lediglich auf Freiwilligkeit basieren, kann der Erwachsene allzu leicht aussteigen, falls das Kind ernsthaft in Schwierigkeiten kommt. Der Betreuer muß sich – wie in einem Pflegeverhältnis – auf den Entwicklungsstand des Kindes einstellen, sich von dem Kind führen lassen, es in interessante Streitfragen und Aktivitäten verwickeln und, was vielleicht das Wichtigste ist, auch dann am Ball bleiben, wenn das Kind feindselig wird oder sich zurückzieht.

Kinder in Sondererziehungsprogrammen brauchen ebenfalls derart intensive langfristige Beziehungen zu Erwachsenen. Von allen Zweigen des Lehrerberufs hat die Sondererziehung seit jeher das stärkste Bewußtsein für die Realität und die Bedeutung der individuellen Unterschiede gezeigt. Dank der kundigen Betreuung durch Lehrer, die darin geschult sind, mit diesen Unterschieden umzugehen, können vielfach sogar Kinder mit so schwerwiegenden Behinderungen wie Autismus schulische Erfolge verzeichnen. Doch obwohl die Sondererziehung so hingebungsvoll auf die speziellen Bedürfnisse jedes Kindes eingeht, wird die Bedeutung der affektiven Beziehungen beim Lernen noch immer von ihr unterschätzt. Die Programme müssen überarbeitet werden, um den Entwicklungsansatz einzubeziehen, der der Interaktion in kleinen Gruppen viel Raum gewährt. Ein solches Programm wird ausführlich in einem demnächst erscheinenden Buch von mir beschrieben.[7]

Auch andere gängige Praktiken gehören auf den Prüfstand. In den Sondererziehungsprogrammen ist es heute üblich, Kinder mit ähnlichen Formen der Behinderung in einer Gruppe zusammenzufassen, sei es innerhalb ihrer Klasse oder jahrgangsübergreifend innerhalb ihrer Schule. Das ist vermutlich ein kostengünstiger Weg, spezialisierte Dienste in Anspruch zu nehmen, aber es könnte die Kinder von dem wichtigsten Element intellektuellen Wachstums abschneiden – der Interaktion mit ganz unterschiedlichen Menschen.

Bedingung dafür, daß Kinder mit speziellen Bedürfnissen erfolgreich integriert werden, ist mehr statt weniger Geld, sind kleinere statt größerer Klassen, ist fachliche Unterstützung für den Klassenlehrer, der es mit einem noch breiteren Spektrum von Fähigkeiten, Fertigkeiten und Sensibilitäten zu tun hat. Wenn man die Integration lediglich dazu benutzt, an der Sondererziehung zu sparen, macht man dieses lohnende Ziel zum Gespött. Statt daß Kinder mit unterschiedlichen Begabungen und Erfahrungen einander nähergebracht werden, bringt man auf diese Weise Eltern gegeneinander auf, die sicherstellen wollen, daß ihre eigenen Kinder aus einem ungenügenden Gesamtbudget das bekommen, was sie brauchen.

Würde man diese Reformen durchführen, wären die Schulen nicht mehr wiederzuerkennen. Aber fragen wir uns einmal ehrlich: Wie kann ein vernünftiger Mensch auf den Gedanken verfallen, daß ein Kind – Nachfahre von Zehntausenden von Generationen von Menschen, die täglich auf den Beinen waren, um sich ihren Lebensunterhalt zu sichern – es angenehm findet, zwölf, sechzehn oder achtzehn Jahre lang täglich sechs Stunden zusammen mit einem Erwachsenen und fünfundzwanzig oder mehr Kindern in einem Raum zu sitzen? Unsere Vorfahren lernten in der Praxis, durch die Übernahme von Aufgaben unter der gründlichen Anleitung von erfahreneren Menschen, die ihnen Grundbegriffe, Wissen und Fertigkeiten vermitteln konnten.

Eine Schule, die auf dem Entwicklungsgedanken aufbaut, würde dafür sorgen, daß Kinder den ganzen Tag über eng mit Erwachsenen zusammenarbeiten können – während der Unterrichtsstunden mit Lehrern und ansonsten mit Betreuern. Die Lehrer würden in vielen Fällen mit einzelnen Kindern beziehungsweise mit Zweier- oder Dreiergruppen arbeiten. Das heutige System stempelt Kinder, die nicht in Gruppen lernen können, vielfach als unerziehbar ab.

Doch woher sollen unsere finanziell bankrotten Schulsysteme die Scharen von fürsorglichen Erwachsenen nehmen, die das entwicklungsorientierte Erziehungsmodell benötigt? Denn wenn jedes Kind, das eines Betreuers bedarf, einen haben soll, und wenn jedes Kind in einer kleinen Gruppe mit einem Lehrer arbeiten soll, wenn es dies nötig hat, dann muß sich das zahlenmäßige Verhältnis zwischen Kindern und Erwachsenen grundlegend ändern. Doch wie etliche erfolgreiche Programme bewiesen haben, müssen viele der Erwachsenen keine fachlich ausgebildeten Erzieher sein. Die Schulen können auf Eltern, Großeltern, Nachbarn, Ruheständler und andere Mitglieder der Gemeinde zurückgreifen, die einige Zeit als ehrenamtliche Betreuer und Unterrichtshelfer beisteuern können.

Selbst bei einem gewaltigen Zustrom von ehrenamtlichen Helfern kann es allerdings passieren, daß es großen öffentlichen Schulsystemen nicht gelingt, allen Kindern einen ganztägigen intensiven Kleingruppen- oder persönlichen Unterricht zu bieten, wie er in den besten Privatschulen üblich ist. Trotz der knappen Mittel könnten die Schulen jedoch dafür sorgen, daß jedes Kind täglich für rund eine Unterrichtsstunde die ungeteilte Aufmerksamkeit eines Erwachsenen erfährt, eines Assistenten oder vielleicht sogar eines ausgebildeten ehrenamtlichen Helfers, wenn nicht eines Lehrers. Unter diesen Umständen würde sogar ein Kind wie Henry rauskriegen, wie man liest, schreibt und rechnet, vor allem aber, wie man lernt.

Die übrige Zeit könnte mit gut beaufsichtigten Gruppenprojekten ausgefüllt werden. Vielerlei konstruktive, aber nicht kostspielige Aktivitäten würden jedem Kind eine Chance geben, täglich einen Erfolg (oder mehrere) zu erleben. Singen, Theater, Sport, Schach, Kunst, Diskussion, fremdsprachige Konversation, kreatives Schreiben, Gemeinschaftsdienst, Führung eines kleinen Geschäfts und alle möglichen sonstigen Unternehmungen würden den Kindern Erfahrungen vermitteln, die ihnen helfen könnten, die elementaren Fertigkeiten des Lernens zu beherrschen. Nach sechs Jahren in einem solchen Rahmen würden – im Unterschied zu dem heute so häufigen Scheitern – fast alle Kinder lesen können, viele von ihnen sogar recht gut. Alle hätten aufregende neue Betätigungsfelder erforscht. Keines hätte die ungemilderte Bitterkeit und Demütigung erlebt, die heute so viele aus der Schule treiben. Auf Prinzipien basierend, die sich aus dem Entwicklungsmodell herleiten, würde eine solche Schule zwar gegen alle Vorstellungen von standardisierter Normalität verstoßen, deren Sklaven heute Lehrer wie Schüler sind, aber sie würde sie zu wahrem Lernen befreien.

Wir stehen daher vor einer einfachen Wahl. Entweder beginnen wir damit, das gesamte Potential unserer Kinder zu entwickeln, oder wir vergeuden wie bisher einen Großteil davon. Wir können den Kindern eine Erziehung bieten, die ihre Begabungen respektiert und fördert oder sie verwirft – und damit die Kinder selbst. In der letzteren Praxis wurden wir bisher durch falsche Vorstellungen über die Entwicklung des Geistes bestärkt. Angesichts der Ergebnisse neuer Untersuchungen über die menschlichen Fähigkeiten ist es uns jedoch nicht mehr erlaubt, mit dieser Verschwendung fortzufahren.

Wenn wir einen Wandel erreichen wollen, müssen wir mehr bieten als nur ein Modellprogramm hier und da, auch wenn viele dieser innovativen Vorhaben, besonders in Vorschulen und ersten Klassen, unsere Bewunderung verdienen. Beispiele für vielbeachtete Ansätze sind die Schriften von Reuven Feuerstein, Howard Gardner und Jim Comer sowie die auf dem Entwicklungsgedanken basierenden Lehrplanempfehlungen der National Association for the Education of Young Children.[8] Die meisten Schulen haben sich diese dynamischen Ansätze in den einzelnen Altersstufen jedoch nicht zunutze gemacht.

Daß sich am bestehenden Zustand so wenig ändert, liegt zum Teil an administrativen, bürokratischen, politischen und finanziellen Hindernissen. Unterhalb dieser potentiell lösbaren Probleme stoßen wir jedoch auf den alten, aber irrigen Glauben, daß Intelligenz und Affekt zwei getrennte Erfahrungsbereiche bilden. Obwohl Forscher seit über einem Jahrhundert Beweise für die adaptive Natur der Gefühle zusammengetragen haben, wird es bei der dualistischen Trennung zwischen Vernunft und Emotion, die fast bis zu den Ursprüngen unserer Zivilisation zurückreicht, vermutlich so lange bleiben, bis man die Entwicklungsperspektive vollständig verstanden und akzeptiert hat.

Ein Bildungssystem, das den Bedürfnissen unserer Gesellschaft gerecht werden will, muß die Entwicklungsstufen der Kinder berücksichtigen, sich mit individuellen Unterschieden befassen und dynamische affektive Interaktionen fördern. Wir brauchen solche Interaktionen nicht damit zu rechtfertigen, daß sie ein Bestandteil der Ausbildung von sozialen Fertigkeiten oder sonstigen wünschenswerten Zielen sind, die, wie einige meinen, der Familie überlassen bleiben sollten. Wir können darauf verweisen, daß ihre Bedeutung durch die Tatsache belegt wird, daß sie ein unauflöslicher Bestandteil des Lernprozesses selbst sind.

11.

Konfliktlösung und die Stufen des Geistes

Von Kindern können wir eine Menge darüber lernen, wie man Streitigkeiten nicht beilegt. Konflikte und deren Lösung, mit der Polizisten, Anwälte, Richter, Eheberater und Diplomaten ständig beschäftigt sind, werden von den meisten Menschen erstmals im Spielzimmer und auf dem Schulhof erlebt. Viele Streitgegner, seien es Mitglieder von rivalisierenden Banden, Anwaltskanzleien, ethnischen Gruppen oder Nationen, verhalten sich so wie die Kinder, die sie einmal waren. Zwei erwachsene Männer, die sich fast darüber in die Haare geraten, wer von ihnen als erster den einzigen freien Barhocker entdeckt hat, haben große Ähnlichkeit mit zwei Kindergartenkindern, die sich gegenseitig schubsen, weil jedes von ihnen ein Spielzeugauto haben möchte. Ein Profisportler, der sich weigert, seinen Dreß anzulegen, wenn man ihm nicht mehr Gehalt zahlt als einem Mannschaftskameraden, verhält sich so eifersüchtig wie ein Siebenjähriger, der sich darüber beschwert, daß dem anderen Kind bei dem Spiel, das sie spielen, mehr Zeit gelassen wurde, als es an der Reihe war. Ein jugendlicher Schläger, der einem Passanten einen Schlag versetzt, weil er dessen Gesichtsausdruck respektlos findet, handelt genauso aufgrund einer vermeintlichen Demütigung wie ein Vorschulkind, das einem Klassenkameraden ein Bein stellt, weil es von diesem übel beschimpft wurde. Zwietracht wird zwar auch von anderen Emotionen angefacht, doch die meisten Konflikte, ob nun Kabbeleien im Sandkasten oder Kriege, entstehen aus diesen dreien: Habgier, Neid und Demütigung.

Nicht nur die beteiligten Emotionen, sondern auch die Formen des Umgangs mit Konflikten haben ihre Wurzeln in der Kindheit. Wenn Konflikte ungelöst bleiben, bezeichnen wir das kleinliche, unnachgiebige Verhalten des Gegners oft als kindisch. Der wohl auffälligste Unterschied zwischen der Haltung von Kindern – und von Menschen aller Altersstufen, die mit Konflikten nicht umgehen können – und jener Haltung, die wir als reif betrachten, besteht darin, daß erstere, statt zu überlegen, auf impulsive oder, wie wir sagen, »konkrete« Handlungen zurückgreifen.

Konkretes Verhalten ist motiviert von Gefühlen, die unmittelbar in Handeln umgesetzt werden. Wenn jemand, der auf diese Weise funktioniert, etwas möchte, empfindet er sein Verlangen als eine eigenständige Realität, die ihn zum Handeln zwingt. Er möchte ein Stück Wurst essen, also nimmt er sich eines. Er ärgert sich über einen Freund oder über seine Frau, also schlägt er um sich. Die Beförderung eines Kollegen macht ihn neidisch, also streut er bösartige Gerüchte über ihn aus. Ein Mensch, der auf dieser Stufe stehengeblieben ist, hat keine Alternative – starke Emotionen müssen umgehend befriedigt werden.

Wer dagegen auf eine reflektierte Art funktioniert, erkennt, daß seine emotionalen Reaktionen nicht unabhängig außerhalb seines Kopfes existieren. Die Gefühle allein können ihn nicht zu einem bestimmten Handeln zwingen. Er möchte vielleicht ein Stück Wurst essen, aber da er weiß, daß er auf seinen Cholesterinspiegel achten muß, reflektiert er über sein Verlangen, mäßigt es und ißt statt dessen einen Apfel. Er ärgert sich über einen Freund oder über seine Frau, also äußert er seine Gefühle auf eine nicht-aggressive Art und stellt wieder ein gutes Einvernehmen her. Der Neid überkommt ihn, wenn er sieht, wie ein anderer Erfolg hat, also spricht er mit dem Chef darüber, wie er sich für eine Beförderung qualifizieren kann. Beim reflektierten Menschen lösen Gefühle keine Handlungen aus, sondern signalisieren ihm, daß er die Situation analysieren und ändern muß. Er verleugnet seine Emotionen nicht, sondern benutzt sie als Hinweise für seine Urteilsbildung. Gefühle treiben nicht ein unvermitteltes Handeln an, sondern setzen die mentalen Prozesse in

Gang, deren Folge eine Abwägung möglicher Handlungsweisen ist. Wenn zwei, die schwer zerstritten sind, um sich schlagen, schädigen sie die Möglichkeit, ihr Verhältnis in Ordnung zu bringen. Diese Möglichkeit besteht nur, wenn die Streitenden imstande sind, reflektiert – und nicht impulsiv – zu reagieren, die Bedürfnisse des jeweils anderen zu würdigen und abzuwägen, was am vernünftigsten wäre.

Diejenigen, die sich mit der Lösung von Konflikten schwertun, haben auch sonst Ähnlichkeiten mit kleinen Kindern. Ihre Neigung zur Polarisierung läßt sie Erfahrungen verzerrt wahrnehmen und bringt sie dazu, ihre Ansichten in Form von unnachgiebigen Forderungen, Parolen und Ritualen zu äußern. Sich selbst sehen sie als Verteidiger des Guten, als unentwegte Verfechter der gerechten Sache, während ihre Gegner, per definitionem selbstsüchtige Schurken, nur für üble Dinge eintreten. Eine Seite hat total recht, die andere total unrecht. Diese Haltung beobachtet man schon bei Dreijährigen – in diesem Alter beginnen Kinder, die Schuld auf andere zu schieben. »Er hat mich zuerst gehauen!« quengelt ein Kleiner und vergißt dabei geflissentlich die Fopperei, die den ersten Schlag heraufbeschwor. Kleinere Geschwister verstehen sich darauf, die größeren zu provozieren – natürlich nur, wenn die Eltern nichts davon merken. Während das unschuldige Opfer flennt, wird die ältere Schwester bestraft, weil sie zuerst gehauen hat.

Wenn Streitgegner, welchen Alters auch immer, erst einmal eine Situation polarisiert haben, verhärten sich die Positionen und ersticken jede Einsicht, daß der andere auch einen berechtigten Grund zur Klage haben könnte. Jeder sieht darüber hinweg, daß er selbst dazu beigetragen hat, die Uneinigkeit zu schüren, und ist von seiner selbstgerechten Sicht der Dinge überzeugt. Amerikaner sind zum Beispiel erstaunt über die in Japan vertretene Darstellung der Ursachen des Zweiten Weltkriegs, die die Opferrolle Japans unterstreicht und von dem Angriff auf Pearl Harbor völlig absieht. Der Konflikt im Nahen Osten beruht darauf, daß auf beiden Seiten dieselbe Leidenschaft herrscht, die Überzeugung, moralisch überlegen zu sein. Zerstrittene Ehepartner vergessen regelmäßig, daß sie selbst Öl ins Feuer geschüttet haben. Eltern, die sich über aufsässige, undankbare Kinder ärgern, verlieren oft aus dem Blick, was sie selbst zum Familienzwist beigetragen haben.

Die Polarisierung fördert nicht nur solche Verzerrungen, sondern verlangt sie geradezu. Wie könnte sonst jemand, der alle Seiten gerecht abwägt, die vielfältigen Ursachen von Konflikten übersehen? Wie könnte ein Mensch, der auch nur ein bißchen Lebenserfahrung besitzt, glauben, ein Prinzip habe in jeder erdenklichen Situation Geltung? Oder daß eine Seite ganz und gar lautere Motive habe? Oder daß ganze Kategorien von Menschen, denen man mit Geringschätzung begegnet, stets auf besonderes verwerfliche Weise handeln? Verzerrungen und Stereotype wie diese werden verstärkt von vereinfachenden Parolen wie dem antikommunistischen Spruch »Lieber tot als rot«, und sie können widerwärtige Akte eines ritualisierten Terrors hervorrufen, wie ihn namenlose Männer in weißen Kapuzen üben, wenn sie um Mitternacht auf einer Lichtung ein Kreuz verbrennen.

Polarisiertes Denken liegt also immer dann zugrunde, wenn aus der Zugehörigkeit zu einer Wir-Gruppe, sei sie rassischer, nationaler oder religiöser Art, Haß entsteht. Jugendbanden ebenso wie Ideologen teilen die Welt in »wir« und »die da« ein. Ein solches Denken führt zu ehernen Überzeugungen, die sich gegen jede kritische Überprüfung sperren. »Alle Mädchen sind doof«, skandieren Jungs aus der dritten Klasse und schleppen wassergefüllte Ballons über den Schulhof. Überall hört man Schmähparolen wie »Yankee go home«, viele sprechen von einer »gelben Gefahr«, etliche sehen in Polizisten »Schweine« – so könnte man endlos fortfahren. Parolen räumen auf mit den nuancierten Grautönen, die in einer zutreffenden Bewertung von Menschen und Situationen immer vorhanden sind. Rituelle Reaktionen halten Menschen von der Einsicht ab, daß sie alles nur in Schwarz und Weiß sehen.

Polarisierung fördert auch den Wunsch nach bedingungsloser Durchsetzung des eigenen Standpunkts. Befriedigend ist allein die restlose Verwirklichung der eigenen Maximalforderungen. Gruppe A muß zum Beispiel das gesamte Territorium besitzen, das ihr von Gott versprochen wurde oder das ihr legendärer Held für sie erobert hat oder das seit jeher von ihren Leuten bewohnt wird. Gruppe B muß uneingeschränkt den Staat kontrollieren und verwehrt ihren Gegnern auch nur die geringste Chance, Macht auszuüben.

Gelegentlich kommt es bei Verhandlungen vor, daß die Parteien eine Prioritätenliste ihrer Ziele aufstellen und entdecken, daß beide Seiten ihre wichtigsten Ziele erreichen können. Meistens verlangt eine Lösung des Konflikts jedoch einen Kompromiß, bei dem jede Partei auf ein zuvor als unabdingbar betrachtetes Ziel verzichtet. In Verhandlungen mit seinen arabischen Nachbarn könnte Israel zum Beispiel bereit sein, auf Land zu verzichten, das es vorher in Kriegen erobert hat, um dafür einen Friedensvertrag und Sicherheitsgarantien zu erhalten. Jede Partei bekommt etwas, und jede Partei gibt etwas auf. Eine solche Lösung ist nur möglich, wenn die Beteiligten imstande sind, impulsives Handeln und Polarisierung hinter sich zu lassen. Personen, die einen Vertrag aushandeln, oder Nachbarn, die unterschiedliche Vorstellungen haben, wie hoch die Hecke zwischen ihren Grundstücken sein oder welche Art von Dünger auf ihren Rasenflächen eingesetzt werden sollte, müßten sich so lange Bedenkzeit geben, bis jeder erkennt, was er tatsächlich zu erreichen bestrebt ist.

Die Konfliktlösung ist jedoch keine bloße Denkaufgabe und auch nicht nur ein rationales Abwägen von Optionen. Sie verlangt darüber hinaus die Fähigkeit zur Einfühlung und eine moralische Sensiblität, die beide in dem Maße erworben werden, wie man die einzelnen Stufen der emotionalen Entwicklung beherrscht. Die Fähigkeit eines Menschen, mit Konflikten umzugehen, ist in vielerlei Hinsicht ein natürlicher Ausfluß seines ethischen oder moralischen Bewußtseins. Eine erfolgreiche Konfliktlösung erfordert die Fähigkeit, sich in einen anderen hineinzuversetzen und die Ziele des anderen anzuerkennen und empathisch nachzuvollziehen. Man kann nur schwer eines seiner eigenen Ziele aufgeben, wenn man nicht in der Lage ist, intuitiv die Gründe zu verstehen, aus denen der andere so entschieden an seinen Zielen festhält.

Doch um sich in andere hineinversetzen und ihre Position mit der eigenen vergleichen und dann die verschiedenen Kompromisse überdenken zu können, braucht man mehr als Wahrnehmungsvermögen. Es gibt viele, die andere und ihre Absichten zutreffend taxieren, nur um sie dann hereinzulegen. Der Konflikt wird durch solche Tricksereien nicht gelöst, sondern verlängert. Stellen wir uns vor, bei der Bescherung in der Schule möchte ein Kind ein bestimmtes Geschenk, das unter dem Weihnachtsbaum liegt, von einem anderen Kind ergattern. Es legt deshalb eine leere Schachtel mit hübschen bunten

Bändern auf den Stapel, verhandelt mit dem anderen und hebt dabei vielleicht die Größe der Schachtel und die hübschen roten Bänder hervor. Vielleicht kann es dem anderen sogar einreden, daß sein Geschenk erst später ausgepackt werden darf. Natürlich ist es mit der vorläufigen Lösung des Konflikts vorbei, wenn das andere Kind die Schachtel aufmacht und nur Geschenkpapier vorfindet. Dieses Beispiel mag weit hergeholt wirken, doch die schamlose Haltung des Kindes ist nicht unähnlich derjenigen, die manchmal in Verhandlungen zwischen Arbeitgebern und Arbeitnehmern eingenommen wird.

Eine dauerhafte Lösung von Konflikten setzt ein hohes moralisches Entwicklungsniveau voraus. Sie verlangt, daß über die wahren Bedürfnisse beider Parteien auf gerechte und einfühlsame Weise verhandelt wird. Eine Lösung, durch die beide Parteien ein wenig aufgeben und ein wenig gewinnen, setzt auf beiden Seiten Reife voraus. Schlaue, aber unreife Menschen nutzen die Verhandlungen vielleicht nur dazu, ihren Vorteil zu mehren, nicht aber um Konflikte zu lösen. Solche »Lösungen« sind selten von Dauer. Der Konflikt wird zeitweilig bemäntelt, bis eine Partei entdeckt, daß die Schachtel leer ist.

Ein anderer häufiger Irrtum bei der Konfliktlösung beruht auf der Annahme, die Beteiligten seien fähig, die eigenen und die Wünsche anderer symbolisch darzustellen. Wer diese Fähigkeit nicht besitzt, kann seine Wünsche und Intentionen nur ausagieren. Ein Kind, das glaubt, es brauche sich nur zu nehmen, was es begehrt, ist vielfach kaum in der Lage, sich seine Wünsche und Bedürfnisse als einen abstrakten Gefühlszustand, einen Drang, eine Sehnsucht oder ein Begehren vorzustellen. An die Konfliktlösung geht es mit der Einstellung heran, die unmittelbare Wahrscheinlichkeit zu steigern, das zu bekommen, was es wünscht, statt zu überlegen und sich mit den Bedürfnissen anderer zu identifizieren, was zu einer langfristigen Lösung führen könnte.

Die mit der Neigung zum Polarisieren verbundene Unfähigkeit, mit Grautönen sowie mit ambivalenten oder nuancierten Emotionen umzugehen, schafft ein weiteres Hindernis für die Lösung von Konflikten. Die Erleichterung und Befriedigung beim erfolgreichen Abschluß von Verhandlungen geht oft einher mit Gefühlen der Trauer und des Verlusts. Wer mit polarisierten Alles-oder-nichts-Vorstellungen arbeitet, tut sich schwer, diese Grauzonen zu akzeptieren, etwa die Tatsache, daß die Beilegung eines Konflikts beiden Seiten etwas von dem gibt, was sie wollten, beide aber auch ein wenig enttäuscht. Dabei wird völlig übersehen, daß beide besser daran sind, als wenn der Konflikt weiterbestünde. Es gehört zu den höheren seelischen Fähigkeiten, Verlust und Enttäuschung zu ertragen, ohne in Wut oder Depression zu geraten. Ihre Wurzeln hat diese Fähigkeit in den ersten fünf Lebensjahren, aber richtig entwickelt ist sie selbst unter günstigsten Umständen nicht vor dem Alter von neun, zehn oder sogar zwölf Jahren. Viele Menschen bemühen sich ihr Leben lang darum, sie zu entwickeln.

Unterweisung in der Lösung von Konflikten

Die schulische Unterweisung in der Lösung von Konflikten geht vielfach von der Annahme aus, die meisten Kinder seien fähig, Streitigkeiten beizulegen, wenn sie nur etwas von den dafür zu unternehmenden Schritten wüßten: daß sie zum Beispiel nicht schlagen oder weh tun dürfen, lieber reden als handeln sollen und daß sie sich um einen Kompromiß bemühen müßten. Diese Schritte sind zwar sehr wichtig, doch fehlen vielen Erwachsenen ebenso wie Kindern die emotionalen Grundlagen, um sie auf eine mehr als nur mechanische Weise zu befolgen.

Wenn es an Empathie und der Fähigkeit mangelt, Enttäuschung zu ertragen, greifen Menschen auf polarisiertes Denken und unreflektiertes Handeln zurück. Wer nicht imstande ist, sich mehrere Gefühle zu vergegenwärtigen, sie zu benennen und die Zusammenhänge zwischen ihnen zu erkennen, wird nicht fähig sein, die Mischung von Gefühlen zu bewerten, die seinen Gegner motivieren, und sich die Anreize vorzustellen, die ihn selbst zu Verhandlungen bewegen könnten. Er kann dann auch keine Strategien auswählen, die ihm erlauben würden, sich gleichzeitig mit den eigenen und den Wünschen des Gegners zu befassen, um sich Klarheit über konkurrierende Ziele und Wünsche zu verschaffen.

Wenn jemand dieses Reflexionsvermögen nicht besitzt, muß er deshalb nicht vollkommen hilflos vor einem emotionalen Zwiespalt stehen. Selbst wenn er nur einige seiner Gefühle benennen kann (»Ich bin wirklich sauer über diese Bemerkung«), nicht aber gegensätzliche Empfindungen (»Ich bin wirklich sauer über diese Bemerkung, möchte aber keinen Familienstreit anfangen«), so kann er doch »bis zehn zählen«, bevor er etwas tut, und wird dann nicht so impulsiv handeln.

Bei der Unterweisung in der Lösung von Konflikten wird oft die Spieltheorie herangezogen. Die Spieltheorie zeigt – gleichgültig, ob sie auf die nukleare Abrüstung angewandt wird oder auf einen Streit darüber, wer mehr Süßigkeiten bekommen hat –, daß streitende Parteien, die ihre Ziele nach einem Alles-oder-nichts-Verfahren zu erreichen suchen, oft das, was sie haben, am Ende verlieren: die Süßigkeiten werden verschüttet, die Welt wird zerstört. Herrscht dagegen ein Geben und Nehmen und sind beide Parteien fähig, in der Grauzone zu operieren, vergrößert sich der Gewinn für beide. Die Fähigkeit, sich mit unterschiedlichen Grautönen abzufinden, verlangt jedoch ein höheres Maß an emotionalem Denken, als es vielen Streitenden zu Gebote steht.

Um Konflikte lösen zu können, braucht man drei Fähigkeiten, die sich im Laufe vieler Jahre entwickeln: die Fähigkeit, sich einfühlsam auf andere einzulassen und sich in ihre Lage zu versetzen; die Fähigkeit, sich die eigenen Intentionen und die anderer symbolisch zu vergegenwärtigen; und die Fähigkeit, Enttäuschung zu ertragen, die ein Denken in Grauzonen erlaubt. Methoden der Konfliktlösung zu erlernen, setzt mit einem Wort Reife beim Schüler voraus – sonst ist dieses Wissen auf Sand gebaut.

Wenn wir den Kindern Konfliktlösung beibringen wollen, müssen wir daher die entsprechenden emotionalen Fähigkeiten fördern. Unter Umständen heißt das, daß wir mehrere Schritte zurückgehen müssen, ehe wir einen Schritt nach vorn tun können. Wenn Kindern herzliche, dauerhafte Beziehungen verwehrt waren, müssen sie lernen, anderen in nahen Interaktionen zu vertrauen und Mitgefühl zu entwickeln. Hat ein Kind zu Hause keinen Erwachsenen, der sich mit ihm befaßt, muß eine solche Beziehung in der Schule, in einer Sportmannschaft, in einem Betreuungsprogramm, einer kirchlichen Jugendgruppe oder sonst einem langfristigen Rahmen gefunden werden. Kindern, die dazu neigen, ihre Gefühle auszuagieren, muß geholfen werden, daß sie lernen, sich ihre Emotionen und Wünsche zu vergegenwärtigen, und diejenigen, die leicht in ein polarisiertes Denken verfallen, müssen lernen, Ambivalenz zu ertragen und Gefühle von Enttäuschung und Verlust mit Gefühlen der Befriedigung und des Erfolgs zu verbinden.

Wer Kindern oder Erwachsenen erfolgreich die Fähigkeit zur Konfliktlösung vermitteln will, kann sich nicht mit der Darstellung von Verhandlungstechniken begnügen, sondern muß auf einer sehr viel tieferen Ebene ansetzen. Er muß helfen, die emotionalen Strukturen aufzubauen, auf denen die höheren Fähigkeiten beruhen, die erforderlich sind, um beiderseits befriedigende Regelungen auszuhandeln. Eine Unterrichtseinheit pro Woche, ein Schnellkurs oder ein Wochenendseminar reichen natürlich nicht aus, diese emotionalen Grundlagen zu schaffen. Bei Menschen mit einem reifen Denken mögen diese Bemühungen durchaus sinnvoll sein, doch die wesentlichen Punkte der Konfliktlösung werden allein dank täglicher Erfahrungen erlernt, die den Menschen helfen, die Stadien der emotionalen Entwicklung zu durchlaufen. Man kann nicht erwarten, daß ein Kind, das wütend oder emotional bedürftig ist, dem Freundschaften oder sonstige enge Bindungen fehlen, zu einem Menschen heranwächst, der sich mit einem Gegner friedlich einigt. Die Angst vor dem Konflikt mag gelegentlich einen scheinbaren Waffenstillstand erzwingen, doch die wahre Fähigkeit zur Beilegung von Differenzen wächst von innen.

12.
Die Ehe

Die Folgen eines gehemmten emotionalen Wachstums und einer unausgereiften mentalen Entwicklung werden nirgendwo so deutlich wie in der Ehe. Die Hälfte aller Ehemänner und -frauen ist unfähig, ihre Differenzen zu regeln und eine Familie aufrechtzuerhalten. Viele scheinen zwar aus den »richtigen« Gründen zu heiraten und sich gegenseitig zu ergänzen, doch leben sie sich später auseinander oder werden zu Gegnern. Die meisten Paare scheinen überfordert, wenn sie einerseits mit Veränderungen wie der Geburt von Kindern, finanziellen Belastungen und Arbeitsplatzwechseln fertig werden müssen, andererseits ein enges, engagiertes Verhältnis aufrechterhalten sollen.

George und Alice zum Beispiel schienen nach Ansicht aller wie füreinander geschaffen zu sein. Ihre Wärme und Besorgtheit erinnerte an die emotionale Rückenstärkung, die er von seiner hingebungsvollen Mutter erfahren hatte. Viele Probleme, die sie verwirrten, ängstigten oder entnervten – störrische Elektrogeräte, rätselhafte Defekte am Auto, die Gefahr von Einbrechern –, hielt er mit seiner ruhigen, gelassenen Kompetenz von ihr fern. Sein gutes Aussehen und die offenkundige Leidenschaft ließen den aufmerksamen, verläßlichen Sexualpartner erwarten, den sie brauchte.

Miteinander erlebten sie eine Liebe, die jedem zu geben und zu empfangen erlaubte, was er am meisten schätzte. Sie hatte immer Männer bevorzugt, die sich nach aufmerksamer Fürsorge sehnten und Frauen bewunderten, die diese geben konnten. Er hatte ernstere Beziehungen immer nur mit sehr fürsorglichen Frauen gehabt. Ihre Verwandten und Freunde waren begeistert und kamen ohne jene Beklommenheit zur Hochzeit, die einen in diesen unbehaglichen Zeiten so oft bei Trauungsfeierlichkeiten beschleicht. Keiner dachte, daß

George und Alice für etwas anderes bestimmt sein könnten als für eine glückliche goldene Hochzeit im Kreise zahlreicher fröhlicher Nachkommen.

Alle waren überrascht, auch sie selbst, als George und Alice sich nach nur zehn Jahren und der Geburt zweier Kinder nicht vor dem Altar wiederfanden, um ihr Gelöbnis zu erneuern, sondern vor Gericht, um es aufzulösen. Die liebevolle Eintracht der Anfänge war entartet zu dauerndem Gezänk und Verbitterung, hin und wieder unterbrochen von haßerfülltem Streit. Sie sei »kontrollierend und aufdringlich«, behauptete George. Er sei »reserviert, überkritisch und gleichgültig«, konterte Alice. Ihr »unaufhörliches und überflüssiges Genörgel« und seine »Kälte und Zurückweisung« hatten ein Zusammenleben unmöglich gemacht. »Unversöhnliche Differenzen«, das war auch die Meinung des Richters.

Was hatte aus der Ehe dieses liebevollen, gut zusammenpassenden Paares einen bitteren Fehlschlag werden lassen? Alljährlich stellen Millionen von Amerikanern sich diese Frage, während sie – genauso engagiert, aufrichtig und hoffnungsvoll wie George und Alice – zusehen, wie ihre Ehe zerfällt. Die meisten haben, bezaubert von dem romantischen Ideal unserer Kultur, aus Liebe geheiratet. Doch allzu rasch stellen viele fest, daß sie auf unerklärliche Weise durch eine Verbitterung voneinander getrennt sind, die sie weder zu überbrücken noch zu ergründen vermögen. Für dieses allzu vertraute Bild des Scheiterns nennen Beobachter viele Gründe: Geschlechterrollen, die sich immer mehr verwischen, wachsenden ökonomischen Druck, Sexualnormen, die immer lockerer werden, sich ändernde moralische Werte, schwächer werdende Bindungen und gesellschaftliche Belastungen. Solche verschwommenen kulturellen Gemeinplätze, so stichhaltig sie auch sein mögen, können nicht restlos erklären, warum so viele Ehen scheitern.

Unsere entwicklungsorientierte Betrachtungsweise hilft die Prozesse zu bestimmen, die zur Zerrüttung der Beziehungen beitragen. Vor allem deutet sie auf eine grundlegende, aber nicht genügend beachtete Ursache hin: Vielen intelligenten und erfolgreichen Menschen fehlen die emotionalen Fähigkeiten, die man braucht, um mit den vorhersehbaren Konflikten umzugehen, die in jeder Ehe irgendwann auftauchen.

Der heimliche Vertrag

Wie jede Partnerschaft, die sich über eine längere Zeit erstreckt, muß auch ein Ehepaar mit unerwarteten Herausforderungen und daher mit der Möglichkeit von Streit rechnen, wenn sich die Umstände ändern. Um ihre Beziehung zu bewahren, müssen die Ehegatten ein hochgradiges Reflexionsvermögen besitzen, damit sie ihre Rollen und Erwartungen immer wieder der neuen Situation anpassen können. Es ist sogar ein absolut zwingendes Erfordernis einer jeden Gemeinschaft, die auf längere Sicht bestehen oder gar prosperieren soll – ob es nun um eine Ehe, eine Geschäftspartnerschaft, eine Sportmannschaft oder einen Verein geht –, daß ihre Mitglieder die Möglichkeit und die Fähigkeit haben, Veränderungen vorzunehmen und Konflikte beizulegen. Sie müssen also notfalls in der Lage sein, den Vertrag, der ihre Beziehung definiert, neu auszuhandeln.

Geschäftspartner legen die Bedingungen ihrer Zusammenarbeit in der Regel in detaillierten schriftlichen Verträgen fest, die von Juristen aufgesetzt werden, welche sich in den möglicherweise auftauchenden Schwierigkeiten gut auskennen. Sportmannschaften funktionieren nach den in ihrer Sportart üblichen Regeln, die von Trainern, Managern und Schiedsrichtern interpretiert werden. Organisationen richten sich nach schriftlichen Satzungen und nach *Robert's Rules of Order,* der allgemeinen Geschäftsordnung.

Auch Ehen funktionieren entsprechend den Bedingungen einer Vereinbarung zwischen den Parteien, die eine Teilung der Arbeit und der Befriedigungen festlegt, der beide Partner zustimmen. Doch im Unterschied zu den Verträgen von Firmen, Sportteams oder Vereinen werden die Vereinbarungen, die bei der Hochzeit getroffen werden, gewöhnlich stillschweigend abgemacht. Es kommt zwar vor, daß die Frischvermählten ausdrücklich festlegen, wer das Essen kochen und wer die Steuererklärungen machen wird, ob sie Kinder haben wollen, wo sie wohnen werden und welches Besteckmuster sie sich aussuchen werden, aber wichtigere Fragen bleiben unerörtert: wer später trösten und wer kommandieren wird, wer von wem abhängig sein und wer sich um wen Sorgen machen wird. Außerdem bringen beide Partner viele stillschweigende Annahmen mit, für welche die Beziehung ihrer Eltern weitgehend das Modell abgibt.

Selten verhandeln Liebende offen über ihr emotionales Verhältnis. Das Geheimnisvolle des Sichverliebens besteht im wesentlichen ja gerade in der Gewißheit, daß der Geliebte die eigenen tiefsten Sehnsüchte und Anschauungen versteht, ohne daß man darüber spricht. In der Zeit der jungen Liebe verhandeln die Partner, teils von persönlichen und kulturellen Erwartungen, teils von bewußten und unbewußten Bedürfnissen geleitet, unausgesprochen darüber, wie sie miteinander auskommen werden. Durch diese ersten Verhandlungen gelangen sie oft zu einer großen und beide Seiten sehr befriedigenden Übereinstimmung – befriedigend deshalb, weil die Menschen sich, ungeachtet aller Mythen, ihre Liebespartner nicht auf gut Glück aussuchen. Ganz abgesehen von den unbeschreiblichen Qualitäten der Liebe bindet sich ein Mensch an einen anderen, weil er das erregende Gefühl hat, wirklich verstanden zu werden, anders gesagt, weil die Eigenschaften des Geliebten und die tiefsitzenden Bedürfnisse in der eigenen Psyche eng ineinandergreifen.

George und Alice ergänzten einander in vielen wichtigen Hinsichten. Ihr Bedürfnis, Fürsorge zu schenken und dadurch Befriedigung, Identität und Achtung zu gewinnen, paßte zu seinem starken, aber unausgesprochenen Bedürfnis, umsorgt zu werden. Ihm verschaffte es andererseits ein Gefühl der Stärke und Tüchtigkeit, daß er die Alltagsschwierigkeiten meisterte, vor denen sie geschützt werden wollte. Beide bewunderten und genossen einander und schätzten die Beziehung wegen der Geborgenheit und Akzeptanz, die sie in der Gegenwart des jeweils anderen empfanden. Sie verliebten sich ineinander und sonnten sich in der gegenseitigen Wertschätzung und Erfüllung. Anders gesagt: Beide nahmen an, sie hätten endlich die dauerhafte, zutiefst befriedigenden Beziehung gefunden, auf die jeder nach Ansicht von uns Amerikanern ein natürliches Recht hat.

Leider standen der Verwirklichung dieser Träume für ein ganzes Leben einige Hindernisse entgegen. Gefährliche Erwartungen werden bereits durch unsere romantischen Vorstellungen erzeugt, nach denen die Liebe über einen kommt. Man erliegt, suggerieren sie uns, einer unwiderstehlichen Kraft und glaubt, intakte, dauerhafte Beziehungen seien etwas, das einem zustößt und nicht etwas, was man selbst gestaltet. Daß sich die unbeeinflußbare »Chemie« unserer bemächtigt, hängt diesem Mythos zufolge nicht von dem ab, was man aktiv tut. Viele meinen daher, daß man nichts zu tun braucht und auch nichts tun kann, um den Zauber aufrechtzuerhalten.

Aus diesen Annahmen folgt ein ganzer Rattenschwanz weiterer, nicht minder unrealistischer Erwartungen. Viele Liebende glauben in ihrem ersten Überschwang, der neue Partner werde alles das bieten, was sie in früheren Beziehungen vergeblich gesucht haben. Solche hochfliegenden Hoffnungen werden für beide schließlich zu einer Last. Mit der Aufgabe kämpfend, unausgesprochene Erwartungen erfüllen zu müssen, haben sie Ansprüchen zu genügen und Rollen zu spielen, die sie sich nicht nur nicht ausgesucht, sondern von denen sie möglicherweise noch nicht einmal gehört haben. Wenn ein Partner dann nicht die Forderungen dieses heimlichen Kontrakts erfüllt, können Kränkung und Verärgerung sich bei dem enttäuschten Ehegatten zu Wut und Anschuldigungen aufschaukeln, und beide schieben sich die Zänkereien und Irritationen, zu denen es unausweichlich kommt, gegenseitig in die Schuhe.

Das Überraschungspaket

Was Liebende in den Anfängen einer Beziehung aneinander bindet, ist gewöhnlich das Gefühl des Wohlseins und der Geborgenheit, das jeder in Gegenwart des anderen hat; es geht auf die Gefühle zurück, die beide möglicherweise als kleine Kinder empfunden haben und die sie bewußt oder unbewußt wiederzuerlangen wünschen. Dieser Austausch von Befriedigung und Genugtuung wird, während das Paar die Zeit der jungen Liebe durchlebt und auf die Ehe zusteuert, in einem Vertrag ohne Worte festgelegt. Die Gründe, die sie zunächst zusammengebracht haben, werden zu stillschweigenden Erwartungen, die sich in der Psyche beider festsetzen.

Wie viele andere Paare gelangten auch George und Alice in der Zeit, als sie miteinander gingen, unwissentlich zu einem solchen Ausgleich zwischen seinem Bedürfnis nach Umsorgtsein und ihrem Bedürfnis nach Schutz. Doch es änderte sich einiges, als sie nach der Hochzeit zusammenlebten. Beiden kamen die mit dem Handel verbundenen Zwänge zu Bewußtsein. Er wünschte, daß sie ihm Wärme und Fürsorge spendete, aber ohne das, was er als emotionale Aufdringlichkeit empfand. Sie wünschte Geborgenheit und Anerkennung für ihre Bemühungen, nicht aber eine Beziehung, in der die Fürsorglichkeit nur in eine Richtung ging.

Außer den Eigenschaften, die einen verliebten Partner fesseln, hat jeder Mensch auch noch andere Züge. In jedem von uns steckt eine komplexe Mischung von Merkmalen und Eigenheiten – Wünschen, Überzeugungen, Gewohnheiten und Erinnerungen –, die teils mit denen des Partners zusammenpassen, teils nicht. Neben Eigenschaften, die nahtlos ineinandergreifen, bringt jeder auch solche in eine Beziehung ein, die nicht so hundertprozentig zueinander passen oder sogar unvereinbar sind.

Es ist aberwitzig, wenn jemand von einem anderen Menschen erwartet, daß er nur die Eigenschaften verkörpert, die er selbst wünscht oder braucht. Doch genau das erwarten viele von uns, gebannt vom Mythos der romantischen Liebe. Bei George ging das Verlangen nach emotionaler Unterstützung einher mit einer Abneigung gegen die mit der Unterstützung verbundene kontrollierende Aufdringlichkeit. Bei Alice war das Vergnügen, das sie bei ihrer umsichtigen Fürsorge empfand, mit dem Gefühl gekoppelt, daß sie es auch verdient hätte, daß man sich gelegentlich um sie kümmerte. Aber weder George noch Alice waren bereit, zusammen mit dem Guten auch das Negative anzunehmen. Das tägliche Zusammenleben brachte ihnen die weniger wünschenswerten Bestandteile des Gesamtpakets, die sie anfangs ignoriert hatten, immer stärker zu Bewußtsein. Es kam zu Streiereien. Wieso mußte sie jedesmal wissen, wohin er ging? Wieso konnte er ihr nicht ein bißchen mehr Wärme geben? Die guten Eigenschaften, die sie anfangs zueinander hingezogen hatten, nahmen sie jetzt als selbstverständlich hin, beklagten sich aber über die vermeintlichen Fehler des anderen, die keine ernsthaften Charakterfehler darstellten, sondern bloß Seiten der Persönlichkeit, die nicht Gegenstand des ursprünglichen Vertrages waren. Beide wurden immer gereizter.

Nach der Geburt eines ersten und dann eines zweiten Sohnes nahmen die Reibereien an Schärfe zu. Kinder mit ihren Ansprüchen verändern das Wesen und das Gleichgewicht einer jeden Ehe. Bei einer bedeutenden Veränderung müssen die Rollen und die Verantwortlichkeiten deshalb mit Sorgfalt neu ausgehandelt werden. Doch

George und Alice stolperten, ohne es recht zu merken, in ein neues Gleichgewicht hinein. Das Aufziehen der Jungen verschaffte Alice mit ihrem sehr mütterlichen Wesen reiche Befriedigung, aber es erschöpfte sie auch, körperlich wie emotional, so daß von ihrer Fürsorglichkeit wenig für George übrigblieb. Wenn morgens um drei einer der Jungen weinte, weil er Hunger hatte oder von einem Traum geängstigt wurde, ging Alice hin und beruhigte ihn, aber dabei merkte sie, daß auch sie Fürsorge gebraucht hätte.

Auch George empfand den ursprünglichen Vertrag als hinderlich. Er konnte nicht mehr so zuverlässig wie früher seiner Rolle als derjenige, der Probleme löste und die Dinge regelte, gerecht werden, denn er mußte mit zusätzlichen Verantwortlichkeiten zurechtkommen und beispielsweise länger arbeiten, um die höheren Ausgaben der Familie zu bestreiten und den Einnahmeausfall wettzumachen, der dadurch entstand, daß Alice in ihrer Firma zur Teilzeitbeschäftigung überging. Glühbirnen wurden nicht mehr so pünktlich ausgetauscht und Störungen am Auto nicht mehr so prompt behoben, wie Alice es gewohnheitsgemäß erwartete. Er mußte mehr arbeiten und war davon stärker erschöpft, und zugleich gab Alice ihm weniger emotionale Unterstützung, sondern stellte obendrein noch größere Ansprüche an ihn, mit dem Ergebnis, daß er sie weniger begehrte und sich mehr über sie ärgerte. Ihr Sexualleben siechte dahin, da er sich emotional von seiner Frau zurückzog und dazu überging, sein Bedürfnis nach Nähe teilweise dadurch zu befriedigen, daß er sich mit seinen Söhnen beschäftigte.

Wenn Ehepartner den Übergang zur Elternschaft erfolgreich bewältigen, gelangen sie zu einem neuen Ausgleich zwischen Bedürfnissen und Befriedigungen. Nicht mehr im gleichen Maße wie früher in der Lage, eheliche Aufmerksamkeit zu geben und zu empfangen, befriedigen sie einen Teil ihres Bedürfnisses nach Trost, Bewunderung und Erfüllung dadurch, daß sie zusehen, wie der andere das Kind liebevoll umsorgt, oder daß sie sich am Wohlergehen des Kindes erfreuen. Mit dem neuen Gleichgewicht erweitern sich ihre Rollen und Selbstdefinitionen, und aus bloßen Ehegatten werden Partner in der Elternschaft.

George und Alice aber gelangten zu keinem befriedigenden neuen Vertrag. Vielmehr kultivierte jeder für sich die zunehmenden Verdrießlichkeiten. Sie begriffen nicht, daß ihr Unbehagen aus den Veränderungen erwuchs, die mit dem Fortschreiten von einem Liebespaar erst zu einem Ehepaar und dann zu einer Familie verbunden sind, sondern führten ihren jeweiligen Kummer auf die Mängel und Versäumnisse des anderen zurück. Alice vermißte nicht nur das Gefühl des Beschütztseins, das sie brauchte, um sich geborgen zu fühlen, sondern ihr fehlten auch die Gelegenheiten zu sexueller Intimität. George fühlte sich ungetröstet, ja sogar vernachlässigt. Die Verstimmung und chronische Verärgerung wuchs. Da die seligen Gefühle der Anfangszeit verflogen waren, nahmen beide an, daß auch die Zuneigung und das Interesse des anderen verflogen sein mußten. Es entspann sich ein kalter Krieg, der immer häufiger in regelrechte Schlachten ausartete.

Der traurige Abstieg von George und Alice wiederholt sich Jahr für Jahr in zahllosen amerikanischen Familien. Millionen von Paaren finden sich auf ähnliche Weise in Konflikte verstrickt, wenn ihre Lebenssituation sich ändert und die stillschweigenden Verträge von einst hinfällig werden. Die Möglichkeit der Mißverständnisse und Konflikte nimmt noch zu, wenn das Schicksal auf diese normalen Belastungen noch weitere, gravierendere häuft – ein Kind mit einer erheblichen körperlichen Behinderung oder Entwicklungsverzögerung, eine schwere Erkrankung oder ein Todesfall in der Familie, finanzielle Rückschläge, eine Naturkatastrophe, ein Umzug, bei dem man Freunde und Verwandte zurücklassen muß, oder sonstige Probleme und Unglücksfälle, die Menschen zustoßen. Entsprechend sinkt die Wahrscheinlichkeit, daß es einem bereits zerstrittenen Paar gelingt, die ursprüngliche stillschweigende Vereinbarung neu auszuhandeln.

Warum sollte es ehrlichen und fürsorglichen Menschen nicht gelingen, die bisherigen Rollen und Erwartungen in diesem Sinne zu überprüfen? Im vorigen Kapitel haben wir einen kurzen Blick auf die Gründe geworfen, aus denen Konflikte ungelöst bleiben. Eine erfolgreiche Konfliktregelung fordert von beiden Seiten die Fähigkeit, die eigenen Bedürfnisse und die des anderen zu verstehen, diese Bedürfnisse auszudrücken und Gefühle des Verlusts und der Enttäuschung zu ertragen. Bei kaum einer Lösung von Meinungsverschiedenheiten werden alle Forderungen beider Seiten erfüllt. Doch bei dauerhaften Lösungen wird von den Wünschen und Bedürfnissen beider Seiten soviel erfüllt, daß sie im Vergleich dessen, was sie aufgeben, mit dem, was sie bekommen, einen gerechten Kompromiß sehen. Um einen solchen Ausgleich zuwege zu bringen, speziell in der angespannten emotionalen Atmosphäre einer Ehe, müssen beide Partner fähig sein, sich in den anderen zu versetzen und über ihre Gefühle nachzudenken, und diese Fähigkeiten haben viele möglicherweise nicht.

Gelangt man nicht zu einem neuen Verständnis, auf dem die Ehe künftig basiert, dann kommt es zu jenem polarisierten Konflikt, der sich zwischen George und Alice entwickelte. In ihrer Ehe nahmen Streß und Feindseligkeit ständig zu. Alice verlor die Geduld und schrie George an, wenn er sie enttäuschte. Er reagierte mit Rückzug, und es kam vor, daß er regelrecht aus einem Gespräch fortging. Keiner von ihnen konnte es über sich bringen, dem anderen entgegenzukommen. Beide machten sich gegenseitig für den Abbruch der Kommunikation verantwortlich.

Im Lichte des Entwicklungsmodells nimmt sich das Rätsel von George und Alice weit weniger geheimnisvoll aus. Sie brachten die Neuverhandlung nicht zustande, die nötig gewesen wäre, um ihre Ehe zu erhalten, weil sie das zur Lösung ihrer Konflikte erforderliche emotionale Niveau nicht erreichten. Wie viele Menschen, die sich in erbitterte Streitigkeiten verstrickt haben, zog keiner von ihnen die naheliegende Möglichkeit in Betracht: daß es dem unnachgiebigen Partner, der sie wütend machte, nicht an dem Wunsch, sondern an der Fähigkeit mangelte, in einer Weise zu handeln, die der Versöhnung förderlich gewesen wäre.

Wenn Gegner sich nicht einig werden können, nehmen Außenstehende vielfach an, daß bloße Störrigkeit sie daran hindert. Sie glauben, daß zumindest eine der beiden Seiten, wenn nicht sogar beide, keine Einigung wünsche; wenigstens bei einer mangele es an dem Interesse oder der Motivation oder dem guten Willen, der für eine Einigung nötig sei. Was die Beteiligten angeht, so sind sich beide sicher, daß sie die Situation zu retten wünschen, und daher liegt es nur allzu nahe, dem anderen zu unterstellen, er sei vorsätzlich verstockt oder unvernünftig. Solche Unterstellungen vertieften aber nur das Unglück von George und Alice. Beide wußten, daß der andere eine »gute Kinderstube«, eine verantwortungs- und liebevolle Fürsorge genossen hatte. Was George und Alice nicht wußten, war, daß es beiden nicht an Anstand, nicht an Sorge um ihre Familie mangelte, sondern an den hochentwickelten reflexiven Fähigkeiten, die nötig gewesen wären, um mit der anstehenden Neuaushandlung ihrer Rollen fertig zu werden. Beide hatten in ihrer Kindheit nicht jene Interaktion erlebt, die ihnen den Erwerb dieser Fähigkeiten ermöglicht hätten. Beide stammten aus Familien, die nicht durch das immer wieder neue Ausarbeiten eines Gleichgewichts zusammengehalten wurden, sondern durch starke soziale und religiöse Sanktionen gegen die Scheidung. Praktisch waren beide unter Erwachsenen aufgewachsen, die, obwohl durchaus anständige und liebevolle Menschen, über die Stufe eines polarisierten emotionalen Denkens nicht weit hinausgekommen waren. Von der heutigen Verschiebung der Geschlechtsrollen her gesehen, erforderte die Neustrukturierung der Partnerschaft von George und Alice eine genuine Fähigkeit, einen Kompromiß und damit auch Zwischentöne in ihrer Ehe zu akzeptieren.

Mit den Frustrationen mehren sich auch die äußeren Anzeichen einer von ungelösten Spannungen belasteten Situation. Es häufen sich die Kämpfe und verbalen Auseinandersetzungen. Passivität und innerer Rückzug nehmen ebenso zu wie Egozentrik und Negativismus. Angst und Unruhe schleichen sich ein, ja sogar physische Beschwerden wie Halsweh oder Bauchschmerzen. Jeder versucht nach Kräften, die eigene Position zu verbessern, tut aber fast nichts, was das Paar einer Einigung näherbringen würde.

Trotz aller Intensität ihrer anfänglichen Liebe, trotz allen Wohlbehagens, das ihre Beziehung ihnen gab, trotz aller guten Absichten, die beide in die Ehe mitbrachten, konnten George und Alice als Paar nicht bestehen, weil sie auf einer Stufe der emotionalen Entwicklung stehengeblieben waren, die einen reifen Umgang mit dem Konflikt ausschloß. Gefühle der Verletztheit, des Verlusts oder der Enttäuschung konnte keiner von ihnen darstellen oder zulassen, und so handelten beide diesen Gefühlen entsprechend, ohne über sie nachzudenken. Keiner konnte gleichzeitig die guten Eigenschaften und die Mängel beim anderen sehen. Die Bilder, die sie voneinander hatten, polarisierten sich, und so warf jeder dem anderen Bösartigkeit und Verrat vor. Keiner sah ein, daß der andere für seine Beschwerden vielleicht einen guten Grund hatte und ebensosehr darunter litt wie man selbst. Sie waren zwar erwachsen, doch emotional funktionierten beide eher wie Kinder.

Die Ehe von Gleichgestimmten

Die Schwierigkeiten von George und Alice, die man heute bei so vielen Paaren beobachtet, beruhen noch auf einer weiteren, eigentümlichen Tatsache: Es besteht die Tendenz, sich Partner vom gleichen Entwicklungsniveau auszusuchen. Wenn es dann zu Eheproblemen kommt, glaubt man, dem Ehegatten überlegen zu sein, beklagt sie sich, daß er ungehobelt und gefühllos sei, beschwert er sich, daß sie unerträglich emotional und aufdringlich sei. Die klinische Erfahrung besagt jedoch, daß die Interaktion von Paaren sich gewöhnlich auf einem beiden Partnern gemeinsamen Entwicklungsniveau abspielt.

Stellen wir uns folgende häusliche Situation vor: Der Mann kommt von der Arbeit heim, aber das Essen ist noch nicht fertig, und seine Frau hängt am Telefon. Er fährt sie an, sie legt den Hörer auf und bricht dann in Tränen aus. Abgespannt und nicht auf eine Auseinandersetzung erpicht, zieht er sich ins Wohnzimmer zurück, macht den Fernseher an und hockt sich davor, ohne auf ihre Bitten einzugehen, ihr doch zuzuhören. Sie geht wieder in die Küche und ruft schließlich die Familie zum verspäteten Abendessen. Er beginnt zu essen, macht dann aber einen Versuch, das peinliche Schweigen zu brechen. »Die Frikadellen sind gut«, sagt er.

Dadurch ermutigt, sagt seine Frau »danke« und erzählt ihm dann, daß sie durch den Anruf einer engen Freundin aufgehalten wurde, die in größter Aufregung war, weil sie gerade erfahren hatte, daß sie Brustkrebs haben könne.

»Das ist aber schlimm«, sagt er.

»Ich weiß«, sagt sie. »Sie tut mir wirklich leid. Wenn mir das passierte.«

Daraufhin lassen sie dieses unbehagliche Thema fallen und wenden sich alltäglicheren Dingen zu.

Nebenan kommt der Mann ebenfalls nach Hause und trifft seine Frau beim Telefonieren an, während das Abendessen noch nicht fertig ist. Sie bemerkt seinen verärgerten Gesichtausdruck, als er in die Küche tritt, und hält die Sprechmuschel zu. »Tut mir leid«, sagt sie, »daß heute abend alles durcheinander ist. Ich weiß, daß du Hunger hast, aber dies ist ein wichtiges Gespräch. Hol dir doch etwas Käse und Cracker und guck dir die Tagesschau an, ja?«

Der Mann bemerkt den Ernst in ihrer Stimme, nickt und geht an den Schrank. Später beim Abendessen gibt sie ihm die Erklärung: »Betty hat gerade erfahren, daß sie möglicherweise Brustkrebs hat. Sie ist furchtbar aufgeregt – ich habe fast eine Stunde mit ihr gesprochen. Es ist wirklich beängstigend. Sie ist genau in meinem Alter, und wie's aussieht, kriegen es viele. Das Abendessen habe ich darüber einfach vergessen.«

»Kein Wunder, daß du aufgeregt bist. Ich finde solche Dinge auch schrecklich. Betty ist für so etwas doch noch viel zu jung. Ich kann den Aufwasch machen, wenn du sie besuchen möchtest.« Ihr Mann begreift, daß es nicht bloß die Sorge um die Freundin ist, die sie bewegt, sondern auch die Angst, daß auch sie Krebs bekommen könnte.

Das erste Paar lebt offensichtlich auf der Ebene des konkreten Handelns, das zweite auf einer Ebene des nachdenklichen Umgangs mit Gefühlen. Es ist schwer vorstellbar, daß ein Mitglied des einen Paares es sehr lange mit einem Mitglied des anderen aushalten könnte; bei ihrem extrem unterschiedlichen Stil des Reagierens fänden sie kaum eine Gemeinsamkeit, auf der ein gegenseitiges emotionales Verstehen aufbauen könnte. Die rücksichtsvollen und einfühlsamen Reaktionen des nachdenklichen Menschen würden den, der Verhaltensreaktionen gewohnt ist, verwirren, und die konkreten, impulsiven Handlungen des letzteren würden einen Menschen, der es gewohnt ist, über emotionale Situationen nachzudenken, wütend machen.

Menschen finden meistens aufgrund eines gleichartigen emotionalen Entwicklungsstandes zusammen, nicht nur zur Ehe, sondern zu vielen anderen Zwecken, denn wenn sie hier nicht übereinstimmen, sprechen sie praktisch unterschiedliche Sprachen. In den letzten Jahren hat man viel Aufhebens von den emotionalen und kommunikativen Unterschieden zwischen den Geschlechtern gemacht, doch die Unterschiede im Entwicklungsstand wirken sich viel stärker aus. Menschen mit einem großen Entwicklungsabstand haben ja auch kaum etwas, worüber sie reden könnten. Wer sich auf der Ebene des konkreten Verhaltens bewegt, denkt nicht an das, was er empfindet, sondern an das, was er tut. Eine aufgeregte Ehefrau oder ein verschobenes Abendessen wird ihn nicht veranlassen, Gefühle der Enttäuschung, der Entmutigung oder des Ärgers in Worte zu fassen; er wird vielmehr schmollen, zum Gegenangriff übergehen oder seine Zuneigung entziehen. Wer sich aber auf der Ebene der emotionalen Vorstellungen bewegt, kann Hinweise auffangen und sich ausmalen, was die aufgeregte Partnerin empfinden mag.

Es gibt viele Gründe, warum Menschen sich zu anderen hingezogen fühlen, die auf derselben Stufe der emotionalen Entwicklung stehen. Die Begegnung mit einem anderen, der sich auf dem eigenen Niveau befindet, löst oft ein Gefühl der Verbundenheit und des tiefen Verstehens aus, das zur Freundschaft oder zur romantischen Liebe beiträgt. Der andere versteht die eigenen Signale und Hinweise intuitiv. Die eigene Neigung, sich schwungvoll ins Handeln zu stürzen, oder umgekehrt die Tendenz, zwischen Motiven und Vorstellungen nach Bedeutung und Zusammenhängen zu suchen, wird vom anderen als das Natürlichste von der Welt empfunden. In den Anfängen ihrer Beziehung empfanden George und Alice des anderen Neigung zum Handeln und zum polarisierten Denken als höchst wohltuend – ironischerweise also gerade jene Eigenschaften, an denen ihre Ehe schließlich scheiterte.

Daß Ehegatten oft auf einer ähnlichen emotionalen Stufe stehen, heißt nicht, daß sie in ihrer Persönlichkeit übereinstimmen, ganz im Gegenteil. In der Mehrheit wählen wir Partner, deren Persönlichkeit unsere eigene ergänzt. Die warme, fürsorgliche Alice und der zurückhaltende, tüchtige George besaßen emotionale Züge, die dem anderen jeweils abgingen. Wenn beide Partner schüchtern oder umgekehrt äußerst gesellig, passiv oder umgekehrt sehr tatendurstig sind, bricht das Interesse aneinander vielfach ab, bevor sie eine Eheschließung in Erwägung ziehen. Täten sich zwei lebhafte, extravertierte Plaudertaschen zusammen, würden sie ständig um die Aufmerksamkeit der anderen konkurrieren, und jedem würden die anerkennenden Zuhörer fehlen, die das Reden zu einem Vergnügen machen. Von zwei schweigsamen, introvertierten Menschen würde keiner die sozialen und emotionalen Annäherungsversuche machen, derer es bedarf, um eine Beziehung aufrechtzuerhalten. Zwei überaus ordentliche und genaue Partner würden sich gegenseitig in einen Wahn des Perfektionismus treiben. Und wenn beide zu Unordnung und Desorganisation neigen, würde ihr praktisches Leben in einem Chaos untergehen.

Es gehört denn auch zur »Chemie« der romantischen Liebe, daß man zufällig jemanden findet, der die eigene Lebensart ergänzt, der etwas hat, was im eigenen Leben und der eigenen Persönlichkeit fehlt, und dadurch einen Genuß und eine Geborgenheit bietet, die man bisher nicht kannte. Oft verweist die neue Beziehung zurück auf eine frühere Beziehung zu einem Elternteil, der ebenfalls emotionale Züge besaß, die einem selbst abgingen, und stellt dadurch ein vertrautes Muster der Interaktion wieder her. Zwischen Partnern, die einander sehr ähnlich sind, kommt es nur selten zu einer dauerhaften Liebesbeziehung; sie können einander nicht das berückende Gefühl der emotionalen Ergänzung vermitteln. Alice sorgte mit ihrer Emotionalität dafür, daß George sich lebendig fühlte; George sorgte mit seinem Gleichmut dafür, daß Alice sich beschützt fühlte. Daß die Persönlichkeiten zweier Menschen unterschiedlich strukturiert sind, heißt jedoch nicht, daß sie auch auf unterschiedlichen emotionalen Niveaus funktionieren. George und Alice waren, wie wir sahen, beide an Handlungsmustern und polarisierten Denkweisen orientiert, nicht an abstrakten Ideen oder an der Gewohnheit, über ihre Gefühle nachzudenken.

Lieben, ehren und reflektieren

Früher tat die Gesellschaft viel mehr für die Stabilisierung der Ehe zwischen Partnern, die reaktiv oder im Sinne polarisierter Gegensätze funktionieren. Die Gemeinschaften waren kleiner und besaßen mehr Rituale und Bräuche, die ihre Mitglieder zusammenhielten. Dank klar definierter Normen wußten die Menschen, was ein akzeptables Verhalten war und was sie von anderen erwarten konnten. Der Vertrag zwischen Mann und Frau beruhte weniger auf unausgesprochenen emotionalen Übereinkünften und mehr auf äußerlichen, zumeist explizit formulierten Vorstellungen über angemessenes Verhalten. Religiöse Lehren boten genaue Richtlinien für das, was die Ehe ausmachte. Wer die pflegende und wer die beschützende Rolle spielen würde, wer welche Rechte und Pflichten hatte oder unter welchen Bedingungen man sich trennen durfte – darüber brauchten die Paare sich nicht erst zu verständigen.

Sie fanden sich umgeben von Freunden und Nachbarn, die praktisch nach denselben Grundsätzen lebten wie sie selbst, so wie es Generationen von Vorfahren vor ihnen getan hatten. Eine solche Tradition sorgte für stabilere Familien und weniger offenen Streit, sie schützte die Grundeinheit der Gesellschaft, die für die Aufzucht der nächsten Generation sorgte, vor den Fehlern und Schwächen gewöhnlicher Menschen.

In den letzten Jahren hat die Gesellschaft sich jedoch von traditionellen Geschlechtsrollen und allgemeingültigen moralischen Werten entfernt, so daß Männer und Frauen sich mit zunehmend komplexeren Ansprüchen konfrontiert sehen. Der Rollenwandel zwingt die Menschen, sich mit den eigenen Wünschen und Bestrebungen auseinanderzusetzen. Unsere Gesellschaft überläßt immer mehr Dinge der individuellen Entscheidung und erschwert es den Menschen dadurch, ihr Leben mit Hilfe detaillierter Handlungsanweisungen zu strukturieren.

Diese neue Unsicherheit und Freiheit macht es um so notwendiger, daß Partner in der Lage sind, über ihre Gefühle nachzudenken, statt bloß auf emotional geladene Erfahrungen zu reagieren. Ehegatten müssen jederzeit die eigenen Ansichten wie auch die ihres Partners kennen und ihren persönlichen Vertrag laufend im Geiste des Kompromisses neu aushandeln. Wer diese Fähigkeit zur Reflexion besitzt, vermag neue, beiderseits akzeptable Vereinbarungen auszuhandeln. In Ehen wie der von George und Alice ist jedoch keiner der Partner fähig, über seine eigenen Bedürfnisse hinreichend nachzudenken, um über sie hinauszugehen und die des anderen zu berücksichtigen. Keiner vermag zu erkennen, daß die verletzten Gefühle und das feindselige Verhalten der einen Seite aus gleichermaßen enttäuschten Erwartungen auf der anderen entspringen. Keiner begreift, daß beide, wenn sie zusammenbleiben wollen, einen Teil ihrer Neigungen und Erwartungen preisgeben müssen.

Das frühere System der festen Regeln mag vielen Ehepaaren wie

George und Alice geholfen haben zusammenzubleiben, doch der Preis dafür war überhöht. Die größere Lockerheit unserer Gesellschaft läßt viel mehr persönliche Freiheit zu, doch viele Paare werden mit den Möglichkeiten, die sich dadurch bieten, nicht fertig. Der Idealfall wäre natürlich, daß die Menschen ein Gleichgewicht zwischen Freiheit und Verantwortung fänden, dem weder der Ausdruck der Individualität noch die soziale Stabilität zum Opfer fielen. Es ist ein ehrgeiziges Ziel, eine Gesellschaft zu schaffen, die Flexibilität mit Ordnung verbindet, Ehen zu schaffen, die Individualität und Harmonie zulassen, und Familien zu schaffen, die einerseits Wachstum fördern und andererseits Geborgenheit geben. Voraussetzung dafür ist eine Fähigkeit bei der Mehrheit der Menschen, zu jenen höheren Stufen der psychischen Organisation zu gelangen, die es möglich machen, über Emotionen zu reflektieren.

Es gibt Gesellschaftskritiker, die gern in die Zeit der vorgeschriebenen Rollen, der starren Normen und der unauflöslichen Eheverträge zurückkehren würden, doch die meisten von uns würden sich dadurch eingeengt fühlen. Wenn wir ohne diese äußeren Zwänge auskommen wollen, müssen wir allerdings Wege finden, Kindern die Fähigkeit zu vermitteln, daß sie ihre eigenen Gefühle verstehen und die Berechtigung der Gefühle anderer anerkennen, daß sie in einem Streit die gemeinsamen Interessen der Gegner wahrnehmen und daß sie die Folgen von Handlungen für andere wie für sich selbst abwägen. Menschen jeder Altersstufe brauchen immer wieder Erfahrungen, die solche Fähigkeiten fördern. Wenn man diese Grundlagen einer reifen Intelligenz vernachlässigt, gehen die Auswirkungen weit über zerbrochene Ehen hinaus.

13.
Gewalt und Deprivation

Keines der Probleme, vor denen wir heute stehen, ist eine so ernste Gefahr für unseren inneren Frieden wie die geballten Sorgen, die die ärmsten Familien in den Zentren der amerikanischen Großstädte bedrängen. Dieses bohrende Problem hat verschiedene Namen, die uns seit Jahren aus den Schlagzeilen der Zeitungen und Nachrichtensendungen vertraut sind; für Stadtbewohner firmiert es unter der Angst, die sie im Alltag erleben. Es begegnet uns in den statistischen Zahlen über Gewalt, Kriminalität, Drogenabhängigkeit, Quoten der Sozialfürsorge, in Schwangerschaften von Teenagern und im Zerfall der Familie. Letztlich gehen all diese Probleme auf eine einzige eiternde Wunde zurück: die große Zahl der Familien, die gänzlich außerstande sind, ihre Kinder emotional und intellektuell so auszurüsten, daß sie als produktive Mitglieder der Gesellschaft fungieren können.

Schwerwiegende Dysfunktionen beobachten wir in allen gesellschaftlichen Schichten. Doch bei einem kleinen Teil der ärmsten Familien unseres Landes kann, wenn zu den Nachteilen der Armut noch andere Herausforderungen hinzukommen, eine Umgebung entstehen, in der Kinder kaum Aussicht haben, jene emotionalen und intellektuellen Fertigkeiten zu erwerben, die sie brauchen, um im Leben erfolgreich zu sein. Die Ergebnisse zeigen eine bestürzende Schlagseite: Von etwa nur 5 Prozent der armen Familien stammen die meisten der jungen Leute, die nach dem Schulabgang nicht in der Lage sind, einen festen Arbeitsplatz einzunehmen; die gewissenlosen Straßenräuber, die unsere Städte in Angst und Schrecken versetzen; die Benutzer harter Drogen, die vielfach durch Kriminalität oder Prostitution eine ausgedehnte mörderische Industrie unterhalten; die ledigen Teenager, die mit Kindern schwanger sind, die aufzuziehen sie völlig außerstande sind; die mißhandelten und verwahrlosten Kinder, die immer wieder zwischen chaotischen Familien, Heimen und Pflegefamilien hin- und herwandern; die Eltern, die diese bemitleidenswerten Wesen quälen; die Insassen unserer Gefängnisse und Heilanstalten.

Die meisten der Familien, die mit oder ohne Sozialhilfe gegen die Armut ankämpfen, schaffen es, den Kindern durch liebevolle Fürsorge Werte zu vermitteln. Doch ein winziger Bruchteil bürdet den eigenen Kindern Generation für Generation ein Leben der Deprivation und des Leidens auf und belastet die Gesellschaft immer wieder mit einer Welle von amoralischen, zerstörerischen jungen Leuten, die dazu verurteilt sind, eine sich selbst verewigende Unterklasse zu bilden.

Diesen Kreislauf von Elend und Verzweiflung und die damit einhergehenden Folgen zu beenden, ist zu einer zentralen politischen Frage unserer Zeit geworden. Die Angst vor Verbrechen macht das Leben in vielen Gegenden zu einem Zerrbild; aus anständigen Menschen, besonders älteren, werden Gefangene hinter Türen mit vielfachen Schlössern und vergitterten Fenstern. Normale Bürger bemühen sich zunehmend um die Erlaubnis, bisher verheimlichte Waffen führen zu dürfen. Eine relativ kleine Zahl asozialer junger Männer, die für Bandenkrieg, Mord im Vorbeifahren, tödliche Kraftproben wegen Jacken und Basketballschuhen, Fahrzeugentführungen und Raubüberfälle auf der Straße verantwortlich sind, haben anderen faktisch die Freiheit und das Sicherheitsgefühl geraubt, die ein städtisches Leben erst möglich machen.

Da dies in unseren Klein- und Großstädten nicht immer so war und in den meisten europäischen, ja selbst kanadischen Großstädten keine vergleichbare Gewalttätigkeit herrscht, muß man annehmen, daß es Lösungen gibt. So werden wir denn auch von allen Teilen des politischen Spektrums mit todsicheren Rezepten überschüttet: strengere Gesetze, Arbeitspflicht, Waisenhäuser, Berufsausbildung, Arbeitslager, Sozialhilfe, Ausgangsbeschränkungen, staatlich subventionierte Kinderbetreuung. Es ist jedoch unwahrscheinlich, daß man einer so tiefsitzenden und hartnäckigen Krankheit mit staatlichen Programmen beikommen kann. Das gewalttätige asoziale Individuum tritt nicht in einem Vakuum auf, sondern ist bloß das auffälligste Symptom der schweren sozialen Deprivation, die für eine ganze Fülle weiterer Probleme verantwortlich zu machen ist: junge Leute, die nicht lernen und nicht arbeiten können; die depressiv, passiv, selbstmordgefährdet oder sonstwie psychisch krank sind; die sich und ihre Zukunft mit Alkohol oder Drogen zerstören. Nur wenn wir verstehen, was dieser komplizierten Pathologie zugrunde liegt, können wir Mittel und Wege zur Abhilfe finden. Natürlich gibt es schon eine Menge Bücher über die Entwicklungs-, Familien- und Gemeinschaftsfaktoren, die mit Gewalt und Kriminalität zusammenhängen.[1] Die Entwicklungsperspektive bereichert diese vielfältige Literatur um einen klärenden Blick.

Man hat meistens angenommen, die spätere Intelligenz eines Kindes sei eher vom Bildungsniveau als von der emotionalen Kompetenz der Eltern abhängig. In Untersuchungen konnte nicht geklärt werden, ob sich in den IQ-Werten die angeborene Begabung, die Lese- und Gesprächsgewohnheiten der Familie, das Ausmaß der wirtschaftlichen Belastung der Familienangehörigen, der Zugang zu Bildungs- und Kulturressourcen, die Fähigkeit zur Befriedigung emotionaler Bedürfnisse oder eine Kombination all dieser Faktoren spiegelt. Eine Untersuchung, an der Arnold Sameroff von der University of Michigan und ich zusammen mit anderen mitwirkten, kam jedoch zu dem Schluß, daß unabhängig von der Schichtzugehörigkeit und der Bildung der Eltern ein Zusammenhang zwischen emotionalen Risikofaktoren und kognitiven Ergebnissen während der Kindheit besteht. Des weiteren stellten wir für den Fall, daß zu emotionalen Risikofaktoren soziale und wirtschaftliche hinzukommen, folgendes fest: Bei Kindern aus Familien, die vier oder mehr negative Faktoren aufweisen, wie etwa depressive oder süchtige Eltern, ein schroffes emotionales Klima, geringe Bildung, niedriges Einkommen und einen niedrigen Rang auf der beruflichen und gesellschaftlichen Skala, die Wahrscheinlichkeit eines IQ unter 85 vierundzwanzigmal so hoch war wie bei Kindern aus Familien mit nur einem negativen Faktor. Kinder aus bessergestellten Familien lagen überwiegend im mittleren bis oberen Bereich. Zusätzlich litten Kinder aus Familien, die mit Schwierigkeiten zu kämpfen hatten, erwartungsgemäß häufiger unter Verhaltensproblemen. Nachuntersuchungen dieser Kinder im Alter von dreizehn Jahren bestätigten diese Befunde.[2]

In einer Studie, die jene Aspekte der Handlungen und Einstellungen von Pflegepersonen oder Familien isolieren wollte, die dem Unterschied der IQ-Werte zugrunde liegen, zeigte sich, daß die Reaktion der Erwachsenen auf die emotionalen und sozialen Signale ihres Kindes ausschlaggebend ist.[3] Die Intelligenz wird am besten von Erwachsenen gefördert, die zu Partnern bei gemeinsamen Erkundungen werden und die Intentionen und Wünsche des Kindes gut zu deuten verstehen, nicht von solchen, die passiv sind oder übermäßig mit Anweisungen arbeiten. Ein Zusammenhang mit der Intelligenz ergibt sich auch, wenn Pflegepersonen sich vom Kind führen lassen sowie seine emotionalen Signale aufnehmen und darauf eingehen, statt sie zu ignorieren oder negativ darauf zu reagieren.[4]

Es sei nochmals betont, daß Armut allein nicht das menschliche Scheitern der Unterklasse erklärt; zahllose Menschen, die unter ärmlichen Bedingungen aufgewachsen sind, führen ein einwandfreies und verantwortliches Leben. Unvollständige Familien, soziale Umwälzungen, Rassismus oder sonst einer der zahlreichen Faktoren, die man gemeinhin für menschliches Scheitern verantwortlich macht, sind ebenfalls keine hinreichende Erklärung. Menschen, die Opfer solcher Widrigkeiten waren, haben es geschafft, als aufrechte, produktive Bürger zu fungieren.

Die schwergeschädigten Kinder, die jetzt soviel Unruhe stiften, stammen aus Familien, die in ein kompliziertes Gewirr von Schwierigkeiten verstrickt sind. In diesen Haushalten, wo sich mehrere Risiken häufen, erfüllen die Eltern nicht einmal ihre elementarsten Verpflichtungen. Zur Alltagsrealität der Kinder in solchen Familien gehören sehr junge und unfähige Mütter, die vielfach drogen- oder alkoholabhängig, stark depressiv oder beides sind; Gewalt, Mißhandlung und inkonsequente Behandlung; materieller Mangel, emotionale Deprivation, abwesende Väter oder zerstrittene Ehen; außerdem soziale Instabilität und physische Gefährdung.

Das Zusammenwirken dieser Bedingungen erhöht die Wahrscheinlichkeit, daß das heranwachsende Kind unfähig ist, die komplexen Herausforderungen unserer zunehmend von Technik geprägten Gesellschaft zu meistern, daß es unfähig ist, einen Arbeitsplatz zu finden und zu halten, und daß es eigene Kinder nicht kompetent aufzuziehen vermag. In dem geplagten Teil der Bevölkerung, den wir beschrieben haben, leiden viele Familien unter mehreren dieser

Mängel. Bei 50 Prozent aller inhaftierten Frauen sitzt zum Beispiel noch ein weiteres Mitglied ihrer Familien hinter Gittern. Bei einem Drittel sind die Eltern drogen- oder alkoholsüchtig. Eine mehrjährige Untersuchung über hochgefährdete Mütter und ihre Kinder zeigte, daß zwei Drittel der Frauen in ihrer eigenen Kindheit physische Mißhandlung oder sexuellen Mißbrauch beziehungsweise erhebliche Verwahrlosung erlitten hatten; bei reichlich der Hälfte hatten sich diese Mißhandlungen durch Familienangehörige oder Sexualpartner bis ins Erwachsenenalter fortgesetzt.[5]

Kinder aus einem solchen Milieu zeigen natürlich auf jeder Entwicklungsstufe und in jedem Entwicklungsbereich Defizite, die sie ungeeignet machen, die von der Gesellschaft gebotenen Chancen zu nutzen. Sie versagen, wie wir im zehnten Kapitel sahen, früh im Buchwissen und brechen die Schule ab. Sie erlernen nie die elementarsten Fertigkeiten – Pünktlichkeit, Aufschieben der Bedürfnisbefriedigung, übliche Höflichkeit –, die man braucht, um eine Arbeit zu bekommen. Wenn sie das Erwachsenenalter erreichen, fehlen ihnen die Zeugnisse, um auf den legitimen Bahnen – etwa im Militär oder einer Aubildung, die einen High-School-Abschluß voraussetzt – aufzusteigen. Da ihnen die üblichen Wege zu einem selbständigen Erwachsenenstatus verschlossen sind, greifen sie auf die kümmerlichen Mittel ihrer belasteten Wohnviertel zurück: Kriminalität, Drogenhandel, Prostitution, Sozialfürsorge.

Diese späteren Niederlagen erwachsen alle aus frühen Defiziten, die ihrerseits aus der emotionalen Deprivation und Trostlosigkeit ihrer frühen Jahre entstehen. Weil kein kompetenter Erwachsener jemals hinreichend interessiert oder in der Lage war, sie zu fördern, haben diese Kinder nie die Entwicklungsstufen der mentalen Organisation erreicht. Vielfach sind sie nicht imstande, ihre Aufmerksamkeit zu steuern. Sie haben kein Vertrauen und binden sich nur flüchtig an andere. Sie sind kaum in der Lage, mit oder ohne Worte ihre Gefühle und Wünsche zu äußern, und sie handeln impulsiv. Ihr Innenleben ist öde und ohne Phantasie. Sie können die emotionalen Signale anderer nicht deuten und sind nicht fähig, Verlust oder Frustration zu ertragen.

Kurz, diese Kinder wurden um die Lektionen betrogen, die eine frühe emotionale Intimität ihnen hätte vermitteln können. Ihre chaotischen Familien haben selbst die fundamentalsten Pflichten vernachlässigt: physischen Schutz, emotionale Stabilität und gleichbleibende Wärme und Fürsorge zu gewähren. Ohne drastische Intervention ist die Art von Zuwendung, die ihre aufkeimenden Entwicklungsbedürfnisse befriedigen würde, ein unerreichbarer, ja sogar unvorstellbarer Luxus.

Wie Gewalt gezüchtet wird

Betrachten wir als Beispiel einer solchen Kindheit den Fall des jugendlichen Delinquenten Frank. Trotz seiner neunzehn Jahre hat Frank ein Leben hinter sich, das, obwohl ein Ergebnis grausamer Zufälle, offenbar dazu bestimmt war, einen gewalttätigen, asozialen jungen Mann hervorzubringen. Die Erwachsenen seiner Umgebung versäumten es zunächst, ihm die nötige Zuwendung zu geben, damit er die normalen Entwicklungsstadien durchlaufen konnte, und dann, durch Aufrechterhaltung fürsorglicher und vertrauter Beziehungen allmählich die bereits angerichteten Schäden zu reparieren. Die Umwelt, in der dieser unglückliche junge Mensch aufwuchs, mußte ein von Natur aus hohes Aktivitätsniveau, eine geringe Berührungs- und Schallempfindlichkeit, eine hohe Schmerztoleranz und eine niedrige Frustrationsschwelle unfehlbar in Zorn, Aggression und gefühllose Brutalität verwandeln.

Franks natürliche Veranlagung paßt zu dem im sechsten Kapitel umrissenen Verhaltensmuster des aktiven, aggressiven Menschen. Er war ein großes, starkes, sehr energisches Kleinkind, das wenig schlief und auf der Suche nach Stimulation sich ständig reckte und herumzappelte. Wenn er dann eingeschlafen war, konnten nur sehr laute Geräusche ihn wieder wecken. Seine Mutter Trina, ein lediger Teenager, hatte bereits einen Sohn von achtzehn Monaten, als Frank kam, und siebzehn Monate später, kurz vor ihrem neunzehnten Geburtstag, wurde ein drittes Kind, ein Mädchen, geboren. Trina hatte bei der Geburt ihres ersten Sohnes die High-School abgebrochen und war seither auf Sozialhilfe angewiesen, um sich und ihre Familie in einer kleinen, schmutzigen Wohnung in einer verahrlosten Wohnanlage durchzubringen.

Schon die Pflege eines so schwierigen Kindes wie Frank überstieg Trinas Möglichkeiten, und die Ansprüche von drei Kleinkindern unter drei gingen gänzlich über ihre Kraft. Seit jeher desorganisiert und meistens depressiv, wurde sie zunehmend introvertiert, passiv und drogenabhängig, und so war sie, während ihre Familie wuchs, für ihre Kinder emotional immer weniger erreichbar. Frank war das frustrierendste ihrer Kinder. Wegen seiner ungenügenden Reaktivität sprach er auf Trinas gelegentliche Anwandlungen von Zärtlichkeit nicht an, während er, sobald sie ihn aus seinem Bettchen oder Laufstall ließ, dank seiner körperlichen Stärke und seines hohen Aktivitätsniveaus zu einem wirbelnden Derwisch wurde. Trinas Lösung bestand darin, ihn vor einen Fernseher zu setzen, den sie laut aufdrehte, um seine Aufmerksamkeit zu fesseln. Über längere Zeiten verwandte sie wenig Mühe darauf, ihn zu gewinnen und mit ihm zu schmusen oder auch nur seine Windeln zu wechseln und ihn zu baden. Oft erfüllte sie nicht einmal sein Bedürfnis nach Nahrung und sauberer Kleidung.

Ihre emotionale Energie erschöpfte sich größtenteils darin, die Reihe ihrer Freunde zu befriedigen, die sie mit Drogen und zusätzlichem Geld versorgten und nebenbei diverse Kinder mit ihr zeugten. Arbeitslos und selbst drogen- oder alkoholabhängig, neigten diese Männer zu gewalttätigen Ausbrüchen und vergingen sich oft an den Kindern. Keiner blieb längere Zeit bei ihr. In den Lebensmonaten, in denen Frank ein Gefühl der Geborgenheit hätte entwickeln müssen sowie die Fähigkeit, sich selbst zu beruhigen und seine Aufmerksamkeit zu steuern, als er sich intensiv an einen ihm zugewandten Erwachsenen hätte binden sollen, lernte er nur Angst, Zorn und Deprivation kennen.

Kurz vor der Geburt des vierten Kindes bewog Trinas Mutter, Delilah, das zuständige Sozialamt zum Eingreifen. Frank kam mit seinem Bruder und seiner Schwester zur Großmutter, während ihre Mutter sich dem ersten einer Reihe von erfolglosen Entzugsprogrammen unterzog. Die verwitwete Delilah, eine freundliche Kirchgängerin, die über den Lebenswandel ihrer Tochter entsetzt war, bemühte sich, ihren drei verwahrlosten Enkelkindern ein gutes Zuhause zu bieten. Die kleine Pension aus ihrer Tätigkeit als Krankenhausköchin erlaubte ihr, sich ganz den Kindern zu widmen. Ihre Erfahrung mit der Aufzucht ihrer eigenen sechs Kinder, von denen die übrigen fünf verantwortungsvoller und erfolgreicher waren als Trina, versetzte sie in die Lage, Frank die Wärme, emotionale Zuwendung und entschiedene, aber sanfte Führung zu geben, die er so dringend brauchte. Doch Delilahs bereits nachlassende Gesundheit verfiel rasch unter der Last ihrer neuen Pflichten.

Als Frank acht Monate in Delilahs Pflege verbracht hatte, war er auf dem Weg zu einer positiven Entwicklung. Hatte er in seinem kurzen Leben bisher niemandem getraut, so begann er nun eine wirklich liebevolle Bindung an Delilah zu entwickeln, und er legte sich ein Repertoire von Gesten zu, über die er mit ihr interagierte. Doch ihr hoher Blutdruck, der ihr seit Jahren zu schaffen machte und sich unter der Last der Kinderbetreuung verschlechtert hatte, führte plötzlich zu einem Schlaganfall, der Delilah teilweise lähmte, so daß sie nicht mehr für sich sorgen konnte, ganz zu schweigen von drei aktiven Kleinkindern.

Jetzt teilten Trinas drei Schwestern ihre Kinder unter sich auf. Frank kam zu Marie, die den unruhigen Dreijährigen in ein Haus aufnahm, das bereits ihre eigenen drei Kinder beherbergte, darunter eines, das an einer geringfügigen Gehirnlähmung litt. War Delilah liebevoll und zärtlich gewesen, so hatte Marie, obwohl sie sich ehrlich um ihren Neffen sorgte, einen Stil, der nicht so offen emotional, sondern eher autoritär war. Die Gesten, die ihm bei Delilah so gute Dienste geleistet hatten, konnte der Kleine nicht mehr verwenden; verwirrt mußte er nun versuchen, Maries eher gedämpfte emotionale Signale zu verstehen. Marie wiederum war durch die Betreuung ihrer behinderten siebenjährigen Tochter, Natasha, und ihre Tätigkeit in einer Kindertagesstätte dermaßen belastet, daß ihr die Einsicht oder auch die Energie fehlte, um Franks dringendem Bedürfnis entgegenzukommen, in eine neue enge und liebevolle Beziehung gelockt zu werden. Während sie Frank in ihren Haushalt zu integrieren versuchte, fand Marie sich zunehmend in Machtkämpfe mit einem feindseligen, wütenden Jungen verstrickt, der sich weigerte, Regeln zu befolgen oder auf Strafen zu reagieren, die sich rasch zu schweren Prügeln steigerten.

Frank seinerseits ließ seine Wut in immer heftigeren Anfällen und bald auch in Angriffen auf Maries Kinder heraus. Schließlich schubste er in einem Wutanfall die wehrlose Natasha aus ihrem Bett auf den Boden. Das war für Marie der Tropfen, der das Faß zum Überlaufen brachte. Überzeugt, daß sie nicht Frank beherbergen und zugleich Natasha schützen könne, suchte sie Hilfe beim Sozialamt. Frank wurde in einer Pflegestelle untergebracht, der ersten von einer ganzen Reihe, wie sich dann zeigte. Zu einem Zeitpunkt, wo es bei ihm darum hätte gehen sollen, seine Fähigkeit zum Erleben und Empfinden von Geborgenheit und Liebe zu konsolidieren, emotionale Gesten zu deuten und darauf zu reagieren, innere Bilder von Herzlichkeit zu entwickeln und Vorstellungen zu benutzen, um Pläne zu machen und Probleme zu lösen, wurde Frank in den vierten Haushalt seines Lebens verpflanzt, zu einem Ehepaar, das im Laufe von zwanzig Jahren fast ein Dutzend Kinder aufgenommen hatte.

Mrs. Porter, Franks neue Pflegemutter, war freundlich, kompetent, fröhlich, verantwortungsbewußt und respektierte die Gefühle ihres Schützlings; doch aus bitterer Erfahrung hatte sie gelernt, sich nicht zu eng an ihre Pflegekinder zu binden. Einige Jahre zuvor hatte eine Mutter ihr Kind, das die Porters zu adoptieren gedachten, unerwartet zurückgefordert. Mrs. Porter bot zwar ein freundliches, geordnetes, unterstützendes Zuhause, doch wahrte sie stets eine gewisse Distanz, um sich vor möglichem Leid zu schützen.

Sie versuchte, Frank zu ermutigen und sanft zu disziplinieren, doch weder sie noch ihr Mann ließen sich genügend auf ihn ein, um den Jungen, der immer wütender und entfremdeter wurde, überzeugen zu können, daß sich wirklich jemand für ihn interessierte. Was die emotionalen Grundlagen seines Wachstums betraf, so war Frank regrediert zu den Problemen, vor denen er auf den frühesten Stufen stand. Wie Marie, so versäumten es auch die Porters, Frank in die menschliche Gemeinschaft zu integrieren. Sie sahen zwar, daß er in der staatlichen Schule, wo er bereits zurückfiel, zusätzliche Betreuung erhielt, doch konnten sie nicht erreichen, daß er in eine kleinere Klasse verlegt wurde, wo es durch einen persönlicheren Umgang vielleicht möglich gewesen wäre, seine Bedürfnisse nach Nähe und zugleich nach einer Grenzziehung für seine Verhaltensäußerungen wenigstens teilweise zu befriedigen. Da sie ihren Haushalt eher wie ein freundliches Schülerheim und nicht wie ein echtes Zuhause für die Kinder führten, fiel es ihnen zusehends schwerer, Franks aggressives Verhalten einzudämmen.

Während sie gerade erwogen, mit der für Frank zuständigen Sozialarbeiterin über eine anderweitige Unterbringen zu sprechen, tauchte Trina wieder in seinem Leben auf. Sie hatte ihre Suchtabhängigkeiten überwunden, besaß ein Zeugnis, das dem High-School-Abschluß entsprach, und war entschlossen, ihre versprengte Familie wieder zusammenzuführen; sie verlangte und erhielt das Sorgerecht für ihre vier Kinder und nahm sie bei sich auf, in einer Wohnung, die weit von den Wohnorten all ihrer Verwandten entfernt war. Ihr damaliger Freund konnte sich jedoch auf die Ansprüche der Kinder nur schlecht einstellen. Bald verließ er den Haushalt, und Trina mußte allein vier Kinder versorgen und mit ihnen zurechtkommen, Kinder, die ihr und einander im Grunde fremd waren. Etliche Monate bemühte sie sich, ihren Arbeitsplatz in einer Fabrik zu halten, doch ihr guter Vorsatz wurde immer schwächer, und schließlich glitt sie wieder in die Drogenabhängigkeit ab.

Frank war inzwischen alt genug, für sein tägliches Leben, soweit es um Essen und Kleidung ging, selbst zu sorgen, doch in der Schule und in seiner sozialen Entwicklung fiel er immer mehr zurück, und auf die Demütigungen, die daraus resultierten, reagierte er mit wachsender Aggressivität. Kurz nachdem er bei einem Streit über einen Zusammenstoß auf dem Korridor einen Schulkameraden die Treppe hinuntergestoßen hatte, wurde Trina das Sorgerecht für ihn entzogen, und er wurde in eine zweite und dann eine dritte Pflegestelle gesteckt. Als er mit fünfzehn den Besuch der High-School abbrach, war er bereits auf seiner vierten Pflegestelle.

Die persönliche Verbundenheit, die er vermißt hatte, seit er Delilah verloren hatte, fand er inzwischen hauptsächlich bei dem Anführer einer lokalen Drogenbande, der Schlägertypen aus dem Viertel anwarb mit dem Versprechen von Reichtum, Ansehen und vor allem Aufmerksamkeit. Frank wurde schließlich zu einem seiner tüchtigsten »Eintreiber« und ging, während er in der Organisation aufstieg, von den Fäusten zu Schußwaffen über.

So wurde aus einem Jungen, dessen Unerschrockenheit, Energie und Dynamik bei einem Testfahrer, einem Chirurgen, einem Quarterback [im Football] oder einem Unternehmer Pluspunkte gewesen wären, ein brutaler, gewissenloser Gangster. Der Unterschied zwischen Frank und jemandem, der die erwähnten Berufe ausübt, liegt nicht im Temperament oder der angeborenen Fähigkeit, sondern in der Tatsache, daß jemand, der es auf diese Weise zu etwas bringen will, sich in die menschliche Gemeinschaft »eingekauft« und beschlossen hat, seinen Schwung und Mut zum Guten zu nutzen. Frank, der der Chance zu einer tiefen und dauerhaften menschlichen Bindung beraubt war, stellte nie die wichtigen emotionalen Verbindungen her, durch die er die Menschlichkeit, die er mit anderen gemein hatte, hätte erkennen können. Nie erfuhr er die notwendige Nähe, die ihm die Menschenwelt eröffnet hätte. Deshalb konnte er die nonverbalen Hinweise, die Fürsorglichkeit und Unterstützung signalisieren, nicht deuten, und deshalb deutete er in die meisten sozialen Interaktionen irrtümlich Drohungen hinein. Er entwickelte weder Einfühlungsvermögen noch die Fähigkeit, sich seine Gefühle vor Augen zu führen, noch die Fähigkeit, sie zu zügeln – Eigenschaften, die er brauchte, um über sein primitives, emotionsgetriebenes Reaktionsmuster hinaus zur Selbstreflexion vorzustoßen.

Frank war nicht genetisch zu seinem traurigen Schicksal verurteilt. Seine Erbanlagen zeigten sich in einer Neigung zu geringer sensorischer Empfindlichkeit und hoher Aktivität, aber nicht in bestimmten Verhaltensmerkmalen. Kinder wie Frank geraten gut, wenn man ihnen stabile, liebevolle Beziehungen bietet, wenn man zusätzlich Mäßigung im Verhalten mit ihnen übt, wenn man sie speziell in der Benutzung von Wörtern und im Gebrauch ihrer Phantasie unterstützt, wenn man ihnen konsequent und entschieden, aber sanft Grenzen setzt und ihnen Gelegenheiten zur Selbstreflexion gibt.

Nicht alle gefährdeten Kinder sind wie Frank. Bei manchen sind die Auswirkungen ihrer verpaßten Chancen unauffälliger, versteckter. Ein solches Kind war Tony, bei Geburt gesund an Leib und Seele. Weder körperliche noch kognitive Defizite trübten die angeborenen Möglichkeiten dieses gescheiten, gut koordinierten, umgänglichen Kleinkinds. Schon früh richtete er seinen Blick direkt auf die Menschen, folgte er Tönen mit wachen, neugierigen Augen, und es schien, als versuche er, seine Ärmchen auszustrecken und sogar schon zu plappern, was alles auf frühentwickelte kognitive und motorische Fertigkeiten hindeutete. Er war kaum ein Jahr alt, als er anfing zu laufen, die unterschiedlichsten Laute hervorbrachte, mehrere Wörter und kurze Wendungen benutzte und nach versteckten Gegenständen suchte. Er war im Unterschied zu Frank gelassen und träge; auf Frustrationen reagierte er mit bemerkenswerter Unabhängigkeit und Selbstsicherheit; oft schaute er sich dann Bilderbücher an oder spielte für sich.

Doch allmählich begann Tony hinter den Fortschritten, die man in seinem Alter bei einem gesunden, sich gut entwickelnden Jungen erwartet, zurückzubleiben. Als er zwei wurde, bemühte er sich immer weniger, zu den Menschen seiner Umgebung in Beziehung zu treten, und auch kaum noch, die Handvoll Wörter, die er zu äußern gelernt hatte, zu benutzen. Er wurde immer verschlossener. Er schien die Absichten anderer zu mißdeuten und wandte sich oft ab, so als erwarte er von einer Interaktion wenig Vergnügen.

Als er mit vier in die Vorschule kam, sprach er zwar schon fließender, aber es fiel ihm schwer, dem dargebotenen Unterricht zu folgen. Schnell gelangweilt, träumte er mit offenen Augen oder ließ seine Blicke im Raum umherschweifen. Spielsachen benutzte er, um sich dahinter zu verschanzen, statt sie zum Mittel gemeinsamer Phantasien und Spiele zu machen. Die Signale und Bedürfnisse anderer beachtete er nicht, und er versuchte, sich im Selbstgespräch zu trösten. Oft beantwortete er Bitten mit einem Nicken, doch das, worum er gebeten worden war, schien er rasch zu vergessen oder zu ignorieren. Buchstaben und Zahlen lernte er nur schwer, und mit der Vorbereitung zum Lesen und Rechnen war er ständig im Rückstand.

Die Schule und die Beziehungen zu den Klassenkameraden empfand Tony von Anfang an als einen unaufhörlichen und demoralisierenden Kampf. Gedemütigt von seiner Unfähigkeit, mit den anderen Schülern und den Erwartungen der Lehrer Schritt zu halten, begann er andere Kinder immer mehr zu meiden. Hatte er als Zwei- bis Dreijähriger bei Sprach- und Kognitionstests glänzend abgeschnitten, so rutschte er nun ans untere Ende der Kurve ab. Mit zehn trudelte er hinein in eine Spirale des Versagens und der Verzweiflung. Er beherrschte nur die Anfangsgründe des Lesens, zeigte eine wachsende Tendenz zur Depression, und ehe er dreizehn war, probierte er verschiedene Drogen aus.

Tonys Familie war typisch für jene Familien, in denen sich die Probleme häufen und die ein gesundes emotionales und intellektuelles Wachstum nicht zu unterstützen vermögen. Seine Eltern waren durchaus gebildet, doch die in Tonys zweitem Lebensjahr beginnende schwere Tablettenabhängigkeit seiner Mutter und die Tatsache, daß der Vater plötzlich die Familie verließ, führten zur Unterbringung in verschiedenen instabilen Pflegestellen. Seine anspruchslose Haltung und sein Hang zur Selbständigkeit verleiteten seine überlasteten Pflegeeltern dazu, ihn sich selbst zu überlassen. Doch Kinder wie Tony reagieren besonders empfindlich auf Verlust, und man muß sich besonders liebevoll um sie bemühen, um sie in Beziehungen hineinzuziehen und ihnen zu helfen, daß sie lernen, ihre ausgesprochenen Fähigkeiten selbstsicher zu benutzen.

Ein fürsorglicher Erwachsener hätte an etlichen Punkten in der traurigen Geschichte von Frank wie von Tony eingreifen können, um ihnen zu helfen, die emotionalen Verbindungen herzustellen, die ihnen das Gefühl verschafft hätten, Teil der menschlichen Gemeinschaft zu sein. Beiden Kindern hätte eine intensive Beziehung zu einem Verwandten, einer Pflegemutter oder einem Pflegevater, einer Lehrerin, einem Pfarrer, einem Trainer oder Betreuer eine starke Hilfe sein können. Doch durch das vielfache Versagen der für sie verantwortlichen Personen und Institutionen kam eine solche Beziehung nie zustande.

Es ist erwiesen, daß ein einziger fürsorglicher Erwachsener auch dann, wenn ein Kind schon weit in seiner Entwicklung gediehen ist, vieles zurechtrücken kann. Milton Shore und Joseph Massimo haben in einer Langzeitstudie in Massachusetts männliche Schulabbrecher für die Teilnahme an intensiven Betreuungsbeziehungen mit männlichen Betreuern gewonnen; eine Kontrollgruppe blieb ohne Betreuung. Der Betreuer war für alles da: Während seiner Arbeit in einer Tankstelle half er seinem Schützling, Mathe zu lernen, er trat für ihn gegenüber der örtlichen Polizei ein, er half ihm zu überlegen, was er einer Freundin sagen könnte, kurz, er kam dem Teenager auf seinem Entwicklungsniveau entgegen. Durch diese ungewöhnliche fürsorgliche Beziehung half der Betreuer dem jungen Mann, daß er allmählich lernte, Beziehungen zu anderen aufzunehmen und ihnen zu vertrauen – aus den Annäherungsversuchen anderer nicht einfach

Feindseligkeit herauszulesen, sondern das Bemühen um Hilfe – und daß er Vorstellungen von Freundlichkeit und Unterstützung entwickelte, an denen er sein Innenleben und seine Bemühungen um Problemlösung orientierte.

Über zwanzig Jahre später zeigte sich, daß 80 Prozent von denen, die eine Betreuung erhalten hatten, im Arbeitsleben, in ihrer Familie und ganz allgemein gut funktionierten, während von der Kontrollgruppe 80 Prozent in die Systeme der Strafjustiz oder der Heilanstalten verwickelt waren. Wichtiger war jedoch, daß, wie psychologische Tests ergaben, das Innenleben derer, die betreut worden waren, eine beträchtliche Differenzierung aufwies. Sie neigten signifikant stärker dazu, Trost in der Nähe zu anderen zu suchen, und sie besaßen die Fähigkeit vorauszudenken, zu planen und zu reflektieren.[6] Bei einem Jungen mit so schweren Deprivationen wie Frank könnte eine solche Betreuung sich durchaus über Jahre erstrecken, aber genetisch oder sonstwie war er nicht zum Scheitern verurteilt. Junge Menschen können in jedem Alter beginnen, an Entwicklungsstufen zu arbeiten, die sie bisher nicht geschafft haben, aber nur im Rahmen einer engen, persönlichen Beziehung zu einem engagierten Erwachsenen.

Im Idealfall sollte die Intervention in einem frühen Lebensstadium erfolgen. Wie eine ganze Reihe von Untersuchungen zeigt, können verschiedene Formen der Frühintervention erfolgreich sein. Sally Provence und Audrey Naylor fanden, daß die Arbeit mit Familien den Kindern half, in der Schule besser zu sein und mit geringeren Schwierigkeiten aufzuwachsen.[7] Alice Honig und Ronald Lally zeigten, daß Familienunterstützung und frühe Gelegenheiten zur Sozialisation und kognitiven Bereicherung das schulische und soziale Funktionieren verbessern.[8] David Olds wies nach, daß zwischen früher Familienunterstützung und einer verringerten Rate von Teenager-Schwangerschaft und Straffälligkeit ein Zusammenhang besteht.[9]

Zwei Studien, die die Kinder bis ins Erwachsenenalter verfolgten – das Perry-Preschool-Projekt und das Carolina-Abecedarian-Programm –, haben bleibende soziale und intellektuelle Vorteile gezeigt.[10] Außerdem hat das Infant Health and Development Program, das dem Vorbild des Abecedarian-Programms folgte, eindeutige positive Wirkungen nachgewiesen, ebenso wie eine Analyse der Wirkungen von Head-Start-Programmen.[11] Andere Unternehmungen, die derzeit laufen, sind das in mehreren Bundesstaaten praktizierte Parents-as-Teachers-Programm, der Ounce of Prevention Fund in Chicago und die Arbeit des South End Community Health Center in Boston. Man kann aus der Vergangenheit lernen, etwa von dem Vorbild, das von dem historisch bedeutsamen Londoner Peckham-Projekt entwickelt wurde. 1935 schuf man dort ein Gesundheitszentrum, das der sozialen, psychologischen und medizinischen Betreuung sowie der Erholung von benachteiligten Familien diente, und führte den Beweis, daß es sinnvoll ist, mit einem integrierten Ansatz an die Förderung der menschlichen Entwicklung heranzugehen.[12] In ihrem Buch *Within Our Reach* bietet Lisbeth Schorr einen ausgezeichneten Überblick über Programme, die in der Vergangenheit funktioniert haben, sowie Leitlinien, die sie durch Berücksichtigung sämtlicher Aspekte der Aufgabe effektiver machen würden.[13] Studien über funktionierende und nicht funktionierende Interventionsbemühungen sprechen für die Wirksamkeit früher Präventivmaßnahmen bei einer Reihe von emotionalen und Entwicklungsproblemen. Sie zeigen außerdem, daß die meisten Interventionsbemühungen nicht umfassend genug sind, besonders hinsichtlich der Einbeziehung von Eltern und Familien.[14]

Am schwierigsten ist die Intervention in Familien, die mit vielfältigen Problemen zu kämpfen haben. Solche Familien sind oft so mißtrauisch gegen Ämter, daß sie nicht um Hilfe bitten oder an Hilfsprogrammen teilnehmen. Wir neigen bisher dazu, gerade bei den am stärksten gefährdeten Familien zu resignieren. Zwar liegen hinreichende Beweise dafür vor, daß die emotionale Interaktion für die gesunde Entwicklung intellektueller und sozialer Fertigkeiten von größter Bedeutung ist, doch in unserer Gesellschaft besteht noch keine Einigkeit über die zentralen Bedürfnisse von Kindern und über die Mittel und Wege, mit denen ihre Befriedigung am besten sichergestellt wird.

Die Voraussetzungen einer gesunden Entwicklung sind weder rätselhaft noch kompliziert. 1993 durfte ich eine Diskussion unter führenden Klinikern und Forschern leiten, in der es um die Frage ging, ob wir uns trotz unserer unterschiedlichen theoretischen Orientierungen und Interessen auf ein paar grundlegende Prinzipien einigen könnten, an denen sich die Hilfe für gefährdete Kinder in den neunziger Jahren und der Folgezeit ausrichten sollte.[15] Daran beteiligten sich Kathryn Barnard, T. Berry Brazelton, Urie Bronfenbrenner, Eugene Garcia, Irving Harris, Asa Hilliard, Sheila Walker und Barry Zuckerman. Zu unserer nicht geringen Überraschung einigten wir uns relativ schnell auf sieben Prinzipien, welche die Voraussetzungen für eine zuverlässige Bewältigung der in Teil I beschriebenen Entwicklungsstufen widerspiegeln.

Erstens braucht jedes Kind eine sichere, geschützte Umgebung, zu der mindestens eine stabile, vorhersehbare, beruhigende und schützende Beziehung zu einem Erwachsenen gehört, der nicht unbedingt ein biologischer Elternteil sein muß, sich aber langfristig und persönlich verpflichtet hat, für das tägliche Wohlergehen des Kindes zu sorgen und die Mittel, die Zeit und die persönlichen Qualitäten besitzt, um dieser Verpflichtung gerecht zu werden. Wohlstand und ein hoher Bildungsgrad gehören nicht zu diesen Qualitäten; wesentlich sind Reife, Verantwortungsbewußtsein, Aufgeschlossenheit, Verständnis und Zuneigung.

Zweitens sind beständige, liebevolle Beziehungen zu denselben Pflegepersonen, einschließlich der primären Pflegeperson, in den Anfängen des Lebens und während der gesamten Kindheit die Grundsteine der emotionalen wie der intellektuellen Kompetenz, denn sie erlauben dem Kind, jene tiefe Verbundenheit zu entwickeln, aus der ein Gefühl gemeinsamer Menschlichkeit und schließich Empathie und Mitgefühl erwachsen. Die Beziehungen zu beiden Eltern und zum Personal der Kindertagesstätte müssen diese Stabilität und Beständigkeit aufweisen. Werden diese Bande an irgendeinem Punkt willkürlich zerschnitten, zum Beispiel am Ende eines Haushaltsjahres oder eines Semesters oder weil das Kind ein bestimmtes Alter erreicht hat, so werden Kindern, die bereits durch Verlust und Veränderung verängstigt sind, neue Verluste aufgebürdet. Familienvisitationsprogramme zum Beispiel enden oft mit dem ersten Geburtstag; Hilfen für minderjährige Mütter enden, wenn ihr Kind zwei wird, genau in der Zeit, da es Beziehungen zu Erwachsenen aufbaut und festigt. Einrichtungen der Tagesbetreuung weisen oft eine hohe Mobilität auf, unter anderem wegen schlechter Bezahlung und schlechter Arbeitsbedingungen. Aus bürokratischer Bequemlichkeit verschärfen viele das Problem dadurch, daß sie das Kind jedes Jahr einer neuen Pflegeperson zuweisen, was zum einen die Bindungen des Kindes zerreißt und zum anderen die Pflegepersonen davon abhält, besonders viel in ein Kind zu investieren. Pflegeeltern erhalten generell zuwenig Unterstützung und zu wenige Anreize, um aus ihren Schützlingen – anstatt vorübergehende Gäste – ständige Mitglieder ihrer Familie zu machen. Wenn sie nicht sicher sein können, daß die Bindungen zu einem Kind von Dauer sein werden, wollen die mit der Kinderbetreuung befaßten Personen sich verständlicherweise vor dem Leid bewahren, sich immer wieder in die Kleinen zu »verlieben«, von denen sie wissen, daß sie sie verlassen müssen. Doch ohne den Funken der spontanen Zuneigung, den fast jedes Baby in einem bereitwilligen Erwachsenen entzünden kann, kann das Kind nicht in den Genuß einer vollständigen und gesunden Entwicklung kommen.

Drittens ist eine reiche, fortgesetzte Interaktion vonnöten. Liebe und Fürsorge, so notwendig sie sind, reichen nicht aus. In den ersten fünf Lebensjahren erfahren Kinder durch ihre eigenen Aktionen und die Reaktionen ihrer Pflegepersonen etwas über die Welt. Ein Empfinden für ihre eigene Intentionalität und für die Grenze zwischen ihrer Innen- und Außenwelt können sie nur durch den fortlaufenden Austausch mit Menschen entwickeln, die sie gut kennen und zu denen sie tiefes Vertrauen haben. Im Laufe ihrer Entwicklung sollten ihre Interaktionen mit anderen außerdem komplexer und subtiler werden. Das setzt bei der Pflegeperson die Fähigkeit voraus, die individuellen Signale des Kindes zu deuten und flexibel und angemessen darauf zu reagieren. Besonders wichtig ist eine solche Beziehung natürlich im Säuglingsalter, wenn die Initiativen des Kindes sich gerade erst entfalten. Eine aktuelle Studie bemängelt an Kindertagesstätten insgesamt eine unzulängliche Interaktion und stellt das größte Defizit bei Kinderkrippen fest.[16] Etliche Programme, die gefährdeten Kindern vermeintlich helfen sollen, enthalten viel zu viele Gruppenaktivitäten und starre, formale Stundenpläne.

Viertens brauchen jedes Kind und jede Familie eine Umgebung, die es ihnen erlaubt, die Entwicklungsstufen in ihrem eigenen Stil und der ihnen gemäßen Zeit zu durchlaufen. Nur auf diese Weise können Kinder ein Gefühl dafür bekommen, daß sie zum einen unverwechselbare Individuen und zum anderen Mitglieder bestimmter Gruppen sind. Wirksame Interventionsprogramme müssen individuelle Unterschiede zulassen und nutzen. Doch allzu viele stellen die Gemeinsamkeiten vieler oder der meisten Familien mehr in den Vordergrund als die persönliche Einzigartigkeit, die jede Familie auszeichnet. Die an der Intervention Beteiligten können, wenn sie nicht die spezielle »Sprache« der betreffenden Familie sprechen, die Fähigkeiten des Kindes allzu leicht falsch beurteilen und sich selbst erfüllende Prophezeiungen der Schwierigkeiten und des Scheiterns hervorrufen. Älteren Kindern und Jugendlichen verschafft der Respekt vor der Individualität die Chance, eine starke Identität zu entwickeln, während sie potentielle Identitäten erforschen.

Fünftens müssen Kinder Gelegenheiten haben zu experimentieren, Lösungen zu finden, Risiken einzugehen und sogar an Aufgaben, die sie sich vornehmen, zu scheitern. Aus dem Ausprobieren unterschiedlicher Ansätze, aus der Suche nach Verbündeten und der Abschätzung aller Optionen erwachsen die Ausdauer und das Selbstvertrauen, die für das Gelingen ernsthafter Vorhaben nötig sind. Selbstwertgefühl und positive Selbsteinschätzung eines Kindes wurzeln in Beziehungen, die seine Eigeninitiative und Problemlösungsfähigkeit unterstützen. Die gelebte Erfahrung, Herausforderungen anzunehmen und zu bestehen, bestätigt den Glauben an die eigenen Fähigkeiten. Viele Programme unterschreiben diese Werte in der Theorie, doch in der Praxis verfahren sie so, daß Passivität und Hilflosigkeit gefördert werden, weil den Kindern die Entscheidungen aus der Hand genommen werden.

Sechstens brauchen Kinder Strukturen und klare Grenzen. Sie gewinnen Sicherheit aus dem Wissen, was sie zu erwarten haben und was andere von ihnen erwarten. Sie lernen, zwischen ihren Gedanken und Gefühlen Brücken zu bauen, wenn ihre Welt vorhersehbar ist und auf sie reagiert. Entschiedene und dabei vernünftige Grenzen, die in einer freundlichen und einfühlsamen Atmosphäre gesetzt werden, sind ein wichtiges Element jeder Beziehung, die das Wachstum eines Kindes wirklich fördert und ihm erlaubt, Selbstdisziplin und Verantwortlichkeit zu lernen. Viele sehen irrtümlich einen Widerspruch zwischen Struktur und Spontaneität, zwischen Liebe und Grenzen. Zwar braucht jedes Kind sowohl Zuneigung als auch freundliche, aber unzweideutige Erwartungen – und ein Kind aus einer chaotischen Familie braucht sie am dringendsten –, doch kaum ein Programm integriert sie zu einem in sich schlüssigen und konstruktiven Ansatz.

Siebtens brauchen Familien, um diese Ziele zu erreichen, stabile Nachbarschaften und Gemeinschaften. Die ausreichende, beständige und engagierte Fürsorge, die ein Kind benötigt, um die Entwicklungsstufen zu bestehen, erfordert Erwachsene, die selbst reif, einfühlsam und emotional zugänglich sind. Auch ohne schwere Belastungen haben nur sehr wenige Eltern die persönlichen und materiellen Mittel, um Kinder vollkommen eigenständig aufzuziehen. Programme, die gefährdeten Kindern wirksam helfen wollen, müssen daher zu bewahren helfen, was immer an Verbindungen zu Freunden, Verwandtschaftsnetzen, religiösen Gemeinschaften und kulturellen Traditionen bei einer Familie vorhanden ist. Familienangehörige müssen die Zeit und das Engagement für die Kinderbetreuung aufbringen. Nachbarn müssen einander kennen, miteinander verkehren und offen dafür sein, einander zu helfen. Nachbarschaften brauchen Einwohner, die an der Gemeinde sowie an Kirchen, Schulen, Unternehmungen und Organisationen interessiert sind, die zum Wohl des Ganzen zur Zusammenarbeit bereit sind. Gemeinden brauchen Bürger und Institutionen, die sich für ihren Fortschritt und ihr Überleben einsetzen.

Die Gegenden, in denen sich unsere ärmsten Familien drängen, und die Programme, auf deren Hilfe sie angewiesen sind, werden diesen Maßstäben offensichtlich nur in seltenen Fällen gerecht. Oft fehlt es in ihren Wohngebieten an den elementarsten Dienstleistungen, zum Beispiel einer hinreichenden polizeilichen Überwachung, an Brandschutz und ärztlicher Versorgung, ganz zu schweigen von solchen Annehmlichkeiten wie Büchereien, Parks und Spielplätzen, Gemeinschaftszentren und Einzelhandelsgeschäften. Wichtige Entscheidungen über das Wohlergehen der Kinder werden nicht von lokalen Gruppen und Institutionen, sondern von fernen, unpersönlichen Bürokratien getroffen. Wichtige Familien-, Gemeinschafts- und Kulturnetzwerke werden von vielen Programmen ignoriert oder untergraben.

Widersprüchliche Traditionen der Sozialfürsorge

Seit Generationen bemühen sich Sozialfürsorger und Politiker auf allen staatlichen Ebenen, bedürftigen Familien zu helfen, doch viele werden der Ansicht beipflichten, daß das System, das bei uns entstanden ist, oft statt zur Verbesserung zur Verschlimmerung der Lage beigetragen hat. Trotz allem, was wir über die Wurzeln von Gewalttätigkeit, Kriminalität, Apathie und Verschlossenheit wissen, waren unsere Bemühungen, deprivierten und vernachlässigten Kindern zu helfen, außer bei herausragenden Modellprojekten nur selten von Erfolg gekrönt. Riesige Bürokratien sortieren und beobachten unsere am stärksten benachteiligten jungen Menschen, und sie tragen die Verantwortung für sie und für das Geld, das für Dienste an ihnen bereitgestellt wird. So wie das chaotische Geflecht von Sozialämtern, Organisationen für jugendliche Straftäter und Einrichtungen für den Kinderschutz heute beschaffen ist, sorgt es eifriger für seine eigene politische Agenda als für die gefährdeten Kinder. Sobald das Elend eines Kindes den Ämtern bekannt wird – oft durch Kollisionen mit dem Gesetz, Schulversagen oder eklatanten Mißbrauch durch Erwachsene –, sobald also aus jahrelanger Deprivation und Not ein »Fall« wird, beginnen bei verschiedenen Stellen, die vielfach einander entgegenarbeiten, die entsprechenden Prozeduren anzulaufen.

Die Geschichte der sozialen Dienste für Familien und Kinder in diesem Land zeigt einen fortwährenden Zusammenprall zwischen zwei ganz gegensätzlichen Traditionen. An Fälle von Deprivation, Mißbrauch und Vernachlässigung geht man mit zwei ganz unterschiedlichen Vorstellungen von der menschlichen Natur, den Familienbanden und dem Gemeinwohl heran. Beide Auffassungen hatten irgendwann politisch und kulturell maßgebendes Gewicht und haben ihre Spur in unseren Gesetzen, politischen Programmen, Ämtern und Institutionen hinterlassen. Doch die Herausforderungen, vor denen Familien mit einer Vielzahl von Problemen stehen, und die Maßnahmen, die zur Abhilfe nötig wären, wurden weder von den Vertretern der einen noch von denen der anderen Auffassung in vollem Umfang verstanden. Um die eigenen Wertvorstellungen und Annahmen aufrechtzuerhalten, hat man bestimmte wesentliche Aspekte des Problems ignoriert.

Die eine Tradition ist mehr auf das Kind als auf die Familie ausgerichtet; sie betont den Schutz des Kindes vor dem Einfluß ungeeigneter und inkompetenter Eltern, die für die Schwierigkeiten des Kindes verantwortlich gemacht werden. Seit vielen Jahren hatte sie keinen Einfluß auf die Regierung, doch seit die Konservativen im Kongreß das Übergewicht haben, hat sie wieder an Bedeutung gewonnen. Im Extremfall verlangen ihre Verfechter, daß Kinder ihren ungeeigneten Eltern weggenommen und in eine »heilsamere« Umgebung gebracht werden: in Arbeitslager, Gruppenheime oder gar Waisenhäuser. An die Eignung des Elternhauses für die Kinder legen sie strenge Maßstäbe an, während sie für die Entfernung eines Kindes aus seiner Herkunftsfamilie relativ lockere Kriterien gelten lassen.

Die Verfechter dieser Ansicht stellen das Wohl des Kindes über die Rechte der Eltern und die Integrität der Familie, unterschätzen dabei aber im allgemeinen die emotionalen Bande, die ein Kind an seine Eltern bindet, auch wenn sie es mißhandeln oder vernachlässigen, und sie unterschätzen den Schaden, den ein Durchtrennen dieser Bande beim Kind verursachen kann. Zugleich überschätzen sie die Fähigkeit einer Institution, wie es ein Waisenhaus darstellt, die Bedürfnisse geschädigter Kinder zu befriedigen. Zwar kann man den besten Einrichtungen bescheinigen, daß sie eine zuverlässige und förderliche Fürsorge bieten, die das, was ein stark gestörtes Elternhaus leistet, weit übertrifft, doch bietet kaum eine die beständigen, engen emotionalen Beziehungen, die Kinder nun einmal brauchen. Es ist zum Beispiel sehr schwierig, ausgezeichnete Mitarbeiter dauerhaft zu binden – dazu muß man ihnen ein hohes Gehalt, Fortbildungsmöglichkeiten und Aufstiegschancen bieten. Das günstigste Verhältnis zwischen betreuenden Erwachsenen und Kindern ist kaum erschwinglich. Am häufigsten findet man mittelmäßige Einrichtungen, die nicht die Liebe, Wärme, Geborgenheit und individuelle Aufmerksamkeit bieten können, die für eine gesunde Entwicklung so wichtig sind. Unter den schlechteren Einrichtungen gibt es sogar einige, die ihrerseits die Kinder der Mißhandlung und Vernachlässigung aussetzen. In den meisten Kindertagesstätten sind zum Beispiel emotionale Nähe und individuelle Fürsorge nicht gegeben.[17]

Auch Pflegestellen bieten nicht den angestrebten Raum zur Entfaltung, was auch daran liegt, daß Pflegeeltern selten die Hilfe erhalten, die sie brauchten, um die Herausforderung, die ein entwurzeltes Kind darstellt, anzunehmen. Auch wenn eine Pflegestelle nach noch so vielen objektiven Kriterien das ursprüngliche Zuhause eines Kindes übertrifft, reißt die Verlegung es doch von dem einzigen emotionalen Anker los, den es kennt. Kinder, die schon in ihrer Familie schwierig sind, werden es noch mehr in Pflegestellen, wo unausgebildete Erwachsene mit den ursprünglichen Defiziten und dazu noch mit ihrem gesteigerten Kummer und ihrer Desorientiertheit fertig werden müssen.

Die andere Tradition, die während der beiden letzten Generationen tonangebend war, ist eher auf die Familie ausgerichtet. Ihre Verfechter machen letztlich die Ungerechtigkeiten der Gesellschaft für beeinträchtigte Kinder verantwortlich und neigen zu der Ansicht, daß die Familie im wesentlichen warm, fürsorglich und verständnisvoll sei, auch wenn sie oft Einflüssen unterliege, über die sie keine Kontrolle habe. Nach ihrer Auffassung ist die Familie der einzige akzeptable Rahmen für die Aufzucht von Kindern. Mit der entsprechenden wirtschaftlichen, therapeutischen und sozialen Unterstützung könne es ihr gelingen, gesunde Kinder aufzuziehen. Pläne, die auf diesen Ansatz zurückgehen, nennen oft einen ganzen Fächer von sozialen Diensten zur Stützung versagender Familienstrukturen, darunter auch eine befristete Unterbringung bei Pflegeeltern, damit zerbrochene Familien wieder zusammenfinden können.

Während der Irrtum der erstgenannten Tradition in der Idealisierung der institutionellen Fürsorge besteht, irrt diese letztere oftmals in der Idealisierung der Familien, die selbst solche einschließt, die seit Generationen Probleme haben. In den vielfach gefährdeten Familien, die meine Kollegen und ich untersuchten, versagten häufig schon die

Eltern, Großeltern und sogar Urgroßeltern der heute für die Kinder Verantwortlichen bei der Aufzucht ihrer Sprößlinge. Vernachlässigung und Mißhandlung, Sucht und psychiatrische Störungen sind Muster, die von den Eltern an die Kinder weitergegeben werden. Bei einem solchen Erbe ist es ohne beträchtliche Hilfe äußerst schwer, die Aufgaben der Elternschaft erfolgreich zu meistern. Diejenigen, die in solchen Familien aufgewachsen sind, wissen oft nicht, wie man einem Kind die angemessene Betreuung angedeihen läßt, da sie selbst nie eine solche erfahren haben. Sie haben keine Ahnung, wie sie zu ihren Kindern eine befriedigende wechselseitige Beziehung herstellen sollen, da sie nie an einer solchen beteiligt waren.

Die Bewahrung der Familienbande ist im allgemeinen ein lobenswertes Prinzip, das aber gelegentlich gänzlich falsch angewandt wurde; es ist sogar vorgekommen, daß verletzte Kinder in die Obhut von ungebesserten Drogensüchtigen oder Gewalttätern zurückgegeben wurden. In solchen Fällen wäre es angebracht, umgehend zu handeln, um die rechtlichen Bindungen an solche nachweislich schädigenden Erwachsenen zu lösen und für das Kind einen dauerhaften sicheren Hafen zu finden. Wenn man dagegen starr nach diesem Prinzip verfährt, ermutigt man Bemühungen, die Kinder ihren ursprünglichen Familien zurückzugeben, und bringt sie vorläufig in einer Pflegestelle unter; doch oft werden daraus Jahre in einer Reihe von befristeten Pflegestellen, die kaum Gelegenheit zu einer dauerhaften Bindung bieten.

Folglich halten weder die Verfechter der einen noch die der anderen Auffassung alle Antworten für gefährdete Kinder und Familien bereit. Wenn Interventionsprogramme überhaupt Erfolg haben sollen, müssen sie die Einsichten beider Traditionen miteinander verbinden, ihre Stärken nutzen und ihre Schwächen abmildern. Sie sollen die wichtige Bindung zwischen Eltern und Kind gebührend beachten und dort erhalten, wo es ratsam ist. Sie müssen die Kinder aber auch vor dem Schaden bewahren, den eine verderbliche häusliche Umgebung anrichten kann, und diese notfalls und möglichst rasch durch eine andere dauerhafte Beziehung ersetzen. Sie müssen daher die Schwächen der Unterbringung in Pflegefamilien auf der einen wie des institutionellen Systems auf der anderen Seite vermeiden und sowohl beständige Nähe als auch kompetente Fürsorge ermöglichen, kurz, sie müssen sowohl die Familie als auch das Kind unterstützen.

Das Beste für Familie und Kind

Um Kinder vor den Risiken zu bewahren, die zur Gewalt führen, muß ein erfolgreiches Programm selbst eine unfehlbare Konstante im Leben einer Familie sein. Es muß die Familienangehörigen mit Menschen in Verbindung bringen, die bereit sind, ihnen nicht nur für Wochen oder Monate, sondern auch jahrelang beizustehen, und es muß gewährleisten, daß die zwischen den Helfern und ihren Klienten entstandenen persönlichen Beziehungen sich festigen und vertiefen können. Der Einfluß des Programms darf darüber hinaus nicht bei dem individuellen Haushalt enden, sondern muß sich auch auf die Gemeinschaft erstrecken, der dieser angehört. Es wird Kinder nur unter den widrigsten Umständen – und dann wohlvorbereitet – aus ihrer Umgebung oder ihrer angestammten Kultur herausreißen. Das Ziel muß sein, das Entwicklungspotential des Kindes zu mobilisieren, indem man die Kette der Dysfunktionen durch die Heranbildung eines kompetenten, verantwortlichen Mitglieds der Gesellschaft zerreißt. Viele dieser Elemente finden sich schon in bestehenden Programmen, doch konnten sie nur schwer in einer Weise kombiniert werden, die auch die schwierigsten Familien erreicht.

Um zu einem wirklich integrierten Programm zu kommen, kann man sich am traditionellen Dorf oder der herkömmlichen Nachbarschaft orientieren, in der die Nachbarn gegenseitig auf ihre Kinder aufgepaßt haben und jeder Erwachsene wohlwollendes Interesse an allen Kindern nahm. Ohne Nachbarn, Freunde und Verwandte, die als Ersatzaugen und -ohren der Eltern fungieren und in schwierigen Zeiten helfen, ohne einen gesicherten Bereich, in dem das Kind bekannt ist und geschätzt wird, ohne eine ganze Schar von Erwachsenen, die bewunderungswürdige Qualitäten verkörpern und anerkannte Gemeinschaftswerte unterstützen, wird es auch den besten, aufopferndsten Müttern und Vätern schwerfallen, recht an ihren Kindern zu handeln.

Es ist natürlich leicht, das Kleinstadtleben im Stil eines Norman

Rockwell romantisch zu verklären, doch die Ingredenzien dieses Ideals stellen gleichwohl die grundlegenden Bedürfnisse eines jeden Kindes dar. Welche Gestalt könnte das Dorfideal heute annehmen? Meine in der Arbeit mit hochgefährdeten Familien und ihren Kindern gewonnene Erfahrung bestärkt mich in der Ansicht, daß die Verwirklichung eines solchen Musters mit den vorhandenen Mitteln machbar ist.

Ein traditionelles Dorf ist ein geschlossener Wohnbereich von Familien, die durch gemeinsame Interessen und lange Bekanntschaft miteinander verbunden sind. Die neue Dorfgemeinschaft würde gleichfalls eine geographische Einheit innerhalb des größeren Rahmens der Großstadt erfordern. Statt einer Ansammlung von Häusern um eine ländliche Straßenkreuzung könnte zum Beispiel ein größerer Wohnkomplex einen physischen Rahmen bilden. Dieses vertikale »Dorf« würde genau wie das traditionelle Dorf – aber anders als die heruntergekommenen Slums, in denen unsere ärmsten Familien wohnen – unterschiedliche Bewohner aufweisen: einige ganz dysfunktionale Haushaltungen; einige andere Familien, die, teils von Arbeit, teils von Sozialhilfe lebend, besser mit ihrem Leben zu Rande kommen; einige ältere Personen, vielleicht im Ruhestand, die entweder allein oder mit Angehörigen leben; einige Erwachsene ohne Kinder.

Ein solcher Komplex könnte überlasteten Eltern Unterstützung bieten, und obendrein wären Dienstleistungen für Kinder und ihre Eltern im Gebäude selbst verfügbar. Ein gutausgerüstetes und mit ausreichend Personal ausgestattetes Kinderzentrum würde Kinder praktisch von der Geburt an aufnehmen. Kinder wie Erwachsene würden täglich dorthin kommen, die Kleinen, um zu spielen und zu lernen, die Eltern, um sich, entsprechend ihren Bedürfnissen, die Pädagogik und Beratung zunutze zu machen. Ausgebildete Mitarbeiter würden sich um dauerhafte persönliche Bindungen zu allen Mitgliedern bemühen, den Erwachsenen zu erzieherischen Fertigkeiten verhelfen und den Kindern eine vertraute, verläßliche Betreuung bieten, um die oft überforderten Eltern zu entlasten. Für jeweils eine hochgefährdete Familie würde eine Mitarbeiterin als »Ersatzverwandte« dienen, in der Art einer verständnisvollen und zupackenden Tante oder Großmutter. Diese ausgebildete Pflegeperson würde eine dauerhafte Bindung zu der Familie herstellen und darauf achten, daß die Eltern mit den persönlichen Problemen fertig werden, die sie daran hindern, sich um ihr Kind zu kümmern, und zugleich dafür sorgen, daß die Kinder die Zuwendung erhalten, die sie in jedem Entwicklungsstadium brauchen, unabhängig davon, ob ihre Eltern sie ihnen geben können.

Durch den regelmäßigen Besuch des Zentrums und die Zusammenarbeit mit derselben vertrauten und bewährten Helferin über vier oder fünf Jahre hinweg würde das Kind einen stabilen Mittelpunkt erhalten, der auch dann bestehen bliebe, wenn es zu Hause drunter und drüber ginge. Eine Mutter, die zu depressiv ist, um angemessen auf ihr Baby einzugehen, würde es auf diese Weise nicht gänzlich der Unterstützung und der Interaktion berauben, die es braucht, um Beziehungen aufzubauen und die Kommunikation zu erlernen. Ein Drogentrip oder ein stationärer Entzug würde die Welt des Kindes nicht durcheinanderbringen und das Kind der Ungewißheit einer Pflegestelle aussetzen. Ein Kind könnte je nach den Umständen in seiner eigenen Wohnung oder auch im Zentrum schlafen. Rund um die Uhr besetzt, wäre das Zentrum zu jeder Zeit und so lange wie nötig ein sicherer Zufluchtsort; er würde das Chaos im Leben der Kleinen drastisch zurückdrängen.

Eine solche verläßliche, nahe gelegene Zuflucht würde auch Ordnung und Verantwortung in das Leben der Eltern bringen, denn sie würde nicht nur Anleitung für die Erziehung und Pflege der Kinder bieten, sondern auch Möglichkeiten der persönlichen Beratung, der Drogenbehandlung, der Gesundheitserziehung und Familienplanung, Kurse für einen der High-School entsprechenden Schulabschluß sowie Berufsausbildung und Hilfe bei der Arbeitssuche. Eltern könnten so lange teilnehmen, wie sie sich an klar formulierte, vernünftige Regeln – zum Beispiel kein Drogenkonsum – halten würden und bereit wären, ihrer Ausbildung nachzugehen und Arbeit zu suchen Viele Mütter und Väter könnten auf diese Weise die Stabilität und Zielgerichtetheit in ihrem Leben erreichen, dank derer sie positiver auf das Leben ihrer Kinder einwirken könnten. Mit der Unterstützung des Zentrums könnten sie an ihrer eigenen Entwicklung arbeiten, ohne die ihrer Kinder zu gefährden.

Ein Kind könnte die ganze Zeit im Kinderzentrum zubringen oder abends in die Wohnung der Familie zurückkehren. Auch das Nachtpersonal würde aus vertrauten und bewährten Personen bestehen und die Eltern von dem Druck befreien, für Kinder sorgen zu müssen, wenn sie dazu nicht in der Lage sind. Ein Elternteil könnte sich in der Krise immer irgendwohin um Hilfe wenden, und die Mitarbeiter des Zentrums würden umgekehrt verlangen, daß der Elternteil erst ein Mindestmaß an Reife beweist, bevor wieder ein normales Familienleben beginnen könnte, und auf diese Weise würden bestimmte Maßstäbe verantwortlicher Pflege durchgesetzt.

Klappen kann dieses System nur, wenn jede Problemfamilie in einer festen Gemeinschaft integriert ist, deren Mitglieder überwiegend ganz gut mitarbeiten. Die anderen in dem Gebäude wohnenden und teils von Sozialhilfe lebenden Familien sollten ebenfalls dem Zentrum angehören; ihre Kinder würden den Kindergarten besuchen, während die Erwachsenen an Kursen, Gruppen und Aktivitäten ihrer Wahl teilnehmen. Erwachsene, die eine Arbeit suchen, könnte man zum Beispiel als Kinderpfleger ausbilden, um sie auf die Übernahme einer bezahlten Stellung im Zentrum vorzubereiten. Andere Erwachsene, speziell ältere Personen oder solche im Ruhestand, die einmal in der Kinderpflege oder im Bildungswesen tätig waren, könnten als ehrenamtliche oder bezahlte Mitarbeiter im Zentrum arbeiten. Verschiedene finanzielle Anreize – niedrige Mieten, verringerte Kindergartenbeiträge, Bildungsmöglichkeiten – würden Bewohner in diese vielfältige und doch ausgewogene »Nachbarschaft« locken.

Ein solches »Dorf in der Stadt« würde aus der Kultur und den Institutionen der es umgebenden Gemeinschaft Stärke und Unterstützung beziehen. Kirchen, Gemeinschaftszentren, Bürgergruppen und wohltätige Einrichtungen, vorzugsweise solche, die mit der kulturellen oder ethnischen Herkunft der Bewohner zusammenhängen, würden soziale und geistliche Hilfe bereitstellen sowie Unterhaltungs- und Bildungsangebote machen. Die Gemeinschaft könnte – anders als die heutigen Sozialwohnungen, die ein Ghetto für die am stärksten Benachteiligten bilden – nicht nur für die ganz Armen, sondern auch für Haushalte mit anderen Optionen Vorteile bieten. Wie die israelischen Kibbuzim nach über hundertjährigem Bestehen bewiesen haben, können Familien, die nicht miteinander verwandt sind und dem Ideal anhängen, durch gemeinsame Arbeit ihr Leben zu verbessern, starke Gemeinschaften bilden und Kinder zu vielfacher Kompetenz erziehen. Die Bewohner des »Dorfes« könnten sich – auch ohne die den Kibbuzbewohnern eigene Ideologie und Tradition des Gemeineigentums – in ähnlicher Weise für den Aufbau einer gemeinsamen Institution engagieren.

Idealerweise würde ein gefährdetes Kind schon vor seiner Geburt dem Dorfnetzwerk angehören. Die Mitarbeiter müßten mit einer Intervention nicht erst abwarten, bis ein Kind Schwierigkeiten bekommen hat, sondern böten frühzeitig Hilfe an, damit jedes Kind maximale Entwicklungschancen bekäme. Ein armes junges Mädchen, das zum ersten Mal schwanger ist, eine depressive Frau, die erneut ein Kind erwartet, eine Mutter, deren ältere Kinder bereits Stammkunden des Familiendienstes oder der Pflegeunterbringung sind – sie alle würden unter die Fittiche eines Helfers kommen, sei dieser nun ein professioneller Sozialarbeiter oder ein ausgebildeter und erfahrener Ehrenamtlicher. Notfalls könnte eine angehende Mutter mit ihrer Familie vor der Geburt des Kindes in das Gebäude einziehen.

Von Geburt an würde das Baby daher sowohl seiner problembeladenen biologischen Familie als auch einer größeren Gemeinschaftsfamilie angehören, die eine zweite Stufe fürsorglicher Unterstützung böte. Der Schlüssel zum Erfolg wäre jedoch, daß das Programm darauf abzielt, sowohl den Eltern als auch dem Kind zu nützen. Sonst könnte eine Mutter, die in vielen Fällen selbst ein bedürftiges Kind in einem erwachsenen Körper ist, das ganze Unternehmen sabotieren.

Ein solches Programm ist alles andere als billig, auch wenn es langfristig äußerst kostenwirksam ist. Ähnliche Bemühungen sind in der Vergangenheit daran gescheitert, daß nicht rund um die Uhr Mitarbeiter zur Verfügung standen. Wenn Familien in eine Krise geraten, müssen ausgebildete Mitarbeiter in ausreichender Zahl bereitstehen, um einzugreifen und die Entwicklung der Kinder zu sichern.

Ein solches Programm ist den meisten derzeitigen Interventionsmaßnahmen offenkundig überlegen, was die Vorteile für alle Betroffenen angeht. Es respektiert das Bedürfnis jedes Kindes nach Kontinuität und das Bedürfnis des in Schwierigkeiten geratenen Erwachsenen nach Unterstützung und persönlichem Wachstum. Zugleich dient es dem Interesse der Gesellschaft, indem es jedem Kind eine gute Erziehung garantiert. Weder reißt es das Kind aus der einzigen Familie, die es kennt, noch liefert es das Kind einem unzulänglichen Elternteil auf Gedeih und Verderb aus. Weder trennt es chaotische Familien von der größeren Gemeinschaft, noch entschuldigt es deren dysfunktionales Verhalten. Praktisch stellt es durch Gemeinschaftsstrukturen die Unterstützung bereit, die viele Familien normalerweise von ihren Verwandten erhalten.

Einem dysfunktionalen Haushalt fehlt gewöhnlich das Netzwerk der Verwandtschaft, das zuverlässige Hilfe bieten kann. Die tiefgreifenden sozialen Pathologien, unter denen solche Familien leiden und die viele der zu ihrer Hilfe konzipierten Programme haben scheitern lassen, sind in Generationen unfähiger Elternschaft, in Generationen unbefriedigter Bedürfnisse, in Generationen der Vernachlässigung und Mißhandlung entstanden. Die schmerzliche Vergangenheit eines Elternteils kann verständlichen Groll, Wut und Argwohn gegen die Motive anderer hervorrufen und destruktive Bewältigungsstrategien nach sich ziehen. Haben solche problembeladenen Erwachsenen einmal vertrauensvolle Beziehungen hergestellt, werden ihre ungeheuren Bedürfnisse nach Nähe sichtbar, von denen die Helfer unter Umständen überfordert werden. Um mit diesen Problemen fertig zu werden, muß das Dorfpersonal dann erfahrene Fachleute von außen konsultieren, und es wird eine fortlaufende berufsbegleitende Weiterbildung, Supervision und Unterstützung benötigen.

Ein Programm, wie ich es skizziert habe, ist sicherlich ein idealistischer Entwurf; doch daß eine langfristige umfassende Intervention durchaus möglich ist, wurde nachgewiesen. Ende der siebziger, Anfang der achtziger Jahre bekam ich die Chance, zusammen mit den Kollegen Serena Wider, dem verstorbenen Reginald Lourie, Robert Nover, Alicia Lieberman, Mary Robinson und einer sehr tüchtigen Gruppe von Klinikern und Forschern das Clinical Infant Development Program (CIDP) zu entwickeln, ein Gemeinschaftsprojekt des National Institute of Mental Health und des Family Service of Prince Georges County, Maryland. Wir nahmen uns vor, vier Dutzend mehrfach gefährdeter Familien zu helfen.[18] Diese Frauen und ihre Kinder hatten, wie es für solche Haushalte typisch ist, eine lange Geschichte der Verstörung und Traumatisierung hinter sich. Die Hälfte der Mütter hatte neun oder mehr Probleme erfahren, darunter Vernachlässigung in der Kindheit, sexuellen Mißbrauch oder körperliche Mißhandlung, das Miterleben der Mißhandlung anderer Familienangehöriger, psychische Störungen in der Familie, persönliche psychiatrische Hospitalisierung, Schulversagen beziehungsweise Schulverweis, Unfähigkeit, einen Arbeitsplatz zu halten, Jugendkriminalität und Ablehnung durch Gleichaltrige. Selbst die Frauen, denen es etwas besser ging, führten ein chaotisches und hoffnungsloses Leben.

Durch seine Intervention gelang es dem Clinical Infant Development Program, selbst Mütter mit schweren Problemen zu kompetenter Kinderpflege zu bringen. Dadurch wurden Babys, bei denen eine akute Gefahr der Mißhandlung, der Vernachlässigung und der damit verbundenen emotionalen und intellektuellen Probleme bestand, vor dem Schicksal bewahrt, das ihnen anfangs drohte. Mütter und Kinder besuchten täglich das Kinderzentrum des Projekts, in dem erfahrene Kinderpflegerinnen und Familienhelfer wirkten. Aus Personalmangel gab es jedoch keinen Nachtdienst, der nach meiner Ansicht für einen dauerhaften Erfolg entscheidend ist. Das Programm war keine feste Hilfseinrichtung, sondern ein zeitlich begrenztes Forschungsprojekt und endete nach mehreren Jahren. Es trug jedoch merklich zu Verbesserungen für die Erwachsenen wie für ihre gefährdeten Kinder bei, wie eine Nachuntersuchung nach längerer Zeit ergab, die nicht einmal eine kontinuierliche Beobachtung bot.

Drei Beispiele von CIDP-Fällen vermitteln eine Ahnung davon, wie ein solcher Ansatz funktionieren könnte. Louise, eine ledige Frau von Mitte Zwanzig, die als Kind ständig Zurückweisung erlebt hatte, besaß weder die Fähigkeiten noch die Kraft, die man schon für die Betreuung eines »pflegeleichten« Babys braucht. Die Schwierigkeiten ihres Sohnes, Robbie, sich zu beruhigen und seine Aufmerksamkeit zu steuern, wären auch für die kompetenteste Mutter ein Problem gewesen. Doch Louise hatte schon einmal als Mutter versagt; mehrere Jahre zuvor hatte sie ihre sechsjährige Tochter, Terry, zu einer Verwandten gegeben. Tief deprimiert und unfähig, mit ihren eigenen Problemen fertig zu werden, war Louise nun von ihrem überreaktiven zweiten Kind total überfordert.

Als unerwünschtes Produkt einer außerehelichen Beziehung hatte Louise fast ihre ganze Kindheit von ihrer Mutter, den anderen Kindern ihrer Mutter, die sie lange für ihre leiblichen Geschwister gehalten hatte, und dem Mann ihrer Mutter getrennt gelebt. Erst als Erwachsene erfuhr sie die Wahrheit über ihre Herkunft. Ihre ersten Jahre verbrachte sie in der Obhut einer gefühlskalten, strafenden Tante, die starb, als Louise acht war. Der Freund ihrer Tante hatte Louise zwar nie belästigt, doch rief er bei dem jungen Mädchen ein Gefühl sexueller Bedrohung hervor. Dann übernahm eine warmherzige, einfühlsame Tante Louises Betreuung und wurde für sie zur »einzigen wahren Mutter«. Als diese freundliche Frau ebenfalls vorzeitig starb, blieb Louise emotional verwaist zurück. Sie hatte starke Ängste und Alpträume. Das Gefühl der Zurückweisung war so ausgeprägt, daß ein psychiatrisches Gutachten eine schizoide Persönlichkeit diagnostizierte. Lange, ausbeuterische Beziehungen führten schließlich zu Louises zwei Schwangerschaften.

Die ersten Lebenswochen Robbies boten dem Interventionsteam das erschreckende Bild einer Mutter und ihres Kindes, deren jeweilige Probleme sich gegenseitig verstärkten. Robbies Unfähigkeit, eine Beziehung zu anderen Menschen herzustellen, war Louise wie eine Zurückweisung erschienen, hatte ihr eigenes heftiges Bedürfnis, umsorgt zu werden, verschärft und sie von diesem Kind, das sie nicht befriedigen konnte, fortgetrieben. Als ihre Bemühungen, eine Beziehung zu ihm aufzunehmen, wiederholt scheiterten, vertiefte sich ihre Depression. Lousies Gefühlsstumpfheit, Ergebnis ihrer Verzweiflung, hatte Robbie dazu gebracht, sich noch mehr von der Menschenwelt zurückzuziehen und sich jeder Chance, zu dieser Mutter eine Beziehung herzustellen, zu begeben. In den nächsten Wochen und Monaten verschlechterte sich sein Zustand, und er verlor das wenige an Ansprechbarkeit, Anschmiegsamkeit und Konzentrationsfähigkeit, das er anfangs besessen hatte. Seine Fähigkeit, auch nur die erste Entwicklungsstufe zu meistern, schien rasch abzunehmen. Während das Kind sich von ihr entfernte, wurde Louise immer erregter und verschlossener.

Ein mit dem CIDP-Zentrum verbundenes Team arbeitete mit der Mutter und dem Kind, um sie wieder einander anzunähern und ihnen eine Lebenschance zu geben. Die Therapie half Louise, sich mit ihren lange verdrängten Dämonen auseinanderzusetzen. Während sie sich um mehr Ausgeglichenheit bemühte, arbeiteten die Mitarbeiter des Zentrums daran, Robbie aus seiner Isolation herauszuholen.

Dieser doppelte Ansatz hatte nur deshalb Erfolg, weil die Mitarbeiter Mutter und Kind als Individuen sehr gut kannten. Eine Klinikerin bemerkte zum Beispiel, daß Robbie unbelebten Objekten sehr viel mehr Aufmerksamkeit schenkte als menschlichen Gesichtern. In dem Bemühen, seine Stärken zu nutzen, um ihn aus der Reserve zu locken, beschaffte sie sich Masken, die sie aufsetzte, wenn sie mit ihm zu tun hatte, versteckte sie sich hinter einem der leblosen »Dinge«, an denen Robbie Spaß zu haben schien, denn er folgte ihnen mit den Blicken. Allmählich gelang es ihr, durch Schlitze in dem falschen Gesicht Blickkontakt mit ihm herzustellen, und mit der Zeit konnte sie ihn dazu verlocken, sich auf ihr Gesicht und andere menschliche Gesichter einzulassen.

Als Robbie acht Monate alt wurde, suchte er eifrig nach seiner Mutter, doch Louise brauchte länger, um mit ihrer Depression und Wut fertig zu werden. Während dieser Zeit hielt die stärkende Beziehung des Kindes zu den Mitarbeitern des Zentrums seine Entwicklungsfähigkeit aufrecht. Als Robbie seinen ersten Geburtstag feierte, bgann Louise sich von ihren Schwierigkeiten zu lösen, und die Grundlagen der Pflege und der Kontaktaufnahme zu ihm zu lernen. Als er achtzehn Monate alt war, waren beide zwar noch etwas anfällig, doch waren Mutter und Sohn trotzdem in der Lage, bei fröhlichen, zunehmend differenzierter werdenden Aktivitäten herzlich und ungezwungen zu interagieren. Louise spielte besonders gern mit ihm Verstecken, wobei sie offenbar in der Phantasie die Probleme von Verfügbarkeit und Verlust abarbeitete, die für sie einmal harte Realität gewesen waren. Sie hatte gelernt, Robbie zu stimulieren und eine Beziehung zu ihm herzustellen, und er hatte die altersgemäßen Entwicklungsetappen erreicht. Louise verstand es mittlerweile recht gut, für ihn in einer Weise zu sorgen, die sein weiteres Wachstum fördern würde. Seine Fortschritte verstärkten ihre Lust zum Weitermachen.

Mit diesem Ansatz wurden noch weit schwierigere Fälle gelöst. Als das Team Mary und ihre drei Monate alte Tochter Amy kennenlernte, war die Mutter eine der Selbstzerstörung und dem magischen Denken verfallene Drogenabhängige, und das zarte, teilnahmslose Baby verlor rasch an Boden, weil es keine Entwicklungsfortschritte machte. Amy und ihr zweijähriger Bruder, Harold, wurden so nachlässig versorgt, daß die Mitarbeiter des Zentrums ernsthaft erwogen, sie in Pflegestellen unterzubringen. Mary betrachtete ihre Kinder hauptsächlich als Köder, um die Aufmerksamkeit ihres Vaters zu gewinnen, der sie verlassen hatte. Außerdem suchte sie Kontakt zu anderen Männern, mit denen sie am Ende oft trank oder Drogen nahm. Die Sucht und die kurzlebigen Beziehungen lösten viele Krisen aus, während derer sie mehrmals Harold »verlor«.

Durch intensive Arbeit gelang es den Mitarbeitern des Kinderzentrums nach und nach, eine Beziehung zu Amy herzustellen, und im Laufe mehrerer Jahre halfen sie Mary, sich mit ihren Gefühlen wegen der Mißhandlung und Vernachlässigung auseinanderzusetzen, die ihrem impulsiven, selbstzerstörerischen Verhalten zugrunde lagen. Indem sie ihre komplizierte Emotion gegenüber einem Vater verarbeitete, den sie nie gekannt hatte, konnte sie sich mit ihrer sehr ambivalenten Einstellung zu Sexualität und Elternschaft befassen. Es gelang ihr schließlich, eine dauerhafte Beziehung zu einem neuen Mann herzustellen und emotional für ihre Kinder erreichbarer zu werden. Als Mary drei Jahre später einen kräftigen Jungen zur Welt brachte, war Amy zu warmen und vertrauensvollen, wenn auch immer noch etwas scheuen Beziehungen in der Lage. Ihre geistigen Leistungen entsprachen annähernd ihrer Altersstufe, aber in ihrer Entwicklung lag sie ein wenig zurück. Doch mit der emotionalen Unterstützung der Zentrumsmitarbeiter nahm ihre Fähigkeit, Beziehungen zu Menschen einzugehen und ihre eigenen Gefühle zu erkennen, erheblich zu. Mary machte unterdessen in dem Bemühen, ihr eigenes Leben zu verstehen und neu zu ordnen, beträchtliche Fortschritte. Das neue Baby war nicht so problematisch, wie es die lustlose, verschlossene Amy gewesen war, und es gab seinen Pflegepersonen sehr viel mehr offenkundige Belohnungen. Mary, die sich jetzt um ein aktives, reaktionsfreudiges Baby kümmern konnte und durch die Anleitung und Fürsorge des Kinderzentrums gestärkt wurde, erwies sich als fähig, angemessen auf den Kleinen zu reagieren und adäquat für ihn zu sorgen.

Das dritte Beispiel, an dem die Notwendigkeit eines flexiblen Vorgehens deutlich wird, ist Madeline, deren chaotisches Leben das CIDP-Team anfangs fast zur Verzweiflung trieb. Die einundzwanzigjährige Mutter von vier Kindern unter vier Jahren, die alle schon sichtlich auf dem Weg zu einer emotionalen Störung waren, hatte als eines von zwölf Kindern eine verwahrloste Kindheit hinter sich und war erfüllt von Angst und Wut und unfähig, eine dauerhafte Beziehung zu unterhalten. Im Verlauf einer langwierigen und verwickelten Intervention kam es zu vielen Krisen, die zurückgingen auf ihre tiefe Depression sowie ihre häufig zutage tretende Unfähigkeit, anders als auf einem äußerst reaktiven Niveau zu funktionieren, wobei sie Vergangenheit und Zukunft völlig aus dem Blick verlor. Hoffnungslos und emotional bedürftig, war sie praktisch außerstande, zwischen den Katastrophen, die ihr und ihren Kindern zustießen, und ihrem eigenen Tun einen Zusammenhang herzustellen. Wenn Probleme auftauchten, schlug sie entweder impulsiv um sich, oder sie zog sich in Verzweiflung zurück.

Die Mitarbeiter halfen Madeline, ihre Kinder in Pflegestellen unterzubringen, und zwar wohlbedacht und organisiert und nicht, wie es allzuoft geschieht, unter katastrophalen Umständen. Als ihr jedoch die Gelegenheit geboten wurde, die Kinder zu besuchen, wich Madeline aus und gab sie schließlich zur Adoption frei. Dadurch konnten sie die stabile Zuwendung gewinnen, die sie brauchten, um in ihrer gehemmten Entwicklung Fortschritte zu machen. Das Zentrum arbeitete noch mehrere Jahre mit Madeline, die dadurch in einem gewissen Maße von ihrer Depression befreit wurde, begrenzte Einsicht in ihre Vergangenheit und ihr Verhalten gewann und ihr Leben besser in die Hand bekam. Als sie, mehrere Jahre durch das Programm betreut, wieder mit einer Tochter schwanger war, hatte sie die nötige Reife, um verantwortlich für sie zu sorgen.

Diesen drei Müttern gelang es – ebenso wie 80 Prozent derer, die von der CIPD-Untersuchung erfaßt wurden –, mit der schrecklichen Last ihrer Vergangenheit besser fertig zu werden. Sie erlernten neue Möglichkeiten der Interaktion, die zu einer besseren Versorgung ihrer Kinder führten. Mütter, deren Erziehungsfähigkeit durch ihre Vergangenheit und ihre aktuelle Lage stark eingeschränkt war, wurden dank einfühlsamer Unterstützung zu fähigeren und empathischeren Pflegepersonen. Sogar sehr schwierige Kinder mit belasteten Eltern waren in der Lage, die entscheidenden Entwicklungsstadien zu meistern. Wenn im Laufe des Wachstums eines Kindes die Bedürfnisse sich änderten und die Anforderungen komplexer wurden, standen die Mitarbeiter des Zentrums bereit, der Mutter Anleitung zu geben und das Kind zu unterstützen und zu fördern. Kinder, die anfangs auf ein von Schwierigkeiten, Versagen und Leid erfülltes Leben zusteuerten, waren nach mehreren Jahren gut vorangekommen auf dem Weg in die hoffnungsvollste Zukunft, der je ein Mitglied ihrer Familie seit Generationen entgegengesehen hatte.

Jedem Kind steht die Chance zu, die diese Kinder hatten, nämlich aufzuwachsen in einer Familie, die in der Lage ist, sie angemessen zu fördern. Doch solange wir solche ambitionierte Fürsorge nicht allen gefährdeten Kindern angedeihen lassen, wird die Zahl der dysfunktionalen Familien und der gestörten oder gewalttätigen jungen Menschen, die sie erzeugen, nur zunehmen. Ein kleiner, aber äußerst zerstörerischer Teil unserer Gesellschaft ist herangewachsen, ohne etwas Positives beisteuern oder auch nur mit seinem Leben fertig werden zu können. Ohne eigene Schuld haben diese jungen Menschen keine der Fähigkeiten erworben, die man braucht, um das Leben erfolgreich zu bestehen oder, was vielleicht noch wichtiger ist, eine neue Familie zu gründen, die auch nur einen Hauch von Chancengleichheit genießen kann.

Die Kinder aus dysfunktionalen Familien werden uns auch künftig Milliardenbeträge für Pflegestellen, Sonderschulen, Verbrechensbekämpfung, Gefängnisse und Heilanstalten kosten. Es kann nicht teurer sein, den hochgefährdeten Kindern und ihren Familien die Hilfe zu gewähren, die sie benötigen. Die Probleme solcher Familien sind seit langem bekannt. D. W. Winnicott wies 1957 auf das Risiko und die Verantwortung unserer Gesellschaft hin:

> Je länger wir über diese Dinge nachdenken, desto besser verstehen wir, warum Säuglinge und Kleinkinder absolut auf den Hintergrund ihrer eigenen Familie und, wenn möglich, auch einer stabilen äußeren Umgebung angewiesen sind; und aufgrund solcher Überlegungen erkennen wir, daß man Kindern,

> denen ein Familienleben versagt ist, etwas Persönliches und Stabiles bieten muß, solange sie noch jung genug sind, um davon zu profitieren, denn anderenfalls werden sie uns später zwingen, ihnen Stabilität in Gestalt einer staatlichen Erziehungsanstalt zu verschaffen oder, als letzten Ausweg, vier Wände in Gestalt einer Gefängniszelle.[19]

In diesem Kapitel haben wir versucht, dieses »etwas Persönliche und Stabile« zu identifizieren und zu zeigen, daß neue Lösungen für die Probleme der belasteten Familien für uns erreichbar sind.

14.

Wege zu einer reflektierten Gesellschaft

Ein unreifes oder beeinträchtigtes Entwicklungsniveau gefährdet nicht nur das seelische Wohl des einzelnen und der kleinen Gruppen, die unsere Individualität prägen, wie der Familie und der Schulklasse. Auch an großen Gruppen, von der politischen Partei über ethnische Gruppen bis hin zu Nationalstaaten, sind die Gefährdungen zu beobachten.

Von der Konfrontation der Supermächte, die nach dem Zweiten Weltkrieg fast zwei Generationen lang die Weltpolitik prägte, hat sich die Sorge um internationale Konflikte auf kleine, aber tückische ethnische Kämpfe verlagert, wie wir sie in Somalia, Ruanda, Tschetschenien und besonders im ehemaligen Jugoslawien erlebten. Die vorher rivalisierenden Großmächte arbeiten heute teilweise zusammen. Doch grundlegende Kriegsursachen wie Gebietsansprüche und Rassenhaß scheinen genausowenig wie früher diplomatischen Lösungen zugänglich zu sein und nicht minder geeignet, andere in bewaffnete Auseinandersetzungen hineinzuziehen.

Das Verhalten großer Gruppen zu erklären ist etwas ganz anderes, als das Handeln von einzelnen zu interpretieren. Vor über hundert Jahren beobachteten Sozialwissenschaftler zum Beispiel, daß Menschenmassen oft primitiver und gedankenloser agieren, als die Männer und Frauen, aus denen die Masse sich zusammensetzt, je für sich handeln würden. Die scheinbare Irrationalität und der Verlust der persönlichen Grenzen von Menschen in Großgruppen werden von einer umfangreichen Literatur belegt.[1] Nicht selten schreiben Individuen in solchen Situationen ihre eigenen Gefühle anderen zu und machen sich die Gefühle anderer zu eigen. Fußballspiele entarten zu Massenschlägereien; ganze Gesellschaften lösen sich auf in Chaos und Brutalität, wie es bei den Clans in Somalia geschieht. Das Verständnis der Entwicklungsstufen des Geistes gibt Aufschluß in der Frage, wie und warum Gesellschaften zusammenhalten oder zerfallen. Damit läßt sich auch erklären, wie jede Gesellschaft den ganz unterschiedlichen Individuen, aus denen sie sich zusammensetzt, ihre gemeinsame Erfahrung unauslöschlich aufprägt.

Es könnte scheinen, als hätten diese Überlegungen wenig zu tun mit einem Säugling, der nach einer Rassel greift, oder einem Kleinkind, das Gefühle der Freude oder der Eifersucht ausagiert. Für die Analyse des Verhaltens großer Gruppen sind seit langem Disziplinen wie Politikwissenschaft, Soziologie und Anthropologie zuständig, die jeweils eigene Konzepte und Methoden haben und ihre jeweiligen Resultate in einer umfangreichen Literatur dokumentieren. Diese Bemerkungen sollen die Perspektiven anderer Fächer nicht ersetzen, sondern ergänzen; sie bieten eine andere Sicht des oft verwirrenden Verhaltens großer Gruppen.

Gruppenentwicklung

Als Individuen und in Familien verhalten Menschen sich in einer Weise, die Rückschlüsse auf das von ihnen erreichte Entwicklungsniveau und die von ihnen gemeisterten emotionalen Aufgaben zuläßt. Auch am Gruppenverhalten lassen sich Entwicklungsstufen ablesen. Wenn eine Menge von Sportfans, verärgert über eine Entscheidung des Schiedsrichters, auf den Platz stürmt, dann reagiert sie eindeutig auf der Ebene der unmittelbaren Entladung durch Handlung. Demonstranten, die einen Politiker anprangern und ihn als Puppe symbolisch verbrennen, versinnbildlichen Ideen, statt direkt zu agieren, aber sie tun das auf eine hochgradig polarisierte Weise. Die Tatsache, daß die Amerikaner trotz Schock und Entsetzen über ein so gräßliches Verbrechen wie den Bombenanschlag von Oklahoma City dennoch anerkennen, daß die Beschuldigten das Recht auf eine angemessene Verteidigung und einen fairen Prozeß haben, beweist die verbreitete Fähigkeit, über abstrakte Werte nachzudenken, und ein Einverständnis, sie bei Entscheidungen im Sinne des Gemeinwohls anzuwenden.

Einen Entwicklungsaspekt haben auch gesellschaftliche Institutionen, die sich mit Streitfragen befassen und Entscheidungen treffen. Gesellschaften, deren Institutionen Diskussion und Reflexion etwa dadurch fördern, daß die richterliche, die ausführende, die gesetzgebende sowie sonstige Gewalten in der Weise geteilt sind, daß diese Gewalten sich gegenseitig kontrollieren, sind auf einem anderen Entwicklungsniveau organisiert als Gesellschaften, deren Institutionen es zulassen, daß einseitige Entscheidungen ohne Rechenschaftspflicht getroffen werden. Mögen viele Bürger auch über die Ineffizienz und die Absurditäten der modernen Demokratie schimpfen, so verlangen sie im Grunde doch, daß alle wichtigen und strittigen nationalen Entscheidungen – ob Soldaten zu einer militärischen Operation entsandt werden sollen, wie die Staatsverschuldung zu senken sei, ob die Abtreibung erlaubt werden darf – schließlich von der Öffentlichkeit entschieden und der gerichtlichen Überprüfung unterworfen werden sollen. Das komplizierte amerikanische System der verzweigten staatlichen Organe, die sich gegenseitig behindern können, und der langwierigen und zeitlich gestaffelten Wahlkämpfe um die Präsidentschaft und die beiden Häuser des Kongresses soll ausdrücklich sicherstellen, daß wichtige Fragen erst nach ausgiebiger Diskussion und Abwägung entschieden werden. Ein solcher auf Reflexion angelegter Apparat scheint trotz all seiner Mängel höher entwickelt zu sein als ein System, das einem Diktator erlaubt, allein Entscheidungen zu treffen und zu polarisierten Vorstellungen und Stereotypen zu greifen, um sie zu begründen, oder zu Gewalt und Terror, um sie durchzusetzen. Institutionen, die ein reflektiertes Denken und Verhalten verlangen, helfen dadurch, primitives Verhalten in der Gesellschaft im Zaum zu halten und den Entscheidungsprozeß auf stärker symbolische Ebenen, wie Diskussion, Verhandlung, Kompromiß, zu verlagern. Doch selbst Strukturen, die die Reflexion zu fördern scheinen, können für polarisierte Ideen mißbraucht werden. Im 19. Jahrhundert hat der Oberste Gerichtshof zum Beispiel im Prozeß *Plessy versus Ferguson* die Rassentrennung gerechtfertigt. Wie sich im Zweiten Weltkrieg zeigte, kann der Reflexionsprozeß in Kriegszeiten durch so irrationale staatliche Entscheidungen wie die Internierung von Amerikanern japanischer Abstammung in Kalifornien umgangen werden.

Gesellschaften unterscheiden sich nicht nur in der Reife ihrer Institutionen, sondern auch in ihrem Umgang mit emotionalen Themen. Individuen unterscheiden sich, wie wir gesehen haben, in ihrer Fähigkeit, über Emotionen nachzudenken und auf sie zu reagieren: Einer hat zum Beispiel sehr nuancierte Vorstellungen und Gefühle bezüglich Liebe und Abhängigkeit, aber nur grobe Reaktionsmöglichkeiten bei Ärger; ein anderer kann zwischen Verstimmung, Verärgerung und Wut graduell unterscheiden, hat aber für Zuneigung nur ein Entweder-Oder-Muster. So gibt es auch Gesellschaften, deren Mitglieder Äußerungen von Ärger unterdrücken, weil sie als grob oder bedrohlich gelten, während andere Gesellschaften Aggression und Wut pauschal gutheißen und glorifizieren beziehungsweise Vorstellungen von Verhaltensgrenzen ablehnen. Doch ob eine Wutäußerung nun gänzlich mißbilligt wird oder ob sie als vollkommen akzeptabel gilt – in beiden Fällen ist es schwierig, Unterscheidungen zu treffen oder auch nur zwischen einer gerechtfertigten Verteidigung der persönlichen Ehre und unnötiger Brutalität zu unterscheiden.

Gesellschaften, die Rache bei jeder Kränkung oder Beleidigung für gerechtfertigt halten, werden die gewaltsame Konfrontation bei vielen Problemen als angemessene Lösung betrachten. Eine Gesellschaft, die ein vielfältig differenziertes Spektrum von Reaktionen kennt, bietet dagegen mehr als die Wahl zwischen feiger Unterwerfung und mutwilliger Zerstörung. Sie ist auch eher in der Lage, reflektiert und nuanciert mit untergeordneten Fragen wie dem Recht auf Selbstverteidigung und auf Waffenbesitz umzugehen.

In den Vereinigten Staaten, wo Selbstvertrauen ein zentraler Wert ist, ist der Gedanke der Pflicht längst nicht so entwickelt wie in der japanischen Gesellschaft, wo mehr Loyalität und Anpassung an die Gruppe erwartet werden, sei es die Familie, die Schulklasse oder die Industriefirma. Diese allgemeinen Annahmen stützen ihrerseits die Erwartung, daß Organisationen verpflichtet sind, für diejenigen zu sorgen, welche die ihnen zugewiesenen Aufgaben erfüllen.

Nicht nur an institutionellen Einrichtungen, auch an den visuellen und verbalen Symbolen einer Gesellschaft ist ablesbar, wie sie mit bestimmten Themen umgeht. Wie reich und vielfältig ist ihr Wortschatz – und sind dementsprechend ihre Vorstellungen – für den

Umgang mit Liebe, Zorn, Konkurrenz und Pflicht? Wie gehen Literatur, Kunst, Musik, Film, Theater, Fernsehen und Nachrichten mit diesen Themen um? Hat eine Gesellschaft viele Ausdrücke oder symbolische Bilder für die Darstellung und Diskussion eines Erfahrungsbereichs, dann kann sie offensichtlich genauer und eventuell reflektierter mit diesem Gefühlsbereich umgehen als eine Gesellschaft, die sich nur einiger grob unterschiedener Symbole bedienen kann. Wenn für eine Gruppe zum Beispiel »Männlichkeit» körperliche Kraft, aggressives Konkurrenzdenken und Wagemut verkörpert, werden die Beziehungen zwischen den Geschlechtern stereotyp und rigide sein; eine Gruppe hingegen, die diese Idee mit Worten und Symbolen flexibler darstellt, läßt Männern und Frauen größeren Spielraum für Interessen, Persönlichkeiten und Beziehungsformen.

Die Fähigkeit einer Gruppe, mit emotionalen Themen umzugehen und diese zu symbolisieren, ist besonders wichtig für ihre Art und Weise, Kinder aufzuziehen und zu erziehen. Verschiedene amerikanische Subkulturen unterscheiden sich nach meiner Beobachtung darin, ob sie Kinder ermutigen oder nicht, bestimmte Themen auszudrücken.[2] Spielt ein Dreijähriger mit Puppen, kann es zum Beispiel passieren, daß seine Mutter begeistert mitspielt, solange die Puppen sich umarmen oder eine Kaffeerunde genießen. Sie übernimmt die Identität einer der Puppen, spricht mit einer »Puppenstimme« und beteiligt sich an der Handlung, die sich entfaltet. Sobald die Puppen aber anfangen, sich zu raufen, geht die Mutter sofort aus dem Phantasiespiel heraus und tadelt mit ihrer erwachsenen Stimme – und in ihrer Erwachsenenrolle – die Art, wie ihr Sohn die Puppen führt, oder sie klagt, daß er sie kaputtmachen werde. Auch wenn seine Puppe die ihre tadelt, verläßt sie die imaginäre Szene und rechtet mit ihm, so als habe ihr Sohn nicht die Puppe, sondern sie selbst getadelt. Das Kind versucht in der phantasierten Interaktion, die Aggression in die Welt der nuancierten Bedeutungen hereinzuholen. Die Mutter besteht aber unbewußt darauf, daß dieses Thema auf einer konkreten, genauen Ebene behandelt wird. Wenn dies das Muster der Interaktion zwischen Mutter und Kind ist, wird das Kind in den Bereichen konkret bleiben, in denen sie die Verwendung von Vorstellungen nicht zu unterstützen vermag.

Manche können ihre Kinder in Spiele, Gespräche und sogar Debatten über eine ganze Reihe emotionaler Themen verwickeln, zum Beispiel über Liebe, Vertrauen, Trennung, Verlust, Wut, Selbstbewußtsein, Neugier und Furcht; andere sind vielleicht nur fähig, ein oder zwei Themen zu behandeln. Kinder, die auf diese Weise daran gehindert sind, die Konzeptualisierung ihrer Gefühle zu erlernen, agieren sie statt dessen aus. Vielfach sind sie passiv, negativ oder impulsiv. Ihr Denken schreitet nicht voran zu abstrakten Ebenen. Es kann passieren, daß diese Schwierigkeiten fälschlich auf die genetischen Faktoren zurückgeführt werden, obwohl sie auf dem Stil beruhen, in dem Eltern oder Pflegepersonen mit ihren Kindern kommunizieren. Schulen können durch die Art und Weise, wie verschiedene emotionale Themen im Unterricht behandelt werden, diese Tendenzen verstärken. Sie können die Debatte fördern oder den Schwerpunkt auf starre Regeln und mechanisches Lernen legen.

Stufen der sozialen Reife

Es ist eine provozierende Vorstellung, daß Großgruppen sich auf eine Weise verhalten, die den Stufen der mentalen Organisation entspricht, welche wir in der Entwicklung individueller Menschen beobachten. Damit soll natürlich nicht behauptet werden, daß Gesellschaften sich genauso entwickeln wie einzelne Menschen oder daß jedes Mitglied einer Gesellschaft mehr oder weniger dieselbe Stufe erreicht habe. Der Vergleich eröffnet jedoch eine neue Möglichkeit, das Verhalten von Großgruppen und das ihm zugrunde liegende mentale Geschehen zu analysieren.

Denken und Fühlen spielen sich unzweifelhaft auf der individuellen Ebene ab. Ebenso unzweifelhaft muß eine Gesellschaft, um ein Verhalten zu unterstützen, das einer bestimmten Entwicklungsstufe entspricht, in beträchtlicher Zahl Menschen enthalten, die diese Stufe erreicht haben. Natürlich kann jede Gesellschaft Personen umfassen, die sich auf jeder erdenklichen Stufe der mentalen Organisation befinden, von der primitivsten bis zur reflektiertesten; für unsere Gesellschaft gilt das mit Sicherheit. Bei bestimmten emotionalen Themen sind einzelne Mitglieder einer Gesellschaft differenzierter als bei anderen.

Dennoch scheint sich jede Gesellschaft auf ganz bestimmte Weise zu organisieren. Die Strukturen, durch die eine Gesellschaft sich organisiert, inklusive ihr politisches, ihr Bildungs- und ihr Wirtschaftssytem, bestimmen weitgehend, wie Individuen die Möglichkeiten dieser Gesellschaft nutzen und welche Kraft und welchen Einfallsreichtum sie in Kunst, Literatur, Wissenschaft und Technik investieren können. Die Leistungen, welche die Zivilisation voranbringen, werden von bestimmten Strukturen eher gefördert als von anderen.

Das Entwicklungsniveau einer Gesellschaft kann jedoch gegensätzliche Folgen haben. Es ist denkbar, daß eine Gesellschaft, die auf der Grundlage von Reflexion organisiert ist, eine kultivierte, humane Umwelt bietet, in der die unterschiedlichsten Menschen ihre Gedanken und Wertvorstellungen frei äußern können, daß es ihr aber gleichzeitig schwerfällt, rasch auf einen Notstand zu reagieren. Die handlungsorientierte Gesellschaft kann dagegen energisch und geschlossen agieren und reagieren. Bertrand Russell stellte diese Realität in *A History of Western Philosophy* als ein historisches Dilemma dar. Gesellschaften, die durch einfache, absolute Wahrheiten zusammengehalten werden, seien es religiöse Lehren wie jene, die zu den Kreuzzügen führten, seien es abergläubische und primitive Ansichten wie die von der Höherwertigkeit der Arier, von der die Kriegsmaschinerie der Nazis angetrieben wurde, solche Gesellschaften, so argumentierte er, können eine Geschlossenheit und Kampfmoral bewahren, die ihnen einen entscheidenden Vorteil gegenüber konkurrierenden Gruppen gewährt. Doch in dem Maße, wie Gesellschaften reifen, werden sie relativistischer, offener für individuelle Auffassungen der Wahrheit und individuelle Äußerungen von Erfahrung. In einer solchen Atmosphäre kann geistige Verfeinerung gedeihen. Belege dafür sind die moslemischen Reiche von Marokko bis Indien nach ihren militärischen Triumphen im siebten und achten Jahrhundert. Dichtung, Mathematik, Philosophie, Astronomie, Malerei, Medizin – alle Künste der Zivilisation florierten in den reichen, kosmopolitischen Städten und an den Höfen der islamischen Welt. Allerdings sind solche relativistischen Gesellschaften nicht so leicht für ein geschlossenes Handeln zu organisieren wie jene, in denen ein stark vereinfachtes Realitätsverständnis herrscht.

Der Gegensatz zwischen diesen beiden Gesellschaftsmodellen enthielt für Russell ein beunruhigendes Paradox: Eine zunehmend relativistische, tolerante Gesellschaft kann in der Kultur gewaltige Fortschritte machen, doch langfristig büßt sie die Fähigkeit ein, sich gegen die Angriffe von Gesellschaften zu behaupten, die weniger überlegen und zaudern. Er sah nicht, wie eine Gesellschaft zugleich gebildet und unschlagbar sein konnte. Theoretisch, meinte er, könnte der Liberalismus – das, was wir unter Demokratie verstehen – es schaffen. Einer Gesellschaft, in der Individuen die Institutionen formen, die sie regieren, sollte es gelingen, Zusammenhalt und Schutz zu gewähren und dabei ein vernünftiges Maß an Freiheit zu ermöglichen. Er hatte jedoch Zweifel, ob es praktisch eine Lösung gebe.

Denkbar ist, daß Gesellschaften ihren Zusammenhalt auf einem relativ niedrigen Entwicklungsniveau wahren, das auf direktem Handeln und polarisiertem Denken beruht. In solchen Gesellschaften herrschen konkrete Vorstellungen und leiten ein relativ unreflektiertes Handeln. Andere Gesellschaften wahren ihren Zusammenhalt auf einem sehr viel höheren Entwicklungsniveau, das Nuancierung und Reflexion einschließt. Hier werden Entscheidungen durch komplexere Prozesse getroffen, die, eine Vielzahl von Standpunkten einschließend, mit Konflikt und Wandel fertig zu werden vermögen. Die meisten Gesellschaften liegen natürlich in der Mitte zwischen diesen beiden Extremen.

In den Disziplinen, die sich traditionell mit Gesellschaften befassen, wird das Verhalten von Großgruppen unter den Aspekten von Kultur, Klasse, Struktur, Funktion, Wirtschaftssytem usw. untersucht. Die Entwicklungsperspektive erhellt jedoch einen anderen Aspekt der gesellschaftlichen Organisation, denn dank ihrer können wir abschätzen, wie gut eine bestimmte Gesellschaft die Weiterentwicklung emotionaler und intellektueller Fähigkeiten unterstützt. Ein ungefähres Bild vom Stand der Institutionen und Praktiken einer Gesellschaft auf der Entwicklungsskala liefert ein, wenn auch nur impressionistisches, Maß für ihre kollektiven geistigen Züge. Die Mitglieder menschlicher Gruppen sind zwar, wie schon gesagt, sehr verschiedenartig, doch bietet eine solche Analyse einen Anhaltspunkt für die geistigen Ebenen, auf denen die größere Gruppe operiert.

Gruppensicherheit

Die wohl grundlegendste aller gesellschaftlichen Funktionen ist die Gewährleistung des physischen Schutzes gegen gewaltsame Angriffe. Ohne sie werden andere Formen der sozialen und kulturellen Entwicklung schwierig, wenn nicht unmöglich, so wie ein Säugling, der nicht auf der ersten Entwicklungsstufe durch die Erlangung der Fähigkeit, seine Aufmerksamkeit zu steuern, ein Gefühl der Geborgenheit erwirbt, auf allen folgenden Stufen behindert ist. Auf dieser Skala rangieren Gesellschaften zwischen dem Chaos Somalias, das durch totalen Bürgerkrieg ruiniert ist, und so geordneten Staaten wie der Schweiz und Singapur. Irgendwo dazwischen finden wir kümmerlich regierte Länder der Dritten Welt ebenso wie diverse Polizeistaaten, in denen Bürger aus unklaren Gründen verschwinden, die Vereinigten Staaten, in denen Mord und Gewaltkriminalität für ein westliches Industrieland außergewöhnlich hohe Zahlen aufweisen, Kanada, das unserem Land in vieler Hinsicht ähnelt, aber erheblich sicherer ist, und Japan, das trotz einer scheinbar bedrückenden Bevölkerungsdichte verschwindend wenige Tötungsdelikte verzeichnet. Es gibt also zwischen Gesellschaften sehr große Unterschiede, was die Gewährleistung jener Sicherheit und inneren Regulierung betrifft, die es den Mitgliedern gestattet, sich den Aufgaben und Möglichkeiten ihrer Welt zu widmen.

Gemeinsame Loyalität

Auf der zweiten Entwicklungsstufe besteht die Aufgabe darin, sich mit anderen zusammenzutun und Bande gemeinsamer Menschlichkeit zu entwickeln. In manchen Ländern empfinden die Bürger eine starke gegenseitige Verpflichtung; sie sehen sich als ein Volk mit einem gemeinsamen Schicksal und betrachten es als die Pflicht jedes einzelnen, einen Beitrag dazu zu leisten und sich notfalls dafür zu opfern. In anderen Ländern haben die Menschen jedoch kein solches Gefühl der nationalen Einheit und der Verpflichtung gegenüber dem Ganzen. Entweder gilt ihre Loyalität einer Region oder Subkultur, die durchaus mit anderen oder mit der Nation insgesamt uneins sein kann, oder sie funktionieren als atomisierte Individuen, die sich nur um sich selbst und vielleicht noch eine kleine Gruppe von engen Verwandten und Freunden kümmern.

Ein starkes Gefühl sozialer Gemeinsamkeit setzt nicht eine gleichartige ethnische Identität, ja nicht einmal eine gemeinsame Sprache voraus. Die Schweiz, die älteste Demokratie der Welt, bildet seit 750 Jahren einen friedlichen mehrsprachigen Staat, verteidigt von einer Bürgerarmee, die auf allgemeiner Wehrpflicht beruht. Ob sie nun Französisch, Deutsch, Italienisch oder Rätoromanisch sprechen, sie alle betrachten sich gleichermaßen als Schweizer, und die Gleichsprachigen jenseits der Grenze sind für sie keine Landsleute, sondern Angehörige fremder Nationen, die zufällig dieselbe Sprache sprechen, so wie die Amerikaner die englisch sprechenden Kanadier oder die Schweden die schwedisch sprechenden Finnen nicht als Landsleute betrachten. Es gibt auch den Fall, daß Menschen, die praktisch gleicher ethnischer Herkunft sind und dieselbe Sprache sprechen, sich generationenlang als erbitterte Feinde sehen, wie etwa die Iren im Norden und Süden Irlands oder die Nord- und Südkoreaner.

In Ländern, die immer wieder von Einwanderungswellen überflutet werden, wie es in weiten Teilen der Neuen Welt der Fall ist, muß der Begriff der Loyalität gegenüber der größeren Gruppe ständig ausgeweitet werden. Bis ins 20. Jahrhundert hinein kamen die meisten Siedler in Nordamerika aus nord- und westeuropäischen Ländern, darunter die Britischen Inseln, die Königreiche Skandinaviens, die Niederlande, verschiedene deutsche Kleinstaaten und Frankreich. Mit der Zeit kamen auch Einwanderer aus Ost- und Südeuropa, von der Iberischen Halbinsel, aus Asien und Lateinamerika. Andere Gruppen, die lange absichtlich von der vollen Teilhabe ausgeschlossen wurden, wie die Afroamerikaner und die indianischen Ureinwohner, haben erst unlängst ein Loyalitätsgefühl entwickelt. Diese enorme Ausweitung des Begriffs der Nationalität – das Wort als solches geht auf das lateinische Stammwort *natio* zurück, das sowohl Geburt oder Geschlecht als auch Nation bedeutet – bringt offenkundig Formen der Zusammengehörigkeit ins Spiel, die mit einer ererbten Identität, einem blutsmäßigen oder ethnischen Erbe nichts zu tun haben. Damit unter den immer zahlreicher und vielfältiger werdenden »Bindestrich-Amerikanern« ein dauerhaftes Band der Zusammengehörigkeit entstehen kann, muß unser Volk ein Gefühl der Gemeinsamkeit erleben und aufrechterhalten, das umfassender ist als je zuvor in der menschlichen Geschichte.

Gemeinsame Ansichten

Die nächste Dimension zur Beurteilung nationaler Gemeinschaften entspricht zwei Entwicklungsstufen, der einfachen sowie der intentionalen präsymbolischen Kommunikation, und betrifft die gefühlsmäßigen Mitteilungen, die durch die nonverbalen Interaktionen innerhalb einer Gesellschaft vermittelt werden. Das Kind erfaßt, wie wir gesehen haben, auf diesen Stufen Mimik, Körperhaltung und Tonfall und erfährt durch sie die unausgesprochenen Einstellungen, Werthaltungen, Überzeugungen und Gefühle derer, die es umgeben, und diese Erfahrungen bilden die Grundlage des sozialen »sechsten Sinnes«, dessen es sich fortan bedienen wird, um seine eigenen Intentionen, Affekte und Handlungen zu bewerten und um mit seinen Mitmenschen auszukommen.

Auf der ganzen Welt vermittelt das Verhalten der Eltern den Kindern stillschweigende kulturelle Botschaften. Eine amerikanische Mutter sagt zu ihrem Kind, das sich selbst anzieht, mit ermutigendem Lächeln: »Wir sind Amerikaner, und wir verlassen uns auf uns selbst.« Eine englische Mutter schüttelt mißbilligend den Kopf, wenn das Kind sich über einen verspäteten Bus oder einen harten Sitz beklagt: »Engländer murren nicht.« Ein Spanier, der erlebt, wie sein Sohn eine Beleidigung einsteckt, wirft ihm einen höhnisch-finsteren Blick zu: »Wir Spanier verteidigen unsere Ehre und die Ehre unserer Familie.« Eine japanische Mutter ignoriert es, wenn ihr Sohn sich brüstet, er habe einen Klassenkameraden übertroffen: »In Japan schickt es sich nicht, auf sich selbst aufmerksam zu machen.«

Jede Gesellschaft hat über viele wichtige emotionale Themen – Liebe, Verlangen, Pflicht, Ärger, Passivität, Sexualität und was es sonst noch alles gibt – ganz eigene Ansichten. Auf dieser Stufe der präverbalen, intentionalen Kommunikation vermittelt sie der nachwachsenden Generation ein starkes und bleibendes Gefühl dafür, welche Haltungen »korrekt« sind, und gibt damit die Grundzüge ihrer Kultur und ihrer Überzeugungen an ihre jüngsten Mitglieder weiter. Was auf dieser Stufe gelernt wird, ist in der Tat so grundlegend, daß das Ergebnis dem, was wir unter »Werten« verstehen, sehr nahekommt. Es strukturiert auch in beträchtlichem Ausmaß das Selbstgefühl eines Menschen. Wir sind dann zum Beispiel Menschen, die Emotionen offen zeigen oder die, weil es sich so gehört, »sich nichts anmerken lassen« beziehungsweise den Anstand wahren. Wir sind Menschen, die danach fragen, warum die Dinge so sind, wie sie sind, oder die sexuelle Anzüglichkeiten zulassen oder die die Sohnespflicht über die persönliche Erfüllung stellen. Menschen, die sich in diesen Dingen anders verhalten, sind eben anders als wir.

Wenn ein Kind seinen Finger ins Essen steckt, im Zimmer herumrennt, ein Gespräch unterbricht, schreit, mit dem Fuß aufstampft, lacht oder zu schmusen versucht, kann die Mutter ganz unterschiedlich reagieren: mit einem freundlichen Lächeln, einem Stirnrunzeln, einem unfreundlichen Blick, einem Augenzwinkern, einem Kopfschütteln, mit erhobenem Zeigefinger, einem Klaps auf den Po, einem Schlag auf die Finger. Natürlich hat jede dieser Reaktionen eine emotionale Komponente. Das Kind lernt durch Tausende solcher Interaktionen, was akzeptabel ist und was nicht, was richtig ist und was nicht, was zu tun, zu empfinden und zu sagen sich schickt oder nicht. Erwachsene denken sich diese gestischen Interaktionen nicht willkürlich aus. Ihr Verhalten beruht vielmehr auf ihren eigenen Wertvorstellungen, auf dem, was sie für richtig und korrekt halten, auf dem, was sie selbst einmal durch Lächeln, finstere Blicke, Umarmungen, Achselzucken, Kopfnicken und verärgerte Abweisung gelernt haben.

Die gestische Kommunikation vermittelt Grundwissen über das Funktionieren einer Gesellschaft. Werden Taten zum Beispiel nach feststehenden, starren Kriterien oder je nach den Umständen beurteilt? In der einen Gesellschaft reagiert man mit Stirnrunzeln und Kopfschütteln, wenn ein Kind trotzt oder ungehorsam ist; in einer anderen werden Erwachsene, die in der Regel Gehorsam erwarten, dennoch über ein Kind lächeln, das einen Befehl phantasievoll umgeht, indem es beispielsweise einen Hocker heranzieht, um an das Glas mit den Bonbons zu kommen. In der einen Gesellschaft wird das Kind die Lektion verinnerlichen, daß es nur Älteren zusteht, ihre Individualität zur Geltung zu bringen und daß junge Leute sich in den Antworten, die sie bei Prüfungen geben, den Berufen, die sie wählen, und sogar in der Wahl des Ehepartners den Wünschen ihrer Eltern und Lehrer zu fügen haben. In einer anderen Gesellschaft lernt das Kind vielleicht, daß Regeln nichts Starres sind und Urteile beträchtlich von den Umständen abhängen.

Die Gesellschaften übertragen auf ihre Mitglieder bestimmte Attribute, die zum Bestandteil der individuellen Persönlichkeit werden. Die Hilflosigkeit des Babys wird in Amerika zumeist anders aufgenommen als in Japan. Vielen amerikanischen Eltern ist unwohl, wenn das Kind sich anklammert, wenn es schüchtern ist oder widerspruchslos gehorcht, und das Kind spürt dank seines sich entwickelnden emotionalen Verständnisses, daß es mit einem solchen Verhalten Mißfallen erntet. Zeigt das Kind dagegen Initiative, Neugier und Selbtbewußtsein – ein Verhalten, das viele amerikanische Mütter und besonders Väter in der Regel mit Stolz erfüllt –, so geraten durchschnittliche japanische Eltern, die Inividualismus als bedrohlich empfinden, leicht aus der Fassung. Daß es eine Tugend ist, seine Individualität zu behaupten und auf eigenen Füßen zu stehen, wird in den Vereinigten Staaten nicht nur im Kinderzimmer vermittelt, sondern auch im Klassenzimmer, auf dem Spielplatz, am Eßtisch und am Arbeitsplatz. In Japan wird dem Kind an denselben Orten die gegenseitige Abhängigkeit und Verpflichtung nahegebracht.

Durch Kommunikation auf der gestischen Ebene gibt man auch zu verstehen, welche kulturellen Themen näher behandelt werden dürfen und welche nicht. Stellt ein amerikanisches Kind zum Beispiel neugierige Fragen nach den Vögeln, die sich auf den Bäumen im Garten niederlassen, nach den Vorgängen in einem Bienenstock, den es auf einem Bauernhof gesehen hat, nach den größten Baseballwerfern oder danach, wie man ins Internet kommt, wird es von den Eltern durch Nicken und Lächeln ermutigt, im Bereich Natur, Sport oder Technik weitere Fragen zu stellen, die wiederum mit Lächeln und zustimmenden Gesten beantwortet werden. Fragt es jedoch, wie das mit den »Vögeln und Bienen« ist, so wird ihm durch eine Versteifung des Körpers, ein verlegenes Lachen, ein gequältes Stirnrunzeln oder gar einen kurzen, verärgerten Blick bedeutet, daß die Sexualität kein geeignetes Gebiet kindlicher Neugier ist, und alle weiteren Fragen werden nur noch mehr mißbilligende Äußerungen und Gesten hervorrufen.

Über welche Gebiete man diskutieren darf und über welche nicht, das wird uns unser Leben lang durch die Gesten und Äußerungen anderer als Reaktion auf unser Verhalten mitgeteilt, und zwar nachdrücklicher, als Worte es könnten. Bestimmte Themen werden von Gesellschaften und Subkulturen verschwenderisch ausgeschmückt, während andere kaum zur Kenntnis genommen werden. Die jiddisch sprechenden Gemeinschaften Osteuropas entwickelten ein reiches gestisches und verbales Vokabular für Klagen und Schmähungen, mit dem ein unterdrücktes Volk seinem Zorn, seiner Angst und Enttäuschung durch Humor statt durch Taten Luft machen konnte. Die dichtbevölkerten, relativ homogenen Inselstaaten Britannien und Japan mit ihren ausgeprägten sozialen Schichten entwickelten dagegen für ein reibungsloses gesellschaftliches Leben ein fein abgestuftes System der Höflichkeit und des Protokolls. Afroamerikaner können in ihrer reichhaltigen und überaus vielfältigen Tradition vokaler und instrumentaler Musik eine ganze Skala von Emotionen ausdrücken, von bitterer Trauer bis hin zu spiritueller Verzückung.

Symbolischer Ausdruck

Die Themen, die von einer Gesellschaft in nonverbaler Form entwickelt werden, bestimmen auch die nächste, die verbale Ebene. Eine Vorstellung oder ein Gefühl, eine Absicht oder ein Denkmuster, die bereits in präsymbolischer Form vorhanden sind, werden durch verbale Symbole ausgedrückt. Für das Kind, das gerade in das symbolische Stadium kommt, bezieht sich »Mama« auf eine geliebte und bekannte Person, »Flässi« – als Ausdruck für Flasche/Fläschchen – auf das vertraute Fütterungsritual, »draußen« auf die Erfahrungen, die mit dem Spielen auf dem Hof zusammenhängen. Auch auf der gesellschaftlichen Ebene stehen Symbole für Vorstellungen, die in der Bevölkerung auf der tieferen Ebene der gestischen Verständigung verbreitet sind.

Der Entwicklungsstand einer Gesellschaft spiegelt sich im Verhältnis ihrer Symbole zu ihren tieferen Werten. Nimmt man symbolische Objekte als Träger von Macht an sich wahr, oder sieht man in ihnen Repräsentationen wichtiger abstrakter Werte? Ist zum Beispiel die Nationalflagge an sich etwas Heiliges – oder als Symbol »der Republik, für die sie steht«? Der Unterschied wird deutlich im Kontrast zwischen der Bücherverbrennung, mit der das Naziregime Ideen unterdrücken wollte, die ihm zuwider waren, und der Entscheidung des Obersten Gerichtshofes der USA, daß es ein von der Verfassung geschützter symbolischer Sprechakt sei, wenn die amerikanische Flagge verbrannt wird. Zwar verletzt die Entweihung eines so geschätzten Emblems die Gefühle vieler Amerikaner, doch unterstrich das Gericht, daß man zwischen dem physischen Gegenstand als solchem und der Idee, für die er steht, unterscheiden müsse. Wenn wir die Flagge ehren, dann ehren wir nicht ein Stück Stoff, sondern die Prinzipien, die es symbolisiert. Mit der Erlaubnis für einen Akt, den viele als empörend und abstoßend empfinden, wird das abstrakte Prinzip der freien Meinungsäußerung hochgehalten.

Symbole werden auf vielen Entwicklungsstufen benutzt. Sie können äußerst konkret sein, kaum zu unterscheiden von einer direkten körperlichen Reaktion auf eine Situation oder einen Reiz. So kann jemand zum Beispiel murmeln: »Als er das sagte, hätte ich ihm eine schmieren können«, statt tatsächlich auszuholen, oder: »Mein Magen krampft sich zusammen«, statt die Flucht zu ergreifen. Einem Abtreibungsarzt Verwünschungen zuzurufen, kann an die Stelle von Schüssen auf ihn treten. Eine solche Verwendung von Symbolen kommt einer Entladung durch Handeln allerdings so nahe und ist so polarisiert, daß sie keinerlei Differenzierung zuläßt.

Dem abstrakten Denken nicht viel dienlicher sind solche Symbole, die fragmentiert, nicht stimmig, idiosynkratisch und im Widerspruch zu der Realität sind, für die sie angeblich stehen. Solche Symbole passen in kein kohärentes Bedeutungssystem, sondern bilden Bedeutungsinseln, die vom allgemeinen Verständnis der Welt getrennt sind. Kommunistische und andere Regimes haben die Geschichte – bis hin zum Wortlaut offizieller Reden und Dokumente und den in Schulen verwendeten Lehrbüchern – buchstäblich umgeschrieben, damit sie der jeweils geltenden Ideologie entsprach, nicht aber der gemeinsamen Erinnerung der Menschen, die die entsprechenden Ereignisse miterlebt hatten, was eindeutig dem gemeinsamen Realitätsgefühl der Bürger widersprach. Mit denen, die sich mit der Formbarkeit der Wahrheit nicht stillschweigend abfinden wollen, gehen solche Gesellschaften oft rüde um. Weil Familien aber nach wie vor eine tiefere, nonverbale, präsymbolische emotionale »Wahrheit« an ihre Kinder weitergeben, verschwinden diese Symbolverfälschungen, sobald die Diktaturen, die sie erzwungen haben, zusammenbrechen. Nach drei Generationen sowjetischer Herrschaft wurden traditionelle Elemente der russischen Kultur, die angeblich seit Jahrzehnten ausgerottet waren, wie etwa die Kirche und der Nationalismus, wie von Zauberhand wieder zutage gefördert. Unterhalb der ganzen Symbolmanipulation lebten ältere und fundamentalere Wahrheiten weiter und wurden sichtbar, sobald jene aufgehört hatte. Ein vormals russischer Bürger erklärte mir unlängst: »Der Zusammenbruch des Kommunismus hätte den Westen eigentlich nicht überraschen dürfen. Mein Vater leitete eine Fabrik und produzierte (wie alle in solchen mittleren Leitungsfunktionen) die Hälfte der Waren für den Schwarzmarkt. In den letzten zehn bis fünfzehn Jahren haben weniger als zwei Prozent der Mitstudenten an die kommunistische Wirtschaftsdoktrin geglaubt. Das System ist zusammengebrochen, weil es sich nicht mit unserer menschlichen Natur vertrug. Wir sind auf Wettbewerb eingestellt, individualistisch und strebsam.«

Dieser Fragmentierung und Zersplitterung steht ein weit stärker integriertes System von Symbolen gegenüber, die sich sowohl mit einem älteren Wertesystem als auch untereinander vertragen. Wenn die Symbole einer Gesellschaft einen solchen Zusammenhang aufweisen, kann man auch an strittige Fragen rational herangehen. So veranlaßte die israelische Regierung eine Untersuchung über die Verwicklung des israelischen Heeres in die Massaker an Palästinensern in den Flüchtlingslagern Sabra und Schatila. Die Tötungen wurden zwar von libanesischen Kämpfern begangen, doch die ausgedehnten Flüchtlingssiedlungen unterstanden effektiv der Kontrolle des israelischen Heeres. Die israelische Untersuchungskommission kam zu dem politisch unpassenden Schluß, daß Israel für das Blutvergießen Verantwortung, wenn nicht sogar direkte Schuld trug, weil die diensthabenden Offiziere es an der nötigen Vorsicht und Disziplin fehlen ließen, um die Unversehrtheit der ihrer Befehlsgewalt unterworfenen Zivilisten zu gewährleisten.

Wie reif das Symbolsystem einer Gesellschaft ist, läßt sich – wie im Fall eines einzelnen Menschen – danach ermessen, wie polarisiert und rigide oder wie flexibel und integriert es umgekehrt ist. Die Sklavengesellschaft der amerikanischen Südstaaten zum Beispiel betrachtete Menschen, die auch nur einen afrikanischen Vorfahren hatten, als von vornherein minderwertig gegenüber jenen, die von rein europäischer Abstammung waren. Ein solches polarisiertes Denken löst gewisse unerwünschte Eigenschaften von der eigenen Gruppe und projiziert sie auf die anderen, die dadurch angsteinflößend, abstoßend oder beides erscheinen. Diese Denkweise äußert sich in allen Formen von Vorurteilen gegen Menschengruppen, die als eine undifferenzierte, nur durch ein einziges Merkmal definierte Masse wahrgenommen werden. Eine höherentwickelte Gesellschaft nimmt Menschen als Individuen wahr, die jedes für sich als eine einzigartige Mischung von Vorzügen und Nachteilen beurteilt und bewertet werden müssen. Es war ein bedeutender Schritt fort von polarisierten Einstellungen, als Gruppen wie die Frauen und die Afroamerikaner formell in den Kreis der Bürger aufgenommen wurden, die den Schutz der Bill of Rights genießen. Allerdings herrscht die Polarisierung so lange weiter, wie die Praxis hinter den offiziellen Phrasen zurückbleibt.

Nur wenig höher entwickelt als polarisierte Symbolsysteme sind solche, die eine geringe Zahl von streng definierten Denk- und Verhaltensmustern zulassen. Beleg einer derart verengten Denkweise sind die heftigen Umschwünge der amerikanischen Wähler bezüglich des von ihnen bevorzugten Präsidenten. Von den Wählern werden die Kandidaten nicht als Menschen mit Ecken und Kanten wahrgenommen, sondern als vorbildliche Vertreter bestimmter Ideen, Ideologien und Charaktermerkmale. Doch kaum ein Präsident – jedenfalls keiner in der neueren Geschichte – kann die im Wahlkampf geweckten Erwartungen erfüllen. Dann neigen die Wähler dazu, auf die wahrgenommenen Mängel eines Präsidenten zu überreagieren und sein Gegenteil als Nachfolger zu wählen, womit sie sich die nächste Enttäuschung einhandeln. Nach dem schlauen und gerissenen, aber nicht immer wahrheitsliebenden Nixon (und einem kurzen Zwischenspiel des realistischen Ford) schwenkten die Wähler zu dem peinlichst ehrlichen, bisweilen aber entschlußlosen Carter über. Reagans energische, selbstbewußte Führung und seine unkritische, allzu polarisierte Zielstrebigkeit kontrastierten wiederum mit Carters Unentschlossenheit, ohne dessen abwägendes Urteil und Sinn für komplexe Sachverhalte. Bush übernahm die väterliche Haltung seines Vorgängers, doch obwohl er 1992 versprach, den Reagan-Stil fortzusetzen, wurde er hinweggefegt von Clintons vermeintlicher Fähigkeit, mit komplexen politischen Sachverhalten fertig zu werden, und seinem Anflug von mütterlicher Wärme. Wenn die Leute mit den Politikern unzufrieden sind, dann beruht das oft nicht so sehr auf deren Unvollkommenheiten als vielmehr darauf, daß sie diese Politiker unbedingt idealisieren wollen, so wie ein kleines Kind die Mutter idealisiert. Statt die guten und schlechten Seiten der Menschen, die uns führen, umsichtig abzuwägen, neigen wir dazu, von einem erst hochgejubelten und dann angezweifelten Präsidenten zu seinem scheinbaren Gegenteil umzuschwenken.

Verstärkt wird dieses polarisierte Denken durch die Massenmedien, die die Politik als einen Wettkampf zwischen Rivalen darstellen und nicht als eine Reihe von Problemen, die gelöst werden müssen.[3] Über die nationale Debatte eines dringenden Problems wird vielfach so berichtet, als ginge es nur darum, wer bei einer wichtigen Abstimmung gewinnt oder verliert. In einer Kultur der konkurrierenden Nachrichtengewinnung, in der Organisationen darum konkurrieren, als erste eine Nachricht zu bringen, und Sender um Einschaltquoten wetteifern, beschränken sich die Nachrichtensendungen auf Entweder-Oder-Fragen, statt sorgfältig die Herausforderungen zu untersuchen, vor denen das Land steht, und die besten Möglichkeiten, sie zu bestehen.

Institutionen, die Reflexion fördern

Der symbolische Ausdruck gibt nicht nur Individuen, sondern auch Gruppen die Möglichkeit, Probleme und Entscheidungen zu reflektieren. Manche Gesellschaften mißbilligen selbstkritische Bewertungen und brandmarken sie, je nach Zusammenhang, als unpatriotisch, verräterisch, ketzerisch oder konterrevolutionär. Andere haben, wie wir sahen, komplizierte Verfahren für die Abwägung von Fragen, die für die Gesamtgesellschaft bedeutsam sind – man nehme zum Beispiel die Koerner Commission, die die Ursachen der Rassenunruhen in den USA während der siebziger Jahre untersuchte, oder die gründliche Selbstprüfung, durch die es der westdeutsche Staat geschafft hat, sich von den Überbleibseln des Nazismus zu befreien.

Tatsächlich ist das System der Gesetzgebung in demokratischen Staaten genau dafür da, Entscheidungen per Beratung statt per Befehl zu treffen. Der von bestimmten europäischen Parlamenten und von der US-Verfassung geforderte Prozeß ist ausdrücklich darauf angelegt, Nachdenken zu erzwingen, um es einem Land praktisch unmöglich zu machen, ohne Diskussion und Kompromiß zwischen den Machtzentren der Gesellschaft eine wichtige Entscheidung zu treffen.

Ständig auf dieser Höhe zu funktionieren ist für Großgruppen nicht einfach, weil es eine beträchtliche soziale Reife erfordert. Stabile, reflektierte Strukturen führen jedoch zu einem sehr viel ausgewogeneren und umsichtigeren Umgang mit Problemen, was man daraus ersieht, daß Demokratien, die erst nach einem Mehrheitsbeschluß handeln können, fast nie Krieg gegeneinander führen. Wähler sind nur widerstrebend bereit, ihre jungen Leute ins Gefecht zu schicken, und verlangen von ihren Führern, alle anderen Möglichkeiten auszuschöpfen, bevor sie Truppen einsetzen. Angreiferstaaten sind zumeist Diktaturen, und zwar genau deshalb, weil sie keine Mechanismen haben, über welche diejenigen, die die schwersten Lasten des Krieges tragen, die Entscheidungen der herrschenden Gruppe bewerten können. Unsere Zukunft hängt jedoch von der Fähigkeit von Ländern mit stabilen reflektierten Strukturen ab, ihren gemeinsamen Willen geltend zu machen.

Von diesen Denk- und Verhaltensmustern könnten selbst wirtschaftliche Entwicklungen beeinflußt werden. Nachdenkliche Neuerer schaffen wirtschaftliche Möglichkeiten und wägen Investitionsentscheidungen sorgfältig ab. Ihre Nachfolger könnten jedoch, falls sie konkret denken und nicht so reflektiert sind, einem Impuls und wenig durchdachten Erwartungen gehorchend, weniger »intelligente« Investitionsentscheidungen treffen. Vielleicht sind Konjunkturschwankungen ein Ausdruck des allmählichen Vordringens dieser zweiten Gruppe, deren Mitglieder immer ein bißchen weniger tüchtig sind als der jeweilige Vorgänger. Eine Atmosphäre des wirtschaftlichen Erfolgs könnte diese zweite Gruppe am Markt weiter ermutigen, was schließlich zu einem Konjunkturabschwung führte. Erhöhte wirtschaftliche Instabilität könnte durchaus die Folge sein, wenn eine Gesellschaft allzusehr von einem Mangel an Reflexion gekennzeichnet ist.

Stabilität durch Wandel

Die letzte Dimension ist in gewissem Sinne ein Maß an sozialer Reife auf höchstem Niveau, das gesellschaftliche Gegenstück zur Fähigkeit des Individuums, sich durch alle Wandlungen des Erwachsenenlebens hindurch ein unbeschädigtes Selbstgefühl und eine Identität zu bewahren. Eine auf dieser Höhe funktionierende Gesellschaft entspricht dem gesunden, flexiblen Erwachsenen, der sich der Reflexion bedient, um den von ihm gewünschten Kurs durch Wachstum, Verlust, Erfolg und Wandel festzulegen.

Stabile Gesellschaften besitzen Mechanismen, die es ihnen erlauben, sich zu verändern und dabei zentrale Werte zu bewahren. Die Vereinigten Staaten und mancher europäische Staat sind mehrfach in den Krieg gezogen und haben dabei ihre demokratischen Institutionen und Praktiken beibehalten – so haben sie zum Beispiel in Kriegszeiten und im Extremfall sogar mitten im Bürgerkrieg Wahlen abgehalten. Fehlt es in einem Land jedoch an solchen zentralen Werten, kann die Führung nur durch Sturz der herrschenden Clique ausgewechselt werden. Zu einer neuen Politik kommt es nicht durch einen Wahlsieg, sondern durch Aufstände, deren Folge eine neue Verfassung, eine neue Flagge und manchmal sogar ein neuer Name des Landes sein kann. Wenigstens ein lateinamerikanischer Politiker zeigte sich erstaunt darüber, daß das Regierungssystem der USA weiterhin funktionierte und auf die Loyalität seiner Bürger rechnen konnte, nachdem Präsident Kennedy ermordet worden war – ein Ereignis, das in vielen Teilen der Welt das Signal zu bewaffnetem Aufstand und Bürgerkrieg bedeutet hätte. In wiederum anderen Ländern wie etwa dem zaristischen Rußland wurden zentrale Werte bewahrt, aber um den Preis, daß jede Möglichkeit des Wandels versperrt blieb.

Betrachtet man soziale Organisationen unter dem Aspekt der Entwicklung, so wird die ungeheure Bedeutung des »Klebstoffs« sichtbar, der eine Gruppe zusammenhält. Eine Gesellschaft, die auf der Fähigkeit ihrer Mitglieder beruht, sich komplexer Symbole zu bedienen, erreicht ihren Zusammenhalt auf einem sehr viel höheren Entwicklungsniveau als eine andere, die in primitiven Trieben wie Furcht und Haß oder in groben polarisierten Unterscheidungen zwischen »uns« und »denen« gründet. Der erste Gesellschaftstypus ermutigt die Menschen, ihre Energien nicht in persönliche oder absolutistische Überzeugungen zu investieren, sondern in die Strukturen und Prozesse, auf denen ihr Regierungssystem basiert. Gesicherte Institutionen bringen wiederum Bürger hervor, die imstande sind, Alternativen abzuwägen und sich auf einen Kurs zu einigen. Haben die Kinder schon in der Grundschule gelernt, sich entsprechend *Robert's Rules of Order* – der Geschäftsordnung, die mit Anträgen, Zustimmungsreden, Behauptungen und Widerlegungen die Abläufe im Kongreß strukturiert – zu verhalten, so wird ihnen ein solcher Umgang mit gemeinsamen Entscheidungen zur zweiten Natur. Wer sein Leben lang jede Gruppe – vom Sandplatzteam bis zum Verwaltungsrat der Hochschule – nach dem vertrauten Ritual organisiert hat, einen Vorsitzenden zu wählen und über strittige Fragen abzustimmen, wird ohne weiteres in der Lage sein, in einem Geschworenenteam, im Vorstand einer Firma oder im Stadtrat mitzuwirken. Wenn es den Menschen zur Gewohnheit geworden ist, zuerst ein Forum zu schaffen, auf dem unterschiedliche Standpunkte geäußert werden können, dann eine Abstimmung zu machen und, was noch wichtiger ist, das Ergebnis dieser Abstimmung als bindend anzuerkennen, dann erscheint ein reflektierter Entscheidungsprozeß als die einzige Option für die Regelung gemeinschaftlicher Angelegenheiten.

Auf diese Weise geben starke Demokratien die Antwort auf Russells Dilemma: Sie verfügen über genügend Disziplin, um mächtige Streitkräfte aufzustellen, bewahren dabei aber ein gewisses Maß an innerer Freiheit und Individualismus. Im Zweiten Weltkrieg stellten Bürger der alliierten Mächte, aufgerufen zur Verteidigung ihrer Institutionen, ihre persönlichen Wünsche freiwillig und sogar begeistert für mehrere Jahre zurück, bis die Achsenmächte geschlagen waren.

Am frühen Morgen des D-Day [Landung der alliierten Truppen an der französischen Atlantikküste im Juni 1944] standen amerikanische Truppen am Omaha Beach vor einer Katastrophe. Die Invasionspläne waren gänzlich schiefgegangen, und die Verluste an Menschen und Material waren so schwerwiegend, daß die Befehlshaber erwogen, die überlebenden Truppen vom Strand abzuziehen und das Unternehmen aufzugeben, was die gesamte Normandie-Strategie und vermutlich auch die Möglichkeit, im Westen eine Front gegen die Deutschen aufzubauen, ernstlich gefährdet hätte. Der Militärhistoriker Stephen Ambrose hat in mehreren Dokumentarfilmen beschrieben, wie die Reste der zerschlagenen Einheiten sich unter vernichtendem Beschuß mühsam zum Fuß der Klippen vorkämpften, auf denen die vorderste Linie der deutschen Abwehr verlief. Dort beschlossen kleine, informelle Gruppen unter der ad hoc gebildeten Führung von überlebenden Offizieren und Unteroffizieren, anstatt hilflos am Strand zu sterben, lieber bei dem Versuch unterzugehen, einen Durchbruch ins Landesinnere zu erkämpfen und dabei vielleicht noch ein paar Feinde mitzunehmen. Ausgerüstet mit allem, was sie hatten retten oder auftreiben können, begannen diese zusammengewürfelten Haufen von Soldaten, sich vom Strand in Richtung der ihnen ursprünglich zugewiesenen Ziele voranzukämpfen. Dabei konnten sie die feindlichen Linien durchbrechen und den Brückenkopf errichten, den die strategischen Pläne vorgesehen hatten. Die deutschen Offiziere, dazu erzogen, nur auf Befehl zu handeln, verloren unterdessen Zeit mit dem Warten auf Instruktionen, während die Amerikaner improvisierten.

Ausschlaggebend für die Fähigkeit dieser Männer, sich zu improvisierten, aber effektiven Kampfeinheiten zusammenzuschließen, war ihre Reflexion über die unerträgliche Situation am Strand. Es war die Fähigkeit jedes einzelnen, sein Pflichtgefühl und sein Selbstvertrauen – sein ganzes Ichbewußtsein, um genau zu sein – für das objektive Problem zu mobilisieren, vor dem die Gruppe stand. Es war die Fähigkeit jedes einzelnen Mannes, einen persönlichen Sinn in der gemeinsamen Notlage zu finden, die sie zwang, mit allen erdenklichen Mitteln vom Strand fortzukommen.

Die strategische Herausforderung, vor der die amerikanischen Truppen am Omaha Beach standen, ist nur ein Beispiel für viele ähnliche Situationen in unserem Leben. All unsere sozialen Organisationen und die kulturellen Symbole, von denen sie umringt sind – die Finanzverwaltung, Hochzeitstage, die katholische Kirche, der Heldengedenktag [Memorial Day am 30. Mai] und unzählige andere –, sind Schöpfungen des menschlichen Geistes. Zugleich erhalten sie aber auch eine objektive Existenz. Sie ähneln einer juristischen Fiktion wie der aus mehreren Personen zusammengesetzten Körperschaft, die vor Gericht mit Vollmacht auftritt, aber ohne die sie definierenden rechtlichen Begriffe keine Existenz hat. Was solchen Abstraktionen Realität verleiht, ist der Sinn, der emotionale Gehalt, den die Menschen, die sie beeinflussen, ihnen verleihen. Wie Peter Pans Tinkerbell existieren sie, weil wir glauben, daß sie existieren. Würden wir alle uns darauf verständigen, sie zu ignorieren, hätten sie keine Macht mehr über uns. Das gilt selbst für eine offenkundig so hoheitsvolle und mächtige Einrichtung wie die Finanzverwaltung. Gesetze, die nicht durchgesetzt werden, verkommen rasch zu sinnlosen toten Buchstaben.

Es sind daher paradoxerweise unsere inneren Affekte, die unserer äußeren Realität Sinn verleihen. Erst unsere emotionale Bindung an die Gebräuche und Institutionen unserer sozialen Welt verhilft ihnen zum Dasein. Emotionen bilden die Brücke zwischen der Subjektivität des einzelnen und der Objektivität der Welt draußen. So wie sie die individuelle Physiologie mit der physischen Realität verknüpfen, beleben sie auch die symbolische äußere Realität. Nur Menschen, die die in Teil I beschriebenen Entwicklungsstadien durchlaufen haben, können Emotionen in dem Sinne kanalisieren, daß die abstrakten Ideale ihrer Gesellschaft und die Strukturen, die diese Ideale verkörpern, mit Leben erfüllt werden.

Wenn eine Gesellschaft zum großen Teil aus Menschen besteht, die auf der Ebene der Selbstreflexion zu funktionieren vermögen, und wenn sie Institutionen besitzt, auf die ihre Mitglieder ihr Vertrauen übertragen, dann macht ebendieses Vertrauen – mit anderen Worten, ihre kollektive emotionale Reaktion – diese Institutionen zu einer Realität. Der soziale Zusammenhalt resultiert, wie Thomas Jefferson gesagt hat, auf der »Zustimmung der Regierten«. Er ist das

Produkt nicht von Zwang und Bevormundung, sondern der Affekte, die von vielen Mitgliedern einer Gruppe geteilt werden.

Anders als Gesellschaften, die durch Blutsbande oder Fremdenhaß oder Gewalt zusammengehalten werden, sind Gesellschaften, deren Zusammenhalt auf der freiwillig gewährten emotionalen Zustimmung beruht, zwei spezifischen Gefahren des Auseinanderbrechens ausgesetzt. Wenn eine Institution das Vertrauen der Menschen verletzt, gibt es nur zwei Möglichkeiten: sie in einer Form zu erneuern, die von den Menschen unterstützt wird, oder ihr nicht länger sein Vertrauen zu schenken. Doch Reformen erfordern eine große Zahl von Bürgern, die so reflektiert sind, daß sie die Notwendigkeit einer Änderung erkennen, so flexibel, daß sie die Änderung akzeptieren, wenn sie kommt, und so engagiert, daß sie die große Mühe auf sich nehmen, die der Reformprozeß verlangt. Wenn die Menschen nicht diese Reife besitzen, dann kommt es entweder nie oder nur durch Gewalt zu den erforderlichen Veränderungen. Um eine Gesellschaft zu bewahren, die sowohl stabil als auch kreativ, sowohl Zusammenhalt aufweist als auch flexibel ist, bedarf es daher institutioneller Strukturen und Prozesse, die hinreichend stark sind, um sich auch im Wandel zu erhalten, und einer Bevölkerung mit einer großen Zahl von Menschen, die zu einem reflektierten Denken in der Lage sind.

Auf solchen höheren mentalen Prozessen beruht ein anderes wesentliches Element der modernen Welt, die Wissenschaft. Sie ist in diesem Jahrhundert zum Wahrheitsmodell unserer Kultur geworden. Sie scheint zwar unabhängig von Gefühlen zu sein, doch hängen die wissenschaftliche Methode und die von ihr beschriebene Realität ebenfalls von freiwillig gewährtem Konsens ab. Die wissenschaftliche Realität unterliegt, wie alles menschliche Wissen, einer Entwicklung. Die bestehenden Instrumente und Paradigmen erlegen dem, was wir wahrnehmen, messen und wissen, Grenzen auf. So löste zum Beispiel die Physik Einsteins diejenige Newtons ab, um die sich häufenden Beobachtungen zu erklären, die mit der Newtonschen Mechanik nicht zu vereinbaren waren. Thomas Kuhns Begriff des Paradigmenwechsels – der Ersetzung eines übergreifenden Realitätsbegriffs durch einen anderen – ist heute beinahe ein Gemeinplatz.

Doch innerhalb der Grenzen der anerkannten wissenschaftlichen

Formeln können die Ergebnisse bemerkenswert verläßlich und reproduzierbar sein. Für die Bedingungen, unter denen Newton seine Berechnungen anstellte, haben sie nach wie vor ihre Gültigkeit; Einsteins Beitrag bestand darin, die Grenzen der Physik und der von ihr beschriebenen Phänomene zu erweitern. Die scheinbare »Härte« der wissenschaftlichen Daten und Resultate, ihre scheinbare Absolutheit und äußerste Objektivität flößen jenes subjektive Vertrauen ein, das ihnen Autorität verleiht. Die erstaunlichen technischen Fortschritte, die Wissenschaftler zu erzielen vermochten, sind natürlich bedeutsam für das Vertrauen, das wir als Gesellschaft dem Unternehmen Wissenschaft samt seinen Symbolen und allem Drum und Dran schenken. Unzählige Menschen, die nie ein Virus oder ein Gen gesehen haben, ganz zu schweigen von einem Elektron, glauben ebenso vorbehaltlos an die Kräfte, die diesen rätselhaften Entitäten von anerkannten Fachleuten zugeschrieben werden, wie ihre Ahnen an solche unsichtbaren Erscheinungen wie böse Geister oder Körpersäfte glaubten.

Die Tatsache, daß Teile unserer Gesellschaft noch immer an älteren Paradigmen hängen, die zu den Entdeckungen der Wissenschaft im Widerspruch stehen – wie zum Beispiel die Unfehlbarkeit der Bibel, die Astrologie oder die Numerologie –, unterstreicht sogar noch die Bedeutung, welche die allgemeine Zustimmung für die Autorität besitzt, die der scheinbar objektiven wissenschaftlichen Weltanschauung zugeschrieben wird. Anhänger solcher Systeme – darunter hochintelligente Menschen, die sich klar auszudrücken vermögen und innerhalb ihres jeweiligen Bezugssystems gut ausgebildet sind und geschickt zu argumentieren verstehen – sind ebenso fest von ihren Ideen überzeugt wie Wissenschaftler, die schwarze Löcher und die DNS erforschen. Unsere Fähigkeit, friedlich zusammenzuleben, hängt nicht von den Ansichten ab, zu denen wir uns bekennen, sondern von der Fähigkeit nachzudenken, miteinander zu sprechen und Zustimmung zu gewähren. Sollte es eines Tages dazu kommen, daß große Teile unserer Gesellschaft völlig polarisiert denken und an eine einzige absolute Wahrheit glauben, könnte die Stabilität des Reflexionsprozesses verlorengehen.

Wie Nationen mündig werden

Man kann die oft verwirrenden Beziehungen zwischen Nationen auch so sehen, als entsprächen sie dem Verhalten von Individuen auf unterschiedlichen Entwicklungsstufen. Mit diesem Bild will ich nicht behaupten, daß staatspolitische Entscheidungen denselben Motiven entspringen wie individuelle Handlungen. Doch die Ebene, auf der Nationen miteinander umgehen, weist interessante Parallelen zu den Ebenen der individuellen Entwicklung auf. Streiten sich Länder um Besitz wie zwei Dreijährige, die beide mit demselben Spielzeugauto spielen wollen? Oder stellen sie beim Verhandeln strittiger Fragen die Bedürfnisse des jeweils anderen in Rechnung, wie zwei reflektierte Erwachsene, die ein beiderseitiges Mißverständnis zu klären versuchen? Reagieren sie aufeinander mit Sofortaktionen oder mit wohlüberlegten Antworten? Handeln sie auf der Grundlage primitiver Gefühle und polarisierter Vorstellungen, oder diskutieren sie miteinander die Vorzüge unterschiedlicher Standpunkte?

Die meisten Kinder gelangen über die einzelnen Stufen zu einigermaßen rationalen und konstruktiven Formen der Kommunikation, wenn auch wahrscheinlich nicht zu den höchsten Stufen der Reflektiertheit. Eine solche Reife ist aber selten zu beobachten in den internationalen Angelegenheiten, wo es passieren kann, daß die Gegner sich in endlosen kontraproduktiven Verhaltensweisen verstricken. Das kann katastrophale Folgen haben in einer Welt, in der Massenvernichtungswaffen immer leichter zugänglich sind, während die Fähigkeit der Menschheit, ihr eigenes Verhalten zu verstehen und zu regulieren, keine Fortschritte macht.

Zahlreiche Studien der letzten Jahrzehnte, darunter ein Bericht der Group for the Advancement of Psychiatry über ethnische Zugehörigkeit und Nationalismus, haben beschrieben, wie Nationen dazu neigen, die Intentionen anderer verzerrt wahrzunehmen und die eigenen Motive und Überzeugungen fälschlich anderen zuzuschreiben.[4] Gelegentlich verhalten sie sich wie ein Kind in den Anfängen der emotionalen Bindung; so kommt es vor, daß man dem Gegner schlicht die Anerkennung entzieht. Nachdem 1988 eine Pan-Am-Maschine über Lockerbie (Schottland) durch eine eingeschmuggelte Bombe gesprengt worden war, beschlossen die Vereinigten

Staaten, die Beziehungen zu Libyen abzubrechen, und sie ermunterten ihre Verbündeten, gleiches zu tun. Die Vereinigten Staaten versuchen weiterhin, Länder zu bestrafen, die mit Kuba Handel treiben. In dem Komplex aus Anziehung, Neid, Respekt und Ressentiment, der die Vereinigten Staaten und Japan miteinander verbindet, hat unser Land wiederholt die Neigung gezeigt, ein polarisiertes Bild von Japan zu zeichnen. Obwohl japanische Kapitalspritzen unserer Wirtschaft durchaus genützt haben, gab es Protest dagegen, daß japanische Firmen Unternehmen »aufkaufen«, die eine gewisse symbolische Bedeutung besitzen.

Für Diplomaten sind solche Maßnahmen nichts anderes als Schachzüge. Ein US-Embargo gegen Libyen oder Serbien oder Südafrika ist als Teil des Bemühens zu sehen, das Verhalten von Gegnern zu verändern, bevorzugt durch einen innerhalb des Landes ausgelösten Sturz der Regierung, über die man sich ärgert. Doch in Wirklichkeit hat die Ächtung vor allem zur Folge, daß die Kommunikation blockiert und eine Lösung unmöglich gemacht wird. Es mag sein, daß eine kurzfristige Isolierung und die daraus resultierenden wirtschaftlichen Schwierigkeiten einen den US-Interessen feindlich gesinnten Politiker schwächen; es könnte jedoch das Gegenteil bewirken, wenn wir jemanden über Jahrzehnte auf die schwarze Liste setzen und unsere Feinde nicht nur in ihrer Entschlossenheit bestärken, uns zu trotzen, sondern auch noch ihr Ansehen bei den eigenen Leuten erhöhen, weil sie den Schneid dazu aufbringen. In den fünfziger Jahren erging sich die politische Elite Amerikas – statt die ganz realen Probleme anzupacken, die das Land dem Ruin entgegentrieben – in einer erbitterten, schädlichen und grotesken Debatte darüber, wer eigentlich schuld daran war, daß China an den Kommunismus »verlorenging«. Präsident Nixon, der sich in den Anfängen seiner politischen Karriere daran beteiligt hatte, die China-Experten im State Department wegen angeblicher »Untreue« anzugreifen, gelang es erst eine Generation später, wieder eine offene Kommunikation herzustellen. Doch in der Zwischenzeit hatten amerikanische und chinesische Fehleinschätzungen der Absichten der jeweils anderen Seite den Korea- und den Vietnamkrieg zur Folge.

Wenn man eine Einigung erreichen will, muß man genau erkennen, was ein Gegner braucht, was er akzeptieren kann und was er tun wird, falls seine Erwartungen sich nicht erfüllen. Wichtig ist dabei, daß man die Gesten versteht, die einem etwas über die Intentionen und Werte der anderen Seite verraten. Es gibt fünf Bedingungen, die ein solches Verständnis gefährden. Erstens vertraut man oft voreilig auf Worte als Ersatz für Erfahrungen. So versuchten die Vereinigten Staaten wiederholt, Israel und die PLO zu Verhandlungen über wesentliche Fragen zu zwingen, bevor beide Seiten hinreichende Erfahrungen miteinander gemacht hatten, um die wahren Intentionen der anderen Seite zu verstehen und gegenseitig den Worten vertrauen zu können.

Zweitens kann es geschehen, daß Politiker sich allzusehr auf bloße verbale Zusicherungen verlassen und das wirkliche Verhalten nicht genügend beachten. So deutete der britische Premierminister Neville Chamberlain in den späten dreißiger Jahren die Annexion Österreichs durch Hitler und dessen Absichten hinsichtlich des Sudetenlands aus einem Wunschdenken heraus fälschlich als eine bloße Reaktion auf die Lage der Deutschen in diesen Gebieten, statt darin einen Beweis seines Expansionsdrangs zu sehen.

Drittens wird man, wenn versucht wird, dort Einigkeit zu erzwingen oder vorzutäuschen, wo keine Einigkeit besteht, verhindern, daß die eigenen Interaktionen durch nonverbale Hinweise die wahren Gefühle verraten. Mögen sich Arbeitgeber auch noch so empörend benehmen, die Bediensteten werden weiter lächeln; wenn man Kindern stillschweigend untersagt, Ärger oder Feindseligkeit gegen ihre Eltern zu äußern, werden sie sich nach außen hin sanft geben. Wenn Amerikaner die Sowjetunion besuchten, wurde alles bis ins letzte Detail inszeniert, so daß die Besucher von den Anzeichen des politischen und wirtschaftlichen Zusammenbruchs, die dem Fall des kommunistischen Systems vorausgingen, kaum etwas wahrnahmen.

Viertens neigen Individuen und Staaten bei wachsender Spannung dazu, Kontakte und damit die Möglichkeit der nonverbalen Kommunikation zu verringern. Kennedy und Chruschtschow mißdeuteten zum Beispiel die Reaktionen des jeweils anderen bei einer schwierigen Begegnung in Wien im Jahr 1962. Zur Kubakrise kam es nicht durch direkten Kontakt zwischen den Politikern, sondern durch militärische Drohgebärden mit Kriegsschiffen und Atomraketen. Mit steigendem Risiko wuchs auch auf beiden Seiten die gefährliche Unklarheit über das, was der Gegner tun würde.

Schließlich versuchen Individuen und Staaten oft – und meistens vergeblich –, dem Handeln anderer Grenzen zu setzen, ohne die Möglichkeiten einer breiteren Beziehung zu nutzen, in deren Rahmen Streitigkeiten beigelegt und die Folgen verschiedener Maßnahmen exakt abgeschätzt werden könnten. Die Vereinigten Staaten haben zum Beispiel vergeblich versucht, das isolierte Libyen gefügig zu machen, und Jahrzehnte bemühten sie sich, mit Nordvietnam zu einer gütlichen Einigung zu kommen.

Andauernde Interaktion und ein Verständnis sowohl von Symbolen als auch von emotionalen Hinweisen können dazu beitragen, daß Konflikte zwischen Staaten gelöst werden, doch Mißverständnisse sind auch dann noch möglich. Wenn es an einer strukturierten Identität und an dem hochentwickelten emotionalen Denken mangelt, das Grundlage der Realitätsprüfung ist, können Verständigungsversuche gründlich mißlingen. Als Jassir Arafat die ersten Versuche machte, Israels Existenzrecht anzuerkennen, gebärdete er sich als ein geschickter Wortakrobat, weil er gleichzeitig seinen palästinensischen Kollegen versichern mußte, daß er kein Abtrünniger sei. Bei den Israelis weckten seine Formulierungen nur den Verdacht, daß er – wie andere, die das jüdische Volk in der Vergangenheit betrogen hatten – etwas Böses im Schilde führe. Rußlands mehrfache Erfahrungen einer massiven Invasion nötigten die sowjetischen Führer, sich den Anschein zu geben, völlig unangreifbar zu sein, und trugen erheblich dazu bei, daß sie am Verhandlungstisch in einem Maße unnachgiebig waren, das mit der realen Situation nichts mehr zu tun hatte.

Durch einfühlsame Zusammenarbeit und Anerkennung der Bedürfnisse der Gegenseite können Staaten – genau wie Individuen – die zwischen ihnen stehenden Streitfragen klären. Den Kurs, der sie am ehesten zu ihrem Ziel führt, können Länder, ohne den Konflikt zu schüren, nur dadurch bestimmen, daß sie Nuancen und Feinheiten bewerten und die relativen Vor- und Nachteile abwägen. Ein polarisiertes Denken – ob man die Gegner nun als »gottlose Kommunisten« oder als »kapitalistische Imperialisten« abstempelt – macht ein solch differenziertes Urteil natürlich unmöglich. Es hindert die Gegner auch daran, die wirklichen Intentionen des anderen, seine Stärken und Schwächen sowie die Bereiche wahrzunehmen, in denen eine gewisse Verständigung möglich ist. Wirkliches Verstehen führt in manchen Fällen zu Mitgefühl und Hilfe, in anderen ermöglicht es, daß man dem Gegner frühzeitig – statt zu spät – Grenzen setzt.

Wenn man die internationalen Angelegenheiten unter dem Gesichtspunkt der Entwicklungsstufen betrachtet, erhält man Leitlinien für die Bewertung unterschiedlicher Vorgehensweisen. Konstruktive Kommunikatin bedeutet, (1.) über internationale Organisationen ein für die Gegenseite nicht bedrohliches Engagement aufrechtzuerhalten, (2.) über diplomatische Kanäle und Austauschprogramme die Interaktionen sowohl zwischen Politikern als auch zwischen Bürgern zu vermehren, (3.) Sanktionen und Interventionen nur zu dem Zweck zu benutzen, Grenzen zu setzen, und nicht, um einen Gegner in der Weltgemeinschaft zu isolieren, (4.) anderen Ländern Respekt zu erweisen und ihre Autonomie zu achten, (5.) die Tatsachenverdrehungen anderer zu ertragen und sie mit dem Ziel zu analysieren, deren Intentionen zu verstehen, und (6.) sich bei Verhandlungen über Differenzen auf genaue Informationen und realistische Einschätzungen der Gegenseite zu stützen.

Mit ihrer eingewurzelten Tendenz, sich von Gegnern wie Libyen, China und Kuba abzusetzen, haben die Vereinigten Staaten es nicht geschafft, diese dazu zu zwingen, unseren Willen zu akzeptieren. Diese Tendenz hat vielmehr dafür gesorgt, daß wir über ihre Motive und Intentionen nicht Bescheid wußten, und so katastrophale Folgen nach sich gezogen wie den Bombenanschlag von Lockerbie, den Koreakrieg und das Fiasko in der Schweinebucht. Eine Aufrechterhaltung der Kontakte würde uns zumindest erlauben, genauere Informationen zu erlangen, und im günstigsten Fall könnten wir einen gewissen Einfluß auf ihr Handeln gewinnen.

Daß wir der Versuchung erlagen, die Ansichten und Motive anderer als ausschließlich gut oder ausschließlich schlecht zu betrachten, hat uns auch daran gehindert, realistische Informationen zu erhalten und vorteilhafte Strategien zu entwerfen. Gut fünfzig Jahre lang haben beide Seiten im Kalten Krieg sich zu verheerenden Rüstungsausgaben und zwei richtiggehenden Kriegen verleiten lassen. Die Beziehungen der Supermächte zu anderen Ländern wurden dadurch verzerrt, daß man diese entweder als Verbündete oder als Gegner einstufte. Dadurch wurden Bemühungen vereitelt, die Motive der

Gegenseite zu verstehen und entsprechend zu handeln. Die Einwände der Sowjets gegen die Aufstellung amerikanischer Raketen in der Türkei hätten wir beispielsweise verstehen können, wenn wir die bitteren Erinnerungen Rußlands an fremde Invasoren berücksichtigt hätten. Hätten wir diese begründete Angst anerkannt und auf irgendeine Weise zu beschwichtigen versucht, hätte die Kubakrise möglicherweise beigelegt werden können, ohne bis an den Rand eines Atomkriegs zu eskalieren.

Die Vereinigten Staaten haben, wie viele andere Staaten, immer wieder vereinfachte Vorstellungen auf andere projiziert und immer wieder – so in Vietnam, im Libanon, im Irak, im ehemaligen Jugoslawien – feststellen müssen, daß die Absichten und Bestrebungen anderer komplizierter waren, als man gedacht hatte. Grobe Vereinfachung hat die schädliche Folge, daß die eigenen Institutionen geschwächt werden. Wenn Politiker der Öffentlichkeit Patentlösungen und polarisierte Optionen anbieten, die der Komplexität der Herausforderung nicht gerecht werden, untergraben sie das Vertrauen der Menschen und ihre Fähigkeit, besonnen über außenpolitische Angelegenheiten zu urteilen.

Wenn Politiker die Massenmedien benutzen, um die Öffentlichkeit mit irreführenden, polarisierten Informationen zu füttern – eine Gefahr, die in der McCarthy-Ära während der fünfziger Jahre deutlich wurde –, dann verlieren wir in unserem öffentlichen Diskurs die Fähigkeit zu sorgfältiger Unterscheidung. Statt zu fragen: »Wie können wir zu Ländern des kommunistischen Blocks effektivere Beziehungen aufbauen?«, lautet die Frage dann: »Wer ist schuld, daß China verlorenging?« Statt die Ansichten von Experten zu prüfen, die mit der gegenwärtigen Politik nicht einverstanden sind, wird es dann zum Ziel, vermeintliche Verräter im Regierungsapparat auszuschalten. Einzelnen mag die Fehlinformation kurzfristige politische Vorteile verschaffen, doch langfristig lähmt sie unsere Fähigkeit, uns selbst zu regieren.

Verschärft wird diese Situation durch die modernen Umfrageverfahren. Erst stellen prominente Persönlichkeiten ein Problem in polarisierender Weise dar, und dann ziehen die Meinungsforscher aus und stellen fest, wie viele Anhänger die eine oder andere Auffassung hat. Die Politiker rechtfertigen dann ihre Entscheidungen und Maßnahmen unter Berufung auf Meinungsumfragen, deren Ergebnisse durch ihre eigenen Fehlinformationen geprägt sind. Statt einer kenntnisreichen Debatte erleben wir einen eskalierenden Kreislauf von Fehlinformation und Polarisierung.

Wie die meisten Dokumente, auf denen Demokratien beruhen, setzt unsere Verfassung eine Gesellschaft voraus, die zu reflektiertem Denken fähig ist. In den ersten Verfassungsentwürfen sollten die erforderlichen Qualitäten der Mäßigung und Reflexion durch Beschränkung des Wahlrechts auf Männer von Stand und Vermögen gesichert werden. Doch der eigentlichen Absicht der Verfassung gemäß haben die Vereinigten Staaten das Wahlrecht im Laufe der letzten zweihundert Jahre auf Klassen ausgedehnt, die zuvor ausgeschlossen waren. Der Bestand unserer Demokratie hängt daher von der Fähigkeit aller unserer Bürger ab, jenes reflektierte Denken unter Beweis zu stellen, das den Gründervätern so sehr am Herzen lag.

Im Bereich der Außenpolitik lassen uns die technischen Mittel der Gegenwart und Zukunft kaum eine Wahl. Die Systeme und Apparate, die heute eine unmittelbare Kommunikation und ein phantastisch genaues Ausspionieren erlauben, gar nicht zu reden von weltweiter Massenvernichtung, sorgen dafür, daß eine emotional angeheizte Politik wie die der Nichtanerkennung und der bewußten Tatsachenverdrehung heute kontraproduktiv ist. Als die Völker noch nicht durch Weltwirtschaft und Technologie miteinander verzahnt waren, mag man damit etwas erreicht haben. Heute aber, da die ganze Welt gleichzeitig einen Vorfall live im Fernsehen beobachten kann, da dank augenblicklicher Nachrichtenübertragung die Aktienkurse auf allen Kontinenten steigen oder absacken können, da die Volkswirtschaften immer enger miteinander verflochten sind, da atomare, biologische und ökologische Waffen den gesamten Planeten bedrohen, kann nationale Sicherheit nur noch durch einen sehr viel reflektierteren Umgang mit den internationalen Beziehungen gewährleistet werden.

Es liegt auf der Hand, daß die Bürger von Gesellschaften, die auf einem hohen Entwicklungsniveau organisiert sind, weit größere Chancen haben, ein Leben in Freiheit zu führen und selbst eine hohe Bewußtseinsstufe zu erreichen, als Bürger von Gesellschaften auf einem niedrigen Niveau. Reflektierte Gesellschaften sind fast immer

Demokratien, mögen sie auch Reste einer zeremoniellen Monarchie bewahrt haben. Autokratien mögen eine auf Zwang basierende Sicherheit und ein auf Gleichförmigkeit basierendes Gefühl der Zugehörigkeit bieten, doch die persönliche Freiheit und die Sinnerfüllung des individuellen Lebens sind eingeschränkt. Gedanken und Äußerungen von höherem Reflexionsgrad, welche die Grausamkeiten, Verlogenheiten und Widersprüche der Gesellschaft enthüllen könnten, werden unterdrückt. Bücher werden verbrannt, Radiosender gestört, die Bürger dürfen keine Faxgeräte, Kopierer und Computer besitzen, Telefone werden abgehört, Zeitungen zensiert, es gibt keine unabhängigen Medien, die Schulen werden gegängelt, private Gespräche werden belauscht, öffentliche Versammlungen überwacht, und abweichende Meinungen werden bestraft, um jeden Versuch, zu einem freien Ideenaustausch zu gelangen, zu vereiteln.

Demokratien fördern nicht nur hochgradige geistige Fähigkeiten, sie setzen sie sogar voraus. Sie können nicht bestehen ohne Bürger, die imstande sind, strittige Fragen abzuwägen und ihre eigenen Schlußfolgerungen zu ziehen. In den Vereinigten Staaten wird von allen erwachsenen Bürgern erwartet, daß sie in der Lage sind, sich über die Würdigkeit von Kandidaten für öffentliche Ämter und über das Für und Wider öffentlicher Streitfragen eine Meinung zu bilden und diese zu äußern. Unser Gerichtswesen beruht auf der Annahme, daß zwölf zufällig ausgewählte Bürger imstande sind, auch im kompliziertesten Strafprozeß sowohl die Tatsachen als auch die anzuwendenden Rechtsgrundsätze zu verstehen. Es verlangt nicht, daß die Geschworenen bestimmte Bildungsqualitäten besitzen oder daß die Abstimmenden irgendwelche intellektuellen Anforderungen erfüllen. Es nimmt einfach als selbstverständlich an, daß normale Amerikaner imstande sind, Feinheiten zu verstehen, Alternativen abzuwägen und zu einem gerechten und vernünftigen Urteil zu gelangen. Solange genügend Bürger sich diese Fähigkeiten bewahren, werden unsere freien Institutionen Bestand haben.

15.
Unser menschlicher Imperativ

Die Annahme, es werde genügend reflektierte Erwachsene geben, um eine freie Gesellschaft aufrechtzuerhalten, darf nicht als erwiesen gelten. Wenn die Vermutung, die ich in diesem Buch vertreten haben, zutrifft, wenn also die emotionale Erfahrung tatsächlich die Grundlage für das Wachstum des Geistes ist, dann könnten die Unpersönlichkeit und die Belastung der Familie, die in unserer Gesellschaft grassieren, die mentale Entwicklung bei einer großen Anzahl Menschen bedrohen.

Wenn jemand in der Kindheit keine Gelegenheit hatte, höhere, geistige Qualitäten zur Reflexion zu entwickeln, dann ist damit zu rechnen, daß er impulsiv handelt, daß seine Denkmuster starr und polarisiert sind, daß es ihm an Nuanciertheit und Differenzierung mangelt und daß er die Rechte, die Bedürfnisse und die Würde anderer ignoriert. Falls die Zahl solcher Menschen zunimmt, wird die Gesellschaft unberechenbarer und gefährlicher werden, Gewalt und asoziales Verhalten werden zunehmen, während Selbstbeherrschung und Verhandlungsfähigkeit abnehmen werden. Extreme Verhaltensweisen und Egozentrik werden sich ausbreiten. Das schöpferische Denken wird langfristig zurückgehen. Rein mechanische kognitive Fertigkeiten werden an die Stelle echter Innovation treten.

Diese Entwicklungen sind so unübersehbar geworden, daß viele nachdenkliche Bürger sich inzwischen Sorgen machen. Im Laufe einer Generation haben offensichtlich sinnlose Gewalt und Kriminalität drastisch zugenommen. Überfälle, die man noch vor zwanzig bis dreißig Jahren mit fetten Schlagzeilen bedacht hätte, verschwinden heute im Innenteil der Zeitung.[1] Kinder, die andere töten, werden immer jünger, und sie töten unbarmherzig, oft aus trivialen Anlässen, wegen derer man sich vor ein bis zwei Generationen allenfalls eine Schlägerei geliefert hätte, zum Beispiel, wer wem gegenüber den Vortritt hat oder wem etwas gehört. Das Gefühl der gemeinsamen Verantwortung aller Mitglieder der Gesellschaft für das Wohlergehen ihrer Schwächsten ist im Schwinden, und die Bessergestellten ziehen sich immer mehr in abgesperrte Wohnbezirke, Shoppingmalls und Privatschulen zurück.

Viele Bürger scheinen weit unterhalb der höchsten Entwicklungsstufen zu funktionieren, entweder weil sie wichtige Stadien des mentalen Wachstums nicht gemeistert haben oder weil sie durch bestimmte Erlebnisse dazu gebracht wurden, auf frühere Stufen zu regredieren. Erschreckend viele junge Menschen verhalten sich, als wären sie in ihrer emotionalen Entwicklung um einige Jahre oder gar ein Jahrzehnt oder mehr hinter ihrem wahren Alter zurückgeblieben.

Besorgte Bürger erkennen allenthalben, daß man sich etwas Neues einfallen lassen muß, um den Kräften entgegenzutreten, die die Fähigkeit unserer Gesellschaft untergraben, jene individuellen Qualitäten zu fördern, die uns am Herzen liegen. Nicht so klar ist indes, was im einzelnen zu tun ist. Ich habe in diesem Buch Wege zum Wandel angedeutet, die auf der Entwicklungsperspektive beruhen. Das kann unter Umständen mit materiellen Opfern und beruflichen Einschränkungen verbunden sein. Das Konkurrenzdenken, der Zwang zur Effizienz und die Aufblähung der Bürokratie sind zu machtvollen Kräften geworden, und sie tragen allesamt zur Entpersönlichung bei. Es ist, glaube ich, unser menschlicher Imperativ, in der Familie, der Erziehung, der Psychotherapie, der Ehe und den Institutionen der Sozialfürsorge dem Wohl der Kinder, den zwischenmenschlichen Beziehungen und der Qualität der emotionalen Erfahrung den höchsten Rang einzuräumen.

Das bedeutet kein Zurück zur hierarchischen Familienstruktur der Vergangenheit. Echte »Familienwerte«, die auf dem Vorrang enger zwischenmenschlicher Beziehungen beruhen, verlangen von uns nicht, daß wir uns an starre Rollen halten; wir müssen vielmehr begreifen, daß das Gefühlsleben die Grundlage des Intellekts sowie jener Urteilskraft und moralischen Sensibilität ist, auf die eine demokratische Gesellschaft angewiesen ist.

In der Hektik und unter den Zwängen einer Welt, in der beide Ehepartner berufstätig sind, in der ein Elternteil die Kinder allein aufziehen muß, in der Schichtarbeit rund um die Uhr verlangt wird, in der die Großfamilie nicht mehr da ist und die finanziellen Grundlagen unsicher sind, kommt es oft vor, daß Eltern zu beschäftigt, zu erschöpft oder zu sehr von anderen Sorgen erfüllt sind, um ihren Kindern jene Zeit und Aufmerksamkeit zu schenken, die eine enge Beziehung nun einmal verlangt. Eine Kultur, welche die Elternschaft nicht als Privatsache und als Ablenkung von der Arbeit betrachtete, sondern als die ernsteste, schwierigste und gesellschaftlich wertvollste Aufgabe, der ein Erwachsener sich widmen kann, würde ein viel größeres elterliches Engagement fördern und unterstützen, als es viele Kinder heute erfahren. Zum langfristigen Wohl jedes einzelnen Kindes und der Gesellschaft insgesamt ist es erforderlich, daß das anspruchsvolle Vorhaben, ein Mitglied der nächsten Erwachsenengeneration aufzuziehen, nicht bloß als privat eingegangene Verpflichtung der einzelnen Familien betrachtet wird, sondern daß man es auch anerkennt als eine Arbeit, die zu unser aller Vorteil geleistet wird. Die wichtigste Kraftquelle unseres Landes waren seit jeher kreative, dem Gemeinwohl dienende und mitfühlende Bürger. Diejenigen, die sich der mühevollen Aufgabe widmen, solche Bürger heranzubilden, brauchen Anerkennung und Unterstützung.

Seit langem vorgeschlagene Reformen wie flexiblere Arbeitszeiten, die vermehrte Bereitstellung von Kindergartenplätzen und eine großzügigere Beurlaubung aus familiären Gründen sind hilfreich, aber es sind nur winzige Schritte auf dem Weg zu einer Gesellschaft, die die zentrale Bedeutung des affektiven Austauschs für die Entwicklung wirklich ernst nimmt. Die eigentliche Reform muß bei den Werten stattfinden, von denen wir uns in unseren Entscheidungen leiten lassen, also bei dem Verständnis der menschlichen Natur, das unserer Diskussion insgesamt zugrunde liegt. Wenn wir die sozialen und finanziellen Hilfen für Familien vernachlässigen, so liegt das vor allem an der irrigen Trennung zwischen Emotion und Intellekt, zwischen Bildung und Interaktion.

Wenn wir an der im westlichen Denken seit langem üblichen Aufspaltung in einerseits subjektive, spirituelle und emotionale und andererseits objektive, rationale und materialistische Konzeptionen der menschlichen Natur festhalten, wird sich an unserem gegenwärtigen Kurs wohl nichts ändern. Wir werden dann nach mechanistischen und materialistischen Lösungen suchen, wie sie etwa eine härtere Sozialpolitik und eine Vermehrung der Gefängnisse darstellen, statt uns zu bemühen, im Rahmen angemessener Strukturen und Disziplin den emotionalen Bedürfnissen zu entsprechen.

Wenn es richtig ist, daß die affektive Erfahrung das Fundament des Geistes und die Vermittlung ebendieser Erfahrung den Kern der anspruchsvollen und unendlich wichtigen Aufgabe der Kindererziehung bildet, dann folgt daraus, daß unter den vielen widersprüchlichen Anforderungen, die an den einzelnen gestellt werden, der Kindererziehung und dem Familienleben die höchste Priorität zukommt. Als erfolgreich gilt in unserer hochgradig auf Konkurrenz ausgerichteten Kultur, wer sich im Beruf (vorzugsweise in einer lukrativen und angesehenen Position), im Privatleben (mit einem ebenso erfolgreichen Ehegatten und leistungsstarken Kindern) und persönlich (durch Programme zur Selbststeigerung und Fitneß) auszeichnet. Das von unserer Kultur geförderte Streben nach Leistung und Selbstverwirklichung hat in seiner Intensität und Unerstättlichkeit bisweilen sogar etwas von Gier.

Wenn es sich, was fast zwangsläufig eintreten muß, als unmöglich herausstellt, diese Gier in jeder Hinsicht zu stillen, fühlen sich ehrgeizige, wohlmeinende und gewissenhafte Menschen oft betrogen und enttäuscht. Das Verlangen, nur ja nichts zu verpassen, kann einem den Genuß an dem, was man hat, verderben. Wenn man in allem – Beruf, Familienleben, gesellschaftlichem Leben, Freizeit, Gemeinschaftsaktivitäten, Beziehungen zu Kollegen – vollkommene Befriedigung und Erfolg erstrebt, geht einem gerade jene Zeit verloren, die man für die engen emotionalen Beziehungen benötigt, die wahre Befriedigung gewähren. Um sich die Zeit für ein reiches Gefühlsleben und die engen Beziehungen zu nehmen, aus denen es lebt, muß man sich in einer Gesellschaft, die sich um den Beruf, die Selbstverwirklichung des Erwachsenen und den sozialen Status dreht, vielfach gegen verbreitete Vorstellungen wehren. Das kann aber bedeuten, daß man seine eigenen Wertvorstellungen gegen die vorherrschende Meinung zur Geltung bringt, und das fällt vielen schwer.

Das kindliche Bedürfnis nach vertrauter Interaktion wird von der

Gesellschaft heute nicht in seinem vollen Ausmaß anerkannt, und diese Gesellschaft sorgt ebensowenig dafür, daß angehende Eltern einen realistischen Sinn dafür bekommen, daß bei der Entscheidung über Arbeitszeiten und berufliche Aufstiegswünsche die Kindererziehung Priorität haben muß. Eine dualistische Auffassung von der seelischen Entwicklung verschleiert die Tatsache, daß das Wichtigste, was Eltern ihrem Kind bieten können, nicht eine gute Schulbildung oder pädagogisch wertvolle Spielsachen oder die Teilnahme an einem Ferienlager sind, sondern Zeit – regelmäßige, längere Phasen, die sie mit dem Kind verbringen, um gemeinsam Dinge zu tun, die das Kind wesensgemäß ansprechen.

Diese Tatsache steht im Widerspruch nicht nur zu den intellektuellen Ansichten vieler Eltern, sondern auch zu dem, was ihnen in der Schule und im Berufsleben jahrelang eingetrichtert wurde. Während man die Schule durchläuft und sich im Berufsleben etabliert, lernt man ja vor allem, daß es reiche Früchte trägt, wenn man sich um beste Noten bemüht, sei es im Unterricht, auf dem Sportplatz oder im Beruf. Vom Lehrer, vom Trainer, vom Zulassungsausschuß der Universität oder vom Vorgesetzten wird man kaum darauf hingewiesen, daß Vortrefflichkeit in einem bestimmten Lebensbereich – insbesondere dort, wo man öffentliche Anerkennung in Gestalt akademischer Ehren und Grade, sportlicher Auszeichnungen oder eines hohen Gehalts gewinnen kann – einhergehen kann mit einem schwachen Abschneiden oder gar Scheitern in anderen Lebensbereichen. Wer so erzogen wurde, erkennt dann vielleicht nicht, daß eine 1+ im Beruf mit einer 5- im Familienleben und der Kindererziehung zu bezahlen ist. Da dieses erschreckende Ergebnis im wichtigsten Lebensbereich von keiner Autoritätsperson vermerkt wird, wissen viele Eltern nicht einmal, daß sie diese Note bekommen haben.

Der Irrglaube, der Intellekt entwickle sich unabhängig vom Affekt, läßt die Menschen die Wichtigkeit der emotionalen Interaktion verkennen. Aber allein diese Interaktion versetzt Eltern in die Lage, die physiologische Veranlagung und das Temperament des Kindes zu erkennen, sich durch die Geschehnisse des täglichen Lebens in seine Gefühle zu versetzen, Aufgaben und Ziele entsprechend seinen Stärken und Schwächen zu bestimmen, mit Warmherzigkeit, Entschiedenheit, Konsequenz und Liebe Grenzen zu ziehen und durchzusetzen sowie Anreize zu geben, kurz, emotionale Erfahrungen zu ermöglichen, die für die Entwicklung der höchsten Qualitäten des Geistes wesentlich sind.

Das heißt nicht, daß Kinder Eltern mit der Note 1+ brauchen, um gut aufzuwachsen, ebensowenig wie die meisten Familien erstklassige Einkünfte brauchen, um einen vernünftigen Lebensstandard aufrechtzuerhalten. Eltern mit hochfliegenden Bestrebungen könnten sich vor eine ungewohnte und schwierige Wahl gestellt sehen: sich zu entschließen, in einem bestimmten Bereich weniger zu erreichen, als sie erreichen könnten, um das zu tun,was in einem anderen Bereich getan werden muß. Wer sein Handeln so einzurichten versteht, daß er in beiden Bereichen eine solide 2 bekommt, wer also ein ernstes Engagement für intime Familienbeziehungen mit der Ansicht zu verbinden vermag, daß beruflicher Erfolg von mäßiger Bedeutung ist, kann in der Regel das leisten, was Kinder für eine gesunde Entwicklung wirklich brauchen.

Was es heißt, Eltern zu sein, lernen Kinder heute in der unvollkommenen Schule ihrer eigenen Herkunftsfamilie. Diese Schulung kann zur Folge haben, daß die Vernachlässigung der frühen emotionalen Erfahrung und deren Trennung von der intellektuellen Entwicklung weitergeht. In den Schulen, den Medien und den Familien wird ein verändertes Verständnis des mentalen Wachstums benötigt. Es könnte viel dazu beitragen, daß künftige Eltern die Bedürfnisse von Kindern besser verstehen, wenn von der Vorschule bis zur Universität die menschliche Entwicklung genau wie Mathematik und Englisch zu einem integralen Bestandteil des Lehrplans würde und den Schülern praktische Erfahrungen mit kleinen Kindern ermöglicht würden. So könnten zum Beispiel Sechstkläßler Erstkläßlern bei den Hausaufgaben helfen, und High-School-Schüler und College-Studenten könnten in Kindertagesstätten arbeiten oder über die Probleme der Ehe und des Familienlebens diskutieren. Da es auch in Kernfächern wie Literatur und Geschichte vielfach um das Verhalten der Menschen geht, würde ein solches Verständnis der menschlichen Entwicklung unzweifelhaft auch der Akzeptanz dieser Fächer auf seiten der Kinder zugute kommen. Erkenntnisse, die das Kind zu Hause über Emotionen und Familie gewonnen hat, könnte es in der Schule einbringen. Wenn es richtig ist, daß emotionales und intellektuelles

Leben ein und dasselbe sind, dann besteht hier kein Widerspruch. Wenn wir diese Sphären weiterhin auseinanderhalten, setzen wir sowohl der Erziehung als auch der Intelligenz Grenzen.

Wir können es uns nicht mehr leisten, die Aufzucht der nächsten Generation als Privatangelegenheit der Eltern zu betrachten. Was gewissenhafte Eltern leisten, um den Kindern Liebe und Fürsorge angedeihen zu lassen und ihnen Werte zu vermitteln, verdient, als Beitrag zum Gemeinwohl anerkannt zu werden. Man muß im Steuergesetz, am Arbeitsplatz und in der Gemeinde neue Anreize schaffen, damit das Familienleben ebenso ernst genommen wird wie der Broterwerb und die Karriere. Solche Anreize würden vielen Eltern helfen, ihr Leben so einzurichten, daß sie den affektiven Bedürfnissen der Kinder ebenso wie ihren eigenen besser gerecht werden können.

Diese Prioritätenverschiebung bedeutet nicht, daß ein Elternteil zu Hause bleiben muß, bis die Kinder groß sind. Es geht vielmehr darum, daß die Bedürfnisse der Kinder bei den beruflichen und finanziellen Entscheidungen beider Eltern im Mittelpunkt zu stehen haben. Bei einem Kompromiß, den ich die »Vierdrittellösung« nenne, lassen sich elterliche Fürsorge für die Kinder und die Wahrnehmung beruflicher Chancen durch beide Eltern miteinander vereinbaren. Wenn beide statt ganztägig nur zwei Drittel arbeiten würden, könnte ein Kind während zwei Dritteln der Arbeitswoche von den eigenen Eltern betreut werden. Das verlangt freilich den Verzicht auf schnellen beruflichen Aufstieg, von der nötigen Umerziehung der Arbeitgeber gar nicht zu reden, aber es kann im Familienleben und der kindlichen Entwicklung reiche Früchte tragen.

Bei alleinerziehenden Eltern, die ganztägig arbeiten müssen, um die Grundbedürfnisse zu befriedigen, ist die Vierdrittellösung natürlich nicht möglich. Falls auch eine mit der Familie lebende Großmutter oder sonstige Pflegeperson nicht für eine dauerhafte enge Beziehung zur Verfügung steht, muß man sich klarmachen, daß die Entwicklungsbedürfnisse des Kindes in Kindertagesstätten nicht befriedigt werden können. Institutionelle Fürsorge und institutionelle Liebe sind naturgemäß begrenzt, auch in den allerbesten Kindertagesstätten, und das Kind braucht daher zusätzliche persönliche Interaktionen. Die alleinerziehende Mutter könnte den Fernseher oder

Computer ausgeschaltet lassen und statt dessen einen kleinen Partner (oder deren mehrere) dafür gewinnen, bei den täglichen Aufgaben wie Putzen, Kochen und Einkaufen zu helfen. Auch am Eßtisch, im Bad oder beim Kuscheln im Bett kann sie dem Kind »Redezeit« gewähren, indem sie sich seiner Führung überläßt und ihm hilft, seine natürlichen Neigungen zu entwickeln.[2]

Für Kinder bis zu drei Jahren muß die institutionelle Tagesbetreuung erheblich verändert werden, um ihren emotionalen Bedürfnissen gerecht zu werden. Die Pflegepersonen brauchen eine berufsbegleitende Weiterbildung zugunsten der Interaktionsformen auf jeder einzelnen Entwicklungsstufe, sie sollten sich im Sinne einer Großfamilie stärker mit den Eltern verbinden, und entsprechende administrative Regelungen müßten sicherstellen, daß eine Pflegeperson eine Kindergruppe vom ersten bis zum vierten Lebensjahr behalten kann, damit sowohl für die Kinder als auch für die Pflegepersonen die emotionale Kontinuität gewahrt und verstärkt wird; das alles kann die Qualität der Beziehungen zwischen Kindern und Pflegepersonen verbessern. Darüber hinaus brauchen die Pflegepersonen mehr Anerkennung, bessere Aufstiegsmöglichkeiten und höhere Gehälter.

Ebenso muß unser Schulsystem verändert werden. Das Fabrikmodell ist überholt; was wir brauchen, ist ein Modell, das der Entwicklung des Geistes entspricht. Lehrpläne, Schulorganisation und Unterrichtsmethoden müssen anerkennen, daß jedes Kind sein eigenes Entwicklungsprofil hat, und den Unterricht auf seine jeweiligen Stärken abstimmen. Diejenigen, die in Gruppen nicht gut lernen, brauchen täglich mindestens ein bis zwei Stunden individueller Arbeit mit dem Lehrer. Diejenigen, die mehr emotionale Stabilität brauchen, sollten wenigstens in den Grundschuljahren und in manchen Fällen noch darüber hinaus bei demselben Lehrer bleiben. Wenn man die Kinder nicht nur mit dem Unterrichtsgegenstand beschäftigt, sondern auch eine emotionale Beziehung zu Lehrern und anderen Schülern ermöglicht, hilft man ihnen, den Lehrstoff zu bewältigen und obendrein zu erfahren, wie man lernt. Die in der Grundschule und den unteren Klassen der High-School unterrichteten Inhalte können von allen Kindern mit Ausnahme von ganz schwer behinderten erlernt werden. Wenn ein Kind die Schule besucht, ohne die für ein produktives Leben erforderlichen Grundkenntnisse, darunter auch logisches und kreatives Denken, zu erwerben, dann liegt das nicht an der mangelnden Fähigkeit oder Einstellung des Kindes, sondern an den Erwachsenen, denen seine Erziehung anvertraut ist.

Ein anderer Bereich, in dem uns die Entwicklungsperspektive zu einem Überdenken unserer grundlegenden Vorstellungen zwingt, ist die psychologische Gesundheitsfürsorge. Wir müssen über Symptome und Syndrome hinausgelangen zu einer umfassenderen Deutung der seelischen Krankheit im Sinne einer Entwicklungsstörung. Medikamente sollten nicht als Heilmittel gegen Störungen betrachtet werden, sondern als ein Weg, um die Erfahrungen zu ermöglichen, die Wachstum fördern. Nichtintegrierte, bruchstückhafte Methoden, seien es nun aufputschende Reden von vergötterten Gurus oder seien es die stärksten neuen Pillen, dürfen nicht als legitime Therapie gelten. Eine wahrhaft wirksame Behandlung sollte nicht bloß das Verhalten eines gestörten Individuums normalisieren, sondern auch den Entwicklungsprozeß stärken. Darüber hinaus dürfen sogenannte wirtschaftliche Behandlungsmethoden zur Senkung der Gesundheitskosten nicht den Maßstab für eine Therapie setzen. Zusammen mit den Verbrauchern muß das Gesundheitspersonal auf nationaler und örtlicher Ebene Richtlinien für angemessene Diagnosen und Behandlungsformen aufstellen, so daß die Patienten mit den Kostenträgern verhandeln und gegebenfalls vor Gericht gehen können.

Was nun den Niedergang der Familie angeht, so scheitert die Hälfte aller Ehen nicht vornehmlich daran, daß die Partner egoistisch oder verantwortungslos sind, sondern daran, daß sie weder über die Probleme aufgeklärt wurden, die in ehelichen Beziehungen entstehen, noch darin unterstützt wurden, die Fähigkeit zur Selbstreflexion zu entwickeln, die es ihnen erlauben würde, flexibel und konstruktiv auf diese Schwierigkeiten zu reagieren. Angehende Ehepartner wissen über die Ehe nur das, was sie in ihrer Kindheit gelernt haben, in Familien, die vielfach nicht sonderlich geeignet sind, das Nachdenken über emotionale Beziehungen zu fördern. Würde sich die Hälfte aller Ärzte, Busfahrer und Flugsicherungsangestellten als unfähig zur Erfüllung ihrer Aufgaben erweisen, so würde sich die Öffentlichkeit empören und neue Ausbildungsmethoden fordern. Der Notstand ist viel ernster angesichts der Tatsache, daß eine unübersehbare Zahl junger Menschen dem Drama der Scheidung und den Schwierigkeiten von alleinerziehenden, um Zeit und Geld verlegenen Müttern oder Vätern ausgesetzt wird.

Keine Gesellschaft, die den affektiven Ursprung der geistigen Fähigkeiten ernst nähme, würde eine Behandlung, wie sie den bedürftigsten und verletzlichsten unserer Kinder von den für ihre Wohlfahrt verantwortlichen Institutionen zugedacht wird, dulden. Die für Adoptionen und Pflegestellen zuständigen Ämter und die Jugendgerichte treffen Entscheidungen, die keine Rücksicht auf jene emotionale Kontinuität nehmen, welche die Folgen früher Deprivation heilen könnte. Man käme dem Bedürfnis jedes Kindes nach persönlicher affektiver Interaktion im Rahmen stabiler Beziehungen mehr entgegen, würde man Adoptionen beschleunigen, Pflegeeltern sorgfältig auswählen und überwachen sowie Ausbildung und Anreize für Pflege- und Adoptiveltern bieten, die bereit sind, sich langfristig schwieriger Kinder anzunehmen. Ein Korps von gutausgebildeten und gutbezahlten Sozial- und Gemeinschaftsarbeitern, Mentoren und dergleichen würde dazu beitragen, daß jedes Kind nachhaltige Beziehungen zu Menschen entwickeln kann, die es persönlich kennen und für es sorgen.

Die Erhaltung der Familie kann nicht das um jeden Preis angestrebte Ziel sein, aber in den Fällen, wo man sich etwas davon verspricht, sollten umfangreiche Hilfen angeboten werden, bevor man zu dem Urteil gelangt, daß die Familie ihrer Aufgabe nicht gewachsen ist. Es ist wohl die einschneidendste Form der Ablehnung, wenn eine Gesellschaft sich über die Nöte von Familien hinwegsetzt, die mit einer Vielzahl von Problemen zu kämpfen haben. In jedem Kind, ob reich oder arm, ob zur Mehrheit oder zu einer rassischen Minderheit gehörig, ob in den wohlhabenden Vorstädten oder in den chaotischen Slums geboren, müssen wir die Verkörperung unserer gemeinsamen Zukunft sehen.

Daß es uns an einem integrierten Konzept der menschlichen Intelligenz mangelt, zeigt sich am deutlichsten darin, wie wir mit Drogenabhängigkeit und anderen hochriskanten Verhaltensweisen umgehen. Wir gewähren zwar gewisse gesundheitliche und erzieherische Hilfeleistungen, doch mit persönlichen emotionalen Problemen lassen wir die Familie allein. Dadurch ändert sich nichts an dem Kreislauf, der von unzulänglicher Problembewältigung zu Drogenabhängigkeit und gefährlichem Verhalten führt, was wiederum eine verringerte Urteilsfähigkeit und eine Beeinträchtigung der mentalen Funktionen nach sich zieht. Was wäre nötig, um die präventive Bekämpfung eines solchen Verhaltens, das Individuen, Familien und ganze Gesellschaften zugrunde richtet, an die erste Stelle unserer innenpolitischen Tagesordnung zu setzen? Diese Probleme haben nur dann Aussicht, in Zukunft angemessene Beachtung zu finden, wenn wir ein Konzept der Funktionsweise des Menschen vorlegen, in dem diese persönlichen Probleme mit Zielen der Familie, der Gemeinde und der Gesamtgesellschaft zusammengesehen werden.

Was schließlich die internationalen Beziehungen angeht, so müssen wir mehr darauf achten, die Ziele und Werte unserer Verbündeten und Gegner zu verstehen. Viele glauben, die menschliche Natur zu kennen, und projizieren doch nur ihr eigenes Bezugssystem auf andere. Robert McNamara, Verteidigungsminister unter Kennedy, räumte kürzlich ein, er und seine Kollegen hätten die Intentionen der Nordvietnamesen gründlich mißdeutet, und er wies warnend darauf hin, daß wir derzeit genauso schlecht über die emotionalen Grundlagen der aktuellen Konflikte in Europa und im Nahen Osten informiert seien.[3] Die Intentionen von Großgruppen zu verstehen ist eine so umfangreiche und bedeutende Aufgabe, daß sie ein eigenes Ministerium oder eine eigene Behörde mit dem Auftrag rechtfertigt, ein gründliches Verständnis anderer Kulturen, wie sie sich selbst sehen, zu erarbeiten. Statt, wie heute üblich, hastig ein paar landeskundige Wissenschaftler aufzutreiben, wenn plötzlich eine Krise in einer entlegenen und kaum bekannten Gegend in den Nachrichten auftaucht, müssen diejenigen, die unsere Außenpolitik konzipieren und ausführen, die Haltung des jeweiligen Landes sowie die Themen und Interessen, die es bewegen, unter dem Aspekt der Entwicklung wirklich zu verstehen suchen. Die Quelle internationalen Einflusses ist Wissen über andere Völker. Im In- wie im Ausland müssen wir neben den herkömmlichen wirtschaftlichen Programmen, die Zukunftsaussichten und Hoffnung schaffen, Verständnis und Unterstützung für jene Faktoren aufbringen, die es einzelnen, Familien und ganzen Gesellschaften ermöglichen, ihre menschlichen Fähigkeiten voll zu entfalten.

Letztlich beruhen diese Vorschläge auf einem veränderten philosophischen Verständnis des Menschen. Die Politik der Nationen entspricht ihrer Vorstellung von sich selbst, von dem, was und wer sie sind. Wenn die Gesellschaft im Intellekt und in den Emotionen – den objektiven und subjektiven Aspekten der mentalen Organisation – weiterhin getrennte und sogar miteinander unverträgliche Entitäten sieht, werden wir die zentrale Rolle, die emotionale Beziehungen in der Entwicklung des Geistes spielen, auch künftig nicht ernst nehmen. Wenn wir nicht zu der Einsicht kommen, daß die Subjektivität sowohl für den Intellekt als auch für die Kreativität grundlegend ist und damit die Voraussetzung unserer Fähigkeit, wirtschaftlich und außenpolitisch mit anderen Nationen zu konkurrieren beziehungsweise zusammenzuarbeiten, dann werden wir nicht nur unseren eigenen Fortschritt hemmen und Gefahr laufen, auch künftig in Konflikte hineingezogen zu werden, wir könnten darüber hinaus zu Opfern eines gefährlicheren Widerspruchs werden. Während wir als Gesellschaft um Fortschritt bemüht sind, könnten wir, ohne es zu merken, die Fundamente, auf denen unsere höchsten geistigen Fähigkeiten beruhen, untergraben.

Wenn die frühe emotionale Erfahrung die Grundlage unserer intellektuellen Fähigkeiten wie auch unseres Moralempfindens und unserer Kreativität ist, dann müssen wir ihr in unserer Planung auf der persönlichen, kommunalen und nationalen Ebene einen höheren Stellenwert einräumen. Die ökologischen, ökonomischen und militärischen Herausforderungen, vor denen wir stehen, erfordern gemeinsames Handeln. Sie erfordern, daß wir unseren individuellen Geist entfalten und daß jeder von uns die Chance erhält, zu einem ganzen Menschen zu werden. Der subjektiven Erfahrung Beachtung zu schenken ist demnach nicht bloß eine humanitäre oder ästhetische Forderung, sondern auch eine, von der das Überleben der Menschheit abhängt.

Anmerkungen

Einführung: Infragestellung einer historischen Dichotomie

1 Piaget hat bei der Erforschung der Interaktionen zwischen dem Kind und seiner Umgebung vielfach die Bedeutung der Emotionen betont. Sein Hauptinteresse galt jedoch der Frage, wie das Kind aus seinen Handlungen kognitive Strukturen erschafft, und er hat die Rolle der Affekte nie vollständig erforscht (siehe zum Beispiel J. Piaget, *The Origins of Intelligence in Children* [New York: International Universities Press, 1952]; ders., *The Construction of Reality in the Child* [New York: Basic Books, 1954]; ders., »The Stages of the Intellectual Development of the Child«, in *Childhoods Psychopathology,* Hrsg. S. Harrison und J. McDermott [New York: International Universities Press, 1962], S. 157–66. Für eine weitergehende Diskussion dieses Themas sieht S. I. Greenspan, *Intelligence and Adaptation: An Integration of Psychoanalytic and Piagetian Development Psychology* [New York: International Universities Press, 1979]).

Auch der sowjetische Psychologe L. S. Wygotskij, der ausdrücklich die Bedeutung der sozialen Interaktion sowie von Kultur und Konflikt für das Leben herausstellte, hat sich mit der zentralen Rolle des Affekts für das Lernen nicht vollständig auseinandergesetzt (siehe L. S. Wygotskij. *Thought and Language* [Russische Ausgabe 1934; Cambridge: MIT Press, 1962]; ders., *Mind in Society: The Development of Higher Psychological Processes* [Cambridge: Harvard University Press, 1978]; ders., »The Genesis of the Higher Mental Function«, in *The Concept of Acitivity in Soviet Psychology,* Hrsg. J. V. Wertsch [Armonk, N. Y.: M. E. Sharpe, 1981], S. 144–88; ders., *The Collected Works of L. S. Wygotskij,* vol. 1: *Problems of General Psychology* [New York: Plenum, 1987]).

Auf die Bedeutung der frühen emotionalen Entwicklung wurde man in den vierziger, fünfziger und sechziger Jahren durch die Arbeit von Pionieren wie Erik Erikson, Anna Freud, René Spitz, John Bowlby, H. McV. Hunt, Louis Murphy und Sibylle Escalona aufmerksam. Sie zeigten, daß frühe Deprivation eine gesunde Entwicklung entgleisen lassen kann und daß frühe emotionale Erfahrungen wesentlich zur Natur und zum Charakter des späteren Funktionierens der Persönlichkeit beitragen.

In den sechziger, siebziger und achtziger Jahren blühte die Forschung über die normale emotionale Entwicklung im Säuglingsalter und der frühen Kindheit. Viele Aspekte der emotionalen Entwicklung – von frühen Neigungen der Säuglinge bis hin zu komplexen sozialen und emotionalen Interaktionen – wurden von Forschern wie Sally Provence, Selma Fraiberg, Louis Sandler, Berry Brazelton, Mary Ainsworth, Stella Chess, Leon Yarrow, Allen Sroufe, Robert Emde, Dan Stern und vielen anderen beschrieben (auf diese Forschung verweist die *Literatur* am Ende des Buches. Siehe auch Anm. 7 zu diesem Kapitel).

Doch fand diese beeindruckende Forschung keinen Eingang in die Prävention, die klinische Praxis und die Bildungspolitik. Das lag teilweise an einem Mangel an Untersuchungen über die Psychopathologie und klinische Intervention im Säuglingsalter und der frühen Kindheit sowie auch an einem Mangel an empirischen und theoretischen Verknüpfungen zwischen emotionaler und kognitiver Entwicklung.

Dieser Schwierigkeiten eingedenk, begannen meine Kollegen und ich Anfang der siebziger Jahre mit unseren klinischen und wissenschaftlichen Arbeiten am National Institute of Mental Health (NIMH). Es ging uns darum, die ersten Stadien der emotionalen Entwicklung, die möglicherweise auftretenden Störungen und die Faktoren zu identifizieren, die im jeweiligen Stadium entweder zu Störungen oder zur Anpassung führen konnten. Auch wollten wir den Zusammenhang zwischen affektiver und kognitiver Entwicklung begreifen, der eine Grundlage für viele angepaßte und fehlangepaßte Fähigkeiten war.

Die bedrohte Intelligenz ist ein Versuch, Erkenntnisse, die in über zwanzig Jahren der Beobachtung, der klinischen Arbeit und der Forschung gewonnen wurden, zusammenzufassen. Einige unserer Beobachtungen sind in den folgenden Werken beschrieben: S. I. Greenspan, *A Consideration of Some Learning Variables in the Context of Psychoanalytic Theory: Toward a Psychoanalytic Learning Perspective* (New York. International Universities Press, 1975); ders., *Intelligence and Adaptation;* S. I. Greenspan und R. S. Lourie, »Developmental Structuralist Approach to the Classisfication of Adaptive and Pathologic Personality Organizations: Application to Infancy and Early Childhood«, *American Journal of Psychiatry* 138 (Juni 1981): 6; S. I. Greenspan, *Psychopathology and Adaptation in Infancy and Early Childhood: Principles of Clinical Diagnosis and Preventive Intervention* (New York: International Universities Press, 1981); ders., *The Clinical Interview of the Child,* 2. Aufl. (Washington, C. C.: American Psychiatric Press, 1981); S. I. Greenspan und N. T. Greenspan, *First Feelings: Milestones in the Emotional Development of Your Baby and Child from Birth to Age Four* (New York: Viking Penguin, 1985); S. I. Greenspan, S. Wider, A. Lieberman, R. Nover,

R. Lourie und M. Robinson, *Infants in Multirisk Families: Case Studies in Preventive Intervention* (New York: International Universities Press, 1987); S. I. Greenspan, *The Development of the Ego: Implications for Personality Theory, Psychopathology, and the Psychotherapeutic Process* (Madison, Conn.: International Universities Press, 1989); ders., *Infancy and Early Childhood: The Practice of Clinical Assessment and Intervention with Emotional und Developmental Challenges* (Madison, Conn.: International Universities Press, 1992); ders., *Playground Politics: Understanding the Emotional Life of Your School-Age Child* (Reading, Mass.: Addison-Wesley, 1993); ders., *Developmentally Based Psychotherapy* (Madison, Conn: International Universities Press, 1996); S. I. Greenspan und S. Wieder, *Facilitating Emotional and Intellecual Growth in Children with Special Needs: The Floor Time Approach* (in Vorbereitung bei Addison-Wesley).

2 Für eine weitergehende Diskussion dieses Themas siehe S. I. Greenspan, *The Development of the Ego.*

3 I. Kant, *Kritik der reinen Vernunft.*

4 Siehe H. Hartmann, *Ego Psychology and the Problem of Adaptation* (New York: International Universities Press, 1939); S. Thomkins, *Affect, Imagery, Consciousness,* vol. 1 (New York: Springer, 1963); H. Kohut, *The Analysis of Self: A Systematic Approach to the Psychoanalytic Treatment of Narcissistic Personality Disorders* (New York: International Universities Press, 1971).

5 D. Goleman, *Emotionale Intelligenz* (München: Hanser 1996).

6 A. Damasio, *Descartes' Irrtum. Fühlen, Denken und das menschliche Gehirn* (München: List 1995).

7 Die Bedeutung der Emotionen für bestimmte Aspekte des Lernens wurde, beginnend vor fast sechzig Jahren, dokumentiert von psychoanalytischen Beobachtern wie René Spitz und John Bowlby, die die Auswirkungen der emotionalen Deprivation beschrieben, sowie von Heinz Hartmann und David Rappaport, die klinische und theoretische Zusammenhänge untersuchten (siehe R. A. Spitz, »Hospitalism: An Inquiry into the Genesis of Psychiatric Conditions in Early Childhood«, *The Psychoanalytic Study of the Child* 1 [1945]: 53–74; J. Bowlby, *Maternal Care and Mental Health* [Genf: Weltgesundheitsorganisation, 1951]; H. Hartmann, *Ego Psychology;* D. Rappaport, *The Structure of Psychoanalytic Theory: A Systematizing Attempt* [New York: International Universities Press, 1960]). Sibylle Escalona und Lois Murphy haben individuelle Unterschiede bei Säuglingen und deren Zusammenhang mit der Psychopathologie beschrieben (S. Escalona, *The Roots of Individuality* [Chicago: Aldine, 1968]; L. Murphy, *The Individual Child,* Department of Health, Education, and Welfare, Publikation Nr. OCD 74-1032 [Washington, D. C.: U. S. Government Printing Office, 1974]). Der Verhaltenspädiater T. Berry Brazelton hat eine Methode der Beobachtung und Beschreibung

der verschiedenen Aspekte des adaptiven Repertoires eines Säuglings, darunter wichtige soziale und emotionale Fähgkeiten, systematisiert (T. B. Brazelton und B. Cramer, *The Earliest Relationship: Parents, Infants, and the Drama of Early Attachment* [Reading, Mass.: Addison-Wesley, 1990]). Ich versuche in meinem Buch *Intelligence and Adaptation* kognitive und affektive Aspekte des Geistes zu integrieren.

8 T. T. Young, *Emotions in Man and Animal* (New York: Wiley, 1943).

9 S. I. Greenspan, *The Development of the Ego;* ders., *Developmentally Based Psychotherapy;* ders., *Infancy and Early Childhood.*

10 Es häufen sich Hinweise darauf, daß der Zusammenhang zwischen Gehirn und Verhalten in beiden Richtungen besteht: Verhalten und Erfahrung werden nicht nur vom Gehirn bestimmt, sondern beeinflussen sowohl die Struktur als auch die Ausformung des Gehirns. Am Beginn des Lebens scheint eine genetisch bedingte Überproduktion an Neuronen zu herrschen. Doch dann tritt die Erfahrung hinzu und »stutzt« die sich ausbildende Struktur zurück. Erfahrung ist auch verantwortlich für das Wachstum neuer Dendriten (Verbindungen zwischen Neuronen) und die biochemischen Veränderungen, auf denen dieses Wachstum beruht. Ein von der Erfahrung induziertes Wachstum des Nervensystems, das viele Bereiche des Gehirns betrifft, kann nicht nur in sensitiven frühen Phasen, sondern auch während der gesamten Entwicklung des Organismus stattfinden. Es vollzieht sich fast unmittelbar nach entsprechenden Erfahrungen und kann mit verschiedenen Fähigkeiten in Verbindung gebracht werden, von komplexen kognitiven Fähigkeiten bis zu bekannten Phänomenen wie der Prägung. Offenbar ist es von der Evolution so vorgesehen, daß wesentliche Teile des Hirnwachstums von der Umgebung abhängen, an die sich das Gehirn anpassen muß (siehe W. T. Greenough und J. E. Black, »Induction of Brain Structure by Experience: Substrates for Cognitive Development«, *Developmental Behavioral Neuroscience* 24 [1992]: 155–299; I. J. Weiler, N. Hawrylak und W. T. Greenough, »Morphogenesis in Memory Formation: Synaptic and Celluar Mechanisms«, *Behavioral Brain Research* 66 [1995]: 1–6).

11 Siehe R. L. Halloway, »Dendritic Branching: Some Preliminary Results of Training and Complexity in Rat Visual Cortex«, *Brain Research* 2 (1966): 393–96; A. M. Turner und W. T. Greenough, »Synapses per Neuron and Synaptic Dimensions in Occipital Cortex of Rats Reared in Complex, Social, or Isolation Housing«, *Acta Stereologica* 2, suppl. 1 (1983): 239–44; dies., »Differential Rearing Effects on Rat Visual Cortex Synapses, I: Synaptic and Neuronal Density and Synapses per Neuron«, *Brain Research* 329 (1985): 195–203; C. Thinus-Blanc, »Volume discrimination Learning in Golden Hamsters: Effects of the Structure of Complex Rearing Cages«, *Developmental Psychobiology* 14 (1981): 397–403.

12 Siehe T. N. Wiesel und D. H. Hubel, »Single-Cell Responses in Striate Cortex of Kittens Deprived of Vision in One Eye«, *Journal of Neuro-*

physiology 26 (1963): 1003–17; W. Singer, »Neuronal Activity as a Shaping Factor in Postnatal Development of Visual Cortex«, in *Developmental Neuropsychobiology,* Hrsg. W. T. Greenough and J. M. Juraska (Orlando: Academic Press, 1986): 271–93; A. Hein und R. M. Diamond, »Contribution of Eye Movement to the Representation of Space«, in *Spatially Oriented Behavior,* Hrsg. A. Hein und J. Jeannerod (New York: Springer, 1983), S. 119–34.

13 Siehe M. A. Bell und N. A. Fox, »Brain Development over the First Year of Life: Relations Between EEG Frequency and Coherence and Cognitive and Affective Behaviors«, in *Human Behavior and the Developing Brain,* Hrsg. G. Dawson und K. Fischer (New York: Guilford, 1994), S. 314–45; H. T. Chugani und M. E. Phelps, »Maturational Changes in Cerebral Function in Infants Determined by 18FDG Positron Emission Tomography«, *Science* 231 (1986): 840–43; H. T. Chugani, M. E. Phelps und J. C. Mazziotta, »Positron Emission Tomography Study of Human Brain Functional Development«, *Annals of Neurology* 22 (1987): 487–97.

14 Chugani, Phelps und Mazziotta, »Positron Emission Tomography«.

15 S. M. Schanberg und T. M. Field, »Sensory Deprivation Stress and Supplemental Stimulation in the Rat Pup and Preterm Human Neonate«, *Child Development* 58 (1987): 1431–47.

16 Siehe zum Beispiel B. D. Perry, »Incubated in Terror: Neurodevelopmental Factors in the ›Cycle of Violence‹«, in *Children, Youth and Violence: Searching for Solutions,* Hrsg. J. Osofsky (New York: Guilford, 1995).

17 Siehe zum Beispiel M. A. Hofer, »On the Nature and Function of Prenatal Behavior«, in *Behavior of the Fetus,* Hrsg. W. Smotherman und S. Robinson (Caldwell, N. J.: Telford, 1988); dies., »Hidden Regulators: Implications for a New Understanding of Attachment, Separation, and Loss«, in *Attachment Theory: Social, Developmental, and Clinical Perspectives,* Hrsg. S. Goldberg, R. Muir und J. Kerr (Hillsdale, N. J.: Analytic Press, 1995), S. 203–30; P. Rakic, J. Bourgeois und P. Goldman-Rakic, »Synaptic Development of the Cerebral Cortex: Implications for Learning, Memory, and Mental Illness«, in *The Self-Organizing Brain: From Growth Cones to Functional Networks,* Hrsg. J. van Pelt, M. A. Corner, H. B. M. Uylings und F. H. Lopes da Silva (New York: Elsevier Science, 1994), S. 227–43.

18 In einem Experiment schauten ein Säugling und ein Affe länger in eine Trickkiste, die nur einen Gegenstand enthielt, obwohl beide kurz zuvor beobachtet hatten, daß zwei Gegenstände hineingetan wurden. Rechtfertigt dies die Schlußfolgerung, daß Säuglinge (und Affen) rechnen können? Diese Beobachtungen enthüllen nicht so sehr mathematisches Verständnis, sondern vielmehr, daß Säuglinge bestimmte räumliche Beziehungen unterscheiden können sowie grundlegende perzeptorisch-motorische Fertigkeiten und eine wachsende Erinnerungsfähigkeit beweisen.

19 S. I. Greenspan und S. Meisels, »Toward a New Vision for the Developmental Assessment of Infants and Young Children«, *ZERO TO THREE: Bulletin of the National Center for Clinical Infant Programs* 14, no. 6 (1994): 1–8.

20 Für weitere Informationen siehe S. I. Greenspan, *Infancy and Early Childhood;* S. I. Greenspan und S. Wieder, *Facilitating Emotional and Intellectual Growth in Children with Special Needs;* S. I. Greenspan, »Reconsidering the Diagnosis and Treatment of Very Young Children with Autistic Spectrum or Pervasive Developmental Disorder«, *National Center for Clinical Infant Programs* 13, no. 2 (1992): 1–9.

21 Siehe zum Beispiel Greenspan, *Intelligence and Adaptation;* ders., *Development of the Ego;* S. I. Greenspan und N. T. Greenspan, *First Feelings;* S. I. Greenspan, *Playground Politics.*

22 S. W. Porges, J. A. Doussard-Roosevelt, A. L. Portales und S. I. Greenspan, »Infant Regulation of the Vagal ›Brake‹ Predicts Child Behavior Problems: A Psychobiological Model of Social Behavior«, *Developmental Psychobioloby* (im Druck).

23 Siehe A. J. Sameroff, R. Seifer, R. Barocas, M. Zax und S. I. Greenspan, »IQ Scores of Four-Year-Old Children: Social-Environmental Risk Factors«, Pediatrics 79 (1986): 343–50.

24 S. I. Greenspan et al., *Infants in Multirisk Families;* Sameroff et al., »IQ Scores of Four-Year-Old Children«; A. J. Sameroff, R. Seifer, A. Baldwin und C. Baldwin, »Stability of Intelligence from Preschool to Adolescence: The Influence of Social and Family Risk Factors«, *Child Development* 64 (1993): 80–97.

25 Für weitere Informationen siehe S. Provence und A. Naylor, *Working with Disadvantaged Parents and Their Children: Scientific and Practical Issues* (New Haven: Yale University Press, 1983); A. S. Honig und J. R. Lally, *Infant Caregiving: A Design for Training* (Syracuse, N. Y.: Syracuse University Press, 1981); J. R. Berrueta-Clement, L. J. Schweinhart, W. S. Barnett, A. S. Epstein und D. P. Weikart, *Changed Lives: The Effects of the Perry Preschool Program on Youths Through Age Nineteen* (Ypsilanti, Mich.: High/Scope, 1984); C. T. Ramey and F. A. Campbell, »Preventive Education for High-Risk Children: Cognitive Consequences of the Carolina Abecedarian Project«, *American Journal of Mental Deficiency* 88 (1984): 515–23; Greenspan et al., *Infants in Multirisk Families.*

1. Die emotionale Architektur des Geistes

1 Siehe S. I. Greenspan, *Infancy and Early Childhood: The Practice of Clinical Assessment and Intervention with Emotional und Developmental Challenges* (Madison, Conn.: International Universities Press, 1992).

2 Ibid.

3 S. I. Greenspan und S. Wieder, *Facilitating Emotional and Intellectual Growth in Children with Special Needs: The Floor Time Approach* (in Vorbereitung bei Addison-Wesley); dies., »Developmental Patterns and Outcomes in Infants and Children with Disorders in Relating and Communicating: A Chart Review of 200 Cases of Children with Autism Spectrum Diagnoses«, zur Veröffentlichung eingereicht.
4 Siehe zum Beispiel S. I. Greenspan, *The Development of the Ego: Implications for Personality Theory, Psychopathology, and the Psychotherapeutic Process* (Madison, Conn.: International Universities Press, 1989).
5 A. Einstein, *Ideas and Opinions* (London: Alvin Redman, 1956), S. 56.
6 Siehe Greenspan und Wieder, *Facilitating Emotional and Intellectual Growth;* Greenspan, *Infancy and Early Childhood.*
7 Für weitere Informationen siehe W. T. Greenough und J. E. Black, »Induction of Brain Structure by Experience: Substrates for Cognitive Development«, *Developmental Behavioral Neuroscience* 24 (1992): 155–299; I. J. Weiler, N. Hawrylak und W. T. Greenough, »Morphogenesis in Memory Formation: Synaptic and Cellular Mechanisms«, *Behavioral Brain Research* 66 (1995): 1–6).
8 Siehe S. I. Greenspan, *Intelligence and Adaptation: An Integration of Psychoanalytic and Piagetian Development Psychology* (New York: International Universities Press, 1979).
9 Zitiert in J. Flavell, *The Developmental Psychology of Jean Piaget* (Princeton, N. J.: Van Nostrand, 1963), S. 80. Siehe auch Greenspan, *Intelligence and Adaptation;* B. Inhelder und J. Piaget, *The Growth of Logical Thinking from Childhood to Adolescence* (New York: Basic Books, 1958), S. 347–48.
10 R. W. Sperry, »Consciousness, Personal Identity, and the Divided Brain«, in *The Dual Brain: Hemispheric Specialization in Humans,* Hrsg. Frank Benson und Erin Zaidel (Los Angeles: Guilford, 1985). S. 11–27; Frank Benson und Erin Zaidel, Hrsg., *The Dual Brain: Hemispheric Specialization in Humans* (Los Angeles: Guilford, 1985).

3. Von der Absicht zum Dialog

1 E. Tronick, »The Primacy of Social Skills in Infancy«, *Exceptional Infant* 4 (1980): 144–58.
2 S. W. Porges, J. A. Doussard-Roosevelt, A. L. Portales und S. I. Greenspan, »Infant Regulation of the Vagal ›Brake‹ Predicts Child Behavior Problems: A Psychobiological Model of Social Behavior«, *Developmental Psychobiology* (im Druck).
3 Der im 19. Jahrhundert lebende Philosoph Clemens Brentano rückte den Begriff der Intentionalität ins Zentrum philosophischer Definitionen des Bewußtseins.

4 S. I. Greenspan und S. Wieder, *Facilitating Emotional and Intellectual Growth in Children with Special Needs: The Floor Time Approach* (in Vorbereitung bei Addison-Wesley).
5 S. I. Greenspan, *Infancy and Early Childhood: The Practice of Clinical Assessment and Intervention with Emotional und Developmental Challenges* (Madison, Conn.: International Universities Press, 1992).
6 Siehe zum Beispiel R. W. Sperry, »Consciousness, Personal Identity, and the Divided Brain«, in *The Dual Brain: Hemispheric Specialization in Humans,* Hrsg. Frank Benson und Erin Zaidel (Los Angeles: Guilford, 1985), S. 11–27.
7 Siehe zum Beispiel M. Campbell und J. Shay, »Pervasive Developmental Disorders«, in *Comprehensive Textbook of Psychiatry,* 6. Aufl., Bd. 2, Hrsg. H. I. Kaplan und B. Saddock (Baltimore: Williams & Wilkins, 1995), S. 2277–93; M. K. De Myer, J. N. Hingtgen und R. K. Jackson, »Infantile Autism Reviewed: A Decade of Research«, *Schizophrenia Bulletin* 7 (1981), S. 388–451.
8 M. S. Mahler, F. Pine und A. Bergman, *The Psychological Birth of the Human Infant: Symbiosis and Individuation* (New York: Basic Books, 1975).
9 Siehe S. I. Greenspan, *The Development of the Ego: Implications for Personality Theory, Psychopathology, and the Psychotherapeutic Process* (Madison, Conn.: International Universities Press, 1989).

4. Die Bildung einer inneren Welt

1 Siehe zum Beispiel S. I. Greenspan, *Intelligence and Adaptation: An Integration of Psychoanalytic and Piagetian Development Psychology* (New York: International Universities Press, 1979); J. Piaget, *The Origins of Intelligence in Children* (New York: International Universities Press, 1952).
2 Siehe S. I. Greenspan, *Developmentally Based Psychotherapy* (Madison, Conn.: International Universities Press, 1996).
3 Siehe S. I. Greenspan, *The Development of the Ego: Implications for Personality Theory, Psychopathology, and the Psychotherapeutic Process* (Madison, Conn.: International Universities Press, 1989).
4 Für eine weitergehende Diskussion dieses Themas siehe ibid.; ferner G. Bower, »Mood and Memory«, *American Psychologist* 36 (1981): 129–48.
5 Siehe S. I. Greenspan, *Playground Politics: Understanding the Emotional Life of Your School-Age Child* (Reading, Mass.: Addison-Wesley, 1993).
6 Siehe S. I. Greenspan und G. H. Pollock, Hrsg., *The Course of Life,* 2. Aufl., Bd. 5: *Adulthood and the Aging Process* (Madison, Conn.: International Universities Press, 1990).

5. *Die Ursprünge von Bewußtsein, Moral und Intelligenz*

1 Siehe B. Russell, *A History of Western Philosophy* (New York: Simon & Schuster, 1945).

2 Die Versuche, den Geist rein physikalisch zu erklären (Materialismus), standen in deutlichem Widerspruch zu Behauptungen, denen zufolge dieses spezifisch menschliche Vermögen mit physikalischen Erklärungen allein nicht erfaßt werden kann. Die sich durch die ganze Geschichte ziehende Debatte kam besonders klar in Descartes' Ansicht zum Ausdruck, daß Substanz und Funktionsweise des Geistes sich von denen des Körpers unterscheiden. Sein »Dualismus« wird von den heute gängigen Auffassungen übertönt, die für das Wirken des Geistes unterschiedliche physikalische Erklärungen anbieten.

Diese Auffassungen reichen von allgemeinen Annahmen, nach denen allen geistigen Phänomenen physikalische Phänomene zugrunde liegen, bis hin zu Theorien, daß jeder geistige Vorgang letztlich auf spezifische neurologische Mechanismen zurückzuführen ist. (Siehe zum Beispiel D. C. Dennett, *The Intentional Stance* [Cambridge, Mass.: MIT Press, 1987]; W. Lyons, *Gilbert Ryle: An Introduction to his Philosophy* [Atlantic Highlands, N. J.: Humanities Press, 1980].) Der Funktionalismus, der heute am weitesten verbreitet ist, nimmt an, daß psychologische Phänomene wie Wahrnehmung und Selbstbewußtsein als funktionale Vermittlung zwischen physischen Inputs und Outputs dienen. Viele glauben jedoch, daß physikalische Phänomene für diese funktionalen Zustände verantwortlich sind. Der moderne Philosoph Searle erklärt das Bewußtsein dagegen mit psychologischen Phänomenen wie Intentionalität (siehe zum Beispiel J. R. Searle, *The Rediscovery of the Mind* [Cambridge: Cambridge University Press, 1992]).

3 Einige Neurowissenschaftler und Philosophen, die versucht haben, das Bewußtsein mit physikalischen Phänomenen zu erklären, sehen in ihm eine »emergente Eigenschaft der höheren Gehirnaktivität« (R. W. Sperry, »Consciousness, Personal Identity, and the Divided Brain«, in *The Dual Brain: Hemispheric Specialization in Humans,* Hrsg. Frank Benson und Erin Zaidel [Los Angeles: Guilford, 1985], S. 11–27). Humanistische und tiefenpsychologische Richtungen haben Bezugssysteme geschaffen, die auf der Ebene arbeiten, Erfahrungen und nichtmaterielle Phänomene zu erklären. In der heutigen wissenschaftlichen und philosophischen Debatte stehen sich Auffassungen gegenüber, die Phänomene wie die Emotionen für bloße Epiphänomene halten (wie das Nachleuchten von Licht), solche, die eine direkte, allein psychologisch erklärbare Veränderung des biologischen Substrats annehmen, und solche, die solche Phänomene als dem menschlichen Geist unzugänglich betrachten.

Nach dem in diesem Buch vertretenen Entwicklungsmodell wirken materialistische und Erfahrungsfaktoren in einer Weise zusammen, die sich weder auf die einen noch auf die anderen Faktoren reduzieren läßt. Bestimmte physikalische Eigenschaften des Gehirns machen es möglich, emotionale Erfahrungen zu organisieren, die ihrerseits dazu beitragen, weitere Erfahrungen zu organisieren. Doch weder die physischen noch die emotionalen Erfahrungen lassen sich vollständig auf das jeweils andere reduzieren oder mit ihm erklären. Die unverwechselbare Liebe einer Mutter zu ihrem Kind ist zum Beispiel das Ergebnis ihrer unverwechselbaren Erfahrungen mit diesem Kind. Die emotionale Organisation, die diese Erfahrung verkörpert, ist in manchen Hinsichten mit nichts zu vergleichen und teilweise nur in bezug auf dieses Erfahrungsmuster zu erklären. Die Bindung erleichternden Hormone können lediglich eine allgemeine Tendenz erkären, die bei vielen Pflegepersonen auftreten kann, nicht aber die spezifischen, unendlich variierten Erfahrungen, die eine Mutter in einer intimen Beziehung mit ihrem Kind macht.

Physische Eigenschaften des Gehirns spielen zwar eine wichtige Rolle bei der Speicherung von Erinnerungen und der Organisierung von Erfahrungen, doch die Erfahrungen selbst bilden irreduzible Aspekte dieser Organisationen. Die Einzigartigkeit des Geistes beruht möglicherweise darauf, daß er hervorgeht aus einzigartigen physischen Operationen, die ebenso einzigartige emotionale Entwicklungserfahrungen zu organisieren helfen, und umgekehrt.

4 Siehe S. Tomkins, *Affect, Imagery, Consciousness,* Bd. 1 (New York: Springer, 1963); C. Izard, »On the Development of Emotions and Emotion-Cognition Relationsships in Infancy», in *The Development of Affect,* Hrsg. M. Lewis und L. Rosenblum (New York: Plenum, 1978); P. Ekman, »Universals and Cultural Differences in Facial Expressions of Emotion«, in *Nebraska Symposium on Motivation* (Lincoln: University of Nebraska Press, 1972).

5 Siehe W. T. Greenough und J. E. Black, »Induction of Brain Structure by Experience: Substrates for Cognitive Development«, *Developmental Behavioral Neuroscience* 24 (1992): 155–299.

6 J. Field (Pseud. Marion Milner), *On Not Being Able to Paint* (1957, Neuaufl. New York: Putnam, 1983), S. 131.

7 Für die weitere Diskussion dieser Ideen siehe S. I. Greenspan, *Intelligence and Adaptation: An Integration of Psychoanalytic and Piagetian Development Psychology* (New York: International Universities Press, 1979); ders., *The Development of the Ego: Implications for Personality Theory, Psychopathology, and the Psychotherapeutic Process* (Madison, Conn.: International Universities Press, 1989); S. W. Porges, »Emotion: An Evolutionary By-Product of the Neural Regulation of the Autonomic Nervous System«, in *The Integrative Neurobiology of Affiliation,* Hrsg. C. S. Carter, B. Kirkpatrick und I. I. Lederhandler (New York: New York Academy of Sciences, im Druck); S. W. Porges, J. A. Doussard-Roosevelt,

A. L. Portales und S. I. Greenspan, »Infant Regulation of the Vagal ›Brake‹ Predicts Child Behavior Problems: A Psychobiological Model of Social Behavior«, *Developmental Psychobiology* (im Druck).

8 Porges et al.; »Infant Regulation of the Vagal ›Brake‹.«

9 W. B. Cannon, »The Mechanism of Emotional Disturbance of Bodily Functions«, *New England Journal of Medicine* 198 (1928): 877–84; ders., »›Voodoo‹ death«, *American Anthropologist* 44 (1957): 169; S. W. Porges et al., »Infant Regulation of the Vagel ›Brake‹«; S. W. Porges, »Emotion«.

10 R. N. Emde, Z. Biringen, R. B. Clyman und D. Oppenheim, »The Moral Self of Infancy: Affective Core and Procedural Knowledge«, *Developmental Review* 11 (1991): 251–70.

11 L. Kohlberg, »Development of Moral Character and Moral Ideology«, *Review of Child Development Research* 1 (1964): 383–433.

12 Greenspan, *Development of the Ego;* ders., *Infancy and Early Childhood: The Practice of Clinical Assessment and Intervention with Emotional und Developmental Challenges* (Madison, Conn.: International Universities Press, 1992); S. I. Greenspan, S. Wieder, A. Lieberman, R. Nover, R. Lourie und M. Robinson, *Infants in Multirisk Families: Case Studies in Preventive Intervention* (New York: International Universities Press, 1987).

13 E. E. Werner und R. S. Smith, *Vulnerable but Invincible: A Longitudinal Study of Resilient Children and Youth* (New York: McGraw-Hill, 1982).

14 S. I. Greenspan und S. Wieder, *Facilitating Emotional and Intellectual Growth in Children with Special Needs: The Floor Time Approach* (in Vorbereitung bei Addison-Wesley).

15 H. Gardner, *Frames of Mind: The Theory of Multiple Intelligences* (New York: Basic Books, 1983); R. Sternberg, *The Triarchic Mind: A New Theory of Human Intelligence* (New York: Penguin, 1988).

6. *Das Zusammenwirken von Erziehung und Natur: Das Schloß und der Schlüssel*

1 J. O. Davis, J. A. Phelps und S. Bracha, »Prenatal Development of Monozygotic Twins and Concordance for Schizophrenia«, *Schizophrenia Bulletin* 21 (1995): 357–66.

2 M. J. Raleigh, M. T. McGuire, G. L. Brammer und A. Yuwiler, »Social and Environmental Influences on Blood Serotonin Concentrations in Monkeys«, *Archives of General Psychiatry* 41 (1984): 405–10.

3 Siehe die Arbeiten von Robert P. Ebstein und seinen Kollegen am Herzog Memorial Hospital in Jerusalem und von Jonathan Benjamin und Mitarbeitern am Laboratory of Clinical Science, National Institute of Mental Health, nach dem Bericht in *Nature Genetics,* Januar 1996.

4 C. R. Cloninger, R. Adolfsson, N. M. Svrakic, »Mapping Genes for Hu-

man Personality«, *Nature Genetics* 12 (1996): 3–4; C. R. Cloninger, N. M. Svrakic, T. R. Drzybeck, »A Psychobiological Model of Temperament and Charakter«, *Archives of General Psychiatry* 50 1993): 975–90.

5 S. I. Greenspan, *Infancy and Early Childhood: The Practice of Clinical Assessment and Intervention with Emotional und Developmental Challenges* (Madison, Conn.: International Universities Press, 1992).

6 Zu den unterschiedlichen Standpunkten siehe zum Beispiel E. Avital und E. Jablonka, »Social Learning and the Evolution of Behaviour«, *Animal Behaviour* 48 (1994): 1195–99; S. P. R. Rose, »The Rise of Neurogenetic Determinism«, *Nature* 373 (1995): 380–82; S. R. Rose, R. C. Lewontin und L. J. Kamin, *Not in Our Genes: Biology, Ideology and Human Nature* (New York: Pantheon, 1984); J. M. R. Delgado, *Physical Control of the Mind: Towards a Psychocivilized Society* (New York: Harper & Row, 1971); E. O. Wilson, *Sociobiology: The New Synthesis* (Cambridge: Harvard University Press, 1975); R. Dawkins, *The Selfish Gene* (Oxford: Oxford University Press, 1976).

7 A. Thomas und S. Chess, »Temperament and Its Functional Significance«, in *The Course of Life*, 2. Aufl., Bd. 2: *Early Childhood*, Hrsg. S. I. Greenspan und G. H. Pollock (Madison, Conn.: International Universities Press, 1989), S. 163–227.

8 J. Kagan, »Temperament«, in *Handbook of Child and Adolescent Psychiatry*, Hrsg. J. D. Noshpitz et al. (New York: Wiley, 1996), im Druck.

9 S. I. Greenspan, *The Challenging Child: Understanding, Raising, and Enjoying the Five »Difficult« Types of Children* (Reading, Mass.: Addison-Wesley, 1995); ders., *Infancy and Early Childhood: The Practice of Clinical Assessment and Intervention with Emotional und Developmental Challenges* (Madison, Conn: International Universities Press, 1992); ders., *The Development of the Ego: Implications for Personality Theory, Psychopathology, and the Psychotherapeutic Process* (Madison, Conn.: International Universities Press, 1989); S. I. Greenspan und N. T. Greenspan, *First Feelings: Milestones in the Emotional Development of Your Baby and Child from Birth to Age Four* (New York: Viking Penguin, 1985).

10 Siehe zum Beispiel T. B. Brazelton, »Neonatal Assessment«, in *The Course of Life*, 2. Aufl., Bd. 1: *Infancy*, Hrsg. S. I. Greenspan und G. H. Pollock (Madison, Conn.: International Universities Press, 1989), S. 393–431.

11 S. I. Greenspan, *Intelligence and Adaptation: An Integration of Psychoanalytic and Piagetian Development Psychology* (New York: International Universities Press, 1979); ders., *Infancy and Early Childhood.*

12 Greenspan, *Infancy and Early Childhood.*

13 Greenspan, *The Challenging Child;* ders., *Infancy and Early Childhood.* Siehe auch ders., *Development of the Ego;* ders., *Developmentally Based Psychotherapy* (Madison, Conn.: International Universities Press, 1996).

14 J. Bowlby, »Forty-four Juvenile Thieves: Their Characters and Home Life«, *International Journal of Psycho-Analysis* 25 (1944): 19–52, 107–27.

15 R. A. Spitz, »Hospitalism: An Inquiry into the Genesis of Psychiatric Conditions in Early Childhood«, *The Psychoanalytic Study of the Child* 1 (1945): 53–74.

16 J. Bowlby, »Forty-four Juvenile Thieves: Their Characters and Home Life«, *International Journal of Psycho-Analysis* 25 (1944): 19–52, 107–27; ders., *Maternal Care and Mental Health* (Genf: Weltgesundheitsorganisation, 1951); ders., *Attachment and Loss*, Bde. 1, 3 (New York: Basic Books, 1969, 1979).

17 L. Wynne, S. Matthysse und R. Cromwell, *The Nature of Schizophrenia: New Approaches to Research and Treatment* (New York: Wiley, 1978); D. D. Jackson, *Etiology of Schizophrenia* (New York: Basic Books, 1960); T. Lidz, *Origin and Treatment of Schizophrenic Disorders* (New York: Basic Books, 1973).

18 L. Wynne et al., *The Nature of Schizophrenia.*

19 W. T. Greenough und J. E. Black, »Induction of Brain Structure by Experience: Substrates for Cognitive Development«, in M. Gunnar und C. Nelson, Hrsg., *Developmental Behavioral Neuroscience* 24 (1992): 155–299; Rose et al., *Not in Our Genes.*

20 Greenspan, Development of the Ego.

21 Greenspan, *The Challenging Child;* ders., *Infancy and Early Childhood.*

22 Rose et al., *Not in Our Genes.*

23 M. G. Allen, S. Cohen, W. Pollin und S. I. Greenspan, »Affective Illness in the NAS-NRC Registry of 15,909 Veterean Twin Pairs«, *American Journal of Psychiatry* 131 (1974): 1234–39.

24 Der Verhaltensgenetiker Douglas Wahlsten von der University of Alberta hat alle Studien über Auswirkungen der Gene auf das Verhalten, an denen weniger als drei- bis vierhundert Versuchspersonen beteiligt sind, als statistisch nicht aussagekräftig kritisiert; oft würden nur dreißig bis vierzig Probanden untersucht (Jahrestagung der American Association for the Advancement of Science, Atlanta, Georgia, 1995). Peter Schoenmann, Statistiker an der Purdue University, bemerkte in dieser Diskussion, daß »man das meiste, was über die Vererblichkeit von Verhalten behauptet wird, ignorieren sollte«.

7. Die Gefahr und die Verheißung

1 »Infants, Families, and Child Care: Toward a Research Agenda«, in *Zero to Three Child Care Anthology*, Hrsg. S. Provence, J. Pawl und E. Fenichel (Washington, D. C.: ZERO TO THREE: National Center for Infants, Toddlers, and Families, 1992), S. 138–41; M. Whitebrook, C. Howes und

D. Phillips, *Who Cares? Child Care Teachers and the Quality of Care in America*, report of the National Child Care Staffing Study (Oakland, Calif.: Child Care Employee Project, 1989); E. Galinsky, C. Howes, S. Kontos und M. Shinn, *The Study of Children in Family Child Care and Relative Care: Highlights of Findings* (New York: Families and Work Institute, 1994).
2 Cost, *Quality and Child Outcomes in Child Care Centers*, 2. Aufl. (Denver: Department of Economics, University of Colorado at Denver, 1995).
3 Galinsky et al., *The Study of Children.*
4 National Institute of Child Health and Human Development, Early Childcare Network (Vortrag auf dem International Symposium on Infant Studies, Providence, R. I., 1996).
5 B. Willer, S. L. Hofferth, E. Kisker, P. Divine-Hawkins, E. Farquhar und F. B. Glantz, *The Demand and Supply of Child Care in 1990: Joint Findings from the National Child Care Survey, 1990, and a Profile of Child Care Settings* (Washington, D. C.: National Association for the Education of Our Youngest Children, 1991).
6 *Starting Points: Meeting the Needs of Our Youngest Children* (New York: Carnegie Corporation of New York, 1994).
7 J. R. Lally, »The Impact of Child Care Policies and Practices on Infant/Toddler Identity Formation«, in *Young Children* (November 1995): 58–67.

8. Seelische Gesundheit aus der Sicht der Entwicklung

1 D. Goleman, *Emotionale Intelligenz* (München: Hanser, 1996).
2 Wer an Einzelheiten zu diesem Thema interessiert ist, findet sie in S. I. Greenspan, *The Development of the Ego: Implications for Personality Theory, Psychopathology, and the Psychotherapeutic Process* (Madison, Conn.: International Universities Press, 1989); ders., *Developmentally Based Psychotherapy* (Madison, Conn.: International Unversities Press, 1996).
3 Das Material, das in dieser Übersicht zusammengefaßt ist, wird diskutiert in Greenspan, *Developmentally Based Psychotherapy.*

9. Aufputschpillen, aufmunternde Worte und reale therapeutische Erfahrungen

1 Siehe S. I. Greenspan, *The Development of the Ego: Implications for Personality Theory, Psychopathology, and the Psychotherapeutic Process* (Madison, Conn.: International Universities Press, 1989).
2 Zu den Prinzipien der entwicklungsbasierten Therapie siehe S. I. Green-

span, *Developmentally Based Psychotherapy* (Madison, Conn.: International Universities Press, 1996).
3 Ibid.

10. Die emotionalen Grundlagen des Lernens

1 Persönliche Mitteilung von Richard Lodish.
2 M. Konner, *Childhood* (Boston: Little, Brown, 1991), 269–70.
3 R. Brown, *Schools of Thought: How the Politics of Literacy Shape Thinking in the Classroom* (San Francisco: Jossey-Bass, 1993).
4 Das in diesem und im folgenden Abschnitt erörterte Material wurde vorgelegt in S. I. Greenspan und R. Lodish, »School Literacy: The Real ABS's«, *Phi Delta Kappa*, Dezember 1991.
5 S. Papert, *Mindstorms: Children, Computers, and Powerful Ideas* (New York: Basic Books, 1982).
6 Siehe zum Beispiel M. F. Shore und J. L. Massimo, »Contribution of an Innovative Psychoanalytic Therapeutic Program with Adolescent Delinquents to Developmental Psychology«, in *The Course of Life*, 2. Aufl., Bd. 4: *Adolescence*, Hrsg. S. I. Greenspan und G. H. Pollock (Madison, Conn.: International Universities Press, 1990), S. 333–56; dies., »Comprehensive Vocationally Oriented Psychotherapy for Adolescent Delinquent Boys: A Follow-up Study«, *American Journal of Orthopsychiatry* 36 (1966): 609–16.
7 Ein solches Programm wird ausführlich beschrieben in S. I. Greenspan und S. Wieder, *Facilitating Emotional and Intellectual Growth in Children with Special Needs: The Floor Time Approach* (in Vorbereitung bei Addison-Wesley). Siehe auch S. I. Greenspan, *Infancy and Early Childhood: The Practice of Clinical Assessment and Intervention with Emotional und Developmental Challenges* (Madison, Conn.: International Universities Press, 1992).
8 Siehe zum Beispiel R. Feuerstein (mit Y. Rand, M. Hoffman und R. Miller), *Instrumental Enrichment: An Intervention Program for Cognitive Modifiability* (Baltimore: University Park Press, 1980); H. Gardner, *Frames of Mind: The Theory of Multiple Intelligences* (New York: Basic Books, 1983); J. Comer, *School: Power Implications of an Intervention Project* (New York: Free Press, 1980).

13. Gewalt und Deprivation

1 Siehe zum Beispiel S. Buka und F. Earls, »Early Determinants of Delinquency and Violence«, *Health Affairs* 12, No. 4 (1993): 46–64; F. Earls, »A Developmental Approach to Understanding and Controlling Violence«,

in *Theory and Research in Behaviorial Pediatrics,* Bd. 5, Hrsg. H. E. Fitzgerald, B. M. Lester und M. W. Yogman (New York: Plenum, 1991); F. Earls und M. Carlson, »Promoting Human Capability as an Alternative to Early Crime Prevention«, in *Integrating Crime Prevention Strategies: Propensity and Opportunity,* Hrsg. P.-O. H. Wikstrom, R. V. Clarke und J. McCord (Stockholm: National Council for Crime Prevention, 1995), S. 141–68; R. Gittelman, S. Mannuzza, R. Shenker und N. Bonagura, »Hyperactive Boys Almost Grown Up«, *Archives of General Psychiatry* 42 (1985): 937–47; B. Henry, T. Moffitt, L. Robins, F. Earls und P. Silva, »Early Family Predictors of Child and Adolescent Antisocial Behavior: »Who Are the Mothers of Delinquents?«, *Criminal Behavior and Mental Health* 3 (1993): 97–118; R. Loeber und P.-O. H. Wikstrom, »Individual Pathways to Crime in Different Types of Neighborhood«, in *Integrating Individual and Ecological Aspects of Crime,* Hrsg. D. P. Farrington, R. J. Sampson und P.-O. H. Wikstrom (Stockholm: National Council for Crime Prevention, 1993), S. 169–204; R. Menzies und C. Webster, »Construction and Validation of Risk Assessments in a Six-Year Follow-up of Forensic Patients: A Tridimensional Analysis«, *Journal of Consulting and Clinical Psychology* 63 (1995): 766–78; T. Moffitt, »Adolescence-Limited and Life-Course-Persistent Antisocial Behavior: A Developmental Taxonomy«, *Psychological Review* 100 (1993): 674–701; A. Raine, P. Brennan und S. Mednick, »Birth Complications Combined with Early Maternal Rejection at Age One Year Predispose to Violent Crime at Age Eighteen Years«, *Archives of General Psychiatry* 51 (1994): 984–88; M. E. Rice und G. T. Harris, »Violent Recidivism: Assessing Predictive Validity«, *Journal of Consulting and Clinical Psychology* 63 (1995): 737–48; R. J. Sampson, »Family and Community-Level Influences on Crime: A Contextual Theory and Strategies for Research Testing«, in *Integrating Individual and Ecological Aspects of Crime;* J. L. White, T. Moffitt, F. Earls und L. N. Robins, »How Early Can We Tell? Predictors of Childhood Conduct Disorder and Adolescent Delinquency«, *Criminology* 28 (1900): 507–33.

2 A. J. Sameroff, R. Seifer, R. Barocas, M. Zax und S. I. Greenspan, »IQ Scores of Four-Year-Old Children: Social-Environmental Risk Factors«, *Pediatrics* 79 (1986): 343–50.

3 S. I. Greenspan, E. Greenspan und S. W. Porges, »Infant/Caregiver Interactions and Cognitive Development in Multirisk Families« (unveröffentlichtes Manuskript).

4 Sameroff et al., »IQ Scores of Four-Year-Old Children«.

5 S. I. Greenspan, W. Wieder, A. Lieberman, R. Nover, R. Lourie und M: Robinson, *Infants in Multirisk Families: Case Studies in Preventive Intervention* (New York: International Universities Press, 1987).

6 M. F. Shore und J. L. Massimo, »Contribution of an Innovative Psychoanalytic Therapeutic Program with Adolescent Delinquents to Develop-

mental Psychology«, in *The Course of Life*, 2. Aufl., Bd. 4: *Adolescence*, Hrsg. S. I. Greenspan und G. H. Pollock (Madison, Conn.: International Universities Press, 1990), S. 333–56.

7 S. Provence und A. Naylor, *Working with Disadvantaged Parents and Their Children: Scientific and Practical Issues* (New Haven: Yale University Press, 1983).

8 A. S. Honig und J. R. Lally, *Infant Caregiving: A Design for Training* (Syracuse, N.Y.: Syracuse University Press, 1981).

9 D. L. Olds, »Case Studies of Factors Interfering with Nurse Home Visitors' Promotion of Positive Cargiving Methods in High-Risk Families«, *Early Child Development and Care* 16 (1984): 149–66.

10 J. R. Berrueta-Clement, L. J. Schweinhart, W. S. Barnett, A. S. Epstein und D. P. Weikart, *Changed Lives: The Effects of the Perry Preschool Program on Youths Through Age Nineteen* (Ypsilanti, Mich.: High/Scope, 1984); C. T. Ramey and F. A. Campbell, »Preventive Education for High-Risk Children: Cognitive Consequences of the Carolian Abecedarian Project«, *American Journal of Mental Deficiency* 88 (1984): 515–23.

11 Siehe zum Beispiel J. Brook-Gun, C. McCarton, P. Casey, M. McCormick, C. Bauer, J. Berbaum, J. Tyson, M. Swanson, F. Bennett, D. Scott, J. Tonascia und C. Meinert, »Early Intervention in Low-Birth-Weight Premature Infants: Results Through Age Five Years from the Infant Health and Development Program«, *Journal of the American Medical Association 272* (1994): 1257–62; Infant Health and Development Program, »Enhancing the Outcomes of Low-Birth-Weight, Premature Infants«, *Journal of the American Medical Association* 263, No. 22 (1990): 3035–42; C. T. Ramey und S. L. Ramey, »At Risk Does Not Mean Doomed«, National Health/Education Consortium, Einzelpaper No. 4 (1992): 1–16; L. J. Schweinhart und D. P. Weikart, »The Effects of the Perry Preschool Program on Youths Through Age Fifteen – A Summary«, in *As the Twig Is Bent…* (Hillsdale, N. J.: Erlbaum, 1983); S. J. Styfco und E. Zigler, »Using Research and Theory to Justify and Inform Head Start Expansion«, *Social Policy Report 7*, No 2. (1993): 1–20.

12 A. Stallibrass, »Child Development and Education – The Contribution of the Peckham Experiment«, *Nutrition and Health* 1 (1982): 45–52; ders., *The Peckham Experience: A Hope for a Healthier Future* (London: Pioneer Health Centre, Ltd., 1984); I. H. Herase, *The Quality of Life: The Peckham Approach to Human Ethology* (Edinburgh; Scottish Academic Press, 1979); K. Barlow, *Recognizing Health* (London: Privatveröffentlichung, 1988).

13 L. Schorr, *Within Our Reach: Breaking the Cycle of Disadvantage* (New York: Anchor, 1988).

14 K. R. White and S. I. Greenspan, »An Overview of the Effectiveness of Preventive Early Intervention Programs«, in *Basic Handbook of Child Psychiatry*, Hrsg. J. D. Noshpitz et al. (New York: Basic Books, 1987);

dies., »Conducting Research with Preventive Early Intervention Programs«, *Basic Handbook of Child Psychiatry.*

15 Teilnehmer waren außer mir Kathryn E. Barnard, University of Washington; T. Berry Brazelton, Children's Hospital Medical Center, Boston; Urie Bronfenbrenner, Cornell University; Eugene Garcia, University of California, Santa Cruz; Irving B. Harris, Ounce of Prevention Fund, Chicago; Asa G. Hilliard, Georgia State University; Sheila Walker, University of Indiana; Barry Zuckerman, Boston City Hospital. Wer nähere Informationen über diese 1993 vom Verfasser organisierte Konferenz wünscht, wende sich bitte an: Interdisciplinary Council for Developmental and Learning Disorders, c/o Laura Weber, 7607 Exeter Road, Bethesda, MD 20184.

16 *Cost, Quality and Child Outcomes in Child Care Centers,* 2. Aufl. (Denver: Department of Economics, University of Colorado at Denver, 1995).

17 Ibid.

18 Zum Hintergrund des Programms siehe S. I. Greenspan, S. Wieder, A. Lieberman, R. Nover, R. Lourie und M. Robinson, *Infants in Multirisk Families: Case Studies in Preventive Intervention* (New York: International Universities Press, 1987); S. Wieder, S. Poisson, R. Lourie und S. I. Greenspan, »Enduring Gains: A Five-Year Follow-up Report on the Clinical Infant Development Program«, *ZERO TO THREE: Bulletin of the National Center for Clinical Infant Programs* 8, No. 4 (1988): 6–12.

19 D. W. Winnicott, *The Child, the Family, and the Outside World* (Reading, Mass.: Addison-Wesley, 1987).

14. *Wege zu einer reflektierten Gesellschaft*

1 Siehe zum Beispiel P. Turquet, »Threats to Identity in the Large Group: A Study in the Phenomenology of the Individual's Experiences of Changing Membership Status in a Large Group«, in *The Large Group: Dynamics and Therapy,* Hrsg. L. Kreeger (London: Constable, 1975), S. 87–158.

2 S. I. Greenspan, *The Development of the Ego: Implications for Personality Theory, Psychopathology, and the Psychotherapeutic Process* (Madison, Conn. International Universities Press, 1989).

3 J. Fallows, *Breaking the News: How the Media Undermines American Democracy* (New York: Pantheon, 1996).

4 Group for the Advancement of Psychiatry, *Us and Them: The Psychology of Ethnonationalism* (New York: Brunner/Mazel, 1987).

15. Unser menschlicher Imperativ

1 Für eine eingehendere Diskussion dieses Themas siehe R. Loeber und P.-O. H. Wikstrom, »Individual Pathways to Crime in Different Types of Neighborhood«, in *Integrating Individual and Ecological Aspects of Crime,* Hrsg. D. P. Farrington, R. J. Sampson und P.-O. H. Wikstrom (Stockholm: National Council for Crime Prevention, 1993), S. 169–204; T. Moffitt, »Adelescence-Limited and Life-Course-Persistent Antisocial Behavior: A Developmental Taxonomy«, *Psychological Review* 100 (1993): 674–701; R. J. Sampson, »Family and Community-Level Influences on Crime: A Contextual Theory and Strategies for Research Testing«, in *Integrating Individual and Ecological Aspects of Crime.*

2 Für eine Beschreibung der »Redezeit«-Philosophie und -Taktik zur Förderung des interaktiven Lernens siehe S. I. Greenspan, *Infancy and Early Childhood: The Practice of Clinical Assessment and Intervention with Emotional und Developmental Challenges* (Madison, Conn.: International Universities Press, 1992); S. I. Greenspan und N. T. Greenspan, *First Feelings: Milestones in the Emotional Development of Your Baby and Child from Birth to Age Four* (New York: Viking Penguin, 1985); S. I. Greenspan, *Playground Politics: Understanding the Emotional Life of Your School-Age Child* (Reading, Mass.: Addison-Wesley, 1993); ders., *The Challenging Child: Understanding, Raising, and Enjoying the Five »Difficult« Types of Children* (Reading, Mass.: Addison-Wesley, 1995).

3 R. S. McNamara, *In Retrospect: The Tragedy and Lessons of Vietnam* (New York: Vintage, 1996).

Literatur

Entwicklungsstufen

Erikson, E. H. *Kindheit und Gesellschaft.* 11. Aufl. Stuttgart: Klett-Cotta, 1992.

Freud, A. Wege und Irrwege in der Kinderentwicklung, 4 Aufl. Bern: Hans Huber, 1988.

Freud, S. Formulierungen über die zwei Prinzipien des psychischen Geschehens (1911). In *Gesammelte Werke,* hrsg. von Anna Freud. Frankfurt/Main: S. Fischer, 1960 ff., Bd. 8: 230–238.

Greenspan, S. I. *Intelligence and Adaptation: An Integration of Psychoanalytic and Piagetian Developmental Psychology.* New York: International Universities Press, 1979.

– *Development of the Ego: Implications for Personality Theory, Psychopathology, and the Psychotherapeutic Process.* Madison, Conn.: International Universities Press, 1989.

Mahler, M. S., F. Pine und A. Bergman. *Die psychische Geburt des Menschen. Symbiose und Individuation.* 14. Aufl. Frankfurt/Main: Fischer Taschenbuch, 1997.

Piaget, J. *Das Erwachen der Intelligenz beim Kinde* (= Gesammelte Werke. Band 1). 3. Aufl. Stuttgart: Klett-Cotta, 1991.

Selbstregulierung und Interesse an der Welt

Berlyne, D. E. *Konflikt, Erregung, Neugier. Zur Psychologie der kognitiven Motivation.* Stuttgart: Klett, 1974.

Deci, E. *Intrinsic Motivation.* New York: Plenum, 1977.

DeGangi, G. und S. I. Greenspan. »The Development of Sensory Functioning in Infants.« In *Journal of Physical and Occupational Therapy in Pediatrics 3* (1988).

– »The Assessment of Sensory Functioning in Infants.« *Journal of Physical and Occupational Therapy in Pediatrics* 9 (1989): 21–33.
– *Test of Sensory Functions in Infants.* Los Angeles: Western Psychology Services, 1989.
Gewirtz, J. L. »The Course of Infant Smiling in Four Child-Rearing Environments in Israel.« In *Determinants of Infant Behavior*, Bd. 1, hrsg. von B. M. Boss. London: Methuen, 1965.
– »Levels of Conceptual Analysis in Environment-Infant Interaction Research.« *Merrill-Palmer Quarterly* 5 (1969): 9–47.
Greenspan, S. I. *Infancy and Early Childhood: The Practice of Clinical Assessment and Intervention with Emotional and Developmental Challenges.* Madison, Conn.: International Universities Press, 1992.
Harlow, H. F. »Motivation as a Factor in the Acquisition of New Responses.« *Nebraska Symposium on Motivation* 1 (1953): 24–29.
Hendrick, I. *Facts and Theories of Psychoanalysis*, 2. Aufl. New York: Knopf, 1939.
Hunt, J. McV. »Intrinsic Motivation and Its Role in Psychological Development.« In *Nebraska Symposium on Motivation*, hrsg. von D. Levine. Lincoln: University of Nebraska Press, 1965.
Klaus, M. H., J. H. Kennell und P. H. Klaus. *Der erste Bund fürs Leben.* Bonding. *Die gelungene Eltern-Kind-Beziehung und was Mütter und Väter dazu beitragen können.* Reinbek: Rowohlt, 1997.
Lipsitt, L. »Learning Processes of Newborns.« *Merrill-Palmer Quarterly* 12 (1966): 45–71.
Meltzoff, A. und K. Moore. »Imitation of Facial and Manual Gestures by Human Neonates.« *Science* 198 (1977): 75–78.
Sander, L. »Issues in Early Mother-Child Interaction.« *Journal of the American Academy of Child Psychiatry* 1 (1962): 141–66.
White R. W. *Ego and Reality on Psychoanalytic Theory.* New York: International Universities Press, 1963.

Engagement, Beziehungen und Affekte

Ainsworth, M., S. M. Bell und D. Stayton. »Infant-Mother Attachment and Social Development: Socialization as a Product of Reciprocal Responsiveness to Signals.« In *The Integration of the Child into a Social World*, hrsg. von M. Richards. Cambridge: Cambridge University Press, 1974.
Bates, J. E., L. A. Maslin und K. A. Frankel. »Attachment, Security, Mother-Child Interaction, and Temperament as Predictors of Problem Behavior Ratings at Age Three Years.« *Growing Points in Attachment Theory and*

Research: Monographs of the Society for Research in Child Development 50, No. 1–2 (1985): 167–93.
Belsky, J., M. Rovine und D. G. Taylor. »The Pennsylvania Infant and Family Development Project, III: The Origins of Individual Differences in Infant-Mother Attachment: Maternal and Infant Contributions.« *Child Development* 55 (1984): 718–28.
Brazelton, T. B., B. Koslowski und N. Main. »The Origins of Reciprocity: The Early Mother-Infant Interaction.« In *The Effect of the Infant on Its Caregiver,* hrsg. von M. Lewis und L. Rosenblum. New York: Wiley, 1974.
Butterworth, G. und N. Jarrett. »The Geometry of Preverbal Communication.« Annual Conference of the Developmental Psychology Section of the British Psychological Society. Edinburgh, September 1980.
Egeland, B. und E. A. Farber. »Infant-Mother Attachment: Factors Related to Its Development and Change over Time.« *Child Development* 52 (1984): 857–65.
Emde, R. N., T. J. Gaensbauer und R. J. Harmon. *Emotional Expression in Infancy: A Biobehavioral Study.* New York: International Universities Press, 1976.
Escalona, S. *The Roots of Individuality.* Chicago: Aldine, 1968.
Grossmann, K., K. E. Grossmann, G. Spangler, G. Suess und L. Unzner. »Maternal Sensitivity and Newborns' Orientation Responses as Related to Quality of Attachment in Northern Germany.« *Growing Points in Attachment Theory and Research: Monographs of the Society for Research in Child Development* 50, No. 1–2 (1985): 233–56.
Lewis, M. und M. Feiring. »Infant, Maternal and Mother-Infant Interaction Behavior and Subsequent Attachment.« *Child Development* 60 (1987): 831–37.
Meltzoff, A. N. »The Roots of Social and Cognitive Development: Models of Man's Original Nature.« In *Social Perception in Infants,* hrsg. von T. M. Field und N. A. Fox, Norwood, N. J.: Ablex, 1985.
Miyake, K., S. Chen und J. J. Campos. »Infant Temperament, Mother's Mode of Interaction, and Attachment in Japan: An Interim Report.« *Growing Points in Attachment Theory and Research: Monographs of the Society for Research in Child Development* 50, No. 1–2 (1985): 276–97.
Murphy, L. und A. Moriarity. *Vulnerability, Coping, and Growth.* New Haven, Conn.: Yale University Press, 1976.
Papousek, H. »The Common in the Uncommon Child.« In *The Uncommon Child,* hrsg. von M. Lewis und L. Rosenblum. New York: Plenum, 1981.
Papousek, H. und M. Papousek. »Early Ontogeny of Human Social Interaction: Its Biological Roots and Social Dimensions.« In *Human Ethnology:*

Claims and Limits of a New Discipline, hrsg. von K. Foppa, W. Lepenies und D. Ploog. New York: Cambridge University Press, 1979.

Pederson, D. R., G. Moran, C. Sitko, K. Campbell, K. Ghesquire und H. Acton. »Maternal Sensitivity and the Security of Infant-Mother Attachment: A Q-Sort Study.« *Child Development* 61 (1990): 1974–83.

Sander, L. »Issues in Early Mother-Child Interaction.« *Journal of the American Academy of Child Psychiatry* 1 (1962): 141–66.

Scaife, M. und J. S. Bruner. »The Capacity for Joint Visual Attention in the Infant.« *Nature* 253 (1975): 265–66.

Sroufe, L. A., E. Waters und L. Matas. »Contextual Determinants of Infant Affective Response.« In *The Origins of Fear,* hrsg. von M. Lewis und L. Rosenblum. New York: Wiley, 1974.

Stern, D. »Mother and Infant at Play: The Dyadic Interaction Involving Facial, Vocal, and Gaze Behaviors.« In *The Effect of the Infant on Its Caregiver,* hrsg. von M. Lewis und L. Rosenblum. New York: Wiley, 1974.

– »The Goal and Structure of Mother-Infant Play.« *Journal of the American Academy of Child Psychiatry* 13 (1974): 402–21.

– *Die Lebenserfahrung des Säuglings.* 6. Aufl. Stuttgart: Klett-Cotta, 1998.

Intentionalität, das Selbst und die Ausbildung von Grenzen

Bowlby, J. *Verlust. Trauer und Depression.* 4. Aufl. Frankfurt/Main: Fischer Taschenbuch, 1994.

Brazelton. T. B. und H. Als. »Four Early Stages in the Development of Mother-Infant Interaction.« *Psychoanalytic Study of the Child* 34 (1979): 349–69.

Brazelton, T. B. und B. G. Cramer. *Die frühe Bindung. Die erste Beziehung zwischen dem Baby und seinen Eltern.* 2. Aufl. Stuttgart: Klett-Cotta, 1994.

Brazelton, T. B., B. Koslowski und N. Main. »The Origins of Reciprocity: The Early Mother-Infant Interaction.« In *The Effet of the Infant on Its Caregiver,* hrsg. von M. Lewis und L. Rosenblum. New York: Wiley, 1974.

Bruner, J. S. *Wie das Kind sprechen lernt.* 3. Aufl. Bern: Hans Huber, 1997.

Campos. J. J., K. C. Barrett, M. E. Lamb, H. H. Goldsmith und C. Stenberg. »Socioemotional Development.« In *Handbook of Child Psychology.* Bd. 2, *Infancy and Developmental Psychobiology,* hrsg. von M. M. Haith und J. J. Campos. New York: Wiley, 1983.

Charlesworth, W. R. »The Role of Surprise in Cognitive Development.« In *Studies in Cognitive Development: Essays in Honor of Jean Piaget,* hrsg. von D. Elkind und J. H. Flavell. London: Oxford University Press, 1969.

Darwin, C. *The Expression of Emotions in Man and Animals.* Chicago: University of Chicago Press, 1965. (Erstveröffentlichung London: Murray, 1872.)

Ekman, P., W. Freisen und P. Ellsworth. *Emotion in the Human Face.* New York: Pergamon Press, 1972.

Feinman, S. und M. Lewis. »Social Referencing at Ten Months: A Second-Order Effect on Infant's Responses to Strangers.« *Child Development* 54, No. 4 (1983): 878–87.

Izard, C. E. *The Face of Emotion.* New York: Meredith & Appleton-Century-Crofts, 1971.

Kaye, K. *The Mental and Social Life of Babies. How Parents Create Persons.* Chicago: University of Chicago Press, 1982.

Kimmert, M. D., J. J. Campos, F. J. Sorce, R. N. Emde und M. J. Svejda. »Social Referencing: Emotional Expressions as Behavior Regulators.« In *Emotion: Theory, Research, and Experience.* Bd. 2, *Emotions in Early Development,* hrsg. von R. Plutchik und H. Kellermann. Orlando: Academic Press, 1983.

Kleinman, A. *Social Origins of Distress and Disease.* New Haven, Conn.: Yale University Press, 1986.

Mahler, M. S., F. Pine und A. Bergmann. *Die psychische Geburt des Menschen. Symbiose und Individuation.* 14. Aufl. Frankfurt/Main: Fischer Taschenbuch, 1997.

Markus, H. und Kitayama, S. »Culture and the Self: Implications for Cognition, Emotion, and Motivation.« Unveröffentlicht, 1990.

Osofsky, J. D. und A. Eberhart-Wright. »Affective Exchanges Between High Risk Mothers and Infants.« *International Journal of Psychoanalysis* 69 (1988): 221–32.

Schweder, R., M. Mahapatra und J. Miller. »Cultural and Moral Development.« In *The Emergence of Morality in Young Children,* hsrg. von J. Kagan und S. Lamb. Chicago: University of Chicago Press, 1987.

Spitz, R. A. *The First Year of Life: A Psychoanalytic Study of Normal and Deviant Development of Object Relations.* New York: International Universities Press, 1965.

Stern, D. »Mother and Infant at Play: The Dyadic Interaction Involving Facial, Vocal and Gaze Behaviours.« In *The Effect of the Infant on Its Caregiver,* hrsg. von M. Lewis und L. Rosenblum. New York: Wiley, 1974.

– *Mutter und Kind. Die erste Beziehung.* 3. Aufl. Stuttgart: Klett-Cotta, 1997.

– *Die Lebenserfahrung des Säuglings.* 6. Aufl. Stuttgart: Klett-Cotta, 1998.

Tennes, K., R. Emde, A. Kisley und D. Metcalf. »The Stimulus Barrier in Early

Infancy: An Exploration of Some Formulations of John Benjamin.« In *Psychoanalysis and Contemporary Science,* Bd. 1, hrsg. von R. Hold und E. Peterfreund. New York: Macmillan, 1972.
Trevarthen, C. »Communication and Cooperation in Early Infancy: A Description of Primary Intersubjectivity.« In *Before Speech: The Beginning of Interpersonal Communication,* hrsg. von M. Bullowa, Cambridge: Cambridge University Press, 1979.
Tronick, E. »The Primacy of Social Skills in Infancy.« In *Exceptional Infant,* Bd. 4, hrsg. von D. B. Sawin, R. C. Hawkins, L. O. Walker und J. H. Penticuff. New York: Brunner/Mazel, 1980.
Winnicott, D. O. »Ego Distortion in Terms of True and False Self.« In *The Maturational Processes and the Facilitating Environment.* New York: International Universities Press, 1965.

Verhaltens- und Gefühlmuster: das präsymbolische Selbst

Ainsworth, M., S. M. Bell und D. Stayton. »Infant-Mother Attachment and Social Development: Socialization as a Product of Reciprocal Responsiveness to Signals.« In *The Integration of the Child into a Social World,* hrsg. von M. Richards. Cambridge: Cambridge University Press, 1974.
Ainsworth, M. D. S., M. C. Blehar, E. Waters und S. Wall. *Patterns of Attachment: A Psychological Study of the Strange Situation.* Hillsdale, N. J.: Erlbaum, 1978.
Bowlby, J. *Attachment and Loss.* Bd. 2, *Attachment.* New York: Basic Books, 1969.
Dunn. J. *The Beginning of Social Understanding.* Cambridge, Mass: Harvard University Press, 1988.
Emde, R. N., W. F. Johnson und M. A. Easterbrooks. »The Do's and Don'ts of Early Moral Development: Psychoanalytic Tradition and Current Research.« In *The Emergence of Moralitry,* hrsg. von J. Kagan und S. Lamb. Chicago: University of Chicago Press, 1988.
Kagan, J. *The Second Year: The Emergence of Self-Awareness.* Cambridge, Mass.: Harvard University Press, 1981.
Mahler, M. S., F. Pine und A. Bergman: *Die psychische Geburt des Menschen. Symbiose und Individuation.* 14. Aufl. Frankfurt/Main: Fischer Taschenbuch, 1997.
Piaget, J. »The Stages of the Intellectual Development of the Child.« In *Childhood Psychopathology,* hrsg. von S. Harrison und J. McDermott. New York: International Universities Press, 1962.

Radke-Yarrow, M., C. Zahn-Waxler und M. Chapman. »Children's Prosocial Dispositions and Behavior.« In *Handbook of Child Psychology.* Bd. 4, *Socialization, Personality, and Social Development,* 4. Aufl., hrsg. von E. M. Hetherington und P. H. Mussen. New York: Wiley, 1983.

Sroufe, L. A. und E. Waters. »Attachment as an Organizational Construct.« *Child Development* 48 (1977): 1184–99.

Werner, H. und B. Kaplan. *Symbol Formation.* New York: Wiley, 1963.

Zahn-Waxler, C. und M. Radke-Yarrow. »The Development of Altruism: Alternative Research Strategies.« In *The Development of Prosocial Behavior,* hrsg. von N. Eisenberg. New York: Academic Press, 1982.

Repräsentation von Erfahrung und Mitteilung von Bedeutungen

Aber, J. L. und A. J. Baker. »Security of Attachment in Toddlerhood: Modifying Assessment Procedures for Joint Clinical and Research Purposes.« In *Attachment in the Preschool Years,* hrsg. von M. T. Greenberg, D. Cicchetti und E. M. Cummings. Chicago: University of Chicago Press, 1990.

Arend, R., F. Gove und L. A. Sroufe. »Continuity of Individual Adaptation from Infancy to Kindergarten: A Predictive Study of Ego-Resiliency and Curiosity in Pre-Schoolers.« *Child Development* 50 (1979): 950–59.

Bell, S. »The Development of the Concept of Object as Related to Infant-Mother Attachment.« *Child Development* 41 (1970): 219–311.

Bretherthon, I. und M. Beeghly. »Talking about Inner States: The Acquisition of an Explicit Theory of Mind.« *Developmental Psychology* 18 (1982): 906–21.

Cassidy, J. »Theoretical and Methodological Considerations in the Study of Attachment and Self in Young Children.« In *Attachment in the Preschool Years,* hrsg. von M. T. Greenberg, D. Cicchetti und E. M. Cummings. Chicago: University of Chicago Press, 1990.

Cassidy, J. und R. Marvin, gemeinsam mit der Attachment Working Group of the John D. and Catherine T. MacArthur Network on the Transition from Infancy to Early Childhood. »A System for Coding the Organization of Attachment Behavior in Three- and Four-Year-Old Children.« Vortrag vor der International Conference on Infant Studies, Washington, D. C., April 1988.

Dore, J. »Monologue as Reenvoicement of Dialogue.« In *Narratives from the Crib,* hrsg. von K. Nelson, Cambridge, Mass.: Harvard Univ. Press, 1989.

Dunn. J. *The Beginning of Social Understanding.* Cambridge, Mass.: Harvard University Press, 1988.

Dunn, J., I. Bretherton und P. Munn. »Conversations about Feelings States Between Mothers and Their Young Children.« In *Symbolic Play: The Development of Social Understanding*, hrsg. von I. Bretherton. New York: Academic Press, 1987.

Easterbrooks, M. A. und W. A. Goldberg. »Security of Toddler-Parent Attachment: Relation to Children's Sociopersonality Functioning During Kindergarten.« In *Attachment in the Preschool Years*, hrsg. von M. T. Greenberg, D. Cicchetti und E. M. Cummings. Chicago: University of Chicago Press, 1990.

Egeland, B. und E. A. Farber. »Infant-Mother Attachment: Factors Related to Its Development and Change over Time.« *Child Development* 52 (1984): 857–65.

Erikson, E. H. »Studies in Interpretation of Play: I. Clinical Observation of Child Disruption in Young Children.« *Genetic Psychology, Monographs* 22 (1940): 557–671.

Fein, G. »A Transformational Analysis of Pretending.« *Developmental Psychology* 11 (1975): 291–96.

Fein, G. G. und N. Apfel. »Some Preliminary Observations on Knowing and Pretending.« In *Symbolic Functioning in Childhood*, hrsg. von N. Smith und M. Franklin. Hillsdale, N. J.: Erlbaum. 1979.

Fenson, L. und D. Ramsay. »Decentration and Integration of Play in the Second Year of Life.« *Child Development* 51 (1980): 171–78.

Fenson, L., J. Kagan, R. B. Kearsely und P. R. Zelazo. »The Developmental Progression of Manipulative Play in the First Two Years.« *Child Development* 47 (1976): 232–35.

Gourin-Decarie, T. *Intelligence and Affectivity in Early Childhood: An Experimental Study of Jean Piaget's Object Concept and Object Relations.* New York: International Universities Press, 1965.

Goldberg, W. A. und M. A. Easterbrooks. »Toddler Development in the Family: Impact of Father Involvement and Parenting Characteristics.« *Developmental Psychology* 55 (1984): 740–52.

Inhelder, B., I. Lezine, H. Sinclair und M. Stambak. »Le Debut de la Function Symbolique.« *Archives de Psychologie* 41 (1972): 187–243. (Nach K. H. Rubin, G. G. Fein und B. Vandenberg, »Play«, in *Handbook of Child Psychology*. Bd. 4, *Socialization, Personalien, and Social Development*, 4. Aufl., hrsg. von E. M. Hetherington und P. H. Mussen. New York: Wiley, 1983.)

Kraus, R. und S. Glucksberg. »The Development of Communication: Competence as a Function of Age.« *Child Development* 40 (1969): 255–66.

Lowe, M. »Trends in the Development of Representational Play: An Observational Study.« *Journal of Child Psychology and Psychiater* 16 (1975): 33–47.

Main, M., N. Kapan und J. Cassidy. »Security in Infancy, Childhood, and Adulthood: A Move to the Level of Representation.« *Monographs of the Society for Research in Child Development* 50 (1985): 66–104.

Marvin, R. und R. B. Stewart. »A Family Systems Framework for the Study of Attachment.« In *Attachment in the Preschool Years,* hrsg. von M. T. Greenberg, D. Cicchetti und E. M. Cummings. Chicago: University of Chiago Press, 1990.

Maslin-Cole, C. und S. J. Spieker. »Attachment as a Basis of Independent Motivation: A View from Risk and Nonrisk Samples.« In *Attachment in the Preschool Years,* hrsg. von M. T. Greenberg, D. Ciccetti und E. M. Cummings, Chicago: University of Chicago Press, 1990.

Matas, L., R. A. Arend und L. A. Sroufe: »Continuity of Adaptation in the Second Year: The Relationship Between Quality of Attachment and Later Competence.« *Child Development* 49 (1978): 547–56.

McCune-Nicholich, L. »Beyond Sensorimotor Intelligence: Measurement of Symbolic Sensitivity Through Analysis of Pretend Play.« *Merrill-Palmer Quarterly* 23 (1977): 89–99.

Nelson, K. »Structure and Strategy in Learning to Talk.« *Monographs of the Society for Research in Child Development* 38, No. 1–2 (1973).

– »Monologue as Representation of Real-Life Experience.« In *Narratives from the Crib,* hrsg. von K. Nelson. Cambridge, Mass.: Harvard University Press, 1989.

Nelson, K. und J. M. Gruendel. »Generalized Even Representations: Basic Building Blocks of Cognitive Development.« In *Advances in Developmental Psychology,* Bd. 1, hrsg. von A. Brown und M. Lamb. Hillsdale, N. J.: Erlbaum, 1981.

Pastor, D. »The Quality of Mother-Infant Attachment and Its Relationship to Toddlers' Initial Sociability with Peers.« *Developmental Psychology* 23 (1981): 326–35.

Peller, L. »Libidinal Phases, Ego Development, and Play.« *The Psychoanalytic Study of the Child* 9 (1954): 178–98.

Piaget, J. *Das Erwachen der Intelligenz beim Kinde* (= Gesammelte Werke. Band 1), 3. Aufl. Stuttgart: Klett-Cotta, 1991.

Pipp, S., K. W. Fischer und S. Jennings. »Acquisition of Self-and-Mother Knowledge in Infancy.« *Developmental Psychology* 23, No. 1 (1987): 86–96.

Rubin, K. H., G. G. Fein und B. Vandenberg. »Play«. In *Handbook of Child Psychology.* Bd. 4, *Socialization, Personality, and Social Development,*

4. Aufl., hrsg. von E. M. Hetherington und P. H. Mussen. New York: Wiley, 1983.

Schank, R. C. und R. P. Abelson. *Scripts, Plans, Goals, and Understanding.* Hillsdale, N. J.: Erlbaum, 1977.

Sinclair, H. »The Transition from Sensorimotor to Symbolic Activity.« *Interchange* 1 (1970): 119–26.

Sroufe, L. A. »Infant-Caregiver Attachment and Patterns of Adaptation in Preschool: The Roots of Maladaptation and Competence.« In *Minnesota Symposium on Child Psychology,* Bd 16, hrsg. von M. Perlmutter. Hillsdale, N. J.: Erlbaum, 1983.

Sroufe, L. A., N. E. Fox und V. Pancake. »Attachment and Dependency in Developmental Perspective.« *Child Development* 54 (1983): 1615–27.

Waelder, R. »The Psychoanalytic Theory of Play.« *Psychoanalysis Quarterly* 2 (1933): 208–24.

Waters, E., J. Wippman and L. A. Sroufe. »Attachment, Positive Affect, and Competence in the Peer Group: Two Studies in Construct Validation.« *Child Development* 50 (1979): 821–29.

Emotionales Denken

Bruner, J. *Actual Minds, Possible Worlds.* Cambridge, Mass.: Harvard University Press, 1986.

– *Acts of Meaning.* Cambridge, Mass.: Harvard University Press, 1990.

Buchsbaum, H. K. und R. N. Emde. »Play Narratives in Thirty-Six-Month-Old Children.« *Psychoanalytic Study of the Child* 45 (1990): 129–55.

Donaldson, S. und M. Westerman. »Development of Children's Understanding of Ambivalence and Causal Theories of Emotions.« *Developmental Psychology* 22 (1986): 655–62.

Dunn, J. und C. Kendrick. *Siblings.* Cambridge, Mass.: Harvard University Press, 1982.

Emde, R. N. und H. Buchsbaum. »›Didn't You Hear My Mommy?‹: Autonomy with Connectedness in Moral Self-Emergence.« In *The Self in Transition: Infancy to Childhood,* hrsg. von D. Cicchetti und M. Beeghly. Chiago: University of Chicago Press, 1990.

Fivush, R. »Gender and Emotion in Mother-Child Conversations about the Past.« Journal of Narrative and Life History 1, No. 4 (1991): 325–41.

Flavell. J. H., F. L. Green und E. R. Flavell. »Development of Knowledge about the Appearance-Reality Distinction: With Commentaries by M. W. Watson and J. C. Campione.« *Monographs of the Society for Research in Child Development* 51, No. 1 (1986).

Gilligan, C. *Die andere Stimme. Lebenskonflikte und Moral der Frau.* München: dtv, 1996.

Greenspan, S. I. *Intelligence and Adaptation: An Integration of Psychoanalytic and Piagetian Developmental Psychology.* New York: International Universities Press, 1979.

– *Playground Politics: Understanding the Emotional Life of Your School-Age Child.* Reading, Mass.: Addison-Wesley, 1993.

Harris, P. L. *Das Kind und die Gefühle. Wie sich das Verständnis für die anderen Menschen entwickelt.* Bern: Hans Huber, 1992.

Harris, P. L., E. Brown, C. Marriott, S. Whittall und S. Harmer. »Monsters, Ghosts, and Witches: Testing the Limits of the Fantasy-Reality Distinction in Young Children.« *British Journal of Developmental Psychology* 9 (1991): 105–23.

Harris, P. L. und R. Kavanaugh. »Young Children's Understanding of Pretense.« *Monographs of the Society for Research in Child Development* 58, No. 1 (1993).

Hendrick, I. *Facts and Theories of Psychoanalysis,* 2. Aufl. New York: Knopf, 1939.

Harter S. und N. Whitesell. »Developmental Changes in Children's Emotion Concepts.« In *Children's Understanding of Emotion,* hrsg. von C. Saarni und P. L. Harris. New York: Cambridge University Press, 1989.

Mahler, M. S., F. Pine und A. Bergman. *Die psychische Geburt des Menschen. Symbiose und Individuation.* 14. Aufl. Frankfurt/Main: Fischer Taschenbuch, 1997.

Nelson, K. *Even Knowledge: Structure and Function in Development.* Hillsdale, N. J.: Erlbaum, 1986.

– »Monologue as Representation of Real-Life Experience.« In *Narratives from the Crib,* hrsg. von K. Nelson. Cambridge, Mass.: Harvard University Press, 1989.

Reiss, D. »The Represented and Practicing Family: Contrasting Visions of Family Continuity.« In *Relationship Disturbances in Early Childhood: A Developmental Approach,* hrsg. von A. J. Sameroff und R. N. Emde. New York: Basic Books, 1989.

Singer, D. G. und J. L. Singer. *The House of Make-Believe: Children's Play and Developing Imagination.* Cambridge, Mass.: Harvard University Press, 1990.

Smetana, J. »Preschool Children's Conceptions of Transgressions: Effects of Varying Moral and Conventional Domain-Related Attributes.« *Developmental Psychology* 21 (1985): 18–29.

Stewart, R. B. und R. S. Marvin. »Sibling Relations: The Role of Conceptual

Perspective-Taking in the Ontogeny of Sibling Caregiving.« *Child Development* 55 (1984): 1322–32.
Wolf, D. P. »Being of Several Minds.« In *The Self in Transition: Infancy to Childhood,* hrsg. von D. Cicchetti und M: Beeghly. Chicago: University of Chicago Press, 1990.
– »Narrative Worlds: The Acts of Forming and Attending to Meaning.« In *Affective Processes,* hrsg. von D. Brown. Psychoanalytic Press, im Druck.
Wolf, D. P., J. Rygh und J. Altshuler. »Agency and Experience: Actions and States in Play Narratives.« In *Symbolic Play,* hrsg. von I. Bretherton. Orlando: Academic Press, 1984.
Wooley, J. D. und H. M. Wellmann. »Young Children's Understanding of Realities, Nonrealities, and Appearances.« *Child Development* 61, No. 4 (1990): 946–61.
Zahn-Waxler, C., J. L. Robinson und R. N. Emde. »The Development of Empathy in Twins.« *Developmental Psychology* 28, No. 6 (1992): 1038–47.

Personenregister

Sachregister